El testamento de Abraham

LA TRAMA

EL TESTAMENTO DE ABRAHAM

Igor Bergler

Traducción de Nieves Calvino y Laura Paredes

Papel certificado por el Forest Stewardship Council®

Título original: *Testamentuil uil Abraham*

Primera edición: noviembre de 2020

© 2017, Igor Bergler
Publicado por acuerdo con VicLit Agency y Il Caduceo di Marinella Magrì Agenzia Letteraria
© 2020, Penguin Random House Grupo Editorial, S. A. U.
Travessera de Gràcia, 47-49. 08021 Barcelona
© 2020, Nieves Calvino y Laura Paredes, por la traducción

Printed in Spain – Impreso en España

ISBN: 978-84-666-6782-1
Depósito legal: B-11.640-2020

Impreso en Liberdúplex
Sant Llorenç d'Hortons (Barcelona)

BS 6 7 8 2 1

Penguin
Random House
Grupo Editorial

¿Cómo es posible que un poeta que no conoce una planta llamada «rosa» pueda escribir sobre el aceite de rosas?

AULO GELIO, *Noches áticas*

Quedó pues establecido: no solo aquellos más dotados en lo relativo a la comprensión pueden acceder a la profundidad de sus conocimientos, sino también los ignorantes. Y aunque una persona así no pueda acceder a ella, no debe sumirse en la desesperación. Observará que, a pesar de las dificultades de algunas cosas, dada su naturaleza, se presentan y se revelan en una prosa agradable con cierta elegancia, y como un jardín con toda clase de flores, se comentan y se presentan ante los ojos como imágenes y símbolos.

FRANCESCO COLONNA, *Sueño de Polífilo*

Hasta las coincidencias son más asombrosas cuando tienen cierto aire de intención. Podemos citar como ejemplo la estatua de Mitis, en Argos, que cayó sobre el causante de su muerte cuando asistía a un festival y lo mató.

ARISTÓTELES, *Poética*

Esta podría ser muy bien una historia real. Sin duda, en su mayor parte lo es. Si fuera por completo, se habrían cambiado ciertos nombres para proteger a los protagonistas y garantizar la vida y la seguridad de sus familias.

Prólogo

La ventana cayó como una cortina de agua; sus fragmentos se desplomaron formando una reluciente cascada. Charles Baker acababa de ver aquel estropicio cuando notó la primera bala, casi a la vez. Le pasó silbando, junto a la oreja. La segunda bala le impactó con fuerza en el hombro. Lo tumbó en el suelo. El dolor le llenó los ojos de lágrimas al instante. Sonó otro disparo. Y luego otro. Los sesos del agente del servicio secreto dibujaron el mapa de un continente perdido en la pared del fondo de la habitación. La bala que le atravesó el cráneo describió una trayectoria extraña e impactó en la araña del techo con un sonoro tintineo. Como si fuera el eco, una mujer soltó un grito agudo a tono con el impacto en la araña. Había gente tumbada por todas partes intentando esconderse, lo más a ras de suelo posible, como si trataran de atravesarlo. Una vez superado el sobresalto inicial, Charles intentó levantarse. A su derecha, el secretario de Estado se había colocado sobre su mujer en un intento desesperado por protegerla. La mayoría de las personas que estaban en el suelo se cubría la cabeza con las manos. Una nueva serie de balas llegó a través de la pared que tenía a su espalda. Más gritos. Más estremecimiento en el suelo. Alguien comenzó a rezar con voz llorosa. Charles intentó mirar a su alrededor, pero tenía la visión nublada. Veía doble o triple, como si lo hiciera a través de un vaso de cristal o, más bien, a través de las muchas facetas de un diamante. Varios agentes, agachados, habían agarrado a un hombre y se lo llevaban a rastras, dejando tras de sí un rastro abundante de sangre casi negra. Charles trató de concentrarse en la imagen que tenía ante él, cerró despacio los ojos y luego volvió a abrirlos. Comprendió entonces que eran tres hombres ayudando a un cuarto. Dos de ellos sostenían al caído por las axilas mientras que el tercero lo protegía con su cuerpo, interponiéndose entre el hombre caído y la dirección de donde procedían las balas. Para entonces, Charles había empezado a arrastrarse para salir de la habitación. Lo único que tuvo tiempo de decir antes de perder el conocimiento fue:

—El presidente. ¡Por el amor de Dios, el presidente!

El sonido del teléfono interrumpió el silencio total de la sala. Todos los ojos se concentraron en el aparato. La tensión en el ambiente era casi insoportable. Quienes estaban alrededor de la mesa se habían quedado petrificados, lo mismo que las personas sentadas en butacas o todavía de pie. Por algún imponderable improbable, uno de ellos se había quedado paralizado con un vaso a medio camino de los labios. Alguien descolgó el teléfono con un gesto repentino y, sin aguardar a que quien llamaba hablara, soltó:

—¡Dame buenas noticias! ¡Dime que está muerto!

Únicamente la persona sentada en la butaca más imponente permaneció en su rincón sin mover ni un músculo y observando a los demás como si estuviera en el palco de un teatro. No era solo su rostro. No podía descifrarse nada de él porque era una máscara impenetrable, pero su cuerpo inmóvil tampoco revelaba la menor emoción. O se controlaba sumamente bien o no compartía en absoluto el entusiasmo de los demás.

PRIMERA PARTE

Basta con que un libro sea posible para que
exista. Solo está excluido lo imposible.

Jorge Luis Borges,
«La biblioteca de Babel»

Recorro los campos con paso pensativo
y paseo por las salas vacías,
y siento (compañeros de los muertos)
que estoy viviendo en las tumbas.

Abraham Lincoln

El dedo en movimiento escribe; y, pasado un momento,
sigue adelante: ni toda tu Piedad ni tu Talento
deben incitarlo a suprimir media línea siquiera
ni todas tus lágrimas borrar una palabra cualquiera.

Edward Fitzgerald
Rubaiyat de Omar Jayyam

1

Nueve días antes

El avión se separó de la pasarela de embarque y, cuando empezaba a invertir los motores, la auxiliar de vuelo comenzó a usar los brazos para iniciar el mantra sobre las salidas de emergencia, las mascarillas de oxígeno y los chalecos salvavidas. Charles Baker había superado con creces el millón de millas, pero el ritual del despegue no dejaba de fascinarlo. Era una especie de superstición, una forma de asegurarse a sí mismo que aquella vez también todo iría como una seda, que se cerraría el círculo. Un despegue perfecto, con todos los ingredientes presentes en su sitio, lógicamente debe concluir con un aterrizaje seguro. Esta vez, sin embargo, tuvo una especie de presentimiento. Recordó que al salir del curso llevaba una carpeta en la mochila. Se la había dado su adjunto de camino a la conferencia, justo en el aeropuerto, antes de pasar los controles de seguridad. El joven había llegado empapado de sudor y había necesitado unos segundos para recuperar el aliento. Había apoyado su brazo en el hombro de Charles hasta que había podido soltar unas pocas palabras con voz entrecortada y luego le había entregado la carpeta rosa enrollada en forma de tubo. La llevaba agarrada con fuerza en la otra mano, como si tuviera miedo de que se le escapara o de que alguien se la fuera a arrebatar.

Charles se había olvidado la carpeta al llegar al hotel, y también a lo largo de los tres días que duró la conferencia, aunque la llevó todo el rato en la mochila. Solo se acordó de ella la última mañana, cuando se dirigía al Aula Magna Fray Alonso de Veracruz de la Universidad Nacional Autónoma de México. Hojeó un poco la carpeta en el coche, pero como estaba muy preocupado por hacer un buen papel en su última presentación, su cabeza no consiguió registrar las minúsculas líneas garabateadas por todas partes ni los dibujos multicolores o los diagramas incluidos aparentemente al azar en las diversas páginas que alcanzó a mirar por encima. Volvió a acordarse de la carpeta al guardar la mochila en el compartimento de equipaje de mano. En ese momento se dijo que le quedaban casi cinco horas antes de aterrizar en LaGuardia, tiempo suficiente para echar un vistazo a las páginas por las cuales su adjunto había estado a punto de sufrir un infarto en su esfuerzo por llevárselas a tiempo al profesor.

Así que abrió la carpeta con curiosidad, a riesgo de perderse el rito de iniciación de la azafata. Hojeó varios de los archivos y justo cuando se disponía a examinarlos con atención, el avión se detuvo y empezó a rodar de nuevo. Por la ventanilla vio a un grupo de uniformados que se partían el lomo para volver a colocar la pasarela de embarque en su posición original. El piloto habló por los altavoces directamente en inglés, algo que era muy poco habitual. Los pasajeros debían conservar la calma, permanecer sentados y mantener abrochados los cinturones de seguridad. Eso fue todo. A Charles le pasó por la cabeza que algún oficial o empresario local que tenía al gobierno comiendo de la palma de la mano habría decidido ir a Nueva York en el último minuto. En México eso no era nada raro.

La puerta se abrió y seis individuos vestidos con unos uniformes extraños invadieron la cabina. Cuatro de ellos se dirigieron a toda velocidad hacia la parte trasera del avión. Y de este grupo, dos se pararon en el centro. Los otros dos se quedaron en la parte delantera, donde estaba la clase preferente. Uno de ellos estaba situado exactamente a la derecha de Charles y el otro, en el lugar que había ocupado la azafata. Esta persona tomó un megáfono y anunció, esta vez en español, que todos los pasajeros debían abandonar el avión dejando en él sus pertenencias para una inspección adicional. En pocos minutos podrían volver al avión. Cuando los pocos pasajeros de la parte delantera empezaron a levantarse, el hombre del megáfono avisó de que la evacuación debía hacerse por la parte trasera, en orden. La situación parecía grave y la gente sabía que no había que tomarse a broma a las fuerzas especiales, especialmente si, como sospechaban, había una amenaza terrorista a bordo.

Al llegar a la cuarta fila, Charles quiso ponerse de pie, pero el individuo que estaba a su derecha le puso una mano en el hombro y lo empujó con fuerza de vuelta hacia su asiento. Cuando Charles alzó los ojos hacia él, el hombre habló:

—Usted no, señor —dijo con voz autoritaria y los dientes apretados.

El profesor fue a agarrar la mano que le sujetaba el hombro, pero el hombre la apartó. Antes de que pudiera reaccionar, el avión estaba ya vacío. El último pasajero había salido por la pasarela de embarque. Lo más extraño era que los dos pilotos también se habían marchado, junto con los auxiliares de vuelo. La puerta se cerró sonoramente tras ellos.

2

La respetable señora Bidermeyer no sabía si echarse a gritar o desmayarse. Estaba plantada en el umbral. Unos calcetines de finas rayas azules y blancas le cubrían las piernas de hipopótamo. Llevaba unas zapatillas de estar por casa con la puntera en forma de mapache y estaba blanca como la cera. Había subido la escalera para regañar a su inquilino, que había puesto música después de haber estado dando golpes sobre su cabeza durante unos minutos que a ella se le habían hecho eternos. Era la primera vez en los tres años que llevaba viviendo allí que George Buster Marshall, profesor adjunto en Princeton, había puesto música a un volumen tan alto, por lo que al inicio había decidido pasar por alto su mala conducta pensando que podía tratarse de un fenómeno accidental. Al principio, había decidido sabiamente ignorarlo. Después, había empezado a golpear el techo con el mango de una escoba, luego le había dado a los radiadores y, al final, había salido a la escalera y se había puesto a gritar. Aquella mujer mayor con cara de cocodrilo llevaba más de treinta años haciendo las veces de administradora de varios edificios del campus, y tenía su habitación allí, en ese edificio, justo debajo de uno de los mejores inquilinos de su tumultuosa experiencia como administradora. El señor Marshall era lo que se conoce como un inquilino ejemplar. Pagaba el alquiler a tiempo, a veces incluso con uno o dos meses de adelanto. Nunca armaba jaleo, nunca rompía nada y no daba desagradables fiestas como hacían sus colegas de rellano. Añadamos a eso que invitaba a Heidi Bidermeyer a un *schnapps* alguna que otra noche; era un encanto de persona. Y, además de todo eso, era de una buena familia universitaria. Sus dos últimos libros lo habían convertido en una especie de celebridad nacional. No solo eso, hasta había llegado a verlo por televisión.

Sabía que el joven se iría pronto porque con la fama llegaría el dinero. Es más, una joven licenciada de la misma universidad había comenzado a visitarlo cada vez más a menudo. De hecho, la señora Bidermeyer sospechaba que la joven estaba allí cuando su techo se había «venido abajo» debido al sonido de la batería. Pero la señora Bidermeyer jamás imaginó que sus caminos y los de Marshall se separarían de ese modo. Estaba paralizada en el umbral sin saber qué hacer. Su primer pensamiento fue desmayarse, pero parecía demasiado arriesgado: estaba en lo alto de la escalera y podía caer accidentalmente por encima de la barandilla, así que se decantó por la segunda opción. Intentó entonces gritar, pero no logró emitir ningún sonido. Se sentía tan espeluznada por la imagen del cadáver mutilado de su inquilino favorito que una mezcla de miedo y horror la dejó clavada en el sitio, inmóvil.

Solo cuando oyó la puerta, logró apartar los ojos del cuerpo y volverse hacia la escalera. Abajo, el señor Bingham y el señor Zsuseck o Zaschk, comoquiera que se pronunciara, estaban entrando, ambos de un evidente buen humor, aunque su alegría se desvaneció cuando vieron a aquella anciana lívida, con los ojos desorbitados y dominando el primer piso y la planta baja como si fuera el coloso de Rodas con la cara del chupacabras.

3

Se subió al coche. Estaba desesperado. No había encontrado gran cosa: un par de notas sueltas, pero ningún rastro de lo que había ido a buscar. Había hojeado detenidamente todos los libros de la pequeña e improvisada biblioteca, incluidos los montones de papeles acumulados por toda la habitación, alrededor de la mesa y de la cama. Al final solo se había llevado el portátil. A lo mejor encontraba algo en él. El asunto se había complicado más de lo que imaginaba.

Había oído un ruido en la escalera y se había escondido en el armario. No había pensado en salir de allí sin conseguir toda la información. El problema era que aquel estúpido petimetre había vuelto a casa. ¡Joder! Había preparado la situación con mucho esmero. Aquel idiota no tendría que haber regresado hasta dos horas después. Había seguido todos sus pasos durante más de dos meses. Lo sabía todo sobre él. Pero, aun así, no había logrado encontrar «lo que ellos necesitaban tener». Le habían dicho claramente que el asunto era muy delicado y que habría que solucionar el problema de un modo distinto al habitual; además, debía ir con sumo cuidado porque estaría en Estados Unidos, no en los lugares a los que estaba acostumbrado a trabajar.

Con gestos profesionales limpió el machete, que todavía estaba cubierto de sangre. Prendió fuego al trapo mojado con el que había eliminado todo rastro de la carnicería, lo tiró por la ventanilla del coche y vio cómo quedaba reducido a cenizas.

El individuo, el objetivo, había entrado en la habitación y había ido directo hacia el armario. Había abierto la puerta, había visto a alguien entre su ropa y había empezado a gritar. Él, por su parte, se había visto obligado a darle un puñetazo en la cara. El joven había caído al suelo, pero se había puesto a chillar todavía más alto. Había agarrado una mancuerna del suelo para defenderse. Pero, en lugar de atacarlo con ella, había empezado a aporrear el suelo con ella, soltando alaridos cada vez más fuertes. Entonces se había acercado al joven y le había dado un puntapié en la cara pero, aun ensangrentado como estaba, el objetivo se había aferrado con fuerza a la pierna de su atacante y le había clavado los dientes en ella. Había intentado sacudírselo de la pierna y había conseguido zafarse de los dientes del objetivo. Pero el hombre del suelo se había puesto a gritar otra vez.

En ese momento había oído unos golpes en el suelo procedentes del piso de abajo y, sin pensarlo, le había asestado un machetazo en la cara a su objetivo. La sangre había salido a chorros en todas direcciones, pero los alaridos no habían cesado. Tras mirar a su alrededor, lo único que se le había ocurrido en aquel momento había sido darle a la tecla de reproducción del equipo de música que tenía cerca. El sonido de una batería había tapado entonces los gritos, pero los golpes que venían de abajo se habían trasladado ahora al radiador. Estaba claro lo que iba a pasar. La mujer que vivía abajo llamaría a la policía, y, seguramente, subiría a ese piso. Tenía que reaccionar deprisa y, aunque era consciente de que, según las instrucciones que le habían dado, silenciar de manera definitiva al joven era la última opción, había alzado el machete, se lo había clavado en el cuello y luego lo había retorcido. El objetivo se había contorsionado unos instantes, había golpeado el suelo varias veces con las palmas de la mano y al final se había quedado rígido.

La escalera había empezado a temblar, como si hubiera un terremoto, como si una manada de hipopótamos subiera los peldaños en estampida. Así que se había metido de nuevo en el armario. La música había dejado de sonar, seguramente porque el disco se había acabado. La puerta había crujido. Y después durante varios segundos no sucedió nada. Como la manada de hipopótamos no se había marchado de vuelta escaleras abajo, él había supuesto que seguía en el umbral. Debía de ser la mujer que se ocupaba de los edificios del campus, petrificada de miedo. Se disponía a salir pasando por su lado, pero entonces oyó varias voces carcajeándose tontamente en el piso de abajo. Se enojó consigo mismo por su reacción descontrolada. Él, que siempre conservaba la sangre fría y que había dedicado tantas horas a entrenarse para no reaccionar impulsivamente, había flojeado por primera vez en mucho tiempo. El dolor agudo en la pantorrilla, el ruido en la escalera, la necesidad de tomar una decisión rápida y la resistencia inesperada que había opuesto la víctima le habían nublado la mente unas fracciones de segundo. Había actuado como un novato, y eso era lo que más le molestaba. Despreciaba profundamente la debilidad de quienes lo rodeaban, y mucho más la suya propia.

4

El timbre sonó con fuerza, inesperadamente. A Charles, que se estaba afeitando la mejilla derecha, se le fue la mano justo delante de la oreja.

«Creía que ya no te podías cortar con estas cuchillas modernas», reflexionó en silencio mientras observaba cómo las gotas de sangre caían en el lavabo lleno de espuma blanca. Unos días antes, cuando había instalado un nuevo timbre, había insistido en que tuviera un tono fuerte, que se oyera mucho. Al mismo tiempo, había pedido al electricista que pusiera altavoces en diversos lugares de la casa, incluido el dormitorio. Esta era la primera vez que lo oía sonar en todo su esplendor y pensó que tal vez había sido una mala idea. El timbre sonó de nuevo y, luego, otra vez más.

—Sí, sí. Ya voy. Ya voy —gritó corriendo peldaños abajo.

Echó un vistazo por la mirilla de la puerta principal mientras se ponía la bata. Un hombre y una mujer a los que nunca había visto aguardaban a que abriera la puerta mientras cambiaban el peso de un pie a otro. No llegó a preguntar quiénes eran y qué querían porque la mujer acercó una identificación a la mirilla, donde ponía FBI en unas letras gruesas. Charles abrió la puerta. La mujer se presentó y le preguntó si podrían hablar dentro. Como no estaba despierto del todo, Charles apenas captó una letra de sus nombres. Los invitó a pasar al salón con un gesto casi automático.

—Discúlpenme dos minutos —logró decir, y desapareció escaleras arriba.

Charles los encontró de pie, mirando con interés los libros de la inmensa biblioteca que cubría las paredes de la habitación.

—Disculpen de nuevo —dijo—. Tomen asiento, por favor.

La agente observó atentamente la camiseta que se había puesto a toda prisa. El pecho de su anfitrión lucía un puño con el pulgar hacia arriba con los colores de la bandera estadounidense. Bajo la imagen, una leyenda de gran tamaño rezaba: ¡VOTA A OBAMA!. La mujer sonrió, y a Charles, que ya estaba empezando a despertarse, no se le escapó la ironía en su mirada. Fue a murmurar una excusa, pero se contuvo. Después de todo había acudido a su casa sin que él los hubiera invitado. De manera que se sentó frente a los dos agentes.

—¿En qué puedo ayudarlos? —preguntó Charles, recuperando su cortesía.

—Puede que no sepa lo que ha pasado —comentó la mujer—, aunque estoy segura de que alguien ha intentado ponerse en contacto con usted.

Charles recordó que había apagado el móvil, exhausto tras su viaje a México, y que se había metido en la cama sin dilación con la idea de aclarar el incidente del avión al día siguiente.

—De hecho —empezó a decir—, creo que iba a acudir hoy a verlos, solo que habría hablado directamente con el mandamás —comentó pensativo, señalando el techo.

A la mujer no se le escapó en absoluto lo que el profesor estaba diciendo entre líneas. La forma en la que sugería que era una persona importante le pareció algo ingenua, como si alguien pudiera dudar de ello.

—Pero es mejor no importunar al director con algo que tal vez sea poco importante. Así que... ya me entiende.

—¿Poco importante? ¡Es un escándalo!

Charles quería seguir, pero se dio cuenta de que estaban hablando de cosas distintas. Como si acabara de procesar en aquel momento lo que la mujer le había dicho, se levantó de la silla y regresó pasado un momento con el móvil. Lo encendió. En la pantalla vio diecinueve llamadas perdidas y, a la derecha de la notificación de mensajes, aparecía el número veinticuatro.

La agente supo con exactitud lo que Charles estaba mirando.

—Seguramente ahí encontrará lo mismo de lo que hemos venido a hablar —dijo.

Charles alzó los ojos pero no alcanzó a decir nada porque el hombre, que no había abierto la boca hasta entonces, se inclinó un poco hacia delante y susurró:

—Verá, profesor, ayer por la noche su adjunto, George Buster Marshall, fue encontrado en su casa en medio de un charco de sangre, asesinado brutalmente con un objeto afilado, es probable que con una espada ancha o un machete, después de haber sido torturado.

La impresión paralizó a Charles varios segundos. No estaba en condiciones de preguntar nada salvo:

—¿En su casa? ¿O sea, en el campus?

El agente parecía haber dicho todo lo que tenía que decir. Se recostó en su silla.

—Algo fuera del campus, de hecho —respondió la mujer con aquella obsesión por los detalles que solo tienen los policías—. ¿Tiene alguna idea de qué podría ir todo esto?

A Charles se le había erizado el vello de la nuca. ¿Marshall, muerto? ¿Asesinado? ¿Torturado incluso? Estableció la relación de inmediato. Primero, su adjunto le había entregado unos documentos en un aeropuerto estadounidense. Luego, una autoridad desconocida de un país donde el Estado de derecho es una farsa le había confiscado esos documentos de manera brutal y abusiva. Ahora se enteraba de que su adjunto estaba muerto. La coincidencia era demasiado grande como para que no hubiera relación entre ambas cosas. Pensó un momento qué decir a los agentes.

Si el hombre interpretó que la larga pausa del profesor era normal para alguien que acababa de recibir esa clase de noticia, la mujer comprendió que había otro motivo para su silencio.

—Es evidente que se encuentra en estado de shock —comentó—, pero si sabe algo o se le está ocurriendo algo, lo que sea, tiene que contárnoslo sin falta.

—Tengo que pensar.

—Lo entiendo —prosiguió la mujer, empezando a presionarlo—. Podemos aclarar los detalles, o puede decirnos más adelante si recuerda algo, pero ahora es importante que, si se le ocurre algo, nos lo diga ya. Las primeras horas son vitales para capturar a un asesino.

Charles pareció entender lo que la agente le estaba diciendo, pero en aquel momento le estaban dando vueltas por la cabeza toda clase de cuestiones relativas a su antiguo adjunto. Estaba intentando recordar sus últimos meses en compañía de Marshall y lo que había visto en los documentos que le habían incautado en el avión durante el breve tiempo que había podido ojearlos.

5

Charles no sabía cómo reaccionar. En cierto modo le había cogido afecto a su adjunto. El joven era hijo de unos parientes lejanos de su padre. Y, ante la insistencia de este, Charles había tomado a George Marshall bajo su protección. Era cierto que el chico tenía algo. Parecía vivir pasando de una obsesión a otra. Muchas veces Charles había pensado que, dada la forma en que George abrazaba una causa, se habría convertido en un verdadero peligro para el mundo entero si se hubiera adherido a una ideología fundamentalista: tenía vocación de mártir. Una vez, Charles lo había comparado con un bulldog, a los que hay que provocar mucho porque no muerden con facilidad, pero cuando lo hacen, no puedes soltar sus colmillos, ni siquiera con un cuchillo. A los estudiantes que le reprochaban las ideas fijas de su adjunto, Charles les respondía de una forma que no dejaba margen a la interpretación: «Si hubieran admitido a Adolf Hitler en la facultad de Bellas Artes, una de las mayores desgracias que le ha ocurrido a la humanidad jamás habría tenido lugar. Es mejor tener a personas así bajo un control estricto».

La gente se rio de la exageración de Charles, pero nadie atacó más a su protegido. Por otra parte, George era un chico muy simpático. Cuando no lo asediaban sus obsesiones y vivía casi sin aliento debido a la presión entusiasta de sus propios pensamientos y a la perspectiva de descubrir algo interesante, nuevo y revolucionario, tenía un sentido del humor disparatado, muy especial. Era original y las cosas que decía en broma poseían siempre una enorme carga cultural: eran verdaderos enigmas que demostraban sutileza y una inteligencia brillante. Los individuos mediocres, que no podían evitar tomarle el pelo de todas las formas posibles, especialmente en público, sentían hacia él un odio profundo, absoluto, pero las personas inteligentes y relajadas siempre buscaban su compañía. Sabía tantas cosas y las conexiones que establecía eran tan sorprendentes y encantadoras que era imposible resistirse a él. Sus acciones o palabras, las formas en que elegía sus temas de investigación y decidía qué rumbo seguir dejaban a menudo a Charles con la boca abierta.

En cierto modo le había tomado cariño. ¿Y ahora estaba muerto? ¿Asesinado en su propia habitación?

—¿Fue un robo? —preguntó.

—Fue un robo, sin duda, pero no al azar —respondió la agente—. Por la forma en que encontramos su habitación, es evidente que el asesino estaba buscando algo concreto, y tenemos la certeza de que el asesino se llevó su portátil. Lo arrancó de un tirón, toma de corriente incluida. ¿Sabe si estaba trabajando en algo?

—El señor Marshall es un historiador dedicado a la investigación, y muy serio. No es... No era un cazador de tesoros. Por lo general, las cosas que lo atraían interesaban a muy poca gente.

La agente le miró como si quisiera indicarle que le agradecería cualquier clase de información. Necesitaba un hilo, una pista a la que aferrarse.

—Ha dicho «por lo general». —La agente hizo hincapié en la expresión—. ¿Es posible que esta vez fuera diferente?

Tras pensarlo unos instantes, Charles, que no había sido capaz de encontrar ninguna relación posible, decidió decir algo. Quién sabe. Puede que esa mujer, que parecía inteligente, pudiera iluminarlo o establecer alguna conexión que él era incapaz de llevar a cabo en aquel momento.

—Su última obsesión era Lincoln.

—¿El presidente?

—¿Conoce a algún otro Lincoln?

La mujer sonrió pero no dijo nada. Estaba esperando que continuara.

—Sí —dijo Charles—. Abraham Lincoln.

—Supongo que descubrió algo nuevo.

—Sí, eso dijo, algo que cambiaría todo lo que sabemos sobre el presidente más importante de la historia de Estados Unidos.

—¿Y no le parece eso peligroso? ¿No podría eso molestar a algún poderoso?

—¿Qué? ¿Una nueva teoría sobre un personaje histórico, aunque sea de uno de su talla?

La mujer asintió con la cabeza.

—Dicen que Shakespeare es una catedral y que por más que silbes en ella no moverás ni una mota de polvo siquiera. Pasa lo mismo con Lincoln. Se han dicho demasiadas cosas sobre él. Puede que un nuevo descubrimiento levantara pasiones entre los historiadores y algunos de los que están obsesionados por el personaje. Pero de ahí al asesinato...

Mientras mantenía esta conversación, Charles estaba intentando con todas sus fuerzas dilucidar si algo que le hubiera dicho su adjunto pudiera ser potencialmente explosivo. Para eso tendría que leer sus notas, pero se las había incautado un equipo de asalto en el avión que lo llevaba a casa. Miró a la agente y tuvo la momentánea sensación de que le estaba leyendo los pensamientos. Quería terminar la conversación lo más rápido posible, pero sabía que tenía que darle algo.

—George afirmaba estar en posesión de una terrible verdad sobre Lincoln —respondió rápidamente—, tan horrenda que conocerla podría conmocionar a toda la nación.

—¿Y eso le parece poco? ¿A qué verdad se refería?

—No tengo ni idea.

La mujer lo miró incrédula.

—Es impor...

—Sí, importante —la interrumpió Charles—. Yo no creo que lo sea, pero si realmente insiste y, como ahora ya da lo mismo, George afirmaba que había encontrado la respuesta a una de las grandes preguntas de la historia que aún está por contestar: ¿por qué un hombre que no daba muestras de que le preocupara demasiado la existencia de la esclavitud, que no estaba a favor de ella pero tampoco hablaba con gran elocuencia en su contra, que no era abolicionista, sino moderado como mucho, una persona incluso que a veces hacía comentarios de tono claramente racista...? ¿Por qué de repente convirtió la abolición de la esclavitud en el objetivo de su vida, en la meta suprema de su vida? ¿Qué sucedió en un momento dado? ¿Cuál fue el punto de inflexión, el momento crucial que hizo que el presidente más célebre de Estados Unidos lo dejara y lo sacrificara todo, incluida su propia vida, por esta causa que jamás dio la impresión de ser para él algo más que una coyuntura política, un fenómeno político?

La agente miró a Charles de un modo distinto. A él le pareció que los ojos de ella le brillaban de una forma que solo había visto en el semblante de aquellas personas a las que les apasionaba mucho algo. Decidió dejar de lado esta sensación pero se negó a intentar olvidarse de lo que se escondía tras aquel tipo de mirada que tan bien conocía.

—¿Y cuál era? —preguntó la agente.

—¿Qué? Oh, ¿la respuesta a la pregunta? Nunca llegó a decírmelo, pero eso es lo que hacía siempre. Jamás presentaba una teoría hasta tener la respuesta completa y una demostración impecable.

—¿Y no tiene la menor sospecha de qué podía tratarse?

—No, pero hay algo seguro: fuera lo que fuese lo que pudiera haber descubierto, o bien ya se ha dicho de una forma u otra, o bien es tan extravagante que no puede tomarse en serio. George era capaz de esa clase de exultación.

—Acaban de estrenar una película en la que Lincoln es un cazador de vampiros.

Charles pensó que no había entendido bien lo que la agente había dicho. Fue como si le zumbaran los oídos.

—¿Ha dicho «cazador de vampiros»? —preguntó a media voz, un tono que coincidía con su incertidumbre.

—Sí —respondió la agente—, ¿no la ha visto?

Charles no tenía la menor idea de la existencia de esa película. Miró con recelo a la mujer y se preguntó si tendría algún motivo para burlarse de él en aquel preciso momento.

Como antes, la agente supo lo que le estaba pasando a Charles por la cabeza y se apresuró a añadir:

—Existe de verdad. Puede buscarla en internet. Bueno... ¿ninguna relación?

—No. Es decir, creo que no —respondió Charles, evidentemente agobiado.

Se hizo el silencio. Por unos instantes, los tres estuvieron absortos en sus pensamientos.

De repente el móvil que Charles tenía en la mano sonó. Se levantó con una actitud que indicó a la pareja que su visita había terminado. La agente lo comprendió al instante y también se puso de pie. Atónito, el hombre que iba con ella hizo lo mismo.

—¿Podemos molestarlo de nuevo si necesitamos aclarar algo? —preguntó la agente de camino hacia la puerta.

Charles pulsó la tecla lateral del móvil y dejó de oírse «Zorro is Back». Era la canción de una película de su infancia y la había establecido como tono de llamada para sus más allegados.

—Disculpe. No quisiera ser maleducado, pero ya sabe lo que pasa. Muchas veces estrechas mecánicamente la mano de alguien y no prestas demasiada atención. Y, bueno —prosiguió para sorpresa de la mujer—, no me ha dado su tarjeta de visita, lo que, según tengo entendido, es el procedimiento estándar, ni tampoco me ha dicho que me ponga en contacto con ustedes si recuerdo algo importante.

La mujer sonrió al oír el cliché que seguramente Charles había sacado de las películas. Se sacó una tarjeta del bolsillo y se la dio.

—Menard —dijo—. Me llamo Petra Menard. —Y le tendió la mano.

6

Se llamaba a sí mismo Sócrates. Era su nombre real, no ningún tipo de apodo, o por lo menos era uno de los muchos nombres que su padre le puso. Vino al mundo más o menos cuando el Mundial de Fútbol se celebró en España en 1982. Su padre, de nacionalidad brasileña, era un hincha furibundo, de los que no abundan, y Brasil estaba obligado a ganar esa edición del campeonato porque habían pasado doce años desde que el equipo de fútbol más maravilloso del mundo había levantado aquel trofeo. Así que bautizó premonitoriamente a su hijo con los nombres de los doce mejores jugadores que, en su imaginación, pronto ganarían, y a sus nombres, añadió sus dos apellidos.

Sócrates nació en el barrio más pobre de Buenos Aires, Fuerte Apache, en las villas miseria, que equivalen a las favelas de Brasil y a los barrios de chabolas de otras partes del mundo. Delincuente buscado por las autoridades de su país, el padre de Sócrates se escondía en las villas miseria con su hermosa esposa haitiana. Valdir Leandro Oscar Luizinho Junior Cerezo Falcão Zico Serginho Éder Dirceu Sócrates Pereira Teixeira nunca conoció a su padre, que murió como consecuencia de aquel maldito mundial que le hizo poseedor de un montón de nombres que nunca cabían en ningún formulario oficial. La decepción por la derrota de Brasil ante Italia llevó a su padre a emborracharse tanto que, de camino a casa, tropezó en una obra abandonada y cayó en un agujero excavado para los cimientos. Allí una barra de hormigón armado le atravesó el cuerpo. Lo encontraron cinco días después. Todavía tenía en la mano una foto de su espléndida esposa.

Sócrates creció bajo la estricta supervisión de su madre entre los niños de Fuerte Apache. A los cinco años había aprendido a manejar como nadie el cuchillo y a los trece se había convertido en el cabeza de familia porque su hermano mayor, de dieciséis años, había muerto asesinado una noche en una pelea de bandas en el famoso barrio de Ciudad Oculta. Su primera acción como adulto fue vengar a su hermano. En una sola noche, mató a los ocho chicos que habían participado en el asesinato de su hermano, y lo hizo en sus propias casas, junto con sus hermanos y sus padres. Tras varios meses reuniendo información sobre ellos, entró en sus casas y los envió al otro barrio en sus propias camas, no sin decirles antes, mientras agonizaban, quién era y especialmente por qué estaba pasando aquello.

Solo perdonó la vida a una niña de apenas siete años, y eso fue porque se apiadó de ella. La chiquilla sintió fascinación por él y lo siguió durante muchos días. Esperaba a que saliera de casa y e iba a todas partes tras él. Una vez hasta le salvó la vida. Mientras estaba atracando una tienda, ella se había quedado fuera, a cierta distancia. De repente entró gritando. Acababa de llegar un ejército privado al aparcamiento que había delante. Los dos huyeron por la ventana del almacén y se las arreglaron para esconderse juntos varias horas bajo un montón de basura hasta que los asesinos a sueldo del propietario se fueron. Nadie se salvó de la matanza. Toda la banda de Sócrates fue aniquilada. En cuanto a la niña, se la llevó con él y a partir de entonces se convirtió en su hermana. Temía su venganza, que estaba seguro que llegaría algún día, pero cuatro años después, durante el funeral de su madre, empezó a respirar más tranquilo cuando Rocío Belén, que así se llamaba la niña, le confesó que al matar a su familia le había salvado la vida porque su padre había empezado a violarla cuando tenía seis años mientras su madre se encogía de hombros, impotente, cada vez que ocurría esto.

Tras la muerte de su madre, a la que quería con locura y por la que había estado dispuesto a hacer cualquier cosa, Sócrates decidió irse de Argentina, donde había pasado a ser uno de los bandidos más buscados. Lamentablemente, como lo que había matado a su madre había sido una de las enfermedades de la pobreza, no había nadie de quien vengarse, por más que trató de encontrar un culpable. Para la muerte de su padre ya había encontrado a uno: Paolo Rossi, el gran jugador italiano que había acabado con todas las esperanzas de la selección brasileña al marcar tres goles en aquel memorable partido. Así que se juró a sí mismo que algún día tendría que matar a Paolo Rossi. Pero, para ello, debería desplazarse a Italia, un país que por aquel entonces le parecía muy lejano.

Dos días después del funeral de su madre, perseguido tanto por la policía como por las bandas rivales, tomó a Rocío y los dos se colaron como polizones en un barco elegido al azar. Se mantuvieron ocultos en él hasta el siguiente puerto. Aunque lo había criado en la pobreza, la madre de Sócrates era una mujer culta de buena familia que se había enamorado de un delincuente encantador que la había tratado como nadie lo había hecho hasta entonces. Siempre le leía a su hijo antes de acostarse y, diciéndole que tenía que ser tan inteligente y culto como su tocayo, eligió para él, de entre todos los nombres que tenía, el del filósofo griego Sócrates. El chico se pasaba el tiempo entre las batallas continuas en Fuerte Apache, Ciudad Oculta, La Boca, Recoleta y Belgrano, y la Biblioteca Nacional de Maestros y la Biblioteca Nacional de la República Argentina, a las que se suscribió y donde, con una ambición inconmensurable, se pasaba cuatro horas diarias todos los días, planificadamente, sin importar si tenía otra cosa que hacer. Solía decir que los libros le habían salvado la vida. Le habían dado una ventaja decisiva en las calles al tratar con las bandas: le habían enseñado a sobrevivir y a apañárselas. Los últimos años que vivió en Argentina, descubrió otra biblioteca, la Biblioteca Municipal Miguel Cané, donde la persona que iba a ser su escritor favorito de todos los tiempos, Jorge Luis Borges, había trabajado en su día.

Los libros le enseñaron a comprender el mundo y a usarlo a

su favor. Despertaron su imaginación y organizaron su mente, y lo convirtieron, seguramente, en el delincuente más cultivado del mundo. Pero no atenuaron su crueldad. La moderaron y la convirtieron en algo calculado y frío. Le proporcionaron, como hacían con cualquier intelectual carente de cualquier clase de escrúpulos, explicaciones y justificaciones racionales para todo el odio que le hacía hervir la sangre. Había prácticamente memorizado *La muerte y la brújula, El jardín de los senderos que se bifurcan, Tlön, Uqbar, Orbis Tertius*, pero estaba prendado en particular de Evaristo Carriego y, por supuesto, del relato que consideraba la obra maestra de su mentor, «La biblioteca de Babel».

Como muy bien sabía, cuando algo tiene que pasarte, el universo entero conspira a su favor, y dado que no creía en absoluto en las coincidencias, estaba totalmente convencido de que lo que lo unía a él con Borges y su obra era mucho, muchísimo más que la simple admiración. Al leer una entrevista al autor, se enteró de que Borges detestaba el fútbol tanto como él. El escritor detestaba este deporte con todas sus fuerzas y afirmaba que no había visto ni un solo partido entero. Admitía haber ido a un encuentro con su amigo, el escritor uruguayo Enrique Amorim, pero juraba haberse marchado en el descanso y que durante la primera parte habían estado hablando de cosas que les interesaban a ambos, de modo que, de hecho, ninguno de los dos había visto nada. Una especulación que apareció en *La Gaceta* de Tucumán llegó a oídos del asesino que llevaba los nombres de toda la selección nacional brasileña de 1982. Según el artículo de *La Gaceta*, Borges podría haber mentido sobre esta historia y, en realidad, su aversión al deporte rey estaría relacionada con un terrible accidente que tuvo lugar precisamente en un partido de fútbol. Según el mencionado periódico, Borges había sido un apasionado aficionado a ese deporte, un seguidor casi fanático del Newell's Old Boys hasta que participó en un partido entre escritores y vagabundos de su barrio de Palermo. Jugó un rato con Bioy Casares y Julio Cortázar. Al parecer, en un saque de esquina, saltó y acabó chocando de cabeza con la rodilla del Flequillo Soraire. En aquel momento, el fuerte impacto le provocó el desprendimiento de las dos retinas. Según el autor del artículo, que era, de hecho, una supuesta entrevista a un presunto biógrafo nonagenario de Borges, Harold Macoco Salomón, ese golpe habría sido la verdadera causa de la ceguera de Borges. A Sócrates jamás se le pasó por la cabeza que esta historia se parecía demasiado a una historia borgiana. Al contrario, se la tomó muy en serio porque en el mundo de los destinos implacablemente unidos, las coincidencias no existen, ¿verdad?

Le pareció que el destino los había llevado a un lugar predestinado cuando averiguó que el barco en el que habían viajado como polizones había atracado en una zona llamada Atlántida, un departamento de Honduras. Eso le encantó. Se establecieron por un tiempo en la ciudad portuaria de La Ceiba y pasaron varios años en Tela, un paradisíaco centro turístico, famoso por sus fiestas legendarias. Una vez consiguió reunir algo de capital jugando sucio a una cantidad razonable de gánsteres locales; en ese momento su fama había traspasado las fronteras de su país de adopción, así que compró para él y para su hermana una propiedad de considerable tamaño en la ciudad más violenta del mundo, San Pedro Sula.

Ahora, en Princeton, Sócrates escondió el machete bajo el asiento y puso en marcha el motor. Colocó una mano sobre el portátil Mac blanco y lo abrió. Necesitaba la contraseña. Había asesinado al propietario y eso no era nada bueno. Tendría que dar explicaciones. O encontrar la respuesta de otro modo. En todo su historial como asesino a sueldo o como «hombre capaz de solucionar cualquier cosa», jamás la había cagado en una misión. Los primeros días, cuando se estaba instalando en su nueva casa, había erigido en el patio central de su casa de San Pedro Sula un pilar que llamaba la «columna de la infamia» en recuerdo de *Historia universal de la infamia*, por supuesto. En ella había ido haciendo una muesca tras cada una de las misiones que había finalizado. Ahora había ochocientas veintiuna. No había ningún motivo para parar en aquel momento ni tampoco para fracasar en esa misión, que, como se dijo a sí mismo, era la más importante de toda su vida, más incluso que las vidas de todos los implicados. No tenía miedo a nada, en general, pero la idea de que podía defraudar a quienes lo habían contratado le daba escalofríos. «Con esta gente no se puede bromear —se dijo a sí mismo—, no hay escapatoria de ellos.» La misión se había transformado en una cuestión de vida o muerte. Y ahora se trataba en concreto de su vida o su muerte.

Sócrates. De esa manera lo habían llamado cuando había ido a verlos; ¡por su nombre de pila, por el amor de Dios! Nadie se atrevía a llamarlo así. Tenía un apodo que se había inventado para sí mismo. Cualquiera que lo conocía o que debía dirigirse a él tenía que llamarlo *O Parteiro*. La palabra conllevaba forzar el portugués. *Parteira* significa «partera», por lo que el masculino se traduciría como «partero, el hombre que asiste en el parto», una especie de ayudante masculino en el parto, un tocólogo. Para quienes no se las apañaban para pronunciar el suavizado portugués brasileño, aceptaba que lo llamaran «el Partero». Al escuchar ese apodo, se les erizaba el vello de la nuca a quienes habían oído hablar de él. También había tomado este nombre de Sócrates, del procedimiento que el filósofo usaba para extraer las ideas contenidas en la mente de un interlocutor, muchas veces sin que esa persona supiera que estaban ahí. Era un procedimiento que Sócrates, el Sócrates griego, bautizó con el nombre de mayéutica: asistencia en el parto, que es el nombre clásico del método socrático. El filósofo griego sostenía que el término hacía referencia a la forma en que su madre, partera de profesión, extraía a los niños. Y no existía una verdad conocida u oculta que el Partero no pudiera extraer a su interlocutor a través de una serie de preguntas bien hechas, aunque tan solo fueran reminiscencias de la verdad. Si existía en algún recoveco oculto de la mente de la persona interrogada, el Partero siempre la encontraba.

7

—¿Cuántos llevamos? —Walter F. Caligari apoyó la mano en el marco mientras esperaba a que la puerta se abriera.

—Este es el noveno en las dos últimas semanas —respondió el oficial que lo acompañaba—. Es el doble que en los dos últimos años en un solo lugar.

Se oyó un ligero zumbido y se encendió una luz verde. Accedieron al pasillo inundado de luz. El director tenía unas ojeras inmensas. Se paró un instante y miró por encima de ellas a su preocupado subalterno. Caligari volvía a tener esa expresión de ave de presa, como si quisiera partirte la frente y robarte todos tus pensamientos. A veces, después de una sesión interminable con el jefe —y eran realmente largas, pero por suerte para todos muy poco frecuentes—, se divertían apostando a que era probable que el jefazo pudiera cortar hasta la puerta de acero más dura con la mirada. Y estaban convencidos de que uno de ellos ganaría la apuesta de una vez por todas.

—¿Dónde está? —preguntó el jefe, que se había puesto a andar de nuevo.

El oficial tuvo que acelerar el ritmo. Cuando el jefe se ponía en marcha, era imposible seguirle el paso. Tenía una zancada tan grande y movía las piernas a un ritmo tan alto que cualquiera que lo acompañara tenía que correr para oír lo que decía. A menudo llamaba a un ejército de personas de la base militar donde tenía su cuartel general y recorría entonces con ellas la pista hasta el avión o de vuelta al edificio cuando acababa de desembarcar. Este parecía ser el mejor momento para él de repasar las noticias, asignar nuevas tareas y oír informes. Con los chicos, era así y ya está, pero cuando dos o tres mujeres estaban convocadas con ellos, verlas corriendo tras él con la lengua fuera mientras tenían que ir anotando todo lo que oían, palabra por palabra, era un auténtico espectáculo.

—Está en la C —dijo el oficial—. Cuidado con la cabeza.

El director ya se había agachado después de doblar hacia el siguiente pasillo. Medía casi dos metros y el sótano en el que habían entrado tenía el techo más bajo.

—¿Le han sacado algo? —preguntó el director mientras empujaba la siguiente puerta.

—Lo que sabe. Como todos los demás.

La puerta daba a una especie de antesala, que parecía la entrada de una gran caja fuerte de acero. Dos individuos, armados hasta los dientes, estaban de pie, muy tiesos. Otros dos parecían estar dedicados exclusivamente a supervisar unos monitores con unos grandes auriculares puestos de aspecto marciano. Ellos también se levantaron, con gestos entrenados. Entonces se oyó un fuerte crujido y la puerta que daba a la caja fuerte se abrió. Ambos entraron en ella.

El paisaje cambió por completo. El pasillo era mucho más estrecho y, a la izquierda, había una serie de puertas dispuestas a la misma distancia unas de las otras y con un espacio considerable entre ellas, lo que sugería que las salas que había tras ellas eran muy grandes. La luz tenue y fría recordaba a la iluminación nocturna de los pasillos de los hospitales psiquiátricos. El suelo, en blanco y negro, dibujaba una especie de efecto adoquinado, de modo que tenías la sensación de caminar por una calle pavimentada recién mojada por la lluvia. En la pared de la derecha había representadas casas, también en blanco y negro, con tejados que parecían confundir su inclinación y terminaban en punta, puertas torcidas que daban la impresión de derretirse y ventanas que hacían lo mismo. Todo estaba desproporcionado en la ciudad dibujada en el largo pasillo. A la izquierda, unas vallas pintadas unían las celdas entre sí, pero seguían sobre sus puertas, también en blanco y negro. Todas las líneas eran oblicuas: no había ni un solo ángulo recto, como si la persona que las hubiese pintado pasara totalmente de ellos o no tuviera ni idea de su existencia. En la puerta de la celda ante la que se detuvieron había dibujada una especie de ventana romboidal, una ventana abierta entre unas barras representadas como unas flechas oblicuas que se alargaban hacia el techo y seguían por él, creando la perversa perspectiva de un mundo torcido lleno de ángulos absurdos.

Nadie sabía quién había hecho aquellos dibujos o cuándo se habían decorado los pasillos de la cárcel psiquiátrica más vigilada de la historia de Estados Unidos. Circulaban varias versiones al respecto: que se había permitido a uno de los internos manifestar su vida interior con la esperanza de averiguar algo sobre él interpretando su obra, o que el mismísimo director había hecho los esbozos a sugerencia del eminente psiquiatra, especialmente famoso por sus éxitos con la hipnosis, que dirigía el hospital. Cualquiera que fuera lo bastante desafortunado para estar en ese sitio cuando había una caída de la corriente eléctrica y las luces empezaban a parpadear caería víctima, sin duda, de un malestar en que las alucinaciones se sumarían a una sensación de desvanecimiento.

—¿Está aquí con los otros diez? —preguntó el jefe de modo autoritario—. ¿No lo han puesto en aislamiento?

—El médico pensó que sería mejor para él estar cerca de los demás. Una especie de recuerdo colectivo de lo que han vivido podría acercarlos y facilitar que se abrieran y compartieran sus experiencias unos con otros.

El director asintió con la cabeza y el oficial llamó a la puerta. Llegó un zumbido del otro lado. La cámara de seguridad se movió y se volvió hacia las dos visitas. Luego se oyeron unos pasos dentro.

—¿Y no ha dicho nada?

—No, está ahí con esa expresión horrorizada, los ojos llenos de venitas, la cabeza algo gacha, enfundado en una camisa de fuerza, y de vez en cuando se estremece como si se sobresaltara. Y cada vez que se le pide que describa lo que vio, se le desorbitan más los ojos, se echa a temblar y responde del mismo modo.

—¿Como los demás?

—Sí. Dice: «¡El diablo!».

La puerta se abrió.

8

Después de que los dos agentes se marcharan, Charles inspiró hondo y se arrellanó en el sofá del salón. No parecía capaz de recobrar el sentido. Quería que todo fuera una pesadilla o que alguien le hubiera gastado una broma. Para convencerse a sí mismo, tomó el móvil. Los mensajes no dejaban ninguna duda. Su adjunto estaba muerto, brutalmente asesinado, como los agentes habían dicho, en su residencia junto al campus. Le pasó por la cabeza llamar a su secretaria, pero no estaba en condiciones de consolar a nadie. Aunque no sabía si ella se encontraba en estado de shock o no, se dijo que el mejor método para superar esa clase de noticia era ganar algo de distancia. Se preparó un café y se sentó a la mesa del salón, donde intentó elaborar sobre el papel una cronología de los hechos sucedidos el día anterior. Pero se dio cuenta de que, aparte del asesinato de Marshall y de la incautación de la carpeta en el avión, en realidad no sabía nada más. Tenía que haber una relación entre las dos cosas, pero si existía, significaba que a Marshall lo habían asesinado a causa de esa carpeta, que él, Charles, ya no tenía en sus manos. Empezó a garabatear todo tipo de figuras geométricas en la página. Eso siempre le había ayudado a concentrarse; eso, y uno de los puros torcidos que estaba sacando en aquel momento del humidificador. Se levantó y volvió a sentarse varias veces. Después, abrió la nevera y miró un momento lo que había dentro sin ver nada. Pasado un rato, agarró una lata de

Coca-Cola. Se sentó de nuevo y se preguntó si sería posible beber Coca-Cola con el café: caliente y frío. Sorbió alternativamente un poquito de cada y, al final, vertió la Coca-Cola en el café.

Entre las notas de Marshall tenía que haber algo lo bastante importante para que la policía mexicana montara aquel espectáculo en el avión, algo lo bastante importante para que su adjunto fuera asesinado. Como no creía en coincidencias, se dijo a sí mismo que lo mejor sería reconstruir todo lo que pudiera de las páginas que había hojeado. Garabateó algo. Escribió números del uno al cinco, uno bajo el otro, pero cuanto más se esforzaba, menos recordaba. Alzó la mirada hacia los estantes mientras su mano garabateaba automáticamente en la página que había comenzado a llenar. Muchas veces usaba esta técnica al llegar a un impás. Cada vez que la había empleado, había acabado recordando algo o encontrando un hilo lógico. Tomó unos libros de un estante al azar y empezó a leer el lomo. Leyó algo y, después, dirigió la mirada hacia el papel. Entre las figuras geométricas, que habían empezado a solaparse entre sí, descubrió un semicírculo cerrado, una especie de medialuna, salvo que, en lugar de estar dibujada horizontalmente, se extendía sobre una pirámide que se elevaba amenazadora sobre un paralelepípedo, un prisma de seis caras.

Contrajo de repente el rostro, entusiasmado, y, como si fuera un médium a quien una aparición malvada le estuviera dictando algo, escribió las palabras «omnes libri». ¡Eso era! Estas eran las palabras que se le habían quedado grabadas en el avión. Había visto algo más, de pasada, pero esas palabras de la segunda o la tercera página se le habían quedado grabadas. Estaban situadas en un semicírculo, por lo que volvió a dibujar en otra hoja una medialuna mucho más grande con las dos palabras dentro, dispuestas esta vez a lo largo del arco del círculo. Era interesante que esa forma le hiciera recordar también las palabras. Vaya. Había algo más allí. Esas palabras le resultaban muy familiares. Naturalmente, era una expresión latina que significaba «todos los libros». Pero ¿de dónde procedía? ¿Dónde la había visto antes? Cuanto más miraba el dibujo, más conocido le parecía. Y no del avión, sino de antes, de mucho antes.

Decidió ir al campus. Tarde o temprano tendría que verse con gente.

9

Charles puso en marcha el motor y pisó el acelerador a fondo. Su afinadísimo Aston Martin se preparó para pasar a la acción como el fuelle de un acordeón y salió disparado calle abajo como un caballo inquieto. Su pasión por los coches era vista con severidad en Princeton, especialmente por los profesores más estirados, que habían comentado de modo ostensible y con mucha frecuencia sus ruidosas extravagancias. A los estudiantes, sin embargo, les gustaba mucho lo que Charles representaba: conocimientos y trabajo duro que conducían a la fama y la riqueza. La seriedad minuciosa con que se preparaba cada clase les demostraba que una educación de alto nivel podía conducirlos a hacer realidad el sueño americano. Era el profesor favorito de todo el mundo, lo que solía ser el motivo de que sus colegas no lo vieran con buenos ojos. En cuestión de minutos, giró a gran velocidad ante el quiosco de Palmer Square a la entrada de Nassau Street e, igual de deprisa, dobló a la izquierda cerca del restaurante Winberie's, donde normalmente quedaba con los periodistas que querían entrevistarlo, más que nada porque le quedaba cerca de casa. Aceleró al girar. Las ruedas chirriaron mientras la parte trasera del coche corregía el rumbo con un coqueto temblor. Dobló de inmediato a la izquierda cerca de Brooks Brothers y entró y salió del viaducto casi al instante. Aminoró un poco para asegurarse de que no viniera nadie y giró a la derecha en Hulfish Street.

No pudo situarse bien en su carril porque una figura vaga apareció de repente ante él. En el fragor del momento, la intuición le dijo que aquel individuo, que parecía haber salido de la nada, se proponía cruzar la calle por el paso cebra que estaba delante del estacionamiento de Hulfish. Charles dio entonces un frenazo. El coche se paró en seco y Charles se encontró de golpe mirando fijamente una de esas grandes hebillas que los vaqueros llevan en las películas del Oeste. Frente al parabrisas, la pelvis del hombre se elevaba a una altura poco natural, a pocos centímetros por delante del capó del coche. Charles alzó la vista más y más por un tronco inacabable que crecía de las piernas más largas que había visto en su vida. Necesitó esos segundos para preparar una disculpa, pero cuando estaba finalmente a punto de mirar al desconocido a los ojos, el sol le dio directo en los suyos. Tuvo que volver la cabeza e, incapaz de balbucear la menor disculpa, levantó una mano culpable. La cabeza del hombre tapó entonces el sol, por lo que parecía que la rodeara una aureola. Charles se dijo a sí mismo que había estado a punto de matar a un santo, algo que, realmente, nunca es bueno. El hombre, mientras tanto, lo miraba con asombro y sin ningún reproche. Lucía una especie de sonrisa, una expresión que se movía entre la simpatía y el asombro en su larga cara sin ningún rastro de vello, ni siquiera donde tendrían que haber estado las cejas. Agachó la cabeza un poco a la vez que abría mucho los ojos en un gesto teatral. Charles tuvo la impresión de que aquel hombre era algún tipo de ogro, uno de esos buenos que salen en los cuentos de hadas que se precien y en los que nunca sabes cuándo te vendrá bien contar con un ogro bueno.

El ogro lo miró un poco más y siguió su camino hacia el otro lado del paso cebra. Charles observó la peculiar forma de andar del gigante hasta que un potente claxon lo sacó de su trance. Continuó adelante, pero por el retrovisor vio que el otro hombre volvía la cabeza en su dirección. Unos momentos después se encontró con un montón de automóviles, vehículos policiales incluidos. Witherspoon Street estaba cerrada. Logró colarse y dejar el coche en el pequeño aparcamiento que estaba a la izquierda. Luego salió del coche y caminó unos treinta o cuarenta metros por calles secundarias, abriéndose paso con gran dificultad entre la multitud de mirones.

10

La enfermera abrió la puerta. Caligari entró con paso seguro, pero la expresión horrorizada del semblante del médico lo hizo parar en seco. El psiquiatra más importante del momento (hasta donde él sabía) lucía una expresión devastada que desconcertó al director. El médico tenía las pupilas totalmente dilatadas. Parecía que hubiera visto un fantasma. Caligari temió, por un instante, que los demás lo hubieran contagiado, que le hubieran dicho algo, que se hubiera producido una transferencia de la patología o que el médico hubiera sufrido de alguna manera las pesadillas horripilantes de sus pacientes. Caligari se volvió hacia la enfermera pero no pudo descifrar su rostro. Se giró de nuevo hacia el psiquiatra con aquella mirada penetrante, que todos los que habían tenido ocasión de trabajar con él conocían, como si quisiera radiografiar sus pensamientos. El psiquiatra se llevó al pecho la mano con la que agarraba una carpeta de plástico.

—¿Qué ha pasado? —preguntó el director con la voz tensa, temeroso de no obtener respuesta.

El médico movió los ojos y la cabeza como si estuviera haciendo un esfuerzo enorme para dominarse y cubrió a su jefe con un torrente de palabras, que medio se tragaba al hablar.

—Ha empezado hace unas horas, después de que les administrara la medicación de la tarde. Y ahora no para. Tiene que verlo.

Sin decir nada más, se giró rápidamente hacia la segunda

puerta, al fondo de la consulta médica. Los tres lo siguieron. El director habría querido preguntar de qué iba todo aquello, pero se dio cuenta de que la persona que tenía delante estaba demasiado crispada para contestar. Tendría que verlo con sus propios ojos.

La inmensa sala que albergaba a trece pacientes-prisioneros tenía más el aspecto de una planta de producción de una fábrica abandonada que de un pabellón de hospital, especialmente debido a las grandes ventanas con muchos paneles. A la derecha, al fondo, había doce literas con bancos dispuestos ante ellas. Con el añadido de los estantes de metal, este conjunto tenía el aspecto de un barracón militar.

Detrás de las camas, una puerta daba a los aseos. A la derecha, había un vasto espacio con espalderas y toda clase de instalaciones deportivas, además de porterías de balonmano y tableros de baloncesto con las líneas debidamente pintadas en el suelo, como si fuera un gimnasio militar. Un detenido, solo uno, se sostenía a la pata coja sobre la barra de equilibrios y contemplaba lo que estaba sucediendo en la parte izquierda de la sala. Otro, el que había llegado aquella tarde, estaba temblando en una silla de ruedas y se estaba poniendo cada vez más nervioso al ver el espectáculo que se desarrollaba ante él.

Más allá del área de relajación situada en el centro del espacio, ocupada por unos cómodos sofás, en medio de los cuales estaba entronizada una inmensa mesa de billar inglés y un bar con neveras llenas de bebidas no alcohólicas en botellas de plástico, en la pared este, en la dirección que había atraído la mirada del director, los otros once detenidos se habían repartido la pared, que había sido blanca hasta aquella tarde, y la estaban garabateando sin cesar, sin detenerse ni cansarse. Estaban en una especie de trance. Sus gestos parecían propios de unos animales desesperados por continuar a toda costa su obra, como si la voz de una autoridad suprema les hubiera ordenado hacerlo. Caligari se dijo a sí mismo que aquello era una especie de escritura automática. Pero no era el encuentro fortuito de un paraguas y una máquina de coser lo que recogían, sino una lista interminable de nombres. Cada detenido escribía las mismas palabras, pero no en el mismo orden. Tenían en las manos los lápices de carboncillo con los que se les animaba a dibujar en la pared en el otro extremo del gimnasio. Estaban garabateando letras gruesas, que repasaban una y otra vez para que quedaran más oscuras. Justo después de que todo aquello empezara, el médico había traído una bandeja enorme de lápices de carboncillo procedentes de la zona de almacenaje situada tras la pared izquierda y había llamado a la entrada para que les trajeran más en cuanto pudieran.

Los ojos del director y del oficial que lo acompañaba recorrieron rápidamente la pared escrita. Leyeron con facilidad las grandes letras que figuraban encima de las cabezas de sus escritores. Cuando bajaron la mirada, tuvieron que adivinar las letras que las cabezas en constante movimiento de los detenidos tapaban, pero, como el texto se repetía, no les costó identificar las partes que no alcanzaban a ver.

11

—¿Quién es ese hombre? —preguntó el policía que había bajado las escaleras para fumarse un cigarrillo y que estaba ahora en el marco de la puerta.

—¿Quién? —dijo el vigilante del campus.

—El que está intentando convencer a su compañero para que le deje cruzar la cinta amarilla. No soporto a los fantasmones como él. Necesitan figurar. Si pone escena del crimen: no pasar, eso significa que no tienes permiso para cruzar la cinta. Su cara me suena de algo.

—Es el profesor Baker —respondió el vigilante del campus en tono respetuoso—. George, esto... El señor Marshall era su adjunto —añadió dando un paso hacia Charles.

Se haría responsable de él ante el policía que se encargaba de mantener a distancia a la gente que se apiñaba en la estrecha acera.

El policía lo sujetó por el brazo y le dirigió una mirada severa.

—No —dijo—. Lo conozco de otra cosa. Es algún tipo de político.

—Ah —soltó el vigilante, radiante de admiración—, el profesor fue el jefe de estrategia en las últimas elecciones presidenciales. Probablemente lo conocerá de la televisión. Acompañaba a todas partes al presidente durante la campaña electoral.

El policía sabía perfectamente quién era Charles. Había asistido a una de sus conferencias unos años atrás, pero por alguna razón que solo él sabía, aquella tarde había querido hacerse el tonto. De hecho, parecía que quería decir algo más, pero un equipo de médicos forenses que salían de la casa interrumpió la conversación entre los dos agentes de la ley, de modo que el vigilante del campus aprovechó aquel momento para lanzarse hacia el policía encargado de controlar a la gente para explicarle quién era el profesor Baker. El vigilante estrechó afectuosa y compasivamente la mano del profesor e hizo un gesto al policía para indicarle que todo estaba bien; él se hacía responsable del profesor a partir de ese momento.

Justo entonces el ruido de dos vehículos que frenaban ruidosa y bruscamente llenó la calle. Dos SUV negros que no llevaban ninguna identificación se pararon en seco justo delante del cordón policial. Dos hombres con el atuendo estándar del servicio secreto salieron en primer lugar. Charles los miró y se preguntó por qué la gente de verdad seguía los clichés que las películas de acción habían creado para ellos, hasta la ropa y la actitud. Pensó que no estaba tan claro que las películas se inspiraran en la realidad. Puede que esos agentes imitaran las películas porque les gustaba aquella imagen de superioridad y de hombre duro. Lo que pasó a continuación reforzó el convencimiento de Charles de que la segunda opción era la correcta. Mientras observaba la escena que tenía lugar ante él, apostó consigo mismo que todo lo que iba a pasar sería otro cliché policial del cine y que su hipótesis de la imitación era buena.

La capacidad de Charles de desconectarse de las consecuencias trágicas de un suceso desplazando su atención a otra parte siempre le había resultado útil. Era una técnica de supervivencia que había aprendido de su abuelo. Ahora sentía mucha curiosidad por comprobar si ganaría la apuesta imaginaria contra su alter ego escéptico sobre una disputa jurisdiccional.

—¿Dónde está su jefe? —preguntó uno de los agentes en tono autoritario a la vez que ponía una identificación ante las narices del policía encargado del cordón.

El hombre quiso contestar pero no logró hacerlo porque el agente lo interrumpió:

—Esté donde esté, avísele al instante y lárguense. A partir de este momento no tienen jurisdicción aquí. Este delito es ahora un problema de seguridad nacional.

Mientras tanto dos hombres y una mujer salieron del otro coche. Ella parecía estar al mando. Susurró algo a sus compañeros, que parecían más bien sus guardaespaldas. Uno de ellos se acercó amenazadoramente al policía y comenzó a dirigirse de manera bastante grosera a él y al vigilante del campus:

—Tienen cinco minutos para enviar a todo el mundo a casa. Esto no es el circo.

Luego se dirigió hacia los estudiantes congregados frente a la casa donde George Buster Marshall había vivido hasta aquella mañana.

El agente que había hablado primero se dirigió hacia el policía con la identificación en la mano. Charles se lo estaba pasando en grande. Había olvidado por qué había ido hasta allí y se las había apañado para desconectar unos instantes. Pero no acababa de convencerlo que le hubiera resultado tan fácil intuir lo que sucedería. Era demasiado sencillo. Seguro que pasaría algo más.

—Por favor...

—Ya le he oído la primera vez —respondió el policía, que en apariencia no parecía nada intimidado por el superespía que estaba tan impresionado consigo mismo—. Enséñeme algún documento.

El agente se bloqueó un momento ante esta petición. La audacia de un insignificante policía pueblerino, que no reconocía la primacía de un coche negro carente de insignias, sumado a una identificación de la NSA, la Agencia de Seguridad Nacional: eso, para él, rayaba en lo intolerable. El agente se hinchó como un pavo real y colocó bruscamente la identificación con la insignia en la cara del policía. Pero Columbus Clay no era un policía corriente y no acababa de llegar del pueblo.

—Eso es una identificación, no un documento que dé fe de lo que dice. Muéstreme una orden.

La actitud del policía desconcertó al agente, que dejó de combatirlo y se volvió para dirigir una mirada de súplica a la mujer. Esta lo comprendió en el acto y se acercó a los dos hombres. Pasó a pocos centímetros de Charles, casi lo bastante cerca para rozarse. Él retrocedió un poco. Estaba a pocos metros de la escena: era un espectador y tenía que evitar participar en ella. Así que se alejó un poco más, pero aguzó el oído. La mujer le daba la espalda, de modo que no podía verle la cara, pero oyó cada palabra que pronunció.

—¿Sabe que, según la Ley Patriótica, la NSA tiene plena jurisdicción cuando la situación lo requiere? —preguntó.

—Eso significa que usted supone que el asesinato de un profesor universitario cualquiera, brutal, eso es cierto, es un acto terrorista. ¿En qué se basa para ello?

La mujer no parecía ser de la clase con la que se podía negociar. Era evidente que estaba acostumbrada a dar órdenes, lo mismo que a no tolerar ningún tipo de insubordinación. El impertinente individuo que tenía delante, que olía terriblemente a tabaco para más inri, le hacía subir la sangre a la cabeza. Lo único que le impedía lanzársele a la yugular era que no sabía con quién estaba hablando. Así que, con cierto esfuerzo, adoptó la expresión más serena posible y preguntó en voz baja:

—Pero ¿quién es usted?

—El representante de su Dios en la Tierra.

La mujer esperó que prosiguiera, pero no lo hizo. Era evidente que aquel individuo le estaba tomando el pelo y que había que disciplinarlo con urgencia. El policía, por su parte, se dio cuenta de que había llevado las cosas demasiado lejos, así que soltó rápidamente el acrónimo:

—ODNI.

A la mujer se le desencajó la mandíbula. Sabía que esta organización existía, en cierto modo de manera teórica, pero nunca había visto en persona a nadie que trabajara en ella.

—Soy el jefe del segundo al mando de su jefe. Creo que eso me convierte en su superior.

—Eso no lo convierte en nada —replicó la mujer.

Para resultar más convincente, Columbus Clay se metió la mano en el bolsillo trasero de los pantalones, de donde sacó con considerable dificultad un gran montón de documentos y objetos, entre los cuales había una cartera. Tras agacharse para recoger unos trocitos arrugados de papel que se le habían caído, se puso a hurgar apresuradamente en la cartera hasta sacar al final de ella una pequeña identificación de plástico que entregó a la mujer, que ya estaba al borde de la furia.

—No tenemos identificaciones ni cosas así —soltó el hombre, divertido—, porque nuestro poder nos permite el lujo de no tener que intimidar a nadie.

—Puede quedarse aquí hasta que aclare qué tengo que hacer con usted. Le garantizo que no tardaré mucho —espetó la mujer de la NSA, y para poner fin a la conversación, se dio la vuelta y regresó a su coche.

Durante todo este tiempo, Charles estuvo calculando mentalmente si había perdido o no la apuesta. Había supuesto que habría un enfrentamiento por la jurisdicción, pero no uno que conllevara jurisdicciones dobles o triples. Tuvo ganas de decir «cuantos más, mejor» en voz alta, pero se quedó boquiabierto cuando la mujer empezó a volver al coche. Su mirada se cruzó con la de Charles, pero no hizo ademán de reconocerlo, como si no se hubieran visto apenas unas horas antes. Lo miró como si no existiera mientras avanzaba hacia su vehículo. Para sorpresa total de Charles, la agente de la NSA resultó ser Petra Menard.

12

Después del 11 de septiembre de 2001, los servicios secretos se ampliaron tanto que empezaron a formar lo que hoy se conoce, no sin ironía, como «el Estado de la inteligencia», es decir, el Estado de los espías. Una investigación de *The Washington Post*, que provocó un escándalo inmenso, concluyó que nada menos que 1.271 organizaciones gubernamentales y 1.931 empresas privadas estaban relacionadas con el espionaje, la seguridad nacional, la obtención de información, el antiterrorismo y mucho más, y que no todas ellas tenían misiones claramente definidas ni actuaban de forma muy limpia. Según el *Post*, solo la NSA había subcontratado 250 empresas privadas. Entre ellas figuraban los gigantes SAIC y Northrop Grumman. Muchas de ellas se mezclaban o se entrelazaban entre sí. A menudo el trabajo se realizaba dos o tres veces, y con frecuencia los resultados eran irrelevantes o contradictorios. Las teorías de la conspiración sostenían que se trataba de un asunto de presupuestos descomunales que se mantenían en secreto tanto para ocultar las inmensas sumas que se gastaban en sobornar a funcionarios de gobiernos sensibles a argumentos de este tipo como para financiar toda clase de operaciones que se situaban al límite de la legalidad en el mejor de los casos.

La ODNI, sigla en inglés de la Oficina del Director de Inteligencia Nacional, era de reciente creación. Surgió de la necesidad de unificar la inmensa cantidad de información que este Estado de espionaje estaba desenterrando y de crear estrategias defensivas y ofensivas contra los peligros que acechaban a Estados Unidos, en particular el terrorismo. La comunidad de información estaba dirigida por esta oficina, el ODNI, cuyo jefe era asesor del presidente de Estados Unidos, pero también del Consejo de Seguridad Nacional (el NSC en sus siglas inglesas) y del Consejo de Seguridad Interna (el HSC en sus siglas inglesas). Hasta 2005, el jefe de esta oficina era el director de la CIA. Con la aprobación en el Congreso de la Ley de Reforma de la Inteligencia y Prevención del Terrorismo, se nombró un jefe independiente para dirigir la ODNI. El primero de estos jefes de la inteligencia nacional, John Negroponte, fue nombrado por el presidente George W. Bush. La oficina supervisaba la comunidad de inteligencia de Estados Unidos y, en general, tenía que saberlo todo, disponer de una visión de conjunto y coordinar la totalidad de la enmarañada y complicada comunicación entre los diferentes servicios estadounidenses.

A menudo surgían conflictos «a puerta cerrada». Sobre todo eran disputas jurisdiccionales por casos concretos. Se trataba de orgullo, luchas de poder e influencia, envidias y, especialmente, peleas por la financiación. Eran los ríos subterráneos que socavaban el frágil terreno sobre el que se asentaba toda la comunidad de información.

Columbus Clay se había incorporado a la ODNI hacía un año. El director le había otorgado poder para actuar como investigador y como ejecutivo. Para todos los demás, el estatus híbrido de cruce entre avestruz y camello de Clay no estaba nada claro. A veces daba la impresión de que todo el mundo, hasta el director y el mismísimo Clay incluidos, tenía problemas para comprender el rol de este individuo en la organización. Clay estaba totalmente a disposición del director de la comunidad de inteligencia y el director solía enviarlo a misiones difíciles, cuando llegaba a sus oídos que algo no estaba lo bastante claro o parecía dudoso. Tenía grandes sospechas de que, de hecho y técnicamente hablando, eran sus subordinados en los múltiples servicios secretos quienes estaban ocultado información importante. Por eso, un hombre con las cualidades de Columbus Clay, las propias de un hombre sacado de una comisaría de policía de San Francisco, podía resultar útil al director, por lo menos de vez en cuando. Y a este no le había fallado la intuición. Con su aspecto modesto, su infinita paciencia, la forma inaudita en que aparecía en los sitios, inesperadamente y sin abusar de su inmensa autoridad, Clay lograba caer bien dondequiera que fuera. Y siempre regresaba con buenos resultados. Hacía poco se había topado con una red de narcotráfico organizada por un reducido grupo de la CIA que facilitaba el transporte de cocaína a Estados Unidos a través de un túnel que iba directamente de la ciudad mexicana Tecate a la casa de un millonario situada al otro lado de la frontera, en la Tecate estadounidense. El pretexto para la operación, que comenzó y terminó en California, fue la infiltración de confidentes en uno de los cárteles más importantes del norte de México. Columbus Clay no tenía ni la más remota idea de lo que su jefe había hecho con la información que le dio. Solo sabía que, después de aquella aventura, pasaron semanas sin que nada pudiera borrar la sonrisa de la cara de su jefe. Nunca llegó a intuir siquiera si esta se debía a los resultados que había obtenido en su propia investigación o si eran fruto de una historia que circulaba por los pasillos de aquella sobria institución. El ama de llaves del millonario, una mujer mexicana que pesaba más de ciento ochenta kilos, le había pedido favores sexuales a cambio de proporcionarle información y acceso.

Antes de su traslado a Washington, Columbus Clay había sido inspector en la mayor comisaría de policía de San Francisco durante veinte años. Empezó tarde. Apareció de la nada y nadie recordaba haber oído hablar de él antes de que se presentara en la comisaría de policía, al igual que nadie le había oído hablar nunca sobre su pasado en ninguna ocasión. Era como si hubiera caído en paracaídas directo en el primer coche patrulla que había encontrado en la ciudad y hubiera ocupado el asiento de la derecha, junto a su compañero, de quien podría haber sido fácilmente el hermano mayor. Ostentaba el récord absoluto en Estados Unidos de casos resueltos, de un modo u otro, de los delitos que había investigado a lo largo de su prolongada carrera. Y algunos de ellos habían sido muy complicados.

Las condecoraciones y los diplomas que le habían concedido autoridades de todo tipo se amontonaban en su taquilla de la comisaría, en la que ya no cabía nada y que él abría con sumo cuidado solo para añadir algún nuevo trofeo de cristal o de aluminio, o alguna mención estrujada. Había rechazado una y otra vez un ascenso porque prefería trabajar sobre el terreno y no le gustaba dar órdenes. A sus jefes no les disgustaba esta actitud, especialmente porque el cargo para el que le habían propuesto estaba siempre muy solicitado, y el alcalde no insistía porque estaba encantado con la eficiencia de Columbus Clay. Cuando al final fue ascendido, se negó asimismo a trabajar con un compañero.

Algunas malas lenguas decían que era tan reservado y que no daba detalles sobre los avances de una investigación porque, en realidad, su mujer, de la que hablaba todo el rato pero a la que nadie había visto nunca, era el cerebro que, entre bastidores, resolvía todos los casos. La forma en que iba vestido a trabajar, siempre con la misma ropa constantemente arrugada, confirmaba, según otros, la sospecha de que su mujer se dedicaba a otra cosa y no tenía tiempo de cuidar de la vestimenta de su marido. Ahora bien, ni unos ni otros dudaron jamás de su existencia.

Cuando se soltaba el pelo en alguna fiesta en un bar local, su increíble memoria aterraba a sus compañeros. Lo recordaba todo sobre cualquier cosa. No era solo una enciclopedia con patas de todos los casos que había cerrado, lo que hacía que sus compañeros lo utilizaran como almacén de datos cuando necesitaban información rápida sobre un caso antiguo, sino que guardaba en la cabeza toda clase de detalles con los que se había topado, por insignificantes que fueran, desde el color de las cortinas de una casa que había visitado hasta los dientes que le faltaban a un cadáver: lo sabía todo. Del mismo modo, siempre se acordaba del cumpleaños de sus compañeros, del de sus mujeres e hijos, y jamás olvidaba felicitarlos ese día. Quienes no atribuían el mérito a su incierta esposa se lo endosaban a su extraordinaria memoria para todos los detalles, una mente que no solo retenía objetos y situaciones, sino cosas que le había contado alguna persona cualquiera, así como el orden en que se lo había dicho. Una vez, en un complicado caso de asesinato, en la habitación donde se encontró el cuerpo con una zanahoria clavada en un ojo y una chirivía en el otro, en una postura poco natural, con el trasero inclinado hacia fuera debido al cojín sobre el que estaba artísticamente colocado, se habían congregado varias decenas de policías, además de testigos, abogados y personas que se habían visto atrapadas de manera fortuita en los sucesos posteriores a aquel siniestro crimen. De vuelta en comisaría, Columbus Clay se sentó y escribió a máquina todo lo que aquellas personas habían dicho en la escena del crimen, en el orden exacto en que lo habían pronunciado, sin dejarse ni una sola palabra. Le llevó toda la noche. Aquellas ochenta y dos páginas perfectamente mecanografiadas hicieron que el comisario comentara que Columbus Clay era como un monstruo de la naturaleza o un personaje de una serie o una película en la que aparecían personas con habilidades especiales, como *Héroes* o *X-Men*. Mientras tanto, la miniobra transcrita ayudó a Clay a descubrir al culpable, conforme a las palabras que habían dicho el propio asesino y dos testigos. Aquel horripilante «asesino de las verduras», como fue apodado, había aterrorizado a la ciudad, matando en serie a personas que comían de modo poco saludable con una gran creatividad culinaria. La remolacha roja y el apio eran sus firmas favoritas. Los introducía preferentemente en las partes dorsales de sus víctimas.

Los detalles que Columbus Clay retenía, sin embargo, eran casi siempre la clave de todo el misterio. Como dijeron una vez dos policías mayores, aquella extraordinaria cualidad era también la maldición de Clay. ¡Cómo se debía de sufrir al no poder olvidar nada! «El olvido es lo que nos ayuda a sobrevivir», dijo uno de ellos, melancólico, con los ojos nublados por los tragos de tequila que fluían como olas aquella noche.

Y, como cualquier personaje casi legendario, debía tener lo que se conoce (en lenguaje especializado) como un defecto mayor, una ruedecilla que faltaba en el enorme mecanismo de escape que nos pone a todos en marcha. Su debilidad eran los espejos. No los soportaba, ni tampoco los escaparates que reflejaban algo. Nadie sabía de dónde le venía eso, aunque en la comisaría se rumoreaba que podía deberse a algún trauma de la infancia. La única vez que su jefe osó preguntárselo en un baile de la policía, respondió de forma extraña y ambigua: «El espejo multiplica la estupidez». Cuando la gente le pidió que ampliara el argumento, añadió: «Si un imbécil se pone delante de un espejo, de repente tienes ante ti a dos idiotas, y si estamos en un parque de atracciones o en una sala de espejos, ese estúpido puede multiplicarse hasta el infinito». Eso fue todo. Desde entonces, nadie se atrevió a preguntarle por su miedo primordial.

13

Caligari y su oficial escudriñaron la pared y observaron una palabra tras otra, un nombre tras otro:

Pitonio, Balbán, Abraxas, Forneus, Astaroth, Orobas, Orias, Sabnah, Xaphan, Zepar, Malphas, Gaap, Azazel, Furfur, Bégimo, Cerbero, Ipos, Asmodeo, Lucifer, Labolas, Alvion, Gemory, Pruflas, Seere, Vapula, Forcas, Dantalion, Belcebú, Ronove, Andromalius, Adramelech, Abadón, Seitán, Aamon, Bitru, Glasya, Separ, Ahriman, Baphomet, Vassago, Agares, Moloch, Vine, Ukobach, Drácula, Angra-Manyu, Behemot, Satanás, Beleth, Andras, Carabia, Belfegor, Beherit, Syriac, Amón, Amy, Caasimolar, Flauros, Baalzephon, Malphas, Leonardo, Apollyon, Baalberith, Melchom, Wall, Berith, Ose, Murmur, Phoneix, Sitri, Chemosh, Demogorgon, Abigor, Alastor, Kali, Decarabia, Procel, Ronwe, Picollus, Cimeries, Eurinome, Gorgo, Mefistófeles, Leviatán, Amducias, Alocer, Beleth, Focalor, Aarzel, Bifrons, Purson, Mammón, Lilit, MCV, Iblis, Haborym, Loki, Arioch, Andrealphus, Caacrinolaas, Mormo, Naamah, Samael, Marduk, Bael, Saleos, Otis, Rahovart, Zaebos, Mastema, Melek Taus, Buer, Arioch, Chax, Milcom amonita, Nihasa, Botis, Cimeries, Scox, Barbato, Malfa, Oyama, Zaleos, Vual, Vepar, Zagam, Stolas, Valac, Samnu, Tifón, Yen-lo Wang, Buné, Aubras, Buer, Balam, Foraii, Eyrevr, Chax, Caim, Sedit, Yama, Tchort, Shax, Gusoyn, Halphas, Ah Puch, Astaroth, Raum, Paimon, Baalberith, Bast, Furinomius, Tap, Bilé, Emma-O, Hécate, Mantus, Mania, Haborym, Damballa, Ishtar, Metztli, Morax, Marchosias, Gamigin, Nabrius, Mictian, Nergal, Nija, Caim, Marbas, Malphas, Naberius, Prosperina, Sejmet, Tezcatlipoca, Volac, Haagenti, Leraye, Nicliar, Necuratu, Sabazios, Nosferatu, Tunrida, Thoth, Yaotzin, Nibba, Ipes, Halphas, Naberius, Haagenti, Thamuz, Midgard, Agares, Bathin, Eligos, Caco, Kallikantzaros, Alloces, Astarté, Gorgona, Jinn, Jörmungandr, Hécate, Íncubo, Yenaldooshi, Shedim, Súcubo, Ráksasa, Huracán, Hilsi.

Los detenidos seguían escribiendo, de modo que cada pocos segundos añadían nombres a la pared, que empezaba a estar atiborrada.

—Pronto necesitarán una escalera —susurró el director a la enfermera.

Ella lo entendió y salió de la habitación.

—¿No son...? —empezó a decir el oficial, que parecía tan atónito como el director.

—Los nombres del demonio. —El director terminó la frase, asintiendo con la cabeza—. Los suyos o los de algunos personajes relacionados con él —añadió.

14

A Charles, por su parte, no le apetecía nada que lo interrogaran. Era una suerte que nadie le preguntara nada y que todos se movieran a su alrededor como si fuera invisible. Enfiló Witherspoon. La calle desembocaba en el campus, delante del Museo de Arte.

Mientras se dirigía a su oficina, decidió posponer un rato los encuentros desagradables y se sentó en un banco. El ajetreo no era nada natural. Estudiantes y profesores estaban reunidos en grupos y grupitos. Había toda clase de uniformados pululando por la zona. Era obvio que todo el mundo hablaba del asesinato.

Sacó el móvil y llamó al jefe supremo del FBI.

—Mis condolencias —fueron las primeras palabras que oyó—. ¿Tienes idea de qué le ha pasado a ese hombre?

—¿Cómo voy a saberlo? —respondió Charles—. Pero ya se lo dije a los dos agentes que me enviaste esta mañana.

—¿Dos agentes? ¿Del FBI? ¿Estás seguro? Es posible que alguien de New Jersey haya actuado movido por un exceso de celo, pero no hemos tenido jurisdicción en ese caso ni por un segundo. No había razón para ello —añadió el director—. Es un crimen local... el problema nunca se planteó. Creía que me llamabas porque necesitabas mi ayuda.

—Entonces ¿no has enviado a nadie? —insistió Charles, aunque ya sabía cuál sería la respuesta.

—Puedo averiguarlo si quieres. ¿Tienes alguna idea de los nombres de los agentes?

—No recuerdo cómo se llamaba el hombre. Me parece que ni siquiera se presentó. La mujer, sin embargo, tenía un nombre interesante: Petra Menard.

—¿Acabado en «r» o en «d»?

—En «d».

—¿Por qué interesante? En cualquier caso, no me suena, pero eso no quiere decir nada.

—Parece un nombre inventado. No tengo tiempo para explicártelo. La vi después en la escena del crimen... en la casa donde vivía Marshall. Ahí parecía ser un capitoste de la NSA.

—¿Qué quieres decir con eso de inventado?

—Tengo que dejarte. Te agradecería que intentaras averiguar algo sobre el asunto.

Charles colgó sin esperar una respuesta. Aquella historia se estaba volviendo cada vez más interesante. Era consciente de que tendría que pensar en Marshall con tristeza, que debería honrar su memoria de algún modo, pero decidió que la mejor forma de hacerlo era descubrir quién lo había matado, especialmente el porqué y desentrañar toda la historia que había detrás.

Se encaminó hacia su oficina. Por el camino, un grupo de estudiantes lo detuvo. Algunos de ellos eran incluso de su clase. Lo rodearon, lo abrazaron uno por uno y le estrecharon la mano con rostros afectuosos y preocupados. Cuando una de las estudiantes se le acercó, Charles se fijó en un medallón que llevaba colgado del cuello, uno de aquellos que estaba formado por medio corazón. Un medallón de este tipo se obtiene al cortar verticalmente un corazón entero por el centro en dos partes desiguales en forma de medialuna y se presenta con dos cadenitas. Los enamorados separan las dos mitades y cada uno de ellos lleva puesta una. La joya hace las veces de un anillo de compromiso.

Charles se percató de que los estudiantes estaban confundiendo su mirada fija, concentrada en el medallón, con un estado de shock, de modo que le fue fácil darles las gracias, pedirles que lo disculparan y alejarse del grupo, aunque en lugar de seguir su camino, se dio la vuelta. Caminó un trecho deprisa y echó a correr hacia el lugar donde había aparcado el coche.

15

En San Pedro Sula todo el mundo temía a Sócrates. Los criminales más violentos, las peores bandas de narcotraficantes, asesinos crueles y dementes, animales sanguinarios sin el menor rastro de humanidad; todos evitaban la calle donde Sócrates vivía con su hermana. Se había corrido la voz de que se oían los gritos de quienes llevaba en barco o helicóptero por encima de la tierra y el mar. Y que los torturaba hasta que les sonsacaba la historia de toda su familia con todo lujo de detalles. El Partero era el terror de los criminales más siniestros del mundo.

Solamente una vez, un joven e imprudente señor de la droga que se había apoderado de todas las zonas de la ciudad de manera lenta pero inexorable, poco a poco, eliminando a sus rivales y a todas sus familias hasta los parientes de quinto grado en la mayor matanza de la historia de aquella ciudad tan castigada, solo una vez ese joven e imprudente señor de la droga decidió, en su locura juvenil, matar a aquella gran leyenda que se interponía en su camino. Era una cuestión de prestigio. Se creía invencible, el amo del mundo, y quería llegar a ser el dueño absoluto de la ciudad. Atacó a Sócrates con un ejército de treinta locos, armados hasta los dientes. Nunca más se supo nada de aquel equipo. Durante un año entero, fueron apareciendo sus cabezas colgadas en carnicerías, sus lenguas y narices mezcladas con la comida que servían en los platos de los restaurantes, y sus penes secos colgados en la entrada de burdeles insalubres.

A partir de entonces, nadie tuvo el valor de acercarse a él. Su hermana se movía por la ciudad de noche, pero los pandilleros con caras de asesino, en lugar de atacarla y violarla (como hacían con todas las chicas feas, y todavía más con aquellas de una belleza inaudita como Rocío Belén), formaban una verdadera guardia pretoriana a su alrededor. San Pedro Sula, la ciudad más siniestra del planeta, se convirtió de repente en el lugar más seguro del mundo para esta princesa. Los gánsteres se comportaban así por miedo, pero también porque le estaban agradecidos a su hermano. Él los había librado del mayor peligro, de Arturo Ufarte, el criminal más siniestro de la historia de la ciudad hasta que llegó el hermano de Rocío Belén. Pero el Partero ya no tenía nada contra nadie. Podían seguir adelante con sus negocios como quisieran. Recuperaron, gracias a él, las zonas tal como estaban antes de Ufarte. De vez en cuando, pedía algo de ayuda y todo el mundo corría a servirlo.

Si se hubiera presentado a alcalde, habría salido elegido por unanimidad.

16

Charles cerró de un portazo el coche y salió del aparcamiento a toda velocidad. Estuvo a punto de atropellar a una señora mayor, cuyos gritos desesperados lo siguieron mientras él desaparecía. Pero Charles no la oyó. En poquísimos minutos, dejó Princeton y se dirigió hacia la casa de su padre en Baker, en el condado de Hardy, Virginia Occidental. Aunque el trayecto fuera algo más corto por la autopista de Filadelfia a Baltimore, decidió evitar el enorme tráfico alrededor de las ciudades, convencido de que estaba demasiado alterado para concentrarse en la carretera, de modo que fue por Hershey, Harrisburg y Winchester. Tenía que conducir casi quinientos kilómetros. Estaría en casa en cinco horas a lo sumo. Lo primero que hizo al dejar atrás el tráfico fue tomar el móvil. Tuvo que llamar varias veces antes de que su padre contestara.

—No es fácil hablar contigo —dijo Charles.

—Ja, ja. —La voz alegre de su padre era cordial—. ¡Charlie! Estaba en el jardín. ¿Estás conduciendo? Se oye un ruido terrible.

Charles subió la ventanilla y redujo la velocidad.

—Te diré lo que pasa —soltó con cautela—. Te lo preguntaré directamente, así que no te sorprendas: ¿Dónde están todas las fotografías de mi madre?

No se oyó nada al otro lado de la línea.

Sabiendo lo mucho que le costaba a su padre hablar de aquel tema, Charles se armó de paciencia.

—¿Por qué? —preguntó su padre pasado un rato.

—Porque sí. Vamos, ya no soy un crío. No tienes motivos para seguir protegiéndome.

El mayor de los Baker sopesó las palabras de Charles.

—Tienes razón. Las escondí todas tras su muerte. Mi excusa era no hacerte sufrir pero, pasados varios años, me di cuenta de que, en realidad, oculté las fotografías para protegerme a mí mismo. Me dolía recordar. ¿Adónde te diriges? —preguntó, intentando cambiar de tema, aunque era consciente de que no funcionaría.

—¿Sabes que ni siquiera recuerdo su aspecto? —dijo Charles ignorando por completo su torpe intento de distracción—. Solo tengo una foto, que guardo en un cajón y saco de vez en cuando. Pero recuerdo que había un montón de fotos y cuadros. Había muchos retratos en casa.

—Ahora también —respondió su padre con voz apagada tras otra pausa—. Volví a colgarlos.

—¿En serio? ¿Cuándo?

—Hace mucho. ¿Cuántos años hace que no vienes por aquí?

Charles no había vuelto a casa en más de veinte años, desde la muerte de su abuelo. Si su padre quería verlo, tenía que ir a Princeton o incluso encontrarse con él en las ciudades donde daba conferencias. En esas dos décadas se habían visto por lo menos dos veces al año, pero nunca en la casa que había construido su bisabuelo. El sufrimiento que conllevaba le parecía demasiado grande, y una visita dolorosa al pasado provocaba un padecimiento casi físico al joven Charles, una nostalgia angustiosa que no pocas veces se transformaba en una melancolía prolongada, y ese era el motivo que lo había llevado a alejarse de todo aquello.

—¿Sigues ahí?

—¿Perdona? Ah, no lo sé. ¿Veinte años?

—Más —dijo su padre con voz afable—. Tal vez tengas el valor de hacerlo algún día.

—¿Sabes qué recuerdo? Que en algún lugar, en esos cuadros, no sé si en todos, pero estoy seguro de que en muchísimos, mi madre llevaba colgado del cuello una especie de medallón con forma de medialuna. Y me parece que en por lo menos uno de los cuadros había algo escrito en el medallón.

Esta vez, el silencio que se hizo al otro lado de la línea fue de otro tipo. Charles estaba convencido de que su padre estaba mirando uno de esos cuadros en aquel mismo instante. Seguramente los había vuelto a colgar tal como estaban antes. Recordaba haber preguntado a su padre muchas veces por qué no tapaba aquellas marcas descoloridas en las paredes, por lo menos en el salón. Y nunca había recibido ninguna respuesta. Solo recordaba que su padre había conservado obstinadamente vacíos aquellos espacios, igual que los judíos dejan un rincón de su casa sin encalar. Un constante recordatorio de que, mientras siga sin reconstruirse el templo de Salomón, vagarían siempre por la tierra y su destino no se resolvería. Y también recordaba que la única vez que había visto a su padre crispado y hecho un basilisco fue cuando había colgado un póster de Pink Floyd para tapar uno de los espacios vacíos. Al día siguiente había encontrado el póster hecho trizas.

Charles perdió la cuenta de la cantidad de tiempo que habían estado en silencio.

—¡*Omnes libri!* —respondió su padre con la voz recuperada.

—¿Tienes idea de lo que significa? Quiero decir, sé cómo se traduce: «Todos los libros». Pero ¿qué relevancia real tiene?

—¿Por qué? —preguntó su padre, que parecía estar ganando tiempo.

—Ya te lo diré.

—No por teléfono. No puedo contestarte así. Más te vale que tengas un motivo importante y que no sea simple curiosidad, porque entonces será mejor que lo dejemos estar.

—Muy bien. Voy para allá. Llegaré en unas horas.

17

El mayor de los Baker se sirvió una copa de coñac y se sentó en el porche con los ojos puestos en la entrada del patio delantero de su pequeña casa, bordeado de árboles muy viejos. En aquel momento, su hijo se dirigía hacia allí, el hogar en el que había crecido y que prácticamente ya no se parecía en nada. Habían pasado más de veinte años desde que Charles había decidido que demasiados recuerdos dolorosos rondaban la vieja casa. Su madre había muerto en ella cuando él apenas tenía cuatro años y su abuelo, que lo había criado, había desaparecido de esa casa. Inconsolable debido al dolor de haber perdido a su esposa, a quien había amado mucho más que a sí mismo, Baker padre lamentaba ahora haber desatendido a su hijo. La cara de Charles era la viva imagen de la de su madre.

La relación de Baker con su hijo había sido bastante frágil. El sentimiento de culpa por haberlo abandonado le había impedido siempre asumir una actitud autoritaria con respecto a Charles. Durante las vacaciones de verano y de invierno invitaba al chico a Princeton, donde él era profesor, o iban juntos a esquiar o a pasar unos días junto al mar. Cuando Charles cumplió dieciséis y fue admitido en la universidad dos años antes de lo habitual, Baker lo llevó a un largo viaje por Europa. Estaba convencido de que Charles era un joven con una inteligencia extraordinaria, muy superior a la de su padre y su abuelo juntos, pero en aquel viaje, el rebelde adolescente afloró a la superficie y las vacaciones fueron una pesadilla, especialmente para él. Su hijo hizo todo lo posible para sacarlo de quicio. Gritó, tiró y rompió cosas, creó problemas en cada uno de los hoteles en los que se alojaron y en todas las casas de sus amigos de la universidad: de París a Berlín, de Londres a Amsterdam. Comprendía a su hijo y nunca le habló con dureza ni perdió la paciencia. Sabía perfectamente por lo que su hijo estaba pasando y estaba convencido de que él merecía que lo tratara así. Dos semanas después de que su padre se jubilara de la universidad y regresara a casa, Charles hizo el equipaje y se trasladó a Princeton, justo a la casa que ocupaba hasta entonces el mayor de los Baker.

Charles maduró con el tiempo, y la relación entre padre e hijo se normalizó. El padre intentó definir una vez la relación con su hijo y llegó a la conclusión de que era entre moderada y cálida.

Cuando calculó que faltaba poco para que el coche de su hijo se detuviera frente a su casa, se dirigió a la biblioteca y sacó un sobre oculto en la contracubierta de un álbum familiar.

18

Sócrates cruzó la puerta del hotel furioso, pero su rostro se relajó en cuanto vio a su hermana sentada en un puf con un libro en la mano. Rocío se levantó nada más verlo y reconoció de inmediato la peor expresión en su cara. Le tomó las mejillas con las manos y le preguntó:

—¿Tan mal ha ido?

El aterrador criminal se ablandó por completo al ver a su hermana. Si uno de sus enemigos hubiera querido hacerle daño de algún modo, es ahí donde habría tenido que golpearle. Rocío era su talón de Aquiles... el talón de Sócrates. Asintió con la cabeza, inseguro.

—No pasa nada —dijo Rocío—. Hablemos de ello. Cuéntamelo todo y encontraremos una solución.

El asesino murmuró algo, y Rocío le levantó el mentón y lo obligó a mirarla a los ojos, negros y exageradamente grandes.

—Pero ¿no tienes miedo? —preguntó Rocío.

—Temo por ti. No se puede jugar con esa gente. Saben demasiado de nosotros y que tú eres mi única debilidad.

—Te diré lo que pienso: intentaremos finalizar la misión y si de algún modo no lo conseguimos...

—Los matamos a todos —dijeron ambos a la vez, de una forma que dejaba claro que estaban acostumbrados a hacer aquello, como si hubieran pronunciado una fórmula mágica, un conjuro.

Tras consultar su reloj de pulsera, Sócrates cruzó una mirada con su hermana y dijo:

—Creo que sería mejor dejarlo para mañana. Ya es tarde, y hay policías por todas partes.

—¡Es el mejor momento! El campus todavía no estará desierto. Seguro que habrá algo de gente, de modo que no llamaremos la atención. Es demasiado arriesgado dejarlo para mañana. Es posible que para entonces haya desaparecido alguna prueba. Y la policía está concentrada por completo en esa casa. Dudo que se hayan movido tan deprisa. —Y, totalmente decidida, Rocío añadió—: ¡Voy contigo! Conduzco yo. Toma algo en el bar mientras me cambio, por lo menos un bocadillo.

19

La casa en la que Charles había crecido parecía haber envejecido desde que la había visto por última vez y, sin estar sucia, se hallaba algo desorganizada. Su padre siempre había rechazado tener ayuda. Solía decir que hacer las tareas de la casa le ayudaba a relajarse y a concentrarse en sus matemáticas avanzadas. Charles había intentado convencerlo muchas veces para que reorganizara su vida, pero su padre siempre se negaba a hablar del tema. En cuanto llegó, Charles le dio un breve abrazo y entró rápidamente en la casa. Luego echó un vistazo a su alrededor.

—¿De verdad era tan guapa? —preguntó Charles.

Estaba contemplando el cuadro que ocupaba el espacio que había estado tanto tiempo vacío en la pared este del salón. Un medallón con la misma forma que aparecía dibujada en los documentos de su adjunto adornaba el cuello bronceado, de piel delicada y sedosa, de su madre. Con letras inclinadas, el medallón rezaba: OMNES LIBRI. Era exactamente tal como lo guardaba en su memoria.

—¿No la recuerdas en absoluto?

—No estoy seguro. Creo que mis recuerdos de ella se formaron a lo largo del tiempo a partir de las cosas que me iba diciendo el abuelo. —Volvió la cabeza y miró fijamente a su padre—. ¿Cómo es que no me contaste nada a lo largo de todos estos años?

Los ojos del anciano se llenaron de lágrimas al instante. Charles se acercó a él y le puso una mano en el hombro.

—No pasa nada —dijo su padre mientras se sentaba en una butaca frente al retrato, su lugar favorito. Allí, con una sola mirada, abarcaba el cuadro y el floreciente jardín de rosas del patio—. Dime qué quieres saber.

Charles empujó el carrito de las bebidas hasta colocarlo delante de la butaca y acercó una silla para sentarse. En el carrito había dos copas con coñac.

—Hace unos días iba a dar un curso en México. Antes de partir, en el aeropuerto estadounidense, apareció George, sudoroso y exhausto, justo cuando estaba a punto de pasar el último control de seguridad. Casi sin aliento, me entregó una carpeta.

—¿Qué George? —preguntó su padre—. ¿George Marshall? Charles asintió con la cabeza y prosiguió:

—Los tres días que duró la conferencia me olvidé por completo de la carpeta, a pesar de que la llevaba todo el tiempo metida en la mochila. Justo antes de regresar, pasé por el hotel, donde me encontré la habitación revuelta, como si alguien hubiera estado buscando algo en ella. Y la noche antes, en el restaurante, una vez terminada la conferencia por ese día, hubo otro incidente. Acabo de establecer la relación ahora mismo. Fui al lavabo y, cuando volví, alguien le había robado una mochila igual que la mía a un colega mexicano. Vi que este había ocupado mi lugar para poder hablar con la persona que estaba sentada a mi lado y había dejado vacía su silla. Seguramente la persona que robó la mochila de su respaldo pensó que era la mía.

El padre de Charles lo miró con una mezcla de atención cautelosa y ligero asombro.

—Y no te lo pierdas —continuó Charles—. El día que me iba, cuando pregunté en el hotel qué había pasado en mi habitación, me dijeron que las señoras de la limpieza tenían que salir más pronto y que, dado que yo ya tendría que haber dejado libre la habitación a esa hora, habían empezado a limpiar. Eso no me pareció bien en un hotel de aquella categoría, y con todas mis cosas dentro, pero como en México todo es posible, fui al aeropuerto sin sospechar nada. —Hizo una pausa lo bastante larga para dar un trago de coñac. Se sacó un puro torcido del bolsillo y miró inquisitivamente a su padre, que se levantó y regresó con un cenicero.

—A veces se me olvidan —comentó el padre de Charles con una sonrisa—. Sigue contándome.

—Bueno, cuando el avión empezó a rodar, me acordé de la carpeta y me puse a hojearla. No alcancé a ver gran cosa porque de repente el avión se paró y se dirigió de vuelta a la pasarela de embarque. Me imaginé que el aparato debía de tener algún problema, pero la puerta delantera se abrió y entraron unos soldados vestidos como tropas de asalto que evacuaron a todo el mundo. Cuando me tocó a mí, uno de ellos me puso una mano en el hombro y me empujó contra el asiento para que me quedara sentado.

—¿En serio? —soltó su padre, sorprendido—. ¿Cómo es posible?

—Ni siquiera me lo pregunté. Ya te dije que allí puede pasar cualquier cosa.

—¿Lo ves? Por eso me inquieto por ti cada vez que vas a algún país exótico.

—No te preocupes. Nunca me había pasado nada así, pero enviar un ejército para conseguir una carpeta de George es algo fuera de lo corriente.

—Entonces ¿se llevaron la carpeta?

Charles asintió con la cabeza.

—Aunque no con brutalidad. Aquel individuo alargó la mano hasta que se la di, debo admitir que más asombrado que intimidado.

—¿Y?

—Y nada. Me indicó que permaneciera sentado. Los demás pasajeros volvieron al cabo de un ratito. Me miraron con extrañeza durante el resto del viaje hasta que aterrizamos.

—¿Cuándo fue eso?

—Ayer por la tarde.

Al pensar en el gesto que hizo su padre, Charles intuyó que quería preguntarle si no pensaba hacer nada respecto al incidente, pero lo interrumpió con otro gesto.

—En cualquier caso, hoy, mi primera mañana de vuelta en Estados Unidos, me despertaron dos agentes que afirmaban pertenecer al FBI.

—¿Qué quieres decir con eso de que lo afirmaban?

—Tenían las identificaciones y todo lo demás: los gestos, el lenguaje, el comportamiento.

—Pero ¿no lo eran?

—Eso está por ver.

—Hasta donde yo sé, el director te debe su cargo. ¿No le aconsejaste encarecidamente al presidente que lo mantuviera en él durante la nueva legislatura?

—Eres bueno. —Charles asintió con un gesto de admiración.

—Nosotros también tenemos nuestros propios informantes —soltó Baker padre sonriendo con complicidad—. ¿Y lo has llamado?

—Sí. No tenía ni idea, pero no creo que sepa todo lo que hace cada uno de sus agentes. En cualquier caso... —Charles dedicó un buen rato a servir un poco más de coñac en las dos copas—. Bueno, en cualquier caso, vinieron a preguntarme si sabía algo sobre un horrible asesinato cometido anoche.

—¿Un asesinato?

—Sí. El de George Marshall.

La sonrisa se desvaneció de los labios de Baker y miró, estupefacto, a su hijo.

—¿George está...? —Se detuvo en seco, incapaz de seguir.

—Sí. Fui a su casa. Toda la zona estaba llena de policías. Y de gente de la NSA.

—¿De la NSA? Pero ¿qué demonios? —Baker se levantó y comenzó a caminar arriba y abajo, nervioso—. Ya sabes que era primo tuyo en quinto grado. Pero... por el amor de Dios. ¿Qué diablos? Tengo que llamar a su padre. ¡Oh, Dios mío!

Baker siguió andando en círculos un momento, pero al final, se dejó caer de nuevo en su asiento. Al verlo, Charles pensó que su padre sabía la relación que él había establecido con George.

—¿Y tú crees que esto tiene algo que ver con esa carpeta? —preguntó Baker—. ¿Te adelantaron esa teoría los agentes que te visitaron? No me digas que intentaste hacerles hablar.

—Estaba demasiado aturdido. De hecho, ellos intentaron sonsacarme algo a mí. Me preguntaron en qué estaba trabajando George últimamente.

—¿No les dirías nada sobre este asunto de la carpeta?

—No. No sé por qué, pero no me inspiraron confianza. —Charles hizo una pausa. Juraba que quizá había leído el nombre de Lincoln varias veces en las páginas que había hojeado.

—¿Qué recordabas?

—Les dije que estaba trabajando en una tesis revolucionaria sobre Lincoln y que los últimos días estaba muy ilusionado porque había descubierto algo importante. Y que se ausentó un tiempo, puede que una semana, diciendo que iba a comprobar algo y que, si su teoría era cierta, pondría todo el país patas arriba porque sería una revelación histórica equivalente a una revolución. Hizo una afirmación categórica: puede que lo que no sabemos nos salve de lo que ya sabemos.

—¡Un acertijo! Interesante. ¿Qué Lincoln?

Charles miró a su padre como si tuviera delante a un loco.

—Eres la segunda persona que me pregunta eso mismo hoy. El presidente. ¿Es que conoces a otro Lincoln?

—Conozco a unos cuantos, de hecho —intentó bromear, sin éxito, su padre—. ¿Tú, no? —No esperó a que Charles contestara y añadió—: Y el medallón de tu madre...

—Es una de las pocas cosas, si no la única, que recuerdo con seguridad de la carpeta. Y ahora tengo muy claro que el nombre de Lincoln aparecía varias veces.

—¿Estaba entre esas páginas?

—Sí, dibujado a mano. En varios sitios. Supongo que me obsesionó y que, por eso, no pude profundizar más.

—Sí. Tendría que haberme esperado que acabaría sucediendo algo así, pero ha pasado tanto tiempo que pensé que... Bueno, vuelvo a convencerme de que... —Baker omitió una o dos palabras— no decía o hacía nada de manera gratuita.

—¿De quién estás hablando? —quiso saber Charles.

—De tu madre.

20

La hermana de Sócrates estaba en lo cierto. Ni la poca policía de la ciudad, en cierto modo horrorizada por aquel abominable crimen, ni la NSA habían llegado aún al Departamento de Historia. Ni la oficina de Charles ni la de su adjunto estaban precintadas. Nadie las había inspeccionado. A Sócrates no le costó demasiado escalar la verja y entrar en el edificio, que parecía estar vacío. Había oscurecido temprano, y había varios grupos de estudiantes abajo. El follón habitual de aquella hora había sido reemplazado por un tipo más plácido de charlas, en armonía con la mala noticia que acababa de golpear el campus. Sócrates se encaramó a una de las ventanas que encontró abierta y accedió al segundo piso.

La puerta de Charles cedió al primer empujón, mientras que la de George precisó varios puntapiés. Después de haber saqueado ambas oficinas y de haber llenado a rebosar una bolsa de basura con cosas que había ido encontrando, oyó pasos fuera y, después, las voces de dos mujeres que se detenían ante la puerta de Charles. Era obvio que habían visto la puerta rota de la oficina del adjunto. Se quedó tras la puerta y se dispuso a abalanzarse sobre las dos mujeres que estaban hablando, pero estas huyeron. Asomó la cabeza y vio cómo desaparecían pasillo abajo. Alcanzó a ver que el móvil que llevaba una de ellas en la mano se iluminaba en la penumbra. Disponía de unos minutos, así que abrió la ventana y silbó. Se acercó una sombra. Rápidamente ató la bolsa y se la tiró a Rocío. Después calculó a toda velocidad la distancia hasta el suelo y saltó. Echaron a correr y casi se cayeron al tropezar con el cuerpo de un hombre. Sócrates dirigió una mirada inquisitiva a su hermana.

—Intentó ligar conmigo —soltó Rocío, esbozando una sonrisa que hizo que sus dientes blancos relucieran en la oscuridad de la noche.

Poco después de que desaparecieran en la penumbra, un hombre se inclinó hacia el cuerpo del hombre que se había metido con quien no debía. Puso una mano en la garganta de la víctima y le tomó el pulso. Tras comprobar que el tipo tan solo estaba inconsciente, Columbus Clay salió en pos de los otros dos. Si alguien hubiera tenido la extraña idea de mirarlo todo desde arriba, oculto en el cielo, habría visto que varios pasos por detrás, escondido tras un árbol, otro hombre estaba siguiendo toda la escena y que veinte pasos a espaldas de él, sentado en un banco, había uno más observándolos a todos.

21

—¿Mi madre? —se sorprendió Charles—. ¿Mi madre está relacionada con el asesinato de mi adjunto? ¿Qué estás diciendo?

—Bueno, no, no creo. Pero si George dibujó el medallón...

—¿Piensas decirme de una vez qué pasa con este medallón? —alzó la voz Charles.

Su padre guardó silencio durante un rato y Charles, al que le sabía mal haber perdido la paciencia, dio mentalmente permiso a su padre para que decidiera en silencio qué quería contarle.

—¿Te apetece comer algo? Te he preparado una tabla de quesos.

—No, no quiero comer nada. Quiero que me cuentes ya lo que pasa. Creía que se trataba de una mera coincidencia, pero ahora me estás asustando.

—Te propongo algo. Tú comes y yo te contaré la historia mientras tanto. Estoy seguro de que no te has llevado nada a la boca en todo el día.

Charles sabía que si su padre quería seguir por aquel derrotero, no había nada que hacer, así que accedió. Además, en aquel momento fue consciente de que se moría de hambre.

Baker esperó a que Charles se hubiera metido dos trozos de queso azul en la boca junto con un par de uvas antes de iniciar su relato.

—¿Te he contado alguna vez cómo conocí a tu madre?

Charles, todavía con las uvas en la garganta, estuvo a punto de interrumpirlo. «¿Tenemos que hablar de eso ahora?», quiso gritar, pero se vio reflejado en su padre: sabía que tendría que dejar que este desplegase la historia como quisiera, con pausas y efectos teatrales incluidos. Era la primera vez que se percataba de cómo se sentían los demás cuando querían que él les diera alguna información y tenían que escuchar toda una disertación lógica previa hasta llegar al punto que a ellos les interesaba.

—¡Olvídate del contexto!

—No, no es una cuestión de contexto. Estas cosas están relacionadas. Nos conocimos en un bar de Princeton, un bar que ya no existe, donde yo tenía una mesa para cuatro que era exclusiva para mí. Nadie se sentaba en ella porque todo el mundo me conocía. Sabían que aquel era mi sitio. Por aquel entonces fumaba un cigarrillo tras otro, hasta sesenta al día.

Charles miró asombrado a su padre. No tenía ni idea de que hubiera sido fumador, y mucho menos en tales dimensiones. Se preguntó cuántas cosas más desconocía de él y qué otras sorpresas lo aguardaban.

—Llevaba encima una copia del manuscrito Voynich y estaba convencido de que llegaría a descifrarlo.

—¿Eras uno de esos locos que finalmente encubrieron esa farsa? Dios mío, ¿qué más cosas voy a descubrir sobre ti?

—No es ninguna farsa, pero ya hablaremos de eso más tarde, si quieres.

—¿Es que descifraste el código? —preguntó Charles con sarcasmo.

Baker pasó por alto la ironía de su hijo y prosiguió:

—Un día, tu madre y dos amigas suyas se sentaron en la mesa contigua a la mía. Entonces yo era bastante apuesto, y una de sus amigas me lanzaba miraditas y hacía gestos de forma incitante. Al final, las tres acabaron sentándose en mi mesa. Recuerdo aquel día con gran placer —dijo el padre de Charles con nostalgia.

Charles suspiró al ver el brillo en los ojos de su padre. La historia le interesaba, pero habían asesinado a una persona, y se moría de ganas de averiguar qué pasaba con aquel medallón.

—Para ser breve o, mejor dicho, para dejarlo para otro momento, lo cierto es que, pasadas dos horas, como yo solo tenía ojos para tu madre y ella solo los tenía para mí, sus dos amigas pusieron una excusa y se marcharon, primero una y luego la otra. Tu madre me miró profundamente a los ojos y, nunca lo olvidaré, me dijo con mucho cariño: «Si quieres descifrar esto, necesitarás el código, cielo». La miré sorprendido. Pero me imaginé que hablaba por hablar y le dije al instante que eso era lo que estaba buscando: el código. Lo que siguió me sorprendió mucho más. «No puedes encontrarlo porque no tienes todos los elementos», me dijo.

Charles miró a su padre. No sabía qué pensar. ¿Se había vuelto loco después de tanta soledad?

—Ese libro es una farsa preparada para crédulos idiotas —soltó Charles—. El polaco que la montó se inventó una historia sobre un monasterio.

Por un lado estaba sorprendido; por el otro, horrorizado. Él mismo se había pasado todo un año sabático, que se había tomado hacía mucho tiempo, intentando descifrar el mencionado manuscrito. Nadie lo había conseguido porque era indescifrable, un engaño que había adquirido proporciones gigantescas hasta llegar al punto de ser declarado el mayor misterio literario de la historia. Charles no sabía adónde iba a conducirlos aquella conversación, pero le avergonzaba contar a su padre la verdad. De hecho, le avergonzaba en general haber perdido el tiempo con aquel supuesto manuscrito. Sus notas sobre él seguían donde las había dejado: en una carpeta en su despacho de la universidad. Por aquel entonces, lo escribía todo a mano. Eran los albores de los ordenadores personales y él tenía un 386, si no recordaba mal. Y si su padre sabía algo más sobre el tema, bueno, quizá eso sería lo que más rabia le daría de todo.

—No se inventó nada. Wilfrid Voynich compró ese manuscrito, junto con otros libros, del archivo de un antiguo monasterio jesuita, donde estaban depositados en un estado lamentable en unos cofres destartalados en la villa Mondragone, en los alrededores de Roma, en 1912.

—Eso decía él, pero no existe ninguna prueba de ello. Conozco a personas que fueron allí y no encontraron nada. Nadie sabía nada.

—¿Qué personas? ¿Cuándo fueron?

—Después de la guerra.

—¿Después de la Segunda Guerra Mundial? ¿Hace casi cincuenta años?

Entonces el padre de Charles sorbió por la nariz, se levantó y desapareció pasillo abajo.

Una vez solo, Charles se puso también de pie y estiró las piernas. Echó un vistazo al móvil. Fue pasando los mensajes de pésame mientras paseaba por la habitación. Se detuvo un momento ante el cuadro de su madre y la miró con intensidad. Estaba algo decepcionado porque no había experimentado ninguna clase de sentimiento. Sabía que era su madre, pero no la recordaba en absoluto. Observó con atención el medallón y recorrió después la habitación, mirando la colección de películas en los estantes que llegaban hasta el techo alrededor del televisor de plasma de ochenta pulgadas. La biblioteca estaba situada en otro lugar, en el centro de la casa, y se accedía a ella a través de un pasadizo secreto. Charles no recordaba exactamente por qué su abuelo la había construido así. Mientras repasaba a toda velocidad los títulos de las películas colocadas de manera impecable en las paredes, vio un montón de DVD en la mesita del televisor. El título de la que estaba en lo alto le hizo sonreír. Entonces oyó la voz de su padre, que regresaba con una botella de vino de la bodega, donde se encontraban las abundantes exquisiteces de la casa. Baker empezó a hablar cuando todavía estaba en el pasillo:

—Tengo el presentimiento de que la noche será larga, así que he pensado que deberíamos distraernos con algo bueno. Tengo un excelente vino chileno al que Parker dio 95 puntos. —Entró con la botella y vio el semblante perplejo de su hijo.

—¿Ha pasado algo?

Charles dirigió varias veces la mirada de la película que sostenía en la mano a la cara de su padre antes de hablar.

—¿*Abraham Lincoln: Cazador de vampiros*? ¿En serio?

—Sí, también alquilo novedades —respondió el padre de Charles riendo.

—Sí, pero ¿por qué precisamente esta y precisamente ahora?

—¿A qué te refieres?

—Bueno, hoy las coincidencias se amontonan. Da igual. ¿La has visto?

—No, pero si te apetece, podemos verla juntos. No veo una película contigo desde hace...

—Desde *El Zorro*.

—Sí. Me arrastraste a verla un montón de veces.

—Y tú te dormiste cada una de ellas.

—Hablando del Zorro, ¿cómo está tu gato? ¿Cuándo vas a traerlo a ver a sus amigos?

—Se lo preguntaré. Mientras tanto, saludos de su parte.

Padre e hijo regresaron a sus asientos. Charles examinó la botella de vino.

—¿Tarrapakay? No he oído hablar de él.

—Te gustará —aseguró su padre mientras abría la botella con una herramienta compleja, gigantesca, que hizo pensar a Charles en una máquina de Rube Goldberg, digna de los inventos del TBO.

—Estupendo —dijo Charles—. ¡Sirve!

—¿De qué estábamos hablando? —dijo su padre mientras daba un buen sorbo a su copa.

—De Voynich. Pero sería mejor que volviéramos a centrarnos en nuestro tema. Es mucho más importante.

—A eso vamos. Pero para llegar a alguna parte, y dado que no podemos teletransportarnos, tenemos que ir por carretera. Y la nuestra sigue forzosamente esta ruta.

Charles suspiró y volvió a encender el puro, que casi se había apagado en el inmenso cenicero.

—Entonces... Ah, sí. Estabas diciendo que no sé quién había ido a Frascati en busca de pistas en la villa Mondragone. Lo que apuntaste antes no es exacto. Voynich jamás dijo a nadie dónde obtuvo el manuscrito. Eso no se descubrió hasta después de su muerte, gracias a unas inscripciones.

—Sí, el montaje perfecto. En mi opinión, el manuscrito es una falsificación hecha siguiendo instrucciones de Voynich. Hasta donde sé, este llegó a Londres en 1890 tras fugarse de una cárcel siberiana. Se moría de hambre y lo único que pudo hacer fue abrir una librería anticuaria, no se sabe con qué dinero. Primero te fugas de una cárcel en los confines del mundo... ¿cómo huyes de Siberia? Y si lo consigues, hipotéticamente hablando, ¿cómo pasas de estar en tierra de nadie a llegar al mundo civilizado? ¿Con qué medios? ¿Cómo cruzas miles de kilómetros de taiga, los infinitos bosques de coníferas? Yo tengo otra teoría.

—¿Otra teoría sobre qué? ¡Creía que pensabas que todo esto era una estupidez!

Charles se sonrojó. Al verse pillado, por así decirlo, no tuvo más remedio que confesar.

—Yo mismo dediqué algo de tiempo a este problema —explicó—. Admito que el misterio no me dejaba vivir tranquilo.

—Por supuesto —dijo Baker, orgulloso—. Eres hijo de tu padre y, peor aún, nieto de tu abuelo. Nunca dejamos un problema sin resolver. Cuéntame, seguro que es interesante.

—Sabemos que Voynich puso a la venta el manuscrito en Londres después de unos supuestos viajes a Italia. Pidió una suma enorme por él que nadie estaba dispuesto a pagar. Aun así, el librero anticuario continuó con su vida, aunque no tuviera clientes. Pasado un tiempo, Voynich se aburrió del tema y partió de repente hacia Nueva York. Una vez más, ¿con qué dinero?

El mayor de los dos Baker miró con cariño a su hijo. Vio a su propio padre reflejado en él, pero sobre todo se vio reflejado a sí mismo tal como era antes de la desaparición de su esposa y tal como estaba empezando a ser de nuevo, a pesar de su edad.

—Muy bien. ¿Tú que crees?

—Creo que en Siberia, la Ojrana, la policía secreta del Imperio ruso, lo machacó, lo convirtió en un agente y lo envió a Londres para una misión. ¿De qué clase? No tengo ni idea. En Londres, Voynich conoció a Sydney Riley, la vaca sagrada de los agentes secretos británicos. De origen lituano, como él. En su juventud, en Polonia, Riley había formado parte del mismo movimiento de resistencia antirrusa que Voynich. Así que es probable que la Ojrana enviara a Voynich a Londres para entablar amistad allí con Riley mientras espiaba para Rusia. Lo divertido es que el tal Riley es James Bond. Para ser más preciso, es el modelo de la vida real en el que Ian Fleming basó su personaje. Lo más importante en lo que Riley estuvo involucrado fue en un intento de asesinato de Lenin que casi logró su objetivo.

»Dado que Riley es Bond, el mejor en este oficio, por así decirlo, recluta a Voynich y lo convierte en un agente doble. Inventan juntos este manuscrito y envían a Voynich a Estados Unidos con una cantidad de dinamita que valoran en 160.000 dólares para que pueda abrirse paso hasta las más altas esferas. Voynich consigue llegar hasta su supuesta meta, el SIS, el secretísimo Servicio de Inteligencia de Señales. Esto le lleva varios años. Entra en contacto con el criptógrafo jefe del Servicio de Información del ejército, quien más adelante, en 1930, se convertirá en el jefe del Departamento de Criptología de la NSA, William Friedman. Voynich se hace amigo de Friedman, que posee una mente increíble y una capacidad poco común para el juego, por lo que no es extraño que un libro de esta clase despierte su interés. Friedman, por cierto, era judío, como Riley, y tenía relaciones con Rusia. Para ser más exacto, nació en Chisináu, actualmente en la República de Moldavia y por aquel entonces parte del Imperio zarista. Sus padres eran unos judíos de Bucarest, lo que significa que era de origen rumano, como nosotros.

—Si estás buscando relaciones de este tipo...

—Ya lo sé. Están por todas partes. Pero espera, porque tengo algo más. A Friedman, como te decía, le apasionaba esta clase de cosas culturales: acertijos, enigmas. Debía su pasión por la criptografía a un relato de Poe, *El escarabajo de oro*. Pues bien, Friedman estaba dispuesto a creer cualquier estúpida teoría de la conspiración, cuanto más espectacular, más interesante; en su juventud había sido víctima de una estafa que le hizo descifrar unos supuestos mensajes ocultos de Francis Bacon en una serie de textos de la época de Isabel I. El proyecto estaba dirigido por una mujer un poco fuera de todo, una tal Elizabeth Gallup, que veía mensajes ocultos en todas partes, incluidas las obras de Shakespeare. Y se pasó mucho tiempo intentando desentrañar el misterio del manuscrito, incluso tras la muerte de Voynich, y sin éxito, como sabemos.

Su padre quiso intervenir, pero Charles alzó un dedo a modo de advertencia, de modo que el mayor de los Baker volvió a arrellanarse cortésmente en su butaca.

—En cualquier caso, Riley y, por consiguiente, Voynich conocían la obsesión de Friedman por Francis Bacon y esas estupideces del cifrado. Por lo tanto, Riley inventó el documento y el librero partió hacia Nueva York para sacarle información a Friedman, o tal vez simplemente para estar cerca de él por si la corona británica necesitaba alguna vez sus servicios. —Charles se detuvo y dio un largo trago de vino.

—¿Ya estás preparado? —preguntó su padre.

—¿No te basta con esto?

—Tu teoría es interesante, pero se basa en coincidencias indemostrables. Además, por lo que yo sé, Riley nació en Odessa, un gueto judío de Rusia.

—Sí, también se dice que era irlandés, inglés o brasileño. Son todas ellas historias inventadas, como en el caso de James Bond, para despistar a las autoridades. Se sabe que Riley era químico, como Voynich, otro argumento de peso para los episodios «farmacéuticos» del libro, y que tenían el mismo abogado. ¿Cómo es posible algo así? ¿Cómo puede ser que un inmigrante pobre que huyó de Siberia tuviera el mismo abogado que James Bond? Estoy convencido de que, de hecho, aquel bufete de abogados pertenecía a los servicios secretos británicos y que en él se celebraron reuniones conspiratorias. Todo eso me parece bastante evidente.

El padre de Charles sonrió con superioridad.

—¿Por qué sonríes? —quiso saber Charles—. ¿Obedece esa sonrisa al escepticismo intelectual o es que sabes algo que yo desconozco?

22

El avión supersónico aterrizó en la pista del aeropuerto civil de Palacios, cerca de El Paraíso, en Honduras. Ignorando los semáforos, una columna de cuatro Humvee con soldados armados hasta los dientes salió del aeropuerto a gran velocidad. El convoy dejó rápidamente atrás La Cumbre, Bañaderos, Calichosa y El Jaral. Cuando la carretera se estrechó hacia Santa Rita, los vehículos con soldados comenzaron a multiplicarse. A lo largo del camino se habían dispuesto vallas con alambre de púas. Pasaron el primer punto de control y el segundo, hasta llegar a la entrada del pueblo. La carretera estaba cerrada y no se permitía acercarse a nadie en un radio de dos kilómetros. Un coronel del ejército nacional hondureño saludó a Caligari de acuerdo con el protocolo y le alargó la mano para ayudarlo a bajar.

—Nunca he visto nada como esto —dijo el coronel en un inglés impecable.

Caligari no pudo evitar fijarse en el anillo de West Point que llevaba el oficial en la mano que le había ofrecido.

—Soy el coronel Ignacio Huerta. Sígame, por favor.

—¡Adelante! Pero démonos prisa, por favor. Está oscureciendo.

Dejó que el coronel lo guiara, acompañado por dos soldados con pistolas en la cintura. Caligari estaba encantado de conocer por fin a alguien con una zancada tan larga como la suya, de modo que no tenía ninguna necesidad, como le pasaba tan a menudo, de reducir el paso.

El enjambre de moscas que prácticamente ensombrecían el horizonte anunciaba que se estaban acercando a una visión desagradable. El primer cadáver que había en la calle era el de una vaca cuyo estómago estaba hecho trizas. Lo seguían los cuerpos de seis cabras esparcidos en el suelo en fila india. Enfilaron una calle lateral que no parecía un callejón sin salida, sino la única que había.

—¿Cuánta gente vive en este pueblo? —preguntó Caligari.

—Tenía sesenta y dos habitantes, hasta hoy.

La primera casa de zarzo y barro tenía un pequeño jardín rodeado de una valla bastante precaria. En el porche, los soldados habían tapado algunos cadáveres. Se acercaron. El coronel le hizo señas a uno de ellos para que levantara un poco la sábana. Caligari volvió la cabeza a un lado. El coronel, que lo estaba observando para ver sus reacciones, comentó:

—Si prefiere no verlo...

La mirada glacial del estadounidense lo interrumpió en seco. Caligari se puso de cuclillas y miró lo que quedaba del cuerpo, una masa amorfa de carne irreconocible. Hizo un gesto con la cabeza para que destaparan los demás y los examinó uno por uno. Todos parecían víctimas de una bestia de lo más siniestra que se hubiera vuelto loca y se hubiera ensañado con ellos tras atacarlos.

—¿Son todos de color? —preguntó Caligari tras ver todo lo que quería y tomar notas para sí mismo en una libretita que se había vuelto a guardar en el bolsillo de la camisa.

—La población de este pueblo es enteramente negra, por lo que no tenemos forma de saber si se trata de un crimen racial. Es probable que no. De cualquier modo, no creo que esto lo haya hecho un ser humano y la verdad es que nunca he visto animales racistas —comentó con ironía el coronel.

Caligari fingió no entender aquella broma fuera de lugar del coronel, cuyo color, más cercano al negro que al blanco, era propio de un mestizo con rasgos negros y pelo rizado.

El coronel arrancó a caminar sin decir nada más. Pasaron a

continuación por unos huertos devastados, un granero, los cadáveres de varios caballos, otros que pertenecían a diversas cabras y, después, dos casas idénticas, una frente a la otra. Era el mismo espectáculo una y otra vez, salvo que en el jardín delantero de una casa Caligari vio a un ser humano vivo. El cabello blanco del anciano, sumisamente sentado en un banco, envuelto en sábanas, contrastaba mucho con el color de su tez. Se acercaron a él.

—Es el único superviviente —dijo el coronel.

Caligari volvió a ponerse de cuclillas, esta vez delante del hombre, que alzó la cabeza. Tenía la piel de la cara tersa como la de un bebé. El estadounidense conocía muy bien el horror que le había petrificado el semblante.

—Este hombre no tendrá más de veinte años —logró decir.

—Sí —respondió el coronel—. Ayer era más bien moreno, como yo. ¿Quién hizo esto? —preguntó en español al superviviente—. ¿Quién hizo esto? —repitió en inglés.

—El diablo —contestó el hombre sin pestañear.

23

Sócrates vació la bolsa en el suelo del apartamento del hotel y registró cuidadosamente su contenido. El móvil empezó a vibrar de manera amenazadora en el bolsillo trasero. Lo sacó y miró la pantalla. Como el ruido de la ducha le llegaba con fuerza desde el cuarto de baño, se adentró en el dormitorio y se sentó en la cama. Respondió pasado un rato:

—Dijimos que eliminar al objetivo era la opción final. En aras de nuestro bienestar, felicidad y prosperidad, espero que obtuviera toda la información que necesitaba antes de recurrir a este gesto definitivo. Nuestra confianza en usted permanece intacta. Lo he avalado ante mis colegas y ellos saben que mi palabra es de fiar. La dignidad es lo único que nos distingue de los primates, de los que descendemos, pero más allá de los cuales hemos evolucionado. Así que siga mi lógica: si lo ha matado, estoy seguro de que no dejó ningún rastro que conduzca hasta usted. De eso no tengo la menor duda. Es un consumado profesional. El hecho de que todavía no se haya puesto en contacto conmigo me preocupa... de momento ligeramente.

El estilo pedante y demagógico de este individuo estaba sacando de quicio a Sócrates. El hombre tenía por costumbre lucir una expresión pomposa y fría. Era como si el ébano pudiera hablar y a Sócrates aquello le ponía los pelos de punta. Aquel hombre hablaba como un predicador, solo que su tono y la insinuación detrás de cada una de sus palabras tenían siempre un aire de amenaza.

—Eliminar al objetivo fue siempre una opción asumida —replicó Sócrates apretando los dientes—. Cantó todo lo que podía cantar.

—Eso significa que sabe lo que contó sobre todo esto, además de a quién y cuánto. Quiero un informe detallado para mañana. Sabemos que le gusta la literatura de gran calidad pero que al mismo tiempo es un fanático de la precisión. Por lo tanto, dejará de lado las figuras retóricas y las florituras estilísticas, y presentará un informe conciso, completo y fácil de leer.

—Ya le dije al principio que si aceptaba este encargo, trabajaría a mi propio ritmo y según mis normas. —Sócrates estaba intentando imitar lo menos posible la forma de hablar de su interlocutor para no molestarlo—. Recibirán el informe completo una vez que se hayan resuelto todos los problemas, cada uno a su tiempo.

El hombre al otro lado de la línea aguardó un momento antes de hablar.

—Que así sea —dijo por fin—. Como usted diga. Confiamos en usted. Espero que haya encontrado algo importante en las dos oficinas en las que acaba de entrar a robar en la universidad. Ah, otra cosa. Si se lo dijo todo, eso significa que tenemos algo más: el terrible secreto que ese mediocre individuo descubrió, no sé cómo. Esto lo convierte en cómplice de uno de los sucesos más horripilantes y vergonzosos de toda nuestra historia... algo inventado, sin duda. Tiene que reunir todas las pruebas que este individuo afirmaba haber encontrado. Es probable que él mismo falsificara algunas de ellas. Huelga decir que usted se llevará este secreto a la tumba si es preciso, aunque espero que no sea el caso próximamente. Le recomiendo que en futuras ocasiones ponga más atención. El escándalo que ha suscitado el asesinato del adjunto...

—Es aceptable —lo interrumpió Sócrates—. Todo el mundo que tenía relación con él se siente ahora presa del pánico. Se darán a conocer y cometerán errores.

—¡Ah! ¡Bravo! Me sorprende agradable e inesperadamente.

«Como si pudiera sorprenderle de alguna forma que esperara, imbécil de mierda», pensó Sócrates con la boca cerrada.

—Hay algo más —dijo la voz al otro lado de la línea.

—Sí.

—Sabe cuál es el secreto, ¿verdad?

—Sí. Lincoln...

—No. Jamás diga una palabra, ni siquiera hablando conmigo ni aunque la línea sea segura, por si acaso. Esperamos grandes cosas de usted. Ahora forma parte de un círculo diabólicamente unido.

Sócrates oyó que colgaba y respiró más tranquilo. Se había tirado un farol. George Marshall no le había contado nada y tampoco había encontrado nada de lo que buscaba en la habitación del adjunto. Era evidente que el hombre estaba avisado de que algo podía pasarle y lo había escondido todo. Sócrates no tenía ni idea de cuál era el gran secreto. Solo sabía que estaba relacionado de algún modo con Lincoln. Se había arriesgado, pero estaba convencido de que no le permitirían llegar hasta el final. Volvió a las cosas que cubrían el suelo en la primera habitación del apartamento.

24

—Cuando lo contrató y lo trajo aquí a pesar de nuestras reservas, nos aseguró que era el mejor interrogador del mundo —dijo el individuo que estaba de pie a la izquierda de la mesa.

—El más eficiente, eso es lo que dijo; de una eficiencia sin igual. Esas fueron sus palabras literales, lo recuerdo perfectamente —intervino un segundo hombre con los dedos cubiertos de manera ostentosa con anillos que se apresuró a completar el pensamiento del que estaba a su lado.

—Sí. Mató al adjunto demasiado pronto, cuando usted le había dicho con claridad que esa debía ser su última opción, y solo después de que se hubiera asegurado de haberlo averiguado absolutamente todo sobre Marshall —soltó el primer hombre.

—«*Ultima ratio*», eso es lo que usted dijo de manera literal —añadió enseguida el otro hombre.

—Y no puedo creerme que interrogara al objetivo allí, en su destartalada habitación, con la anciana en el piso de abajo. Solamente si le inyectara escopolamina o algún otro suero de la verdad... —retomó su argumento inicial el primer hombre.

—¿Y si se le pasó algo y ya había matado a su fuente? Usted se jactó de que había empleado antes sus servicios y de que siempre había cumplido, siempre, ¡de manera impecable! A mí no me da esa impresión.

—Tendría que haberle pedido que le dijera todos los nombres que averiguó —intervino un tercer individuo tras partir ruidosamente un trozo bastante largo de cangrejo de río—. Esto de que haga lo que le plazca no funciona bien aquí. Es demasiado engreído.

El hombre que había hablado por teléfono escuchó algo inquieto los reproches de los otros tres.

—Ya teníamos la información completa antes de recurrir a Sócrates. Él no se dedica a recoger datos.

—Bueno, pero eso es exactamente lo que debía hacer. Su trabajo era sonsacar a ese hombre todo lo que sabía —afirmó el tercero—. Por desgracia solo es un criminal sádico, nada más.

—Cálmense, señores —se apresuró a decir el hombre que había hablado por teléfono—. Puede que a la larga eliminar a la fuente fuera lo mejor para todo el mundo. Por lo menos ya no nos preocupa que algo de todo esto pueda hacerse público. Y si, como han oído, le contó de qué va este asunto, seguramente también le reveló todo lo demás. Por eso creo que lo mejor para nosotros sería darle la lista con las tres personas que sabemos con certeza que tenían relación con el adjunto para compararla con lo que él ha averiguado.

—Menudo fastidio.

El que había pronunciado estas palabras iba vestido de general. Llevaba el pecho lleno de condecoraciones y había estado intentando, hasta entonces, hacer que una bolita recorriera un laberinto de juguete hecho de plástico.

—Ya asumíamos esto. Si lo habíamos enviado a sonsacárselo todo al objetivo, era evidente que también descubriría el secreto.

—Yo propongo que dé la orden de encargarse de él ahora mismo. Tiene que ser ejecutado por insubordinación. Con todo lo que sabe se ha convertido en un peligro —indicó el general.

—Solo que no estoy de acuerdo en absoluto con ustedes, queridos amigos. —El hombre que había hablado con Sócrates por teléfono retomó el hilo de modo conciliador—. Sin embargo, sí creo que deberíamos darle la orden de encargarse de los tres, además de quienquiera a quien él haya descubierto o pueda descubrir. Después de eso, podemos encargarnos de él.

—Ninguno de los tres de la lista lo sabía todo ni tampoco había juntado todas las piezas. El único fue ese adjunto obsesivo, Marshall, incapaz de no meterse en lo que no le importaba. Y mirad cómo ha terminado —dijo suspirando el hombre de los anillos.

Las personas que rodeaban la mesa lo miraron asombrados.

—Mejor que mejor —dijo el hombre del teléfono—. Acabemos ya con estas estupideces porque, si no, perderemos de vista lo que realmente importa. Nos esperan días de mucho trabajo si queremos llevar a buen término la sagrada misión que se nos ha encomendado y por la que cada uno de nosotros ha sacrificado tanto. El plan tiene que seguir adelante, paso a paso.

—Cierto, cierto —farfulló el general, muy irritado por la palabrería soporífera de su compañero—, pero no podemos seguir tropezando una y otra vez en cada paso por culpa de idiotas como estos que juegan a ser detectives privados en asuntos que no les incumben. Tenemos que asegurarnos de que no vuelva a suceder.

—No me parece que nos hayamos visto obstaculizados en ningún sentido a lo largo de todos estos años, pero era inevitable que hubiera algún pequeño contratiempo aquí y allá. Cualquier camino como el que estamos siguiendo es arduo. *Per aspera ad astra*.

—¿Qué ha dicho? —preguntó el hombre de los anillos a su vecino.

—Significa que las estrellas se alcanzan tomando caminos arduos —explicó el hombre del teléfono.

—Las implicaciones son demasiado grandes para asumir ningún riesgo —comentó el general categóricamente—. Creo que nuestro hombre tendría que encargarse del profesor. ¡Acabemos con esto de una vez por todas!

—No creo que sea buena idea —intervino el individuo que

estaba sentado a la izquierda de la mesa—. Los otros no son gran cosa, pero Charles Baker es una persona importante. No creo que debamos agitar demasiado las aguas. En mi opinión tendríamos que ser pacientes. Además, ya han visto la carpeta que nuestro objetivo dio a Baker: simplemente un montón de garabatos. No sabe nada.

—No, pero es obstinado. Persevera —dijo el general—. Es hijo de esa arpía, nieto del tipo que inventó la Interpol y bisnieto de Jack el Destripador. ¡Mala sangre! Es como un perro con un hueso en la boca. Y ahora ha ido a ver a su padre a informarse sobre la arpía.

—¿La Interpol? No me haga reír —soltó el hombre de los anillos—. Tengo en nómina a tres cuartas partes de sus empleados.

El general decidió ignorar este comentario e hizo hincapié en sus siguientes palabras:

—Creo que hay que eliminarlo lo antes posible.

Justo cuando los cinco hombres de la mesa parecían estar casi de acuerdo con eliminar a Charles, una voz de barítono se hizo oír desde el fondo de la habitación:

—Dejen en paz a Charles Baker. ¡Al menos de momento! Podemos necesitarlo. ¡Nadie lo tocará hasta que yo lo diga! ¿Está claro? Ahora mismo tenemos que concentrarnos en Colombia.

La autoridad suprema de la habitación, que estaba sentada con las piernas cruzadas en el inmenso sillón, era un hombre extraordinariamente alto y delgado. Iba vestido por completo de negro y la máscara que le cubría la cara iba unida a una capucha. El conjunto le tapaba toda la cabeza, de modo que no le asomaba nada de piel. En las manos llevaba puestos unos guantes negros muy finos.

Hasta aquel momento había invertido dos mil millones de dólares en la organización a la que pertenecían las demás personas que estaban en la sala: un juez del Tribunal Supremo, es decir, un senador republicano, un general del ejército y dos de los hombres más ricos del planeta. Además, estaban sus contactos en altas instancias de los servicios secretos y los esfuerzos que había hecho para apoyar la causa. Motivo suficiente, a su entender, para que los conspiradores presentes en la habitación y sus seis hermanos ausentes no le pidieran de momento que revelara su identidad.

25

—Hagamos un ejercicio de higiene mental —dijo el padre de Charles, adoptando una expresión pícara—. Vamos a aparcar unos minutos tu teoría y te pediré que revises todas las demás que han salido a la luz pública sobre el manuscrito. ¿Te parece?

—Me parece que lo que quiero es averiguar qué pasa con ese medallón. Es la razón por la que he venido hasta aquí.

Sin embargo, el semblante de su padre ablandó a Charles. Era obvio que el anciano quería reproducir los mejores momentos de la infancia de Charles, aquellas veces en que, siguiendo el ejemplo de su padre, le había dado toda clase de acertijos que él debía solucionar. Así que finalmente terminó cediendo. Además, sabía que su padre no le contaría nada hasta que hubiera hecho su número al completo.

—Muy bien, muy bien.

El anciano sonrió como si hubiera logrado una gran victoria. Llenó las dos copas de vino, vertió las últimas gotas en la suya y dio un sorbo, chasqueando la lengua de placer.

—¿Quieres que dé una especie de conferencia?

—Hace mucho que no he oído en directo alguna de tus charlas y toda clase de conocidos me dicen que eres brillante, así que dale esta alegría a tu viejo padre en una, llamémosla así, reunión especial aquí, en la casa donde creciste.

Charles suspiró, como quien accede a algo tras mucha insistencia.

—Ya que me lo pides así —dijo—, pero si repito un montón de cosas que ya sabes, ¿no estaremos perdiendo el tiempo?

—Adelante, presenta tus argumentos sobre el tema y al final veremos qué puntos tienen en común nuestras teorías. Entonces verás la importancia de esto para nuestra conversación.

—De acuerdo. En resumen, lo que nos ocupa es lo que, siguiendo los pasos de otras personas, aparentemente has denominado como «el mayor misterio literario de la historia» o, dado que suena más sexy, «el manuscrito más misterioso conocido hasta la fecha». ¿Correcto?

El padre de Charles asintió con la cabeza.

—Estamos hablando de un manuscrito que el tal Voynich pretende haber descubierto durante un viaje de negocios a la villa jesuita Mondragone, en Frascati, cerca de Roma, en la que se estaba reorganizando su biblioteca. El hombre da con el manuscrito después de recorrer con libertad toda la villa, como si tuviera una especie de presentimiento de que allí había algo para él. A mi entender, esta parte de la historia es bastante floja. En fin... Finalmente encuentra un viejo baúl lleno de libros no catalogados en una sala del sótano, y eso pese a que todos los demás libros de la biblioteca jesuita, sin excepción, están conservados en perfecto orden. No está claro por qué los jesuitas no hicieron también lo mismo con esos libros. A lo mejor tenían miedo de que el mismísimo diablo se escondiera en el susodicho baúl.

—Creo que debo corregirte. Voynich ya observó que este manuscrito era una rareza y estéticamente feo, incluso en comparación con los demás libros del baúl, por no hablar de que los libros de la biblioteca catalogada eran mucho más bonitos, como recordarás.

—¿Quieres decir que al bibliotecario de los jesuitas le pareció una estupidez carente de interés y lo dejó en un baúl para que se pudriera en el sótano? Muy bien, pero también sabemos que, según Voynich, resulta que en el mismo libro hay una misteriosa carta fechada el 19 de agosto de 1666, no te lo pierdas, el número del diablo, dirigida a Athanasius Kircher. En ella se suplica a Kircher que descifre el libro. Así que, desde el instante en que se encontró la carta, se ha supuesto que el libro es una obra codificada.

—Bueno, eso se desprende también del hecho de que cualquier lector del libro no entiende nada, ¿no te parece?

—Bueno. El autor de la carta, un tal Jan Marek Marci, conocido también como Johannes, rector de la Universidad de Praga, médico oficial del Sacro Imperio Romano Germánico, mira tú por dónde, ni siquiera se pregunta si no podría ser un libro escrito en una lengua desconocida para él. Apunta directamente al blanco: un mensaje cifrado. Es más, sugiere que el autor del manuscrito es, redoble de tambor, por favor, nada más y nada menos que Roger Bacon, el Doctor Mirabilis. Como estábamos diciendo, mi teoría es que esta carta fue creada, a sabiendas de la anterior actividad de Friedman, para atraerlo hacia Voynich y, así, hacia Riley. Y aquí aparece la confusión entre los dos Bacon, Roger y sir Francis. Pero ¿quién es Kircher?

—Tampoco hace falta que exageres —comentó Baker padre, de muy buen humor.

—Ah, no —respondió Charles—. Esto es lo que has pedido, así que apechuga. Tendrás que dejar que finalice mi razonamiento y mi argumentación.

—De acuerdo —dijo su padre—, pero no así, con el gaznate seco. Por favor, baja a la bodega y verás que he dejado dos más de estas botellas fuera. Súbelas porque tengo la sensación de que vamos a necesitarlas.

Charles bajó a la bodega y contempló con nostalgia el lugar donde se había escondido tantas veces de pequeño. Vio de nuevo el texto borrado por el tiempo que había en la pared y el enorme dibujo que representaba un globo terráqueo atravesado por una espada. Regresó rápidamente arriba y prosiguió con su conferencia en cuanto entró en la habitación.

—Entonces ¿quién es Kircher? —retomó—. Un individuo interesante: se le comparaba con Leonardo da Vinci, por lo menos en cuanto al alcance y la variedad de sus intereses, pero esto es un rasgo que se da en todo el Renacimiento, no solo en Da

Vinci. Kircher fue un jesuita que vivió casi todo el siglo XVII, muy longevo para la época, lo que no es ninguna broma.

»Y aquí, de nuevo, ocurre algo muy oportuno en nuestra historia. Voynich encuentra un libro en un edificio propiedad de los jesuitas que contiene una carta dirigida a uno de ellos, y no a uno cualquiera precisamente. Como su precursor, Rodolfo II, el emperador loco sobre el que hablaremos después, Kircher está obsesionado por los cuartos de maravillas. Dondequiera que va, monta uno de estos gabinetes de curiosidades. Llega incluso a la corte del emperador, veinte años después de la muerte de Rodolfo, donde hereda el puesto de Kepler. Bueno, la carta que Voynich encuentra está dirigida a él porque en aquella época se creía que había descifrado los antiguos jeroglíficos egipcios. Se le considera el padre de la egiptología. Aprendió copto y hasta escribió una gramática de esta lengua. Sus descubrimientos científicos son una mezcla de percepciones excepcionales y una colosal estupidez. La peste era un azote catastrófico en aquella época, como sabemos, y Kircher fue el primero en sostener que la producía un microorganismo. Sus especialidades eran la medicina, las matemáticas, la religión comparada, la teoría musical y la geología. Se quitó la sotana jesuita para ser profesor en la Universidad de Wurzburgo. Construyó un megáfono, puede que el primero. Enseñó hebreo. Estaba obsesionado por los chinos y en cierto momento hasta quiso ir a China de misionero. Escribió un libro sobre el magnetismo en el que habla sobre la atracción entre los cuerpos celestes en comparación con la que existe entre las personas. La traducción de los jeroglíficos que propuso es errónea de principio a fin. No descifró nada, pero sí abrió un camino e hizo varias suposiciones interesantes. Dijo que la lengua egipcia era el idioma que hablaban Adán y Eva entre el asunto de la costilla y el de la fruta prohibida. También afirmó que Moisés era, de hecho, Hermes Trismegisto. Aquí se le fue la cabeza con el ocultismo, la brujería y otras sandeces medievales, aunque había poca diferencia entre la ciencia y la magia por aquel entonces, como sabemos. Hasta que descifró erróneamente los jeroglíficos, afirmaba que no era posible traducir cuestiones mágicas a palabras; solo podían trasladarse a través de signos y de imágenes. Sin embargo, tras la traducción, cambió de parecer. Aunque alguien lo llamó el último gran hombre del Renacimiento, creo que más bien fue un precursor de Borges, un autor de extrañas ficciones metafísicas con elementos fantásticos.

El padre de Charles se lo estaba pasando en grande siguiendo a su hijo. Reconocía el rigor matemático de la familia en su discurso pero también los acentos irónicos y humorísticos que hacían que Charles fuera tan apreciado y escuchado con tanta atención dondequiera que lo invitaran a dar una conferencia.

—Así —decía ahora Charles—, a partir de la carta, Voynich sugiere que el autor del libro es Roger Bacon. Antes de llegar a manos de Friedman, el manuscrito pasa por manos de un tal profesor Newbold, por entonces profesor de Filosofía en la Universidad de Pennsylvania. Conocido por ser el autor de charlatanerías como *Teología psicológica* y *Gnosticismo cristiano*, Newbold tenía obsesiones parapsicológicas muy influidas por una «gran» mujer de la época, Madame Blavatsky, la mayor sinvergüenza de aquel período, en opinión de algunos, y un caso clínico psiquiátrico en la mía. Las sesiones que Newbold organizaba con gran frecuencia confirmaban sus premisas. En cualquier caso, Newbold estaba firmemente convencido de que Roger Bacon, el fraile franciscano del siglo XIII conocido como Doctor Mirabilis por sus estudios de la naturaleza, era el autor del manuscrito.

»En cuanto a Bacon, le debemos el paso del calendario juliano al gregoriano, a pesar de que este último apenas se aplicaba doscientos años después de la muerte del fraile. Bacon fue un genio que se avanzó a su tiempo en el estudio de los fenómenos ópticos y de la manera en que la imagen se forma en el cerebro y la percibe el ojo humano. Podría seguir hablando de él unas dos horas más, pero es importante recordar que incluso este pensador, como cualquier persona del Renacimiento, tenía intereses de los más diversos y que era como los demás en el sentido de que el ocultismo y la alquimia ocupaban una parte considerable de su tiempo. También tenía otras obsesiones importantes, con toda clase de secretos. Por ejemplo, sostenía que había descubierto la piedra filosofal, ni más ni menos. Su obsesión por la óptica y las lentes llevaron a Newbold a defender que Bacon había inventado el microscopio. Newbold reconoció espermatozoides y embriones humanos en las ilustraciones del manuscrito, además de telescopios, mientras que uno de los dibujos representaba, en su opinión y más allá de toda duda, la Vía Láctea. —Charles se paró para coger aire, encendió un puro torcido y corto, y prosiguió—: Como bien sabes, este manuscrito puede interpretarse de cualquier forma. Esos extraños dibujos (desde las plantas irreales hasta las ninfas que se bañan en líquidos verdes, los dibujos que parecen describir la anatomía humana, las trompas de Falopio) han llevado a algunos a considerar el texto como un tratado de herbología o de anatomía, o una enciclopedia, algo que sería muy característico del Renacimiento. Solo que esas plantas no se parecen a nada conocido y que en las enciclopedias medievales la tendencia era dibujar del modo más realista posible, especialmente cuando se trataba de observaciones de la naturaleza. Las plantas de las enciclopedias medievales parecen fotografías. Un dibujo que parece un girasol, en el caso que lo sea, nos llevaría a creer que el manuscrito es posterior a 1500, puesto que esta planta era desconocida en Europa hasta entonces, cuando Colón la trajo del Nuevo Mundo, como el maíz y las patatas. Eso implicaría que el autor no es Bacon. ¿Quién es entonces? Dejaremos de lado estupideces como la de que los extraterrestres dictaron directamente el manuscrito o la que atribuye la copia a un joven Da Vinci que estaría haciendo sus pinitos, hipótesis de la que se desprendería que las ilustraciones son casi pueriles, cuando de hecho algunas de ellas son muy sofisticadas. Uno de los grandes problemas, aparte de las ilustraciones, es el idioma. La frecuencia de aparición de los caracteres no sigue ninguna norma o lógica conocidas de ningún lenguaje habitual. Hay quienes dicen que podría tratarse de un idioma inventado, que tendría muy pocos caracteres, solo veintitrés, y un vocabulario sumamente limitado: unas pocas palabras que se repiten muchas veces a lo largo de las doscientas cuarenta páginas del manuscrito. Por no hablar de que hasta las distintas palabras difieren, por así decirlo, muy poco, como si, y tú entenderás muy bien esto, como si, de hecho, fueran una serie matemática.

—Exacto, una serie matemática —masculló el padre de Charles sonriendo.

Sin preguntar por qué Baker padre hacía hincapié en estas palabras, Charles siguió hablando:

—No existe ninguna lengua conocida o incluso que tenga sentido, aunque sea imaginaria, en la que las letras se repitan tres veces consecutivas en el interior de las palabras o en la que estas últimas se repitan cuatro veces en el interior de un texto. Por eso pensamos en una serie matemática. Se ha sugerido también que estamos ante un texto taquigrafiado del que hay que deducir las reglas. En cualquier caso, la teoría que ha ganado más terreno de todas es que el texto podría ser obra de dos hombres muy interesantes del Renacimiento: Edward Kelly y John Dee, ya sea de ambos juntos o de uno solo de ellos.

26

Había oscurecido del todo y se había levantado viento. Se oían crujidos en el exterior de la casa y también en el interior.

—Esta casa parece encantada —comentó Charles—. ¿No te da miedo dormir aquí?

—Me muero de ganas de que los fantasmas de tu bisabuelo y tu abuelo vengan a visitarme. Tengo muchas cosas que preguntarles. Háblame de Kelly.

Charles pensó que su padre preferiría que lo visitara otro fantasma, el de su madre, pero no dijo nada.

—Edward Kelly vivió menos que Kircher, apenas unos cuarenta años, algo que era normal en el siglo XVI. Lo raro es que, en los pocos retratos y litografías suyos de los que disponemos, aparece pintado como un anciano con una larga barba y el pelo grises.

—Este era el aspecto que tenían los magos por aquel entonces. La imagen es consistente con las preocupaciones de la época.

—Puede. Kelly era irlandés. Naturalmente, como un estimado alquimista y un médium que se dedicaba a conversar con los ángeles, se le considera uno de los mayores charlatanes de la historia. También afirmaba haber descubierto la piedra filosofal y aseguraba que podía obtener oro a partir de cualquier cosa. Se afirmaba que había estudiado en Oxford. Entre una cosa y otra, parece que había sido falsificador antes de alquimista. Después de que lo pillaran con las manos en la masa, le cortaron una oreja a modo de castigo y lo desterraron de Inglaterra. Es por eso que, según se dice, siempre llevaba algo en la cabeza, de pelucas tupidas a toda clase de sombreros, para ocultar la prueba de su humillación.

»La primera versión de su historia es que llegó a la corte de Rodolfo II en Praga, puesto que el emperador era un famoso coleccionista de maravillas, a cuál más falsa, desde un clavo de la cruz de Cristo hasta un gigantesco huevo de dragón. Del mismo modo, Rodolfo coleccionaba personalidades, de Kepler a Tycho Brahe pasando por el único, sensacional y explosivo Arcimboldo. En esta versión, Kelly llegó a Praga llevando el manuscrito con él. Allí lo vendió por seiscientos ducados y le dijo a Rodolfo que era la única persona capaz de descifrarlo. Por supuesto, almacenados cuidadosamente en su interior, el texto guardaba todos los secretos del universo, de la piedra filosofal al elixir de la vida. Según parece, Rodolfo lo creyó y lo tomó bajo su protección. Pero ¿qué se puede esperar de alguien que se suicida negándose a comer presa de la desesperación porque el león con el que durmió en la cama hasta que el animal fue demasiado grande para hacerlo había muerto única y exclusivamente porque Tycho Brahe le había dicho que su carta astral y la del animal no eran idénticas?

—Y la cosa mejora —intervino Baker padre—. Llegó un momento en que Rodolfo perdió la paciencia porque su protegido no estaba produciendo el oro prometido, así que se inventó un pretexto para meterlo entre rejas. Kelly salió tras jurar que se pondría manos a la obra. Pero esa vez no le funcionó. Rodolfo no pensaba que Kelly fuera incapaz de producir el oro prometido. Al contrario, estaba convencido de que no lo hacía porque no le daba la gana, así que volvió a meterlo en la cárcel.

—Sí —coincidió Charles, bastante asombrado de que su padre conociera estas anécdotas—, salvo que esta vez murió allí. Lo mataron mientras intentaba fugarse.

—Según otra versión, el mismísimo John Dee lo habría llevado a la corte de Rodolfo y los dos habrían falsificado juntos el manuscrito. Un investigador contemporáneo afirma reconocer la caligrafía de Dee en el manuscrito. En cualquier caso, Dee estaba convencido de que Kelly estaba en contacto permanente con los ángeles. Obsesionado por estas imbecilidades herméticas, Dee explotó despiadadamente a Kelly, lo paseó por todo el Imperio y lo ponía a hacer el ridículo entrando en trance, teniendo conversaciones con seres alados y llevando a cabo sandeces por el estilo. De hecho, Dee trataba a Kelly como un número circense, una especie de mujer barbuda.

»La explicación más maravillosa de la relación de Dee y Kelly con el manuscrito Voynich es la que afirma que la lengua desconocida e indescifrable del mismo es el idioma de los ángeles. Las cosas iban del siguiente modo: Kelly entraba en trance y hacía ruidos que formaban palabras ininteligibles, dictadas por cuatro ángeles a la vez. Al otro lado de la mesa, Dee escribía todo lo que oía, lo que constituía un caso de glosolalia, conocido también a veces como don de lenguas. Esto no explica en absoluto de dónde sacaron el alfabeto con el que escribieron ni tampoco los dibujos, por lo que, como razonamiento, es bastante endeble.

»Mi historia favorita sobre los dos, y me parece que esta no la conoces, es que Dee se separó definitivamente de Kelly y dejó de cuidarle las espaldas cuando este último, al final de una sesión de dictado angélico, le dijo que los ángeles ordenaban que él y Dee intercambiaran sus esposas durante un tiempo. Parece que esta idea no formaba parte de las fantasías de Dee.

El padre de Charles se echó a reír.

—Entendido —soltó—. No piensas tomártelo nada en serio.

—¿Qué hay en todo esto que pueda tomarse en serio? —preguntó Charles—. Todos son individuos ridículos, maquinadores expertos que se aprovechan de la ingenuidad de quienes los contratan. Nada nuevo bajo la luz del sol. ¿Qué es, si no, el enoquiano, la lengua angélica que Kelly inventó? Y, para finalizar, hay otra persona, asimismo parte de la corte de Rodolfo II, sospechosa de haber elaborado el manuscrito. Un tal Jakub Horcicky, que también era conocido como Jacobus Sinapius de

Tepenec, apodado Tepenec. A este personaje lo llevaron a la corte de Rodolfo para tratar al emperador de la fuerte depresión que sufría. Y obtuvo resultados. Preparó una poción alquímica basada en el alcohol que aliviaba las crisis del emperador, le revigorizaba y le permitía dormir. En mi opinión, su instalación alquímica era una especie de alambique, donde preparaba una variedad de slivovice, y Rodolfo pillaba unas cogorzas de mucho cuidado, lo que, naturalmente, lo ponía eufórico. La poción le calentaba las orejas y le ponía colorada la nariz. Después de eso, dormía como un tronco. Tepenec murió al caerse de un caballo. Se dice que, de hecho, fue el primer propietario conocido del manuscrito Voynich. Correcto, si no supiéramos que era una falsificación.

»¿Contento? Espero haberte divertido por lo menos. Ah, para que no digas que me he dejado algo en el tintero. El documento no contiene ningún error caligráfico, ningún garabato, ningún lugar donde el autor pudiera haber querido cambiar algo. Y el papel está impecable, sin ninguna corrección ni raspadura, por no hablar de que en la Edad Media escribir un documento totalmente profano, sin ninguna dimensión religiosa, es poco habitual, por decirlo con suavidad.

—Y, aun así, te has dejado algo esencial que contradice tu teoría. ¿Y por qué? Porque creo que no lo sabes.

—¿Qué tendría que saber? Otro secreto. Mira, si hubiera alguna posibilidad de que el documento fuera auténtico, la biblioteca Beinecke de Libros Raros y Manuscritos de Yale habría permitido la datación con carbono catorce del manuscrito, pero se ha negado de forma obstinada desde hace muchísimos años. Se rumorea que, al no estar seguros de su autenticidad, no quieren convertirse en un hazmerreír si se demuestra que el manuscrito es falso. Eso ya les pasó una vez con «el mapa del vino». O, aplicando la lógica inversa, precisamente esta negativa da fe de su falta de autenticidad. La ciencia no es una creencia.

El padre de Charles lo miró asombrado.

—Soy consciente de que hace mucho que te has desvinculado de este manuscrito, pero sé que te mantienes informado de todas las novedades relacionadas con él. ¿Cómo se te ha podido escapar esta?

—¿Qué se me ha escapado?

—La Universidad de Arizona dató el documento por radiocarbono hace más de tres años y estableció sin lugar a dudas que el manuscrito se elaboró entre 1400 y 1440. Es más, el análisis de los pigmentos refuerza la prueba y establece claramente que el documento fue escrito en su totalidad en ese mismo período.

—¿Estás seguro? —Charles miró incrédulo a su padre.

—Bueno, es fácil de comprobar. Tienes un teléfono superinteligente. Búscalo.

Charles sacó el móvil del bolsillo y tecleó «datación Voynich» en el navegador. Leyó rápidamente el artículo, que confirmaba lo que su padre había dicho. Este, mientras tanto, lo miraba con la satisfacción de un guerrero que ha logrado una victoria total con un solo golpe maestro sin mover el cuerpo.

—Eso significa... —tartamudeó Charles, enojado.

—Que tu teoría se viene abajo.

Charles dirigió una mirada perdida a su padre. Su expresión revelaba que estaba desconcertado y muy enfadado consigo mismo.

—La cosa más irritante del mundo es dar una conferencia basada en una premisa falsa —comentó—. Cuanto más larga es la disertación, más molesta es la situación.

Baker padre parecía estar divirtiéndose de lo lindo.

—No me mires con ese aire de superioridad, como un padre que mira con benevolencia a su hijo después de que este haya ido por mal camino.

27

—¿Ya ha vuelto? —preguntó la voz del altavoz del teléfono.

—Ahora mismo estamos despegando —respondió Caligari.

—¿Es igual que en los demás casos?

—No, es mucho peor. Algo ha cambiado en el modelo. Creo que nos enfrentamos a algo distinto. Aquí también hay animales muertos, pero la cantidad de víctimas es mucho mayor.

—¿Cuántas hay? ¿Ocho? ¿Nueve?

—Sesenta y una —respondió Caligari en voz baja.

—¿Sesenta y una? ¿Habla en serio?

—Sí. Y los cadáveres están irreconocibles. Este animal es mucho más poderoso. Sus huellas son más o menos las mismas, pero aquí parece haberse aplicado con una fuerza mucho mayor y un grado de crueldad equiparable.

—Ha evolucionado.

—No creo. Creo que nos enfrentamos a otra versión de la misma bestia.

—¿Hay supervivientes? —quiso saber la mujer.

—Sí, esta vez solo uno. Intenté traerlo conmigo, pero el coronel que parece manejar los hilos aquí se negó.

—Veremos si la cifra aumenta. Mientras tanto, vamos a ver, la última vez pasó un mes entre Copán y Guatemala, ¿no? Tres hasta México y otros tres hasta llegar a nosotros. ¿Me equivoco?

—Que sepamos. No podemos estar seguros de que nos hayan avisado de todos o de que los informes nos hayan llegado.

—Tenemos que encontrar una solución para proteger las granjas si este patrón se mantiene. Arizona, Nuevo México, Texas, California, Luisiana y Oklahoma.

—Sabe muy bien que ya hemos hablado de esto antes. No tengo forma de controlar territorios tan extensos, especialmente si no podemos avisar a nadie. Solo ustedes disponen de fuerzas de despliegue tales. Un segundo —dijo el director, y tapó el micrófono para preguntarle algo al piloto.

—Sí, perdone.

—Estaba diciendo que contamos con la colaboración de la Guardia Nacional, pero van a ciegas. No se les ha dicho qué tienen que buscar. Solo saben con quién ponerse en contacto si se encuentran con algo extraño.

—Y, además de eso, hasta que K2 avance hacia nosotros, lo que llevará más tiempo, tenemos que ocuparnos de K1. Estamos intentando comprender el patrón que sigue al elegir a sus víctimas.

—A propósito, ¿hay algún avance en esta área?

—Realmente no. El doctor Mabuse intentó sonsacar con paciencia algo a los supervivientes.

—¿Y?

—Pasó otra cosa curiosa. Como si respondieran a una señal, los once empezaron a garabatear en las paredes.

—¿Once? ¿No trece?

—Uno de ellos no hizo nada, mientras que el otro todavía seguía en estado de shock.

—¿Dibujaron algo reconocible, un punto de partida?

—No, nada. En vez de eso, escribieron nombres. Todos ellos eran en realidad el mismo. Hasta la saciedad. Muchas veces. Y no necesariamente en el mismo orden.

—¿Qué nombre escribieron?

—No lo sé: Asmodeo, Scaraotski. De este tipo. Todos los demonios del Infierno. Nombres del diablo. Algo así.

—¿Qué es ese ruido? ¿Está saliendo?

—Será algún problema de la red. Ya estamos en el aire. El médico quiere que dibujen animales concretos. Les llevó dibujos y fotografías de caballos, ovejas, cabras, como haría con niños pequeños. Pero también les trajo monstruos. Intentaba así inducirles a cambiar para que dibujaran en lugar de escribir. En el fondo, la pregunta que se repite con más frecuencia es: «¿Qué aspecto tiene el diablo?».

—¿Cree que sirve de algo?

—Sí. Confío en que conseguiremos acabar con este problema. Llegaremos a un estado lamentable si no lo logramos. Y hay algo más que es extraño. Esta vez, todas las víctimas eran personas de color.

—¿En serio?

—Sí, pero el coronel dice que es algo propio de todo el pueblo. Puede que sea una coincidencia y que simplemente no hubiera ninguna persona blanca o hispana por allí.

—Sí. Puede.

—Petra —dijo Caligari.

—¿Sí?

—¿Tiene idea de qué diablos puede ser esto?

—Acaba de decirlo.

Las dos personas que habían estado hablando finalizaron su conversación, que se había oído en toda la habitación. Los ocho hombres que la habían escuchado estaban satisfechos.

—No tienen ni idea —dijo el hombre sentado a la cabecera de la mesa.

28

Estaba escondida detrás de la cortina mirando al hombre que no quitaba el dedo del timbre. No sabía si debía abrir o no. El hombre llevaba un abrigo loden de los que ahora solo se ven en las películas antiguas y en cierto momento retrocedió para echar un vistazo a toda la casa. Entonces ella vio que saltaba la valla baja que rodeaba el pequeño jardín de rosas y se dirigía hacia una ventana. Se echó hacia atrás y se apretujó contra la pared. El hombre acercó la cabeza hacia el cristal y, con las manos a modo de visera, intentó observar el interior. Luego retrocedió y caminó hacia la esquina sin separarse demasiado de la pared. Unos momentos después, llamó a la puerta trasera. Ella tomó un cuchillo grande de cocina y se situó en el pequeño pasillo que unía las dos partes de la casa. El reloj de péndulo empezó a sonar por sorpresa y a ella le dio un vuelco el corazón. Empezó a respirar rápidamente. Sujetaba el cuchillo con tanta fuerza que tuvo la sensación de que el mango se partiría en cualquier momento. La ayudó a calmarse que al cabo de poco tiempo el hombre lo dejara y desapareciera en la oscuridad de la noche. Quiso llamar a la policía, así que descolgó el teléfono fijo, pero como no sabía qué decir, lo dejó.

Penelope había heredado la casa de sus padres hacía cinco años, después de que estos fallecieran en un accidente de automóvil. Desde entonces había estado sola. Había cumplido veinte años dos meses después de la tragedia y a partir de entonces había podido usar la cuenta que sus padres habían abierto para ella cuando nació. En ella se había acumulado una buena suma, que le garantizaba un nivel decente de supervivencia durante muchos años más. Había sido aceptada en Princeton, donde se había enamorado de George Marshall, que había sido profesor suyo. Por motivos éticos habían mantenido su relación en secreto hasta que se licenció. Las únicas personas que la conocían eran dos amigas jóvenes y Charles. Durante un buen período de tiempo, Marshall pasaba con ella los fines de semana, mientras que los demás días se quedaba en la habitación alquilada donde encontraron su cadáver.

Tras la muerte de George, había decidido que Charles era la única persona a la que podría dirigirse y que podría protegerla, gracias a sus buenos contactos. A pesar de lo tarde que era, marcó su número. El buzón de voz le indicó que el móvil estaba apagado o fuera de cobertura. Penelope dejó un mensaje a Charles.

29

—Esto significa que todas las teorías son falsas —afirmó Charles, que había vuelto a ocupar su lugar en el sillón y se estaba zampando los últimos trozos de queso de la tabla.

—No necesariamente —respondió su padre.

—¿Cómo que no? Roger Bacon vivió antes de 1400; Kelly, Dee y Tepenec, mucho después.

—Por no hablar de Voynich.

—Capto la ironía, pero ¿qué quieres decir con eso de «no necesariamente»?

—Nos estamos enfrentando al manuscrito más misterioso de la historia.

—Bueno, a ver —soltó Charles, que había recuperado su espíritu combativo—, no entiendo por qué tiene que ser este el más misterioso y no el Códice Rohonczi o *Prodigiorum ac ostentorum chronicon* o *El sueño de Polífilo*. O *Oera Linda*, o incluso *Aldaraia*, también conocido como el *Libro de Soyga*, si seguimos hablando de John Dee, o incluso el Códice Seraphinius. ¿Por qué este en concreto?

—*Aldaraia* es una falsificación, lo que concuerda con la presentación que hiciste de ese individuo, Dee. Y ni siquiera he oído hablar de los demás. El manuscrito Voynich es muchísimas cosas: un tratado médico, un compendio farmacológico, una síntesis del universo, además de un alegato a favor de la complejidad del mundo. Aunque no hiciera público el nombre de la persona que lo escribió o cuál era su utilidad, Voynich lo consideró algo más que una fuente de dinero, aunque también viera eso, mientras que todo el delirio y la atracción que ha generado en tantas mentes ilustradas a lo largo del tiempo nos indica que hay algo más en él de lo que estamos dispuestos a admitir. No ha generado tantos esfuerzos simplemente porque sea un manuscrito sin descifrar. Ni el personal de Yale es tan idiota como para malgastar el dinero en nada. La gente que se ha acercado al manuscrito ha tenido la impresión de estar tratando con un libro único, un libro que representa...

Charles se puso de pie de un brinco, como si se hubiera quemado. Tenía la carne de gallina y los pelos de punta.

—¡Todos los libros! —dijo, y miró a su padre, que se quedó con una especie se sonrisa estúpida en los labios—. ¿Es *omnes libri*? ¿Eso es lo que significa «todos los libros»? ¿Era mi madre una especie de sacerdotisa de un culto consagrado a este manuscrito? ¿Y George fue asesinado por una obsesión enfermiza? ¿Por esta farsa grotesca? Da igual si es de 1400 o de 1900. ¿Es este el gran secreto? ¿Y qué tiene que ver esto con Lincoln?

El padre de Charles esperó a que su hijo se tranquilizara antes de hablar.

—No —dijo en tono muy bajo—. El manuscrito Voynich es muchos libros, pero no todos los libros.

—Entonces ¿porque hemos estado hablando tanto rato de esto si no sirve para nada, ni siquiera para avanzar en la conversación que estamos teniendo? —soltó Charles, desconcertado.

—Porque, sin esta discusión previa, me era imposible contestar a tus preguntas, pero si tienes un poco más de paciencia y aceptas que intercambiemos los papeles un rato, averiguarás la razón. Necesitas una escalera de mano para llegar adonde debes ir. Después, solo tienes que prenderle fuego. De hecho, ¡eso es lo que te recomiendo que hagas!

Charles se encogió de hombros y se recostó en el sillón. Abrió la tercera botella de vino y, tras servir un poco en ambas copas, dijo:

—Muy bien, soy todo oídos.

—Tu madre formaba parte de una organización secreta. —A Charles se le salieron los ojos de las órbitas. No había nada que detestara más en el mundo que las sandeces basadas en conspiraciones, particularmente las envueltas en un halo de ocultismo, como la que sospechaba que estaba a punto de escuchar. Fue a replicar algo, pero su padre lo detuvo—. ¡Primero escúchame! Porque sé lo que quieres decirme ahora mismo, pero no tienes la menor idea de lo que voy a contarte. ¡Ten un poco de paciencia, hombre!

El hecho de que Baker padre jugara la carta de la autoridad, tan poco propia de él, demostró ser un poderoso argumento. Charles se armó de paciencia.

—Muy bien, para empezar de otro modo, el manuscrito Voynich está muy relacionado con una observación excelente que hiciste: tu comentario sobre las series matemáticas. Es así porque, en un lenguaje cifrado, las palabras son números de un catálogo.

—¿Qué quieres decir con «números de un catálogo»?

—El libro es un catálogo de libros y un plano a la vez.

—¿Qué clase de catálogo? —preguntó Charles, boquiabierto—. ¿De verdad conoces la finalidad de este manuscrito? ¿No se trata de ninguna broma muy elaborada?

—Es un catálogo, pero no de obras, sino de las salas de una biblioteca tal como era a finales del siglo XIV; de hecho, es un plano de las salas.

—¿Un catálogo cifrado?

—Está cifrado y a la vez no lo está. Este libro independiente, por sí solo, no tiene ningún valor desde ese punto de vista. Por eso nadie lo ha descifrado hasta ahora, y por esta razón jamás lo logrará nadie, aunque haya quien reivindique haber identificado algunas palabras. Esas afirmaciones son engañosas. De cualquier modo, el libro se hizo tan bien que es, o puede ser, casi cualquier cosa, como te estaba diciendo antes. En sí mismo es una prueba extraordinaria de las cosas de las que es capaz la mente humana, y la persona que decidió comprarlo para la biblioteca Beinecke de Libros Raros y Manuscritos sabía exactamente lo que hacía. El manuscrito funciona solo como parte de un tríptico, junto con otros dos libros. Como creo que habrás advertido, el manuscrito Voynich posee páginas que pueden disponerse de modo que una es una prolongación de las demás. Los otros dos libros están compuestos de láminas transparentes, de tal forma que si las superpones y las colocas una encima de la otra, te proporcionan todo lo que necesitas saber. Es la guía, por así decirlo, de un laberinto. Y cierra la boca o te entrará una mosca —sentenció Baker padre sonriendo.

—¡Eso es contradictorio! El plano anula el laberinto. Destruye su razón de ser.

Lo que acababa de oír le parecía tan enorme que Charles se preguntó si no estaría soñando. ¿Se le habría ido tanto la cabeza a su padre que ahora era él quien le estaba gastando una elaborada broma? Decidió que lo mejor sería seguir escuchándolo un poco más.

—Bueno, este catálogo formado por tres libros fue creado por una organización, una orden, que ha existido ininterrumpidamente desde hace dos mil años y cuyo único propósito en este mundo es proteger a la humanidad de su propia estupidez, de su propio delirio autodestructivo. La orden se propuso y logró, como ves, conservar lo que se ha escrito, el mundo de las letras. Sus miembros, a lo largo de la historia, han salvado todos los libros que podían y los han conservado en lo que durante mucho tiempo fue la biblioteca más grande del mundo. Estas personas, a su vez, han figurado entre las más ilustradas de la historia, de reyes y emperadores a artistas geniales y mecenas, médicos y profesores, filósofos y científicos célebres. Al ver que el mundo avanzaba en una buena dirección a pesar de todos los obstáculos y que no se estaba autodestruyendo como temían, los primeros miembros, que habían hecho frente a la furia de diversos períodos, decidieron, en un momento determinado, hacer copias de los libros originariamente manuscritos que conocían y distribuirlos por el mundo. Así pues, crearon las bibliotecas más importantes del mundo. El primer intento fue el de la Biblioteca Imperial de Constantinopla, la primera gran biblioteca posterior a las de la Antigüedad, puesta a punto por Temistio, un filósofo y profesor pagano, y enriquecida por Juliano el Apóstata, que le aportó ciento veinte mil volúmenes. Esa biblioteca fue una creación de esta sociedad del libro. Huelga decir que la gente del mundo de la cultura que he mencionado estaba en la cúspide de la orden. Los primeros años de la Edad Media fueron una mala época para los libros y para la libertad de pensamiento en general, por lo que la sociedad Omnes Libri decidió que todavía era demasiado pronto para una amplia difusión de los libros, y siguió reuniendo todos los que podía obtener por todo el mundo en su biblioteca secreta. Una biblioteca que... —El padre de Charles se detuvo de repente, como si estuviera pensando si tenía que continuar.

—¿Que qué? —preguntó Charles, que lo escuchaba con fascinación.

—No, no te lo diré ahora, porque tu actitud escéptica y burlona no es la adecuada. No estás preparado.

—¿Qué puede haber peor que esta biblioteca secreta? ¿Dónde demonios se esconde una biblioteca así de grande? ¿Y se ha mantenido en secreto hasta ahora? Sabes muy bien que cuanto mayor es el secreto, menos oculto permanece algo. Si reducimos esto al absurdo, llegamos a la conclusión de que, de hecho, un secreto absoluto no esconde nada.

—¿Quieres saber cosas sobre tu madre o no?

—Me gustaría, por supuesto. Pero una tontería como esta...

—Una tontería como esta fue su vida. ¡Así que atiende!

Charles se encendió otro puro y decidió no volver a interrumpir a su padre, que estaba empezando a perder la paciencia, algo que era difícil de lograr.

—Esta sociedad es también responsable de la Biblioteca Malatestiana y de la Biblioteca Laurenciana, pero no de la Biblioteca Apostólica del Vaticano ni de esas bibliotecas más bien destartaladas de los monasterios. Aunque reúne, cataloga y conserva todos los libros, la orden es completamente laica, tanto que algunos de sus miembros más influyentes están en permanente conflicto con la Iglesia y de hecho con todas las Iglesias, a las que consideran, salvo contadas excepciones, nidos de oscurantismo. El odio comienza con las destrucciones llevadas a cabo por Teófilo, arzobispo y patriarca de Alejandría, con su grupo de primitivos cristianos en la biblioteca secundaria de su ciudad. Como sabes, este cristianismo inicial destruyó todos los libros de la segunda biblioteca, el Serapeo, y usó los rollos para encender el fuego en los baños públicos. Diderot, un destacado miembro de la sociedad, solía decir que «los hombres solo serán libres cuando se estrangule al último rey con las tripas del último sacerdote». Durante el Renacimiento italiano, los miembros de la orden hicieron las paces con los altos prelados, que eran destacados intelectuales y dedicaron sus esfuerzos a fundar las primeras bibliotecas de gran envergadura: la Valiceliana, fundada por Felipe Neri, así como la Angélica, la Marciana, la Ambrosiana y la Casanatense, esta última llamada así por el cardenal Casanate; un montón de bibliotecas... en total, así que, para ser exactos, no tiene ningún sentido enumerarlas.

—Sabes que has confundido las versiones, ¿verdad?

—¿A qué te refieres? —preguntó el padre de Charles.

—Al asunto de los baños públicos. Hay muchas versiones de la destrucción de la llamada biblioteca de Alejandría. Los teóricos se toman en serio por lo menos cuatro de ellas. La de que los libros se usaran, página tras página, para mantener vivo el fuego de los baños públicos no guarda ninguna relación con los nuevos cristianos; más bien forma parte de la última versión de la historia, si las ordenamos de la más antigua a la más reciente. Según esta narración, lo de alimentar el fuego sucedió cuando el califa Omar decidió quemar la biblioteca e hizo su famoso comentario: «Si los rollos de la biblioteca dicen algo distinto a lo que aparece en el Corán, deben ser destruidos, porque lo contradice y son heréticos. Si, por el contrario, los libros dicen exactamente lo mismo que el Corán, deben ser quemados, porque son redundantes». Es en este momento de esta historia cuando se habla del uso de los papiros para calentar los baños públicos. Pero da lo mismo, porque he hecho algunos cálculos. He multiplicado la cantidad de supuestos baños públicos por el número de papiros que se necesitan para calentar uno solo de ellos. Durante los seis meses que, según Al-Qifti, duró la gran destrucción, se necesitaría un mínimo de veinte volúmenes al día para un baño templado o, más probablemente, cien para uno bien caldeado, lo que significa que serían necesarios un total de entre catorce y diecisiete millones de rollos, mientras que la cantidad máxima de libros que se ha atribuido a la biblioteca es de un millón.

Baker padre miró asombrado a su hijo. Acaba de contarle una historia verídica. Sabía que a una mente cartesiana como la de su hijo le costaría creerla, pero esperaba que Charles aceptara las convenciones y lo escuchara hasta el final.

—De modo que no existe ninguna relación con los actos destructores de la banda furiosa de cristianos del arzobispo Teófilo —dijo Charles—, sin olvidar que, para ser exactos, tenemos que decir que Teófilo no actuó por iniciativa propia sino siguiendo órdenes del gran patriarca Teodosio, que intentó destruir todo rastro de los monumentos paganos, de modo parecido a los talibanes hoy en día. Por fortuna no disponían de dinamita, porque no nos habría quedado nada de la gran cultura de la Antigüedad, ni las pirámides, ni las estatuas, ni tan siquiera la Acrópolis. —Charles pronunció estas palabras sin pestañear y sin pensar en lo que estaría pasando por la cabeza de su padre.

—Esta irrisión tuya acaba con cualquier conversación, pese a que una mente ilustrada tenga que poner a prueba toda la información no demostrada, tal como te enseñó tu abuelo.

Charles, sin embargo, no hizo demasiado caso a la queja de su padre. Tenía algo que añadir que le parecía interesante:

—Y esta no es la parte más siniestra de toda la historia. El sobrino de Teófilo, el patriarca Cirilo, tenía su propia milicia. Creo que llamaba a sus hombres «parabolanos». Esta milicia mató a todos los judíos que pudo encontrar en Alejandría, y había muchísimos eruditos entre ellos. Su hazaña más terrible fue la detención de Hipatia, la matemática y filósofa más célebre de la Antigüedad, tal vez la única. Estaba dando una conferencia en la famosa biblioteca cuando la apresaron. La desnudaron, la arrastraron por los cabellos hasta una iglesia y la asesinaron arrancándole la piel con afiladas conchas marinas hasta que la dejaron hecha una masa amorfa de carne que lanzaron a las llamas, junto con todos sus libros. Y, por estos gloriosos actos, ¡Cirilo fue canonizado!

Absorto como estaba saboreando su propio discurso, Charles no se fijó en absoluto en las reacciones de su padre, que había palidecido. Empezó a temblarle la copa que tenía en la mano y, con una enorme dificultad, la dejó en la mesa. Se levantó y se acercó a la ventana para que su hijo no viera sus ojos llenos de lágrimas. Tras él, oyó decir a Charles:

—Parece que esta orden o sociedad secreta, lo que sea, se adueña de todo gran intelectual. Madre mía. La historia es bonita, pero no creo que tenga ninguna base real. ¿Qué más puedo decir? ¿Y qué hay de mi madre?

Su padre no respondió. Inspiró hondo varias veces, recuperó el semblante afable que había lucido antes y se volvió hacia su hijo.

—¿Y mi madre? —Charles repitió su pregunta—. ¿Qué relación tiene con todo esto?

—Thomas Bodley fue miembro de la orden. —El hombre mayor reanudó su historia—. Un maestro de la orden, de hecho. Y ya sabes lo que fundó, aunque solo sea porque has pasado parte de tu tiempo en la Biblioteca Bodleiana. Gabriel Naudé, el creador de la biblioteca del cardenal Mazarino, fue otro de los maestros de la orden, al igual que Thomas Plum en América. En el Louvre, Jacques Auguste de Thou, gran maestro de la orden, creó la mayor biblioteca conocida en el mundo hasta aquella fecha si nos basamos en el número de títulos y que se acabaría convirtiendo, como sabes, en la Biblioteca Nacional de Francia. Y, para no alargar mi relato, el presidente John Adams, que fundó la Biblioteca del Congreso, fue otro gran maestro de la orden, aunque en este caso honorario. Pero los más importantes fueron los setenta y dos maestros de la orden, aquellos que velaban permanentemente para que estas cosas pudieran pasar. Sin ellos, sin estos justos entre las naciones, como dirían los judíos, o justos del planeta, como diría yo, ni tú ni yo podríamos haber compartido las experiencias de los coleccionistas y los buscadores de libros en ninguna cueva.

—¡Tonterías! —exclamó Charles—. Estás divagando. No existe ninguna prueba de algo así en ningún lado. Ahora vas a decirme que el mismísimo Lincoln era un, yo qué sé, un mayordomo, y que es responsable de vete a saber qué biblioteca secreta, y que esto es lo que George descubrió, y que fue asesinado por haberlo descubierto.

—No sé nada sobre Lincoln —respondió secamente su padre.

—¿Y mi madre? —insistió Charles.

—Tu madre fue uno de los maestros, incluso una gran maestra. No sé demasiado porque la mayoría de lo que hacía era muy secreto, y yo, que la amaba con locura, decidí respetar esta parte de su vida, que me explicó desde el principio. Cuando le pedí que fuera mi mujer, la única condición que puso fue que jamás la presionara para que me contara cosas que tenía que mantener en secreto. Y nunca lo hice. Lo único que sé son estas cosas, tal como te las he contado, salvo una, que es la más importante.

—¿Cuál? —Al ver que su padre dudaba, Charles soltó una carcajada—. Vamos. No pondré objeciones.

El padre de Charles decidió que, de todos modos, daba lo mismo. Así que dijo:

—También sé que toda la historia de la orden comenzó con la construcción de una biblioteca subterránea en una isla a principios del primer milenio después de Cristo y que los primeros libros que llegaron a ella fueron salvados de la destrucción de las bibliotecas de Alejandría y de Pérgamo. Para ser más exactos, estamos hablando de casi un millón de rollos manuscritos. Fue en aquel momento cuando la orden adoptó el nombre de Omnes Libri porque su ambición era salvar todos los libros que la humanidad produjera, el sueño dorado de Alejandro de Macedonia, sugerido probablemente por Aristóteles, su ilustre profesor. Por ese motivo, al principio la orden se autodenominaba Sociedad Aristotélica. Y durante más de mil quinientos años casi todo lo que la especie humana había escrito de importancia en aquella época se llevó allí, puesto que salvarlo todo era estadísticamente imposible.

El mayor de los Baker no esperó a la reacción de su hijo. Se marchó y dejó a Charles dando vueltas a las preguntas y objeciones que se le agolpaban en la cabeza de manera atropellada.

Baker padre regresó con un sobre, amarillento por el paso del tiempo.

—No importa lo raro que te parezca —dijo—, lo que tu madre hacía era peligroso y arriesgado. Muchos de los libros raros que la orden conservaba se consideraban desaparecidos sin dejar rastro desde hacía mucho tiempo, junto con la historia de la que formaban parte (o apoyaban o creaban), por no hablar de las complejas relaciones y las diversas redes existentes, además de las inmensas sumas de dinero que la orden administraba; todas estas cosas ponían su vida en continuo peligro. Cuando nos casamos, tu madre me dio este sobre y me dijo que solo lo abriera si le pasaba algo o si alguna vez necesitaba ayuda. Como sabes, la mató una enfermedad. He sentido muchas veces la tentación de abrirlo para ver qué había dentro. Pero ya sea porque no quería llevarme ninguna sorpresa que cambiara mi opinión sobre ella, o porque le prometí que solo lo abriría si mi vida corría peligro, y lo cierto es que mi único enemigo en este asunto era yo mismo, o porque tal vez estaba esperando este momento, resistí la tentación. Bueno, lo que hay escrito en el interior del sobre ya no me interesa. Soy demasiado viejo. Pero te lo doy a ti. Haz lo que quieras con él. Puede que el peligro del que estabas hablando se halle en este sobre. Y si, en realidad, han asesinado a una persona por su relación con la orden, quizá encuentres en él una aclaración necesaria o por lo menos una solución.

El padre de Charles le alargó el sobre.

30

A Baker padre le llegó al despertarse un olor que le estimuló todos los jugos gástricos. Por un instante pensó que estaba en el cielo. Bajó unos minutos después y lo hizo justo cuando su hijo acababa de preparar unas tortitas.

—Ahora mismo iba a despertarte —dijo Charles, que vertió jarabe de arce sobre las tortitas y le pasó un plato a su padre.

—Igual que las hacía tu abuelo —comentó su padre antes de empezar a engullir el desayuno. Una expresión de deleite le iluminó la cara desde el primer mordisco—. Estupendas —afirmó—. ¿Cómo has pasado la noche?

—No preguntes si no quieres oír nada más que cortesías. ¿Sabes lo que hizo el abuelo con nuestro vecino, Bozo?

—No. Recuerdo a Bozo, pero...

—Una vez llegó a casa enojado porque cada vez que se cruzaba con Bozo, el hombre le preguntaba cómo estaba y qué tal le iba todo, y el abuelo le respondía invariable e inevitablemente que estaba bien. Dijo que un día se hartaría y, en lugar de darle una respuesta rápida, lo llevaría aparte y le contaría en detalle cómo le iba todo.

—Y, por supuesto, un día lo hizo.

—Ah, así que lo sabías.

—No, pero concuerda con su personalidad.

—Sí. Tuvo al pobre hombre unas dos horas y lo volvió loco con no sé qué teorema que se estaba esforzando en formular.

Después de eso, el pobre vecino cruzaba la calle en cuanto veía al abuelo y lo saludaba apresuradamente.

—Correré el riesgo —insistió el padre de Charles cuando acabaron de reír.

—Bueno, no pude dormir, por lo que decidí ver esa película espantosa.

—¿La de Lincoln y los vampiros?

—Esa misma.

—¿De verdad es tan espantosa?

—¿Estás de broma? ¿Me estás tomando el pelo? No imaginarías que estaba bien, ¿verdad?

—Yo qué sé. Desde hace un tiempo he empezado a divertirme viendo películas de terror, con zombis y vampiros. Creo que me entró el gusanillo después de leerme tu libro, aquel tratado sobre los vampiros.

—Esto no es una película de terror. Los vampiros son una gran y monumental estupidez.

El padre de Charles se abalanzó sobre la bandeja que había en el centro de la mesa y se sirvió unos huevos fritos con jamón.

—¿Por qué? —preguntó.

—No tenía previsto responder preguntas inteligentes tan temprano. Pero te diré algo, odio este género que se denomina del modo más aberrante «fantástico», y lo detesto con todo mi corazón. Quienes eligieron el nombre querían indicar con él que se trata de un género en el que no hay ni rastro de verdad ni de verosimilitud. Según ellos, esto es lo que significa tener una fantasía. Y lo que me molesta más es el papel del autor en los libros de esta clase. Es un demiurgo, y las cosas suceden como a él le apetece que pasen. Ni una sola acción de los libros en cuestión sigue ninguna regla. Las acciones no tienen el menor sentido, no son previsibles en absoluto. Si no esperas algo, no puede sorprenderte otra cosa que pueda pasar. La amenaza aterradora es indefinida. Hay toda una gama de posibilidades en las que puede suceder cualquier cosa. Si el autor quiere matar a alguien, lo mata; si quiere resucitarlo, lo resucita. Y a cohortes de espectadores y lectores estúpidos, carentes de inquietudes, les gusta eso. La narración nunca exige nada del lector, el suspense es artificial, la empatía con los personajes es cero.

—Pero es una película con un personaje histórico.

—Esta es la segunda clase de cine o de literatura que más me saca de quicio. Hay otra, en realidad. Aquella en la que representas cierta realidad ficticia pero no fantástica, y por motivos que no alcanzo a entender, la sitúas en un espacio ficticio, aunque es evidente que la acción tiene lugar en un sitio que reconoces. *Voilà!* Esa historia efectista y sensiblera de Spielberg en el aeropuerto, no recuerdo cómo se llama, con Tom Hanks y Zeta Jones. ¿Por qué el país de donde procede el personaje, *Krauzia* o *Krakozia*, tiene que ser un lugar ficticio? La invención debilita el drama de la historia. A mí me gustan los thrillers. Me relajan del mismo modo en que a ti lo hacen las películas de terror. Quiero que la acción transcurra en un lugar que conozco, no en un espacio de un universo paralelo que tanto me da.

—¿Y la otra situación?

—Es exactamente en la que nos encontramos en el caso de esta película de Lincoln. Es un leñador y, como a su madre la mató un vampiro, se convierte en un especialista en el manejo del hacha y en el más temible cazador de vampiros, de los cuales Estados Unidos está lleno en aquel momento. La guerra de Secesión ha creado vampiros en el Sur que se alimentan de los esclavos. Joshua Speed, amigo en la vida real de Lincoln, parece estar en el bando sudista y ser un traidor, pero al final no lo es. Es espantosa de principio a fin. ¿Por qué era necesario Lincoln para la producción de unos efectos especiales más o menos bien logrados? Cuando filmas una película histórica o escribes un libro sobre hechos que han ocurrido en la vida real, no puedes cambiar toda la historia o solo puedes hacerlo si eres Tarantino y decides, a modo de parodia y con fundamento, que quieres matar a Hitler para crear una historia contrafactual porque buscas demostrar algo. Es como crear países imaginarios que funcionan exclusivamente como parábolas.

—¿Cómo lo harías tú entonces?

—Si escribes ficción de época, tienes que conocer hasta los

mínimos detalles de ese período. Aportas realidad a la escena, haces todas las afirmaciones reales posibles sobre las vidas de los personajes. No logras un máximo efecto inventando estupideces de las que hasta un niño se reiría. Si quieres crear suspense, tensión, si quieres tener al público pegado a la butaca en el cine o al sofá con un libro en la mano, debes tener el cerebro suficiente para crear una historia que sea real casi en su totalidad. Y solo entonces, cuando todo parece impecable desde un punto de vista histórico, puede introducir algo ficticio, algo que cambie toda la historia. Las grandes narraciones encuentran personajes posibles en historias reales con conflictos naturales que lanzan la acción, como dice Aristóteles. Necesitas algo que la narratología llama «función cardinal»: una carencia y la sustitución de esta. Dicho de otro modo, el personaje ha de tener un problema. Él o ella tiene que ser desdichado o estar descontento por algo, así que es necesario cambiar el *statu quo*. Hay que ofender al protagonista de un modo en el que la ofensa pueda no seguir siéndolo, como dice Hegel. Algo grave, algo terrible debe lanzar la acción.

Con el tenedor en la mano, el padre de Charles dejó de comer y miró a su hijo con admiración.

—Algo tiene que molestar al protagonista de tal modo que quiera volver a la situación de equilibrio de la que lo han sacado o modificarla de alguna forma: tiene que vengar la ofensa, sustituir una carencia. Si escribes una obra de ficción en la que Lincoln aparece como personaje principal, no puedes inventarte estupideces. Tienes que encontrar algo que no se haya aclarado del todo, algo sobre lo que la historia tenga dudas. Se trata de no contradecir la historia de una forma embarazosa que cualquier niño captaría desde el principio. No puedes, por ejemplo, sostener que la guerra de Secesión se inició debido a un conflicto o a un acuerdo con los mormones, pongamos por caso, para hacerte reír. Entonces ya no eres un autor de ficción, sino un acróbata, un payaso sin sentido del humor. *Guerra y paz*, puede que la mayor ficción histórica jamás escrita, es tan magnífica precisamente debido a su exactitud. A otro nivel, *Lo que el viento se llevó* presenta personajes posibles y naturales que luchan en medio de una catástrofe nacional. Por eso tuvo tanto éxito. Rhett Butler es posible, lo mismo que Andréi Bolkonski.

—Está muy bien esta pasión tuya por la narratología. Pero te leo con atención, ¿sabes? Sería mejor si me explicaras lo siguiente: si quisieras escribir una obra literaria sobre Lincoln, ¿cómo lo harías?

—Yo jamás escribiría una obra de ficción.

—Pongamos que sí —insistió su padre de un modo con el que parecía decir: «¡Es un juego, caramba!».

—Si tuviera que emprender ese rumbo, mi primera obligación sería saberlo todo sobre la época y mis personajes. Buscaría un punto débil acerca del cual los historiadores no se hayan puesto de acuerdo. Por ejemplo, estudiaría todo lo que se ha escrito sobre Lincoln y el contexto en el que vivió; me preguntaría muy seriamente qué causó que se transformara como lo hizo. Comenzó siendo un abogado con ambiciones políticas que era, si no racista, por lo menos sí indiferente al problema racial y terminó siendo el partidario más acérrimo de la abolición, hasta el punto de que dio su vida por la causa. Ninguna de las explicaciones existentes es satisfactoria.

—O intervendrías en el enorme conflicto entre sus partidarios y sus detractores: los que afirman que quería por encima de todo abolir la esclavitud y los que sostienen que eso no le importaba en absoluto y que, en realidad, representaba al lobby del ferrocarril y la industria pesada del norte. En un lado de este conflicto, Lincoln aparece como un gran demócrata; en el otro, como un horrible dictador.

—Es un tema interesante, solo que no es tan sencillo. ¡Oh, no, mira qué tarde es! —Charles salió a toda prisa de la cocina y regresó con el móvil, que estaba intentando encender—. La batería está agotada por completo —comentó, mirando fijamente la pantalla.

—Me parece que no tengo esa clase de cargador.

—Da igual. Llevo uno en el coche. Y ahora, de verdad, tengo que marcharme. Ah, hay algo más —recordó Charles—. Ayer, cuando hablaste de la supuesta biblioteca de la organización a la que pertenecía mi madre, querías contarme algo y temiste que te tomara el pelo.

—No exactamente, sino que, si por alguna razón creías por lo menos una pizca de lo que te decía, esa nueva información acabaría con toda tu confianza.

—Dada la enormidad de todo el asunto, ¿qué importa un ingrediente más? Vamos, cuéntamelo, porque tengo que estar en casa a mediodía.

El padre de Charles dudó un poco, pero al final cedió.

—Muy bien —dijo—, pero te lo he advertido.

Parado en el umbral, Charles adoptó una postura que no admitía ninguna demora.

—Allá va. «La biblioteca de Babel» de Borges es la misma que fue creada por Omnes Libri.

—Me estás diciendo que es la biblioteca infinita. ¡Geniaaaal!

Charles resopló y agitó la mano con desdén. Recorrió el pasillo y salió al jardín. Su padre se apresuró tras él y lo llamó desde el porche:

—¡No te he dicho en ningún momento que sea realmente esa biblioteca! He dicho que Borges se inspiró en ella porque quería enviar un mensaje. Por aquel entonces era el gran maestro de la orden.

31

Dependiendo parásitamente de la energía del coche, el móvil tardó un rato en encenderse. Charles había decidido pisar el acelerador a fondo también esta vez. Vio que la pantalla del móvil se iluminaba en su soporte y leyó con el rabillo del ojo: dieciséis llamadas perdidas y ocho mensajes nuevos. Ordenó al fantasma en la máquina, como llamaba al asistente virtual, que devolviera las llamadas en el orden de las conversaciones más recientes. Vio en la pantalla el número del director del FBI.

—Me alegra recibir noticias tuyas, Bob. ¿Tienes algo para mí?

—Solo un señor como tú puede permitirse tener el móvil apagado a estas horas. Estoy pensando en retirarme a alguna universidad. Creo que ya me toca.

—Estoy convencido de que Virginia te recibirá con los brazos abiertos: ¡un alumno del que estar orgulloso!

—De hecho, tengo una oferta de Stanford, pero no de derecho, sino de seguridad.

—Excelente.

—Bueno, vayamos al grano. He estado buscando a tu chica.

—¿Y?

—Y es muy extraño. Para ser más exacto, ¡sumamente extraño! No sé si alguna vez se ha dado una situación así.

—Vamos, no me tengas en ascuas.

—He preguntado si tenemos una empleada con ese nombre: Petra Menard.

—Y no la tenéis.

—Exacto. No la tenemos, pero he llamado a la NSA, y nuestro amigo fue tan amable que pidió a su ayudante que revisara sus archivos. ¿Y a que no sabes qué? Hay una Petra Menard en la NSA y es una persona bastante importante allí. Aunque no quisieron decirme cuánto. Ahora bien, cuando me enviaron la hoja con sus datos tras editarlo casi todo, quedaban básicamente su nombre y su foto, así que tomé esta última y la introduje en nuestra base de datos para ver si lo que me contaste de ella es siquiera posible.

Sentado en su Aston Martin, Charles oyó la señal del teléfono comunicando. Pidió al asistente que volviera a llamar, pero siguió escuchando la misma molesta señal. Pensó que, a fin de cuentas, el director podría devolverle la llamada y tras esperar varios minutos y volver a intentarlo sin resultado, pidió al asistente que pasara a la llamada siguiente.

—Profesor —dijo la voz temblorosa de su secretaria en Princeton—. ¿Dónde está? Debo de haberle telefoneado unas diez veces.

Así que el número de llamadas que tenía que devolver se reducía.

«Mejor que mejor», se dijo a sí mismo.

—La policía lo está buscando. El FBI lo está buscando. De hecho, todo el mundo lo está buscando.

—¿Qué más ha pasado? —preguntó Charles de manera titubeante, preocupado de que hubiera nuevas malas noticias.

—Ayer por la noche entraron a robar en su despacho. También en el de George. Aquí está todo patas arriba. La policía ha puesto una de esas cintas.

—¿Ha habido algún herido?

—No, creo que no. No había nadie. Kate y Miranda pasaron por delante del despacho ayer a última hora de la tarde y vieron las puertas rotas, así que llamaron a la policía. ¿Qué les digo?

—No les diga nada. Estoy regresando de casa de mi padre. Voy para allá.

«De modo que los asesinos de George Marshall no encontraron todo lo que buscaban», pensó Charles. Se preguntó entonces si su vida corría peligro. Decidió que si quisieran matarlo, México habría sido el mejor lugar para hacerlo, de manera que llegó a la conclusión de que, de momento, no estaba en peligro. Era un peso pesado con contactos políticos en todas partes y, por eso, resultaba difícil de eliminar. Pidió al «fantasma» la siguiente conexión telefónica. Tras sonar muchos tonos y estar casi a punto de cortarse, la voz de un hombre que no conocía respondió. La persona al otro lado de la línea tampoco sabía quién era él.

—Soy Charles Baker y he recibido una llamada de este número.

—¿Sí? —preguntó la voz—. ¿Cuándo?

—Bueno, me ha llamado usted. Si no lo sabe...

—Pero es que yo no lo he telefoneado, profesor.

Así que la voz sí que sabía quién era.

—¿Sabe qué? No me apetece jugar a nada.

—No le engaño —intervino la voz—. Soy el inspector Columbus Clay y el teléfono al que está llamando pertenece a una tal Penelope Bauchent.

—Beauchamp —lo corrigió Charles—. Es un nombre francés.

Charles recordaba ahora claramente al sospechoso inspector que había visto el día antes frente a la casa donde había sido asesinado su adjunto.

—¿La conoce?

—¿Si conozco a Penelope? Claro. Es... quiero decir... era la prometida de mi adjunto.

—¿El finado? —preguntó Columbus.

—Sí. No tengo ningún adjunto más. ¿Penelope se encuentra bien?

—¿Cómo puedo saber que usted es realmente usted? —preguntó el inspector.

Charles no entendió la pregunta, así que no respondió.

—No puedo contestarle si no sé con seguridad si usted es de verdad la persona que me está llamando.

—En primer lugar —Charles estaba empezando a acalorarse—, yo no le he telefoneado. Simplemente he devuelto una llamada. En segundo, ¿cómo sé yo que usted es quien dice ser? Es más...

No pudo terminar.

—Penelope ha sido asesinada —lo interrumpió Columbus—. Por eso es importante intentar reconstruir sus últimos momentos, pero preferiría hacerlo cara a cara. ¿Sabe dónde vive?

Estupefacto, Charles tardó un instante en hablar.

—¿La víctima del asesinato? —dijo—. Sí, una vez me invitó a su casa. Ahora mismo estoy lejos de Princeton. Regresaré por la tarde. Si quiere que nos veamos entonces, estaré encantado.

—Estupendo. Volveré a llamarlo —aseguró el policía.

Un bocinazo sacó a Charles de su estado de shock. Casi había perdido el control del volante y se había pasado al carril contrario de la carretera, donde estuvo a punto de chocar frontalmente con un camión iluminado como un árbol de Navidad en pleno día. Se detuvo en la cuneta y esperó hasta recuperar el aliento. La voz del asistente virtual le dijo que ya no había más llamadas perdidas. En total tenía dieciséis llamadas. Lo comprobó. Una, la de las ocho de la mañana, era del director del FBI, diez eran de su secretaria y las otras cinco, del número que parecía pertenecer a la prometida de George Marshall. Echó un vistazo a las horas. La primera llamada correspondía a las nueve de la noche, y había recibido otra a las once de la noche. Luego había tres llamadas consecutivas: a las cuatro, a las cuatro y un minuto y, la última, a las cuatro y ocho minutos.

Pidió al asistente virtual que reprodujera los mensajes.

—Soy Bob, llámame —decía el primero de ellos.

Los cuatro siguientes eran de su quejumbrosa secretaria. Charles perdió la paciencia y tomó el móvil. Se saltó estos mensajes sin escucharlos. Había tres más, todos ellos de la misma persona: Penelope.

Reprodujo el primero, de las nueve: «Perdone, profesor, soy Penelope. Llámeme en cuanto reciba este mensaje, por favor. Estoy muy asustada. Alguien ha estado merodeando alrededor de mi casa hace un rato. No ha entrado, pero era muy insistente. Ahora ya se ha ido. Es importante. Podría estar relacionado con George».

El segundo mensaje era de las once: «Vuelvo a ser yo. Espero que reciba este mensaje. No ha vuelto a pasar nadie, pero sigo estando muy asustada. Espero que conecte el móvil. Puede llamarme a la hora que sea. Es importante. George había descubierto algo. Al principio parecía un detalle absurdo, una cuestión académica. Ni siquiera se tomó en serio las primeras amenazas hasta que un coche casi nos atropelló. Iba directo hacia nosotros a toda velocidad delante de la universidad. Pero él no quiso ir a la policía. Sé que le dio la carpeta. Ahí está todo. Avise a las autoridades, por favor. Usted conoce a mucha gente».

Su voz se volvió más inquieta. «Oh, Dios mío —dijo la chica y se puso a gritar, pero no colgó. Siguió hablando entre sollozos—. ¿Qué voy a hacer ahora? Esto no está bien. ¡Un profesor de historia! ¿Quién haría daño a un profesor de historia? ¿Cómo pudieron matarlo así? Tuve que identificarlo en el depósito.» Sollozó más fuerte. A oleadas. Durante un rato, Charles no pudo entender lo que la chica estaba diciendo. Al final, lo único que oyó fue: «Si me pasa algo, George destruyó todo lo que encontró. Todo. Solo conservó dos pruebas. Su agenda está en su taquilla del gimnasio. Las demás...». El mensaje se cortó entonces.

Charles estaba muy afectado. Reprodujo el último mensaje, el de las cuatro y ocho minutos. No había nada que oír, solo la respiración de alguien que parecía estar escuchando, como si esa persona no hubiera utilizado nunca un buzón de voz.

32

La operadora de la policía remitió la información al primer equipo de respuesta después de que la mujer que estaba al teléfono le dijera que había oído romperse una ventana y que alguien había entrado en su casa. La mujer le había contestado algunas preguntas y le había pedido ayuda con voz temblorosa, pero cuando la operadora había insistido en que permaneciera al aparato, había colgado. «Se acabó», se dijo Columbus Clay. Llegó a la escena a las siete de la mañana. La casa de Penelope Beauchamp parecía un matadero. Los dos policías del primer equipo que llegó a la escena estaban tendidos en el suelo en medio de charcos de sangre, uno degollado, el otro destripado. Su alarma había llevado allí al segundo equipo, al que mandaron para ver por qué el primer equipo no respondía. Llegaron unos veinte minutos después. La policía de una ciudad pequeña no está demasiado acostumbrada a los asesinatos y, aunque habían sido formados hacía mucho tiempo, no tenían ni idea de cómo actuar en estas crisis. Naturalmente, habían visto todas las películas sobre el tema, como todo el mundo, pero en ellas no se dice nada sobre el miedo y el horror que experimentas cuando te topas con una calamidad de este tipo. Así que, para entonces, Clay estaba al borde de la desesperación. Uno de los policías había agarrado el arma del crimen y después, en estado de shock, casi se había arrancado la piel a tiras lavándose las manos con jabón. Por desgracia, había dejado el arma del crimen en el fregadero mientras se lavaba. También habían movido los cadáveres y el segundo policía había intentado hacer la respiración artificial a uno de sus colegas caídos mientras todavía tenía pulso. Había llamado a una ambulancia, pero como esta estaba aún muy lejos, había intentado cargarse al hombro al policía herido para llevarlo hasta el coche. Todo el contenido del estómago del herido se le había derramado en el pecho, y el policía que lo transportaba se había desmayado. Así los encontró Clay: dos cadáveres, un policía desvanecido en medio de ellos y otro agente vivo observándolo todo paralizado desde el umbral de la puerta.

Clay respiró más tranquilo cuando vio que ninguno de los dos agentes había llegado a encontrar el cadáver de la mujer que había llamado a emergencias. Su cuerpo estaba tendido en el suelo del salón. Le faltaba una oreja y le habían arrancado cuatro uñas de la mano izquierda. El asesino la había torturado mientras trataba de averiguar algo. Clay se habría dado de bofetadas por duplicado. Aquella noche, el inspector había estado allí. Puede que la prometida de Marshall todavía no hubiera vuelto a casa, tal vez sí estuviera, pero se hallase demasiado asustada para abrir la puerta.

«Tendrías que haber insistido —se dijo a sí mismo— o al menos haberte quedado aquí.»

En el mismo instante en que contestaba el teléfono que había oído sonar entre la ropa del armario donde seguramente la víctima lo había escondido, vio a través de la ventana que el Cadillac Escalade negro del día anterior estaba aparcando frente a la casa. La desagradable mujer del día anterior salió de él.

«Problemas —se dijo Clay—, aquí va a haber problemas.»

33

Cuando llegó a casa, se dejó caer en un sofá del salón y se quedó mirando un punto fijo en el techo. Estaba intentando organizar sus ideas, por lo menos un poco, cuando le llegó con fuerza el sonido del timbre, un ruido al que todavía no se había acostumbrado, y se puso de pie como una exhalación.

En la puerta estaba el director del FBI en carne y hueso. Charles lo miró atónito, pero su visita casi lo empujó para entrar en la casa.

—¿Tienes algo de beber? —dijo entonces.

—Claro —respondió Charles de forma casi mecánica—. Adelante. Pero ¿qué demonios haces aquí?

—Bueno, me imaginé que ya que tenía que viajar a Nueva York de todos modos, lo mejor sería que me pasara por aquí y te contara esto en persona.

—Intenté llamarte en cuanto se cortó la comunicación.

—Sí —afirmó el director con cierto aire de misterio.

—¿Sí? ¿Sí, qué? —Charles miró de manera inquisidora a su visita—. ¿Sabes que también han asesinado a la prometida de George?

—Lo he oído. Pero no tenemos jurisdicción. Ninguna en absoluto.

Charles dirigió una mirada recelosa al director y le dijo:

—A lo mejor son imaginaciones mías, pero creo que has venido hasta aquí por miedo a que te hayan pinchado el teléfono.

La expresión del otro hombre le hizo sonreír.

—Excelente. He probado mi propia medicina. —El director sonrió sin ganas. Hacía algunos años se había visto implicado en un escándalo de escuchas telefónicas que había generado una enorme controversia—. Hoy cualquier cosa es posible —admitió—, es especial en este caso. ¿Vas a ponerme ese whisky o no?

—¿Alguna preferencia? —preguntó Charles tras abrir el mueble bar.

El director hizo un gesto para indicar a Charles que eligiera él, así que sacó la primera botella que se encontró y empezó a servir un vaso.

—¿Hielo?

—Solo si me lo viertes en la cabeza. Será mejor que me escuches.

Charles pensó que un trago de alcohol no era mala idea, así que se sirvió también otro vaso.

—¡Adelante! —Sonrió.

—No sé lo que alcanzaste a oír por teléfono.

—Dijiste que no había ninguna Petra Menard en el FBI, pero sí en la NSA. Que pediste referencias a un amigo que tienes allí y que te envió una hoja sobre Menard, pero que lo único que se veía en ella era su nombre y su fotografía.

El director sacó un papel doblado del bolsillo: era una impresión muy mala en blanco y negro. Se la dio a Charles.

—¿Es esta mujer?

—Sí —contestó Charles tras mirar con atención la fotografía—, probablemente. La foto no es demasiado buena y ahora lleva el pelo largo. Eso me pareció raro ayer por la mañana, porque iba demasiado informal para ser una agente, pero después, en casa de George, llevaba el pelo recogido en una cola de caballo.

—Bueno, ¿puedes creerte que esta misma persona también trabaja en el FBI?

Lo que el director acababa de decir había dejado a Charles sin palabras. Miró a su interlocutor con incredulidad.

—¿Cómo puede ser? No, en serio, ¿es algo así posible siquiera? ¿No comprueban las agencias como la tuya los datos de aquí a la eternidad?

—Sí, claro, y mucho más de lo que te imaginas. Si un bebé de cuatro meses gorjea de un modo distinto al acostumbrado, lo averiguamos, como sea, hasta el último detalle. Hace muchos años que ninguno de nosotros comete un error con respecto a un agente. La cuestión es que en el FBI aparece con otro nombre. —El director empezó a hurgar en sus bolsillos—. ¿Dónde coño he puesto ese papel? —Y mientras seguía rebuscando en sus bolsillos, añadió—: Estaba tan desconcertado que me dije a mí mismo «oye, vamos a ver», y pedí a mi ayudante personal, Louise, que preguntara en la CIA.

Charles miró a su invitado con la boca abierta.

—Y sí. También está ahí. ¿Dónde coño está ese papel? Creo que me lo he dejado en el coche. —Sacó el móvil—. Jack, muchacho, hazme un favor y tráeme la cartera que está en el asiento.

Charles se levantó y fue hacia la puerta.

—¿Así que también en la CIA?

—Espera. La historia no se acaba aquí.

—¿También forma parte de otras agencias?

—Eso no lo sé, porque no lo he mirado. Por supuesto, he llamado al HSC. Unos minutos después, recibo una llamada del director de la ODNI en persona. He hablado con él dos veces en toda mi vida, y va y me dice, directamente, sin tapujos, que deje correr el asunto.

—Bueno, ¿no es tu jefe?

—No, no lo es. Centraliza y coordina la información; la ODNI no tiene ninguna función ejecutiva, solo son un puñado de chupatintas, analistas y especialistas, pero él es asesor del presidente.

—¿Y?

—Me pilló por sorpresa y dije que sí.

—¿Y lo has dejado?

El sonido del timbre los sobresaltó a ambos. Cuando regresó de la puerta con la cartera, Charles encontró al director de pie delante del mueble bar sirviéndose esta vez un vodka, que se bebió de un trago antes de ponerse una segunda copa.

—Tal vez estaría bien que me retirara.

—Pero ¿qué podría ser? —preguntó Charles.

—Solo el diablo lo sabe. Algún asunto ultrasecreto suyo... alguien que puede controlar el flujo entre las agencias. Ya que hablamos de eso, la explicación más plausible sería que se trata de una espía suya que quiere comprobar si hacemos nuestro trabajo. O es algo que tiene que ver con supervisar o estar al caso de todo para disponer de toda la información de los casos que van más allá de las agencias, las operaciones secretas o cualquier otra cosa que nos venga a la cabeza, pero especialmente aquello que ni siquiera podemos imaginar. De todos los servicios de información, nosotros somos los más razonables, sin tejemanejes.

—¿Y has pensado en acudir al presidente?

—¿Con esto? Haría el ridículo. Cosas como estas no se resuelven así.

Charles, que todavía tenía la cartera en la mano, se la entregó al director, y este buscó en su interior.

—Ah, aquí está. En el FBI se llama Dulce Saavedra, mientras que en la CIA es Ali Avellaneda.

Charles se quedó mirando un momento al director como si quisiera convencerse de que lo había oído bien y soltó unas sonoras carcajadas. Como el director no parecía entender su reacción, Charles, entre risotadas, le indicó con la mano que se sentara. Recuperó el aliento, todavía riendo, y dio un trago de vodka directamente de la botella.

—Es una farsa —dijo.

—¿Cómo que una farsa? —El director parecía estupefacto.

—¿Y qué hace exactamente esta mujer para el FBI?

El director no dijo nada. Pareció titubear.

—Vamos —soltó Charles—, no me sueltes el rollo de la confidencialidad después de todo lo que me has contado. ¿A qué se dedica?

—Esa es la cuestión. No lo sé. Pero lo averiguaré si quieres. ¿Puedes explicarme qué te hace tanta gracia, por favor?

—Saavedra es el segundo apellido de Miguel de Cervantes.

—¿El autor del *Quijote*?

—Pero ¿qué os pasa? Desde hace unos días, cada vez que menciono un nombre famoso, mi interlocutor me pregunta si me refiero a esa persona, como si hubiera otro Lincoln o Cervantes.

—¿Lincoln?

—Da igual. Y Dulce procede del nombre de la novia de don Quijote en la novela.

—Claro. Dulcinea —dijo el director—. Me alegro de haber caído en la cuenta de algo.

—Exactamente. Es un diminutivo.

—¿Y el resto?

—Alonso Fernández de Avellaneda escribió el segundo volumen del *Quijote* antes de que Cervantes escribiera la segunda parte del *Quijote*.

—¿Cómo?

—Avellaneda se hizo pasar por Cervantes. Aunque firmó con su propio nombre, fingía ser Cervantes, el autor de la primera parte. El verdadero Cervantes se enfadó y sacó su segunda parte para abofetear con ella al falso Cervantes y demostrar que Avellaneda había escrito un falso segundo volumen y que ese autor no había escrito la primera parte del *Quijote*, cuyo auténtico autor era él, Cervantes, y no Avellaneda, el falso Cervantes que escribió un falso *Quijote*. Se pone muy desagradable al respecto en el prefacio de la auténtica segunda parte.

—¿Quién? ¿Quién se cabrea con quién?

La mirada aturdida del director provocó un nuevo estallido de risas en Charles.

—En resumen, Avellaneda se proclamó autor del *Quijote*.

—Pero no lo era.

—Salvo que sí lo era, pero del segundo volumen.

El director parecía más perplejo que antes.

—No importa —dijo riendo Charles.

—Entonces ¿hay dos? —preguntó el director, que seguía queriendo aclararse.

—Olvídalo por ahora, ya te lo explicaré después. Lo que es seguro es que ambos nombres están relacionados con el libro.

—¿Con el *Quijote*?

—Exacto, y con su autor.

—¿Y Petra Menard?

—Petra es el femenino de Pierre.

—¿De veras?

—Sí.

—No suenan demasiado parecidos.

—Es una cuestión de etimología, tampoco te preocupes por eso. La cuestión es que Pierre Menard es el autor del *Quijote*.

—¡No me fastidies! ¿Otro?

A Charles se le saltaron las lágrimas de la risa hasta caerse del asiento y rodar por la alfombra sujetándose los costados con las manos.

—No me estoy riendo de ti —logró decir con dificultad.

—Oh, claro que sí, pero no pasa nada. No estabas intentando tomarme el pelo. Y estás en medio de una crisis. Tienes que eliminar el shock de los dos asesinatos. Esta burla intelectual de tres al cuarto te sentará bien. ¿Quieres decirme quién es ese tal Pierre?

—Es un personaje de un cuento de Borges titulado *Pierre Menard, autor del Quijote*, en el que un individuo llamado Pierre Menard empieza a escribir un libro titulado el *Quijote* y, aunque escribe el mismo texto, palabra por palabra, al final es otro libro, aunque cada palabra de él es idéntica al original de Cervantes.

—¿En serio? —preguntó el director, que estaba empezando a sentir que la cabeza le pesaba ahora una tonelada.

—Alguien que es capaz de hacer esta clase de broma inteligente y sofisticada quiere decirnos algo —comentó Charles, que recordó una cosa y de repente desapareció. Regresó con una tarjeta en la mano—. ¡Qué tonto soy! —exclamó.

El director no dijo nada pero le dirigió una mirada extraña.

—Ayer me dio su tarjeta. Me dijo que se llamaba Petra Menard y me entregó una tarjeta de visita que, como verás, lleva el logo del FBI en letras grandes. Pero ¿cuál es su nombre en el FBI?

El director consultó su papel.

—Dulce Saavedra —dijo.

—De modo que la tarjeta de visita del FBI debería llevar el nombre que me dijo, Petra Menard. Pero no. ¡Mira! —Charles entregó la tarjeta al director.

—Dulce...

—Saavedra —terminaron a coro.

—Esto significa o que se confundió con sus alias o, lo que es más probable, que esperaba que yo lo pillara, pero ni siquiera eché un vistazo a la tarjeta.

—Curioso —comentó el director—. Te dejaré jugando a detective cultural. Yo me voy a dormir.

Hacía más de una hora que el director se había ido, y Charles seguía riendo entre whisky y whisky. Pasado un rato, se quedó dormido y no se enteró de que el móvil le sonaba como un loco.

Interludio

Las heridas de la espalda empezaban a dolerle de nuevo. Se volvió con cuidado de costado. Se estrujó el hombro en la madera sin lijar, que era dura como una piedra, y se le clavó otra astilla en el brazo. ¿Cuántas iban ya? No sabía qué dolor era peor. Quería bramar, pero los lamentos de quienes lo rodeaban le recordaban que sería inútil y ya no le quedaban lágrimas. Su depósito de lágrimas se había quedado seco. Cuando recostó la cara en el tablón, notó algo metálico. Movió la cabeza y el objeto cayó haciendo ruido. Oyó un suspiro cerca de él y un llanto contenido un poco más lejos. Los tres latigazos le habían desgarrado la carne y el cubo de agua salada que le habían echado en la espalda le había provocado tal nivel de dolor que no había creído poder soportarlo. «El agua del mar va bien —se había dicho a sí mismo para cambiar el rumbo de sus pensamientos—. Escuece una barbaridad pero cierra las heridas.» Su padre se lo había enseñado cuando se había cortado la mano en la jungla. Había pensado en eso al ver que el hombre que llenaba el cubo se acercaba a él y así se había animado a sí mismo.

Cuando volvió en sí, estaba de nuevo tumbado, atado otra vez a aquella cama interminable. Lo primero que sintió fue un olor fresco a aire limpio, que se abría paso con dificultad en aquel espacio cargado de un hedor al que ya casi se había acostumbrado: heces y orina. Y vómito. Tiró demasiado de una mano y otra punzada de dolor le recorrió la articulación como una flecha. Ya no podía girarse más. Un repentino movimiento del espacio lo empujó hacia el siguiente puesto. No chocó con nadie. El hombre a su lado ya no estaba vivo. Lo habían degollado con una espada cuando se abalanzó sobre uno de ellos. Había preferido morir. Era una pena. Las charlas que habían tenido desde que estaban allí habían aliviado su sufrimiento. Se había acurrucado varias veces contra su pecho y el hombre, con un desesperado gesto paternal, le había ofrecido consuelo y le había permitido vencer el intenso dolor que le provocaba el metal que le laceraba las rodillas y las articulaciones de las manos. Había llorado en su pecho muchas horas seguidas. Ahora ya no había nadie allí. Con esfuerzo, se desplazó de vuelta a su sitio.

La habitación se movió de nuevo, esta vez hacia el otro lado. Chocó con el anciano de la izquierda. Aunque para él todos lo eran. Una nueva sacudida lo lanzó hacia el lugar que había quedado vacío. Sujetó las cadenas de arriba con ambas manos e, instintivamente, enroscó las piernas alrededor de las cadenas de abajo. Estaban a la misma altura. Pero, para él, arriba significaba en la cabeza y abajo en el lado opuesto, igual que izquierda indicaba la mano a la que le faltaba un dedo y derecha, la otra. Habían estado negociando antes de llevárselo. ¿Era o no un inválido sin ese dedo? ¿Debían matarlo allí mismo o serviría para algo después de todo? ¿Valía la pena el esfuerzo? Pero era de complexión fuerte y tenía unos dientes grandes y blancos. Unos dientes perfectos. Un hombre le metió sus sucias manos en la boca. El otro, que lo había llevado hasta él, había sido castigado cruelmente. El látigo había sonado aterrador en su piel: zazzz, zazzz, zazzz.

Tensó los músculos ante la nueva sacudida. Volvió a notar la presencia de aire limpio. Más, y todavía más. Ya no era solo una insinuación. Entonces le llegó un ruido espantoso desde debajo y una breve luz cruzó el espacio. Vio los ojos del anciano. Parecían extrañamente apacibles. Luego la cama de madera empezó a balancearse con más fuerza todavía, primero hacia un lado y después en dirección al otro, con un ímpetu creciente. Vio los ojos horrorizados de quienes lo rodeaban, con la cabeza levantada de la inmensa cama, donde el espacio de cada persona estaba señalado por un tablón sin cepillar.

Las sacudidas eran cada vez más frecuentes, al igual que la luz. Un bufido, como el de los monstruos marinos de los relatos de los ancianos, se dejó oír una y otra vez. Un objeto metálico, como el que se había caído cerca de él, surcó el aire y casi lo golpeó. Relucía lo bastante bajo la luz para que pudiera ver que era un plato, uno de esos que ponían junto a la cabeza de cada persona para que no se muriera de hambre; un puñado de gachas, una bazofia que sabía a barro. Tenían que comérselo. Era obligatorio. Si se negaban, se lo hacían tragar a través de un embudo y apaleaban terriblemente a quien se hubiera negado. Algo crujió con fuerza, como un pedazo de madera que se parte bajo el peso de un hacha. Luego se oyó otro crujido. El balanceo se volvió insoportable. Y entonces se pusieron a gritar. Se golpeaba por todos lados. Un objeto pesado le cayó encima y, después, salió disparado hacia el otro lado. Las cadenas le cortaban las manos y los pies. Pero no los liberaron. Se había olvidado del escozor. Tras un momento brevísimo, los ruidos comenzaron de nuevo, y también los gritos. Bramaban de terror y de miedo. Más tarde, pensaría en cómo se aferra la gente a la vida. No sabían qué podían esperar. Los habían torturado, encadenado a una cama, azotado y matado de hambre, dejado que se hicieran las necesidades encima, exactamente donde estaban, y solo los habían sacado al puente una vez al día durante un rato muy corto, pero a pesar de todo querían vivir.

Pensó que la muerte era la salvación. Habían matado a toda su familia, ante sus propios ojos: a su madre, que estaba preñada otra vez, y a sus hermanos, a sus tíos y a todas las personas a las que había conocido de su pueblo y de las aldeas vecinas. Cuando llevaban su ganado, de camino a la costa y a la panza de la ballena de madera, pasaron cerca de los poblados vecinos. Todos ardían en una mezcla de chispas y azufre que proyectaba el color rojo de la muerte hacia el firmamento nocturno.

Hubo un breve ruido y la madera cedió. Con una velocidad sorprendente, la bodega comenzó a llenarse de agua. Entraba por todas partes. La embarcación, arrastrada por la tormenta, chocó de nuevo contra las rocas, con mucha fuerza. Oyó gritar a la gente a su alrededor. Una nueva luz, y los vio cabeza abajo, intentando llegar a la superficie del agua. Un gusto salado le llenó la boca. Sentía un frío terrible. Empezó a tirar frenéticamente con las manos y los pies. Una imagen como las de las historias del infierno (las cuales no se cansaba de oír cuando estaba en casa) surgió en él con una nueva luz. Todo el mundo flotaba. Entonces una ola inmensa los cubrió por completo y los arrastró hacia el fondo. Parecía una caída infinita hasta que se detuvo. La cama enorme se partió y notó cómo las cadenas se soltaban del extremo y le permitían tirar de ellas. Se dirigió hacia la luz. Trató de llevar la cabeza a la superficie. Una luz renovada le permitió ver que estaba tirando de personas que había tras él en el agua y que ya no se movían. A izquierda y a derecha, dos hileras de cadáveres encadenados se elevaban a su espalda al ritmo de su huida hacia la superficie. Otra sacudida aterradora y las paredes del barco desaparecieron milagrosamente aquí, allá y acullá gracias a la tormenta. Notó que chocaba contra las rocas.

SEGUNDA PARTE

El pastor aparta al lobo de la garganta de la oveja y por ello la oveja da las gracias al pastor como a un liberador, mientras que el lobo lo condena por el mismo acto como destructor de la libertad, sobre todo porque la oveja era una oveja negra.

ABRAHAM LINCOLN, abril de 1864

La verdadera historia es siempre la historia de la historia misma.

STUART KELLY,
La biblioteca de los libros perdidos

La razón de que en las obras de Chaucer no aparezca ningún avión es que el autor jamás vio uno. No se habían inventado.

GEORGE BATES

Un libro escondido en la biblioteca es como un árbol oculto en el corazón del bosque.

LUCIEN X. POLASTRON

34

Al oír la música de su película favorita resultaba difícil saber si se encontraba en el cine, viendo el filme en una cómoda butaca junto a su padre, o si el propio soñador no era el hombre de la máscara negra antes del decisivo duelo con el coronel Huerta. El tono de su móvil le había despertado de un complicado sueño en el que había usurpado el papel de Alain Delon en *El Zorro* o tal vez era en verdad el espíritu del zorro negro y esto no era una película, en cuyo caso el filme había cobrado vida y la herida que había infligido al coronel olía a sangre de verdad. Huerta acababa de cortar la soga de la que colgaba y en la caída había atravesado la vidriera de la torre del campanario y ahora estaba volando por los aires. Por fin despertó cuando parecía que la música empezaba de nuevo y se percató de la gran sonrisa de niño satisfecho que se dibujaba en su rostro. Después miró a su alrededor con sorpresa. El sol brillaba justo sobre él y estaba empapado en sudor. Se había quedado dormido en la alfombra, a medio camino entre el sofá y las estanterías.

El teléfono sonó de nuevo con un tono diferente, señal de que quien llamaba no era la misma persona que antes. El móvil se le había caído del bolsillo. Alargó la mano para cogerlo.

—Por favor, espere al presidente —dijo la secretaria del presidente de Estados Unidos.

Charles se puso de pie al oír aquello.

—Charlie, amigo mío, ¿te molesto? —La muy familiar voz pertenecía al presidente de Estados Unidos.

Habían trabajado juntos día tras día durante casi dos años preparándose para la campaña electoral, que Charles había dirigido. El éxito era suyo en igual medida que del presidente. Motivado como le sucede a todas las estrellas, prefirió retirarse en lo más alto después de ese éxito, por lo que rechazó todos los puestos, entre ellos el de jefe de gabinete, que el propio presidente le había ofrecido.

—Qué sorpresa —dijo Charles, tratando de ser coherente.

—¡Espero que sea agradable!

Charles no podía pronunciar una sola palabra. Dado que le conocía bien, el presidente sabía que Baker no era amigo de madrugar.

—Son las diez, Charlie. He tenido cuidado de no despertarte. ¿Hablamos más tarde?

—No, está bien. —Charles se echó a reír—. No me siento muy hablador, pero lo entiendo todo.

—Muy bien. No te entretendré mucho. Solo quiero pedirte un favor. Acompáñame a la Cumbre de las Américas en Cartagena. Vamos, di que sí. Hace mucho que no tenemos oportunidad de hablar. Estoy seguro de que allí podremos sacar un rato para charlar entre los discursos y las recepciones, como en los viejos tiempos. ¡Di que sí! ¿Me acompañarás?

—¿A Cartagena? —repitió Charles para ganar tiempo.

—¿Hola? ¿Sigues ahí?

—Sí, claro. —Se apresuró a decir—. ¿Cuándo es?

—El 14 de abril. No me digas que no.

—Vale —convino Charles, en gran parte porque en ese momento era incapaz de dar con una buena razón para negarse.

—¿Sí? ¡Magnífico! Jean te llamará para darte los detalles. ¡Hablamos pronto! Adiós. —Contento con la respuesta, el presidente colgó el teléfono sin darle a Charles la oportunidad de decir una palabra o de cambiar de parecer.

A Charles no le había resultado nada fácil transmitirle al presidente que no tenía interés por la política activa. Su ex jefe siempre estaba intentando hacerle cambiar de opinión. Al final Charles alegó su aversión por las corbatas como la razón principal para rechazar al presidente. No podía soportar ni un solo minuto llevar una. Y la pajarita no era mucho mejor. Tenía la sensación de estar convirtiéndose en un pingüino. «Es que ya no quiero que nada me apriete la garganta», dijo, y el presidente entendió exactamente lo que le costaba a Charles vestir de traje, del mismo modo que sabía que el botón superior de la camisa hacía que Charles sintiera que se estaba asfixiando. También conocía que Charles se hacía las camisas a medida para que ese último botón no constriñese demasiado su corto y grueso cuello y que cuando se ponía una corbata, esta acostumbraba no quedar recta. Aunque el presidente había conseguido refutar todos sus otros argumentos, la respuesta de Charles le convenció de que no había nada más que hacer.

Lo cierto era que al profesor de Princeton no le gustaba ser un subordinado de nadie. Para él, la independencia primaba por encima de todo. Además, Charles nunca estaba contento si no era el centro de atención. Halagado por haber sido elegido, se había puesto a trabajar en esa campaña, pero los requisitos eran diferentes a los de las campañas para el Senado que había dirigido hasta el momento. En esta campaña concreta, Charles había gozado de un nivel de libertad mucho mayor, incluida la elección de su vestimenta. Y había ganado. Él había «conseguido» que por primera vez un afroamericano fuese presidente de Estados Unidos, tal y como se complacía en contar a sus amigos. Solo que Charles Baker se aburría con facilidad, y entonces, tal y como ocurría a menudo, buscaba nuevos intereses. En cualquier caso, Charles había decidido dejar atrás la fase del marketing electoral porque le parecía que no le quedaba más que aprender, y la satisfacción que le reportaría otra victoria no sería más que una experiencia ya vivida, una copia del original, que seguramente ya era en sí un calco de la del ganador. Una copia de una copia ya era demasiado para él..., o demasiado poco.

Por otro lado sabía muy bien que el presidente, que estaba en campaña para la reelección de su segunda legislatura, no estaba contento con su personal y que daría lo que fuera por tener a Charles a su lado una vez más. Así que estaba convencido de que las conversaciones versarían sobre ese tema. Al final se dijo que nunca había asistido a una cumbre de ese tipo y que pasar dos o tres días en una ciudad exótica tampoco le haría ningún daño. De camino a la ducha le vino a la cabeza que a Lincoln lo asesinaron un 14 de abril y que este día parecía estar cada vez más presente en su vida.

35

Charles buscó unas sobras en la nevera y echó un vistazo a su teléfono móvil mientras engullía con rapidez algo de comida. Tenía llamadas de dos números desconocidos que habían sido muy insistentes, tanto la noche anterior como esa misma mañana. Sin embargo, no le apetecía devolverlas, sobre todo porque ninguna de las dos personas había dejado un mensaje, así que llamó a su secretaria y le dijo que iría al departamento.

Llegó al campus en once minutos. Había agentes de uniforme por doquier y la conmoción era mucho mayor de lo habitual. Charles se dirigió al gimnasio para echar un vistazo a la taquilla de Marshall. Se sorprendió de verdad al ver la multitud congregada delante del gimnasio mirando aquellas cintas amarillas que en los últimos días parecían estar por todas partes. El policía de guardia le reconoció y dejó a Charles entrar en el edificio, donde dos individuos esparcían con una brocha una especie de polvo negro sobre los bordes de la taquilla de su adjunto, que sin duda habían forzado. Hechas las presentaciones, Charles paseó la mirada por las cosas desperdigadas por el suelo y preguntó si todavía quedaba algo más en la taquilla. Uno de los policías abrió la puerta de par en par. Dentro estaba la careta de esgrima de Marshall, su florete, varios pares de calcetines y una camiseta. No había ni rastro de la gran agenda negra que Charles tan bien conocía, pues Marshall siempre la llevaba consigo a todas partes.

—¿Esto es todo o han encontrado algo más? —preguntó, como quien no quiere la cosa.

—Es todo —respondió una voz grave al fondo—. ¿Por qué? ¿Debería haber alguna otra cosa?

No veía al dueño de aquella voz de barítono, pero la reconoció de todas formas. Columbus Clay salió de detrás de la primera hilera de taquillas.

—Le llamé varias veces anoche y he vuelto a probar esta mañana —dijo, acercándose a Charles y estrechándole la mano—. Columbus Clay. Pero supongo que no tiene por costumbre responder cuando no sabe quién le llama, a pesar de tan especiales circunstancias. Tal vez debería empezar a hacerlo.

—Tenía el teléfono en silencio —respondió Charles con celeridad—. Discúlpeme, pero debo ir a echar un vistazo a mi despacho. Según tengo entendido, lo destrozaron anoche.

—Anteanoche, para ser más exactos —dijo el policía, que miraba a Charles como si fuera un fenómeno de feria—. No hay problema. Iré con usted. Así nos será más fácil mantener esta conversación.

Charles se dio cuenta de que no tenía escapatoria, así que salió del gimnasio con el policía.

De camino a su despacho, Charles le habló a Clay de las llamadas perdidas y de los mensajes que la prometida de Marshall le había dejado. El policía pidió permiso para oírlos, de modo que se detuvieron en medio del parque mientras Clay los escuchaba con suma atención. Después de ello adoptó una expresión pensativa y le devolvió el teléfono móvil a Charles.

—¿Necesita que se los envíe a alguna parte para utilizarlos como prueba? Espero que no me confisque el teléfono —dijo Charles, tratando de mostrarse cordial.

—Creo que no será necesario —replicó el policía.

Reanudaron la marcha, pero Clay se detuvo y se rezagó un poco. Charles se volvió para ver dónde le había perdido. El policía le miraba con curiosidad. Entonces se dirigió a Charles de forma teatral:

—¿Sabe que, aparte del asesino, fue la última persona que habló con la señorita Bauchent?

—Beauchamp —le corrigió Charles con paciencia—. Ya se lo dije ayer.

—¡En efecto! Parece que tiene usted mucho apego a la precisión. Yo también.

Charles no supo cómo interpretar sus palabras. No obstante se acordó del encontronazo del policía con Petra Menard. No cabía duda de que se enfrentaba a un hueso duro de roer y que, bajo su aspecto distraído y desaliñado, el policía era muy diferente de lo que aparentaba. Charles optó por mantenerse impasible. Intercambiaron algunos comentarios más. Con un derroche de detalles que le pareció sádico, Clay le contó cómo habían encontrado a la prometida de su adjunto.

—Sé que ha venido por la agenda —dijo después, para pillarle con la guardia baja—. ¿Qué contenía?

—Lo ha sabido porque ha escuchado el mensaje. —Charles interrumpió al policía, insinuando con cierta socarronería que no había logrado deducir nada del otro mundo—. Y por la misma razón debería resultarle obvio que es imposible que sepa qué contenía la agenda.

—Hum. Seguramente a estas alturas ya esté en poder del asesino. Está claro que la pobre chica se lo contó todo. Pero ¿no tiene al menos alguna sospecha de lo que hay en esa agenda? —preguntó Clay, pero Charles negó con la cabeza para indicar que no tenía la más remota idea—. Le dejo para que solucione sus problemas, pero me gustaría que nos viéramos más tarde. Necesito que me aclare algunas cosas más.

—¿Cosas? ¿Qué cosas? Yo no sé nada. Ya le he contado...

—Tiene la impresión de que me lo ha contado todo —interrumpió Clay—. Pero, créame, a diferencia de una persona normal y corriente, un profesional del crimen encuentra pruebas relevantes en los detalles más insignificantes. El señor Marshall fue su adjunto durante mucho tiempo.

—¿Un profesional del crimen? —Y Charles comentó para sus adentros: «He aquí un individuo que carece por completo del sentido del ridículo». A continuación se apresuró a atacar—: No tengo ni la menor idea de la clase de autoridad que posee. ¿Estas cosas no deberían llevarse a cabo siguiendo algún tipo de norma? ¿No tendría que invitarme a pasar a comisaría para prestar declaración? —Charles observó la reacción de su interlocutor y entonces le asestó lo que imaginaba que era un puñetazo en toda regla—: Solo que usted no puede invitarme a la comisaría, ¿no es así? Porque forma parte de la Oficina del Director de Inteligencia Nacional, ¿verdad? ¿Qué tiene que ver el servicio secreto con todo este asunto?

Columbus Clay esbozó una gran sonrisa.

—Si intenta insinuar que ha descubierto cosas sobre mí gracias a sus propios contactos, se encuentra en la misma situación que yo con respecto a la agenda. Averiguó dónde trabajo hace dos noches, cuando se encontraba entre el grupo de mirones que se congregó frente a la casa donde vivía su adjunto. No le preguntaré dónde estaba la noche del crimen porque sé con certeza que se encontraba en un avión que venía de México. Pero le guste o no, tiene que hablar conmigo porque estoy convencido de que quiere que encontremos al criminal. Lo que ocurre es que ahora mismo tengo asuntos que no puedo posponer. Le llamaré a lo largo de la tarde. Ya tiene mi número y seguro que esta vez me cogerá el teléfono. —Clay sonrió y dio media vuelta.

Charles le vio alejarse. Ese personaje le tenía perplejo. Su nombre le parecía demasiado raro para ser auténtico. El policía llevaba el apellido de un legendario boxeador y el nombre del descubridor de América o el de un policía de una serie de televisión de los años setenta y ochenta. Parecía imitar al detective de la tele, tanto en su vestimenta como en sus gestos, en su manera de hablar, así como en el uso de las pausas y en la forma de hacer preguntas inesperadas. Se le pasó por la cabeza que Petra Menard-Saavedra-Avellaneda y el propio Columbus Clay estaban viviendo en una realidad ficticia sacada de los libros y las películas. «La vida imita al arte», se dijo mientras subía a su despacho.

La misma cinta amarilla prohibía la entrada a los dos despachos desvalijados. A Charles le parecía muy extraño que ningún policía hubiera ido a buscarle, hubiera querido hablar con él o tomarle declaración, que nadie quisiera saber si faltaba algo en el despacho en el que no podía entrar. Era raro que nadie hubiera investigado de forma sistemática qué sabía sobre su adjunto, su mano derecha, al que conocía mejor que nadie en Princeton, tal y como cualquier imbécil podría ver. La situación parecía muy inusual. Se preguntó si tenía algo que ver con el problema de jurisdicción de la otra noche.

Entró en el despacho de su secretaria. Ella no estaba, pero en la silla delante de su escritorio estaba sentado el entrenador de esgrima, aguardando pacientemente con una bolsa sobre las rodillas. Cuando vio a Charles, se apresuró a darle un abrazo. Eran amigos desde hacía treinta años. Habían estado juntos en el equipo estadounidense de esgrima. Charles no llegó a participar en las olimpiadas debido a la desaparición de su abuelo, mientras que Jack Barnes, el entrenador, había tenido un accidente dos días antes. Hacía poco que Charles había convencido a George Marshall para que se apuntase a esgrima con el fin de quemar el exceso de energía.

—Lo siento mucho —dijo el profesor—. ¿Se sabe ya qué pasó?

Charles negó con la cabeza.

—¿Me estabas esperando? —preguntó con curiosidad.

—Sí. Cuando he ido al gimnasio y he visto que habían abierto la taquilla, he caído en la cuenta —repuso, pero Charles no le entendió. Miró al profesor con expresión inquisitiva—. Hace unos días George me pidió que le guardara la agenda en mi taquilla y me dijo que si le pasaba algo, debía dártela única y exclusivamente a ti. Pensé que era otra de sus elaboradas bromas o una de sus excentricidades. No se me ocurrió que... —Barnes se calló, con los ojos anegados de lágrimas.

Charles le palmeó el hombro y esperó a que el entrenador sacara de la bolsa la agenda negra de su adjunto.

—¿Se lo has contado a alguien?

—No, y no se lo diré a nadie.

Charles miró la agenda. Su expresión de estupefacción hizo que el entrenador preguntara si ocurría algo.

—Es otra, idéntica, pero la que siempre llevaba encima tenía una esquina pelada —dijo Charles—. La piel se había desgastado por completo debido a que siempre iba con ella a todas partes. —Abrió la agenda y comenzó a hojear las páginas—. La otra estaba llena. En esta apenas se encuentra alguna anotación que otra hasta este punto. Y si no recuerdo mal, la que llevaba siempre no tenía los números impresos como esta. Era una agenda sencilla, sin fechas, más bien un cuaderno con renglones, pero con las mismas tapas.

Charles le dio las gracias al entrenador, que salió del pequeño despacho de la secretaria. Se paseó por el despacho con la agenda en la mano. A continuación se sentó en su mesa y abrió el libro encuadernado en cuero. En ese momento se percató de que aquel no era el mejor lugar para estudiarlo. Dejó una nota sobre la mesa de Alissyn y se encaminó hasta la puerta. No se dio cuenta de que había un sobre amarillo de tamaño estándar a su nombre en la bandeja del correo.

36

Después de averiguar todo lo que pudo sobre la prometida del adjunto, Sócrates regresó al campus. Estaba encantado con el orden imperante en las universidades estadounidenses, en las que hasta las taquillas metálicas de los vestuarios tenían una etiqueta con el nombre del propietario. No tardó en encontrar la de George Marshall. Hurgó entre sus cosas y encontró la agenda negra de la que le había hablado Penelope Beauchamp, no por voluntad propia, eso era cierto, sino con algo de esfuerzo por su parte y mucho sufrimiento por parte de ella, un dolor que podría haber evitado si no hubiera opuesto resistencia y hubiera seguido su consejo. Hojeó la agenda en su coche antes de que amaneciera, pero estaba inexplicablemente vacía. Solo había dos textos dispares y una imagen, una especie de dibujo naíf. Intentó separar las páginas por si estaban de alguna manera pegadas o mirar debajo de la cubierta por si había algo más oculto. Incluso encendió su mechero y lo pasó por debajo de varias páginas al azar con la esperanza de encontrar un texto escrito con tinta simpática..., pero todo fue en vano. Decepcionado, arrancó el coche y se incorporó a la autopista al poco tiempo.

En menos de cuatro horas se perdió en Shore Drive, en la ciudad de Winthrop, al norte de Boston. La calle terminaba en el océano, y allí estaba justamente Sócrates en ese momento. Quería entrar en la Sea Foam Avenue, pero se lo impedía una señal de dirección prohibida. Vaciló unos segundos, pero decidió que no tenía sentido llamar la atención, así que dio un rodeo hasta la calle más próxima y entró en Sea Foam por la derecha. Se detuvo a unos cuantos metros de la casa más bonita de la calle, en la acera de enfrente. Sacó de la guantera la fotografía a color de un anciano y la contempló durante largo rato. Después la dejó sobre el asiento de al lado. Se preparó para armarse de paciencia y abrió de nuevo la agenda de George.

En muy poco tiempo un coche se detuvo delante de la casa que él había elegido. La calle estaba desierta. Se bajó del coche, sujetando la pistola contra la pierna, que quedaba oculta por el capó y no podía verse desde el otro lado de la calle. El plan era simple; esperaría hasta que el hombre bajara del coche, se abalanzaría sobre él en cuanto se dispusiera a entrar en la casa y lo empujaría adentro. Allí le interrogaría.

Pero fue una mujer quien bajó del asiento delantero. Abrió la puerta trasera del coche y a continuación se dirigió al maletero. Cogió una silla de ruedas con dificultad y sacó del asiento trasero al anciano de la foto. La mujer lanzó una mirada rencorosa al hombre que había al otro lado de la calle, que observaba cómo alguien de complexión baja y débil se esforzaba en sentar a un hombre enorme en la silla de ruedas. Sócrates entendió el significado de esa mirada y retrocedió un poco más. Decidió cambiar entonces el plan. La mujer dejó a su padre delante del coche y se puso de nuevo al volante para estacionar el vehículo en la plaza de aparcamiento que había en el lateral de la casa. En el momento en que Sócrates se estaba montando en su vehículo oyó gritos detrás de él. Una mujer había salido de la casa que tenía a su espalda, había visto la pistola brillar al sol y se había puesto a gritar como una loca:

—¡Tiene una pistola! ¡Tiene una pistola! ¡Socorro!

Él volvió la cabeza hacia aquella mujer, pero por el rabillo del ojo vio que el anciano había comenzado a agitarse en su silla. Disparó dos veces y la mujer gritona se desplomó. En ese momento oyó el acelerador del otro coche. En vez de dejarse llevar por el pánico, la hija del anciano enfiló su coche hacia el de Sócrates. Este tuvo el tiempo suficiente para alejarse cuando el coche de la mujer chocó directamente contra el suyo. Sin embargo, la distancia era demasiado escasa para que el golpe tuviera fuerza. Detrás de ellos, justo en la playa, se detuvieron dos coches. Sócrates disparó al parabrisas y alcanzó a la mujer, que había dado marcha atrás para coger carrerilla e intentarlo de nuevo. La sangre comenzó a brotar de ella y a fluir a borbotones sobre sus manos, que se había llevado a la garganta. Sócrates se subió al coche, aceleró y embistió al anciano de la silla de ruedas. Oyó un crujido bajo las ruedas mientras atropellaba a la gran y pesada bestia. Se detuvo a varios metros y vio que cada vez más gente se congregaba a cien metros a su espalda, en la orilla del océano, pero también vio al anciano tirado en el suelo a gran distancia de la silla de ruedas y tratando de arrastrarse hacia ella. Sócrates dio marcha atrás, abrió la puerta delante del hombre postrado y le vació el cargador en el cuerpo. En cuestión de segundos había desaparecido por el carril contrario.

Una hora más tarde estaba en el tren de Amtrack que iba de Boston a New Haven.

Mientras se bebía un café aguado que había pedido en la estación recordó lo sucedido. Decidió que había hecho lo necesario y que había resuelto la situación de forma admirable. Se dijo que ya no necesitaba interrogar al objetivo, sino simplemente ejecutarle. Ellos le replicarían que el problema debía zanjarse de un modo más discreto; en otras palabras, que no debía sobrepasar ciertos límites. Por el contrario, Sócrates consideraba que la brutal ejecución podía emplearse para meter miedo a cualquiera que pudiese contemplar la estúpida idea de irse de la lengua. Era un argumento que podía alegar a su favor.

Durante un rato contempló el paisaje pasar con rapidez ante sus ojos y después sacó de la mochila la agenda de George. Releyó lo primero que había escrito por enésima vez y sintió que la furia le dominaba. La sangre se le subió a la cabeza y se le enrojeció el cuello. Estaba rabioso. Las palabras estaban alienadas una debajo de otra, como si fuera algún tipo de poema, solo que escrito por un niño con el fin de gastar una broma pesada o por alguien que quería burlarse del lector. Leyó una vez más:

Cagante,
bostante,
pedante,
cacoso,
tu coso
colgante
bajante,
a mi foso,
guarroso,
mierdoso,
asqueroso.
¡San Telmo te espante
si todo agujero
mugroso,
trasero,
no limpias entero... cuando te levantes!

37

Dejó la agenda en la mesa y la hojeó página por página. Lo único anotado en ella, y en fechas diferentes, eran diez nombres. A la derecha había números de teléfono y direcciones de la persona en cuestión. Charles reconoció varios de esos nombres. Cuatro eran especialistas en Lincoln más o menos conocidos, dos de ellos ganadores del Pulitzer. Había un prominente filólogo que era un ilustre historiador de la Antigüedad y uno de los nombres pertenecía a una especie de gurú de los árboles genealógicos, sobre todo los pertenecientes a la Edad Media. Por último, el séptimo nombre que Charles reconoció pertenecía a un libidinoso personaje que consideraba un papanatas, una persona que se había alejado de los estudios filológicos superiores para pasarse a las patrañas conspiratorias y al hermetismo y a las bobadas ocultistas. Había escrito un gigantesco libro sobre Madame Blavatsky, Uspenski y William Quan Judge, además de otro, de tamaño mucho más modesto, pero igualmente audaz, sobre las obsesiones espiritistas de Mary Todd Lincoln, la esposa del presidente. En ese sentido, ese escritor sostenía que tenía la clave de la Doctrina Secreta. Solo un nombre estaba en parte representado; solo había escritas dos iniciales en la agenda, de modo que Charles las pasó por alto. No conocía a los dos últimos que aparecían, así que los buscó en Google sin demora, aunque no encontró una respuesta satisfactoria. Le resultaba obvio que, de acuerdo con las fechas de entrada, las personas que figuraban en la agenda eran las últimas a las que Marshall había visitado. Charles decidió que la mejor forma de descubrir el terrible secreto que le había costado la vida a su adjunto era reconstruir las últimas semanas de su vida. Parecía una buena idea comenzar por esa agenda.

La mayoría de las direcciones se encontraban a poca distancia en coche. Tan solo dos de ellas requerían un viaje en avión.

—La lógica dice que si tomas un camino idéntico llegas al mismo punto exacto.

Charles se percató de que estaba hablando en voz alta y se propuso marcar los primeros números de la agenda en orden cronológico. Iba a repetir la ruta que había seguido George, con pistas desperdigadas como las migas de pan de Hansel y Gretel, en el orden exacto en que George la había recorrido. Ese era el único modo de poder recrear la lógica de su adjunto.

Charles marcó el primer número. El teléfono sonó hasta que saltó el contestador y entonces dejó un mensaje. El segundo número, el que estaba junto a las iniciales P y E, era de Houston, un lugar que parecía muy lejano en ese momento. Charles se dio cuenta, divertido, de que su teoría de seguir el mismo orden se estaba viniendo abajo, pero continuó de todas formas con la lista. Una mujer cogió el teléfono.

—Hola —dijo—. Soy el profesor Charles Baker de Princeton y me gustaría hablar con el profesor Olcott, si es posible.

—Un momento —repuso la mujer.

Se oía un zumbido de fondo, como si unos espíritus inquietos estuvieran discutiendo en la casa del mayor especialista en el presidente. De hecho, había más voces. Poblaban un espacio muy amplio y se cruzaban aquí y allá. Entonces oyó unos susurros bastante cerca del auricular, que sin duda la mujer estaba tapando con la mano. Al poco tiempo una voz que reconoció en el acto se dirigió a él:

—Demasiadas coincidencias, ¿no le parece, profesor? —dijo una voz gutural al otro lado de la línea.

Charles guardó silencio durante un rato. Después se esforzó por pronunciar unas palabras.

—¿Usted? —dijo al cabo de un momento.

—Sí, soy yo. ¿Sorprendido? —preguntó Columbus Clay de forma retórica—. El profesor Olcott fue asesinado hace varias horas.

—¿Asesinado? —inquirió Charles, cuyo rostro se había demudado por completo—. ¿Lo dice en serio?

—No. Viajo por placer para visitar a toda la gente a la que usted va llamando. Y dado que soy médium, he adivinado de antemano con quién iba a contactar a continuación. ¡Sí! Le han asesinado. De una manera que sería cómica si no resultara trágica.

—Por favor, ahórreme los detalles —dijo Charles—. Los de Penelope fueron más que suficientes.

—Muy bien. Le sugiero que hablemos luego.

Charles no dijo nada más, pero oyó que el auricular golpeaba en la horquilla.

Charles se levantó de su asiento. Sentía la acuciante necesidad de beber algo. Salió al porche con un whisky y un puro torcido. Desde su butaca observó a los peatones que se veían más allá del seto de aligustre. Era evidente que alguien, seguramente el asesino de Marshall, tenía acceso de una forma u otra a la información que contenía la agenda de George o al menos había logrado recrear el recorrido de su adjunto. Aquello no le hizo pensar en abandonar; todo lo contrario, le convenció de que debía acelerar su búsqueda. Así que llamó al siguiente número de la agenda. Para su sorpresa, el profesor Boates, de Yale, respondió de inmediato. No se conocían en persona, pero sí sabían la existencia el uno del otro. Charles se invitó él mismo a casa de Boates. El especialista en Lincoln estaba encantado con la visita, a pesar de que la agitación impresa en la voz de su joven colega le pareció un poco extraña. Antes de salir de su casa, Charles fue al cuarto de armas y cogió de la vitrina su revólver favorito, un Colt Python 357. El arma había pertenecido a un detective de la policía francesa que había sufrido un trágico destino y a quien Charles conoció. Tenía el rostro desfigurado por haberse inyectado vitriolo bajo la piel durante una misión a fin de evitar que le reconocieran. El arma estaba en perfecto estado. Charles comprobó que el cargador estuviera lleno, puso el seguro y cogió una caja de munición extra. Antes de salir oyó varios quejidos que parecían el llanto de un niño. Zorro maullaba con tristeza en la cocina, infeliz por tener el comedero vacío.

38

—¿Para qué ha servido este experimento? —preguntó Caligari mientras le indicaba al doctor Mabuse que se sentara—. ¿Tiene idea de lo horrible que es esa criatura que tanto ha impactado a todos?

El doctor permaneció de pie. Caligari interpretó una especie de sorpresa en su rostro. Mabuse tenía dos carpetas grandes en las manos, cada una de un color diferente. Mientras esperaba una respuesta, el director gesticuló de nuevo con insistencia para que el doctor tomara asiento.

—Hice el experimento en dos fases. En la primera, como ya sabe, les enseñé dibujos de los animales que había matado.

—¿Les mostró imágenes de los cadáveres?

—No. —El doctor sonrió—. No me he expresado bien. Les enseñé simples dibujos de cabras, vacas y ovejas. Muy sencillos, para que fueran lo más fácil posible de reconocer. Los dibujos se hicieron con carboncillo para facilitar que los reprodujeran. Dejé que los miraran durante dos minutos y después les di papel y lápices.

—¿No les pidió que dibujaran al demonio? —preguntó el jefe, atónito.

El doctor alzó la mano para pedir paciencia.

—Aquí tiene lo que dibujó cada uno —repuso mientras sacaba la primera hoja de la carpeta azul.

Caligari se acercó el dibujo. Vio una especie de serpiente con rostro de mujer y una corona en la cabeza esbozada de forma chapucera.

—¿Qué es esto, alguna clase de broma? —preguntó.

El psiquiatra no respondió nada. En vez de eso le ofreció la siguiente hoja. El paciente autor del dibujo sin duda tenía más talento que el anterior. Caligari contempló con asombro una serpiente con el rostro de una mujer con el cabello rubio y rizado. La serpiente tenía dos pares de patas con garras, como un lagarto, además de una mancha en forma de corona en la frente. No pudo decir nada porque al momento le pasaron el siguiente dibujo.

—Los he ordenado de acuerdo a las similitudes —dijo Mabuse mientras le daba a Caligari otra versión de la misma imagen, aunque más detallada y mejor ejecutada.

Esta vez solo quedaba la cola del reptil. La parte frontal era el cuerpo de una mujer. Tampoco le faltaba la corona, que en este dibujo no era una simple mancha, sino que estaba bien colocada en la cabeza. El espacio a su alrededor estaba plagado de pájaros muertos boca arriba y de frutas putrefactas y licuadas. El cuerpo reptiliano de la mujer era sinuoso y se enroscaba sobre sí mismo.

—Este tiene talento —comentó Caligari, pero no pudo continuar porque Mabuse le pasó la cuarta imagen.

Esta era más gráfica, como un dibujo hecho con tinta y pluma. En esa ocasión, Caligari vio ante sí un gallo con cuernos de ciervo y alas de murciélago. La mitad inferior del cuerpo era de serpiente, igual que en los dibujos anteriores. También aparecían pájaros muertos. Su autor tenía un talento excepcional, observó el director. Daba la impresión de que tan peculiar animal había matado a las aves con la mirada. Los últimos cinco dibujos se asemejaban a los que Caligari ya había visto más o menos en que aparecía un espejo en cada uno de ellos, dibujado tan bien como cada uno de los pacientes había sido capaz.

—¿Y los otros? —preguntó.

—Queda solo uno más, el más explícito de todos. Los demás se negaron a hacer el dibujo.

Caligari aceptó la última imagen. El gallo tenía rostro de mujer, alas de murciélago y la misma corona en la frente. De ella crecían cuernos de ciervo. La criatura estaba delante de una masa de agua en la que en esos momentos se reflejaba la cola debido a la posición del sol. En una valla, más hacia el fondo, estaba posado un gallo listo para ponerse a cantar. De la boca del monstruo brotaba una nube que se había transformado en un pájaro en vuelo cabeza abajo. La figura, mitad mujer, mitad animal, tenía un aspecto diferente esta vez. El dibujante había logrado dotar al rostro de una expresión compleja, a medio camino entre un animal de presa infinitamente malvado y un animal acosado que parecía presentir su propia muerte. Un escalofrío recorrió la espalda de Caligari.

—Es muy realista —dijo Mabuse—. Me entraron sudores fríos al ver su expresión.

—¿Qué es esta cosa? ¿Es así como se imaginan al demonio? ¿Una serpiente con cara de mujer hizo esto? ¿Un animal fantástico? No lo entiendo.

—No —respondió el doctor—. Esta fue su reacción a los dibujos de animales domésticos. El siguiente paso era pedirles que dibujaran exactamente lo que vieron: EL DIABLO.

El doctor abrió la carpeta roja con ademanes teatrales. Esta vez sacó todos los dibujos a la vez y los colocó unos al lado de los otros sobre la mesa. Con una sola excepción, la criatura dibujada en ellos tenía cuerpo de hombre y cabeza de toro. El último tenía una cabeza de hombre sobre el cuerpo de un toro.

39

El profesor Boates, que ya había cumplido los noventa años, había dado clase en Yale toda su vida. Conocido como uno de los mayores especialistas estadounidenses en la figura de Lincoln, en los últimos años había sido objeto de ciertos ataques furiosos por parte de los revisionistas. Su apoyo incondicional al presidente, al que casi había convertido en un santo, molestaba mucho a los que no creían en el Honesto Abe, un mito que la historiografía estadounidense predominante había elevado a la categoría de leyenda y que según los revisionistas no contenía ni un ápice de verdad.

Junto con la gran mayoría de los historiadores que sostenían la postura aceptada desde siempre, a Boates se le acusaba de no estar en absoluto interesado en la realidad histórica. Se decía que por motivos de índole estrictamente personal continuaba falseando las pruebas con pleno conocimiento de ello. Al igual que a sus colegas, a Boates se le acusaba de preocuparse solo por su enorme salario, la financiación gubernamental y el apoyo de diversas fundaciones, los premios bien remunerados y los importantes estipendios. Dejando a un lado los intereses meramente pecuniarios, los ataques tenían motivaciones políticas. Tal y como sucedía con otros pilares del ámbito académico, Boates recibía ataques tanto por parte de la nueva derecha populista como por la extrema izquierda. Los radicales de ambos bandos retrataban a Lincoln como a alguien comprometido con un Estado monopolista centralizado. Al liberador se le retrataba como un racista.

Por desgracia, el viejo profesor estaba ya para el arrastre. Charles había leído su último libro sobre Lincoln. Sin duda aburrido por lo mucho que ya sabía sobre su presidente favorito, al que había dedicado su vida, ahora Boates buscaba solo hechos inusuales sobre el presidente y había titulado su libro como *Trivialidades sobre Lincoln*. Su cerebro debía de haber sufrido algún tipo de cortocircuito que le había hecho creer que era posible convertir al presidente en un éxito de ventas, sobre todo después de que cierta película sobre Lincoln, el cazador de vampiros, le produjera una profunda impresión.

Charles encontró al profesor en el pequeño porche de su casa de la Howard Avenue, en la que había vivido desde siempre. Pese a tener medios suficientes para mudarse a un lugar más lujoso, el profesor había sido un consumado conservacionista hasta hacía poco, no solo en lo concerniente a sus elecciones históricas, sino también en las de carácter personal. Siempre se había considerado un hombre honesto que cumplía su palabra y no cambiaba su opinión para amoldarla a sus intereses ni en respuesta a las corrientes actuales. A Boates se le tenía un gran respeto en Yale, de donde ya estaba jubilado, y muchísimos estudiosos de la biografía del presidente continuaban pidiéndole opinión, ya que él conocía innumerables detalles sobre la vida de Lincoln.

Su casa no quedaba lejos de Long Island Sound, donde tenía amarrado un barco a motor, una especie de miniyate. El profesor pasaba gran parte de su tiempo allí últimamente, en compañía de otros profesores jubilados, amigos suyos de toda la vida.

Después de intercambiar algunos comentarios amables en la puerta, invitó a Charles a pasar a la sala de estar, en la que, como era de esperar, había una vasta biblioteca. Fue directo al grano. Dado que su anfitrión no sabía nada de la desaparición de George Marshall, le contó que su adjunto había sido víctima de un robo que había acabado de manera trágica. No tenía intención de alarmar al profesor. En cualquier caso, no antes de que Boates le contara todo lo que sabía sobre los descubrimientos de su adjunto.

—Qué pena. Qué pena más grande —dijo Boates—. Viendo que Dios deja a gente como yo en este mundo mientras que a un joven excepcional como el señor Marshall le arrebatan la vida de cuajo, uno se pregunta adónde va el mundo. A veces me digo que es una suerte que vaya a abandonarlo pronto. Hace tiempo que vivo en un mundo que ya no comprendo. Tanta violencia, tanta falta de modestia. —Entonces, percatándose de que su invitado no estaba en absoluto interesado en los lamentos de un anciano, cambió de tema—. Me decía que estaba usted tratando de recrear el proyecto en el que trabajaba su adjunto. ¿Se refiere a algo concreto?

—George parecía haber llegado a una conclusión muy interesante y personal sobre cierto momento de la vida del presidente —respondió Charles—. Hace poco, además de a usted, parece ser que visitó a gran parte de los mayores expertos en Lincoln y anotó el resultado de dichas reuniones. Por desgracia se han perdido las conclusiones que sacó tras la conversación que mantuvo con ustedes. No tuvo más tiempo. Ahora me gustaría reconstruir las últimas piezas del rompecabezas.

—En realidad no se trata de ningún rompecabezas. En verdad me sorprendió y deleitó la forma en que el señor Marshall se identificaba no tanto con mi trabajo, pues sería un pecado de orgullo, sino más concretamente con el tema de nuestra conversación. No solo sabía todo lo que yo sé, sino que coincidía hasta tal punto con mi postura que en varias ocasiones en el transcurso de nuestro debate sentí que estaba tratando con una versión de mí mismo mucho más joven. Lo que es más, al igual que yo, estaba convencido de que los detalles jugosos de la vida del presidente podrían acercarle a un público que piensa en él como en una estatua, fría e intocable —repuso Boates. Charles escuchó con atención, pero estaba claro que esperaba más—. No sé qué espera que le diga. Estoy convencido de que ha leído mis libros, de modo que no creo que pueda contarle nada nuevo. Primero hablamos de los admiradores incondicionales de Lincoln, tanto que le convierten en un santo, gente como Holland o Sandburg. Le contaré una anécdota: supongo que sabe que hay personas que sostienen que cuando en la esfera de un reloj se superpone la hora del asesinato, las diez de la noche, y la hora de la muerte, las siete y veinte de la mañana siguiente, se crea la imagen de un crucifijo. A partir de ahí se ha especulado con que era una especie de Cristo que murió para redimir los pecados de todo un país, culpable del lamentable trato que se prodigaba a sus semejantes. Al hablar de Lincoln, Holland casi se refiere directamente a él como el eccehomo, el salvador, la providencial figura enviada por la divinidad.

—Pero el socio de bufete de Lincoln le contradijo de forma tajante y afirmó que el retrato de Holland era una aberración ficticia sin ninguna relación con la realidad.

—Sí, en primer lugar, aunque Lincoln era formalmente cristiano, no obedecía de forma activa a ninguna Iglesia ni costumbres eclesiásticas. Por el contrario, le gustaba dejar pasmados a los hipócritas piadosos contando chistes verdes. Lincoln hizo sonrojar a los puritanos más de una vez y leía la Biblia por el mero placer de leerla, pero no estoy convencido de que creyera en ella. Hay quien dice que en el plano religioso era un fatalista. Al igual que su madre, Lincoln creía que lo que está escrito no se puede cambiar. La superstición es otra cuestión. Creía en las señales y en los sueños y se esforzaba por interpretarlos. Sobre todo en las premoniciones. —El anciano se relamió los labios con placer cuando terminó la frase.

Charles miró a Boates con cierta compasión. Aunque empezaba a sospechar que había hecho el viaje para nada, supuso que bien podría ahondar un poco en el tema.

—Su postura raya la blasfemia, ¿no es así?

—¿Sí? Tal vez. Lincoln leía la Biblia a menudo, sobre todo en el último período de su vida. A nivel personal estoy convencido de que la utilizaba como quien emplea un instrumento, para que sus discursos llegaran a las masas con mayor facilidad. El señor Marshall y yo también hablamos de Sandburg y su Honesto Abe: sencillo y honrado, aunque ambicioso. ¿Sencillo? Lincoln jamás fue tal cosa. De hecho, tenía un carácter muy complicado, estaba atormentado por sus demonios, que combatía con gran dificultad. Además, nuestro joven colega estaba muy bien informado. Sacó a la luz una nueva teoría, al fondo de la cual aún no he llegado, aunque algo he oído al respecto.

—¿En serio? ¿Cuál? —se apresuró a preguntar Charles con la esperanza de averiguar algo.

—¿Sabe que Lincoln tenía cambios de humor repentinos, ataques de pánico y depresiones muy profundas? Quienes le conocían describían síntomas de trastorno bipolar, con episodios de ira descontrolada. Tras la primera separación de Mary Todd, Lincoln cayó en una depresión tan profunda que sus amigos se llevaron de su lado cualquier objeto que pudiera utilizar para quitarse la vida, desde su navaja de afeitar hasta su pistola, tal vez incluso cualquier cosa con la que pudiera fabricar un nudo corredizo con el que ahorcarse.

—Hum, ¿qué más?

—El señor Marshall sostenía, y esto podría ser verdad, que la razón de su conducta agresiva era que Lincoln se automedicaba. Las *blue mass*, unas pastillas que solía tomar, eran las responsables de su frecuente insomnio, de las crisis nerviosas y del temblor de sus manos. Estas píldoras azules contenían una concentración muy alta de mercurio. En un momento dado dejó de tomarlas y, como es natural, las crisis cesaron o disminuyeron en intensidad. Pero, retomando nuestro tema de conversación, Herdon, el socio de Lincoln, decía que este era más bien un vaquero, entregado a la gente, vital y valiente, un hombre de palabra. Según Herdon, tal era su afán por cumplir siempre su palabra que se casó con Mary Todd solo porque había prometido que lo haría. Herdon la odiaba, de eso no cabe duda. «¿Cómo puedes casarte con una mujer así?», le preguntó. Fea, mala como un demonio, muy baja y gorda. Los colegas de Lincoln decían que la ambición consumía a Mary, que era vulgar y no sentía respeto por nada; una persona que solo pensaba en sí misma y en sus propias ambiciones. Herdon afirmaba que la vida de Lincoln con ella fue peor que si lo hubieran quemado en la hoguera, cuestión que se confirmó más tarde cuando Mary comenzó a recibir caros regalos, una especie de soborno para que ejerciera presión sobre su marido en todo tipo de asuntos. Sumida en la depresión, sobre todo tras la muerte de su segundo hijo, la señora Lincoln cayó en una orgía consumista. Gastaba en un solo día lo que una familia en un año. Compraba de todo. Una vez reconoció que ese furor consumista era lo único que la consolaba, y que aunque consideraba a Lincoln la persona más inteligente que había conocido, se creía superior a su marido, del mismo modo que él se sentía inferior a ella, puesto que Lincoln nunca fue a la escuela o, como mucho, acudió solo un año. Sin embargo Mary Todd había estudiado literatura francesa e inglesa en una prestigiosa academia de señoritas. Muchos han especulado que se casó con ella para ascender en la escala social. Él era más pobre que una rata, o lo fue hasta poco después de que se conocieran, cuando ya empezaba a ser un abogado de éxito, en tanto que ella provenía de una importante familia de Kentucky. Su padre era un destacado político esclavista y banquero. Gore Vidal dice que Lincoln le contagió la sífilis a su flamante esposa. Otros afirman que el mercurio que ingería confirmaba que padecía dicha enfermedad. Algunos dicen lo contrario, que le contagió ella.

Charles contempló con sorpresa la pasión con que su interlocutor le achacaba todo eso a la esposa del presidente. Mientras la decepción iba en aumento, Charles decidió hacer un intento más. Boates era pintoresco, pero en esos momentos no tenía ganas de pasar un buen rato, así que dijo de forma un tanto enérgica:

—¿Habló de esto con George?

—Pues sí. —Boates se puso a reír—. Sí, y no solo de eso. Era encantador y me habló de una cosa que creo que yo ya sabía, pero que había olvidado. Mire, me dijo que los dos hijos de Lincoln gozaban de plena libertad en la Casa Blanca. Su palabra era ley. Podían hacer lo que quisieran. Aunque Mary quería atarlos en corto, el presidente se oponía a cualquier tipo de control. Esos dos críos chillaban y correteaban por allí de la mañana a la noche, aun estando reunido el gabinete. Entraban y salían de las reuniones gritando a pleno pulmón. No les prohibía nada. Así era Lincoln. Una vez, uno de sus hijos, no recuerdo cuál, estaba jugando con un soldadito de juguete que supuestamente había desertado y lo condenó a muerte. Entonces le pidió a su padre que le concediera clemencia y el presidente, entrando en el juego del niño, firmó un indulto presidencial, aunque el niño ejecutó al final al desertor a pesar del indulto.

—¿George le contó eso?

Charles comenzaba a preguntarse si se había colado en una farsa y si su interlocutor, sin duda ya un tanto senil, en realidad sabía algo que pudiera serle útil.

—Sé que esto le parece frívolo, pero aun con todo lo que sé sobre el presidente, estas anécdotas me encantan —dijo el anciano, que más o menos había intuido que Charles tenía algo en mente—. Hablamos mucho sobre la pretensión de Sandburg de que el presidente era una especie de Sócrates de la pradera, un Sócrates silvestre.

Se oyó un crujido que provenía del armario del fondo. Charles se giró de forma instintiva en esa dirección. Después de eso, miró de nuevo a su anfitrión.

—¿Ha oído eso? —preguntó.

—No. ¿El qué?

—Me parece que he oído moverse a alguien.

—¿De veras? La casa es vieja. La madera cruje sin parar. No es nada. ¿Qué es lo que quiere saber exactamente? Porque no ha venido hasta aquí para que le dé una clase de historia.

—No lo sé —confesó Charles. Buscaba algo que faltaba en toda esta historia de George y que fuera más claro y categórico.

—¿Se refiere a ese asunto del punto de inflexión, el momento en el que Lincoln, que no se posicionaba con respecto a la esclavitud y que incluso había ayudado a un esclavista a recuperar su propiedad ante los tribunales, se convirtió en el hombre que conocemos, en el gran Lincoln que sacrificó su propia vida en aras de la abolición? ¿Es eso lo que quiere preguntarme?

Charles quería decir que sí, pero el crujido se oyó de nuevo en el fondo de la habitación. Volvió la cabeza de nuevo. El ruido parecía proceder del armario del fondo, el único mueble con puerta. Imaginó que debía preguntarle de nuevo a Boates si había oído algo, pero el anciano seguía hablando como si no hubiera pasado nada.

—Eso era lo que el señor Marshall quería saber. A falta de pruebas considerables, la creencia general es que el cambio comenzó a germinar en su mente en septiembre de 1841, durante las tres semanas que estuvo de visita en Farmington, la plantación que la familia de su mejor amigo, Joshua Speed, poseía en Louisville —comenzó—. Y, a propósito de eso, ¿sabe que hay quienes afirman que Lincoln y Speed tenían una relación que iba mucho más allá de la amistad? Durante mucho tiempo compartieron una estrecha cama del minúsculo cuarto que había encima de la tienda de Springfield para la que Joshua contrató a Lincoln como dependiente. —Y continuó—: Oh, y hablando de premoniciones, su colega estaba convencido de que una de esas señales cambió el curso de la vida de Lincoln. Me refiero a un encuentro decisivo que habría tenido lugar justo en Farmington. No me contó con quién o no lo recuerdo.

Así que el anciano había tenido un momento de lucidez y le había dicho casi todo lo que sabía o lo que le había contado a George. Charles se dio cuenta de que ese era el momento indicado para marcharse. Se disponía a ponerse en pie, pero el rostro sonriente de su anfitrión se lo impidió.

—¿Sabe lo que me dijo George? Que Lincoln opinaba que los gordos son las mejores personas del mundo. Creía que la naturaleza asociaba la corpulencia a la jovialidad y el buen humor. Solía decir que jamás había visto a una persona gorda de mal humor —aseveró, y la expresión de perplejidad que reflejaba el rostro de Charles hizo que el anciano retomara el tema anterior—. Así que al parecer Lincoln sufrió un shock durante esas tres semanas que pasó con su amigo. Una de las cosas que hicieron allí fue dar un paseo en un barco de vapor por el río Ohio. En un punto del recorrido se encontraron con un buque que transportaba esclavos encadenados a las plantaciones del

Sur. Catorce años más tarde reconoció en una carta que jamás había olvidado esa imagen, la cual le había obsesionado en todo momento desde entonces, ni tampoco había olvidado el trato que recibían esos esclavos, la crueldad con la que los golpeaban y transportaban en contra de su voluntad para realizar trabajos forzosos. Todo aquello había quedado grabado a fuego en lo más profundo de su mente. Ese debió de ser el momento al que se refería el señor Marshall y es cuanto yo sabía y le comuniqué. Ah, pero deje que le cuente otra anécdota. Durante la visita a Farmington, Lincoln, como es natural, comió con toda la familia Speed y con sus invitados, ¿sabe? Se puso en evidencia porque no tenía ni idea de cómo utilizar correctamente los cubiertos. La hermana de Joshua se ocupó de enseñarle, como si él fuera Julia Roberts en *Pretty Woman*.

Charles oyó de nuevo el crujido a su espalda. Parecía que la puerta del armario se estuviera abriendo. No llegó a darse la vuelta. Tan solo vio la expresión horrorizada de Boates y sintió un golpe en la cabeza.

40

Despertó con un dolor espantoso en la coronilla, se llevó la mano a esa zona de la cabeza y sintió que la sangre le había empapado el pelo. La mano estaba seca, así que la sangre se había coagulado. Ya era de noche, pero las luces de fuera permitían ver dentro de la casa. Al notar algo duro bajo su americana mientras trataba de levantarse recordó que se había traído la pistola. Aún la tenía. La sacó, se puso en pie, quitó el seguro y se volvió para examinar la habitación. No había nadie. Lo recordaba todo. Alguien, escondido sin duda en el armario, le había dejado inconsciente de un golpe. Charles puso el seguro y se encaminó despacio hasta la ventana. Su coche estaba aparcado en el mismo sitio. Se armó de valor y se dirigió a la cocina, encendió la luz del pasillo, subió las escaleras e inspeccionó con cuidado las dos habitaciones de arriba. Nadie. No había rastro del profesor. Charles bajó otra vez a la sala de estar, se sentó en una silla contra la pared y esperó unos minutos en estado de alerta. No se oía ni un ruido. Su anfitrión había desaparecido como por arte de magia. Charles encendió la luz del cuarto de estar. Todo estaba intacto. No había signos de lucha, ni siquiera una gota de sangre en la alfombra. La cautela le llevó a apagar la luz y a sentarse de nuevo. No sabía qué le había pasado al profesor y temía que si habían asesinado o secuestrado a Boates, la policía encontraría sus huellas dactilares en la casa. Pasado un rato, Charles sacó de la cartera la tarjeta de visita de Dulce Saavedra y marcó su número.

En menos de media hora, durante la cual no se movió de su asiento, las luces de un coche se detuvieron delante de la casa. Fue como un resorte hasta la ventana, vio a Petra y abrió la puerta. Charles le contó todo lo que había pasado, ciñéndose a la visita de esa tarde, sin mencionar la agenda ni sus propias intenciones.

—Profesor, Charles, esto no funcionará si no confía en mí —dijo la mujer—. A fin de cuentas ha sido usted quien me ha llamado. Ya llevamos siete cadáveres y una persona desaparecida en solo unos días, por no mencionar que su vida corre peligro. Si queremos llegar al fondo de este asunto, tenemos que trabajar en equipo, no ocultarnos cosas el uno al otro.

Charles la miró con expresión serena, tratando de ganar tiempo para poder sopesar las palabras de la agente. Dio con una respuesta adecuada para no prolongar su momento de reflexión.

—Para eso es necesario la reciprocidad y, dado que por ahora mi confianza en las autoridades se encuentra en mínimos históricos, creo que debería empezar usted, pero aquí no. Esta casa me da escalofríos.

Sonó el móvil de Petra y Charles la oyó dar indicaciones a la persona que llamaba con respecto a la dirección donde estaba en ese momento.

—De acuerdo. —Petra se dirigió de nuevo a Charles—: ¿Está en condiciones de conducir? —le preguntó a Charles, que la miró como si no hubiera entendido la pregunta—. Le han golpeado en la cabeza. Tal vez sería mejor que condujera yo. Así podemos hablar con calma durante el camino. Nos llevaremos su coche porque no es buena idea dejarlo aquí, a menos que usted sea el único con derecho a tocar esa joya.

Charles esbozó una sonrisa. Lo cierto era que nadie salvo él conducía jamás el Aston Martin.

—Así que decidió volver sobre los pasos de George Marshall —dijo Petra, encantada de haber descubierto cómo encender las luces—. Seguro que descubrió la agenda que había desaparecido. Solo espero que no forzara la taquilla de su adjunto.

—No, no fui yo. Lo más seguro es que George tuviera dos agendas: una llena a reventar, que llevaba siempre encima, con las esquinas desgastadas por el uso; y otra, casi idéntica, que le dio a mi amigo, el entrenador de esgrima, para que se la guardara. La persona que forzó la taquilla se llevó la primera. Por lo menos es lo que yo creo.

—¿Y qué hay en la agenda que tiene usted? ¿Puedo verla?

—Hay diez nombres con sus correspondientes direcciones y una especie de cifrado, un código escrito en rojo junto a cada entrada, además de fechas, probablemente aquellas en que George se vio con cada uno de ellos.

—Supongo que Olcott y Boates figuran entre esos nombres. ¿Quiénes son los demás?

—No los recuerdo. Se lo enseñaré cuando lleguemos. La agenda está en mi casa.

El silencio reinó después de esa frase. Cada uno planeaba dirigir la conversación en una dirección y ambos estaban estableciendo límites en cuanto a lo que estaban dispuestos a contar en ese momento.

—Hay algo por lo que estoy perplejo —dijo Charles—. George tenía cierto sentido del humor, eso es verdad, pero cuando trabajaba en algo era profesional hasta rayar en el fanatismo.

—¿Y qué es lo que le confunde?

—Estos dos papanatas. Olcott es un papagayo de lo paranormal, obsesionado con el espiritismo, mientras que el profesor Boates, por muy grande que fuera en su campo, y eso es discutible, se ha vuelto loco de remate. No sé por qué George creyó que podría sacarles a esos dos algo que fuera de utilidad.

—Parece que no ha sido el único que se los ha tomado en serio, dado que uno de ellos está muerto y el otro, desaparecido, ¿no?

—Sí. Seguro que se me escapa algo. Discúlpeme un momento —dijo Charles, cuyo teléfono había empezado a vibrarle en el bolsillo.

El coche estaba tan silencioso que, tal y como una vez dijo el publicista Ogilvy de un Rolls Royce nuevo: «A noventa y seis kilómetros por hora, el ruido más fuerte que se oirá será el del reloj del salpicadero». El manos libres de Charles estaba conectado, por lo que Petra no tuvo problemas para escuchar la conversación.

—Profesor, profesor, no te he visto —dijo la voz llorosa de la secretaria de Charles.

—Sí, Alissyn, te he esperado un rato en el despacho, pero tuve que irme.

—Quería darte un abrazo. Lo siento mucho. —La secretaria se sorbió las lágrimas.

—Lo sé —repuso Charles con amabilidad—. Procura calmarte.

—¡Qué desgracia! ¡Qué desgracia!

De repente cesó el llanto y Alissyn, que había recobrado su voz serena, le dijo:

—Voy de camino a tu casa a llevarte el correo que has olvidado coger. Podría haber algo importante en él.

—Por desgracia, ahora no estoy allí. Volveré tarde.

—No te preocupes. Te lo dejaré en la mesa del recibidor.

La secretaria tenía una llave de la casa de Charles. Con tantos viajes de trabajo, alguien tenía que ocuparse de Zorro. Cuando se ausentaba varios días seguidos, Alissyn solía pasar algunas noches por la casa para echarle un ojo y para que el gato no se muriera de soledad. Era su cuidadora de gatos personal. Al principio Charles se opuso a que desempeñara ese tipo de funciones. Luego intentó pagarle alguna cantidad, pero la secretaria siempre se negaba a aceptarla. Charles conocía la pasión de Alissyn por los gatos, pero no podía evitar percatarse de que en lo más profundo de su corazón albergaba en realidad una ardiente pasión por él.

—Va a haber una auténtica reunión de chicas cuando lleguemos —dijo Petra con ironía.

—¿Lo dice por Alissyn? No, no se quedará —repuso Charles mientras se guardaba el móvil en el bolsillo—. Le toca.

—¿Me toca?

—Así es. Estábamos hablando de reciprocidad. ¿Quién es usted en realidad? ¿Y cómo es posible que trabaje para dos agencias de inteligencia a la vez?

Petra se echó a reír.

—Es usted bueno y eficiente —dijo—. Mire, es posible. No puedo hablar de esto ahora. En otra ocasión.

—¡Bobadas! —exclamó Charles—. Eso no está bien. Yo se lo cuento todo y usted...

—Todo, ¿qué es todo? Tenemos que averiguar qué descubrió George y a quién le molesta tanto que lo hiciera. Dice que no ha averiguado demasiado. ¿Tiene una hipótesis al menos? ¿Algo? ¿Un punto de partida?

—Nada más que lo que le conté anteayer por la mañana y ahora. ¿No ha descubierto nada? ¿No tiene ni idea de quién es el asesino? Porque, en lo que a motivos se refiere, parece tan confusa como yo.

—Tenemos una descripción de él, proporcionada por algunos testigos que vieron lo ocurrido en Boston. Hallamos su coche abandonado y un montón de huellas. Hemos localizado el lugar donde una joven lo compró en efectivo..., en un desguace. Y tenemos algunas fotos de tráfico, pero ninguna lo bastante nítida. Lo que sí es seguro es que nos enfrentamos a un asesino profesional. La única persona que le vio mejor, aunque fuera de forma breve, fue la conserje del edificio de George.

—¿La señora Bidermayer?

—Sí, solo que se encuentra en estado de shock. Dice que estaba en la entrada y que una sombra salió de detrás de la puerta y saltó por la ventana. Hemos intentado hacer un retrato con su ayuda. No ha salido nada. Me estaba diciendo que hay una especie de código junto a cada nombre de la agenda. ¿Tiene idea de qué significa?

—No —respondió Charles—. No son códigos, sino más bien números del uno al diez, precedidos de una L mayúscula. La enumeración no está relacionada con el orden de la agenda. Cada nombre lleva al lado L1, L2, y así sucesivamente, aunque no están en orden —adujo—. ¿Y a qué viene eso de los nombres intercambiables? —Charles se puso serio—. Parece un juego para intelectuales aburridos. ¿Por qué está todo esto conectado con el *Quijote*? ¿Hay más nombres?

—¿Cuántos ha descubierto?

—Tres —contestó Charles—. Petra Menard, Dulcinea y Avellaneda.

—¿Solo esos? Yo le di dos.

—¿Hay más?

—No, solo esos. —La agente rio.

—Así que, el FBI, la CIA y la NSA... ¿Para quién trabaja en realidad? ¿Y qué tiene que ver Seguridad Nacional con esta serie de asesinatos? Cuando se presentó en casa de George solo había ocurrido uno, un delito local, y no tenía ningún motivo aparente para estar ahí..., ni el FBI ni la NSA, y mucho menos aquel individuo de la madre de la inteligencia.

—Sí, pero ahora ya son cuatro o cinco, y no se detendrán aquí.

—Ya, pero no tiene forma de saberlo. ¿O sí?

—Todo a su debido tiempo —dijo Petra.

—He aquí la pregunta que tiene que responder —dijo Charles—. ¿Cuál es su verdadero nombre: Petra, Dulce o Ali? ¿Cómo me dirijo a usted? Porque no pienso llamarla por ninguno de esos nombres inventados. Es irritante.

Ella contestó después de sopesar su respuesta un rato:

—¡Ximena! Me llamo Ximena.

Charles no fue capaz de decir nada. No se esperaba ese nombre.

—Pero si...

—Exactamente. La mujer del Cid, de don Rodrigo Díaz de Vivar. Mi padre me veía así, como a una princesa apasionada y salvaje, pero que en última instancia sacrifica su vida esperando en casa a su marido y criando a sus hijos mientras él se va a la guerra.

—A él no le fue muy bien, Ximena.

Ambos rompieron a reír.

41

Charles invitó a Ximena a su casa. Por el rabillo del ojo vio el correo que Alissyn había dejado en la mesa del recibidor y reconoció de inmediato el amarillo fosforito de los sobres que usaba George Marshall. Charles no había visto ese tono en ninguna otra parte y se había burlado de su adjunto por ello, y no pocas veces. Se había burlado de él diciendo que no había que enviar sobres de colores fluorescentes a gente seria. «Destaca —respondía siempre su adjunto—. Entre una montaña de correo, el destinatario lo escogerá primero.» Y así, George dejó clara su postura una vez más. Charles esperaba que hubiera una copia del expediente en ese sobre, pero no quería descubrirse ante la mujer, sino deshacerse de ella lo antes posible. Así que le enseñó la agenda. Ella fotografió todas las páginas con anotaciones. Charles bostezó de manera ostensible hasta que la mujer dijo que debería descansar un poco, pero no sin antes preguntarle por enésima vez si quería ir al hospital.

Y la acompañó a la puerta. Ximena hizo un comentario:

—¡Qué sobre tan fosforito! ¡Es la firma de un criminal! —Después lanzó una mirada a la mesa del recibidor.

Charles ni siquiera esperó a que arrancara el coche que había acudido a recoger a la agente para lanzarse a por el sobre. Como no tuvo paciencia para buscar el abrecartas, lo rasgó por la esquina y deslizó el dedo por el papel para abrirlo. Dentro había una fotografía del tamaño del sobre, impresa apaisada. Charles la sacó con cuidado y le invadió la confusión. Se esperaba otra cosa, no una de las clásicas bromas de George. La fotografía era una reproducción de un viejo grabado, es probable que del siglo XVII. Charles lo contempló: parecía muy conocido. Tal vez no era exactamente ese, pero formaba parte de una larga serie de ilustraciones de novelas pornográficas de los siglos XVII y XVIII, sobre todo francesas. La fotografía, más bien oscura, representaba a una chica desnuda de cintura para abajo, con medias hasta las rodillas, inclinada sobre un escritorio en el que había un libro abierto, tal vez la Biblia. Detrás de ella, listo para propinar una azotaina a un trasero blanco y generoso que se asemejaba a una luna llena, había un hombre con sotana, un sacerdote. Charles se echó a reír, pero no entendió lo que su adjunto le había querido decirle.

Estaba mirando con atención la fotografía y trataba de concentrarse, cuando su móvil le sonó de nuevo dentro del bolsillo. Era un número desconocido. Echó una vistazo al reloj de péndulo de la habitación. Era casi la una y media.

—Siento telefonearle tan tarde, pero no he podido devolverle la llamada hasta ahora. Espero no haberle despertado —dijo alguien. Antes de que Charles pudiera articular palabra, la voz prosiguió—: Soy Emile Frazer y usted me dejó un mensaje esta mañana. Por desgracia mi esposa acaba de decírmelo.

Charles se alegraba de que uno de los números de la lista de George le hubiera devuelto la llamada. Este era el primer experto en Lincoln con el que George se había visto, pero no entendía qué había pasado para que esa persona le llamara a una hora tan intempestiva. Tuvo un aciago presentimiento.

—Sé que no son horas, pero si se parece en algo a mí, puede que se acueste tarde. Lo habría dejado para mañana, pero la suerte ha querido que lleve en Rutgers desde anoche. He venido a una conferencia y me marcho mañana a mediodía. Así que, si quiere que nos veamos, podría quedar mañana por la mañana.

—¿Dónde está?

—A tiro de piedra de usted. Me alojo en el Hilton, Double Tree, el único hotel decente de la zona de New Brunswick.

—Lo conozco —le interrumpió Charles—. Voy ahora, si no se va a acostar ya.

—Si es urgente —barbotó el profesor—. Claro.

42

Una hora antes, Sócrates había telefoneado a Rocío y le había dicho que el profesor Baker volvería a casa en uno o dos minutos, acompañado de la policía, y le pidió a su hermana que hiciera guardia delante de la vivienda del profesor hasta que él llegara. No tenía ni idea de qué era, pero la intuición le decía que iba a ocurrir algo importante. Rocío llegó justo cuando la agente se estaba montando en el Escalade que había ido a recogerla frente a la casa de Charles. Consideró por un breve instante si debía seguirla o quedarse donde estaba. Dado que su hermano no le cogía el teléfono, decidió quedarse. Sin embargo, ahora estaba claro que tendría que seguir a Charles.

Se mantuvo detrás de él, guardando una distancia prudencial para que Charles no se percatara, y si bien pisaba el acelerador de su Aston Martin como si fuera un demente, consiguió llegar justo después de él al aparcamiento del Double Tree. Charles se bajó de su coche y se dirigió al bar, que todavía estaba abierto. Los invitados a la conferencia de Rutgers llenaban el hotel. Aún quedaban rezagados en el comedor. Charles se sentó al lado de Frazer en la barra.

Charles conocía muy bien el hotel. Estaba casi en la ciudad y solía reunirse allí con sus colegas en su bar cuando venían de visita. Incluso había vivido allí durante tres semanas un verano mientras estaban reformando su casa. Charles era un fanático de los hoteles de lujo. Aquel no cumplía los requisitos que exigía, así que suspiró aliviado cuando regresó a su casa; había acortado su estancia y, por eso, al principio tuvo que dormir en el sofá con el resto de sus muebles apilados en medio de la sala de estar.

El profesor Frazer reconoció a Charles de inmediato pese a que jamás se habían visto. Se estrecharon la mano y se sentaron en una mesa cerca de la barra. Rocío los observó desde lejos durante un rato. Después, cuando lo creyó prudente, se acercó a la barra y se sentó en una silla justo detrás de ellos. Probó a oír algo de lo que estaban diciendo; ya habían desperdiciado media hora conversando.

Por desgracia, justo cuando empezaba a captar retazos de la conversación, un huésped del hotel bastante borracho, un profesor conocido por ese tipo de detalles, se sentó a su lado y trató de ligar con ella. A Rocío no le habría supuesto ningún problema estamparle la cabeza contra la mesa o romperle la copa en la cabeza, pero sabía que no debía llamar la atención del profesor. Al final, el huésped borracho se puso agresivo y ya no tuvo alternativa. Rocío levantó la voz y eso atrajo la atención de las dos personas que menos quería que se fijaran en ella.

—¿Conoce a este hombre? —le preguntó Charles a Frazer.

—Por desgracia. Siempre que nos encontramos hace más o menos lo mismo. Un vodka y pierde los papeles.

Charles no podía soportar ver que molestaban a una mujer, de modo que se levantó y se acercó al borracho. Pero el tipo no quería marcharse. Charles le agarró las manos mientras Frazer empujaba al hombre por detrás para que se moviera. A continuación Charles se aproximó a la mujer para cerciorarse de que estaba bien. Ella se encontraba de perfil, con la cabeza inclinada, y el cabello le tapaba todo el rostro. Se volvió hacia él y le brindó una sonrisa perfecta.

Las piernas de Charles estuvieron a punto de ceder. Tenía ante sí a la mujer más hermosa que había visto en toda su vida. Parecía que hubiera salido de un anuncio de unas vacaciones perfectas o de una isla exótica. Tenía la piel de un tono un tanto oliváceo, unos enormes ojos negros, labios carnosos y una nariz llamativa y casi mediterránea. Su ceñida camiseta de manga corta resaltaba sus bellas curvas. Charles quería bajar más la vista, pero sabía que mirar a una mujer de ese modo era de mal gusto, así que se controló. Al principio, cuando la había visto sentarse, le había dado un buen repaso a su impecable trasero, embutido en unos ajustados vaqueros, y se convenció de que era una prostituta de bar. En esos momentos resultaba evidente que había estado engañándose a sí mismo y también era obvio que ella había estado distrayendo a Frazer.

Rocío les dio las gracias con una sonrisa digna de un anuncio de pasta dentífrica. Los hoyuelos de sus mejillas volvieron aún más loco a Charles. Quería decir algo, pero no encontraba las palabras. Sintió la mano del profesor Frazer en la espalda.

—Ya está —dijo Frazer—. Me he ocupado de que lo acuesten.

Era una clara invitación a sentarse de nuevo, pero Charles no sabía qué hacer. Frazer volvió a su silla. Charles se quedó donde estaba, mirando como un idiota la angelical visión que tenía ante sí. Ella movió una mano de cierta manera al mismo tiempo que la cabeza y se pasó los dedos por el cabello. Ahora se encontraba cara a cara con un anuncio del mejor champú del mundo. Intentó murmurar una invitación, pero Rocío, a la que nada le había pasado desapercibido, afirmó con delicadeza:

—¡Con uno basta por hoy!

El comentario fue un tanto descortés, sobre todo dirigido a alguien que la había salvado de un agresor, pero a pesar de que captaba el mensaje, su marcado acento español hizo que Charles tuviera la impresión de que ella venía de la misma isla paradisíaca que él estaba imaginando en su cabeza «¡Menudo acento...!», se dijo Charles mientras empezaba a sudar. Recordó que unas semanas antes sus estudiantes se habían reído de lo lindo en un curso impartido por él cuando tuvieron que inventar frases seductoras pertenecientes a diferentes siglos. Le hizo mucha gracia una que decía: «¿Te dolió mucho cuando caíste del cielo?». Sintió ganas de hacerle justo esa pregunta a pesar de que la primera vez que la había oído se había partido de risa.

Se sentó de nuevo con enorme pesar. Trató de mirarla por el

rabillo del ojo y le sorprendió mucho que Frazer estuviera hojeando su agenda sin reparar en nada más.

—Bueno —comenzó este, pero le interrumpió su teléfono móvil—. ¿Quién narices será a estas horas?

Charles aprovechó la ocasión y le indicó por señas que iba al baño. Rocío se levantó y se dirigió a la salida, pero Charles quería mirarla un poco más. La perdió en un momento dado, así que apretó el paso y se abrió camino hasta la puerta del hotel, buscándola con la mirada. Oyó una risita detrás de la puerta. La mujer sonrió y le rozó la mejilla con la mano, tras lo cual bajó las escaleras y, ante su mirada hipnotizada, se montó en su coche y se fue.

43

Cuando Charles regresó a la mesa, el profesor Frazer parecía confuso.

—¿Ha ocurrido algo? —preguntó. Empezaba a recuperarse del encuentro cara a cara con la mujer con la que había soñado toda su vida.

—Me acaba de llamar mi esposa. El FBI ha acudido a nuestra casa. Son las tres de la madrugada. Vale, donde vivimos es apenas medianoche, pero eso da lo mismo. Dicen que necesito protección.

—Sí —confirmó Charles—. Parece que todo aquel que ha tenido contacto con George en relación con este tema de Lincoln está en peligro.

—¿Está su asesinato vinculado de algún modo con Lincoln? Creo recordar que usted me dijo que se había tratado de un robo fallido.

—Sí, pero por alguna razón que desconozco, el FBI piensa lo contrario. Puede que sea buena idea hacer lo que le dicen.

—Lo que me faltaba. Llevo una temporada recibiendo toda clase de amenazas de todo tipo de cretinos. Me acusan de amar a Lincoln y de que escribí esa biografía, que como ya sabrá ganó el premio Pulitzer, porque soy una sabandija de izquierdas que anhela algún tipo de totalitarismo burocrático. Esas son solo una parte de las amenazas. Las otras son igual de repugnantes y dicen que soy un socialista de izquierdas, como si alguna vez hubiera existido el socialismo de derechas. Hoy en día, con internet, cualquier imbécil puede decir lo que le venga en gana. A ver, antes también podían, pero se quedaban en sus pequeñas ciudades, en sus pueblos marginales. Ahora pueden difundir sus aberraciones por todas partes.

Charles siguió la diatriba de su colega durante un rato, pero sus pensamientos volvían una y otra vez al encuentro previo que acababa de vivir, de modo que la última parte del discurso de Frazer le pilló con una sonrisa burlona en la cara. Este le miró como si quisiera preguntarle si le resultaba gracioso lo último que había dicho. Charles tuvo que buscar una excusa, así que dijo lo primero que se le ocurrió:

—Esa mujer del bar me ha embrujado.

—¿En serio? —dijo Frazer—. Ni siquiera me he fijado en ella. —Y en un intento del todo infructuoso de ser agradable y entrar en lo que asumía que era una conversación entre hombres, añadió—: La última vez que intenté ligar con una mujer en un hotel resultó que era la directora del departamento de filosofía de la UCLA y yo pensaba que era una prostituta de lujo. —Combinó los dos términos de un modo que le hizo reír.

—¿Cómo? —preguntó Charles.

—¿Acaso he dicho algo malo? —replicó Frazer—. ¿Le he ofendido de algún modo?

—No, no. —Se apresuró a responder Charles—. Todo lo contrario. ¿Qué expresión ha usado?

—«Filosotuta».

Charles se golpeó la frente con la palma de la mano.

—Pues claro —dijo, y se levantó como si se hubiera sentado sobre una aguja—. Por desgracia, acabo de recordar que se me había olvidado que tenía que ir a otro sitio. He de marcharme.

—¿Así, en mitad de la noche?

—Bueno, ¿acaso no hemos hecho lo mismo?

—Tiene toda la razón —repuso Frazer con una gran sonrisa—. Hay una cosa más. Siéntese un momento.

Charles acató su orden.

—Cuando me enteré de lo que le pasó a George, y al saber

que tenía que acudir aquí, a Rutgers, tuve la vaga sospecha de que le conocería. De hecho, en cierto modo, Marshall me avisó sin avisarme. Para ser más preciso, me dejó un libro.

—¿Cuál? —inquirió Charles, mostrando interés de repente.

—Un manuscrito.

—¿Qué manuscrito?

Charles era consciente de que a Frazer le temblaba la voz.

—Un manuscrito que se creía perdido, un detalle muy peculiar. Durante dos mil años la gente ha creído que había sido destruido. Su valor es incalculable. El señor Marshall me especificó que debía devolvérselo a usted porque es suyo.

—¿Mío? ¿Es mío?

—Eso es lo que dijo. Lleva sus iniciales en la portada.

—¿Mis iniciales?

—Sí, y una extraña anotación. Si es auténtico, creo que vale millones, sino decenas de millones. ¿Es auténtico? —preguntó Frazer, posando una mano sobre la de Charles.

—No lo sé —se apresuró a responder este—. No estoy seguro.

—Si no es auténtico, es una falsificación muy buena. Tener algo semejante en la mano y saber que no te pertenece me produce insomnio. No lo he perdido de vista desde que me lo dio. Así que se lo voy a entregar en perfectas condiciones.

Frazer cogió la cartera de piel que tenía sobre la mesa y sacó una carpeta marrón de grueso cartón y cerrada con una goma. Le entregó el manuscrito a Charles, que abrió la carpeta, preguntándose qué sorpresa le aguardaba. Lo que vio hizo que las rodillas le temblaran por segunda vez esa noche. En las manos sostenía un códice manuscrito en cuya primera página había escrito en griego y en letras grandes las siguientes palabras:

ARISTÓTELES

SEGUNDO LIBRO DE POÉTICA,
SOBRE LA COMEDIA

44

Charles sintió que la habitación le daba vueltas al moverse. La excitación casi le impedía respirar. Había vuelto a casa con celeridad y, sentado en una butaca, con el libro de Aristóteles en las manos, había intentado poner en orden sus pensamientos. Ahora ya entendía el mensaje de George. Una estupidez dicha por Frazer había activado un lugar oscuro de su memoria pasiva. Y además de eso estaba ese descubrimiento histórico. ¿Era posible que el manuscrito perdido de Aristóteles hubiera desatado la cacería humana que comenzó con su adjunto, George? Salvo que no tenía relación alguna con Lincoln. O tal vez había descubierto el libro manuscrito justo cuando estaba investigando para su tesis... Pero, si ese era el caso, ¿por qué había dicho que estaba a punto de hacer una revelación trascendental relacionada con el decimosexto presidente? Al menos dos cosas sí encajaban: el colgante de su madre y la historia que su padre le había contado. Una absurda hipótesis iba poco a poco cobrando forma en su cabeza. ¿Existía de verdad la biblioteca secreta? Ahora tenía algo en sus manos que podría demostrarlo. Sus pensamientos fueron más allá y la construcción que su mente estaba empezando a crear era de tal magnitud que, de alguna manera y con un último esfuerzo, Charles decidió decir basta y dejar de darle más vueltas a la cabeza.

Se metió en la ducha y se quedó bajo el potente chorro del agua fría. Supo que se había recuperado cuando los dientes comenzaron a castañetearle. Mientras bajaba de nuevo las escaleras, comenzó a imponer orden en su mente y a planear sus siguientes pasos. Echó un vistazo al reloj. Ya eran las seis de la mañana. Charles sabía que debía dormir un poco, pero la excitación y la ducha fría habían ahuyentado los últimos resquicios de sueño.

Lo primero que hizo fue llamar a Ximena, que parecía adormilada cuando respondió. Charles se lanzó al cuello.

—Vale, muy bien —dijo de mal humor—. ¿Para esto te enseñé la lista, para que pudieras asustarles... y que yo no pueda hablar con ninguno de ellos? ¿Eso está bien? ¿Esto es lo que significa cooperación?

—¿Qué? —dijo Ximena—. ¿Qué? ¿Charles? ¿De qué estás hablando?

—Te has aprovechado de mis direcciones para enviar a tu gente y que descubra de qué habló George con ellos... antes de que pueda hacerlo yo.

—Espera un segundo —repuso Ximena.

Charles esperó, teléfono en mano. Escuchó cada movimiento de Ximena mientras se paseaba por la habitación. Ella se levantó de la cama con dificultad, encendió una luz, se lavó la cara y puso la cafetera. Charles reconoció que era exprés por el ruido. Cuando dejó de oírse, ella se humedeció los labios con satisfacción y una Ximena completamente distinta se puso de nuevo al teléfono.

—Profesor —dijo, de nuevo en plan profesional—. Una de las personas de la lista fue asesinada. Otra fue secuestrada y no tenemos ni idea de cómo escapó. ¿Qué crees que es más importante, que descubras a saber qué tonterías o que les salvemos la vida? Mientras exista un peligro real, mi preocupación principal, mi deber, es salvarles la vida. ¿Qué creías que haría con esas direcciones..., enmarcarlas en la pared? Me decepcionas —aseveró. Charles se dio cuenta de que la mujer tenía razón y se sintió bastante avergonzado—. De todas formas, de los ocho que quedan en tu lista apenas logramos dar con cinco. El profesor Frazer, el profesor Barett y dos más. No tenemos ni idea de dónde están los otros tres. Dos de ellos han apagado el teléfono y sus direcciones son falsas. Uno, el de Texas, el único cuyo nombre no tenemos, solo las iniciales, parece vivir en las afueras de un campo petrolífero, en tanto que otro vive en el número 400 de una calle en la que solo hay 399. De los cuatro que sí encontramos, el profesor Frazer no estaba en casa. Por el contrario, estaba muy cerca de ti y tú le llamaste por la mañana, así que supongo que ya te has visto con él; un tipo llamado Fabrizio Cifarelli, un pobre profesor de Filología, ha rehusado cualquier colaboración con nosotros, mientras que los otros tres han aceptado nuestra protección.

—¿Protección?

—Sí. Los hemos escondido en un piso franco de nuestro programa, al menos hasta que las cosas se aclaren. Nadie ha hablado con ellos de nada. Si lo deseas puedes asistir al interrogatorio.

—¿Interrogatorio?

—Discúlpame. Es la fuerza de la costumbre, y que aún no estoy del todo despierta. ¿Has dormido al menos un rato?

—¿Qué? Sí. Dos horas —mintió Charles.

No le apetecía hablar del tema. Pero sabía que Cifarelli no era un profesor cualquiera. Probablemente se trataba de uno de los filólogos más importantes del mundo.

—Bueno, tenemos que encontrar a otras tres personas más de esa agenda —prosiguió Ximena, como si ignorara adrede el comentario de Charles—. Y, para colmo, son justo aquellas de las que nadie sabe nada, las que no son famosas. He enviado los datos a la NSA para que comprueben sus identidades, si es posible. No creo que tengamos posibilidad de encontrar al señor o la señora P. E., ya que no tenemos ni idea de dónde es esa persona. ¿Y bien?

—Y bien, ¿qué? Perdona por lo de antes, si es eso lo que quieres oír.

—No es necesario —dijo Ximena, que había suavizado el tono—. Te entiendo perfectamente. A ti también te agobia lo que está ocurriendo. ¿Quieres que te recoja para asistir al interroga..., a la conversación con las tres personas que tenemos bajo protección?

—¿Quiénes son?

—Donald Davidson, un profesor de Harvard ya jubilado, además de un anciano bastante antipático llamado Leon Barett y una tal señorita Meredith Jackson.

—Dos de los expertos en Lincoln más célebres. Desde luego que me gustaría acompañarte. ¡Claro! ¿Tengo que decir más?

—¿Y la mujer? ¿Quién es?

—Por lo que sé, trabaja en emblemas heráldicos y genealogía. Es historiadora, profesora en Cornell. Oye, ¿estoy soñando o antes has dicho que uno de ellos estuvo a punto de desaparecer? ¿Te refieres a Boates? ¿Le han encontrado?

—Sí. Estaba en una especie de motovelero, justo al final de su calle. Dice que es suyo. Estaba ileso, aunque un poco asustado.

—¿No le han matado?

—No. Y dice que la persona que se escondía en el armario fue muy amable e insistió en hablar muy lejos de ti, así que le llevó al barco. En cuanto al resto, Boates no quiere decir de qué hablaron. Tampoco quiere darnos una descripción del secuestrador.

—No lo entiendo. ¿Es el mismo tipo que mató a George y a su prometida?

—No lo sabemos. No parece muy probable, o si es él, lo más seguro es que se convenciera de que el profesor no tenía ni idea de nada y que matarle no merecía la pena.

—Ah, ¿y el anciano ahora está solo?

—No. Tenemos a dos personas apostadas en su casa.

—¿Puedo pedirte una cosa? —apostilló Charles—. ¿Crees que uno de tus hombres podría preguntarle si por casualidad George le dejó un libro, un viejo manuscrito, que debía devolverme?

—¿Por qué? ¿Es que tenía que devolverte algo? —preguntó Ximena.

—No lo sé. Por favor, inténtalo.

—Vale, pero creo que ya se ha acostado. Te llamaré cuando se haya fijado la hora del interrogatorio. Adiós.

—Adiós —dijo Charles casi en un susurro.

A continuación fue a prepararse un café. Era pura dinamita; cuatro cafés *ristretto*, uno tras otro. Mientras los bebía, se encendió un puro y abrió el manuscrito que le había entregado el profesor Frazer. Le había preguntado a Ximena si por casualidad el profesor Boates había recibido algún manuscrito porque estaba casi convencido de que las designaciones que empezaban con una L e iban del 1 al 10 y que figuraban a la derecha de cada nombre de la agenda significaban «Libro 1», «Libro 2» y así sucesivamente.

Recordó que Frazer había dicho que su nombre figuraba en el libro de Aristóteles, así que inspeccionó la primera y la segunda página. Dado que su nombre no aparecía allí en ninguna parte, fue a la última. Al pie de la página, escrito a lápiz, se leía:

C. B.

cdbdmmhtl onrs

Era muy probable que C. B. fueran sus iniciales y que el mensaje estuviera destinado a él. Resultaba evidente que estaba cifrado. Charles esperaba encontrar el código en el libro que George le había indicado por medio de la fotografía del sobre amarillo.

Lo que Ximena no le había dicho, ya fuera o no adrede, era que los agentes habían encontrado un cadáver flotando a unos metros del barco del anciano, con la garganta rajada.

45

—¿Te he despertado? —preguntó Charles de un modo que obligó a su colega a decir que no.

—Acabo de salir de la ducha y me estaba preparando para salir a correr.

—Genial. Mente sana en un cuerpo sano...

—Me sobran kilos. ¿En qué puedo ayudarte? No sabía que eras tan madrugador.

—Es una ocasión especial. Necesito un libro.

—Muy bien. Entro a trabajar a las ocho, pero los bibliotecarios no llegan hasta las nueve.

—No lo has entendido —dijo Charles, acentuando la tensión—. Necesito el libro ya.

El director general de la biblioteca de la Universidad de Princeton no articuló palabra durante unos instantes.

—¿De cuál de las bibliotecas? —preguntó a continuación.

—La de Libros Raros y Colecciones Especiales.

—¡Ah! Sabes que existe un protocolo para esos libros y que lleva su tiempo. No puedo hacer nada.

—Oye, escúchame. ¿Cuántas veces te he pedido que hagas algo por mí? —La voz de Charles se tornó amenazadora.

El director estaba en deuda con Charles por el puesto que ahora ocupaba, pues el profesor había ejercido una gran influencia en su momento para que lo consiguiera.

—De acuerdo —dijo el director en un tono suave—. ¿Qué libro?

—Te lo diré allí. Y no quiero que lo cojas, solo necesito verlo en la estantería.

—¿En el archivo? Eso es imposible.

—No hay nada imposible para el director de la biblioteca, sobre todo porque no vamos a robar nada.

—Si quieres un manuscrito antiguo, un papiro, una tablilla o un incunable, es muy complicado.

—No. Es una simple obra impresa del siglo XVIII.

—Ah, eso es más fácil. Deja que llame a uno o dos bibliotecarios para ver quién está dispuesto a venir.

—De acuerdo. Te veo en el despacho en veinte minutos.

El director trató de protestar, pero ya hacía rato que Charles había colgado.

A Charles se le había encendido la bombilla de repente la noche anterior, cuando el profesor Frazer estaba hablando de la *filosotuta*. Recordó en el acto dónde había visto la imagen: en la fotografía que le había enviado su adjunto. Era de un libro titulado *Teresa filósofa*, del marqués de Argens, una novela ilustrada. Tenía un título más largo, como la mayoría de los libros de su género en la época, pero Charles no lo recordaba con exactitud. Sea como fuere, se trataba de una novela publicada en 1748, perteneciente a una larga serie creada para deleite de la burguesía y la nobleza francesas de entonces. Como alguien que había estudiado en profundidad la Revolución francesa y sus fundamentos, Charles lo sabía todo sobre la literatura prohibida que había fomentado la Ilustración. La decisión de George de dejarle un mensaje en esa clase de libro parecía una buena elección. Ardía en deseos de saber cuál era, pero se preguntaba si la elección del libro en sí no era ya una pista.

46

Quince minutos más tarde, Charles caminaba en círculos delante de la oficina del director. Este apareció resollando.

—¿Qué demonios es tan urgente? —preguntó—. ¿Qué necesitas con tanta prisa?

Charles se rascó la cabeza con una sonrisa algo avergonzada en la cara, pues sabía cómo sonaría lo que iba a decir.

—*Teresa filósofa* —dijo con rapidez—. Del marqués de Argens.

El director estaba apoyado en la pared, tratando de recuperar el aliento, y estuvo a punto de caerse al oír a Charles.

—¿Te burlas de mí?

—En absoluto. —Charles rio—. ¿Va a venir alguien?

—Sí, Louise, pero cuando se entere de por qué ha obligado a su marido a llevar a los niños al colegio, nos las va a hacer pasar canutas. *Teresa filósofa*, ¿qué bicho te ha picado?

Louise Preudhomme era la jefa absoluta de la biblioteca de Princeton. Si había alguien que supiera todo lo que ocurría, y lo que no, en el edificio Firestone, que albergaba los ejemplares más importantes, Louise Preudhomme era esa persona. Y como poseedora de conocimiento absoluto y, por ende, de autoridad, Louise era un hueso. Sus comentarios eran arrogantes, cortantes y no dejaban lugar a la réplica. Era la pesadilla de cualquier estudiante o profesor al que se le ocurriera la feliz idea de discutir con ella.

Charles rio. Esa mujercilla de lengua afilada no le irritaba como a los otros profesores. Por el contrario, le divertía sacarla de quicio y sobre todo le gustaba lo que soltaba por la boca, aunque podría decir las cosas de manera un poco más amable. Dado que el director seguía esperando una explicación, y que Charles sabía que jamás se libraría de la locuacidad de su amigo si no le daba una satisfacción, dirigió la conversación hacia un tema que sabía que haría que el director picara el azuelo.

—¿Sabes que se dice que este libro lo escribió Diderot y no el marqués en cuestión?

—Sí, eso se dice, y yo opino lo mismo. ¿Sabes que escribió otra novela erótica titulada *Las joyas indiscretas*? ¿El libro ese en el que un anillo narra cuentos sobre los lugares donde ha estado? Terriblemente licencioso. Bueno, pues el estilo parece ser el mismo, por no mencionar que la parte filosófica está en consonancia con la famosa *Carta sobre los ciegos*. No le metieron en la trena por nada.

—¿Quién fue a la trena? —preguntó Charles para prolongar la conversación.

—Diderot, ¿quién si no? Oye, ¿para qué necesitas el libro? ¿Te interesa la historia de la literatura erótica? No sé si eres consciente de que he escrito un estudio sobre ese tema. ¿Lo sabías?

—No —dijo Charles—. Qué interesante. ¿De qué trata? —inquirió, contento de desviar el tema y retrasar o evitar los reproches.

—¿Cómo que de qué trata? De la novela erótica. Sobre Pietro Aretino...

—El del elefante —le interrumpió Charles, que no estaba dispuesto a escuchar una conferencia de su colega.

—No. ¿Qué elefante?

—Antes de escribir libros guarros, Aretino escribió un texto titulado *Última voluntad y testamento del elefante Annone*. Era la mascota favorita del papa León X y Aretino lo convirtió en una auténtica estrella, como los grandes comediantes de hoy en día. ¿Sobre qué escribiste?

—Veo que sabes mucho sobre él. Así que te has fijado en que es el padre de la novela pornográfica, el predecesor de tu *Teresa*. Escribí sobre los *Sonetos lujuriosos* y las ilustraciones pornográficas de Giulio Romano que acompañaban a la primera edición.

—¿Sabías que Aretino hizo grandes y numerosos enemigos? La gente famosa por entonces, autoridades políticas y eclesiásticas, eran como las celebridades de hoy en día; no tenían demasiado sentido del humor. Sabe Dios cuántos querían cargárselo. ¿Y escribiste acerca de su obsesión con los burdeles?

—De eso también, pero sobre todo de sus célebres diálogos entre esposas, monjas y prostitutas, donde compartían sus experiencias sexuales. Las mujeres comparaban sus relaciones y las pesaban en la balanza.

—Los *Ragionamenti*, sí. ¿Sabes que Ariosto le llamaba «el azote de los príncipes» por su lengua afilada y que Tiziano le retrató varias veces?

A estas alturas, la conversación se había convertido en una batalla, en la medida en que cualquier charla es una lucha, como afirma Vargas Llosa en *Conversación en la Catedral*. Charles se estaba divirtiendo a costa de su colega, mientras que el director, que no tenía sentido del humor, no entendía por qué a Charles no le interesaba escuchar a una autoridad en la materia que al parecer le ocupaba por el momento.

—Bueno, esto es muy interesante y podría serte de utilidad —prosiguió el director—. ¿Conoces a Ferrante Pallavicino?

—No en persona —respondió Charles, que se puso serio de nuevo bajo la abatida mirada de su colega, para quien esa broma no era ya lo bastante sutil—. Te refieres al que escribió *La retorica delle puttane*. ¿También aparece en tu estudio?

—Sí. Tuvo un final trágico.

—Igual que a Aretino, su bífida y venenosa lengua le costó cara.

—Exacto. Le ejecutaron de forma espantosa cuando tenía solo veintiocho o veintinueve años. Primero le decapitaron, después le arrastraron y descuartizaron y luego quemaron su cuerpo en la pira. Jamás entenderé cómo la gente puede ser tan cruel. Al fin y al cabo, lo único que hizo fue escribir algunos versos inofensivos.

—Oye, tan inofensivos no eran. La palabra es más hiriente que una daga. Los libros son más peligrosos que las bombas. Por eso todos los dictadores quieren hacer tabla rasa del pasado. Por eso cualquier religión nueva quiere destruir todo resquicio de lo que hubo antes. Un libro representa libertad y la libertad induce a hacer preguntas. Las preguntas engendran ideas y las ideas te empujan a la insubordinación. Simple, como bien sabes. La Venecia del siglo XVII a la que te refieres no es una excepción, aunque se la llamase la Serenísima.

—Ah, volviendo a Pallavicino, le ejecutaron en el Estado Pontificio de Aviñón.

—Claro, pero como resultado de una sentencia del nuncio papal veneciano contra *La retorica delle puttane*. Lo llamó *spurcissime*, lo más obsceno.

El director estaba impresionado por lo mucho que sabía su colega más joven, pese a que no entendía su sentido del humor. Y todavía tenía algo más que recalcar, una especie de *coup de théâtre* con el que esperaba dejar boquiabierto a Charles.

Pero, antes de que pudiera abrir la boca, este hizo otro comentario:

—¿Quién le obligó a escribir que los jesuitas eran rameras y que todo su sistema educativo, el *ratio studiorum*, era una monumental mentira que cambiaba el sentido de las palabras de Jesús? Decía que los jesuitas eran las peores rameras, súbditos de la puta de Babilonia, la esposa del Anticristo, la puta del demonio. ¿Qué querías decirme?

El director estaba ahí plantado, con la boca abierta. Necesitó unos momentos para recomponerse y lanzar de nuevo su ofensiva.

—¿Sabías que hice un descubrimiento monumental?

—¿En el ámbito del erotismo? —preguntó Charles con expresión astuta.

—Pues sí. Por cierto, descubrí una falsificación. ¿Conoces

los *Diálogos* de Luisa Sigea? —El director no esperó una respuesta por temor a que Charles se le adelantara, sobre todo porque empezaron a escuchar el amenazador repiqueteo de unos tacones que se acercaban—. ¿Sabes que es un engaño, como en esa novela en la que se habla de manuscritos atribuidos a otros autores, al igual que sucede en *El nombre de la rosa*? En esta última es un juego, pero aquí el engaño es real. Como sabes, este libro se le atribuye a una poetisa de la corte portuguesa, una tal Luisa Sigea de Velasco, y se dice que se tradujo del castellano al latín bajo el título de *Aloisiae Sigeae, Toletanae, Satyra Sotadica: de Arcanis Amoris e Veneris*.

—¿Puede que se escribiera en portugués?

—No, en castellano.

—¿Por qué una poetisa de la corte de Lisboa iba a escribir en castellano? No importa. Te he interrumpido.

—A saber. En cualquier caso lo ignoro. Lo cierto es que descubrí que el manuscrito es un fraude creado por Nicholas Chorier. He detectado el fraude trescientos años más tarde.

—Veo que te apasionan las chicas que dejan constancia de sus experiencias sexuales. Sigue trabajando en ese campo. ¿Quién comparte los detalles jugosos en este libro?

—Dos primas.

—Otros desenmascararon a Chorier hace unos doscientos años —comentó Charles, que estaba disfrutando de la pomposidad de su protegido.

—Sí, pero no con mis argumentos.

De la esquina de un pasillo perpendicular llegaba el sonido de unos pasos muy enérgicos aproximándose, implacables como la caída de la guillotina. El hueso ni siquiera había asomado por el pasillo cuando comenzó a vociferar:

—¿Qué libro requerimos antes incluso de levantarnos y por qué no nos ocupamos a tiempo para tener lo que nos hace falta, profesor? ¿Por qué Louise tiene que sacrificar a toda su familia para atender esta necesidad?

—No exageremos, Louise —dijo Charles con tono amable a la persona que ya se había presentado ante ellos.

—¿Hum? —repuso la susodicha, un comentario breve y taxativo que exigía una respuesta.

—*Teresa filósofa* —respondió Charles, con ganas de mostrarse evasivo.

La mujer le miró como si quisiera cerciorarse de que el joven profesor no la estaba engañando o tomando el pelo de alguna manera. Miró al director, que levantó las palmas para decir que él no tenía nada que ver. Fue entonces cuando llegó el esperado estallido, aunque discurrió por unos derroteros que ninguno de los dos esperaba.

—¿Cuál de ellos? Tenemos unas cuatro ediciones diferentes, cada una archivada en un estante distinto. Y si está empezando con la literatura pornográfica ahora, a la vejez, ¿por qué no lo hace por orden? Hay una gran infinidad de libros antes que *Thérèse philosophe, ou mémoires pour server à l'histoire du Père Dirrag et de mademoiselle Éradice*, ya que ese es su título correcto. Así es como debe pedirse el libro en una biblioteca. Hay mucho que ver, empezando por esa obscenidad ilustrada de Pietro Aretino que tanto le gusta al director y continuando con ese otro en el que nuestro director afirma haber descubierto un fraude doscientos años después de que otras personas hicieran lo mismo, es decir, la identidad del autor de esos diálogos entre la joven chica de la limpieza y su amante.

—Saqué a la palestra nueva información —alegó el director, un poco malhumorado.

—¿Por qué no empieza por *Fanny Hill*? —dijo Louise, que no dio señales de que tuviera intención de parar—. ¿Por qué no por *La educación de Laura* del pervertido de Mirabeau? ¿Qué pasa? ¿*La France Galante, La academia de las damas* o *Venus en el claustro* no son de su gusto? ¿Demasiado antiguos? ¿No lo bastante perversos? ¿Va derecho a *Teresa filósofa*? Un salto enorme. Se lo voy a dar porque no me queda otra, siempre que decida qué edición quiere. Si no conoce la diferencia, ya se lo digo yo: las ilustraciones. Algunas son más explícitas. ¿Quiere esas? Pero tengo otros de ese período: *Le Canapé coleur de feu*, que sería *El canapé color de fuego*, de Fougeret de Monbron, o

Histoire de dom Bougre, portier de Chartreux, o *El sofá*. ¿Por qué no *Margot la ravaudeuse*, que es *Margot la remendona* para quienes no hablan francés? O tiene *Las joyas indiscretas* de Diderot. En este sale un anillo que cuenta historias sobre sus experiencias con ciertas partes del cuerpo de diversas mujeres que ha visitado. ¿O prefiere sofás parlantes o consoladores que dan testimonio de todo lo que han experimentado o visto? O está el marqués de Sade, que no se anda con sutilezas, sino que va directo al grano. ¿Por qué *Teresa filósofa*, profesor? —concluyó la bibliotecaria jefe, clavando sus altos tacones a apenas distancia de Charles.

—Porque es interesante —dijo Charles, riendo—. Esta tarde tengo que entregar un ensayo sobre libros dentro de libros en el siglo XVIII y quería echar de nuevo un vistazo al pasaje en el que los personajes narran la visita a la biblioteca erótica de la heroína.

—Bueno, en todos esos libros aparecen bibliotecas eróticas. Esta es su fuente de inspiración. Hay algo que los conecta entre sí, y es que todas estas chicas perdidas, que no tienen nada más que hacer, porque si tuvieran cuatro hijos como yo no estarían tan cachondas, leen libros perversos, que generan más libros perversos, que a su vez producen otros. Es su pretexto para el lector. Sigue leyendo igual que nosotras porque después de eso corromperás. O mira las pinturas o las ilustraciones obscenas o excítate con las estatuas desnudas de tu jardín o del jardín de tu protector. En *Historia de Julieta*, de Sade, también aparece una biblioteca. Si consigue leer esta biblioteca los conocerá todos. Están todos ahí, incluida *Teresa filósofa*. En todas y cada una de estas novelas francesas hay una biblioteca en la que se muestra de manera artística todos los libros escritos antes del que tiene en sus manos para que, Dios no lo quiera, ni siquiera uno se le escape.

La bibliotecaria jefe dio media vuelta y se dirigió a las estanterías. Charles fue tras ella mientras que el director se metía a toda prisa en su despacho. Charles oyó a Louise farfullar por delante, incapaz de seguirle el paso.

—Masturbación y coitus interruptus, ¿es eso lo que necesita? Contra natura..., contra natura.

47

El sol de la mañana se filtraba en el espacio subterráneo a través de las pedregosas ruinas del asentamiento maya. Dos guacamayos de vivos colores rojo, amarillo y azul se regañaban entre sí, profiriendo agudos garridos. Su sombra atrajo la atención del general, que en esos momentos bajaba las escaleras. Esa sería la última reunión general antes del gran evento. Los doce miembros de la Cúpula habían llegado. El general pasó por delante de seis soldados armados hasta los dientes. Puso la palma de la mano en el aparato empotrado en la pared, que nadie podía ver, ni siquiera intuir, si no se sabía previamente que estaba ahí. Se encendió una luz. La pared de cristal se abrió y se cerró a su espalda. Recorrió el pasillo, de unos veintisiete metros de largo. De sus paredes colgaban innumerables imágenes de personalidades que la Cúpula consideraba entre sus héroes, mentores y personas cuya memoria había que honrar, gente cuyo ejemplo había que seguir y cuyo trabajo se debía continuar. Todas las imágenes tenían el mismo tamaño y estaban colgadas en perfecto orden. Intercalados tras cada serie de veinticuatro retratos, había unos símbolos idénticos pintados en un rojo intenso, casi del color de la sangre, que representaban una cruz equilátera. Cada brazo de la cruz se doblaba en un ángulo recto, como un molinete que giraba en el sentido de las agujas del reloj. Los curvados extremos de los brazos terminaban de forma abrupta, pero un tanto redondeados, como si el pincel hubiera sido incapaz de acabar el

dibujo de golpe. En el centro de los cuatro espacios vacíos crea-
dos entre los brazos de la cruz había un punto rojo colocado de
forma simétrica.

Esa esvástica, más parecida a un símbolo hindú que a uno
nazi, adornaba también la amplia puerta del gran salón. Una
puerta opaca que parecía estar hecha de mercurio líquido separaba al general de sus colegas. Tuvo que apoyar la barbilla en
la única imperfección de la superficie. Una luz azul le escaneó la
retina y la puerta se abrió.

48

El teléfono de Charles comenzó a vibrar en su bolsillo mientras esperaba a que la bibliotecaria jefe volviera con las llaves de la sala que albergaba la edición de 1785 de *Teresa filósofa*. Charles estaba seguro de que esa era la que George había elegido. El nombre de Petra apareció en la pantalla del móvil. Se le pasó por la cabeza que no lo había cambiado en su agenda por el de Ximena, pero dado que tampoco estaba convencido de que se llamara así de verdad, decidió dejar su nombre de guerra tal y como estaba por el momento.

—Me pediste que te llamara cuando el profesor Boates despertara.

—Sí. ¿Le has preguntado si George le dio un antiguo libro, tal vez un ejemplar que se cree desaparecido?

—No he hablado con él en persona, pero nuestros hombres allí sí lo han hecho.

—¿Y bien? —preguntó Charles con impaciencia.

—Sí. Tal y como suponías, recibió un libro. Tal vez quieras contarme cómo sabías eso.

—¿Y qué dijo él? ¿Puedes recogerlo por mí?

—Sí. El libro se titula *Margites*, si los chicos no se equivocan. ¿Sabes algo de él?

Esta vez Charles se mareó de verdad. Se le erizó el vello de la nuca y todo su ser se estremeció por un segundo.

—¿Hola? —dijo Ximena al teléfono—. ¿Sigues ahí?

—¿Qué? Sí, sí. Tengo mala cobertura —adujo Charles, que quería disimular la emoción que le dominaba.

—¿Tienes idea de la importancia de ese libro?

—Puede que sí —reconoció Charles.

—No es una elección de palabras demasiado inspirada. Es igual, ya me lo contarás después. Lástima que el anciano se viera obligado a dárselo a la persona que te golpeó en la cabeza. Parece que ese fue el precio para dejarle con vida.

—¿Sabemos ya quién podría ser?

—No. No tenemos nada por ahora, pero estoy convencida de que lo descubriremos tarde o temprano si mantenemos bajo vigilancia al resto de los que aparecen en la lista. ¿Piensas contarme de qué va esto?

—Sí, pero necesito unas horas más —replicó Charles.

—De acuerdo. Sea lo que sea lo que estés haciendo, ¿podrías echarme una mano con una cosa?

—¿Con qué?

—Te estoy enviando unos dibujos ahora mismo y te estaría agradecida si me dijeras qué te parecen.

—Claro, pero ahora mismo tengo que ocuparme de unos asuntos. Te llamaré.

Mientras pensaba en lo que Ximena le había dicho, Charles siguió a Louise sin rechistar hasta la estantería donde se guardaba el libro. La bibliotecaria le indicó que subiera por la escalera y le dio el número del ejemplar. Lo encontró de inmediato. Comenzó a hojearlo sin haberse bajado aún de la escalera. Era muy consciente de que la menuda y antipática mujer se moría de curiosidad. Pese a todo, lo hojeó página a página. No encontró ninguna anotación. Al final, entre las dos últimas páginas, halló una hoja de papel normal y corriente, doblada dos veces. Se la guardó en el bolsillo y colocó el libro de nuevo en su sitio. Bajó de la escalera, dejó las estanterías y trató de hacer oídos sordos a las protestas de la mujer, que quería saber qué había robado Charles, aunque estaba claro que de ninguna de las maneras aquello era propiedad de la biblioteca.

49

—Nada bueno va a salir de esto —dijo Sócrates, fingiendo estar irritado—. Veo que no confía en mí, aunque jamás le haya fallado hasta ahora. Pero la persona que ha hecho que me siguiera puso la misión en peligro y llamó la atención de las autoridades.

—Exactamente, siempre ha cumplido —convino la voz en tono conciliador—. Pero debe entender que esta misión es la más importante de todas. En algún momento se lo explicaré en términos generales. He conseguido convencer a mis colegas —agregó la voz— para que le acepten en la organización si concluye con éxito la misión. Pero no puedo hacer nada respecto a la vigilancia. Tenemos como norma asegurarnos de todo, sin dejar nada al azar. Así pues, dígame: ¿Boates no está muerto aún?

—No. Y ahora le protege el FBI gracias a su hombre, que se delató.

La voz del otro lado guardó silencio largo rato.

—Por cierto, ¿sabe qué ha sido de él? Se ha saltado dos informes.

—No. Es un poco raro que yo tenga que limpiar la casa, teniendo en cuenta que estoy bajo vigilancia. Por lo general, debería enviar a alguien que sea mejor que la persona a la que vigila, no a una calamidad —agregó Sócrates, tensando la cuerda.

—¿Qué quiere decir? ¿Acaso lo han pillado?

—No lo sé, pero puedo averiguarlo si quiere. En cualquier caso, puede olvidarse del profesor. No sirve de nada ni tampoco sabe nada. Está senil. Ni siquiera se acuerda de Marshall, salvo vagamente. Se acabó. Ni siquiera recuerda ya de qué hablaron.

—¿Quiere decirme que logró hablar con él con calma?

Sócrates tenía ganas de responder: «No, le leí el pensamiento, pedazo de cretino», pero mantuvo la boca cerrada. En lugar de eso dijo:

—Sí. Hablé tranquilamente con él antes de que su hombre se abalanzara sobre el equipo que había llegado.

—¿Eso hizo? Qué raro. —Sócrates oyó a través del teléfono que su jefe hablaba entre susurros con alguien. Al cabo de un momento la voz regresó con ese estilo grandilocuente que le sacaba de quicio—. Lo siento —dijo—. Tenemos que interrumpir esta conversación. Está a punto de empezar una reunión crucial para nuestra organización que marcará la historia del mundo para las generaciones venideras. Oh, si puede, busque alguna forma de estar cerca del profesor Baker... ¡Pero manteniendo la distancia!

—¿Tengo que acercarme desde la distancia? —preguntó Sócrates, pero su interlocutor había colgado y no escuchó ese cometario.

Rocío estaba en pie en medio de la habitación y miraba a su hermano con preocupación.

—Tarde o temprano descubrirá qué pasó —dijo Sócrates—. Tenemos que prepararnos y asegurar nuestra retirada. En primer lugar hemos de salir de aquí. Y movernos.

Después de golpear a Charles en la cabeza ante la mirada horrorizada del profesor Boates, Sócrates había intentado hablar con el nonagenario profesor. Le sorprendió bastante ver que Boates tardaba varios minutos de conversación en percatarse de que Charles estaba tendido en el suelo y el hecho de que le preguntase de manera sosegada quién podía ser aquella persona que estaba durmiendo la siesta en su alfombra. Después de eso le invitó a su yate, que estaba amarrado al fondo de la calle. Sócrates se percató de que le estaba siguiendo la misma persona cuya presencia había percibido últimamente. Pensó que a aquel tipo debía de haberlo enviado la organización y se alegró de que no fuera muy bueno en su trabajo. La conversación en el yate le había parecido agradable a Sócrates, cuyas dudas sobre la misión habían ido en aumento con el tiempo. Hasta ese momento, la gente de la que se había encargado eran delincuentes, villanos, la escoria de la sociedad. Con el asesinato de George, las cosas habían degenerado y Sócrates ya no podía justificar sus recientes asesinatos. Pero ese respetable anciano no le había hecho ningún mal a nadie. Además, era un intelectual consumado, aunque la edad había causado últimamente estragos en su cerebro. Sócrates no veía qué peligro podría suponer Boates para hombres tan poderosos como los que le habían contratado. Empezaba a albergar crecientes sospechas de que esos asesinatos eran gratuitos, algo que por lo general no era asunto de su incumbencia. Pero el respeto que sentía por los libros y por esas extraordinarias personas que trabajaban para dar voz a los testimonios más estremecedores, a la inteligencia y la imaginación, le impidió tocar a Boates. Imaginó a Borges, su mayor ídolo, anciano y ciego, indefenso y tal vez un poco senil, exactamente como el anciano que tenía delante. Mientras pensaba en eso, el personaje que lo había estado siguiendo subió a bordo del barco, pistola en mano, y le gritó entre dientes: «La poli está aquí. En unos minutos estará todo plagado de agentes. Acaba con él y esfumémonos».

Sócrates miró a aquel individuo con cara de neandertal que sujetaba la pistola como una inservible extensión de su propia estupidez y, sin pararse a pensar, agarró un garfio del extremo de una cuerda y se lo clavó en el cuello. Luego tiró del garfio hasta que le desgarró la garganta de lado a lado. El rostro lombrosiano del hombre de la pistola se congestionó. Parecía que iban a estallarle los ojos y la sangre brotaba de la arteria carótida seccionada. Después de que se desplomara, Sócrates le agarró y le bajó del barco a la orilla. Cuando regresó al yate, Boates acababa de subir los pocos peldaños que llevaban al puente. En la mano sujetaba un libro en la mano, que le ofreció a Sócrates.

—¡Creo que esto es suyo!

La llamada de control de la organización había pillado a Sócrates sentado en la cama. Acarició con manos temblorosas un libro que nadie creía que existiera de verdad. Podría haber sido el primer libro jamás escrito. Naturalmente, se trataba de una copia, elaborada sin duda en algún momento del siglo III a. C. para la biblioteca de Alejandría. El libro estaba hecho de trozos de rollos de papiro, unidos mucho después entre dos cubiertas. Sabía qué era *Margites* porque había leído a Aristóteles. Sabía que se suponía que aquella era la primera obra maestra escrita por Homero, el autor de la *Ilíada* y la *Odisea*, libros que Sócrates había devorado cuando era muy joven y de los que a menudo se imaginaba formando parte; unas veces, tan intrépido como Aquiles; otras, gigantesco como Áyax; algunas, astuto como Odiseo. Por desgracia el papiro estaba escrito en griego, idioma que no había conseguido aprender, de modo que lo único que podía hacer hasta que encontrara a alguien que tradujera el manuscrito era acariciar las páginas y estremecerse de placer. En medio de la habitación, Rocío miraba al cruel criminal, impresionado y al borde de las lágrimas por unas cuantas letras esparcidas de cualquier modo sobre un montón de hojas secas. Contempló sus enormes manos cubiertas de cicatrices y le vio tocar el material con suma delicadeza, tanta que jamás hubiera podido creerlo capaz, y acariciar con admiración y sobrecogimiento las páginas que iban pasando.

—¿Te das cuentas de que esta podría ser la primera obra jamás escrita? ¿Antes que la Biblia, antes incluso que el *Mahabharata*? —le dijo sin apartar los ojos del libro—. Eso significa que no me equivocaba. Que es verdad. De lo contrario, ¿de dónde habría podido salir este libro?

El brillo de sus ojos al pronunciar aquellas últimas palabras perturbó a Rocío.

El teléfono había interrumpido su ejercicio de admiración y el curso de sus pensamientos. Después de decirle a su hermana que tenían que moverse, lanzó otra mirada al libro. A continuación cogió la agenda de George, que estaba sepultada entre los dorados pliegues de la colcha del hotel. Esa vez ignoró aquel poema que parecía una broma infantil y fue directo al siguiente texto.

—Rocío —dijo, y le indicó que se sentara a su lado. Acto seguido, empezó a leer en voz alta—: «En la mesa tenemos una bolsa de opaco terciopelo, atada con un cordón. Dentro hay diamantes y todos son blancos. Hay más diamantes esparcidos delante de la bolsa. Estos también son blancos. En consecuencia, estos diamantes se han sacado de la bolsa». —Sócrates terminó de leer y miró a su hermana a los ojos. Le asió las manos—. Este pasaje es ilógico —dijo—. Pero significa algo y creo que solo hay una persona que puede resolver el acertijo: Baker. Tienes que acercarte a él porque no queda más tiempo.

Le soltó las manos y pasó las hojas hasta el mensaje final de la agenda.

Miró con cuidado el dibujo que a esas alturas ya conocía muy bien: una especie de dragón que parecía estar hecho con trozos de cuerda verde, con la cola atada con tiras de cuero amarillas y rojas. En la cabeza llevaba una especie de tocado de plumas rojas y amarillas, del modo en que solían llevarlo los pieles rojas. Estaba sumido en un éxtasis mientras se tragaba a un hombre entero. Era Quetzalcoatl, la serpiente emplumada, el dios de los aztecas, que inventaron el calendario. Y los libros. ¡Todos los libros!

50

Charles bajó volando las escaleras, agarrándose al pasamanos, con la nota en el bolsillo. A medio camino se sentó en la barandilla y se deslizó el resto de la bajada mientras los empleados que iban llegando lo observaban con asombro. Estaba impaciente por desplegar la nota, pero disfrutaba posponiendo ese momento hasta llegar al cénit de la curiosidad y la satisfacción. Se metió la mano en el bolsillo mientras salía del edificio, pero al momento la sacó de nuevo. Se detuvo después de caminar varios metros, cogió la nota de nuevo, miró a su alrededor antes de desplegarla y continuó con el juego hasta que llegó al coche. El bolsillo de su chaqueta comenzó a vibrar tan pronto se sentó. La pantalla del móvil le dijo que su padre le estaba llamando.

—¿Ha ocurrido algo? —preguntó Charles. No estaba acostumbrado a tener un contacto tan frecuente con su padre.

—Me ha llamado Victor Marshall, el padre de George. —El mayor de los Baker hizo una pausa, pero Charles no dijo nada—. Han decidido enterrar a George en Princeton —prosiguió—. Era su lugar favorito y en concreto han decidido que su prometida y él debían estar juntos. Muy siniestro..., aunque es probable que cuando te encuentres en esa situación descubras que no piensas así.

—¿Puedo ayudar en algo? —preguntó Charles, cuyo buen humor se había esfumado de repente.

—Sí. Victor e Irene vendrán a mi casa muy pronto. Les he convencido, aunque esté un poco lejos. Fueron al depósito e identifica-ron el cadáver de su hijo, pero allí nadie sabía quién tenía autoridad para dejar que se llevaran el cuerpo ni cuándo se le podrá enterrar. Se han topado con un muro. ¿Puedes intervenir, por favor?

—¿Yo?

—Sí, tú. Conoces a todo el mundo.

—Claro. Lo intentaré —convino Charles.

—Bien, porque se trata de una autopsia. Creo que ya deben de haber encontrado todo lo que buscaban. A fin de cuentas, han pasado cuatro días.

—De acuerdo.

De camino a casa Charles solo podía pensar en George. Se sentía abrumado por una terrible tristeza. Cuando llegó, se que-dó unos minutos más en el coche para interrumpir el curso de sus recuerdos. Entonces se percató de que en la mano sostenía una nota escrita precisamente por George y que podría acercar-le más al asesino. Seguro que descubrir quién había matado a su hijo les daría un poco de paz a los padres de George, se dijo Charles. Así que desdobló la nota.

Era una lista de títulos de libros y sus autores, colocados unos debajo de otros. Tal y como Charles había intuido, cada nombre tenía delante un indicador del uno al diez, igual que sucedía en la agenda con las direcciones, solo que esta vez los números estaban dispuestos en orden.

L1: Aristóteles, segundo libro de *Poética: Sobre la comedia*.

L2: Los *Libros sibilinos*.

L3: Esquilo: 75 obras.

L4: Thomas Urquhart, sobre el lenguaje universal.

L5: Homero, *Margites*.

L6: Plutarco y Timóxena, *Sobre cosmética*.

L7: Suetonio, *Vidas de rameras célebres*.

L8: *Memorias de Esteban, el bibliotecario*.

L9: El *Catálogo* de Calímaco.

L10: Dostoievski, el volumen segundo de *Los hermanos Kara-mázov*.

Charles se quedó boquiabierto. Todos esos libros se consideraban perdidos. Ni siquiera se sabía si algunos de ellos habían sido reales en algún momento. La sola idea de que existieran bastaba para hacer que un intelectual de la talla de Charles se desvaneciera, por no hablar de la posibilidad de tocarlos, sostenerlos entre sus manos y leerlos. Si esos libros existían realmente y George los había tocado, ¿cómo se había fiado lo suficiente de aquellas personas para dejarlos en manos de esos diez profesores o quienquiera que fuesen? ¿Cómo no temió que acabaran llamando a la policía o que los robaran? Supuso que el mundo de los bibliófilos era el patio de recreo del propio demonio. Entró corriendo en la casa, arrojó las llaves sobre la mesa y se sentó en el escritorio situado frente a la estantería donde guardaba la agenda. Comenzó a emparejar personas con textos.

El primero que aparecía en la agenda era el profesor Emile Frazer, al que había conocido la noche anterior. A la derecha de su nombre estaba escrita su dirección, su número de teléfono y, en rojo, L1. Y, en efecto, el primer libro, el de Aristóteles, se lo envió a Frazer, un hecho ya demostrado, dado que Frazer le había entregado el libro a Charles creyendo que se lo devolvía a su legítimo propietario.

El segundo de la lista era un tal Moses White. Charles no tenía ni idea de quién era. A la derecha de su nombre, codificado en rojo, aparecía L4. Charles consultó la otra lista y vio el mismo indicador junto al libro atribuido a Thomas Urquhart.

Charles cogió una hoja en blanco y realizó la misma operación con todos los emparejamientos, que fue anotando en el papel.

Emile Frazer L1	Aristóteles, segundo libro de *Poética: Sobre la comedia*
Moses White L4	Thomas Urquhart, sobre el lenguaje universal
Henry Olcott L7	Suetonio, *Vidas de rameras célebres*
William Boates L5	Homero, *Margites*
Leon Barett L2	Los *Libros sibilinos*
Fabrizio Cifarelli L6	Plutarco y Timóxena, *Sobre cosmética*

Meredith Jackson L10	Dostoievski, el segundo volumen de
	Los hermanos Karamázov
Donald Davidson L3	Esquilo: 75 obras
P. E. L9	El *Catálogo* de Calímaco
George Eliott Napur L8	*Memorias de Esteban, el bibliotecario*

Charles se echó hacia atrás y contempló la lista con atención. Se preguntó si George tenía alguna razón para asignar a cada uno un libro determinado o si lo había hecho al azar. Su mente se descarrió por un momento y comenzó a fantasear con los títulos de los libros. Los conocía bien todos, a excepción del L8. No tenía ni idea de quién podría ser el tal Esteban. En cualquier caso, los libros se habían elegido de una forma que mostraba que la persona que los había seleccionado parecía tener un sentido del humor muy particular.

—Típico de George —dijo Charles en voz alta.

En esos momentos tenía en su poder el libro de Aristóteles, en tanto que el libro sobre rameras famosas de la Antigüedad lo tenía Olcott, que ya estaba muerto. *Margites*, la comedia de Homero, había desaparecido de manos de Boates, el profesor al que había ido a visitar la noche anterior. Ximena le había dicho que había hablado con Cifarelli, mientras que los profesores Davidson, Barett y Jackson estaban bajo la protección del FBI. Se reuniría con ellos. Los profesores que no habían podido localizar eran aquellos de los que nada sabía: el que no tenía un nombre claro, P. E.; y el de la dirección equivocada, G. E. Napur, a la derecha del cual George había escrito el número 400 de una calle con solo 399 números, según había dicho Ximena. Y por último estaba Moses White, del que Ximena se había olvidado o del que había preferido no hablar.

Charles leyó y recitó la lista, y se preguntó si aquellos números estaban puestos en ese lugar para darle un orden a la agenda o si tenían algún significado más.

Al cabo de un rato se levantó, se preparó un café, uno largo esta vez, y cogió un puro. Se sentó de nuevo y siguió intentando entender si en la lista había algo más que no veía. Hojeó la agenda varias veces más y examinó el trozo de papel de George por todos los lados. No apareció nada. Concluyó que el código que había en la última página del libro de Aristóteles podría desempeñar un papel en esa historia. Lo copió debajo de la lista:

cdbdmmhtl onrs

Justo cuando decidió darse por vencido, el timbre hizo que se levantara de golpe de la silla. Dejó el puro encendido en el cenicero y fue a abrir la puerta.

51

Charles se sorprendió bastante al reconocer el abrigo loden de Columbus Clay en la entrada, que estaba medio de espaldas. Clay se volvió cuando oyó que se abría la puerta. Charles no dijo nada. El detective le colocó un manuscrito en los brazos.

—Creo que está esperando esto —dijo—. ¿Quiere hablar en el porche?

Charles retrocedió y, tratando de que no se le cayera el libro que sostenía en los brazos, le indicó que pasara. El policía levantó una mano, en la que tenía la colilla de un cigarro puro que parecía haberse apagado.

—No pasa nada —repuso Charles—. Yo tengo el mismo vicio.

Clay no esperó a que le precediera. Adelantó a su anfitrión en el pasillo, giró a la izquierda y entró en la enorme sala de estar del profesor. Sus ojos de poli abarcaron el espacio de un vistazo.

—No sería mala idea que apagara ese fuego en el acto —dijo Clay, señalando hacia el escritorio.

Charles tardó unos segundos en entender a qué se refería. Entonces vio que algo humeaba en su mesa. El cigarro se estaba consumiendo. La parte que se había convertido en ceniza ya no era capaz de sostener el resto del puro en el borde del cenicero. Así que el cigarro se había caído y la incandescente brasa se había pegado de inmediato a la nota de George.

Charles corrió a la mesa y cogió el trozo de papel. El puro encendido cayó. Solo había dado tiempo a que se chamuscara un poco el papel, así que sacudió los restos de la página, que había empezado a calentarse. De pie, a cierta distancia, a Clay no se le escapó la expresión de sorpresa en los ojos de Charles cuando este vio que en la página que había rescatado comenzaba a aparecer un grupo de letras que parecían ser el principio de una palabra.

—Es tinta simpática —comentó Clay—. Haría bien en calentar toda la hoja. Algunas veces, por ejemplo si está escrito con zumo de limón, el mensaje solo se puede leer una vez.

Alucinado por ese giro de los acontecimientos, pero también avergonzado como un delincuente pillado con las manos en la masa, Charles se quedó ahí, papel en mano, como si fuera el cisne en un ballet de Chaikovski.

—Permítame —se ofreció Clay, acercándose. Cogió la hoja de papel por el otro extremo, después sacó un mechero del bolsillo y pasó la llama por debajo de la parte escrita. Mientras Charles seguía preso de la confusión, Clay dijo—: ¿Piensa apuntar esto o prefiere que el texto desaparezca?

Su ironía era manifiesta y Charles cogió un lápiz enseguida y apuntó el texto que hasta entonces había estado oculto de la vista:

Noel atsitab itrebla
FBI cocain -0,1

Segundos después, el texto desapareció para siempre, tal como había predicho Clay.

—«Noel atsitab itrebla» —dijo Clay—. Qué interesante. ¿Qué puede ser? —preguntó, y Charles se encogió de hombros, todavía alucinado—. Por no mencionar esa cocaína del FBI, cuyo nombre no está bien escrito. —Al ver que Charles no respondía, Clay cogió la hoja y pasó el encendedor varias veces por debajo de toda la superficie—. ¿Puedo sentarme? —preguntó.

Solo entonces Charles pareció salir del estado de shock.

—Discúlpeme —dijo con aire confuso, y luego añadió—: Claro, tome asiento. Ah, ¿puedo ofrecerle alguna cosa?

—Un café sería perfecto. —Viendo que Charles no se movía del sitio, Clay pensó que más le valía ser claro—. No tema —dijo—. No miraré las cosas de su mesa. Desde luego, no creo que trafique con cocaína para el FBI. Eso sería una contradicción demasiado grande. —Y rio.

Charles fue a la cocina, pero mientras preparaba el café, se colocó de tal forma que pudiera vigilar el espacio entre el sofá, donde estaba sentado el inspector, y el escritorio situado frente a las estanterías.

—¿Cómo toma el café? —preguntó Charles desde la cocina.

—Solo, sin adornos —respondió Clay y Charles se apresuró a terminarlo para regresar a toda prisa a la sala. El inspector se levantó, cogió la tacita y la olió. Dejó escapar un gemido de satisfacción—. Al final del libro de las prostitutas hay un código. Supongo que acabo de ayudarle a encontrar la clave.

—¿Usted me ha ayudado? —replicó Charles.

—Sí, junto con la providencia. Si yo no hubiera venido en este preciso momento y si usted no hubiera dejado el puro en el cenicero, podría haber pasado mucho tiempo tratando de encontrarle el sentido a los mensajes que su adjunto le envió *post mortem*... de forma bastante infantil, en mi opinión. Eso nos dice mucho sobre él. Veamos qué podemos averiguar sobre usted. Pero he de reconocer que las cosas suelen solucionarse solas.

La gran seguridad de Clay puso nervioso a Charles, que tuvo que hacer un gran esfuerzo para recobrar la compostura.

—¿Sabe latín? —preguntó.

—Sí. Soy oriundo de un país latino y en el colegio aprendí la lengua clásica. He leído a Suetonio. Bueno, el libro de los doce emperadores. Desconocía la existencia de este. ¿Es el original?

—No tengo ni idea —dijo Charles, encogiéndose de hombros—. ¿En qué puedo ayudarle?

—¿No le interesa el mensaje codificado? —inquirió Clay.

—Más tarde. Primero dígame en qué puedo ayudarle. Pero sentémonos, por favor.

Mientras Clay volvía a su asiento, Charles sacó el carrito de los licores. Enarcó una ceja para preguntar a su visitante si quería algo. Clay negó con la cabeza, pues estaba de servicio. Cogió del escritorio el cenicero que había empezado todo aquello y lo dejó sobre el carrito.

—Me gustaría que me contara por qué asesinaron a su adjunto —dijo con rapidez, a fin de no darle a Charles demasiado tiempo para que pensara la respuesta.

—No tengo ni idea. ¿Por qué no me lo cuenta usted?

—Esto no funciona así.

—Entonces ¿cómo va? Si quiere interrogarme, le sugiero que lo haga de manera oficial en un lugar oficial, y con mi abogado presente.

Clay no pareció en absoluto impresionado por los aires de superioridad de Charles.

—Profesor, en solo cuatro días ya llevamos siete asesinatos y el caso de una persona desaparecida, que se resolvió más tarde, y eso es solo lo que sabemos. Y no podemos descartar la posibilidad de que pronto haya más muertes.

—¿Siete asesinatos?

—Sí, su adjunto, su prometida, el profesor Olcott, su hija y su vecina. Además de los dos policías que intervinieron en la casa de la señora Bechant. Es probable que la vecina de Olcott fuera una testigo, pero, en cualquier caso, los pobres policías estaban en el lugar y en el momento equivocados. Esas fueron muertes fortuitas; las otras, no. Todas tienen alguna relación con usted.

—¿Conmigo?

—Sí, así que lo mejor sería que me dijera qué está ocultando.

—De verdad que no tengo ni idea. Parece que tiene que ver con algunos libros antiguos y con una tesis en la que George estaba trabajando, algo sobre Lincoln. No he conseguido averiguarlo.

—¿Cómo descubrió la existencia de Olcott y Boates? ¿Encontró la agenda?

—No —mintió Charles—. Recordé que me había dicho hacía un tiempo que los había estado buscando. Los dos son figuras de gran relevancia. Conocía bien su trabajo.

—¿Y el señor Frazer de la UCLA?

—Sí, a él también.

—De modo que su adjunto dejó a cada uno de ellos un libro raro, por no decir inexistente. Es una especie de brujería. ¿Cómo lo hizo? —preguntó, y Charles se encogió de hombros—. ¿Y ahora usted tiene en su poder tres libros raros? ¿Cuántos hay en total?

—Eso tampoco lo sé. Y con este que me ha traído, tengo solo dos. Creo que el libro del profesor Boates desapareció.

—Entiendo que eso lo sabe por su amiga, la agente múltiple.

—¿Múltiple? No comprendo.

Clay hizo un gesto de indignación.

—¿Puedo pedirle una cosa antes de irme? —dijo Clay mientras se levantaba del sofá—. Si descifra ese código y consigue averiguar algo gracias a eso, ¿me lo hará saber? Soy mucho más de fiar que con mi colega, que tiene sus propias prioridades, y de las cuales le aconsejo que se proteja.

—De acuerdo, pero me gustaría algo a cambio.

—Es muy dado al intercambio —dijo Clay, asombrado—. Usted dirá.

—Los padres de mi adjunto quieren enterrar a su hijo. Ya han pasado muchos días y el depósito no quiere entregarles el cuerpo.

—Sí, un asunto terrible. Veré qué puedo hacer. —Clay se dirigió a la puerta, indicándole a Charles que no era necesario que le acompañara. Se volvió justo en el umbral—. Aunque puede que sí haya algo —dijo, señalando con el puro, que seguía intacto.

52

Los doce estaban sentados alrededor de la mesa casi cuadrada. La luz incidía de una forma muy extraña sobre ellos, tamizada por las vidrieras de colores, iluminadas no por luz natural, sino por focos individuales. La sala de conferencias se encontraba bajo tierra y no podía entrar un solo rayo de luz del exterior, como tampoco nadie que no tuviera acceso a una muy sofisticada combinación de códigos y otros procedimientos de reconocimiento podría penetrar en ese lugar. Aparte de los estrechos paneles de cristal policromado, las paredes completamente desnudas ofrecían un marcado contraste con la ecléctica sobrecarga del pasillo que habían tenido que recorrer para llegar a la sala. Los seis que habían asistido a la reunión previa estaban presentes, así como otros seis, que eran todos nuevos. El decimotercero, cubierto de pies a cabeza y con una máscara dorada en el rostro, se sentó en el frente de la sala, ligeramente a un lado, como si quisiera asistir a la reunión, pero también dando a entender que no deseaba participar a menos que surgiera un problema grave. Cerca de él ardía una antorcha en un jarrón de cerámica roja y, justo en la pared del fondo, un proyector ultrasofisticado proyectaba la imagen de la esvástica roja con puntos.

La discusión llegó a su fin. Stephen Keely, que era quien solía hablar con Sócrates, acababa de concluir el resumen de la reunión con su grandilocuente estilo.

—Por lo tanto, el próximo director del FBI está totalmente de nuestro lado —decía en esos momentos—. El actual no tardará en dimitir. Le han ofrecido una cátedra universitaria. No podemos agradecerle lo suficiente a nuestro colega la posición estratégica que entiendo que pronto controlaremos. —Keely señaló al hombre en cuestión, que esbozó una gran sonrisa de satisfacción—. También sé que Su Excelencia, el obispo de San Pedro Sula, hará lo que sea necesario para influir en Su Santidad —repuso, pronunciando las palabras con desprecio mientras sonreía y daba las gracias a un individuo que se parecía a Niki Lauda, con la cara medio quemada—. Asimismo, está todo listo, hasta el más mínimo detalle, para Cartagena. Las chicas están preparadas para obstaculizar a casi todo el cuerpo del servicio secreto y, en el breve tiempo que resta, nuestros hombres reemplazarán a estos agentes. ¡Bravo! —exclamó, dirigiéndose a uno de los tres generales—. Con su permiso, también enviaré a un contratista independiente para redoblar nuestros esfuerzos. Es imposible que esto salga mal, pero más vale estar preparado ante cualquier contingencia. Dios mediante, este vergonzoso incidente de nuestra historia, este experimento fallido, terminará aquí.

—El único presidente negro bueno es un presidente negro muerto —comenzó alguien.

La sala prorrumpió en carcajadas.

—Nuestra próxima reunión tendrá lugar justo el 14 de abril, el triste día en que nuestro presidente más importante, Abraham Lincoln, fue asesinado. De haber vivido, no hubiera dejado que llegáramos a esta lamentable situación. Hoy no habría un presidente negro en este bendito país. Un gesto simbólico para una fecha simbólica. Estaremos aquí para celebrar las buenas noticias. Una vez concluido este trabajo, ¡tendremos que ocuparnos de la reconstrucción del país y hacernos con el poder de una vez por todas!

Keely quería añadir algo, pero el senador McGregor, director del Comité de Armas, le interrumpió:

—¿Cómo vamos con la biblioteca?

—Todo a su debido tiempo —repuso Keely—. Todo a su debido tiempo. Caballeros —dijo con tono oficial, indicando que se pusieran en pie—. ¡ENGRANDECEREMOS A AMÉRICA DE NUEVO!

53

—¿En qué más puedo ayudarle? —preguntó Charles.

Le divertía que Clay imitara al homónimo personaje de la serie de televisión con el que compartía el nombre.

—¿Sabe que una vez asistí a uno de sus cursos? Solo un curso. Solo uno. Y mereció la pena hasta el último segundo.

—¿Lo dice en serio? —preguntó Charles—. ¿Cuál?

—Uno en el que hacía un experimento que me dejó con la boca bien abierta. —Estaba claro que Charles esperaba que continuara, pero Clay no se dejó tentar demasiado. Al final dijo—: Escribió un poema en la pizarra de un poeta rumano. Eso me pareció exótico, pero más tarde descubrí que usted es rumano por parte de padre. Por el de su madre es italiano.

—Se equivoca —dijo Charles—. Mi madre nació en Honduras.

—¿En serio? —inquirió Clay, sin duda perplejo—. Lo que sea, a lo mejor me equivoco. En cualquier caso, el poema era de un poeta rumano llamado Dan Barbilian.

—Sí. Su pseudónimo lírico era Ion Barbu.

—Exacto. Si le place, también recuerdo los versos...

—No me lo creo —adujo Charles, cuyo asombro comenzaba a crecer—. Por favor, adelante.

Clay recitó:

De la hora deducida, lo profundo de esa apacible ola
penetra en el espejo como el tenue azul,
viviendo sobre el ahogo de las agrestes manadas,
en las agrupaciones del agua, segundo juego más puro.

—Impartí ese curso hace muchos años —dijo Charles—. ¿Se acuerda después de tanto tiempo? —No parecía muy convencido.

—Si, hace exactamente cinco años —adujo Clay—. Pero lo que me gustó es que pidió a todos los asistentes a la conferencia que dibujaran la historia tal como aparece en el poema. Ese era el primer nivel, el más simple, la base para el debate. Nuestro trabajo era plasmar en términos visuales el paisaje concreto que se nos describía. De los casi cuatrocientos participantes, solo alrededor de tres dibujaron lo que se pedía: algo sencillo; varias vacas pastando de forma plácida en un prado, a los pies de una montaña tras la que podía verse el sol y una masa de agua en primer plano, un lago de montaña en el que se reflejaba el paisaje. —Charles miró a Clay boquiabierto—. Ese es el primer nivel, el de la narración, por el cual todo el mundo entiende lo que se describe: un paisaje de montaña, inalterado desde el principio de los tiempos, eterno. Entonces usted dibujó una pirámide y explicó que en la base de esta se encontraban los sólidos cimientos del país, los más estables. Dijo que uno de ellos es la base de la narrativa y puso un ejemplo sencillo. Una persona normal y corriente entiende una historia sencilla: John tiene una granja. Vive en ella con su esposa y sus dos hijos. Preguntó si había alguien en la sala que no entendiera lo que acababa de decir. Por supuesto, no había nadie y era imposible que hubiera habido alguien. Dijo que la gente lo entendía porque comprender esa clave narrativa es sencillo. Y, como es sencillo y carece por completo de ambigüedades, es estable. No se puede interpretar la historia de más de una forma. Luego volvió a la imagen del poema. Ahí no tratábamos con el primer nivel. Había que pensar un poco. Preguntó qué significaba «de la hora deducida». Qué representaba la metáfora de la hora. Alguien respondió: «el tiempo». «Y entonces ¿qué es la hora deducida?», preguntó. «La ausencia del tiempo —respondió alguien—. Que está fuera del tiempo para siempre.» Y otro preguntó: «¿Cómo puede la ola penetrar en lo profundo del espejo como el tenue azul?». Usted estaba encantado.

Charles ya había superado la sorpresa. Estaba mudo de admiración por la precisión con la que el policía estaba repitiendo la clase. Quería escucharle hasta el final.

—Preguntó si alguien lo sabía. Al final alguien respondió que el que una cosa penetrara en lo profundo podía referirse a un valle. Usted añadió que había una pista extra en el poema, vivir sobre el ahogo..., las manadas. Si estas vivían sobre el ahogo, también lo hacía la ola. De ahí que penetrara en lo profundo del espejo. Una ola o cima boca abajo es un valle. Es decir que estábamos viendo una imagen reflejada en un lago. Dijo que esa era la imagen y se apresuró a dibujarla en la pizarra.

»Después volvió con la pirámide y dijo que a pesar de que supusiera cierta dificultad, si todos pensáramos un poco, al final llegaríamos a la misma conclusión. Dijo que eso era un código sólido, estable, que todo el mundo podía entender —concluyó—. Después de eso, y esta es la parte que me chifló, añadió que no todos los códigos estaban claros, que se necesitaba formación y sensibilidad para entender el arte, o lo que es lo mismo: que era necesario tener cultura si se quería ampliar la comprensión. Entonces entró en un breve debate relativo a una afirmación que le pareció espantosa.

—Sobre gustos no hay nada escrito.

—Exactamente. O cada cual tiene sus propios gustos. Dijo que esa actitud expresaba una necedad infinita y que solo un imbécil redomado podía afirmar algo semejante. Puso de ejemplo a un sacerdote español que dijo que no solo era posible discutir el gusto, sino que además era imperativo educarlo.

—Sí. Hablaba de Baltasar Gracián. Pero esas eran mis palabras. Él dijo...

—«Para ser una persona de buen gusto, se ha de renunciar poco a poco a los gustos personales y a los impulsos atávicos»

—interrumpió Clay, como un hombre deseoso de decir lo que sabe—. Entonces dijo que se debía escalar la pirámide de los sentidos y que en el caso de la poesía y de nuestro poema en particular surgían otras preguntas: ¿por qué «tenue azul»? ¿Por qué «las agrupaciones del agua» más puras? Dijo que ahí nos enfrentábamos a cosas de otro nivel, con un código que era mucho más ambiguo que el propio de la narración corriente. Ese era el código de la poesía, que es menos explícito. El azul era apacible porque el reflejo del agua representaba la forma en que un artista reflejaba la realidad. Que se filtraba a través de él, de su talento, de la forma en que veía y sentía.

»Un reflejo no es un original. Si se arroja una piedra al agua, la imagen se altera y desaparece. Eso dijo usted. Y que eso nos demostraba lo frágil que es. El lago representaba, hablando en términos vulgares, el arte, que reflejaba la realidad pero de una forma purificada. Para entender el arte se ha de escalar la pirámide. Se ha de acceder a códigos más ambiguos, más frágiles, en los cuales una palabra puede tener varios significados, tantos como una expresión. Los significados dejan de ser aquellos que primero nos vienen a la mente.

—Es usted increíble —dijo Charles con admiración.

Pero Clay no tenía ganas de parar hasta que hubiera terminado su demostración.

—Solo un minuto —dijo—. Lo que más me gustó fue cuando añadió otra capa, el plano cultural de nuestra pirámide. Ahí arriba hay otro código, el propio del conocimiento que hemos adquirido. Por eso se necesita formación, dijo, pues de lo contrario seguiríamos siendo un puñado de seres estúpidos y rudimentarios que solo servían para habitar las cuevas prehistóricas y que ahora cuentan con muchos más muebles. La educación y la lectura nos hacen escalar la pirámide, que entendamos más y que veamos el mundo de forma diferente. Y, para concluir, añadió que aparte de ser un *ars poetica*, la poesía, nuestro poema, también se puede considerar como una polémica en contra del gran filósofo de la Antigüedad, Platón, pues en su república no tenían cabida los artistas ni los poetas. Y eso se debe a que, desde su punto de vista, el mundo ya es una copia de las ideas puras y, por lo tanto, un reflejo del mundo de las ideas, mientras que el artista que refleja la realidad comete un nuevo error, añade otro plano artificial. De esta forma, para Platón, el arte se convierte en un reflejo de un reflejo, una copia de una copia, y por ello es mucho más censurable. Si Platón afirma que ya es bastante terrible vivir en una copia del mundo de las ideas y que no tenemos necesidad de otra más, el poeta rumano dice que el mundo visto a través del prisma del arte es más puro y hermoso, pero al mismo tiempo más frágil. —Clay concluyó su discurso en *crescendo* y se acercó a Charles con celeridad para darle un abrazo y dijo—: Gracias a usted, en dos horas entendí lo que no había comprendido a través de un montón de libros leídos durante toda una vida, aunque de alguna manera intuía esas cosas, y en especial lo importante que es la educación. ¡Aprendí lo que significan los libros!

Charles tardó algún tiempo en recuperarse de tan sorprendente experiencia con ese policía, que seguía pareciéndole escurridizo, aunque el hecho de que Clay acicateara su orgullo hacía que ahora también le pareciera muy agradable. En cualquier caso, estaba muerto de hambre y, dado que no tenía nada para comer en la casa, decidió dar un corto paseo hasta el primer restaurante de la zona. Optó por llevarse consigo los dos mensajes y la clave descubierta en el trozo de papel. Abrió el libro de Suetonio, que ardía en deseos de leer, al igual que el de Aristóteles, y encontró el código al momento. Lo copió en una hoja.

C.B.:

strnsjr fsyj

Además, apuntó el código encontrado en el primer libro:

cdbdmmhtl onrs

Y también copió la clave:

Noel atsitab itrebla
FBI cocain -0,1

Guardó los papeles en su mochila y salió de la casa con paso enérgico.

54

Charles miró con los ojos desorbitados la hamburguesa de tres pisos. Era enorme y estaba pensando cómo atacarla. Tenía tanta hambre que nada más entrar por la puerta pidió una hamburguesa colosal, que nunca había probado, aunque la veía siempre que miraba la carta. Su relación con la comida basura era casi inexistente. De estudiante se dejaba convencer por su mejor amigo, Ross, que era adicto a ese tipo de comida, pero desde entonces se había protegido todo lo posible de las innumerables calorías que suelen llevar aparejadas esas monstruosidades como la que el perplejo camarero había depositado delante de él.

La cuestión era que Charles comía más por los ojos que por la boca. Tras mojar unas patatas fritas en las salsas que olían a chile y queso o en mayonesa y después de haber cortado varios trozos de carne, que devoró como un personaje salido de la pluma de Rabelais, sentía que estaba a punto de estallar. Lo acompañó todo con Coca-Cola, a la que se había aficionado bastante en los últimos tiempos, y se puso a trabajar.

Miró durante largo rato los dos códigos copiados de la parte final de los libros y trató de meterse en la mente de George.

cdbdmmhtl onrs
strnsjr fsyj

Estaba al corriente de la pasión de su adjunto por todo tipo de juegos criptográficos, así como su preferencia por el cifrado Vigenère, una versión más compleja del que inventó el mismísimo Julio César. Pensaba que no era cuestión de realizar un análisis de frecuencia como acostumbraba hacer en el caso de cifrados más sofisticados. Optó por probar con la versión sencilla y clásica, que llevaba por nombre «cifrado César». En esa versión, la solución dependía de desplazar el alfabeto tres o cuatro letras a la izquierda o a la derecha.

Escribió el abecedario en un trozo de papel.

A B C D E F G H I J K L M N O P Q R S T U V W X Y Z

Debajo lo copió dos veces.

A B C D E F G H I J K L M N O P Q R S T U V W X Y Z
A B C D E F G H I J K L M N O P Q R S T U V W X Y Z

Resolver el código era sencillo. Si el desplazamiento era de tres letras a la derecha, la A se convertía en una D, la B se convertía en una E, etcétera. Si el desplazamiento era de cuatro letras, ese sería el valor de desplazamiento; la A equivalía a una E, la B a una F y así sucesivamente hasta el final. Tenía que escribir el alfabeto dos veces utilizando una segunda línea porque existía una versión del código que se desplazaba a la izquierda. En este caso, si se desplazaba tres letras, la A se convertía en X y la B en Y.

Puesto que, en su opinión, los dos textos tenían demasiadas letras del final del abecedario, supuso que George había optado por el desplazamiento a la izquierda. Probó con la palabra más corta: onrs. Utilizó el valor tres. La O era por tanto el desplazamiento de tres letras a la izquierda con la R como punto de partida. Escribió la letra R. La N representaba un desplazamiento de tres letras a la izquierda de la letra Q, la R de la U y la S de la V.

Esto daba como resultado RQUV.

No tenía sentido. Charles se rascó la cabeza y probó lo mismo con un desplazamiento de cuatro letras a la izquierda. Anotó el resultado debajo: SRVW.

Otra vez nada.

Se preguntó si esta palabra podría representar una abreviatura, una serie o, al estilo hebreo, un texto carente de vocales. Probó con la otra palabra: strnsjr. Exactamente el mismo resultado. Después probó una rotación a la izquierda con valores de tres y de cuatro. Esos intentos tampoco fructificaron en algo con sentido siguiendo la lógica de cualquier lengua conocida.

Sin dejar de mirarlo, intentó descifrar la primera frase: Noel atsitab itrebla. No consiguió dar con nada coherente. Pensó que le llevaría demasiado tiempo empezar a escribir todas las posibles combinaciones de letras, así que se decantó por irse a casa e introducirlas en el ordenador. Tenía un programa de desencriptado muy bueno que hacía poco había recibido de su amigo Ross que, basándose en su desaparición y posterior reaparición después de muchos años, suponía que debía de trabajar para el servicio secreto.

Justo cuando le pedía la cuenta al camarero, se le ocurrió escribir el segundo texto cerca del primero. Ahora tenía: Noel atsitab itrebla FBI cocain -0,1.

Charles examinó con atención el nuevo escrito. Las letras parecían danzar ante sus ojos y las colocó en un orden distinto en su cabeza.

Leon Batista Alberti Fibonacci -0,1

«¡Vaya! —pensó, encantado consigo mismo—. Así que no se trataba de ningún galimatías raro y, sobre todo, no había drogas ni estaba el FBI de por medio enredando las cosas.»

Ahora tenía claro que se trataba del cifrado César. Conocía la pasión de George por Alberti, sobre todo por su tratado de arquitectura, y su amor por el palacio Rucellai de Florencia y por la fachada de la basílica de Santa María Novella de la misma ciudad, diseñada por ese gran hombre del Renacimiento. Esos dos edificios —junto con la obra de otro gran arquitecto, Brunelleschi, preocupado al igual que Alberti por los problemas de la perspectiva, y constructor de la célebre cúpula de Santa María del Fiore, probablemente el monumento más importante del Renacimiento italiano— eran los favoritos de George, del mismo modo que Florencia era la ciudad a la que siempre decía que se iría a vivir cuando se jubilase en la universidad. Y fue Alberti quien modificó el cifrado César, proponiendo un cambio de valor después de varias palabras para garantizar que el código fuera más difícil de descifrar. Eso hizo que también entendiera lo que Fibonacci pintaba en la clave. El valor debía tomarse de la serie descrita por el matemático del siglo XII.

Leonardo Pissano Bigollo, también conocido como Leonardo de Pisa, era hijo de Bonacci, de ahí que se le apodara Fibonacci («*figlio* de Bonacci», suprimiendo el -*glio* en el lenguaje oral) y era un héroe para todo matemático que tuviera una ligera idea de la historia de su disciplina. Un hombre de muchos méritos, el mayor de los cuales fue introducir en Europa los números árabes a través de su obra *Liber abaci*, liberando así al mundo del complicadísimo sistema romano. Al mismo tiempo introdujo los fractales egipcios y los números negativos en el sistema algebraico. Sin él, seguramente las matemáticas de hoy en día estarían aún en la Edad Media y Florencia no habría sido lo que fue gracias a que los bancos, la fuerza que levantó esa ciudad, hicieron un amplio uso de los métodos de cálculo de ese genio de Pisa, la ciudad rival. Entre otras cosas, la humanidad estaba en deuda con él por la serie de números naturales en la que cada uno es igual a la suma de los dos que lo preceden.

Charles escribió la secuencia:

0, 1, 1, 2, 3, 5, 8, 13, 21, 34, 55, 89

Ahora tenía delante los dos textos. Sabía que debía utilizar el código de desplazamiento del cifrado César y también estaba claro que el valor venía determinado por la serie de Fibonacci. Pero ¿cómo?

Examinó con cuidado toda aquella información una vez más. Se preguntó qué representaba ese -0,1 y llegó a la conclusión de que debía eliminar las dos primeras cifras de la serie de Fibonacci, por lo que se quedó en: 1, 2, 3, 5, 8, 13, 21, 34, 55, 89.

Charles tenía ganas de gritar de placer. Habían quedado diez números después de su resta, lo que significaba que había exactamente uno para cada uno de los diez libros de la lista. Llegó a la conclusión de que cada uno de ellos determinaba el valor para los mensajes. Diez mensajes, diez valores de desplazamiento diferentes. Pero había un problema. Si todo iba bien con los diez primeros, el 34, 55 y 89 no se podían utilizar para desplazar letras del abecedario porque el alfabeto no era tan largo. Se preguntó si podría duplicarse, pero eso solo serviría para generar confusión. Quedaba algo más por descubrir, algo que se le escapaba.

Se echó hacia atrás y cerró los ojos. Fue entonces cuando empezó a oír de nuevo el ruido ambiental del restaurante. Se había concentrado tanto que se había aislado por completo del mundo exterior. Cuando se concentraba era capaz de anular cualquier conexión con su entorno. Igual que una película en la que alguien congelaba toda la acción alrededor del protagonista y solo él era capaz de hacer ruido o de moverse. Los demás se mantenían en un estado de animación suspendida. Una mano permanecía en el aire mientras acercaba un tenedor a la boca; un camarero apoyaba el peso en un pie mientras daba un paso; el canario en su jaula, perdido en un imposible vuelo continuo, sin batir las alas.

Así, conectado de nuevo al mundo real, oyó una agradable voz que le daba las gracias al hombre de la barra y le decía que se quedara con el cambio. Tras tomarse unos necesarios segundos para asociar la voz a un rostro, abrió los ojos. Era ella, la mujer de sus sueños, la que había aparecido en carne y hueso la noche anterior en el hotel. Solo alcanzó a vislumbrarla mientras se marchaba del restaurante con una bolsa grande de pastas en la mano. Presa de la indecisión, comenzó a menearse en su silla.

Pero no duró mucho. Se levantó y al cabo de medio segundo había llegado a la puerta, como si le hubieran catapultado contra una muralla medieval. Ya en la calle, miró a derecha e izquierda, después a todos lados, y a continuación a las plazas de aparcamiento. Caminó hasta el extremo de la calle, entró en un callejón cercano y, acto seguido, hizo lo mismo en dirección contraria. Parecía que a la mujer se la había tragado la tierra. Resignado, volvió a la entrada del restaurante. Estaba tratando de escudriñarlo todo al mismo tiempo para ver si algún coche acababa de marcharse, cuando de repente le sonó el móvil.

—¿Has podido hacer lo que te pedí? —preguntó Ximena. Puesto que el silencio de Charles le dio a entender que no tenía ni idea de a qué se refería, se vio obligada a insistir—. Te pedí que echaras un vistazo a unos dibujos y que me dijeras qué te parecían.

—¿Dibujos? —preguntó Charles, distraído.

—Sí. Te los envié por correo electrónico.

—Se me olvidó —confesó—. Ahora les echo un vistazo y te llamo.

Volvió a su mesa, abrió su correo, deslizó un dedo por la pantalla y visionó todos los dibujos que Ximena le había enviado. Se puso a reír. Después la llamó.

—Tú también tienes que haber leído a Shakespeare —susurró, aún riendo—. ¿Te acuerdas de Ricardo III, el rey deforme? Bueno, lady Anne Rose, al oír a Ricardo III, el asesino de su esposo, alabar sus ojos, desea que los suyos fueran como los de un basilisco para poder matar a Ricardo en el acto.

—¿Qué es un basilisco? —preguntó Ximena, que no sonaba muy convencida.

—En realidad, es más que eso. Es una mezcla de dracontrópodo y un basilisco. El conjunto de dibujos, evidentemente de distintos autores, es al mismo tiempo un tratado de mitología y un bestiario.

—Un dracon... ¿qué?

—En los primeros dibujos, los más sencillos, en los que la serpiente tiene cabeza de mujer, la imagen nos habla de la seducción de Eva por la persona en cuestión; sabemos cuándo, dónde y en qué ocasión. Un clérigo bastante importante, que respondía al nombre de Petrus Comestor, afirmaba que la serpiente adoptó la forma de una mujer cuando se hizo amiga de Eva. Además, el sinuoso cuerpo femenino lo creó Dios imitando la forma de una serpiente, del mismo modo que su manera de moverse recuerda mucho a la manera en que una mujer desfila por una pasarela de moda. ¿Por qué la serpiente del Paraíso se dirigió solo a Eva, sin decirle una sola palabra a Adán?

—No lo sé. ¿Por qué?

—Porque tiene lugar una sutil sustitución de la personalidad. Eva es en realidad la serpiente. Durante mucho tiempo y en algunos lugares todavía hoy se considera que la mujer es tan astuta y malévola como la serpiente y que retuerce la mente de los hombres igual que esta. En la Edad Media se dedicaban días enteros a predicar en exclusiva sobre este tema. La mujer, al igual que el reptil en cuestión, es culpable de todos los males del mundo, desde los desastres naturales hasta las enfermedades, pasando por las plagas. Es la emisaria del demonio, que ha adoptado la forma de una serpiente.

—¿Y por qué esa cosa lleva una corona?

—Bueno, he ahí la complejidad de los dibujos. El basilisco es el rey de los reptiles. Es pequeño, pero un demonio normal. Puede matarte de todo tipo de maneras; de un coletazo, con su aliento apestoso, pero sobre todo con su mirada. De ahí que todas esas aves estén muertas en los dibujos. Y también las plantas. Plinio el Viejo fue el primero en escribir sobre el basilisco, y después Isidoro de Sevilla lo mencionó en sus *Etimologías*. El rey de las serpientes tampoco escapó al bestiario de Leonardo da Vinci. Aparece varias veces en la Biblia. ¿Conoces la historia del basilisco y el áspid? Bueno, Plinio dice que si el basilisco bebe agua de un lago, aniquilará todo ser vivo que habite allí o a todo el que beba del lago durante décadas. Su mirada incluso derrite las piedras. Si mira la lanza de un guerrero, el arma se torna en una especie de transmisor eléctrico y mata al caballero que la sujeta.

—¿Y cuál es la historia del gallo?

—Ah, eso es más complicado si cabe. Desde Beda el Venerable en adelante, se sabe que el basilisco nació de un huevo de reptil fecundado por un gallo..., o al revés. En esta versión, que también aparece en los dibujos, el resultado es una cocatriz. Chaucer lo llamaba *basiligallo* para indicar una mezcla de los dos animales —concluyó—. Pero ¿por qué lo preguntas? No me digas que son retratos policiales y que los especialistas del FBI hicieron esos dibujos de un asesino basilisco. —Charles rompió a reír. Del otro lado del teléfono no se oyó un solo ruido—. ¿Hablas en serio? —preguntó—. No me contestes. Estaba de broma. A propósito, ¿quién hizo esos dibujos?

—Es irrelevante ahora mismo.

—Vale. Si habéis encontrado a un basilisco delincuente, deberías saber que es difícil de atrapar y más aún de matar. Hay dos formas de hacerlo. En la primera se necesita orina de comadreja. Tienes que verterla sobre la cabeza de basilisco. Existe un segundo método, más sencillo. Tal y como aparece también en los dibujos, se puede matar al basilisco poniéndolo delante de un espejo. ¡No puede soportar verse! Muere de la impresión o del asco. O incluso su mirada lo mata al verse en el espejo. Creo que todo eso de los espejos en las leyendas de vampiros está inspirado en las del basilisco.

—Puf —dijo Ximena—. No puedes hablar en serio. Puede que al final me acostumbre a ti.

—¿Cuándo será eso? —preguntó Charles, que tenía ganas de divertirse.

—Entonces ¿es un basilisco?

—Sin la menor sombra de... Cuando lleguemos al piso franco, ¿nos encontraremos alguno?

—Voy de camino. Te recojo en una hora.

—¿Una hora?

—Sí. No me digas que no puedes porque...

—No. Está bien —dijo Charles—. Nos vemos en un rato.

—¡Oye! ¡No cuelgues! Quería preguntarte otra cosa.

—De acuerdo, dispara.

—¿Sabes que el emblema heráldico de la célebre casa milanesa de Visconti representa un basilisco devorando a un niño?

—¿En el blasón de la casa de Visconti? No. Pero ¿cuál es la conexión?

—Ninguna. Solo lo comentaba. Voy para allá.

55

Después de concluir la llamada, Ximena hizo otra. Tuvo que marcar dos veces antes de que Caligari pudiera responder.

—La serpiente de los dibujos es un basilisco.

—¿Un qué?

—Un animal fantástico. Se lo explicaré cuando nos veamos. Dígame: ¿ha podido averiguar qué pasa con los nombres del diablo de las paredes? ¿Se han tranquilizado ya esos tipos? ¿Ha conseguido el doctor sacarles algo coherente?

Caligari exhaló un suspiro.

—¿A qué respondo primero? No he descifrado nada y nuestros dementes empeoran en vez de mejorar. A veces me pregunto si el doctor no les estará haciendo algo adrede, si no los mantiene allí porque le gusta experimentar con ellos.

—¿Lo dice en serio? ¿Mabuse?

—No, querida. Estaba bromeando. Y no, no tenemos nada.

—¿Y no le parece que podría necesitar ayuda externa?

—¿En una base ultrasecreta? Nadie, ni un solo extraño, ha entrado jamás en la cámara y dicha persona necesitaría docenas de permisos.

—Yo me ocuparé de eso en persona.

—¿A quién quiere traer?

—A Charles Baker.

—¿Un político?

—No es político. Fue director de campaña del presidente.

—Y también de innumerables senadores.

—Sí, pero es un hombre cultivado y de una inteligencia brillante, y está la ventaja añadida de que piensa de forma totalmente diferente a nosotros, con nuestra inteligencia militar, o a cualquier personal normal. Me parece que es un atajo por el que merece la pena correr el riesgo.

—Yo no lo creo así —dijo Caligari de un modo que daba a entender que la discusión sobre el tema estaba zanjada—. Y digo que no nos precipitemos.

—Pero lo reconsiderará cuando le cuente algo sobre él.

—¿El qué? —preguntó Caligari, en gran medida para complacer a Ximena.

—Es el hijo de Hypatia Visconti.

56

Para Charles, ningún tipo de código o enigma era capaz de reemplazar la imagen de la mujer del restaurante. Su agradable voz y la amabilidad con que le había dado las gracias al camarero no dejaban de rondarle la cabeza entre pálidas pinceladas rosas y violetas. Puesto que una de sus principales virtudes era que jamás perdía la cabeza por completo, consiguió evadirse unos momentos de sí mismo y engañarse un poco sobre la almibarada cursilería que se había apoderado de él. El color de la pasión era, por definición, el rojo y la atracción inicial por una mujer surge de la aparición de un deseo físico irrefrenable. Y, sin embargo, ahí había algo más. Desde el principio la había asociado a las paradisíacas promesas de cualquier buen anuncio que promovía la belleza por amor a la belleza. Todo su cuerpo, incluyendo la vitalidad que había percibido en ella, le recordaba a los anuncios publicitarios que interrumpían de forma repentina las películas en la televisión. Pero la imagen general, la que mejor lo definía, era la de una valla publicitaria que contenía una promesa tan alejada de la vida real como las de las playas en *Barton Fink* o *Atrapado por su pasado*, de las cuales la mujer parecía salir..., o más bien te invitaba a entrar y a dejar atrás el espantoso y trivial mundo de las realidades cotidianas. Había determinado que esa mujer representaba la perfección y, puesto que no conocía su nombre, decidió darle uno. El primero que le vino a la cabeza fue Kali. No tenía claro si se debía a la divinidad india, la letal diosa de la muerte o de la oscuridad, una de las esposas de Shiva, a menudo descrita con múltiples manos en las que sostenía dagas ensangrentadas y con las manos cercenadas de sus víctimas colgando del cinturón. Lo más probable era que no. Seguramente la inspiración del nombre procedía de *kalokagathia*, un término que designaba el ideal de perfección de los antiguos griegos.

Mientras el agua casi gélida de la ducha se llevaba aquellos pensamientos, se le encendió la bombilla. Cerró el grifo, se puso el albornoz sin secarse y bajó corriendo al escritorio, en el que había dejado las páginas terminadas en el restaurante. Copió la serie de Fibonacci.

Escribió los siete primeros números: 1, 2, 3, 5, 8, 13, 21. Dado que el alfabeto tenía solo veintiséis letras, los tres números siguientes de la serie —34, 55 y 89— no se podían utilizar. Pero dio con una solución también para eso. Sumó las cifras y anotó el resultado de acuerdo con el modelo de los cálculos cabalísticos. De ahí que el 34 pasaba a ser el 7, el 55 se transformaba en el 10 mientras que 8 más 9 daban 17. Añadió esas cifras también a la serie: 1, 2, 3, 5, 8, 13, 21, 7, 10, 17.

Había diez números y, en su opinión, cada uno de ellos indicaba el criterio con el que debía hacerse el desplazamiento del alfabeto según la lógica del cifrado César. Una norma o valor individual para cada palabra, tal y como había propuesto Leon Batista Alberti.

Charles hizo un intento con el texto del final del libro de Aristóteles; cdbdmmhtl onrs. Puesto que al lado había anotado L1 en la agenda —es decir, libro 1—, probó el primer valor de la serie, el 1, con un desplazamiento del alfabeto superior a la izquierda. La C se convirtió en D, la D se transformó en E y la B, en C. Cuando concluyó la operación tenía ante sus ojos el siguiente texto:

DECENNIUM POST

Charles dio un brinco de alegría y durante un momento le sobrevino una especie de añoranza por su adjunto, que enseguida apartó a un lado. Creía que había dos razones para que Marshall hubiera escrito los libros en orden en la lista. La primera era emparejarlos con las personas a cuyo cuidado los había dejado. La segunda tenía que ver con un texto más amplio hecho de partes más pequeñas, una frase formada por al menos doce palabras. Dado que los dos textos codificados que ya tenía contenían dos palabras cada uno, pensó que el orden numérico de la agenda servía para establecer el orden de los más pequeños (dos palabras) en la frase más larga. Si su lógica era correcta, eso significaba que el siguiente texto de Suetonio, que era el séptimo libro de la lista, debería resolverse con el séptimo término de la serie modificada de Fibonacci: el 21. En un instante averiguaría si había cometido algún error en alguna parte. Copió de nuevo el mensaje del libro en cuestión: strnsjr fsyj. Aplicó el valor 21 con el desplazamiento a la derecha. La S se convirtió en una N, la T en una O y la R en una M. Realizó las siguientes equivalencias con rapidez. A continuación leyó en voz alta con aire distraído:

NOMINEM ANTE

Por consiguiente, George le había enviado un texto en latín. Tradujo ambos mensajes: «diez años después» y «el nombre anterior». Eso era lo que tenía ahora y, por más vueltas que le dio a las cuatro palabras, no consiguió entender de qué iba. Así que hizo el siguiente diagrama. Apuntó las cuatro palabras y entre ellas dejó de manera provisional una línea para cada uno de los libros que le faltaban.

DECENNIUM POST ____ ____ ____ ____ ____ NOMINEM ANTE ____ ____ ____ .

DIEZ AÑOS DESPUÉS ____ ____ ____ ____ ____ EL NOMBRE ANTERIOR ____ ____ ____ .

Ante sí tenía ahora un esquema de la frase final. Y estaba claro que tendría que echarle el guante a los otros ocho libros lo antes posible. Echó un vistazo al reloj de péndulo de la pared para ver si se había pasado la hora en que Ximena había prometido que le recogería. Oyó el timbre de la puerta en ese preciso momento.

No fue a abrir de inmediato porque necesitaba sopesar si debía esconder todos los documentos y los dos manuscritos de la mesa o si debía enseñárselos a Ximena. Su abuelo había ideado una teoría basada en la lógica matemática, una alternativa a la deducción y la intuición. Su teoría de la abducción afirmaba que, en ausencia de todos los elementos necesarios, la intuición puede compensar la demostración en ocasiones. En su casa habían realizado muchos de estos ejercicios, muy útiles para llegar al fondo de toda clase de enigmas, tanto reales como imaginarios. En vista de eso decidió hacer honor a ese método una vez más. La intuición le decía que confiara en la agente triple.

57

Las tropas partieron de Santa Clara y Las Delicias y se unieron a las de Los Placeres y Puerto Esperanza. Los dos guías habían allanado el camino durante toda la noche hacia la parte oriental de la región de Macarena. El general Buendía había encabezado el convoy en el Humvee del ejército colombiano hasta el lugar en que la carretera se estrechaba y se volvía impracticable para toda clase de vehículos. Los soldados habían descargado las pesadas ametralladoras y el lanzagranadas de los camiones y los habían llevado a cuestas. Había alcanzado su destino por la mañana y se habían reunido en círculo en un terreno elevado sobre el pequeño claro de la meseta, donde se veían dos barracones que bordeaban una especie de campamento de entrenamiento equipado con maniquíes acribillados a balazos. Aunque habían vigilado con los prismáticos lo que estaba pasando en el valle durante casi siete horas y estaban listos para atacar en cualquier momento, nadie intentó moverse. La orden de ataque aún no había llegado. El general quería estar seguro de que Mono Urrutia, alias Cabezón, estuviera en el campamento.

—O duerme como una marmota o no está aquí —dijo el general con los dientes apretados.

Su asistente, con el rostro pintado de negro y verde, le miró con inquietud.

—Si la información tampoco era buena esta vez...

—La información es correcta —replicó el general.

En un momento dado, unos guerrilleros salieron de uno de los barracones. El primero se dirigió hacia los baños improvisados mientras que otros dos se pusieron a sacrificar un cerdo, que profería espeluznantes alaridos. Había algunos más listos para descuartizar la carne. De los soldados apostados en alto, el único que había visto al tozudo criminal en persona estudió cada uno de los hombres a través de los prismáticos y fue negando con la cabeza de forma invariable.

Mono «Cabezón» Urrutia era un temido terrorista. Formaba parte de una unidad marginal de la guerrilla de las FARC. Era marginal porque no tenía nada que ver con la ideología de la guerrilla. Odiaba el marxismo y el capitalismo por igual, al igual que los demás, aunque, a diferencia de él, los otros necesitaban envolverse en la ideología para justificar sus crímenes. En cambio, su único interés era el dinero. Quería amasar lo suficiente para comprarse un palacio en la India, donde imaginaba que se convertiría en una especie de maharajá. Una vez vio un documental en la televisión nacional y desde entonces juró que conseguiría eso. Había buscado por internet un palacio como el del documental y su precio rondaba los cien millones de dólares. Así que se hizo mercenario, acumuló dinero igual que la miel acumulaba moscas y lo enterró en maletas de aluminio en lugares que solo él conocía. Vendió sus servicios al mejor postor. Y como las FARC le habían proporcionado todo un equipo que se encargaba del tráfico de drogas, el mayor de Macarena en realidad, ahora era un revolucionario. Antes de unirse a la guerrilla, su nombre figuraba en más de treinta casos activos de secuestro y en más de doscientos de asaltos a sucursales bancarias en todo el distrito. Pero, a pesar de todos sus esfuerzos, era consciente de que todavía estaba lejos de alcanzar su sueño. Calculaba que, al ritmo al que acumulaba capital, tardaría alrededor de ochenta años más. Así que aceptaba las tareas más peligrosas en general, secuestros de alto riesgo y operaciones similares, todos ellos muy bien remunerados. No pocas veces había regresado de sus misiones solo, después de que hubieran diezmado su pequeño batallón. Circulaba una leyenda sobre él que decía que tenía siete vidas o que era inmortal. Un gran golpe, eso era lo que necesitaba, pero muy bien pagado, valorado en veinticinco millones de dólares. Y después se marcharía sin mirar atrás.

El general Buendía dirigía personalmente las fuerzas de las AUC, las Autodefensas Unidas de Colombia, una organización paramilitar clandestina que tenía la misión de limpiar el país de las FARC o de los militantes del Ejército de Liberación Nacional, el ELN. Las tropas de las AUC habían bajado desde el norte, desde Bolívar y Sucre, y habían atravesado Córdoba y Antioquia, donde en esos momentos se encontraba su cuartel general. Habían peinado el terreno palmo a palmo. Pero el general, cuya eficacia le había hecho tan famoso que nadie era capaz de apartarle del liderazgo de la organización, no podía dejar pasar la ocasión de capturar a uno de los criminales más célebres, una leyenda por derecho propio.

—Tarde o temprano tendrá que mear —comentó con furia el general—. ¡Espero que no tenga un bote en su barracón!

—¿Por qué no atacamos directamente? —preguntó el comandante.

El general no quería asumir el riesgo. Si Cabezón no estaba ahí, tendría que esperar. Había costado mucho encontrar a alguien que le informara sobre él y, más aún, hallar a alguna persona capaz de reconocerle. Los soldados se habían quedado entumecidos de tanto esperar tendidos en la selva, por lo que habían empezado a agitarse tanto que el general envió a su ayudante para tranquilizarlos. Cabezón acabaría apareciendo. En el preciso instante en que ese pensamiento le cruzaba por su cabeza, un coloso salió de un barracón, con la chaqueta abierta y una camisa blanca. Fue derecho a la tubería que transportaba el agua del río que bajaba de las montañas y metió la cabeza debajo. En ese momento, el general miró al hombre de los prismáticos. Este asintió con la cabeza.

—¿Estás seguro? —preguntó el general de manera cortante.

—Uno no olvida la cara del asesino de su familia —respondió el hombre, mostrando su odio.

Entonces se oyó un silbido breve como el trino de una ave

que canta una vez en la vida, prediciendo su propia muerte, y se desató el caos.

Dos granadas arrojadas desde extremos opuestos cayeron sobre el primer barracón. Después una ametralladora instalada más abajo, entre dos árboles, cuyos troncos casi tocaban el suelo en una especie de abrazo, comenzó a escupir proyectiles del tamaño de mazorcas de maíz. Volaron media cara del guerrillero de las FARC más cercano, situado detrás de un huerto. Varios intentaron arrojarse cuerpo a tierra, pero la mayoría fueron aniquilados, hilera tras hilera. Unos cuantos hombres de Cabezón habían salido del segundo barracón justo antes de que una nueva tanda de granadas lo hiciera volar por los aires. Los guerrilleros se retiraron hacia la cascada. Sonó un nuevo silbido y la gigantesca ametralladora dejó de disparar. Los hombres del general corrieron por el llano, armados con ametralladoras más pequeñas. Mono agarró también una y, junto con otros tres supervivientes, comenzó a disparar en círculos concéntricos, pero los hombres del general eran demasiados. Los soldados vestidos de camuflaje se arrojaron por los estrechos valles, liderados por el general.

—Nada de hacer prisioneros —gritó el general mientras cargaba su pistola—. ¡Qué no escape nadie!

Le habían ordenado que hiciera todo lo posible para llevar a Mono Urrutia con vida, pero el general no tenía la menor intención de hacer tal cosa. «Se lo traeré —dijo, y después murmuró para sus adentros—. Les traeré su cabeza.»

También habían caído varios soldados, pero uno de ellos arrojó una granada en dirección a Mono, que cayó delante de él y le arrancó la pierna izquierda. Continuó disparando agachado, hasta que una bala le arrebató el arma de las manos y otra le alcanzó en el pecho y le derribó. Pese a todo, se levantó, apoyándose en una mano. Las últimas ráfagas que se oyeron habían liquidado a los que habían intentado huir hacia la cascada. Después se hizo el silencio. El general, ahora a unos metros de Mono, arrebató una ametralladora a uno de sus soldados y avanzó con rapidez mientras vaciaba el cargador en los cadáveres de los guerrilleros que iba encontrando a su paso. Se detuvo frente al hombre que se mantenía apoyado sobre un costado con aire arrogante. El general le observó mientras trataba de levantarse apoyado en una rodilla.

—¿Qué miras, cabrón? —preguntó Mono, y escupió una mezcla de saliva, tierra y sangre a la chaqueta del general. Buendía agarró la ametralladora por el cañón y golpeó al guerrillero en la cara. El hombre cayó, pero continuó vociferando—: ¡Chinga a tu madre, pendejo!

El general le golpeó una y otra vez, hasta que se hizo el silencio. Después vio un tocón empleado para cortar leña a unos metros de distancia. Agarró del pelo a Mono «Cabezón» Urrutia y lo arrastró hacia allí. Arrancó el hacha de la madera y le cortó la cabeza de un tajo. La levantó hasta la altura de sus propios ojos. La cabeza del bandido aún parpadeaba y trataba de escupir. Antes de bajarla, el general le gritó:

—¡Tu cabeza es mía, Cabezón!

58

Antes de salir de casa, Charles se ajustó al hombro y bajo el brazo la pistolera en la que llevaba la Python.

—¿Qué demonios haces con eso? —preguntó Ximena.

—Juré que no me separaría de ella hasta que esto se resolviera.

Y sin esperar a que la mujer repusiera algo, abrió la puerta trasera del Escalade y la invitó a tomar asiento.

—Hoy no tengo chófer —repuso Ximena—. Nos sentaremos los dos delante.

Ya en la carretera, Charles le contó todo lo que sabía sobre George, incluidos los detalles más insignificantes. Pero no le mencionó nada de su visita a su padre, de la biblioteca, ya fuera o no imaginaria, ni de la carta que su madre le había dejado. Había estado pensando en ella los últimos días, pero parecía que tuviera miedo de abrirla, o tal vez se lo impedía el respeto hacia su padre, que durante tanto tiempo se había abstenido de hacerlo.

—¿Vamos a D.C.? —preguntó Charles, pues ya estaban en la autopista rumbo a Washington.

—Ya lo verás —respondió Ximena con aire misterioso.

—¿Estás pensando en vendarme los ojos para que no vea dónde está el piso franco?

Ximena le lanzó una mirada medio ceñuda, medio burlona.

—Eres increíble —dijo—. Primero vamos a Parkville.

—¿Parkville? ¿Dónde coño está eso?

—Cerca de Baltimore.

—¿Y después? Has dicho que vamos allí primero. ¿Hay más pisos francos? ¿Los tenéis separados?

—Por desgracia no.

—¿Por qué por desgracia?

—¿Nunca te han dicho que eres irritante?

—¿Yo? Vaya, te acabo de contar un montón de cosas que normalmente no le habría contado a nadie. Eras tú quien hablaba de reciprocidad. Me lo debes.

—Vale. Te contaré todo lo que sé, pero cuando volvamos.

—¿Lo prometes?

—Sí —dijo Ximena—. Lo prometo.

Charles parecía satisfecho con la respuesta, pero retomó el tema anterior.

—Has dicho que por desgracia. ¿Por qué?

—Meredith se encuentra bien —repuso Ximena—, pero los otros dos, los profesores, están a punto de matarse entre sí.

—¿Davidson y Barett? ¿De veras? —Charles rio—. ¿Cómo es eso?

—Podría decirse que son dos gallos en un solo corral. A pesar de lo grande que es la casa, al estar en un mismo lugar no hacen más que gritarse y sacar pecho. Parece que tienen viejas rencillas sin resolver.

—Puntos de vista irreconciliables —dijo Charles, divertido—. ¿Y dices que ya se han enfrentado?

—Hasta han estado a punto de llegar a las manos un par de veces. Uno le tiró al otro una rebanada de pan con crema de cacahuete mientras estaban en la cocina y el otro se la devolvió con otra untada de confitura. ¿Por qué dices que tienen puntos de vista irreconciliables? La gente que cuida de ellos no ha conseguido descubrir la causa de su disputa.

—Davidson, quizá el biógrafo más importante de Lincoln, con dos Pulitzer en su haber, es un fanático absoluto del presidente y afirma que este jamás fue racista, algo de lo que incluso los partidarios de Lincoln le acusaron en su momento. También sostiene que siempre tuvo en mente la abolición de la esclavitud, lo que pasa es que en el contexto de la época era arriesgado expresarlo en voz alta, por muchas ocasiones que tuviera para hacerlo. La mayoría de los investigadores afirma que Lincoln evolucionó y maduró. Parece ser que George estaba buscando este punto de inflexión. Y por eso eligió a esta gente —explicó—. Por otro lado, Barett es simpatizante de Franz Fanon, el hombre que inventó el racismo negro, un marxista del grupo de Lacan y Sartre. Este último, en su prefacio de las obras de Fanon, llegó a decir que matar europeos era liquidar a dos pájaros de un tiro; matas al opresor y al oprimido.

—¿Y cómo es eso? —preguntó Ximena con ingenuidad.

—No importa, pero la idea es que el opresor está muerto y también una parte de la personalidad del asesino: su yo oprimido. Entre otras cosas, Barett dice que Lincoln no solo no evolucionó, sino que además fue un apestoso racista hasta el final. Niega que tuviera ningún mérito en la abolición de la esclavitud y sostiene que no hubo evolución alguna y que la proclamación de la emancipación, en vez de liberar a los últimos esclavos, esclavizó a una parte de los que ya eran libres y que en realidad el único propósito de Lincoln era librarse de los negros, no mediante la liberación, sino a través de la deportación. Según Barett, Lincoln era un supremacista blanco, puro y duro.

—Vale. ¿Y unos viejos tan importantes están dispuestos a pelearse por un puñado de estupideces?

—Es una cuestión importante y representa la esencia del trabajo de toda una vida. Y, a propósito, creo que Barett no da clases en ninguna parte. ¿Y qué estáis haciendo? ¿Los tenéis atados?

—No. Han llevado a uno a la planta de arriba y no se le permite bajar.

Estuvieron callados unos minutos, sumidos ambos en sus propios pensamientos. Charles rompió el silencio al cabo de un rato.

—Has dicho que iremos a otro lugar. ¿A cuál?

—No voy a revelarte nada de nada —repuso Ximena con una sonrisa—. Sería mejor, en cambio, que me dijeras por qué vas por ahí con ese pistolón. ¿Sabes al menos ponerle el seguro?

—¡Oh, eso ha sido muy ofensivo! ¡Para a la derecha!

El coche acababa de pasar un área de descanso. Había una salida a unos cientos de metros.

—¡Para a la derecha! —repitió Charles.

—No bromees.

—Si no paras a la derecha, me tiro del coche en marcha —amenazó Charles, que había abierto la puerta.

—Cierra la puerta. ¿Es que te has vuelto loco? ¿A qué estás jugando?

—Para a la derecha.

La conducta del profesor sorprendió a Ximena, que se dijo que a Charles le faltaba un tornillo. Tuvo que salir de la autopista y tomar una carretera secundaria. Allí parecía haber un campo a la derecha que pertenecía a una granja abandonada. Charles se bajó del coche con agilidad y entró en un viejo granero destartalado. Salió al cabo de un rato con varios objetos: dos botellas viejas, un vaso, una taza metálica oxidada y lo que parecía ser el cráneo de una cabra. Se quitó la chaqueta y fue hasta la cerca, donde colocó los objetos a cierta distancia unos de otros.

—Quítate la bufanda —le ordenó a Ximena, que le miraba con desconcierto.

La triple agente obedeció y a continuación Charles le indicó que se sentara detrás de él. Apuntó al primer objeto sin disparar e hizo lo mismo con el segundo, con el tercero, etcétera. La cerca estaba a unos treinta y seis metros y medio. Se volvió, con el arma apuntada hacia el primer objetivo.

—Véndame los ojos —le pidió a Ximena.

Sin demasiado entusiasmo, aunque sí con curiosidad por ver la demostración de Charles, hizo lo que le pedía. El profesor disparó tan pronto ella retrocedió. Se oyó un ruido de cristales al romperse y los cuervos que estaban posados en la cerca emprendieron el vuelo entre enérgicos graznidos de protesta. Charles movió la mano y disparó de nuevo. Uno tras otro, fueron cayendo las dos botellas, el vaso, la taza oxidada y el cráneo. Cuando se quitó la bufanda de los ojos y se la devolvió a Ximena vio que ella estaba casi sin habla.

—¿Cómo has hecho eso? —balbuceó.

—Es fácil. Es cuestión de geometría. He calculado los ángulos y después he movido la mano lo necesario. ¿Por casualidad conoces a alguien en esas agencias secretas para las que trabajas que sea capaz de hacer eso? ¿Algún superagente?

—¿Nos vamos? —preguntó Ximena, a quien le faltaba poco para perder la paciencia.

—Sí —dijo Charles con firmeza. Mientras se montaba en el coche, hizo la pregunta que consideraba el golpe de gracia final—. ¿Jack Bauer sigue trabajando para vosotros?

—¿Quién? —preguntó Ximena.

—¿No sabes quién es Jack Bauer? —repuso Charles, partiéndose de risa.

—¡Qué crío eres!

Se hizo un breve silencio en el que Charles continuó divirtiéndose mentalmente con la proeza que acababa de realizar. Se lo estaba pasando muy bien y quería seguir.

—¿Sabes que Columbus Clay, el detective, o lo que sea, que me trajo el segundo libro, me aconsejó que no confiara en ti porque eres escurridiza y tienes tus propios objetivos? —Charles se giró por completo hacia Ximena y apoyó la espalda contra la ventanilla del coche. Quería ver su reacción.

—¿De veras? —dijo. No movió ni un músculo de la cara—. ¿Sabes que tu nuevo amigo es un criminal?

—¿Y eso? —inquirió Charles—. Parece interesante. Cuéntame.

59

—¿Cree que deberíamos reunirnos aquí? —preguntó Caligari al doctor, que acababa de bajar de nuevo a la cámara.

El doctor miró a su jefe, algo que casi nunca sucedía, pues no tenía la costumbre de mirar a los ojos. Su mirada solía planear sobre la persona que hablaba, pero incluso cuando fijaba la vista en el individuo con el que conversaba, era como si no le viera. Siempre iba despeinado. Se pasó las manos por el pelo y después se masajeó la frente sin parar. Parecía que quisiera entender qué estaba pasando dentro de su propia cabeza. Caligari tenía la impresión de que Mabuse se pasaba el tiempo luchando con sus demonios personales. Cuando andaba parecía sonámbulo. En cierto momento, una de las oficiales de la base militar le preguntó a Caligari qué le pasaba al doctor. Le respondió que seguramente la mayoría de los grandes psiquiatras estaban en cierto modo contagiados por todas las personas dementes a las que tenían que tratar, pero que le garantizaba que Mabuse era una autoridad absoluta en su campo.

—¿Por qué? —preguntó el doctor en un susurro.

—Porque voy a traer a alguien aquí, a un especialista. A lo mejor puede ayudarnos a resolver lo que ocurre con todos esos nombres.

—Un especialista... ¿en qué? —inquirió Mabuse—. ¿En el demonio?

—No lo sé con exactitud. En un montón de cosas —respondió Caligari, pues aún no estaba seguro de cuál era la especialidad de Charles—. Tal vez le conozca. Se llama Charles Baker.

—No. No sé quién es —dijo el doctor, enfatizando sus palabras—. Pero si piensa que puede ayudarnos, ¿por qué no? El pensamiento interdisciplinario puede ser de utilidad. Ahora mismo no estamos sacando nada en claro. Tendrá que entender el contexto.

Tras decir aquello, el doctor le dio la espalda a Caligari. Si este último hubiera visto su rostro durante una fracción de segundo habría notado un peculiar brillo en los ojos del doctor, una chispa que iba más allá de la locura.

60

—Vale, muy bien. Columbus Clay no es su verdadero nombre. Lo sacó de un personaje de la serie de televisión *Colombo*. Se dice que hasta le cogió prestados los gestos. A título personal, no tengo ni idea porque no tengo tele.

—¿Nunca has visto *Colombo*?

—No, ni ninguna otra serie. No veo la tele.

—¿Es una cuestión de principios?

—Es cuestión de que no tengo tiempo y que además te atonta.

Charles decidió que la mujer que tenía delante era un enigma mucho mayor de lo que le había parecido previamente. Estaba convencido de que la entendía de forma instintiva, pero ya no estaba tan seguro.

—¿Y el apellido?

—Nuestro hombre fue campeón de boxeo en Buenos Aires cuando era joven y ese era su apodo, por Cassius Clay, el famoso púgil.

—Sé quién es Muhammad Ali. Acabas de decirme que es de un país latinoamericano.

—Sí, y su verdadero nombre es Isidoro Paramondi, barbero de profesión, del barrio italiano de Buenos Aires, Palermo. La historia es la siguiente: mataron a alguien en una pelea de bar y, como el asesino colaboraba con la policía, incriminaron a Paramondi en el asesinato y le condenaron a quince años de cárcel.

—Entonces ¿cómo ha llegado a ser policía en Estados Unidos? ¿Y por qué habla inglés sin acento?

—En la cárcel se hizo barbero. Cortaba tan bien el pelo que no solo acudían a él los presos, sino también los guardias y hasta los alcaides. Además de bueno, el servicio era gratuito. En un momento dado, Isidoro escuchó una conversación entre dos guardias sobre la fuga de un peligroso preso mientras lo escoltaban. A los que iban a cortarse el pelo les pedía que le hablaran de la fuga y todos le contaban lo que sabían, cada uno con sus propios detalles. Isidoro escuchó las historias de todos durante varios meses. Se hizo con millones de detalles, hasta que un buen día el alcaide fue a cortarse el pelo y el barbero le contó quién había organizado la fuga del delincuente y cómo se había llevado a cabo. Isidoro contó su historia con tanto detalle que las autoridades hallaron todo tipo de pruebas, todas conforme al relato exacto del barbero.

—¿Lo dices en serio?

—Claro. Parece que posee cierta capacidad para recordar todo lo que ocurre a su alrededor y reconocer lo que es importante en medio de lo que a nosotros nos parecen detalles sin importancia. Imagina que tiene delante el mismo texto que está a la vista de todos los demás, pero que solo él es capaz de sacar algo en claro. Es como si, en su caso, las palabras clave de dicho texto se iluminaran renglón a renglón. Visto desde esta perspectiva, es un genio.

—Vale, ¿y qué pasó? —preguntó Charles, muy interesado en la historia del barbero policía.

—Pues que, en vez de reconocerle el mérito, sospecharon de inmediato de su implicación en la fuga. Le torturaron durante días, hasta que a un guardia más listo que los demás se le ocurrió proponerle a su jefe que le pusiera a prueba con otro misterio. Al principio, este no quiso involucrarse en algo así, pero como no le habían sacado nada y los días en la cárcel se hacen muy largos tanto a los guardias como a los presos, le dieron algunos casos antiguos y le proporcionaron montones de detalles insignificantes, ocultando con cuidado los que sí eran relevantes en historias dignas de *Las mil y una noches*.

—Y solucionó todos los casos.

—Exacto. El director de la prisión era hermano del jefe de la policía argentina y le contó todo aquel complicado embrollo. El jefe de la policía no le creyó al principio, pero como tenía algunos casos sin resolver, dijo que pondría a prueba a Isidoro Paramondi con uno de ellos. Le llevaron todo lo que pidió: testigos y objetos pertenecientes a la investigación, y descubrió al criminal escuchando las historias de otras personas. En todo ese tiempo, los que estaban cerca de Paramondi vieron y oyeron las mismas cosas que él, pero ninguno de ellos entendió nada.

—Salvo nuestro hombre.

—Así es. Y no te pierdas esto. De inmediato le dieron la mejor celda, que no tendría que compartir. Transformaron ese espacio en una especie de hotel, pero él lo rechazó. Quería estar con los demás detenidos. Y siguió cortando el pelo. Le mandaron todo tipo de nuevos casos. Los rechazó todos, de manera sistemática, hasta que incluso prometieron liberarle cinco años antes del final de su condena, pues el juez era padrino del jefe de policía. Dado que continuó negándose a colaborar, al cabo de un tiempo se les ocurrió preguntarle qué era lo que quería. Les dijo que le parecía bien salir antes, pero que quería una carta de recomendación de la policía argentina diciendo bien clarito que había trabajado para la división criminal. También pidió que elaboraran un expediente personal para él por si acaso a alguien se le ocurría investigar su pasado. Técnicamente hablando, ni siquiera era una mentira tan grande, así que aceptaron. Lo último que pidió fue que el mejor profesor de Argentina fuera a la cárcel para enseñarle inglés en persona. Durante cuatro años resolvió todos los casos que llevaban siglos enterrados. El jefe de policía llegó a ser ministro de Interior. Después de que le soltaran, Paramondi aterrizó directamente en San Francisco —repuso—. Como has podido ver, es encantador y ya hemos establecido lo inteligente que es. Así que la policía de San Francisco le contrató con sumo gusto. Ignoro si lo sabes, pero es el detective con más casos resueltos de la historia de Estados Unidos. En California rechazó todos los ascensos hasta que aceptó el puesto que tiene ahora. Así que si hay alguien con un plan oculto en todo este asunto, estoy segura de que no soy yo.

Charles había guardado silencio absoluto mientras escuchaba la historia de Columbus Clay. Tampoco tuvo tiempo para decir nada porque el coche ya había parado delante de una casa en una tranquila calle de Parkville, Maryland.

—Una cosa —dijo Ximena mientras se preparaba para llamar a la puerta—. Cuando recogieron a estas personas de sus casas se les dijo, entre otras cosas, que se reunirían contigo —repuso, pero Charles no entendía qué quería decir Ximena—. Y los tres se trajeron consigo unos manuscritos.

61

Ximena observó con asombro cómo Charles saludaba con un abrazo a los dos hombres a los que el FBI estaba protegiendo. Menos efusivo fue el recibimiento de la mujer, a quien los agentes habían calificado de princesa de hielo; increíblemente hermosa y muy altiva. En cuanto Charles y Ximena entraron, los agentes de servicio insistieron en que el profesor de Princeton debería hablar por separado con cada una de las personas bajo su protección. Además, tendría que conversar con Barett en el piso de arriba, donde le habían aislado. Después de hablar un rato con el profesor Davidson en la cocina, ambos fueron a una estancia que parecía una sala de interrogatorios, equipada con un espejo unidireccional. Después de menos de un cuarto de hora llevaron a Barett a ese mismo cuarto. Le dijo a Ximena que apagase cualquier tipo de micrófono y ella cumplió su petición.

Los cuatro agentes de servicio y Ximena, a quien estos conocían como Dulce Saavedra, presenciaron maravillados la conversación; primero entre los tres profesores y, después de que Charles invitara también a Meredith Jackson al debate, entre los cuatro. La charla fue un poco tensa al principio, pero a medida que transcurrían los minutos, los dos gallos comenzaron a relajarse y, cuando llevaron a la mujer al cuarto, se instauró una especie de camaradería, dominada por las risas y el ambiente distendido.

—¿Qué les has hecho? —preguntó Ximena mientras se abrochaba el cinturón de seguridad del coche.

Charles sonrió de manera enigmática. Se había acomodado en el asiento trasero para poder hojear los tres manuscritos que le habían entregado. En sus manos tenía unas joyas de valor incalculable: los *Libros sibilinos*, los tres libros proféticos que, según la leyenda, compró Tarquinio el Soberbio, el séptimo y último rey de Roma; las setenta y cinco obras de Esquilo, el fundador de la tragedia griega, de las que nunca nadie había leído más de siete, porque estas fueron las únicas que sobrevivieron; y el extraño y más que inesperado segundo volumen de *Los hermanos Karamázov*. Charles jamás había oído hablar de su existencia.

Ximena no entendía por qué Charles había elegido el asiento trasero hasta que le vio arrebolado cual niño frente al árbol de Navidad mientras recibe regalos. Nadie podía imaginar lo emocionante que era tener en las manos un manuscrito que se cree que se perdió para siempre. Ximena no comprendió del todo el impacto arrollador de semejante experiencia hasta unos minutos después de emprender el camino hacia la base militar donde tenía su sede el hospital penitenciario dirigido por Caligari. Charles le pidió que parara el coche. Después se bajó tan rápido como pudo y se agachó como si quisiera vomitar. Se irguió de nuevo, pero continuó apoyándose en el coche mientras trataba de inhalar tanto aire fresco como podía.

—¿Te encuentras mal? —preguntó Ximena, que se había bajado del coche por la preocupación—. ¿Ha pasado algo?

—¿Sabes lo que es el síndrome de Stendhal?

—No —dijo Ximena, perpleja.

—Una vez, cuando el escritor francés estaba visitando la galería de los Uffizi, vio tanto esplendor a su alrededor, tantas obras maestras, que simplemente se sintió abrumado y se desmayó. Hay un límite en cuanto a lo que la mente humana es capaz de soportar. Un poco de desdicha, un poco de tristeza, un poco de dolor. De lo contrario, tiene una especie de mecanismo de seguridad y, cuando se satura, se colapsa. Hay gente que se ha vuelto loca después de vivir una experiencia extrema. Esta clase de reacción suele asociarse a experiencias negativas. Lo que le ocurrió a Stendhal demuestra que la belleza en exceso puede provocar el mismo tipo de reacción. Creo que eso me está pasando a mí ahora.

Charles farfulló esas palabras mientras intentaba que su respiración volviera a la normalidad. Le pidió una botella de agua a Ximena y ella sacó una del refrigerador de la guantera. Cuando Charles se sintió mejor, volvió al asiento trasero y una vez allí pensó que tal vez lo mejor sería no tratar los libros como libros, sino limitarse simplemente a hojearlos, de manera informativa. Lo primero que hizo fue buscar los códigos de los tres. Encontró «qcaslbsk» en los *Libros sibilinos*, «bq nrxoqrj» en el libro con las obras de Esquilo y «cnwnvdb» en el atribuido a Dostoievski.

—Por desgracia, este libro de Dostoievski está en ruso y mi conocimiento del idioma es precario, por decirlo de alguna manera. No va a ser fácil pedirle a un colega que me lo traduzca, teniendo en cuenta que este libro en realidad no existe.

Mientras decía aquello, sacó su móvil, con el que había fotografiado la mesa con los libros y sus respectivos códigos. A continuación se dispuso a resolverlos lo más rápido posible.

—¿Qué haces? —preguntó Ximena desde el asiento del conductor.

—Estoy resolviendo otros tres textos del mensaje de George. Ahora mismo.

Utilizó el 2 como valor para el mensaje hallado en los *Libros sibilinos* porque a su derecha había escrito L2 y el 2 era la segunda cifra de la serie de Fibonacci; el valor 3 para el libro que había recibido del profesor Davidson y, por último, el valor 17 para el libro que le había entregado la especialista en simbología medieval de Cornell. Apuntó los textos en el teléfono, uno debajo del otro.

SECUNDUM: el segundo
ET QUARTUM: y el cuarto
TENEMUS: conservamos

Después rellenó los huecos libres correspondientes de la frase incompleta. La contempló ahora y trató de adivinar las palabras que faltaban o a qué se refería el mensaje.

DECENNIUM POST SECUNDUM ET QUARTUM ____
____ ____ NOMINEM ANTE ____ ____ ____.

DIEZ AÑOS DESPUÉS DEL SEGUNDO Y EL CUARTO____ ____ ____ EL NOMBRE ANTERIOR ____ ____ CONSERVAMOS.

Le leyó el texto a Ximena.

—¿Tienes idea de cuál es el mensaje?

—Por desgracia no —confesó Charles—. Parece que el texto está todo en latín. Pero falta exactamente la mitad. Tal vez podría intentar adivinarlo si rellenase otros dos o tres huecos más. Tal y como está, tengo demasiado poco. Debemos encontrar los demás libros.

—Sí. Aunque el manuscrito de Boates ha desaparecido y no tenemos la menor idea de quiénes son las otras tres personas. Solo podrías hablar con ese italiano que no quería saber nada de nosotros. Puede que tú tengas mejor suerte.

—Es amigo de mi padre, así que no será muy difícil.

Charles no había sido del todo sincero. El texto le decía algo, pero como no estaba seguro, y de todos modos no tenía la solución, decidió no contarle nada a Ximena.

El teléfono comenzó a vibrar en su mano. Era su padre otra vez.

—Debemos tener telepatía —dijo Charles.

—¿Y eso? —preguntó su padre.

—Quería pedirte que me organizaras una visita a Cifarelli mañana.

—¿A Fabrizio? ¿Por qué?

—No importa. ¿Puedes hacerme este favor?

—Sí, claro. ¿Es urgente?

—Sí, lo es. ¿Por qué llamabas?

—Los padres de George quieren agradecerte la ayuda. El funeral será mañana a las seis. Nos veremos allí, ¿no?

Así que Columbus Clay había resuelto el problema que le había pedido que solucionara. Charles se preguntó si Ximena habría hecho lo mismo si se lo hubiera pedido. También se preguntó si en un momento dado se viera obligado a elegir entre los dos, ¿en quién confiaría más?

—Sí —le dijo a su padre—. Claro.

62

—Es el fin del mundo —dijo Keely, cuyo rostro había palidecido. Le temblaba la voz—. Debemos convocar a la Cúpula.

—¿Otra vez? —preguntó el hombre de la máscara—. Nos hemos visto hace muy poco. Algunos acabamos de llegar a casa. ¿No estarás exagerando? ¿Qué ha pasado? ¿Qué es tan grave?

—¿Es que no ves la televisión? Está por todas partes.

—Espera un minuto.

El interlocutor de Keely cogió el mando a distancia de la enorme mesa de mármol y puso la CNN. En la pantalla se veían imágenes de lo que parecía ser un campo de batalla. Habían grabado a dos helicópteros aterrizando: uno del ejército; el otro, una ambulancia. Numerosos equipos de televisión pululaban alrededor de lo que parecía haber sido el escenario de una masacre. Había decenas de cadáveres cubiertos con una lona de plástico azul. La parte inferior de la pantalla estaba dividida en dos rótulos: uno inmóvil y otro en el que iban pasando las últimas noticias. En el fijo podía leerse: «Aniquilado el mayor cártel del mundo en el centro de Colombia».

—Lo estoy viendo, pero no entiendo qué quieres decir...

No logró terminar la frase porque ahora estaba leyendo el rótulo móvil: «Uno de los criminales más buscados de Latinoamérica, Mono "Cabezón" Urrutia y toda su banda han sido aniquilados por el general Buendía, comandante de las fuerzas de las AUC. No hay supervivientes».

—¿Hola? —dijo la voz desesperada de Keely—. ¿Sigues ahí?

—Sí —respondió al cabo de un momento—. Entiendo.

—¿Qué vamos a hacer? Hemos trabajado muy duro para prepararnos, para asegurarnos de que todo salga tal y como lo hemos planeado paso a paso, de manera minuciosa. El golpe entero.

—No creo que haya motivo para alarmar a nadie. Y me gustaría que me hicieras un favor. Mantén esto en secreto.

—¿Y quién se ocupará de ello?

—No te preocupes. Encontraré una solución, un sustituto más serio, que no esté tan expuesto.

—Sí, pero todos verán esto. Me llamarán.

—No pasa nada. Diles que lo tenemos todo bajo control y que ya había alguien de confianza en la recámara.

—¿Y toda la planificación? ¿Y todos los preparativos? Ya no hay tiempo. Creo que habrá que cancelarlo —repuso Keely, que estaba a punto de darse de cabezazos contra la pared.

—Tranquilízate. ¿Quién ha ideado este plan?

—Nosotros.

—¿Ha quedado todo afectado..., todos los que tendrían que participar?

—No, solo el cártel. No hay ningún problema con la gente de Bogotá.

—Entonces ¿solo necesitan un jefe? ¿La logística corre de nuestra cuenta?

—Sí. Está todo listo, pero es imposible reemplazar a Mono en tan poco tiempo.

—Te digo que te tranquilices. No vamos a cancelar nada. Enviaremos a alguien en su lugar. ¿Estás en Copán?

—Sí, decidí quedarme aquí hasta que concluyera la operación.

—¡Quédate ahí! Te mantendré informado. Y, te lo repito, ni una palabra de esto a nadie. Diles a todos que ya teníamos un plan de contingencia, como es normal. ¿Está claro?

—Muy claro —respondió Keely, que parecía tener dudas.

Estaba desesperado, pero tenía plena confianza en el generoso financiero. Sabía que uno de los generales estaba impaciente por que desapareciera y ocupar así su lugar. Y esta sería la ocasión perfecta. Sabía que si fracasaba el intento de asesinato del presidente de Estados Unidos, que tendría lugar en la recepción que se celebraría en su honor en la última planta del hotel Hilton, su papel en la organización se reduciría de manera drástica.

El plan consistía en que, un día antes de la llegada del presidente, un grupo de prostitutas asaltaría las habitaciones del servicio secreto del hotel Caribe y, en un momento dado, una de ellas saldría corriendo de una de las habitaciones, desnuda y gritando. Por supuesto, daría la casualidad de que la policía y la prensa, a las que la organización tenía en el bolsillo, ya estarían allí y se montaría un escándalo de tal magnitud que el equipo de seguridad del presidente no podría cumplir con sus funciones al día siguiente. Tendrían que ser reemplazados por agentes nuevos, en menor número y con menos experiencia. Se necesitarían varios agentes colombianos y los hombres de Mono se infiltrarían entre ellos. Entonces las tropas asesinas aprovecharían la brecha de seguridad para lanzar un ataque doble. Un helicóptero dispararía al salón desde el aire mientras una tropa de asalto atacaba desde el tejado del hotel para cerciorarse de que el presidente fuera asesinado.

El plan era perfecto en opinión de Keely. Se sentía muy orgulloso de que fuera todo obra suya. Lo llamaba EL GRAN PROYECTO y se estaba preparando para pasar a la historia gracias a él. Además, le granjearía el respeto del resto de los otros miembros de la Cúpula. Y durante mucho tiempo estaría entre sus líderes gracias a los grandes logros que estaban por llegar.

63

—¿Adónde vamos ahora? —preguntó Charles mientras se guardaba el móvil.

—A Annapolis —respondió Ximena—. ¿No quieres sentarte delante?

—Estoy bien aquí por ahora. ¿Qué hay en Annapolis?

—La Academia Naval de Estados Unidos, entre otras cosas.

—¿Vamos a la academia?

—Lo verás en menos de una hora. Tenemos tiempo de sobra para que me cuentes de qué has hablado en la casa de invitados.

—No —replicó Charles—. Ya has hecho esto antes. Y también entonces íbamos en coche. No querría que se convirtiera en una costumbre. Prometiste que me contarías todo lo que sabes. Así que te toca a ti.

Ximena sabía que ya no había forma de librarse. Tendría que contarle a Charles algo sustancial, pues de lo contrario no confiaría más en ella.

—Vale. No sé mucho más que tú. Sé que tenemos una serie de espantosos asesinatos y que tenemos que coger al asesino, o más bien asesinos, porque está claro que nos enfrentamos a una conspiración.

—¿Tienes idea de quién está detrás de esto?

—No —respondió, y Charles profirió un chasquido con los labios, pues no estaba satisfecho. Estaba a punto de decir que no creía nada de lo que le estaba contando, pero ella continuó hablando—: Puede que sepa cómo consiguió Marshall hacerse con todos esos libros —dijo.

—¿De veras? —preguntó Charles con sorpresa—. Qué interesante.

—Vas a pensar que estoy pirada, pero me arriesgaré.

—¿Es más loco que lo que ha pasado hasta ahora? Sería difícil.

—Créeme, es posible —repuso Ximena con seriedad—. En fin, existe una organización secreta a nivel mundial.

—¡Oh, no! Si vas a hablar de conspiraciones judeomasónicas, me bajo del coche.

—No, esta es una organización positiva.

—¿Hay conspiraciones benignas? —Charles se echó a reír.

—Si vas a seguir interrumpiéndome, no te cuento nada más. —Al ver que el pasajero del asiento trasero no respondía nada, Ximena prosiguió—: Se trata de una organización fundada hace más de dos mil años llamada Sociedad Aristotélica, pues su propósito era encontrar y conservar las obras completas de Aristóteles, que se habían perdido o deteriorado cuando se fundó la sociedad. Seguro que conoces la historia.

—No —respondió Charles.

—Vale. Es un detalle insignificante a efectos de nuestra conversación. En un momento dado, cuando la biblioteca de Alejandría estuvo en peligro de incendiarse por primera vez, cuando los barcos que había en el puerto ardieron durante el asedio del ejército de Julio César, la organización comprendió que no solo había que proteger las obras de Aristóteles. En cualquier caso, la biblioteca de Alejandría escapó de la destrucción por entonces, a pesar de lo que dicen algunos historiadores.

—Una pequeña parte. Cada vez menos.

—En efecto. Sin embargo, el peligro era real. Así que organizaron y decidieron ampliar la protección de la sociedad a todos los libros y se pusieron el nombre de OMNES LIBRI.

—¿En latín? ¿Por qué no en griego?

—No lo sé. Probablemente porque el latín ya había empezado a ser la *lingua franca*. Y también porque la organización ganó partidarios con rapidez, incluso en el Imperio romano. Salvar la biblioteca de Pérgamo fue la primera gran hazaña de la organización. Como sabrás, se dice que en compensación por los pergaminos que se quemaron en el incendio de la biblioteca de Alejandría del que acabamos de hablar, Marco Antonio pudo haberle llevado a Cleopatra doscientos mil pergaminos..., que tal vez confiscara a Pérgamo.

—Lo he oído. Pero tampoco son muchos los historiadores que respaldan esa teoría.

—Tal vez. Pero la historia es en parte cierta. La biblioteca rival estaba en peligro y Marco Antonio salvó los pergaminos, nos los confiscó. Y sí se los llevó a Egipto. Pero no solo no se los entregó a Cleopatra, sino que los donó a la organización.

—Porque Marco Antonio...

—Formaba parte de Omnes Libri. Eso es.

—¡Qué bonito! —exclamó Charles, que se frotaba las manos con placer en el asiento trasero del coche—. Me encantan los cuentos de hadas.

—Te aseguro que no es un cuento.

—Sí, sí —dijo Charles, tomándole el pelo—. Sigue contándome.

—Al final la organización fue creciendo sin parar. Y desde la Antigüedad hasta hoy en día ha seguido recopilando los escritos más importantes del mundo de la literatura. Pero, como bien sabes, y también ellos eran conscientes, no siempre existe la certeza de que la escritura perdure y mantenga su valor, así que intentaron salvar lo máximo posible. Hasta la aparición de la imprenta salvaron casi cada manuscrito existente. Después fueron cada vez más selectivos a la hora de elegir obras. Desde la creación de las bibliotecas públicas, decidieron no recopilar obras de importancia menor o libros de los que existieran más de diez copias en el mundo.

—¿Tienes idea de la enorme cantidad de libros de la que hablamos?

—Aproximadamente mil millones de libros y documentos.

—Mil millones.

—Sí. La Biblioteca del Congreso tiene ciento sesenta millones, la Biblioteca Británica alrededor de ciento cincuenta. Así que la biblioteca de la organización solo es unas siete veces más grande. Solo la Biblioteca Pública de Nueva York tiene cincuenta millones de libros en su haber, así que no son tantos como parece. Y lo que es más importante, alrededor de medio millón de esos libros son volúmenes únicos. Algunos se creen perdidos y otros son tan raros que nadie conoce su existencia.

—Solo hay una cosa que me desconcierta —dijo Charles—. ¿Dónde coño está esta biblioteca cuya existencia nadie conoce? Para alojar tan titánico número de libros se necesitan kilómetros de estanterías. Podemos hacer un cálculo si quieres. La Biblioteca del Congreso ocupa tres edificios inmensos. Una colección siete veces mayor serían veintiún edificios inmensos... o la Torre de Babel. No se puede ocultar algo así.

—Lo que dices tiene sentido y no sé cómo responder a esa pregunta. Me has pedido que te cuente lo que sé. Me parece que sigues con el mareo de Stendhal.

—Síndrome. —Charles rio.

—Eso es, síndrome. Así que esos libros son auténticos. De algún lugar tienen que proceder, ¿no?

—No sabemos si son auténticos, pero lo parecen.

—Vale. ¿Quieres oír más?

—Sí, claro. Te escucho.

Era la tercera vez que Charles oía hablar de esa organización. Parte de lo que estaba escuchando debía de ser cierto, pero su formación científica y su espíritu cartesiano le impedían aceptar una hipótesis que le parecía bastante absurda. Además, su manera de reaccionar era una especie de escudo. Tenía la sensación de que si no se tomaba demasiado en serio un tema conseguiría alcanzar esa recomendable distancia, necesaria para analizar la información que le estaban proporcionando.

—Bueno, parece ser que la organización tiene un programa que puso en marcha hace tiempo para digitalizar estos libros y pasarlos a formato electrónico, seguramente por motivos relacionados con su conservación —prosiguió Ximena—. Según tengo entendido, han elegido alrededor de un millón de libros para incluirlos en dicho programa. Y existe un centro con empleados en el que se copian los ejemplares. El problema son los libros sensibles. Cien mil de ellos forman parte de un programa de copiado secreto y muy discreto. Se llevan a centros repartidos por todo el mundo. No hay más de cinco centros, con tres empleados cada uno. El programa debería alcanzar su consecución dentro de cincuenta años.

—¿Por qué no los copian en las instalaciones de la biblioteca?

—No tengo ni idea.

—Un millón en cincuenta años representa dos mil al año; dividida esta cifra entre cinco, da cuatrocientos libros al año por centro, repartidos luego entre tres personas. Sí, es factible. Pese a todo hay algo que me desconcierta. ¿Cómo se crea una organización con tanto poder a la vez que sigue siendo pequeña?

—¿A qué te refieres con pequeña?

—Bueno, varias personas, un puñado de ellas se ocupa de estos traslados. Me parece más una reunión de barrio que algo serio.

—Te aseguro que Omnes Libri es mucho más grande de lo que nuestras mentes pueden abarcar. Quienes se ocupan de los libros raros son pocos y están muy bien protegidos. Se trata de una operación muy arriesgada que ha de mantenerse en un círculo reducido. La biblioteca cuenta con un gran número de empleados y voluntarios. Además, las personas que financian la organización son muy ricas y poderosas y están repartidas por todo el mundo. Su estructura de mando incluye a un gran maestre y a no menos de setenta y dos maestros que se ocupan de que todo se haga conforme a las reglas, en el más estricto secreto.

—Ahí hay otro problema —dijo Charles, para quien algo no cuadraba—. Si es como tú dices y hay tanta gente involucrada, la situación contradice otra regla. ¿Cómo es que esta es la primera vez que oigo hablar de esto? Es decir, me refiero a hace unos días, cuando empezó este asunto. Y, sobre todo, ¿cómo es que tú sabes todo esto?

—No puedo responderte a estas preguntas y mis fuentes son confidenciales. ¿Quieres que siga con la historia o no?

—Sí, por favor.

—Vale, bien. Las personas que se ocupan de copiar los libros raros son todas de confianza. Se les llevan varias docenas de libros a la vez. Un mensajero los traslada en una maleta.

—¿No llama eso la atención?

—No conozco el procedimiento con exactitud. Solo sé que el mensajero llega en avión con la maleta, que no pierde de vista. La lleva directamente al centro de copiado y deja los libros allí. Él o ella se queda en la zona hasta que se copian los libros, tras lo cual regresa con la maleta al lugar del que ha venido, sea el que sea. —Ximena esperó a que Charles hiciera algún comentario y, al ver que no decía nada, prosiguió—: Bien, parece ser que uno de estos correos cogió un taxi en el aeropuerto y sufrió un infarto en el vehículo. El taxista le llevó rápidamente al hospital y le dejó allí. Hasta que no paró, alterado por lo que acababa de ocurrir, no vio la maleta, que se había quedado en el suelo de la parte trasera del taxi. Regresó al hospital para devolverla, pero el hombre había fallecido. Así que el taxista abrió la maleta. Como solo había libros viejos dentro, lo consultó con su mujer y luego, sin imaginar que tenía algo de gran valor, los llevó a una librería de libros usados y antiguos. Compensaría el dinero de la jornada perdida de trabajo. Solo que la tienda a la que los llevó pertenecía al señor Marshall, el padre de tu adjunto.

—Entonces ¿esto pasó en Luisiana?

—Exacto. En Nueva Orleans.

—¿Significa eso que el grupo de copistas está allí?

—Eso parece. En un principio, el señor Marshall pensó que era una broma, una de esas de cámara oculta o algo parecido. Al final escuchó al taxista, que, después de enrollarse más que una persiana, le contó toda la cadena de acontecimientos. Como propietario de una tienda, al señor Marshall le sobrevino algo parecido a una serie de ataques del síndrome de Stendhal, pero como no quería delatarse, le dijo al hombre que los libros eran antiguos, que no tenían valor y podían encontrarse en todas partes, fingiendo así que no le interesaban. Cuando el abatido taxista se encaminó hacia la puerta, le pidió que volviera, diciéndole que se compadecía de él y que le diera un precio. El taxista, un tipo modesto, solicitó trescientos dólares. El anciano comenzó a actuar y se rascó la cabeza. El taxista bajó a doscientos cincuenta. Se habría conformado con irse de allí con doscientos pavos. El anciano le dijo que le daría doscientos cincuenta y le pidió su información de contacto, con la promesa de que si lograba vender los libros le daría otro diez por ciento del precio final. El taxista se marchó feliz y, dos días más tarde, fue víctima de un accidente.

—¿Asesinado?

—Es muy probable. Entretanto, el señor Marshall llamó a su hijo y le dijo que volviera a casa de inmediato. George tuvo dudas. El padre no le contó de qué se trataba. Sabía que tenía entre manos pura dinamita. George se llevó los libros. Por lo que sé, en vez de quedárselos, los repartió entre las personas de la agenda, sin olvidarse de dejarte estos mensajes codificados dentro de ellos. Y te juro por mi honor que es todo lo que sé.

—No me esperaba que Victor Marshall engañara a un pobre hombre. No parece de esos.

—No era su intención. Quería averiguar la historia de esos libros. Su intención era entregárselos a la policía, no hacer que los tasaran, así que pagó al taxista de su propio bolsillo. Pero George se lo impidió.

—¿Has hablado con el señor Marshall?

—Sí.

—¿Cómo es que el anciano no recordaba nada de esto?

—No ató cabos hasta que me contó la historia de los libros... Y ya está. De camino a casa te toca a ti.

El coche se había detenido delante de una alta verja, que no dejaba traslucir nada a lo largo de su colosal superficie.

—¿La Academia Naval está aquí? —preguntó Charles, sorprendido.

—No exactamente —dijo Ximena—. En realidad este lugar no existe.

64

Charles miró alrededor con sorpresa mientras el coche cruzaba despacio la desierta inmensidad de la base militar. El lugar parecía un campus universitario con edificios bajos desperdigados por su amplia superficie. Pasaron cerca de un helipuerto en el que había dos helicópteros que parecían aves de presa dormidas. El helipuerto estaba rodeado de hangares y en ellos atisbó vehículos blindados. A pocos metros de distancia había una pista de aterrizaje con dos aviones de aspecto abandonado. No se veía un alma, ni siquiera un soldado de guardia. Daba la impresión de que allí se hubiera detonado un arma biológica que hubiera matado a todo ser vivo, pero dejado intactos todos los objetos inanimados.

Ximena condujo entre los edificios como alguien familiarizado con el lugar hasta que llegaron a uno diferente a los demás. Parecía una fábrica del siglo xviii, construida en ladrillo y con enormes ventanas. En cuanto Ximena aparcó el coche en una de las plazas señalizadas, se abrió una gran puerta de metal. Al otro lado apareció el lugarteniente de Caligari, que los condujo por una serie de interminables y enrevesados pasillos. Subieron y bajaron tantos tramos de escaleras, que parecía que alguien quisiera marearlos con el fin de que no supieran cómo habían llegado allí, al centro de la tierra. En cierto momento Charles tuvo la sensación de que estaban en una cinta de Moebius, en la que las escaleras se torcían hacia dentro y volvían hacia fuera momentos después, como en un grabado de Escher.

El director los aguardaba en la antesala de la cámara, ataviado con el uniforme de coronel. Tenía el aire de un buitre, que parecía haber tomado prestado de las peculiares aves que rondaban el lugar. El director le tendió la mano a Charles al tiempo que su mirada parecía escanearle el cerebro. Después se realizó el procedimiento de apertura de la cámara. Cuando llegó al pasillo del hospital penitenciario, Charles se sentía como si estuviera inmerso en un sueño surrealista con tintes expresionistas. Los dibujos que había en el pasillo carecían de toda perspectiva normal y presentaban, en cambio, un punto de vista deformado, como las almas y mentes de los trece pacientes-prisioneros, con quienes se reunieron en la sala de tamaño industrial que habían transformado en una especie de galería. Era como si se hubiera colado en una película de Robert Wiene, de Lang o de Murnau.

Intercambió unas pocas palabras con el doctor, cuya presencia le produjo una sensación sumamente desagradable, de extrañeza, la cual era incapaz de definir. Los pacientes-presos continuaron dedicándose con torpeza a sus actividades en la zona del salón habilitada como gimnasio improvisado, mientras Charles pedía permiso para fotografiar las paredes. Caligari accedió enseguida ante la insistencia del psiquiatra. En ese espacio parecía ser la persona más receptiva a la visita del profesor de Princeton. Incluso permitió que Charles probara a hablar con los pacientes para ver si podía sacarles algo. Se mantuvo junto a él todo el tiempo que estuvo intentando conseguir que se abrieran. Charles no consiguió nada de ellos, pero notó que en su mirada había algo que le desconcertaba.

—Hay algo aquí, en todo el grupo, que no concuerda con lo demás, aunque no sabría decir qué es. Tampoco creo que me hayas contado qué le pasó en realidad a esta gente. Parece que hayan participado en una sesión de hipnosis en masa. En cualquier caso, está claro que a todos les pasó lo mismo. ¿Puedes decirme qué fue?

Ni Ximena ni nadie respondió a su pregunta. Parecía que todos se estuvieran preguntando si sería recomendable compartir lo poco que sabían con su visitante.

—Creo que lo mejor sería contarle toda la historia al profesor Baker —dijo finalmente Ximena, rompiendo el silencio.

Caligari miró al doctor y asintió con la cabeza.

—Que así sea. Parece que la señorita Menard confía mucho en su discreción, así como en su capacidad para aportar un resultado concreto. Puesto que nos encontramos en un punto muerto, correré el riesgo.

A continuación le contó a Charles la aparición de dos monstruos, a los que había llamado K1 y K2 a falta de más información, y de las masacres que estos habían perpetrado entre animales y personas.

—¿Me está diciendo que estas personas se encuentran en shock porque fueron testigos de lo que me ha contado y que, de hecho, todos vieron la misma cosa? ¿Y que consideran responsable al demonio? Suponiendo que eso sea así, ¿de dónde se han sacado todos esos nombres? Porque la bestia criminal, o lo que quiera que fuese, no se presentó con todos esos nombres. Da la impresión de que alguien los obligó a memorizarlos. En mi opinión, lo que me cuenta con respecto a los animales muertos me recuerda más al chupacabras que a cualquier otra cosa.

—Sí, solo que el chupacabras, si es que existe, no ha atacado a personas hasta ahora y se conforma con las cabras. Les chupa la sangre, tal como dice su nombre.

Mabuse habló por primera vez esa noche:

—Yo mismo hice un estudio bastante completo del vampirismo en mi juventud. Me convertí en una especie de experto en los precursores de este fenómeno, que en Europa y en Estados Unidos es bastante banal. Hay biblias, cruces y exorcismos por todas partes, y todo ello está muy politizado por la Iglesia. En mi opinión, los orígenes del fenómeno hay que buscarlos en la cultura popular asiática. ¿Ha oído hablar de Lamashtu, la diosa asiria que roba bebés y chupa la sangre a los hombres jóvenes, o de Lamia, amante de Zeus, que se comió a sus hijos porque Hera la volvió loca y que, después de eso, en venganza, chupaba la sangre a los niños pequeños que arrebataba de los pechos de sus madres? ¿O tal vez conozca a Lilit, la entidad sumeria que vive en un árbol Huluppu? ¿O a los siete demonios de los mesopotámicos, que chupaban la sangre a los guerreros? ¿Y a Uruku, también de Mesopotamia, cuyo nombre significa «el vampiro que ataca al hombre»? ¿Qué me dice de las interminables series de vampiros en el valle del Indo, encabezados por Kali, que siempre está cubierta de sangre, por no hablar de las criaturas de cinco piernas, que nunca se hartan de beber sangre, y la pareja Ráksasa y Ráksasi, recordados en los Vedas y que aquí aparecen en las paredes, si no me equivoco? Y también está Asanbosam, el monstruo africano con dientes de hierro. ¿Ha oído hablar de él? ¿Y de Obayifo y Yara-Ma-Ya-Who? ¿O de las empusas, hijas de Hécate, de Krampus el cornudo, de Ekimmu o de los habitantes de Lemuria, de Penanggalan de Malasia o de los vetalas o los espectros? ¿O el siniestro vampiro chino Chiang-Shih, que vuela de noche y al cual no se le puede atrapar? Y, volviendo a Latinoamérica, nuestro patio trasero y donde parece que se han originado todos los acontecimientos, ¿sabe algo de los cihuateteo de los aztecas o las tlahuelpuchi de los olmecas?

Los tres oyentes del doctor no abrieron la boca. Caligari miró con enorme asombro al doctor, al que jamás había oído disertar de manera tan extensa en todos los años que llevaban trabajado juntos. Ximena parecía superada completamente por la conversación y tenía la impresión de que el doctor quería alardear de su inteligencia para impresionar a Charles. Solo que este último tenía una extraña sospecha. De hecho, tenía la sensación de que cuanto había dicho el doctor iba dirigido a él y que había leído su libro sobre historia y mitología de los vampiros. Estaba claro que quería enviarle un mensaje. Decidió seguirle el juego, pues deseaba esclarecer la situación.

—¿Y cómo se relaciona esto con el demonio? —preguntó.

—Los pacientes establecen la conexión. Y es que todo lo que le he enumerado, estas masacres realizadas por seres imaginarios, son manifestaciones demoníacas.

—Bien. De todas formas, la intuición me dice que sus pacientes son víctimas de una lucha de poder.

Tan sorprendente conclusión dejó helados a todos los participantes de la conversación.

Caligari y Ximena guardaron silencio.

—¿De quién son víctimas y quién les hizo eso? —preguntó Mabuse al final—. Creo que la respuesta está en lo que nuestros pacientes han escrito en la pared —dijo, recalcando las últimas palabras.

—Si de verdad las cosas son como dice, voy a necesitar tiempo para comprender qué está pasando. Como iba diciendo, tengo la aplastante sensación de que aquí hay algo raro, pero no consigo saber qué es.

65

El trayecto de regreso comenzó con un largo silencio. Charles pasaba sin parar de una fotografía a otra en su teléfono, ampliándolas y encogiéndolas para centrarse en los detalles, y volvía a empezar. La sonrisa que se dibujó en la comisura de su boca en un momento dado le pasó desapercibida a Ximena, pues ella tenía la atención puesta en la carretera.

—¿A qué ha venido esto? —preguntó Charles al cabo de un rato.

—¿El qué?

—Esta visita. Lo único que he hecho ha sido hacer fotos. No he averiguado casi nada. Podrías haber fotografiado las paredes igual que hiciste con los dibujos, que supongo que proceden de la misma fuente. No era necesario que acudiéramos aquí.

—Nos pillaba de camino. No nos desviamos aposta. Y, aunque haya sido breve, no ha sido inútil. Creo que te ha venido bien ver el contexto y, sobre todo, granjearte la confianza de Caligari. No tenía muchas ganas de verte por allí. En cualquier caso, ¿me lo vas a contar ya?

Charles se contentó por el momento con la respuesta de Ximena.

—Tengo que estudiar los nombres —continuó—. No los conozco todos. Si hay algún mensaje oculto ahí, lo encontraré.

—Lo entiendo, pero lo que te pido es que me hables de otra cosa.

—¿De qué? ¿De Lincoln? —preguntó, y Ximena asintió con la cabeza—. ¿Cuánto tiempo tenemos?

—Un poco más de dos horas.

—Vale —dijo Charles—. ¿Cuánto sabes de Lincoln? Imagino que aprenderías bastantes cosas en el colegio.

—Por desgracia me trasladé a Estados Unidos para acudir a la universidad. Estudié en un instituto de Brighton y creo que ya sabes que a los ingleses no les interesa demasiado la historia de Estados Unidos. Así que puedes considerarme un lienzo en blanco. Empieza por el principio.

—Vale, pero debes entender que para sacar conclusiones hay que conocer a fondo el contexto en el que sucedieron los acontecimientos. Tenemos que reconstruir lo que George sabía, que era mucho. Luego tenemos que intentar llegar a las mismas conclusiones que él. Las reuniones con los cuatro expertos en Lincoln nos ayudarán hasta cierto punto.

—A propósito, ¿qué te han contado? O, mejor dicho, ¿cómo narices has conseguido que esos dos hicieran las paces?

—Eso es secreto profesional —adujo Charles, sonriendo—. Pero sí hay algo interesante. Los cuatro, desde Boates hasta Barett, se han deshecho en elogios hacia George y lo han hecho de corazón. Parece que George consiguió hacerles creer a todos que estaba por completo de acuerdo con todo lo que cada uno de ellos decía. Y eso, teniendo en cuenta lo diferentes y lo desconfiados que son, es todo un logro. Estoy descubriendo cosas que no sabía de él —prosiguió—. En cualquier caso, como bien sabes, a George le obsesionaba qué fue lo que hizo que Abraham Lincoln pasara de ser un abogado rural, sin duda racista, o por lo menos indiferente al problema de la esclavitud, a convertirse en un acérrimo abolicionista, hasta el punto de que sacrificó su vida en nombre de la causa. Debemos entender si Lincoln realmente evolucionó de forma natural, si maduró tal y como afirma Frazer, o si ocurrió algo. En cierto momento, durante la primavera de 1864, Lincoln conoció al gobernador del estado de Kentucky. Había presentes un senador y un periodista, un tal Albert Hodges, que le pidió al presidente que resumiera y pusiera por escrito las cosas de las que hablaron aquella noche. No está muy claro por qué Hodges le pidió a Lincoln que escribiera ese resumen en un trozo de papel. A lo mejor tenía un sentido de la historia muy desarrollado. Lo que sí es seguro es que Lincoln le escribió una carta que se hizo famosa. De no ser por Hodges, hoy no tendríamos este importante eslabón en la historia de la evolución de este excepcional personaje. Hodges se preguntaba por qué el presidente había cambiado su postura durante los tres años que transcurrieron desde el discurso de investidura, en el que afirmó que no intervendría de ninguna forma en el problema de la esclavitud, y el momento de la proclamación de la emancipación. La respuesta es bien conocida: «Como es natural, estoy en contra de la esclavitud. Si la esclavitud no está mal, entonces nada lo está». Continuó diciendo, y cito de forma aproximada, que como presidente estaba obligado a ser imparcial y no podía permitir que un juicio abstracto, personal y moral socavara su objetividad y su papel de protector de las leyes recogidas en la Constitución. La carta concluye con otras palabras famosas: «No afirmo haber controlado los acontecimientos, sino que confieso abiertamente que ellos me han controlado a mí». Bueno, tenemos que averiguar cuáles fueron en realidad esos acontecimientos a los que se refiere y si son los que todo el mundo conoce o si George descubrió algo más.

—¿Y qué piensas tú?

—Creo que para responder a esta pregunta antes tenemos que contestar otras. Vayamos por orden. La primera cuestión importante es: ¿por qué el presidente inició la guerra?

—¿Es que eso no está claro? Hasta alguien criado en Reino Unido como yo sabe eso. Los estados del Sur se independizaron de la Unión.

—Sí, es una teoría muy difundida. Lincoln inició la guerra de Secesión porque quería salvar a la Unión; la esclavitud no tuvo nada que ver. Esta clase de respuesta suele aparecer en los estúpidos libros del tipo *¿Sabías que...?*, que es una variante de *Pequeñas mentiras que te contaron en el colegio* o *La verdad que los profesores o el gobierno no quieren que sepas*. Son tácticas primitivas de marketing que se aprovechan de la gran mayoría de las personas sin estudios que buscan títulos sensacionalistas. Ya sabes cómo funciona: el gobierno hace todo lo que puede por ocultar algo, pero resulta que aquí llega un escritor mediocre que solo dice estupideces para revelarnos la verdad a los cuatro vientos. Bueno, ¿dónde está ese gobierno tan grande y malo? ¿Por qué no prohíbe entonces estos libros? ¿Por qué no le pega un buen puñetazo en la mandíbula a este escritor mediocre? La idea en sí es una idiotez. Claro que la guerra se libró para preservar la integridad del país, pero la razón de que esta última se viera amenazada se reducía precisamente al problema de la esclavitud. Es lo mismo que si alguien dijera que se está vendando una herida por el bien de la venda, sin mencionar la herida. Y, por cierto, ¿te importa si me enciendo un cigarro, que no es técnicamente un cigarro? —preguntó Charles, que ya había sacado lo necesario.

—No hay problema —dijo Ximena, sonriendo—. Pero abre un poco la ventanilla.

—Bueno, haré la pregunta por ti —repuso Charles—. ¿Por qué varios estados del Sur se retiraron de la Unión? El primero fue Carolina del Sur en diciembre de 1860 y le siguieron Mississippi, Florida, Alabama, Georgia, Luisiana, Texas, Virginia, Arkansas y Tennessee, que fue el último estado en abandonar la Unión en junio de 1861. Hay muchas y buenas opiniones a este respecto, pero las que tienen más fuerza son dos. Los hay que afirman que los estados decidieron abandonar la Unión porque el recién elegido presidente, respaldado por una sólida mayoría del Congreso y el Senado, iba a empezar por prohibir la prolongación de la esclavitud y acabaría por abolirla. Esto comenzó a evidenciarse en el célebre discurso de Lincoln en Nueva York en el Cooper Union Institute el 27 de febrero de 1860, que procuró notoriedad al futuro presidente, hasta entonces casi desconocido, y abrió el camino para que fuera nominado y ganara las elecciones. El discurso es único en la historia y parece ser el alegato perfectamente argumentado de un gran abogado en el juicio del siglo. Lincoln afirmó y demostró con evidencias que los Padres

Fundadores de Estados Unidos, los autores de la Constitución, se oponían por completo a la esclavitud, aunque muchos de ellos tuvieran esclavos. En consecuencia, los estados del Sur quisieron independizarse porque temían por su forma de vida tal como la conocían. Para ellos supondría un cambio trascendental.

—¿Y la otra postura?

—Esta sostiene que la razón para separarse de la Unión fue económica. El Norte quería imponer impuestos proteccionistas para defender la industria nacional y crear un banco central que dotara al país de una moneda única, que hasta entonces no existía, además de anular por completo el derecho de los estados a decidir su propio destino imponiendo un gobierno federal central. El discurso del Cooper Union Institute, que ya he mencionado, también hablaba del federalismo y de que la autoridad federal está por encima de la local en algunas situaciones —explicó—. Muy bien. Dicho esto, ya que no pienso dar complicadas lecciones de política ni me interesa formular doctrinas filosóficas ni sofisticados análisis, volvamos a Lincoln.

—Ya me da vueltas la cabeza —dijo Ximena, gesticulando.

—No te preocupes. No te aburriré con los detalles de la guerra ni con sutilezas políticas. Así que, comenzando por el principio, Lincoln nació en 1809, en una pobre cabaña en el condado de Hardin. Casi coincidimos en eso, ya que yo nací en un lugar de nombre parecido, el condado de Hardy, pero que está en Virginia. Mi padre sigue viviendo allí.

—¿También naciste en una cabaña de madera?

—Qué va. —Charles se echó a reír—. La cabaña de Lincoln es famosa. Se puede ver en el museo de Hodgenville. En cualquier caso, se sabe que la familia de su padre provenía de Pennsylvania y que su abuelo, cuyo nombre le pusieron, se trasladó a Kentucky alrededor de 1780. Apenas se sabe nada de él. Mientras tanto, un montón de investigadores, incluida la mujer a la que acabamos de ver, experta en heráldica y apasionada de la genealogía...

—¿Existe una especialidad así? —le interrumpió Ximena—. ¿En qué universidad?

—No —Charles rio—. Pero si te especializas en el estudio

de las familias nobles de la Edad Media, quieras o no, te vuelves experta en genealogía. Y no es tan fácil como parece porque uno de los entretenimientos de los vips de la época era trazar la cronología exacta de la familia. Y cuando digo exacta, quiero decir lo más completa posible, con vínculos con tantas personas famosas, reyes y emperadores, fundadores y personajes de la Biblia como fuera posible, incluidos Jesús o la Virgen María. Había muchos charlatanes en la época que ganaron mucho dinero investigando supuestamente de dónde provenían todas estas personas. Así que primero, a modo de ejemplo, solían inventar linajes muy potentes para sí, tal como hizo John Dee. Este afirmaba que pertenecía a la dinastía Tudor y que era descendiente de Enrique VIII tras falsificar los documentos sobre sus orígenes. Sea como fuere, volviendo a nuestra historia, la señorita Jackson, siguiendo a otros, trazó la línea genealógica de Lincoln hasta un tal Samuel Lincoln, un inglés de Norfolk que emigró al Nuevo Mundo en 1637 y se estableció en Massachusetts. No está claro si Lincoln sabía esto. La familia de su madre, Nancy Hanks, llegó a Kentucky por la misma época. Sus parientes afirmaban que eran franceses de noble cuna que se vieron forzados a huir durante la Revolución francesa. —Charles continuó con la historia—: Lincoln perdió a su madre con solo nueve años a causa de una dolencia conocida como «enfermedad de la leche». Más tarde se descubrió que las vacas que producían la letal leche se alimentaban en un bosque en el que había algunas plantas venenosas. En cualquier caso, aquel acontecimiento supuso un duro mazazo para él y se especula con que el espanto que le producía cualquier tipo de violencia o crueldad tuvo su origen en este terrible episodio de su infancia. Eso por un lado. Por el otro, los momentos en que recordaba a su madre eran muy escasos. A veces se refería a ella con afecto, pero muchas más ocasiones se avergonzaba de ella porque corría el rumor de que había sido ilegítima. En una ocasión le contó a un amigo que era hijo de una mujer bastarda. A las mujeres de su familia solían ponerles nombres como Nancy, Lucy o Polly. Había muchas y una tradición cuenta que todas eran sospechosas de adulterio.

—¡Qué bonito! —comentó Ximena, a quien le preocupaba el ritmo narrativo de Charles—. Pero ¿es esto relevante para nuestra historia?

Charles le clavó la mirada. También él se había estado haciendo esa misma pregunta.

—Podría ser —dijo al final—. La juventud de Lincoln explica muchas cosas. Me refiero a cómo fue criado. Si te aburro...

—No. Continúa, por favor.

Charles no esperó a que se lo pidiera dos veces.

—Su padre era un hombre honrado y trabajador —retomó la narración—. No era como algunos de los biógrafos del presidente lo han descrito. Tenía cierto espíritu emprendedor, pero siempre le persiguió la mala suerte. Primero se murió su socio y se vio obligado a pagar todas sus deudas, luego se vio involucrado en una estafa relacionada con títulos de propiedad falsificados. Era carpintero de profesión, pero en un momento dado, cuando Abraham era pequeño, poseyó una plantación de maíz bastante grande a la que solía llevar a su hijo para que trabajara en los campos. Parece ser que Lincoln no lo odiaba, pero sin duda sí que lo despreciaba. Siempre se avergonzó de sus orígenes humildes. Se marchó de casa con veintidós años y nunca regresó. Jamás volvió a ver a su padre. No le invitó a su casa, ni siquiera a su boda. Thomas Lincoln nunca conoció a la esposa de su hijo ni a ninguno de sus nietos. Cuando murió en 1851, Lincoln buscó una excusa para no asistir al funeral. Y nadie le oyó jamás decir nada bueno de él. Tanto su madre como su padre sabían leer, pero no escribir. Pese a eso, se decía que ella poseía una brillante inteligencia que Lincoln había heredado. Hasta el momento en que Lincoln dejó la nueva casa familiar en Indiana, construida en un bosque que él y sus hermanos despejaron con sus propias manos, tenía buena relación con estos, pero después de irse de casa los trató igual de mal. Lo mismo pasó con su madrastra, que a su manera fue responsable de su educación. Sarah Bush se llevó a casa de Thomas a los hijos de su primer matrimonio, pero nunca los trató de manera diferente a la progenie de su marido. Amaba a Abraham y siempre le consideró su favorito.

—Era un tipo duro de pelar ese presidente tuyo.

—Sí. En aquella época, las relaciones entre padres e hijos eran completamente diferentes a como son hoy en día. Los hijos ayudaban a los padres a sobrevivir mientras que estos preparaban a su descendencia para enfrentarse a la vida. Había una especie de contrato familiar que concluía cuando los hijos crecían y se iban de casa. Tanto su padre como su madrastra insistieron en que Abraham acudiera a la escuela, pero allá donde le enviaban, esta cerraba o no había suficientes alumnos para mantener las clases. Los colegios eran centros de educación itinerantes, por así decirlo. En total Lincoln asistió a la escuela poco más de un año, con interrupciones de por medio. A pesar de ello, la pasión de su infancia era la lectura. Leía todo lo que podía y siempre llevaba consigo un libro. Aunque Sarah Bush era analfabeta, había llevado libros a su nueva casa y Abraham no tardó en aprendérselos de memoria. De hecho, cuando en 1858 aceptó la nominación al Senado por el partido republicano, se hizo eco de uno de esos libros al pronunciar una de sus citas más famosas: «Una casa dividida contra sí misma no puede mantenerse en pie». Es de una de las fábulas de Esopo, la de los cuatro toros y el león, que trata de un reino en conflicto consigo mismo. Por supuesto, la frase también aparece en el Evangelio de san Marcos.

—¿A qué se refiere esa metáfora?

—Oh, no. ¿Ni siquiera sabes eso?

—¿Debería sentirme culpable?

—Si fueras estadounidense, sí que deberías, pero como eres inglesa, no es el caso. Lincoln dice que Estados Unidos tiene que tomar una decisión llegado el momento: o el país entero, incluidos los estados donde la esclavitud estaba prohibida, aceptaba la esclavitud de la gente de color o todo el país debía abolirla. De eso se trataba. Y, al final de su discurso, Lincoln añadió que tenía que ser lo uno o lo otro.

—Gracias. Estabas diciendo que era un lector empedernido. Eso es interesante.

—Sí, leía sin parar. Al principio cualquier cosa que caía en sus manos, ya que siempre tenía presente que no era fácil encontrar libros en las zonas pobres que frecuentaba. Le apasionaba la historia, sobre todo la relacionada con presidentes y figuras importantes de Estados Unidos, como Franklin o Washington. Le gustaba la poesía en particular. Tenía una inclinación melancólica hacia este género y escribió composiciones de gran calidad. De hecho, adquirió su enorme talento para la oratoria y el magistral uso de la retórica en la infancia y ejercitaba ambos con todas las personas que conocía, fueran quienes fuesen. Poseía un encanto arrollador. Todo aquel que le conocía le cogía aprecio. Contaba chistes sin parar. A pesar de que padecía ataques severos de melancolía y depresión que parecían interminables, siempre que estaba en compañía de otras personas hacía que se partieran de risa. Muchos afirmaban que después de una noche de conversación con Lincoln pasaban días sin poder sonreír de nuevo, ya que les dolía la mandíbula de haber reído tanto la noche en cuestión. Por supuesto, algunos de sus chistes favoritos eran sobre negros, unos pocos muy guarros y ofensivos. Era un actor consumado. Siempre que se dirigía a una persona, a un grupo o a una multitud, causaba un gran efecto sobre ellos, simple y llanamente. Tenía un carisma irresistible a pesar de que en realidad era un hombre poco agraciado. Su hermanastro Dennis decía que era muy holgazán, que nunca le apetecía hacer nada y que se pasaba el día entero leyendo, garabateando, haciendo cálculos y escribiendo poesía. Por entonces nada de eso se consideraba trabajo. En un momento dado quiso perfeccionar su lenguaje y buscó libros de gramática, lingüística y retórica, que se aprendió de cabo a rabo. Pero también se le daban bien las matemáticas. Su libro preferido era *Los elementos*, de Euclides. Le fascinaba la mente humana y aquello que una persona había sido capaz de crear hacía dos mil años y la cantidad de aplicaciones prácticas que podía tener su ingenio teórico dos milenios después.

—¡Sí, señor! —exclamó Ximena, con un doble significado que Charles no captó.

—Tanto le fascinaban la tecnología y los nuevos descubrimientos científicos que si hubiera vivido hoy, habría entendido cualquier clase de artilugio a fondo. A veces pecaba de ingenuo en este aspecto e incluso de absurdo. Se asemejaba a Bouvard y Pécuchet en algunas cosas. Si se hubiera hecho escritor, con tanto talento como poseía, habría sido muy, muy bueno. Aun así, nunca le atrajo la prosa de ficción. Por lo que se sabe, en una ocasión trató de leer una novela, solo una; *Ivanhoe*, de Walter Scott. No le gustó nada. Sin embargo, se sabía de memoria extensos pasajes de Shakespeare. En lo que respecta a la religión, tenía una extraña relación con ella. No era creyente. Leer *La edad de la razón*, de Thomas Paine, a temprana edad le imposibilitó cualquier clase de relación con la religión. Sin embargo, la utilizaba sin cesar con fines políticos cuando le convenía. También tuvo problemas porque no pertenecía a ninguna Iglesia. Las muchachas piadosas le consideraban un ateo. Durante las elecciones de 1860, veintiún pastores votaron en su contra en Springfield solo por esta razón. De todas formas, la religión sí que estaba presente en su cabeza tras un disfraz bastante perverso. Heredó la idea fatalista de la religión calvinista de sus padres. Estaba convencido de que el destino estaba escrito de antemano y que nadie podía hacer nada para cambiarlo. Quizá por eso sufrió tanto. Se decía que era melancólico, pero a veces sus depresiones se manifestaban de manera muy grave. Estaba obsesionado con la muerte y la locura y era hipocondríaco. Era supersticioso y creía en las señales y en las premoniciones. Tenía un sueño recurrente; un barco de vapor que surca la niebla a gran velocidad, sin ir a ninguna parte; un sueño que tuvo incluso la noche previa a su asesinato.

—Hasta ahora no has mencionado ninguna relación con una mujer.

Charles se echó a reír.

—Eso es porque hasta este momento de la historia no hubo ninguna.

—¡Mira, te vibra el móvil en el bolsillo!

Charles estaba tan absorto en la historia que ni siquiera lo había notado. Sacó el móvil y miró la pantalla. Era su padre.

—Sí —respondió Charles.

—He hablado con Cifarelli. Ha dicho que quiere verte y que acudirá a la funeraria mañana. Pero te pide, y yo también, que vengas por lo menos dos o tres horas antes del entierro. Tenemos obligaciones que atender.

—Sí, claro —repuso Charles, irritado por no haberse interesado más por los preparativos del funeral de su adjunto.

—¡Ah! Y el profesor me ha dicho una cosa muy extraña. Me ha asegurado que tú lo entenderías. Ha dicho que te aclarará todo lo que quieras, y con mucho gusto, pero a condición de que traigas a Esquilo a la reunión y que dejes que le eche un vistazo.

66

—¿Algo interesante? —preguntó Ximena.

—Era mi padre —dijo Charles, exhalando un suspiro—. ¿Dónde nos habíamos quedado?

—En la relación del presidente con las mujeres.

—Justo ahí. Todo el mundo sabe que Lincoln era muy tímido con las mujeres. Parece que tuvo tres relaciones en total y ni siquiera los biógrafos de hoy en día están convencidos de que sintiera algo por Anne Rutledge, la primera mujer de su vida. Está claro que tenía problemas de intimidad y tampoco es que fuera fácil tener relaciones románticas. Lo curioso es que las tres mujeres, Anne Rutledge, Mary Owens y Mary Todd, eran todas orondas y muy bajitas.

—¿A qué te refieres con orondas?

—Robustas, por así decirlo. Regordetas. Si echas un vistazo a las declaraciones de Lincoln, es evidente que estaba convencido de que las personas gordas son alegres y responsables. Cuando tenía jurados corpulentos en un juicio estaba convencido de que la víctima ganaría el caso.

»Sea como sea, después de marcharse de casa se instaló en New Salem, donde trabajó como pasante, entre otras cosas. En 1836, con veintisiete años, le admitieron en el colegio de abogados sin tener estudios formales. Antes de eso se había enrolado en una milicia en la guerra del Halcón Negro, cuyo objetivo era expulsar de Illinois a los indios sauk y fox, en la que le eligieron capitán. No hizo nada especial por lo que destacara en esa guerra, pero se sintió tan halagado por haber sido escogido como capitán que lo recordó con orgullo durante el resto de su vida. Aquello le dejó con la misma impresión que si hubiera ganado unas elecciones y pensó que era solo el primer paso de su carrera política, que soñaba que sería colosal. Sin embargo, fracasó dos meses después de abandonar la milicia al presentarse a la asamblea legislativa de Illinois y perder las elecciones. Entonces el mundo pareció derrumbarse a su alrededor. Se describió a sí mismo como la persona más desgraciada del mundo.

—¿Y eso qué tiene que ver con las mujeres?

—Está relacionado con su carácter. Pero volveré a eso. Seguía pasando por New Salem de vez en cuando. Como era un joven presentable y soltero con ambiciones, todas las bienintencionadas mujeres del lugar hacían planes para casarle.

—¿Así que le hacían de casamenteras?

—Sí. —Charles rio—. Podría decirse así. Lincoln se comportaba de manera admirable con los niños, los gatitos, los perritos y, sobre todo, con las damas de la ciudad. Era educado y galante, pero se volvía torpe y tímido en presencia de una mujer soltera. Cuando aparecía una, quería marcharse lo más rápido posible. En la tienda donde trabajaba hasta le daba vergüenza atender a las clientas. En consecuencia, todos los esfuerzos de la señora Armstrong y de sus amigas fueron infructuosos. Y al final, sin que nadie se entrometiera, se fijó en una guapa muchacha, más bien regordeta, llamada Ann Rutledge. Decidieron casarse para evitar los comentarios, pues así eran las cosas por entonces, pero Lincoln tenía sus dudas. No disponía de medios para mantener una familia y le pidió que lo pospusieran. Pero Ann falleció de tifus en 1835. No hace falta que diga que la depresión de Lincoln empeoró tanto que cuando se puso a llover en el funeral, declaró que odiaba la lluvia que estaba destruyendo la tumba reciente de su prometida.

—¡Qué gótico! ¡Me gusta!

—¡Ja, ja! ¡Mira qué bien! —se burló Charles—. ¡Crueldad, tienes nombre de mujer! En fin, justo antes del fallecimiento de su prometida, la señorita Bennett Abel, una mujer de mundo, visitó New Salem. La acompañaba su hermana menor, Mary Owens, cuyos magníficos dientes fascinaron a Lincoln.

—¿Sus dientes? ¿Es que era un caballo?

—Sus dientes, sus grandes ojos y su bronceada piel. Lincoln quedó embelesado. Después de que la chica retornara a casa, le juró a la hermana que si volvía a verla pediría su mano en matrimonio. La chica regresó, puede que a instancias de su hermana, que debió de contarle la conversación tiempo después del fallecimiento de Ann. Lincoln y la chica se gustaban, pero a Mary comenzó a incomodarle el tosco comportamiento del futuro presidente. Una vez, mientras paseaban por la ciudad, Lincoln no le ofreció ayuda a una mujer que tuvo que levantar un cochecito de bebé con el niño dentro, y en otra ocasión, durante un paseo a caballo por el campo, el futuro presidente no la ayudó a salvar un arroyo de un salto como hicieron el resto de los hombres con las mujeres que los acompañaban. Seguramente, en reacción a su descontento, Lincoln comenzó a descubrir que ella tenía un número cada vez mayor de defectos físicos. Y eso le llevó a inventar todo tipo de excusas para separarse de ella. Algunos investigadores afirman que la razón fue el típico complejo de inferioridad que aquejaba a un niño pobre que tenía que lidiar con una chica de buena familia. En un encuentro posterior la convenció de que eran incompatibles y después le escribió una larga carta en la que le decía que no quería ser un estorbo para ella, quien podía encontrar una pareja mejor, más digna de sus aspiraciones, y que debía dejarla vivir su vida y otras muchas sandeces más, pero que, sin embargo, si ella decidía que le quería, se casaría con ella.

—¿Y la chica no le golpeó en la cabeza?

—Eso parece, aunque la única prueba que tenemos es que se separaron. El caso es que Lincoln se sintió rechazado otra vez y cayó en otra depresión —repuso—. Sea como sea, salió elegido para la asamblea en 1834 después de una segunda vuelta y fue reelegido para otros tres mandatos más. Entonces llegó el momento de mudarse a Vandalia y se estableció en Springfield, que más adelante sería la capital del estado. Era tan pobre que llegó allí en un caballo prestado y en la primera tienda con la que se topó preguntó cuánto costaba alquilar una cama. Por suerte para él, el dueño del establecimiento era Joshua Speed, quien le había visto dar un discurso hacía algún tiempo. Speed le ofreció compartir la cama con él. No hagas ningún comentario porque esto era algo muy habitual en la época —se apresuró a advertir a Ximena, que apartó las manos del volante un momento e hizo un gesto para indicar que tenía intención de decir palabra—. Speed se convirtió en el mejor amigo, y tal vez en el único que Lincoln tuvo jamás. Por otro lado, la familia Speed era asquerosamente rica. Eran propietarios de varias plantaciones y, en consecuencia, tenían una gran cantidad de esclavos. La propiedad más famosa de la familia estaba en Kentucky, cerca de Louisville. Se cree que Farmington fue el lugar donde cuatro años después Lincoln tuvo su revelación, su punto de inflexión con respecto a la esclavitud. Ya llegaremos a eso.

—¿Y la tercera mujer?

—La tercera y última fue su esposa, Mary Todd. Lincoln era cada vez más respetado. Ganaba dinero, era abogado y un político prometedor. Comenzó a asistir a todo tipo de fiestas y cada vez le invitaban con mayor frecuencia a las casas de los aristócratas locales. En una de ellas, en casa de Ninian Edwards, su futuro cuñado, Lincoln conoció a Mary. Estamos en el verano de 1840 —añadió—. Mary era hija de Robert Todd, un prominente banquero de Lexington, Kentucky. Criada en el lujo, educada en inglés y en francés en los colegios privados para señoritas más famosos de la época, Mary Todd era casi un trofeo para un joven con aspiraciones como Lincoln. Con los años, muchos lo han acusado de casarse con ella por ambición. Mary estaba loca por él. Decía que era el hombre más inteligente que jamás había conocido. Sentían la misma pasión por la política, era *whig* al igual que él y, sobre todo, estaba obsesionada con convertirse en primera dama de Estados Unidos. Mary se había mudado a casa de su hermana por un malentendido con su madrastra en 1839. Los futuros cuñados de Lincoln se opusieron a la relación todo lo que pudieron, pues lo consideraban un campesino con aspiraciones, sucio y carente de educación. También decían que era maleducado y que no sabía mantener una conversación refinada. Mientras estaba prometido con Mary, Lincoln tuvo una de sus crisis y le escribió una carta en la que rompía el compromiso. En ella le decía que era demasiado buena para él y que sentía que debía liberarla del compromiso.

—Lo mismo que con la anterior mujer.

—¡Exacto! Idénticas palabras. Pero esta joven le respondió que esperaría lo que hiciera falta y que él debía poner orden en su alma. En vez de hacerle feliz, su respuesta le afectó más aún y su depresión se ahondó. Estaba devastado. Aquí podemos atisbar algo muy importante sobre el futuro presidente de Estados Unidos. Era casi incapaz de tomar una decisión. Y esto le ocurrirá muchas veces a lo largo de la vida, incluso en el asunto de la esclavitud o de la guerra. Esta continua indecisión entre dos soluciones extremas llevó a muchos a decir que no le gustaba asumir riesgos y que solo aceptaba aquello que ya estaba establecido. Llevaba la indecisión hasta el paroxismo. Algunos han interpretado esto como una forma de política, una manera de mantener el equilibrio. En muchos asuntos, y a menudo en la misma frase, afirmaba una cosa y la contraria. Por eso algunos investigadores dicen que salió como si nada de todas las trampas de la vida, engañando a todos para sacar provecho de ellos mientras los hacía esperar. Y a este respecto, admiradores y detractores tienen material suficiente para defender sus argumentos.

—¡Pero al menos esta historia de amor salió bien!

—Sí. Más o menos. Por miedo a que se quitara la vida, sus amigos escondieron todos los objetos afilados de su cuarto. Su amigo Joshua, que mientras tanto había regresado a Farmington, invitó a Lincoln, que atravesaba una época difícil de su vida, a tomarse unas vacaciones en la plantación de la familia Speed. Lincoln pasó un mes allí durante el que no solo se relajó por completo, sino que también logró volver totalmente recuperado. No tiene sentido alargar la historia. Lo que sí es cierto es que se casó con Mary un año más tarde. Esto que te voy a decir es muy importante: los cuatro profesores han coincidido, aunque algunos lo interpreten de forma muy diferente, en que algo le pasó a Lincoln en Farmington, un suceso fundamental, tal y como creía George.

Justo cuando se disponía a continuar, Ximena pisó el freno con tanta brusquedad que Charles estuvo a punto de golpearse la cabeza contra el parabrisas. Levantó la mano para protegerse la cabeza en un acto reflejo, se la golpeó contra la luna y se hizo daño en un dedo.

—¿Qué demonios pasa? —preguntó.

A la luz de los faros, una cabra le dirigió una extraña mirada a través del parabrisas.

—Una cabra te mira fijamente.

—¿Y qué está haciendo aquí?

—Por aquí hay un montón de granjas.

Ximena acababa de desviarse hacia una carretera secundaria para repostar en un lugar rodeado de granjas. Lo más seguro era que la cabra hubiera escapado, que era lo que Ximena había querido decir con menos palabras. Lo que Charles no entendía era por qué la cabra en cuestión le contemplaba con una expresión tan penetrante, como si se hubiese enamorado de él.

67

Sócrates miró el teléfono que sonaba en la palma de su mano y se debatió entre responder o no. Una nueva conversación con Keely era más de lo que podía soportar. Al poco cedió y respondió.

—Le necesito —dijo Keely con voz gutural.

Ya que Sócrates no había oído hablar nunca a su jefe con ese tono, fingió estar preocupado.

—¿Ha pasado algo? —preguntó.

—Tal vez ha llegado su momento, mucho antes de lo que esperábamos. —Hizo una pausa para conseguir causar cierto efecto a Sócrates.

—Le escucho —respondió con aire militar.

—Quiero que venga a Copán mañana por la tarde. Desde el principio le prometí que le enseñaría todo lo que hay aquí si lograba convencerme. Las cosas se han precipitado y nos encontramos en una situación de crisis. Estoy empezando a confiar en usted. Es demasiado directo y le pierde la lengua, pero al menos dice lo que piensa y no se anda con subterfugios. Y cuando se trata de entrar en acción, ha demostrado ser irreemplazable.

«Santo Dios —pensó Sócrates—. Este capullo es incapaz de expresarse como una persona normal incluso en una situación así.»

—¿Y qué quiere que haga con el problema de aquí?

—Ya volverá. Por ahora nuestra prioridad es otra.

—¿Cómo llegaré hasta allí?

—Un avión privado le recogerá cerca de Princeton. Alguien se pondrá en contacto con usted en mi nombre mañana por la mañana. Y una cosa más. ¡Venga solo!

—¿Y eso?

—Me refiero a que no se traiga a su hermana. Deje que se vaya de compras o dele dinero para que se relaje en un spa.

—De acuerdo —dijo Sócrates, al que de repente le había subido la tensión.

—Espero no equivocarme con usted —repuso el hombre antes de colgar.

Detuvo el coche unos cuantos metros detrás de la gasolinera para que no le vieran. Luego marcó un número en el teléfono móvil.

—Acaban de salir de la autopista para repostar. Tengo el presentimiento de que no se van a reincorporar a ella, sino que van a tomar una carretera alternativa. El camino es más corto por aquí.

—¿Crees que te han visto?

—No. Estoy seguro de que no.

—Bien. No los pierdas de vista.

El hombre colgó y sacó dos sándwiches de una bolsa que había en el asiento trasero, en medio de un desorden general. Le ofreció uno a la persona sentada a su lado. Abrió la guantera y comprobó que la pistola estuviera en su sitio. Después encendió la radio y sintonizó una cadena que emitía música country de forma ininterrumpida. Esperó a que el coche de Ximena saliera de la gasolinera y arrancó de nuevo.

68

—Estabas llegando a lo más interesante.

—Sí. Hasta este punto es todo bien conocido y en realidad te debo la parte que más importa: la relación de Lincoln con la esclavitud. ¿Cuánto falta para llegar a Princeton?

—Puede que una media hora.

—Hum. Por desgracia tendré que omitir cosas importantes e ir directo a la conclusión.

—No importa. La vida es larga. Ya tendremos tiempo. Te has quedado en el viajecito de Lincoln a Farmington.

—Cierto. Te decía que Lincoln se encontraba muy a gusto en Farmington. Disfrutó de su estancia allí, la hermanastra de Joshua se ocupaba de él. Además, allí hicieron su famoso viaje en barco de vapor por el río Ohio en el que Lincoln vio aquellos esclavos encadenados de los que tantas veces hablaría. Hasta aquel momento no había tenido una interacción significativa con la esclavitud, puesto que era casi inexistente en las zonas fronterizas entre el Norte y el Sur. Esta es la razón de que la mayoría de los historiadores considere este momento el punto de inflexión para Lincoln, sobre todo porque nunca había sido testigo del siniestro espectáculo de la tortura de esclavos. Pero parece que George había descubierto algo más. A Lincoln le habían asignado un esclavo personal, un anciano que ya no podía trabajar en los campos, pero que aún era capaz de servir al futuro presidente. Dado que Lincoln padecía insomnio y depresión, pasó muchas noches de agosto en el porche de la casa, sentado en la mecedora, leyendo o sencillamente meditando. El esclavo estaba a su disposición y por ello comenzaron a charlar. Hablaron de libros. Lincoln se sorprendió de la vasta cultura que poseía el sirviente de color. Por entonces, los negros tenían prohibido leer y escribir. La inmensa mayoría ni siquiera sabía escribir su propio nombre, mucho menos leer, por no hablar libros de verdad.

—¿Hablas en serio? ¿Se les prohibía aprender a escribir?

—Sí. Leer y escribir son actividades subversivas. El esclavo debía dedicarse al trabajo y a la poca vida familiar que le estaba permitida a fin de criar a futuros esclavos de la forma adecuada. Leer lleva al conocimiento y el conocimiento a las ideas. Las ideas se vuelven peligrosas y tarde o temprano incitan a la acción. Así que sí. Si pillaban a un esclavo que sabía leer, le daban una paliza al estilo bárbaro. A veces moría durante ella para servir de ejemplo a los demás. Los negros, ni siquiera los que eran libres, no tenían derecho a ser jurados en un juicio ni tampoco a votar. Y, por supuesto, no podían casarse con blancos y les estaba prohibido ocupar un cargo público.

—¿Aunque no fueran esclavos?

—Eso es. Ni siquiera tenían derecho a comer cerca de los blancos. Se les consideraba animales. Los supremacistas blancos del Sur, que en su gran mayoría eran protestantes, afirmaban que en la Biblia se hablaba de la esclavitud y que era algo muy natural. A su modo de ver, una sociedad libre era absolutamente anticristiana y por tanto iba contra natura. Decían que las personas de color eran animales y que por lo tanto su sitio eran los establos. Además, los sureños dominaban la asamblea legislativa. Al final, la guerra de Secesión llevó a la aprobación de la Decimotercera Enmienda, que abolió la esclavitud, pero solo porque no había ni un solo sureño en la Cámara del Senado. Sin embargo, los pasos legales hacia la consecución de la abolición comenzaron antes. Una decisión del Tribunal Supremo en 1857 condujo a la guerra de Secesión y, por último, a la abolición, pero me estoy adelantando. En 1854 se promulgó la ley de Kansas-Nebraska, relacionada con la soberanía popular y que derogaba de manera efectiva el compromiso de Missouri al permitir que la gente de estos estados decidiera si permitía o no la esclavitud. Puesto que en los estados en los que la esclavitud ya existía no tenían pensado renunciar a ella, el problema se les presentaba a aquellos que ya habían abolido la esclavitud bajo el compromiso de Missouri: los que se encontraban por encima del paralelo 36° y 30'. Aunque la ley de Kansas-Nebraska parecía favorecer la expansión de la esclavitud, resultó tener terribles consecuencias. El Partido Demócrata se dividió a causa del escándalo y una gran parte de sus miembros se pasó al recién creado Partido Republicano, del que Lincoln formaba parte.

Ximena miró a Charles con tanta admiración que estuvo a punto de chocar con un camión que venía en dirección contraria. Charles se abalanzó sobre el volante con desesperación, pero Ximena reparó en el camión en el último momento y lo esquivó.

—No pienso decir una sola palabra más si no prestas atención a la carretera.

—Vale, vale —repuso ella con una sonrisa—. ¿Qué voy a hacer si eres fascinante? Te prometo que solo usaré los oídos de ahora en adelante. Sigue, por favor.

Charles exhaló un suspiro, pero comenzó de nuevo, igual que un juguete de cuerda.

—El siguiente gran error de los sureños fue no detenerse ahí. La fastidiaron todavía más en un momento en que la causa abolicionista había arraigado en todo el Norte y empeoraron más las cosas con la ley de Kansas-Nebraska. Esto tiene que ver con un famoso caso relacionado con una pareja casada de esclavos, Harriet y Dred Scott. Los Scott emprendieron acciones legales en 1846. La historia es que el amo de Dred le trasladó de Alabama a Missouri y de ahí a Wisconsin, donde le vendió. En Wisconsin, Dred se casó con una esclava y tuvieron dos hijos. Harriet y él, junto con sus hijos, pasaron a ser propiedad de un nuevo amo, que los llevó de vuelta a Missouri. Los Scott emprendieron acciones según la costumbre de la época: «una vez libre, siempre libre», lo que significaba que si habías sido libre una vez en territorio estadounidense, nadie podía volver a esclavizarte jamás. Como Wisconsin era un territorio libre en el que estaba prohibida la esclavitud, a los padres y a los hijos había que considerarlos personas libres, aunque regresaran a un estado en el que sí estaba permitida la esclavitud. El proceso legal duró once años y al final llegó al Tribunal Supremo. Allí sobrevino el desastre. El Tribunal Supremo dictaminó lo siguiente: los negros carecían de derechos en los tribunales federales. Los estados esclavistas ya no tenían que respetar la costumbre del derecho consuetudinario de «una vez libre, siempre libre». El tribunal sostenía que ni el Congreso ni ningún gobierno territorial tenían derecho a prohibir la esclavitud porque eso representaba una violación del derecho a la propiedad privada garantizado por la Quinta Enmienda de la Constitución. Las consecuencias de ello fueron devastadoras. El veredicto del caso de Dred Scott anuló todas las leyes anteriores y legalizó la esclavitud en todo Estados Unidos, algo inaceptable para los norteños. Esta cadena de acontecimientos llevó a que los republicanos creyeran que había una conspiración entre sureños y demócratas, ideada para transformar todo el país en una nación esclavista y así hacer retroceder el reloj de la historia. Incluso hubo voces entre los sureños que sostenían que también debería haber esclavos blancos. Los republicanos empezaron a temer que Estados Unidos pasara de manos de un gobierno absolutista y feudal a las de una clase aristocrática cruel y rapaz y que se nacionalizara la esclavitud.

—¿En serio? Eso no lo sabía.

—Ya veo. En Inglaterra no tuvisteis esas preocupaciones.

—Te ruego que me perdones por interrumpirte. Esto es muy interesante.

—Incluso se formó un partido americano, conocido habitualmente como el Partido *Know Nothing*. Sus miembros eran protestantes blancos, xenófobos y dueños de esclavos, que querían expulsar del país a toda la población católica, irlandesa o emigrante.

—¿No suena eso como un predecesor del Ku Klux Klan?

—Más o menos. En cualquier caso, ahora que he hecho esta larga, aunque relevante y pertinente digresión, volvamos al tema principal. Imagina la sorpresa de Abraham Lincoln, que vivía en la época que acabo de describir, cuando se encontró a una persona negra que recitaba a Shakespeare mejor que él mismo. Lincoln disfrutaba de la compañía del esclavo y pasaba todas las noches con él. En una ocasión incluso cenaron juntos. Por su parte, el esclavo le enseñó un montón de cosas. Le contó qué había leído y el futuro presidente quedó fascinado por lo que descubrió. George especula con que ese esclavo le contó a Lincoln algo tan trascendental que cambió por completo su opinión, no solo con respecto a la esclavitud, sino también sobre toda la raza negra.

—¿El qué?

—Eso es lo que no sé. Lo único que he podido discernir uniendo trozos de conversación es que se trataba de un secreto terrible, que solo Lincoln y varias personas privilegiadas sabían.

—¿Y todo eso se debe a un anciano negro? Hum. Ahora me toca a mí ser escéptica.

—Lo sé. Pero George parecía estar convencido de esto y la manera tan horrible en que le asesinaron, y no solo a él, implica que se topó con un espantoso avispero y que lo tiró al suelo. Tú, como agente, y yo, como amigo, tenemos ahora la obligación de hacer cuanto esté en nuestra mano para descubrir la verdad. ¿Qué fue eso tan terrible que el esclavo le contó o le dio a Lincoln?

Mientras hablaban, Ximena redujo la velocidad hasta frenar del todo, ya que se estaban aproximando a un paso a nivel con barrera. Pero entonces, sin explicación alguna, el coche empezó a avanzar de nuevo peligrosamente hacia la barrera. Oyeron el silbido del tren que se aproximaba por la derecha.

—¿Qué demonios pasa? —exclamó Charles, que estaba mirando hacia atrás.

Un enorme camión se había pegado a la parte trasera del Escalade y los estaba empujando hacia la muerte.

69

Ximena giró el volante todo lo que pudo a la izquierda y el coche se dirigió hacia un barranco. Mientras el camión continuaba empujando, levantó el pie del freno y pisó el acelerador. Giró el volante de repente y logró evitar el barranco, aunque volcó en la cuneta al lado de la carretera. Boca abajo, Charles vio, como si la niebla los envolviera, la figura de un hombre con sombrero vaquero y botas a juego bajar del camión con un rifle enorme en la mano. Mientras intentaba de forma desesperada coger su revólver, que había caído a un lado, vio que un coche negro paraba detrás del tipo del rifle. A Charles le resultaba imposible ver a los ocupantes del vehículo negro desde su posición. Oyó dos disparos y observó al vaquero desplomarse. Después vio dos piernas que se encaminaban hacia él y, tras eso, perdió la consciencia.

Volvió en sí media hora más tarde. Estaba tumbado en una camilla. Casi había anochecido y las luces de la ambulancia teñían el cielo de rojo y azul. Se incorporó. Ximena estaba hablando con la policía y con un miembro del personal de emergencias. El Escalade estaba en la carretera, como si nada hubiera pasado, y el camión había desaparecido. Asimismo, no había ni rastro del cadáver ni de sangre en la carretera. Ximena vio a Charles incorporado y corrió a su lado.

—¿Estás bien? Gracias a Dios. Tienes que ir al hospital para que comprueben si te has roto algo.

Charles se levantó como si quisiera demostrarse a sí mismo que todo estaba en perfectas condiciones.

—Estoy bien —aseguró.

Un enfermero se acercó a él, le hizo algunas preguntas y realizó unas cuantas pruebas sencillas. Después dijo que todo parecía estar bien, pero que de todas maneras recomendaba que fuera al hospital. Ximena habló de algo más con la policía y le indicó a Charles que subiera al coche.

—¿Qué demonios ha pasado aquí? —preguntó Charles—. ¿Lo he soñado?

—No. Un camión enorme ha intentado empujarnos delante del tren. He conseguido zafarnos, pero me precipité a la cuneta. Creo que quería terminar el trabajo porque vi que se bajaba del camión con un rifle. No podía moverme. Por el rabillo del ojo vi que estabas intentando coger tu pistola. Luego un Honda negro paró detrás de él. El conductor bajó la ventanilla. Llamó al tipo del camión y, cuando se dio la vuelta, le disparó en la cabeza. Después el tipo del Honda se acercó a nosotros, pero se mantuvo de espaldas mientras hablaba por teléfono. Se acercó primero a mí, aunque tuvo mucho cuidado de que no le viera la cara. Me puso algo en la nariz y me quedé grogui en el acto. Creo que era una especie de cloroformo ligero. Cuando he recuperado el conocimiento, tú estabas tumbado boca arriba sobre la hierba cerca de la carretera mientras que yo estaba apoyada contra ese árbol. El camión había desaparecido junto con el tipo que intentó liquidarnos. Minutos más tarde ha llegado la ambulancia y la policía. Los agentes han sacado el coche de la cuneta.

Charles escuchaba con asombro, no tanto por lo que Ximena decía, sino por la serenidad y la voz firme con la que hablaba.

—¿Y qué le has dicho a la policía?

—¿Qué podía contarles? Les he explicado que un vehículo que venía de frente nos ha cegado y que tuve que irme hacia la cuneta.

—¿Y ya está?

—¿Habrías preferido que les contara la historia del camión, el asesino a sueldo ahora muerto y el superhombre que nos ha salvado? ¿Te habría parecido mejor?

—No. Tienes razón.

—¿Estás seguro de que no quieres que te lleve al hospital? ¿Te duele algo?

—No, un poco la mano izquierda, pero estoy bien. ¿Qué tal tú?

—No tengo ni un rasguño. Les he enseñado mi identificación del FBI y me han echado un pequeño rapapolvo, pero me han dejado en paz. Me han preguntado si estaba en condiciones de conducir y me han aconsejado que le haga una revisión urgente al coche. ¿Le has visto la cara a alguno de los dos tipos?

—La luz del atardecer y el sol dándome de pleno en la cara no me ayudaban mucho. ¿Crees que era el asesino de George y de Penelope?

—En ese caso está muerto. Lo que más me preocupa es quién nos ha salvado de esa forma y por qué.

—¿No tienes la menor idea?

—No, y tampoco he podido ver nada.

—Vale. Nos ha salvado, pero ¿por qué se ha llevado el camión? Y me parece que también ha limpiado el escenario del crimen. ¿Cómo puede un hombre al que han disparado no dejar una gota de sangre en el asfalto?

—No tengo ni idea. Ya habrá tiempo para eso mañana. Ahora mismo tengo que descansar un poco. ¿Te llevo a casa?

—Sí. La noche es una buena consejera.

En menos de una hora, Charles había dado de comer a su gato y se había metido en la ducha. Cualquier cosa era posible, pero aun así no esperaba que fueran a atentar contra su vida. Los acontecimientos habían tomado un desagradable cariz. Se metió en la cama con la idea de reconstruir la cadena de sucesos. Lo mejor de todo era que no tenía ningún miedo. Se quedó dormido al instante.

Interludio

Un jaleo indescriptible le despertó. Se oían voces peleando en algún lugar de la planta baja, en la sala de estar. Se levantó de la cama como pudo, buscó en vano las zapatillas y se dirigió a las escaleras. No encendió la luz, seguramente para no delatar su presencia. Bajó igual que un gato; despacio y con sigilo. Cuanto más se acercaba, mejor oía.

—Todos estos libros no son buenos para él, padre —dijo una voz de mujer—. Estos libros impíos se apoderan de su mente.

—Pero ¿qué efecto tienen en él? —preguntó un hombre con voz de barítono.

—En principio, dos —respondió la mujer—. O le hacen perder el tiempo intentando escribir lo mismo que lee en estos estúpidos libros o hacen que se crea que es uno de sus personajes.

—Esto es peligroso —dijo otra voz, más amable y algo más dubitativa—. El caso es que no debería leer esas historias de Spiderman ni de otros superhéroes. Una vez oí que un niño se arrojó desde el tejado porque leía cómics y se creía Superman.

—No lee cómics.

—Entonces ¿no colecciona cómics?

—Por lo que yo sé, no le entusiasman.

—¡Gracias a Dios! —exclamó la mujer con la voz más titubeante.

Charles había llegado al pie de las escaleras. Estaba pegado contra la pared. A esas alturas sentía tanta curiosidad por saber quiénes eran esas personas, de qué estaban hablando y qué hacían en su sala de estar que asomó con cuidado la cabeza por el marco de la puerta para que no le vieran. Ximena estaba de pie allí. Vestía una especie de bata de terciopelo con grandes dibujos de rombos en color rosa claro y llevaba rulos en el pelo. Junto a ella, ataviada con pantalones cortos, estaba la mujer que había conocido en el bar, a la que había bautizado como Kali y con quien soñaba todo el tiempo. Había dos hombres de espaldas a él. No podía verles la cara, pero le parecía que el que iba vestido como un barbero, con chaquetilla blanca, tenía la voz de Columbus Clay. El otro hombre parecía ser un sacerdote o incluso un cardenal.

—¿Qué pasa con todos estos libros de aquí? ¿Son todos ellos culpables de la obsesión que le ha entrado? —preguntó el sacerdote con voz melosa.

—Sí, y también hay otros más —dijo Kali, que salió a toda prisa de la habitación, pasó cerca de Charles, ignorándole como si ni siquiera estuviera allí, y regresó con una palangana de agua bendita y un hisopo, que le ofreció al sacerdote—. Coja esto, su ilustrísima, y expulse al demonio de esta casa. Libere al joven señorito Charlie del hechizo porque no cabe duda de que le han echado un mal de ojo o le han encantado, o, Dios no lo quiera, le han poseído —adujo mientras se persignaba y los otros tres hacían lo mismo que ella—. Tenemos que cortar el mal de raíz y el mal vive en estos libros.

—Leer vuelve estúpida a la mayoría de la gente —opinó el barbero—. No en todos los casos. Se ha de tener una gran capacidad de comprensión, o al menos el discernimiento suficiente, para ver la diferencia entre lo que se dice en serio y lo que se dice con una intención implícita particular.

—De varias maneras y con diversas figuras retóricas —convino el sacerdote.

—Exacto, padre. Se corre el riesgo de asimilar cosas de forma personal de libros escritos con el mal en mente e intenciones maléficas..., de asimilar explicaciones de forma personal que pertenecen..., ¿cómo lo diría yo?, a un plano...

—Metafórico —se apresuró a completar el sacerdote.

—Eso es. Y puede no entenderse este plano metafórico o alguna otra exageración y considerar tal cosa como un fragmento de la vida real y, lo que es peor, digno de imitación.

—No —respondió la joven—. Debe recurrir al exorcismo y lo mejor sería que incluyera tanto a personas como a objetos, sobre todo mediante el fuego, su ilustrísima. Mire, he construido una pequeña pira en el patio y propongo que arrojemos todos estos libros por la ventana y les prendamos fuego para expulsar al demonio de la casa.

—Ja, ja, ja. —Rio el sacerdote—. No vamos a hacer eso. Puede que muchos de ellos sean como dices, pero al igual que los seres humanos, cada uno de ellos es un cordero de Dios. Puede que algunos merezcan su destino. Tal vez otros sean sagrados.

—O al menos interesantes e inofensivos —repuso el barbero.

—Propongo que los revisemos de forma individual y que decidamos uno por uno. Yo me sentaré cómodamente aquí y tú los irás sacando de los estantes.

Todos convinieron que ese sería el mejor método. El sacerdote dijo que al menos había que leer los títulos. Charles, que estaba ahí de pie boquiabierto, quiso protestar y se colocó en la entrada. Abrió la boca para decir algo, pero no pudo articular sonido alguno. Quiso entrar en la estancia, pero ni siquiera pudo hacer eso, así que se quedó en medio de la puerta para observar el resto de la escena. La ventana estaba abierta y un abrasador fuego iluminaba el exterior. Por fin le vio la cara al barbero, que, sin ningún género de dudas, era Columbus Clay. Pero el rostro del cardenal le sorprendió más de lo que hubiera podido imaginar. Era el del doctor Caligari, Mabuse o alguien parecido, solo que en una versión más demente que el original. Charles le miró, pero él pareció no verle. Quizá fuera por la mirada del sacerdote, que no dejaba de deambular de manera irracional de un lado a otro. El hombre tenía ojos de loco, estrábicos. Cada uno miraba en una dirección diferente a la que indicaba su nariz.

—Todo lo que se ha hecho no se ha hecho todavía, mientras que todo lo que se hará hace ya mucho tiempo que se ha hecho.

El barbero intentó entender la frase que acababa de pronunciar el sacerdote, pero no lo consiguió.

—¿Qué palabras son esas, padre? —preguntó, rascándose la cabeza.

—¿Qué? Son las palabras del rey mago Melchor.

El sacerdote no pudo continuar porque le acababan de poner el primer libro en las manos. Miró la cubierta y dijo en voz alta:

—*Ulises*, así que...

—Yo también tengo este libro —dijo el barbero—. Este no, otro ejemplar. Trata de un hombre que se ata a un mástil para no arrojarse al agua cuando las sirenas le canten. La mejor parte es cuando está huyendo de un gigante con un solo ojo en la cabeza, aunque ya no puede ver con ese, y nuestro hombre está colgando en el vientre de una oveja o algo así.

—No —respondió el sacerdote, sin duda seguro de sí mismo—. Ese lo conozco. Esto es otra cosa. Trata de un judío con nombre de flor que se pasa el día entero deambulando por Dublín y en cierto momento conoce al fantasma de Hamlet. Es confuso y peligroso. ¡Al fuego con él, sin excusas! El siguiente.

Ximena estaba subida a la escalera y dejaba a la vista unos pololos rosas que le llegaban justo por encima de la rodilla, una prenda que Charles solo había visto en casa de su abuela y a la que de pequeño llamaba «calzones». Sacaba libros y se los daba a la joven cuyo nombre Charles desconocía y ella, a su vez, se los mostraba al sacerdote. Le ofreció otro.

—Aristóteles —dijo el sacerdote—. Segundo libro de *Poética: Sobre la comedia*. Este es el más peligroso de todos. La Iglesia lo prohibió e hizo muy bien. Afea a la persona mediante la risa y la deforma ante los ojos de Dios, corrompe al joven y, además, es un libro letal.

—¿Letal? ¿Cómo es eso?

—Ah, bueno. Una vez estuvo oculto en la biblioteca de una abadía donde quien lo leía o lo hojeaba moría de inmediato a causa de una enfermedad que les volvía la lengua azul. Este libro sigue hablando de la catarsis, es decir, de la purificación a través de la lectura y la asistencia al teatro. ¡Arrojémoslo por la ventana! ¿Qué más tenemos? —El cardenal extendió la mano para coger el siguiente libro—. Vaya, echen un vistazo a este: *Margites* de Homero. Es un libro perdido sobre un tonto. Dicen que si nos reímos de los idiotas, nos hacemos más altos. Las dos cosas van unidas. El nombre viene del griego antiguo y significa «persona loca». No se me ocurre por qué el primer y mayor poeta de este terrenal y profano mundo escribiría sobre un holgazán, un imbécil, un medio retrasado. ¡Arrojémoslo al fuego deprisa!

—Le ruego me perdone —intervino el barbero—. Si está escrito por quien dice y trata de ese tema, no creo que debamos destruirlo. Deberíamos indultarlo porque es la primera obra del gran escritor Homero y el primer libro jamás escrito. Después viene *Ulises* y..., ¿cómo se llamaba?, la *Ilíada* antes de *Ulises*. Y supongo que esa persona estúpida se creó para que nos riamos de ella, pero tal vez sea un hombre bueno y amable y nos recuerde, como sin duda sabe su ilustrísima, que los puros son siempre más pobres de espíritu. Y tal vez sea un modelo para todos, desde el buen soldado Švejk hasta Forrest Gump, adultos con alma de niño.

—Es usted muy listo, barbero —dijo el cardenal, sin esconder su admiración—. ¡Tiene razón! Indultaremos el libro. ¿Y este? ¿Las 75 obras de Esquilo? Este podemos conservarlo porque el autor escribió una obra sobre los persas, un relato moral sobre cómo hasta las civilizaciones más brillantes caen. Es un libro del que aprender.

La joven asintió con la cabeza, descontenta. Empezaba a preocuparle el porcentaje de libros que indultaban en vez de arrojarlos al fuego. Se le pasó por la cabeza que el demonio de la lectura se había metido también en el cardenal y estaba empezando a monopolizarle. Si el diablo se metía en un sacerdote, ¿quién quedaría para exorcizarle? Era un dilema terrible, pero se tranquilizó con rapidez.

—¿*Terra nostra*? Este es algo serio —dijo el cardenal—. Trata de un animal extraordinario que comienza a soñar. Un auténtico azote, extravagante y repleto de arrogancia. ¿Y el siguiente?

¿Qué es ese cilindro? ¿Ese pergamino? ¿El *Catálogo* de Calímaco? —dijo, tratando de abarcarlo con los brazos—. Este es el mal absoluto porque aquí escribe sobre todos los libros. Y si se hojea, se pueden encontrar con más facilidad. Son libros muy antiguos, anteriores a la llegada de Cristo, y cuyos autores no habían sido bautizados.

—¡Al fuego! —vociferaron Ximena y Kali a la vez.

Charles contempló toda la escena, preso del desconcierto. Puesto que no podía hablar ni dar un paso, se sentó en el suelo.

—¿Y cuál es este libro tan colorido? ¡Oh, no! *El libro de arena.* —Tiró el libro al suelo mientras lo decía, como si fuera a arder en sus manos.

—¿Qué pasa con este libro? —quiso saber el barbero.

—Ábralo y lo verá —le indicó el cardenal, pero el barbero vaciló—. Adelante, ábralo. No le va a morder —insistió, y el barbero cogió el libro del suelo—. Y ahora elija una página al azar. ¿Qué hay ahí escrito?

El barbero lo abrió como le indicaban y leyó:

—«*Ignorario Ortodensi ab Bergatio Lyricum et Ergonomicum.*» ¿Qué significa, padre? Usted es el único que sabe latín.

—No significa nada. Es una tontería. Cualquier combinación de palabras es posible en este libro. Habla de todo y de nada.

—Entonces ¿por qué arrojarlo al fuego?

—Mire en qué página está.

—En la 12.299.

—Muy bien. Cierre el libro —ordenó, y el barbero hizo lo que le pedía—. Y ahora ábralo por la misma página.

Sin saber por qué, el barbero hizo lo que ordenaba una vez más. Lo intentó durante varios minutos mientras las mujeres y Charles le observaban, estupefactos.

—No la encuentro.

—Y jamás volverá a hallarla. Tendrá que buscarla durante un milenio.

Blanco como la cera, el barbero arrojó el libro, que salió volando por la ventana.

—Sigamos, querida niña, o nos pasaremos toda la noche aquí. ¿Qué es esto? —preguntó el cardenal mientras estudiaba la siguiente portada—. *Al servicio de la cruz*. Podría parecer un libro piadoso, pero sabemos que el demonio siempre se esconde tras la cruz. ¡Al fuego!

—¿Y este? —quiso saber el barbero. Había cogido un libro para acelerar el proceso—. *Vidas de rameras célebres*, de Suetonio. Al fuego.

—Espere un momento —dijo el sacerdote—. Este poeta escribió obras memorables. De él aprendimos la verdad sobre las costumbres de los emperadores romanos. Si bien el título es un poco herético, no significa que este sea un libro sobre prostitución. Tal vez sea un caso de estudio, un fresco de la época. Hay que conservarlo. ¡El siguiente! —Y tras decir eso, se lo arrebató al barbero y se lo guardó dentro de la sotana.

—Thomas U..., U..., Urqu...

—Thomas Urquhart —concluyó el sacerdote—. *Logopandecteision*. Sobre el lenguaje universal. Este es un libro que podría haber sido interesante si su autor no nos hubiera embaucado con *Pantochronachanon* o *Ekskybalauron* y si no hubiera intentado descubrir el lenguaje de los pájaros o reinventar la torre de Babel. Pero si hubiera hablado en nuestro idioma, al cual tradujo con maestría *Gargantúa*, lo llevaría en el corazón. —El cardenal había empezado a evidenciar cierto aburrimiento, de modo que se dirigió a Ximena—: Echa todos esos libros grandes al fuego. Espera. ¿Qué es esto? ¿Los *Libros sibilinos*? ¿Y esto?

—Un libro de un tal Pierre Menard. *El ingenioso caballero Don Quijote de La Mancha*. Qué raro. Yo tengo este, solo que el autor era distinto. ¿Podría ser como ese otro, *El libro de arena*, salvo que, en vez de cambiar sus páginas, lo hace el autor?

—No. Es una copia, porque el tal Pierre copió a Cervantes palabra por palabra.

—¿Cómo es eso? ¿Para qué le sirvió... escribir el mismo libro? ¿Palabra por palabra?

—Sí. No es el mismo libro. Es diferente.

El barbero le miró, perplejo.

—Si te bañas en un río y cinco minutos después tu esposa se mete también, ¿podemos decir que os habéis bañado en la misma agua?

—Sí. Es decir, no —repuso el barbero.

—Bueno, verás, aunque es el mismo río, el agua en la que dejaste tu suciedad hace mucho que continuó su camino río abajo. Así funciona. ¿Y cuál es ese?

—*La Biblia perdida* —respondió el barbero, que estaba tratando de entender lo que le había dicho el sacerdote.

—Ah, el autor es un buen amigo, es muy colega mío, Bergler. Lo cierto es que sabe crear cortinas de humo mejor que nadie. Sus invenciones son interesantes. Empieza muchas cosas, pero no termina ninguna. Habrá que esperar a leer el segundo o el tercer libro. Seamos comprensivos con él. Puede que el Espíritu Santo le ilumine al final. Este lo indultamos por el momento. ¿Y qué pasa con esos libros delgados de ahí?

—Son partituras musicales.

—Esos son finos y delicados —dijo el barbero—. No deberíamos destruirlos. Nos alegran el oído de forma muy agradable.

—Dios no lo quiera —dijo Kali—. Recuerde que estas cosas contagian otra enfermedad a la gente, que hace que empiecen a gritar y a chillar sin parar, a bailotear y a dar brincos a la pata coja, y que despierten a todo el vecindario. Y esta afección de tocar y cantar además es contagiosa. Propongo que arrojemos estos también.

Charles se llevó la mano a la cabeza. Notó que estaba sudando a mares. En medio de la más absoluta oscuridad de su cuarto, lo único que acertaba a distinguir eran los números fluorescentes del despertador. Eran las cuatro de la madrugada. Se incorporó y aguzó el oído. No se oía nada. Se levantó de la cama, se calzó las zapatillas y se encaminó hacia las escaleras. Fue palpando las paredes, pero no encendió la luz. La casa estaba sumida en la oscuridad. Se dirigió a la planta baja con cuidado y se dispuso a entrar en la sala de estar, pero su cabeza chocó con algo duro. Accionó el interruptor de la luz. La entrada estaba tapiada.

—¿Dónde coño está mi sala de estar? —farfulló.

—¿Qué sala de estar? —preguntó Ximena detrás de él.

Charles se dio la vuelta, pero allí no había nadie.

—Mi sala de estar y la biblioteca; todos mis libros.

—Aquí ya no hay biblioteca. Se los llevó Satanás —dijo, haciendo un gesto contra el mal de ojo.

—Aquí no había ningún demonio que exorcizar —intervino la joven, Kali—. Tu amigo George vino a lomos de un basilisco. Se bajó de esa cosa asquerosa, que llevaba a una persona en la boca a medio devorar. Luego surgió una densa nube y cuando se disipó no había ni rastro de la biblioteca ni quedaba un solo libro. Y no había ni rastro de la habitación de la que hablas.

—¿Es posible que no fuera George quien cabalgaba en ese basilisco? —preguntó Charles con timidez—. ¿Tal vez fuese Eva? ¿O incluso mi madre?

—Era quien era —dijo Ximena—. ¡Pero fuera quien fuese, llevaba un gran colgante al cuello!

TERCERA PARTE

¿Cuántos cabellos debe perder alguien para
que digamos que es calvo?

EUBÚLIDES DE MILETO

¿Quién dijo: «resistid la maldad»?
Quemaré ese libro con la ayuda del diablo.

JAMES JOYCE, «Gas de un quemador»

El período cultural entre el Renacimiento y la
Revolución Cultural puede describirse como
una época de un absoluto vacío cultural.

JIANG QING, esposa de Mao
y ministra de Cultura

Quien lee y acumula así conocimientos se convierte en un maldito burgués.

YAO WENYAN, miembro de la Banda
de los Cuatro, el grupo de Mao

Ya no existe ni un solo libro. El gobierno popular ha triunfado.

Inscripción en la puerta
de la Biblioteca Nacional de Camboya
tras la quema de dos millones de libros
(1976)

70

Oyó el lloriqueo prolongado de un bebé. Murmuró dormido y se tapó la cabeza con la almohada. El gimoteo no cesó. De hecho, aumentó de volumen. Se dio la vuelta. Su ojo se posó en el despertador. Los números esmeralda marcaban las cuatro y diez de la mañana. La vocecita había llegado a la puerta de su cuarto. Bajó la mirada. Un par de ojos brillaban en la oscuridad. Zorro siguió maullando sin cesar. No había sido un bebé, entonces, solo el gato.

«¿Qué habrá pasado?», se preguntó Charles. Zorro no tenía por costumbre despertarlo. Al contrario. Por la mañana, entraba y se quedaba sentado, inmóvil, hasta que veía que Charles abría los ojos. A veces intentaba engañar al gato abriendo solo un ojo y limitándose a despegar un poco los párpados, pero nunca lograba confundir a su mascota vengadora. Esta vez, sin embargo, el gato se lanzó sobre Charles cuando todavía estaba acostado en la cama. Ronroneó y presionó rítmicamente el edredón con sus patitas.

Charles se despejó y se levantó. El gato se fue para que lo siguiera, pero como Charles tardó un poco en encontrar las zapatillas, Zorro regresó a buscarlo, sacó la lengua y soltó un vigoroso maullido. Le llegó un ruido de cristal roto o de puertas chocando entre sí en el piso de abajo. Desde lo alto de la escalera vio una luz que llenaba el pasillo y oyó un estrépito. Bajó corriendo. La sombra de un árbol en movimiento que la tormenta había doblado le heló la sangre en las venas. Oyó un silbido a la derecha y, después, las ramas otra vez y el viento. Tronaba. Centelleó otro relámpago. Jamás le había gustado esta clase de ambiente de novela gótica. En la planta baja hacía frío. Se dirigió hacia la biblioteca. La cortina ondeaba siniestramente a través de la ventana abierta, que se apresuró a cerrar. Un nuevo relámpago iluminó el jardín. No había ni rastro de ninguna hoguera. Su colección de libros estaba intacta. No parecía faltar ninguno y era evidente que la habitación no estaba tapiada. Zorro empezó a maullar de nuevo. El gato salió de la habitación y, cuando estaba a punto de volverse, se paró en el umbral.

—Muy bien —dijo Charles—. Vamos. Vamos. —Siguió al gato, que se había situado ante la puerta principal y alargaba la pata como si quisiera agarrar algo.

«Este gato tiene un problema de identidad; se cree que es un perro», pensó Charles. Lo levantó del suelo, pero Zorro se le escabulló de los brazos y regresó a la puerta principal.

—¿Hay algo ahí fuera? —preguntó Charles.

Zorro maulló algo que Charles interpretó como un rotundo sí. Abrir la puerta no le resultó fácil debido al viento. Los árboles de delante, las sombras y la lluvia le hicieron cerrarla de golpe.

—A ver, ¿qué hay fuera? —le preguntó Charles al gato.

Esta vez abrió más la puerta y vio un paquete envuelto en plástico en el umbral. Se agachó para recogerlo. Cuando se incorporaba, un relámpago lo iluminó todo otra vez. Con el rabillo del ojo vio a un hombre de pie en medio de la tormenta, observándolo. El hombre le recordó a Frankenstein con aquella luz. Charles tiró enseguida de la puerta, la cerró con llave y volvió al salón, donde había dejado su ropa. Buscó su pistola y se fue hacia la cocina, pero no tuvo el valor de acercarse a la ventana por culpa de las sombras. Su imaginación llenaba todo lo que en realidad no veía, y eso no tenía límite, gracias a tantos libros y películas. Alguien se aproximaría a la ventana y, en unos segundos, vería la cara de un monstruo apoyada contra el cristal. Salió huyendo de la cocina y se metió en la sala-museo, bajo la escalera. Tomó un rifle de caza que guardaba cargado y regresó a toda prisa. La tormenta parecía haber amainado. Ya no soplaba el viento. Como petrificado, el árbol había recuperado su posición habitual, pero había comenzado a caer una lluvia torrencial. Sería mejor no encender ninguna luz. Con el rifle en posición de disparo, abrió un poco la puerta. No había nadie en el lugar donde había estado el hombre. Charles cerró la puerta y se dirigió hacia el salón. Asustado, se aproximó a la ventana, echó un vistazo alrededor, no vio a nadie y se acercó al cristal. Miró afuera. El jardín estaba desierto. El corazón le latía como si hubiera corrido una hora a toda velocidad. Se sentó en el sofá y se quedó allí hasta que empezó a clarear y dejó de llover. Al oír a los primeros transeúntes en la calle, salió con el rifle. Eran simplemente sus vecinos. Los saludó, aunque lo miraban de un modo extraño. Se dio cuenta entonces de que llevaba un arma en la mano.

—Ah —sonrió—, es para las ardillas.

Cuando los vecinos no dijeron nada, se percató de que había dicho algo monstruoso y volvió a meterse en la casa.

Se preparó un café cargado que le quemó los labios, le añadió un poco de agua fría y se lo bebió de un trago. Después abrió el paquete.

Delante de él tenía el *Margites*, la comedia de Homero.

71

Se le pasó por la cabeza que estaba actuando de un modo ridícu-lo. El miedo que había pasado era fruto de una imaginación li-bresca. Normalmente soportaba bien la presión, pero ahora todo era estresante, y las muertes de su adjunto y de otras perso-nas que conocía aumentaban su nerviosismo, en particular por-que tenía ante él auténticos monumentos de la historia de la hu-manidad, obras que se creían perdidas para siempre.

«Por el amor de Dios —se dijo a sí mismo—, un Aristóteles auténtico y los *Libros sibilinos*, que el Senado de la antigua Roma solo consultaba cuando estaba al borde de una crisis o se enfrentaba a una catástrofe.» Estaba tratando con las obras per-didas de Esquilo, el padre de la tragedia, por no hablar de las demás, que, si se hicieran públicas, podrían cambiar la percep-ción de la historia de la cultura de toda una generación de estu-diosos universitarios. Y también estaba la historia de su madre, sobre quien se había dado cuenta de que no sabía nada. Estaba evitando abrir la carta, seguramente testamentaria, de su madre. Ella había sido miembro de una organización secreta de dos mil años de antigüedad y se preguntó si de verdad habría sido inclu-so la líder. Sintió un deseo ardiente, una especie de necesidad abrumadora, una compulsión de encerrarse en casa y leer los manuscritos que tenía delante hasta haberlos devorado.

¡El *Margites*! Tenía en la mano un libro que, según Aristóte-les, era a la comedia lo que los demás poemas épicos de Homero eran a la tragedia, en referencia a la *Ilíada* y la *Odisea*, las únicas que consideraba auténticas. El *Margites*, la primera obra épica jamás escrita, más antigua quizá que el *Mahabharata* y, en cualquier caso, la más antigua escrita por un ser humano y no por el elefante Ganesha asistido por el ratón que le llevaba el tintero y le ayudaba a mojar la trompa en él para inventar la escritura, además de la épica india. Homero era un hombre, el mayor poeta de la Antigüedad, que comienza su celebradísima carrera literaria con una comedia sobre un idiota, un héroe ridículo, un antihéroe. Han sobrevivido varios textos, pocos, sobre Margites, el personaje que da nombre al libro de Homero. Aristóteles lo menciona en la primera parte de la *Poética* y en la *Ética a Nicómaco*, donde afirma que los dioses no lograron enseñarle nada, que tenía dos manos izquierdas. Otros autores hablan sobre un personaje que, ya de adulto, no tenía ni idea de que lo había dado a luz su madre gracias a la importante contribución de un hombre y que se negaba a cumplir sus deberes conyugales por miedo a que su esposa contara a su madre cómo rendía en la cama. Un redomado idiota, un hombre que no comprendía el mundo, sobre quien el mismo Platón aseguró que «sabe mucho, pero todos sus conocimientos los sabe mal», una persona cuya vida carecía tanto de sentido que uno no podía evitar preguntarse por qué alguien habría escrito sobre ella pero que, como muchos héroes de la comedia, proporcionaba placer al lector porque al leer sobre su vida, este se daba cuenta de lo afortunado que era en relación con el pobre Margites, el loco, el que no distinguiría la luna del sol ni un caballo de un asno, pero que parecía triunfar, sin embargo, gracias a su ingenuidad; un antecesor remoto de Cándido y del buen soldado Švejk o, más recientemente, del pequeño vagabundo de Chaplin o de *Rain Man*. Hasta entonces solo se habían encontrado muy pocos fragmentos en un papiro descubierto en Oxirrinco, un yacimiento arqueológico en el centro de Egipto que, durante el helenismo, era la tercera ciudad más importante del país. Y ahora él tenía aquel famoso libro en sus manos. Aunque los demás volúmenes o cosas no estuvieran al alcance de su mano, la mera posesión de ese libro bastaría para trastornar a alguien, para convertirlo «en un loco como Margites», como diría Filodemo.

Charles abrió el libro y comenzó a leer, pero no podía concentrarse porque la imagen del hombre que había visto fuera, en medio de la tormenta, durante apenas una fracción de segundo, le venía a la cabeza, iluminada por un relámpago. Para él, aquel hombre parecía un golem, un ser creado a partir de partes, una construcción al estilo del monstruo de Frankenstein. Se preguntó si tal vez no habría visto nada y su imaginación le habría jugado otra mala pasada. Pero era obvio que el libro había estado en manos del anciano profesor Boates, y que la persona que había noqueado a Charles se lo había llevado. Pero ¿por qué se lo había traído? ¿Y quién era esa persona? ¿Podría el asesino de George, de su prometida y de Olcott ser la misma persona? Pero entonces ¿por qué no se había llevado el libro de Olcott y por qué no había matado a Boates? Era imposible que fuera el mismo que había intentado asesinarlos a él y a Ximena porque ya estaba muerto. Quizá su salvador se había apoderado del libro del asesino y se lo había llevado esa madrugada. Todo era terriblemente confuso. El tono de llamada del móvil lo salvó de los pensamientos poco claros que le nublaban la cabeza.

—¿Ha resuelto el misterio? —preguntó Columbus Clay con su voz algo socarrona.

—No, señor Clay. ¿O preferiría un trato más informal? Podría llamarlo Isidoro.

Hubo un silencio al otro lado de la línea. Evidentemente, el inspector no esperaba aquel golpe. Aun así, respondió casi al instante, riendo:

—Así que Laura Beatrice ha hurgado en mi pasado. No pasa nada. Tampoco es que fuera a ocultarlo.

—¿Quién es Laura?

—Su amiga con identidades múltiples. Espero que a cada identidad no le corresponda una personalidad, porque eso sería horrible. ¿No tiene nada que decir? Eso significa que no lo sabía. Usted me gusta. Se queda en el medio y escucha tanto lo que le llega de la derecha como lo que le viene de la izquierda. Es por eso que sabe más que nadie. El centro es un buen lugar.

—Sí. El duque de Buckingham tenía una expresión para esto. Decía que si la reina tenía un pie en Francia y otro en Inglaterra, el mejor lugar para él sería el de un observador a bordo de un barco en el Canal de la Mancha, mirando hacia arriba, por supuesto.

—Seguramente no hacia el cielo estrellado. Muy bueno. Lo que este Buckingham suyo no sabía, como también ignora usted, es que esa posición es bastante peligrosa. Podría encontrarse en cualquier momento con algo desagradable en la cabeza. En cuanto a usted, salir del centro es lo más difícil cuando llega el momento. Tenga cuidado. Podría necesitar un aliado poderoso.

—¿Y ese sería usted?

—Uno de ellos, en cualquier caso. Nos vemos en el funeral. Tengo algo que contarle. ¡Un abrazo!

Con el teléfono en la mano, Charles se preguntó por qué Ximena le habría mentido sobre su nombre y qué nivel de sinceridad habría tenido finalmente con él. Estaba claro que su nuevo nombre, o el último par que había oído, eran alusiones culturales al Renacimiento italiano. Laura era la amada de Petrarca, mientras que Beatrice, Beatriz, era la de Dante. Charles dio gracias a Dios por que Tasso, Ariosto y Boccaccio no tuvieran musas que la historia de la literatura conociera. Sus pensamientos podrían haber seguido por estos derroteros, pero el teléfono parecía incapaz de descansar esa mañana, en especial porque estaba sonando a una hora en la que Charles no solía estar despierto, o únicamente en las contadas ocasiones en las que no era él quien decidía su horario. Esta vez, no reconoció el número que aparecía en la pantalla.

—Buenos días, profesor. Creo que me estaba buscando.

—Si me dice quién es, tal vez sepa si realmente lo estaba buscando —respondió Charles con cautela.

—Soy P. E. Y tengo algo para usted.

—P. E. no es ningún nombre.

—Es el único que usted conoce.

P. E. era el único nombre sin identificar de la lista de George. Charles sentía una gran curiosidad por saber quién se ocultaba tras esas iniciales, pero decidió no revelárselo a su interlocutor de buenas a primeras.

—Me temo que no lo entiendo —dijo.

—Es el único nombre por el que el señor Marshall me conocía. Y creo que usted quiere hacerse con el catálogo de biblioteca más antiguo de la historia, el de la biblioteca de Alejandría. Corríjame si me equivoco.

—Está en lo cierto —confirmó Charles, que se había desanimado al fallarle la estrategia.

—Como seguramente sabe, vivo en Texas. Pero estaré en Nueva York unas horas. Por desgracia, mi avión sale a las doce. Usted está a una hora, tal vez a una hora y media de aquí. De manera que, si quiere que nos veamos, me encontrará en el hotel Mandarin Oriental, en el quincuagésimo tercer piso, durante las próximas tres horas. Supongo que conoce el hotel. Lo estaré esperando.

El desconocido no esperó a que Charles respondiera. Colgó en cuanto terminó lo que tenía que decir. Era evidente que su interlocutor era por completo distinto a los benevolentes profesores de la lista de George. Este individuo estaba acostumbrado a dar órdenes y no le gustaba que se pusiera en duda su autoridad. En circunstancias normales Charles habría rechazado la invitación, pero sentía una gran curiosidad por averiguar qué asuntos podría haber tratado George con esa clase de persona y especialmente quería el libro. Conocía muy bien el hotel donde se alojaba P. E., al igual que sabía que el apartamento más maravilloso del hotel, la suite presidencial, estaba en el quincuagésimo tercer piso.

—¡Cómo no! —murmuró Charles, que tenía prisa por descifrar el código de la parte posterior del texto de Homero.

Dio la vuelta al libro y transcribió la anotación:

klsl jgks hjaklafs

Se dijo que esta vez había tres palabras. Tal vez un texto más largo le diera la posibilidad de adivinar el mensaje completo, aunque no tuviera todas sus partes. De acuerdo con lo indicado en la lista sobre el *Margites*, tendría que desplazar hacia la izquierda el alfabeto con el quinto número de la serie de Fibonacci que había modificado. Esta vez, el índice era ocho. Se echó a reír.

DECENNIUM POST SECUNDUM ET QUARTUM _____
STAT ROSA PRISTINA _____ NOMINEM ANTE _____
_____ TENEMUS.

DIEZ AÑOS DESPUÉS DEL SEGUNDO Y DEL CUARTO
_____ LA ROSA PERDURA ETERNAMENTE _____ EL
NOMBRE ANTERIOR _____ _____ CONSERVAMOS.

72

Así que George seguía con sus bromas, incluso entonces, cuando estaba desesperado y sabía que su vida corría peligro. Lo que había descifrado parafraseaba la famosa novela de Umberto Eco, *El nombre de la rosa*. Había sido su relato favorito, desde luego.

La referencia era clara ahora. Charles podía intentar avanzar en sus indagaciones. Podía apostarse que la sexta palabra era *nomine* porque la novela del semiótico italiano terminaba con las palabras «*Stat rosa pristina nomine. Nomine muda tenemus*», que podrían traducirse por «La rosa primigenia perdura eternamente en el nombre. Conservamos el nombre desnudo». Ya en el coche, después de descifrar los tres mensajes anteriores, había empezado a sospechar que el texto iba en aquella dirección, pero había preferido no decirle nada a Ximena. Si la intuición no le fallaba, significaba que esa palabra estaba cambiando un poco el sentido de la frase: «La rosa primigenia perdura eternamente» se transformaba en «el nombre de la rosa perdura eternamente», que era algo distinto porque representaba una indicación suplementaria. Y así, el texto pasaría a ser:

DECENNIUM POST SECUNDUM ET QUARTUM _____
STAT ROSA PRISTINA _____ NOMINEM ANTE _____
_____ TENEMUS.

DIEZ AÑOS DESPUÉS DEL SEGUNDO Y DEL CUARTO
_____ EL NOMBRE DE LA ROSA PERDURA ETERNA-
MENTE EL NOMBRE ANTERIOR _____ _____ CONSER-
VAMOS.

En cualquier caso, pronto sabría si estaba o no en lo cierto porque el sexto libro de la lista estaba en manos del profesor Cifarelli, que había prometido llevárselo al funeral de George. El texto que faltaba era un añadido al texto original, que decía que solo conservamos el nombre de la rosa, una metáfora de la falta de sustancia de nuestros conocimientos, cuyos significados hemos olvidado hace mucho, por lo que lo único que nos queda es una expresión vacía de contenido, palabras que ya no significan nada, desprovistas de toda carga cultural; una extraña premonición del mundo actual, incluida en un manuscrito del siglo XII perteneciente a Bernardo de Cluny y extraído de su poema *De contemptu mundi*. La versión elegida por Eco obedece a la lógica de su novela, pero parecía que Charles tenía que apañárselas con una confusión, porque el tema al que el monje se refiere no es en absoluto la rosa, sino Roma, y aquella confusión se debía a un error de transcripción. Dicho de otro modo, lo que el hermano Bernardo quería decir era que no persistía nada de la grandeza de Roma salvo su nombre, un ataque evidente al liderazgo de la Iglesia de la época. Es decir que, al entender de Charles, según la lógica de aquel semiépico *poème fleuve*, mientras hablaba sobre lo despreciable que se había vuelto el mundo, el poeta atacaba de manera inequívoca a todas las personalidades eclesiásticas que habían olvidado su vocación y cuyo espíritu se había vuelto horrorosamente corrupto. A Charles no le quedaba claro que Eco fuera consciente de esta confusión mientras escribía su novela, pero como dirían los italianos, *se non è vero, è ben trovato*. El problema que Charles se planteó a sí mismo era el siguiente: ¿se refería George, que conocía el significado exacto de la frase original, al poema de Bernardo o a las palabras que utilizó el novelista italiano? Dado que George había escrito «rosa» y no «Roma», era probable que aludiera a la interpretación de Eco.

Charles dio por sentado que la frase estaba modificada. El texto no decía que conservamos nombres desnudos o vacíos, sino el nombre anterior. «¿El nombre anterior de quién?», se preguntó Charles. Era obvio que «el nombre anterior» sustituía en este caso al «nombre desnudo» del que hablaba Eco. Por desgracia, aunque intuía el séptimo mensaje, no tenía forma de adivinar qué ocultaban los libros octavo y noveno. Pero pronto averiguaría lo que decía el noveno, siempre y cuando, en su arrogancia, el misterioso y asquerosamente rico P. E. cumpliera su palabra.

Mientras le daba vueltas a todo esto en la cabeza e intentaba intuir el significado final de la frase, Charles aún no se había dado cuenta de que ya llevaba un rato en Manhattan, que había dado la vuelta a Columbus Circle y que acababa de enfilar la calle 60, donde llegaría a la entrada de uno de los hoteles más lujosos del mundo. A Charles le gustaba aquel establecimiento. Se había hospedado varias veces en el Mandarin Oriental y también había asistido a diversas recepciones, especialmente porque el hotel estaba a tiro de piedra de un lugar que Charles visitaba a menudo, la New York Historical Society, en Central Park West, cuya entrada custodiaba una estatua de Lincoln justo en medio de la acera.

La suite presidencial ocupaba toda una planta. Tenía cuatro habitaciones que sumaban cerca de doscientos cincuenta metros cuadrados. Era más grande que el espacio que hacía las veces de minimuseo personal en la casa de Charles Baker en Princeton. En cuanto al precio, Charles estaba convencido de que costaba más de diez mil dólares la noche, impuestos incluidos, lo que hasta a él, que tenía una relación más bien estrecha con el lujo, le parecía escandaloso. Era un lugar para jeques y nababs.

73

El descomunal guardaespaldas llamó discretamente a la puerta.

—Adelante —dijo su jefe, que le dirigió una mirada que significaba: «¿Qué pasa?».

—Ha llegado el caballero al que ha invitado.

—¡Dígale que pase!

El guardaespaldas se rascó la cabeza. No sabía cómo decir a su jefe las siguientes palabras.

—¿Y?

—Lleva un revólver enorme y no quiere dármelo. Dice que mejor se marcha.

—Hazlo pasar —replicó su jefe tras soltar una carcajada.

—Bueno... —intentó protestar el guardaespaldas.

—Es un pobre profesor y seguramente está asustado. No me pasará nada. Invítelo a entrar.

Instantes después, Charles entró en el inmenso vestíbulo de la suite. Vio a un hombre sentado en el sofá del salón que le hacía gestos para que se acercara pero que no acudía a recibirlo. Solo se levantó y le tendió la mano cuando Charles llegó a la mesa de centro que separaba las dos habitaciones.

—Yo a usted lo conozco —aseguró Charles, adelantándose a su anfitrión, que seguramente se disponía a presentarse—. Es Patrick Ewing.

—Exacto —contestó su anfitrión con una sonrisa—. P. E. Imagino que no le gusta lo que sabe de mí.

—¿Por qué? No. No sé demasiado sobre usted y el hecho de que siempre haya financiado las campañas de mis adversarios no me molesta en absoluto.

Charles no estaba diciendo lo que realmente pensaba. El hombre que tenía delante era una de las personas más ricas del planeta, propietario de inmensos yacimientos petrolíferos, heredados de su familia, toda ella republicana desde los primeros días del partido. Charles había leído en alguna parte que Patrick Ewing sostenía que el abuelo de su tatarabuelo por parte de padre había sido uno de los mayores financiadores de Lincoln. A Charles le pasó por la cabeza que esta podría ser la relación con todo el asunto y que George había recurrido a P. E. porque debía de esperar descubrir alguna información de primera mano que Ewing poseyera a través de su familia. Charles no tenía mucho que ver con este individuo pero, en su opinión, todo el mundo tenía derecho a ser todo lo rico que quisiera, a condición de que devolviera algo a la sociedad. Naturalmente, la esposa y las dos hijas del multimillonario dirigían varias docenas de organizaciones benéficas, claro, así que los Ewing cumplían este requisito. Hubo un momento en que a Charles le había molestado la agresiva presión que Ewing ejercía a favor de la guerra, donde fuera y en cualquier ocasión. No había que buscar el motivo demasiado lejos. Aparte de su negocio petrolífero en Estados Unidos, Ewing había extendido su holding de Europa a Oriente Próximo y, por lo que Charles sabía, estaba relacionado de un modo u otro con todas las principales corporaciones petroleras. La mayor y última pasión de Ewing era, sin embargo, la producción de armamento ultrasofisticado y, por consiguiente, carísimo, que colocaba al gobierno de Estados Unidos cada vez que surgía la oportunidad. Ewing, en particular, era el principal accionista del mayor y, según afirmaba, mejor preparado ejército privado del mundo. Este era su último juguete, con el cual el presidente se había confabulado hacía poco a lo grande. Charles estrechó la mano del multimillonario como si quisiera tomarle el pulso hasta que Ewing retiró los dedos de un modo elegante y le indicó que se sentara.

—Sé que es un entendido, y tengo un bar lleno de bebidas excelentes —dijo Ewing intentando relajar el ambiente.

—Tengo que conducir, y me espera un día muy duro —rechazó Charles—. Tal vez en otra ocasión. Cuénteme lo que tenga que decirme.

—Me gusta su pragmatismo. Dejémonos de cortesías.

Ewing señaló un paquete bien envuelto que estaba sobre la mesa. No tuvo que pedírselo dos veces. Charles lo cogió e intentó abrirlo con elegancia pero no pudo, por lo que se vio obligado a rasgar el papel. En todo este rato, su anfitrión estudió cada movimiento y cada gesto. Finalmente, Charles abrió el manuscrito y vio que ponía *Pinakes*, el título original de la transcripción del catálogo de Calímaco. Había recibido la primera parte de veinte.

—¿Solo esto? —preguntó, bastante insatisfecho.

—Es todo lo que tengo. Hasta donde yo sé, este libro, o como quiera llamarlo, es una transcripción de las listas que formaban el catálogo de la biblioteca de Alejandría. Por lo que he averiguado, la biblioteca en cuestión era gigantesca, de manera que el sentido común nos indica que la lista debió de tener un tamaño acorde. A mí, hasta veinte volúmenes me parecen pocos. De cualquier modo, este parece ser el primero.

—¿Lo ha leído? —quiso saber Charles.

—Por desgracia, no forma parte de mi ámbito de interés.

—¿El qué? ¿La antigua Grecia?

—No, las lenguas muertas de cualquier tipo —respondió Ewing, pero lo hizo de una forma que no permitió a Charles saber si hablaba en serio o le estaba tomando el pelo.

Charles hojeó el libro que tenía en la mano hasta llegar al final y miró si el mensaje de George estaba ahí. Vio sus iniciales, C. B., seguidas de una palabra muy corta. Satisfecho, cerró el libro de modo que si Ewing no se había fijado antes en la anotación del final, no pudiera verla entonces. Dejó el libro en la mesa con un gesto teatral.

—¿Y qué querrá a cambio?

—Ya se lo dije, usted no tiene una buena opinión de mí. No

quiero nada a cambio. Solo quiero devolverle un manuscrito que su adjunto me pidió que le entregara. Dijo que le pertenece.

—¿Solo eso? —preguntó Charles. Se puso las dos manos sobre las rodillas como si fuera a levantarse.

—Sí, pero diría que usted tiene algo que preguntarme. Para facilitarle las cosas: seguramente quiere saber por qué me reuní con George.

—Pues sí —admitió Charles—. Creo que ese vaso de whisky me iría muy bien ahora mismo.

—Con mucho gusto —dijo su anfitrión, que se levantó y se dirigió hacia el bar con una sonrisa—. Tengo un Macallan de cincuenta y cinco años. ¿O quizá le apetecería más un bourbon?

—¿El Macallan es el de la botella de perfume?

—¡Ja! Es un buen conocedor. De hecho, René Lalique hizo que la licorera de este whisky fuera idéntica al perfume que lanzó al mercado en 1910.

—Sí. Y prefiero el whisky de malta a cualquier otra cosa.

—¿Lo ve? —dijo Ewing mientras servía el licor en un vaso—. Ya hemos descubierto que tenemos algo en común. Le sorprenderá el resto de cosas que va a averiguar.

Charles dio un sorbo y el aroma a palisandro, sumado al sabor de frutas dulces y secas, cautivó todos sus sentidos. Tras tragar el líquido, reconoció una nota de limón algo picante. Emitió un sonido de satisfacción que hizo las delicias de Ewing.

—Es realmente bueno —comentó este.

—Bueno —dijo Charles—, ¿puede decirme por qué George fue a verlo?

—Él no me buscó a mí. Yo lo busqué a él —respondió con rotundidad Ewing—. A él le habría costado bastante dar conmigo. Espero que lo entienda.

—Sí —aseguró Charles—. ¿Puede decirme por qué lo buscaba?

—Soy una persona muy dada a las transacciones. Me gusta cuando todos los participantes en una conversación tienen algo que ganar.

—Bueno, ha dicho que no quiere nada de mí.

—Cierto. No quiero nada concreto. Simplemente me gustaría conocerlo mejor.

Charles no sabía qué pensar, pero imaginó que no tenía importancia. Invitó a Ewing a continuar.

—Mire —dijo este—, dispongo de una red muy bien organizada de personas que me traen todo tipo de información y averigüé, no me pregunte dónde, que su adjunto estaba armando mucho revuelo con respecto a Abraham Lincoln y que iba contando una historia que ha circulado en mi familia desde hace más de ciento cincuenta años. Nosotros la llamamos «el negrata de Lincoln». Espero que no considere «negrata» una expresión ofensiva. Representa el espíritu de la época y el presidente se expresaba de este modo.

Charles tuvo la impresión de que Ewing volvía a observar sus reacciones.

—¿De veras? —dijo, más interesado en aquel momento en la información que en los matices. Y se preguntó si Lincoln realmente tenía un negro propio.

—Más o menos. El hombre no era suyo. Pertenecía a la familia de Joshua Speed, quien, como seguro sabrá, era el mejor amigo de Lincoln.

—Puede que el único.

—En eso podría contradecirlo, pero no creo que sea el momento. Yo definiría a su George como una persona excepcional. Por desgracia, aunque le advertí que, después de hablar conmigo, tendría una bomba atómica en las manos y debería ir con cuidado, no me hizo caso.

—¿Así que le advirtió? ¿Qué podría ser tan explosivo en una historia sobre un presidente que murió hace más de cien años? ¿Y a quién podría perjudicar una información de este tipo?

—Tenga paciencia. Como sabe, el presidente pasó unas largas vacaciones, alrededor de un mes entero, en la plantación de la familia Speed.

—Sí, en Farmington, en agosto de 1841.

—Exacto. Todo el mundo sabe eso. Allí conoció a un viejo esclavo que trabajaba en la casa porque ya no estaba en condiciones para grandes esfuerzos. Lincoln, que sufría de un insomnio terrible, se pasaba casi todas las noches fuera meditando o leyendo, y el esclavo tenía que estar con él como sirviente permanente. Ese negro era especial. No solo sabía leer y escribir, sino que contó muchísimas cosas al futuro presidente. Al principio, Lincoln quedó desconcertado al oírlas. No daba crédito a sus oídos, pero a medida que el negro le iba contando cosas, sentía cada vez más curiosidad por averiguar más. El negro contó a Lincoln su historia desde el momento en que fue raptado en su pueblo de la costa africana a los doce años. La aldea fue arrasada y al chico lo transportaron a América en un barco negrero. Algo pasó durante la travesía. En medio del Atlántico estalló una tormenta que empujó el navío hacia la costa de una isla, donde chocó contra las rocas y quedó hecho trizas. Aquel chico negro fue el único superviviente del naufragio. Se pasó semanas en la isla, más solo que la una. Al principio, permanecía cerca de la costa. Luego, al ir en busca de comida y de agua potable, se vio obligado a adentrarse en el interior desconocido de la isla. No le importunaré con los detalles prosaicos sobre cómo sobrevivió en un lugar donde, por no haber, no hay ni siquiera una iguana. Lo que es seguro es que llegó un momento en que se desvaneció, muerto de hambre o de sed, y cuando volvió en sí, yacía en una cama en un lugar sin ninguna clase de luz natural. Había un anciano a la cabecera.

Charles estaba escuchando con una enorme atención cada palabra de Ewing e intentaba intuir el rumbo que seguiría la historia. Dio otro sorbo a la maravillosa bebida que tenía ante él.

—Al principio el chico, asustado, atacó al anciano y trató de huir. En cualquier caso, ya sabe cómo van estas historias. En un momento dado, empezaron a comunicarse. El anciano le enseñó a hablar su lengua, fuera cual fuera. Poco a poco se hicieron amigos. El chico aprendió a confiar en el anciano. La educación del muchacho duró alrededor de doce meses.

—¿Y más o menos en qué año ocurrió todo esto?

—En mi opinión, entre 1780 y 1782. El chico ya tenía trece años y sabía hablar muy bien la lengua del anciano. A lo largo de esos años, este le enseñó a salir del espacio subterráneo. Un árbol venerable ocultaba muy bien la salida. Parece que la escalera que conducía bajo tierra estaba tallada en el corazón mismo de este árbol.

—¿Lo dice en serio? —preguntó Charles.

—Totalmente —aseguró su anfitrión—. Es una historia verídica. Por lo menos, es verdad que esta es la historia que aquel esclavo contó a Lincoln. ¿Continúo?

—Por favor —pidió Charles, que se bebió de un trago el licor que le quedaba en el vaso.

Ewing puso una mano en la botella, pero Charles hizo un gesto para indicarle que sería demasiado, por más que le apeteciera saborear más cantidad de ese licor color ámbar.

—El anciano enseñó al muchacho a cosechar las hortalizas que había cultivado, además de otras. El chico era servicial. Llevaba agua. Preparaba comida con lo cosechado. Todos los días, el anciano desaparecía una hora por una pared que había cerca de la pequeña celda donde vivían los dos. Algunas veces, el muchacho intentaba averiguar dónde estaba la entrada. Era inteligente, por lo que, al final, la encontró: introdujo los dedos en unos orificios ocultos en la pared y esta finalmente se movió. Al otro lado de la puerta de piedra esperaba el anciano, que pensaba que si el chico había logrado entrar, eso quería decir que por fin estaba preparado.

—¿Preparado para qué? —preguntó Charles socarronamente—. Imagino que se da cuenta de que todo lo que me está contando suena a *Las mil y una noches*.

—Teniendo en cuenta lo que sabe de mí, ¿no le parece que eso es contradictorio con mi personalidad?

—Exacto. No parece el tipo de persona que cree en cuentos de hadas.

—Al principio fue difícil, y lo sigue siendo, hasta que comenzaron a aparecer libros, como el que tiene ahí, en la mesa. Y los dos sabemos que este no es el único.

Al oír aquello, Charles se vio obligado a admitir ante sí mismo que Ewing tenía un argumento de mucho peso.

—Cuesta superar el escepticismo cínico de las personas de nuestra talla —comentó Ewing.

—O más bien, en esta situación, el escepticismo de cualquier persona normal de este siglo.

—De acuerdo. Requiere una gran imaginación. Pero, volviendo a nuestra historia, el anciano recibió al chico en una sala inmensa llena de rollos y manuscritos de todo tipo; algunos muy antiguos, otros más recientes. La habitación parecía una inmensa sala de lectura. El anciano se dedicaba a catalogar los rollos. Continuó donde al autor del catálogo que tiene usted en la mesa lo dejó. De vez en cuando, al terminar de catalogar todo lo que tiene sobre la mesa, ponía los libros, que llamaremos así en aras de una mayor simplicidad, en una carretilla y desaparecía con ella tras otra pared. Esa zona quedó, de momento, prohibida al joven. El anciano le enseñó entonces a leer y a escribir. Después de eso, le enseñó primero griego antiguo y, luego, latín. De vez en cuando, con una frecuencia variable, una o dos veces al año, según fuera necesario, aparecían otras personas. Traían paquetes de libros y se llevaban otros. Nuestro personaje observó que los volúmenes que aparecían eran nuevos, mientras que los que se llevaban eran viejos y ya habían pasado por las manos del anciano. Una sola persona trabajaba en el catálogo, por lo que el ritmo era lento. En un momento dado, después de muchos años, cuando el anciano empezó a percatarse de que su salud estaba empeorando, llevó al joven al espacio interior, al que no había tenido acceso hasta entonces. Huelga decir que tanto el chico al que la providencia perdonó la vida como el anciano vieron la mano del destino en su conjunción. El muchacho era ya un hombre adulto y la educación recibida a lo largo de los años era comparable a la de las mejores universidades. El bibliotecario fue un profesor extraordinario. Sabía mucho y tenía un método.

—Comprendo. Y el joven leyó todos esos libros.

—Muchos de ellos, por lo menos.

—¿Y al otro lado de la pared? ¿Qué había?

—Ahí, el joven se llevó un shock. El llamado espacio de la

parte posterior era, en realidad, una serie de túneles muy largos que abarcaban prácticamente toda la superficie de la isla, que no era grande, pero tampoco minúscula. Había salas inmensas, más grandes que la primera, con kilómetros de estantes, con un espacio tras otro ocupado por más y más libros. Cientos de miles. Tal vez millones.

Charles estaba escuchando, perplejo, el relato del multimillonario. Lo cierto era que la historia no se correspondía en absoluto con su personalidad. Pero decidió no interrumpirlo más.

—Algo pasó durante aquel período. Aquel año, por motivos que no están claros, seguramente porque era alrededor de 1800, ya no llegaron más libros y los que ya estaban listos no fueron recogidos. Nadie volvió a visitar la isla durante mucho tiempo. Era costumbre que el bibliotecario pidiera que lo sustituyeran cuando notaba que su final estaba cerca o que ya no podía seguir con su tarea. Como la frecuencia típica de las visitas era de entre seis a nueve meses, o un año a lo sumo, si se encontraban muerto al bibliotecario, tampoco era el fin del mundo. La organización trabajaba pensando en períodos largos de tiempo. No había prisa.

—¿Organización?

—Sí. No pensará que todo este asunto, que requiere un importante respaldo financiero y que es una pesadilla logística, es algo aislado o el trabajo de un puñado de gente. Estamos hablando de una organización en todos los sentidos de la palabra, pero ya volveré a eso más adelante.

Charles tuvo claro que el multimillonario necesitaba imponer su propio ritmo a la historia, así que no puso ninguna objeción.

—Agonizante, el anciano creía que había enseñado al joven todo lo que necesitaba saber. Escribió una especie de testamento para cuando los transportes se reanudasen. En él designaba a Moses como su sucesor.

—¿Moses?

—Sí. Así se llamaba el esclavo. Desconozco su nombre africano. Hay algo simbólico en que se llame como Moisés relacionado con el hecho de abandonar la esclavitud. En cualquier caso, el anciano murió y el hombre negro ocupó su lugar. En un momento dado, los transportes se reanudaron y la organización aprobó el testamento del bibliotecario. Durante otros trece años, Moses fue el bibliotecario. Huelga decir lo mucho que sabía. Un día, y en este caso sabemos con certeza que era el verano de 1832, Moses salió a buscar agua y alguien se abalanzó sobre él por detrás. Una goleta negrera había perdido el rumbo y había amarrado en la isla. Los marineros tenían delante de él a un hombre negro de sesenta años. Lo encadenaron y lo arrastraron hasta la costa. Discutieron sobre si debían matarlo allí mismo o utilizarlo para complementar su cargamento de esclavos, diezmado considerablemente. Habían zarpado con unos doscientos, pero los esclavos se habían amotinado. En condiciones normales, moría alrededor de una tercera parte durante la travesía pero, debido a la rebelión, que fue sofocada, solo quedaban unos cuarenta. Así que cualquier ser humano más significaba una oportunidad de recuperar gastos. Pero ¿quién compraría a un hombre en el umbral de la vejez? Moses era fuerte y parecía tener entre cuarenta y cinco y cincuenta años. No tenía arrugas en la cara, pero sí el pelo totalmente gris, por lo que lo «bautizaron» como White, es decir, blanco. Y ese sería su nombre a partir de entonces, Moses White. Era un privilegio para un esclavo, porque esas personas no solían tener apellido.

Al oír el nombre, Charles notó que se le erizaba el vello de la nuca. Moses White era el segundo nombre de la lista de George.

74

—«En condiciones normales, moría alrededor de una tercera parte durante la travesía, pero, debido a la rebelión, que fue sofocada, solo quedaban unos cuarenta. Así que cualquier ser humano más significa una oportunidad de recuperar gastos. Pero ¿quién compraría a un hombre en el umbral de la vejez? Moses era fuerte y parecía tener entre cuarenta y cinco y cincuenta años. No tenía arrugas en la cara, pero sí el pelo totalmente gris, por lo que lo "bautizaron" como White, es decir, blanco. Y ese sería su nombre a partir de entonces, Moses White. Era un privilegio para un esclavo, porque a menudo esas personas no tenían apellido.»

Las palabras fluyeron con nitidez en los auriculares de Columbus Clay, mientras el aparato de grabación digital alternaba dos hileras de leds de colores, que se movían según la intensidad del tono de voz de Ewing.

El inspector había llenado de micrófonos la casa de Charles Baker y, como su función como adjunto en la ODNI le permitía hacer muchísimas cosas, había pedido y obtenido permiso para intervenir el móvil de Charles, pero no solo para escuchar las conversaciones telefónicas. Esta es la enorme ventaja de un móvil de alto rendimiento que se mantiene siempre conectado: se transforma en un transmisor de ruido ambiental. Es un fastidio escuchar frufrús o sonidos de la calle, algo de lo que Clay podía dar fe, puesto que era su primera experiencia de esta clase, pero era muy instructivo cuando la persona a la que se escuchaba tenía una conversación interesante, como la que estaba teniendo lugar en la suite presidencial del Mandarin Oriental de Nueva York. A pesar de que podía retener toda la conversación en la memoria, como inevitablemente de vez en cuando entraba alguno de sus subordinados en su oficina, el policía iba anotando una o dos cosas para sí mismo en una hoja grande de papel. El nombre de Moses White le pareció lo bastante interesante como para entrar en la mayor base de datos del planeta, a la que él tenía acceso, y empezar a buscarlo. Por desgracia, el ordenador obtuvo varios cientos de personas con ese nombre y Clay se dio cuenta de que necesitaba mucha más información para averiguar exactamente de quién estaban hablando. Sabe Dios por qué comenzó a buscar el nombre de un esclavo que había fallecido hacía más de un siglo. Algunos lo llamarían «hiperintuición». Otros le pondrían un nombre: Isidoro Paramondi.

75

—Y mientras discutían si lo mataban o no —prosiguió Ewing—, pasó algo más. Durante la sublevación, fueron asesinados todos los miembros de la tripulación que sabían navegar. Solo quedaban marineros y traficantes. Todos se pusieron a mirar un mapa. Entonces Moses intervino y les explicó qué hacer. La ironía del destino es que los conocimientos que había ido adquiriendo durante los cincuenta años en la biblioteca anudaron de nuevo el hilo del destino y devolvieron a Moses al lugar donde se rompió. En Estados Unidos no vale prácticamente nada, por lo que lo ofrecieron como regalo a la persona que compró a todos los demás. Y es así como Moses White llegó a Farmington.

—¿Y tiene alguna idea de qué es esto de la biblioteca? ¿Qué libros hay en ella y qué organización ha hecho todo esto, algo que, coincidirá conmigo, es de lo más inaudito?

Charles esperaba una respuesta, pero Ewing no habló y se dedicó únicamente a observar todas sus reacciones. El guardaespaldas, que acababa de entrar y al que ninguno de los dos hombres parecía haber oído ni notado, tuvo la impresión de haber llegado un momento antes de un enfrentamiento y se quedó mirando como un estúpido las expresiones beligerantes de dos gallos con las plumas erizadas, a punto de abalanzarse uno sobre el otro.

—La biblioteca de la isla contiene todos los libros que se han publicado en el mundo, o por lo menos los que han importado hasta determinado momento. No sé muy bien qué sucedió después de que las publicaciones empezaran a proliferar tanto como hoy en día. En la Antigüedad, la organización empezó con la salvación de la primera biblioteca, la de Alejandría. Así se fundó. En cuanto a su nombre, creo que usted también lo conoce: Omnes Libri. —Ewing se interrumpió a sí mismo y dijo en un tono aterrador a su guardaespaldas, que cambiaba el peso de un pie al otro sin devolverle la mirada a su jefe—: Sí, ¿qué pasa?

—Es la hora —respondió este en voz muy baja.

Como si hubiera salido de un trance, Ewing se volvió hacia el hombre.

—¡Deme unos minutos! —dijo en un tono de voz igual de bajo.

—No sé por qué cree que tengo que conocer ese nombre —respondió Charles, que no había revelado nada de lo que sabía—. Me cuesta mucho creer lo que me está contando. Su único argumento es que estos manuscritos prueban lo que dice. Yo soy matemático. Creo en las demostraciones. Y como hombre de ciencias positivas, creo en la teoría llamada «la navaja de Occam», que afirma que dadas dos premisas iguales, la explicación más sencilla suele ser la cierta. Si estos manuscritos, rollos o lo que quiera que sean son auténticos, la explicación más simple es que lo desenterraron en algún sitio o los encontraron vaya usted a saber en qué rincón del mundo. Pero ¿toda esta conspiración? En latín, Omnes Libri significa «todos los libros», como sabrá. Es un nombre que parece un título inventado por un especialista actual en marketing más que una conspiración antigua. Tengo entendido que podría perder un avión —soltó Charles mientras se ponía de pie—. Este encuentro con usted ha sido muy agradable y la historia que me ha contado, muy hermosa.

—Sí —dijo el multimillonario—, pero se está perdiendo la parte más importante, el final.

—Me gustaría saber por qué cree que es explosivo y por qué habría puesto la vida de George en peligro.

—Porque durante sus encuentros, que fueron muy intensos, el esclavo y el futuro presidente de Estados Unidos se contaron otras cosas. Porque el hombre negro explicó a Lincoln algo tan importante que él se mostró dispuesto a ofrecerle cualquier cosa a cambio y, especialmente, porque aquel hombre negro le pidió algo concreto.

—¿La abolición de la esclavitud?

—Exacto.

—Es decir, el problema es evitar que una verdad terrible salga a la superficie: el hecho de que el presidente blanco más importante de Estados Unidos fue manipulado por un «negrata», como a determinadas personas deplorables les gusta decir. ¿Es eso lo que me está diciendo? ¿Habla en serio? Es más que ridículo. Es más, en aquel momento, en Farmington, nadie tenía forma de saber que Lincoln tendría tanto poder, que llegaría a ser presidente. ¿O es que el tal Moses era también clarividente?

—Me cae bien. —Sonrió Ewing—. Me gusta su necesidad de exactitud. Pero sucedió algo más. Lincoln se fue de Farmington y siguió adelante con su vida. Recordaría muchas veces este encuentro, pero no confiaba lo suficiente en nadie para contárselo, salvo en Joshua Speed y mi antepasado. Después de ser elegido presidente, y absolutamente nadie sabe esto porque, en cambio, sí ha habido especulaciones sobre Farmington, Lincoln hizo una visita de urgencia a Louisville, donde el hombre negro, entonces en su lecho de muerte, pidió verlo. Moses White le contó entonces algo decisivo y, a cambio, le pidió la abolición. A Lincoln le costó negarse al último deseo de un moribundo que le había abierto los ojos a algunas cosas que nadie sabía en aquella época, o tal vez solo unos cuantos miembros de la organización entre toda la población del mundo. Usted dirá que hasta una información así es demasiado poco para que un hombre cambie por completo su destino, dé un vuelco a su vida y, a fin de cuentas, lo asesinen por ello. Pero eso da igual; lo importante es lo que Moses contó a Lincoln en su lecho de muerte. Puede que sea la ubicación de la biblioteca. En cualquier caso, es un secreto inmenso.

—¿De verdad se cree todo esto? —preguntó Charles, como si quisiera decir: «¿Está usted loco de remate?».

—Es, sin duda, lo que creen las personas que mataron a George y que están intentando acabar con todo aquel que conoce la historia. Debo decirle lo más seriamente posible que su vida corre mucho peligro.

—¿Mi vida? ¡Caray! No se preocupe. Sé protegerme.

—Puede —dijo Ewing—, pero no hay que subestimar a esta gente.

Charles se dirigió hacia la puerta. En el vestíbulo se volvió para mirar a Ewing.

—A ver si lo entiendo —soltó—. ¿Me está diciendo que existe otra organización que quiere impedir que la verdad salga a la luz? ¿Quiénes son esta gente? ¿Racistas? ¿Supremacistas blancos?

—Algo así. Y, encima, es probable que no crean que la historia sea cierta, o al menos no quieran creerlo. Para ellos, Lincoln es el mejor presidente que ha tenido este país.

—¿En serio? No lo entiendo. ¿Cómo es posible, si lo manipuló un esclavo?

—Una vez más, podría molestarles la implicación política de que algo así saliera a la luz con pruebas, aunque fueran falsas. Para ellos, Lincoln es excepcional, no porque aboliera la esclavitud. Quien hizo eso fue el Congreso con la Decimotercera Enmienda, no el presidente. Para ellos, Lincoln es quien fingió querer hacerlo pero lo demoró eternamente. Su sueño era, en realidad, librarse de los negros, no liberándolos sino enviándolos a Liberia, al Caribe o a alguno de los muchos lugares que exploró en las colonias. Para estas personas, era un racista puro y duro. En este escenario, Lincoln despreciaba la esclavitud porque violaba el derecho de una persona a tener acceso al fruto de su trabajo, algo que era inconstitucional. De ello se desprende que la única solución que veía era que desapareciera para siempre todo rastro de los negros en este país. Es el héroe de esta gente porque, en su opinión, Lincoln era una especie de dictador, el puño de hierro que necesitan a veces las naciones a la deriva. La gente que debería preocuparle está convencida de que la guerra de Secesión tuvo muy poco que ver con la esclavitud. Para ellos, no estaba relacionada con mantener los estados en la Unión por alguna razón idealista o legal. Saben que a Lincoln lo empujó hacia la presidencia un lobby de grandes industriales. Al principio se volcó en el desarrollo de los ferrocarriles, de los que fue defensor oficial durante mucho tiempo. Después pasó a las grandes fábricas que abrían en el norte. Sus políticas fiscales fueron proteccionistas, pero eso resultaba muy patriótico, aunque acabara con la insípida Edad Media en la que los productores de algodón y tabaco estaban instalados: individuos perezosos y estúpidos que querían conservar su estilo de vida parasitario y que se oponían a cualquier clase de progreso. Y, además de vivir como lo hacían, los agricultores querían legislar a favor de su estilo de vida. Con Kansas-Nebraska y Dred-Scott, querían convertir todo Estados Unidos en unas ruinas medievales, sin tener en cuenta los nuevos descubrimientos tecnológicos ni el equilibrio de poder en el mundo. Los sureños eran, en su opinión, un puñado de insectos retrógrados que se oponían al progreso. Lincoln, por otra parte, estaba creando una gran nación, el poderoso Estados Unidos actual o, podríamos decir, el anterior a la corrección política, inflexible y, disculpe la expresión, la nación con más agallas del mundo.

Aquel diluvio de palabras sorprendió a Charles por su tono. Los discursos de este tipo se pronuncian de forma grandilocuente, chovinista, con el pecho henchido y florituras demagógicas. Ewing no mostraba nada de eso. Se siguió explicando clara y coherentemente, con tranquilidad y prudencia.

—Para ellos, Lincoln no es un liberador de seres inferiores, más próximos a los simios que a los hombres; eso sería una pérdida de tiempo. No, para ellos es quien funda el Bank of America y asesta un golpe terrible a la autonomía de los estados. Cualquier gran político es un unificador, y muchas veces tiene que hacer su trabajo con mano de hierro, oponiéndose totalmente a lo que los demás creen que les conviene en ese momento. Suspender el *habeas corpus*, cerrar periódicos problemáticos, detener a algunos miembros del Tribunal Supremo, incluso reclutar a la población negra: estas cosas se convierten en necesarias en situaciones críticas. Y Lincoln las hace todas. Así que creen en un Lincoln que es un supremacista blanco y que, si hubiera emprendido ese camino, habría llegado a ser el Gran Dragón del Ku Klux Klan. Así lo ve también Griffith en el primer gran filme estadounidense, *El nacimiento de una nación*. Este es su Lincoln y esta impresión no debe verse alterada. Por eso fueron asesinados George y los demás y por eso corre peligro su vida.

Sin mostrarse impresionado por la advertencia de Ewing, Charles dijo:

—¿Y usted?

—¿Yo, qué?

—¿Qué cree usted?

—¡Ah! En mi caso es mucho más complicado, pero tendremos que dejarlo para otra ocasión. No puedo quedarme más. Creo, sin embargo, que es importante que si ese algo existe, ese algo que Lincoln recibió del hombre negro, ya sea un objeto o una información, ¡tenemos que encontrarlo sin falta!

—¿Tenemos que encontrarlo nosotros?

—Sí, por separado o, mejor, juntos. Piense en ello.

—Otra cosa —dijo Charles—: ¿dónde averiguó todo esto y por qué está tan convencido de que es verdad?

—Lo es, se lo garantizo. ¿Cómo lo sé? Puede que se lo cuente en otra ocasión.

—Muy bien. ¡Gracias por el whisky!

Ewing estrechó con fuerza la mano de Charles y le abrió la puerta. Lo observó un momento mientras se dirigía hacia el ascensor y le dijo:

—Mis condolencias por el señor Marshall. Es una gran pérdida.

76

En el camino de vuelta, después de lo que había oído, a Charles le costaba poner en orden sus pensamientos. Así pues, todas las historias que le habían contado hasta aquel momento se confirmaban, tanto el asunto de Omnes Libri como la razón por la que George seguramente fue asesinado. Había descubierto algo por completo fuera de lo corriente. Por lo que se desprendía de las cosas que le había dicho el multimillonario, ni siquiera era importante el grado de verdad del secreto que George había descubierto. La clave era que una organización de dementes lo consideraba lo bastante importante. Había algo, sin embargo, que no cuadraba en toda esta historia. Si el motivo no era indiferente, ¿por qué estaba Ewing tan desesperado por averiguar cuál era el secreto? Era obvio que ese era el motivo de que lo hubiera invitado a Nueva York, no para cumplir su palabra y darle el libro, ni tampoco para hacerle un favor o aclararle algo con respecto a la muerte de su adjunto.

Por otro lado, el asesinato de George, como le habían dicho tanto Ximena como Clay, no había sido premeditado, sino más bien un interrogatorio en el que las cosas se habían descontrolado o tal vez George hubiera regresado a casa inesperadamente y se hubiera encontrado con un hombre desvalijando su habitación. Entonces el intruso, presa del pánico, lo había matado. El Klan y otras sociedades de esa clase recurrían a asesinatos rituales, que causaban sensación y sembraban el terror, pero este era un crimen sin firma.

Otra pregunta que Charles no podía responder era por qué George no se detuvo tras visitar a Ewing, que era el primero de su agenda. Si suponía que el multimillonario le había contado a George lo mismo que a él, ¿qué esperaba averiguar su adjunto de un puñado de profesores más bien benevolentes que lo más probable era que hubieran plasmado en sus libros todo lo que sabían, con descubrimientos que habían hecho época, que lo son todo para los historiadores dedicados a la investigación?

Del mismo modo, la coincidencia de los nombres del esclavo que habría influido en el presidente y de la persona de la lista de George era demasiado grande. ¿Y si Ewing había descubierto de algún modo a la persona incluida en la lista de George y quiso usarla para llegar a su adjunto? Charles se hacía más y más preguntas, pero en lugar de encontrar alguna respuesta, le surgían todavía nuevas cuestiones. Suponiendo que George se hubiera puesto en contacto con los historiadores y los expertos en Lincoln, ¿qué pintaba en su lista un supuesto especialista en charlatanería, un sinvergüenza que fingía practicar el espiritismo, hablar con los muertos, recibir mensajes de los ángeles y hablar su lengua, el enoquiano? De nuevo, no tenía respuesta.

—Demasiadas preguntas y demasiadas pocas respuestas —se dijo Charles a sí mismo.

Había empezado a mirar cada vez con más insistencia por el retrovisor. Cuando se estaba acercando a casa y había dejado la autopista, tuvo la impresión de que un pequeño coche gris pálido lo seguía desde antes de salir de Nueva York. Hizo unas maniobras para cerciorarse. Pasó bajo un puente, dio un rodeo y regresó por el otro lado. El coche desapareció. Cuando ya respiraba más tranquilo y empezaba a preguntarse lo mucho que lo había afectado todo lo sucedido esos últimos días, vio otra vez el mismo automóvil detrás de él a una distancia considerable. Se paró a un lado de la carretera y aguardó a que el coche lo adelantara. Tenía las ventanillas tintadas, así que no pudo ver quién iba dentro. Después de que el coche tomara una curva unos dos kilómetros y medio más adelante, retomó la marcha, pero se lo encontró parado en una gasolinera justo tras la curva y, varios segundos después de que él pasara por allí, su perseguidor se incorporó a la carretera.

El corazón empezó a latirle con fuerza y a bombearle adrenalina hacia las sienes. Como la carretera estaba vacía, se detuvo en la cuneta tras llegar a lo alto de una colina y esperó a que el coche gris se acercara para salir y cruzarse en la calzada a fin de bloquearle el paso. Su perseguidor frenó de golpe y se paró a apenas dos metros de él. Charles sacó la pistola de la funda. Salió con el arma apuntando al parabrisas del otro vehículo y empezó a gritar:

—¡Fuera del coche, ya, antes de que lo deje hecho un colador!

Un hombre regordete de treinta y tantos años salió del coche. Llevaba gafas y tirantes.

—¡De rodillas! —gritó—. ¡Las manos en la cabeza!

Mientras el hombre obeso se arrodillaba, Charles se acercó a él sin dejar de gritar:

—¿Por qué me sigues? ¿Para quién trabajas?

—No lo estoy siguiendo. —El hombre estaba arrodillado delante de su coche con las manos juntas sobre la cabeza.

Charles se acercó lo suficiente para pegarle la pistola en la coronilla.

—Dime para quién trabajas —insistió Charles a voz en grito, pero a través de la puerta medio abierta del coche gris vio que alguien se movía dentro y oyó un ruido.

Corrió hacia el automóvil, abrió del todo la puerta de un puntapié e introdujo de golpe el arma en el vehículo. Una mujer embarazada temblaba de miedo en el asiento del copiloto. Las lágrimas le resbalaban por las mejillas. Estupefacto, Charles retrocedió y miró al hombre, que también estaba temblando y que se puso a negociar con él.

—Llévese lo que quiera, por favor, pero no le haga nada a mi mujer. Va a dar a luz cualquier día de estos.

La situación era tan violenta que a Charles solo se le ocurrió una pregunta:

—¿Por qué te paraste en la gasolinera?

—Mi mujer tiene que ir al baño muy a menudo. —Suspiró el hombre.

—¿Vivís en Princeton?

—Sí, hemos ido a ver a un médico a Nueva York —intentó decir algo más pero se echó a sollozar, y Charles no alcanzó a distinguir nada más.

Horrorizado consigo mismo, Charles se alejó de la pareja, les dirigió una última mirada y se marchó.

77

—¿De verdad tienes que ir? —preguntó Rocío.

—Sabes muy bien que sí. No estarás preocupada, ¿verdad?

—Me prometiste que dejaríamos todo esto, que esta era la última vez y que podríamos llevar una vida normal. Dijiste que iríamos a Europa.

—Esto de que te preocupes es nuevo —afirmó Sócrates, sonriendo con cariño—. Tenemos que terminar este asunto. Después, si encontramos lo que hemos estado buscando durante tanto tiempo, seremos libres. —Abrazó a su hermana.

—Es nuevo porque siempre he sabido que al final te las arreglarías, pero con esta gente es otra cosa. Esto es, con diferencia, lo más perverso con lo que te has encontrado hasta ahora. Ya no estás tratando con criminales corrientes, con locos sádicos, con traficantes rastreros ni con mafiosos descerebrados, arquetipos que conoces a la perfección y que sabes cómo trabajan. Ahora estamos tratando con estructuras de poder global. Te va a resultar muy difícil salir de esto.

—Ya lo hemos hablado. Es la única forma de encontrar la biblioteca. Mejor ayúdame con el profesor y tal vez salgamos antes de este embrollo. No te preocupes tanto. ¡Joder, Rocío! —Como su hermana se quedó allí plantada con la cabeza gacha, repitió—: Rocío.

—Sí.

—Estamos muy cerca. Mañana a esta hora, puede que incluso por la noche, habré regresado.

Sócrates había recibido una llamada media hora antes, tal como Keely le había dicho. Su interlocutor le había indicado dónde tenía que estar al cabo de media hora, y le había recordado que tenía que ir solo y desarmado.

Sócrates llegó a la hora prevista a un lugar situado fuera de la ciudad y rodeado por una valla alta. Se presentó en la verja, donde fue identificado y cacheado. Un hombre lo condujo entonces hacia una pista improvisada, donde había una avioneta preparada para despegar. El hombre que lo había acompañado le invitó a subir y cerró la puerta del aeroplano. Unos momentos después, se dirigían hacia las ruinas de Copán, en Honduras, donde se encontraba el cuartel general de la Cúpula.

78

Charles estaba muy irritado consigo mismo cuando regresó a casa. Lamentaba el susto que había dado a los dos ocupantes del coche. Se sentó en el sofá y encendió un puro. El corazón le latía deprisa. Siempre había sido capaz de controlarse en cualquier situación. Había sido un atleta competitivo y un esgrimista de primera, y siempre había logrado actuar con sangre fría. Era cierto que jamás había estado rodeado de tantos asesinatos reales, pero tendría que tratarlos como tales y salir de aquella situación indemne. Al final, siempre había actuado mejor bajo presión. Su abuelo lo había preparado para ello. Para tranquilizarse, abrió el libro que había recibido de Ewing y leyó la inscripción en la contracubierta posterior:

C. B.
Heiqu

Era un libro nuevo y el índice que tendría que usar era el 10. Resolvió mentalmente el problema a toda velocidad sin ninguna necesidad de escribirlo: ROSAE.

El texto pasaba a ser:

DECENNIUM POST SECUNDUM ET QUARTUM _____
STAT ROSA PRISTINA (NOMINE) NOMINEM ANTE
_____ ROSAE TENEMUS.

DIEZ AÑOS DESPUÉS DEL SEGUNDO Y DEL CUARTO
_____ EL (NOMBRE) DE LA ROSA PERDURA ETERNA-
MENTE EL NOMBRE ANTERIOR _____ DE LA ROSA
CONSERVAMOS.

Esta vez anotó la frase entera poniendo «nomine» entre paréntesis porque todavía no estaba en posesión del libro que Cifarelli iba a darle. Aunque estaba nervioso, su agudeza mental
no había menguado en absoluto. Pensó por un momento e hizo
otra suposición. El octavo mensaje tenía que ser «nomen».
Completó el texto entonces:

DECENNIUM POST SECUNDUM ET QUARTUM _____
STAT ROSA PRISTINA (NOMINE) NOMINEM ANTE
(NOMEN) ROSAE TENEMUS.

DIEZ AÑOS DESPUÉS DEL SEGUNDO Y DEL CUARTO
_____ EL (NOMBRE) DE LA ROSA PERDURA ETERNA-
MENTE EL NOMBRE ANTERIOR DEL (NOMBRE) DE LA
ROSA CONSERVAMOS.

Lo que, una vez pulido, se leería más o menos como sigue:

DIEZ AÑOS DESPUÉS DEL SEGUNDO Y DEL CUARTO
_____ EL (NOMBRE) DE LA ROSA PERDURA ETERNA-
MENTE; SOLO CONSERVAREMOS EL NOMBRE ANTE-
RIOR DEL (NOMBRE) DE LA ROSA.

Puso las dos palabras que sospechaba que eran correctas entre paréntesis. Comprobó otra vez la lista. Pronto averiguaría la
primera, pero la otra se encontraba en el libro que estaba en manos de un tal George Eliott Napur. Charles no tenía ni idea de
quién podría ser, pero estaba convencido de que lo descubriría,
y pronto. De nuevo también era evidente que no tenía forma de
adivinar el cuarto mensaje. Seguramente George, con su lúgubre
sentido del humor y su enorme gusto por la farsa, incluso cuan-

do su vida estaba en peligro, lo había organizado todo para que pasara exactamente así. Había que recorrer el camino hasta el final. Tenía que identificar con urgencia a Moses White y a G. E. Napur.

—¿El nombre anterior del nombre de la rosa? —se oyó a sí mismo diciendo en voz alta—. ¿Qué podría ser? ¿Qué demonios podría ser?

Lo primero que pensó fue que se refería a cómo se llamaba la rosa en latín antes de «rosa». Buscó en el diccionario pero no encontró nada. Le dio vueltas en la cabeza un rato y, después, alzó los ojos hacia el reloj de péndulo, que estaba dando las dos. Decidió dejarlo de momento. Había prometido ir al tanatorio con por lo menos dos horas de antelación. Ahora se percataba de lo mucho que lo horrorizaba ese momento. Atribuyó su reacción en la carretera al intenso dolor que sentía por la muerte de George. Subió corriendo la escalera y abrió el grifo de la ducha. Se puso bajo el agua helada para despabilarse, pero su cabeza siguió trabajando mientras su cuerpo se sometía a ese tratamiento extremo. Empezó a alternar agua fría y caliente, en plan ducha escocesa, para zafarse de la locura. Con los ojos cerrados, soportó con estoicismo el tratamiento que se había recetado a sí mismo. De repente se le encendió una bombilla. Sin cerrar el grifo, salió de la ducha y descendió corriendo a la planta baja. Se detuvo ante la mesa donde había dejado los papeles en los que había garabateado las soluciones a los mensajes codificados. El agua le goteaba de la frente directamente sobre las páginas y la agenda de George, pero a él solo le interesaba una cosa: George Eliott Napur.

—G. E. Napur —dijo de nuevo en voz alta—. Eso es GE-NAPUR. ¿Seré idiota? Por supuesto, es un anagrama: PANURGE. —Se echó a reír otra vez como había hecho aquella tarde con el director del FBI al descubrir el nombre original en francés de Panurgo—. Pero ¿quién coño es PANURGE?

79

El tanatorio, con sus megalómanas dimensiones, le parecía una monstruosidad. Era una especie de templo a la laminación, y tenía el aspecto de una iglesia evangélica con pretensiones de arquitectura moderna. Ya había estado allí una vez hacía tiempo. Tenía cuatro capillas para albergar cuatro ataúdes simultáneamente. La gente podía ir a expresar su pesar, a llevar flores o a dar el pésame a la familia del difunto.

El tanatorio, que pertenecía a la funeraria de Meyer, hijos y nietos, estaba situado en un solar inmenso. Delante había lugar para aparcar a unos diez metros de la entrada. Lo seguía una rotonda con flores a través de la cual los automóviles iban llevando a los invitados y, en la parte posterior, un amplio jardín donde había toda clase de arreglos florales temáticos separados a cierta distancia unos de otros. Unos eran permanentes y otros, temporales. Estaban pensados para distintos tipos de rituales según los dictados de la religión del finado. La familia Meyer creía que el dinero tiene un valor ecuménico y Meyer padre, que había creado la empresa en 1930, conocía a fondo las costumbres de cada comunidad, desde la judía hasta la bahaí, y había educado a sus hijos para que respetaran a los difuntos de cada religión. Igualmente, había inventado algo que hacía que muchas familias recorrieran decenas de kilómetros desde las ciudades vecinas para poder participar en los servicios organizados a la perfección que preparaban los hijos y los nietos de Heinrich Meyer.

En aquel mismo instante se había montado detrás del edificio una pequeña pista inflable de patinaje sobre hielo. Lucía las iniciales NHL de la Liga Nacional de Hockey por la sencilla razón de que estaba a punto de llegar un difunto al que en vida le encantaba este deporte. Más allá, estaba todo a punto para una partida de bridge que disputarían los amigos de una respetable señora que había vivido cien años y que había jugado con ellos más de medio siglo. Unos empleados estaban recogiendo la decoración de un funeral en el que cada invitado se había sentado en una canoa y había tenido que llevar un tocado de plumas porque el fallecido había sido un gran aficionado a las películas del oeste y siempre iba con los indios, a pesar de que, de hecho, todos los hombres de su familia habían participado en masacres de nativos americanos en su día.

El estacionamiento estaba vacío cuando Charles llegó, salvo por tres coches fúnebres con inscripciones de seguros de decesos, y la pesada puerta principal estaba cerrada, no abierta de par en par, como de costumbre. El único ser humano visible en aquella árida inmensidad era un adicto, que se apoyaba en una de las columnas de la entrada. Al pasar junto a él, Charles lo miró directo a los ojos unos segundos y los ojos del hombre le hicieron pensar. Acababa de salir del coche y la mirada del adicto le obsesionó, así que se detuvo y volvió la cabeza hacia él. Visiblemente disgustado, el hombre masculló algo y se marchó soltando tacos. Charles avanzó unos pasos hacia el edificio y sacó el móvil para llamar a Ximena. Cuando contestó, se oía mal.

—¿Vas en el coche? —preguntó Charles.

—Sí, voy de camino al tanatorio.

—Ah... ¿o sea que vas a venir?

—¿Qué? ¿Ya has llegado? ¿No es demasiado pronto?

—Sí, es temprano. Parece que soy el primero. ¿Cuándo llegarás?

—En una hora más o menos —respondió Ximena—. ¿Hablamos entonces o querías comentarme algo importante?

—Lo habré olvidado cuando llegues.

—Cuéntame entonces.

—¿Te acuerdas de los enfermos de la base militar?

—Sí, ¿qué pasa con ellos?

—Me he dado cuenta de que hay algo con esas personas que no funciona bien. Todos ellos miraban de una manera, cómo podría decirlo, extraña.

—Son pacientes. Han sufrido un shock terrible.

—Bueno, creo que pasa algo más. No tienen simplemente la mirada de una persona trastornada o en shock.

—¿Qué quieres decir?

—Quiero decir que se les mantiene drogados. Y que se hace de forma muy inteligente.

—Sí, claro. El médico que se encarga de ellos les da algo para que no se pongan agresivos.

—He visto a personas que toman tranquilizantes. A esos hombres se les ha drogado para excitarlos, no para calmarlos, para estimular su imaginación y que tengan pesadillas.

—Creo que te equivocas —aseguró Ximena—. Mira, nos vemos en un rato.

—De acuerdo. En tu caso lo comprobaría. Hasta ahora.

Charles colgó y se acercó a la inmensa puerta de madera. Lo sorprendió haber llegado el primero. Echó otro vistazo alrededor y se aventuró a entrar. Una red de pasillos salía de la izquierda, la derecha y el centro del generoso vestíbulo. La luz de estos era pálida y discreta, como correspondía a la clase de situaciones de las que eran marco. El pasillo de la izquierda estaba totalmente recubierto de paneles de madera color caoba con revestimientos que le conferían distintos matices. El del centro estaba forrado de felpa negra, mientras que el de la derecha se hallaba tapizado de terciopelo color rubí, lo que creaba un ambiente sofocante. No había nadie en el vestíbulo ni tampoco en los pasillos. Para no ofender a nadie, no había ninguna insignia religiosa permanente. Se colgaban según la ocasión.

Como no había indicaciones en ninguna parte, Charles no sabía qué camino seguir. Oyó un ruido en el pasillo de la derecha, el de terciopelo rojo. Parecía la risa de un niño, seguida rápidamente de unos pasos rápidos, como si este hubiera echado a correr. Se acercó un poco porque desde donde estaba no podía ver todo el pasillo. Al hacerlo, vio que, al final del pasillo, un niño envuelto en una capa, que parecía haber estado esperando a que él se acercara, doblaba la esquina corriendo. Charles entendió que lo estaba invitando a jugar. El lugar era más bien lúgubre, pero se dijo a sí mismo que los niños no son conscientes de ello. Recorrió el pasillo y la voz volvió a sonarle lejana. Dobló la esquina y de nuevo, durante una fracción de segundo, vio que el niño lo esperaba al final y salía corriendo otra vez al atisbarlo. El tanatorio tenía un eco especial que hacía que la risa del niño tuviera un aire siniestro y la capa le tapaba la cara. A Charles se le puso la carne de gallina. Aun así, siguió adelante, pero se detuvo a mitad del pasillo, ante la entrada de una de las capillas. La puerta estaba abierta. No había nadie dentro, tan solo hileras de sillas, coronas de flores y una mesa con un ataúd abierto. Manteniendo una distancia prudente, se acercó hasta poder ver el cadáver. Dentro de un ataúd lo más cómodo posible descansaba una mujer muy mayor. No era su capilla. Eso estaba claro.

Cuando iba a marcharse, oyó un ruido tras él.

—Ya te llevo yo —dijo la voz del niño, que echó a correr otra vez.

Salió al pasillo, giró a la izquierda y se encontró con otra capilla. Esta tenía en la puerta un cartel que rezaba FAMILIA MARSHALL. El cartel estaba escrito a mano en una cartulina introducida en un marco hecho especialmente para ese propósito. Entró en la capilla. Contenía una mesa para un ataúd y sillas, nada más. De modo que todavía no habían traído aquí a George. Y el niño había desaparecido. Aquella capilla estaba mejor iluminada que la anterior. Los ventanales daban directamente al jardín, pero no entraba demasiada la luz en la sala porque unas colgaduras que parecían telones teatrales lo impedían. Charles echó un vistazo a la habitación. Con el rabillo del ojo atisbó una sombra que pasaba corriendo por delante de una ventana. Debía de ser el mismo niño. Se acercó, apartó la cortina y abrió la ventana.

A lo lejos, había varias personas recogiendo deprisa algunos elementos decorativos. Se dijo a sí mismo que el niño debía de ser hijo de alguna de ellas. Cerró la ventana, se giró y se llevó un susto tremendo cuando casi chocó con el chaval, que se había situado detrás de él. Al ir a hablarle se dio cuenta de que la persona que tenía enfrente no era ningún niño, sino un adulto muy bajo, un enano. Por su rostro debía de tener unos cuarenta años. Charles miró asombrado al adulto que se había portado exactamente como un niño hasta entonces y, mientras se preguntaba qué debería decirle, el enano se le adelantó.

—¿Eres Charles?

—Sí —asintió este, a quien le sorprendió lo directa que era aquella persona—. ¿Y tú quién eres?

—Yo también soy Charles. La gente menuda es solo pequeña en cuanto a su altura; el resto es normal. No hace falta que me hables como si fuera un niño.

—Bueno —soltó Charles—, los adultos no corretean y se ríen tontamente.

—*Touché* —dijo el enano, y le tendió la mano—. Charles Sherwood Stratton V.

—Encantado —respondió Charles, a quien la presencia de Stratton le resultaba estimulante.

Alargó la mano para estrechársela, pero al instante notó en la palma algo suave que se movía. La retiró de golpe. Por suerte, no había apretado con fuerza la mano de Stratton porque en ella tenía un pollito vivo que lo miraba con tanto cariño como si acabara de ver a su madre.

—Así que somos... ilusionistas —observó Charles el Alto.

—Prestidigitador. Los ilusionistas sacan conejos de la chistera. ¡Bah!

En lugar de responder, Charles el Alto miró atentamente el pollito que seguía sosteniendo en la mano.

—Muy bien, dámelo —pidió Charles el Bajo, que movió la mano e hizo desaparecer el pollito—. A ver si lo adivinas: «¿Quién soy?».

Se puso muy erguido con las piernas separadas, se sacó un

bicornio del bolsillo, lo desplegó, se lo colocó en la cabeza y se metió la mano entre los dos últimos botones del chaleco.

—Napoleón, sin duda. ¿Eres actor?

—Sí. Estuve así de cerca de conseguir un papel importante en *Juego de tronos*. Se acerca el invierno —dijo las últimas palabras con el énfasis de un consumado actor—. Pero alguien se me adelantó gracias a un enchufe.

Charles quiso decir que habría otros papeles, que no desesperara, pero el enano lo atacó con una pregunta:

—¿Eres profesor de matemáticas?

—Lo fui. —Rio Charles.

—Eso no es como montar en bicicleta, que nunca se olvida.

—No, sí que lo es.

—Estupendo —dijo el enano—. ¡Presta atención! ¿Es el uno un número pequeño?

—Sí, el número positivo natural más pequeño, aparte del cero.

—Eso significa que es muy diminuto. Pero si se suma algo muy pequeño a algo muy pequeño, ¿sigue siendo muy pequeño el resultado?

—Depende de con qué lo relaciones.

—Si sumas uno y uno, el resultado es dos. ¿Es eso también pequeño?

—Comparado con el uno, es el doble.

—Sí, pero ¿comparado con todos los números?

—Es el segundo número entero natural positivo después del uno en cuanto a tamaño, aparte del cero.

—Entonces ¿es pequeño?

—Sí —contestó Charles el Alto, que deseaba ver adónde quería ir a parar Charles el Bajo.

—Así que si sumas un número pequeño a otro número pequeño, el resultado es pequeño. ¿Podemos decir que eso es una regla?

—Sí —dijo Charles riendo—. Podemos decirlo.

—Bueno, si los sumamos todos de esta forma, hay un momento en que llegamos a un millón. ¿Y es ese un número pequeño?

—No —rio Charles—, pero...

—Espera. ¡No me interrumpas!

Charles el Alto obedeció.

—Surge entonces una cuestión: ¿cuándo deja un número pequeño de ser pequeño y pasa a ser grande? Esa es la pregunta.

Charles quería contestar y explicar los sistemas de referencia al enano, pero un extraño pajarito de plástico asomó de repente por detrás del cuello de este en dirección a Charles, dijo «¡Cucú!» y volvió a desaparecer bajo la ropa del enano.

—Es la hora en punto. ¡Listo! Tengo que marcharme. Ha sido un placer. Mi hermano me está esperando en el jardín.

—Te acompaño afuera. Voy a fumarme un puro. No es demasiado agradable estar solo en este sitio.

Salieron de la habitación y el enano, que conocía el camino, iba algo por delante. Charles lo siguió por los serpenteantes pasillos hasta que llegaron a una gran puerta de cristal. El enano se apoyó en ella y esta se abrió. Salió al jardín y se fue corriendo mientras gritaba a Charles:

—¡Nos vemoooos!

Charles observó que el hombre bajito se dirigía hacia un árbol, delante del cual había un hombre increíblemente alto, la persona más alta que había visto en su vida. No tenía ni un solo pelo en su larga cara, ni siquiera cejas. Iba vestido de vaquero. Charles recordó entonces aquel cinturón inmenso y la cara del hombre que lo había mirado cuando había estado a punto de atropellarle delante del estacionamiento de Hulfish, de camino al piso de George. El hombre alto le dirigió la misma mirada comprensiva y asombrada, y le sonrió. Dijo algo al enano, que regresó corriendo y se detuvo delante de Charles.

—Los niños tienen que volver a casa —dijo a Charles—. Los diez.

Se dio la vuelta y volvió dando brincos hasta donde estaba el gigante, que le rodeó los hombros con un brazo, y desaparecieron juntos en el jardín.

80

—Tengo entendido que le apasionan los gatos. Eso lo habría convertido en un ciudadano perfecto en Alejandría.

Charles volvió la cabeza para ver quién había dicho esas palabras. Se había sentado a una mesa situada justo delante de la puerta que daba al jardín y estaba contemplando el horizonte, pensando en la divertida experiencia que acababa de vivir y esperando, horrorizado, el momento en que llegara la familia de George con el ataúd.

Reconoció al anciano al instante. Era delgado, excepcionalmente fornido y con unos ojos enormes, un hombre que casi hablaba con la mirada. Tenía unos ojos que siempre sonreían y un rostro muy expresivo que muchas veces decía todo lo que el hombre quería expresar, incluso antes de que abriera la boca. Charles se levantó de inmediato en señal de respeto, a pesar de que la aparición del anciano lo había sorprendido.

—Profesor Cifarelli. ¡Con qué delicadeza se mueve!

—Una amiga mía me dijo que soy sigiloso como un asesino —dijo el profesor abrazando a Charles. Y acercó una silla sin dejar de hablar—: Me alegra verle en persona después de tanto tiempo. Por desgracia, siento una pena insoportable por el motivo que nos ha traído aquí. Mis condolencias.

—Gracias —contestó Charles con gravedad.

El profesor le dio unas palmadas en la espalda para mostrarle su empatía y suspiró.

—¡Qué se le va a hacer! —exclamó—. La vida es así. ¿Sabe lo único que me consuela de verdad al pensar que mi inevitable final también se acerca?

—¿Qué final? —dijo Charles, devolviéndole la cortesía—. Se le ve extraordinariamente bien.

—Si corro diez kilómetros al día, solo como hojas y me acuesto a las nueve de la noche, es así como se me tiene que ver. Decía que lo único que me consuela ante la perspectiva próxima de mi final es que dejaré atrás a un hatajo de idiotas.

Charles miró divertido al profesor, que tenía más de ochenta años y aparentaba unos sesenta y cinco. Fabrizio Cifarelli era un eminente filólogo italiano que había terminado su carrera docente en Berkeley. Autor de más de noventa libros, era considerado uno de los mejores especialistas del mundo en cultura clásica, especialmente en la de la antigua Grecia. Sus puntos de vista eran considerados muchas veces escandalosos, en particular algunas opiniones, que eran bastante discutibles, sobre el papel de la Unión Soviética en la historia. Como cualquier intelectual importante formado en cierta época de la historia de Italia, era un simpatizante comunista. Su figura favorita de la Italia del siglo xx era Antonio Gramsci, el ideólogo y cofundador del Partido Comunista Italiano, y filósofo de orientación marxista. Charles no había frecuentado sus conferencias tan a menudo como le habría gustado porque relacionarse con él era considerado algo más bien tóxico en determinados círculos, particularmente en el período en que él mismo estaba involucrado en toda clase de campañas electorales. Pero las simpatías políticas del profesor no obedecían a ningún motivo perverso ni corrupto. Eran, más bien, la reminiscencia de un idealismo ingenuo con respecto al mundo. Sin embargo, en un momento dado había aceptado trasladarse y dar clases en Estados Unidos.

—Permítame que le cuente una historia que no creo que conozca. Diodoro de Sicilia nos dice que, a mediados del siglo i a. C., un diplomático romano que estaba en Alejandría para llegar a una especie de acuerdo con uno de los Ptolomeos, mató un gato en la calle de una pedrada. La noticia corrió como la pólvora y, a las pocas horas, la casa del diplomático estaba rodeada de ciudadanos sublevados que querían lincharlo. Esto llegó rápidamente a oídos del faraón, que acudió en persona a suplicar a la gente que le perdonara la vida. Había en juego una relación bastante frágil con Roma, puesto que Alejandría se encontraba bajo protección romana desde el año 80. Ptolomeo quería el reconocimiento del Senado romano y que lo nombraran de manera oficial amigo del Imperio. La independencia del reino estaba en peligro, por lo que había que tratar a aquel invitado de tanta categoría con guantes de seda. Pero, a pesar de las insistentes súplicas de su líder supremo, que no era famoso por su delicadeza, la muchedumbre sacó al diplomático a rastras de su casa y lo descuartizó.

—Espero que no sostenga que Roma conquistó Egipto por este motivo.

—¡Vaya! Veo que está al día de mis extravagantes teorías. Pero Diodoro de Sicilia, que fue testigo de ello, afirmaba que, desde entonces, cada vez que veía un gato se paraba y se agachaba para mirarlo, y si tenía la mala suerte de toparse con uno muerto, gritaba: «¡Yo no lo he matado! Me lo he encontrado así».

A Charles siempre le había gustado la forma de hablar del profesor. Ilustraba de un modo espectacular todo lo que decía y siempre encontraba algo interesante que aprender de él. Su erudición era colosal.

—De modo que usted encajaría muy bien ahí. ¿Sabe que preví un hecho histórico?

—No, lo ignoraba. ¿A cuál se refiere?

Charles esperaba que el anciano le hablara sobre la caída del comunismo o sobre la reconstrucción de la Unión Soviética, pero lo que oyó lo dejó sin respuesta.

—Preví un complot que acabó con el asesinato de Julio César en los idus de marzo en el año 44.

Charles no estaba seguro de haber entendido bien lo que el profesor había dicho, de modo que quiso cerciorarse.

—¿Qué quiere decir con que lo previó?

—Bueno, llegué a la conclusión, siguiendo el hilo de los hechos preliminares, que era allí adonde me llevarían. Y tenía toda la razón. Fue una premonición. No, algo más: una profecía.

—¿Se refiere a que el personaje de su libro lo previó?

—El personaje me expresa a mí. Así que fui yo quien lo previó.

—Pero ¿cómo se puede «prever» un hecho que tuvo lugar hace mucho tiempo?

—¿Qué quiere decir con eso de que hace mucho tiempo? No soy idiota. La acción de la novela transcurre en la primera mitad del siglo I.

—Es decir... ¿averiguó que alguien previó el asesinato? No lo entiendo.

—Oh, oh, oh, hay que ver cómo complican las cosas los jóvenes. No, señor Baker. Preví el hecho, pero lo puse todo en boca de mi personaje porque, a la hora de escribir la novela, había borrado de mi cabeza absolutamente todo lo que sabía que había pasado, incluido lo que conocía del asesinato. Así que preví el complot antes de que tomara forma usando solo los datos que habría tenido un contemporáneo de César. ¿Lo entiende ahora?

—Aun así... —dijo Charles, que quería levantarse y gritar.

—Eso no es importante —soltó el anciano mientras sacaba una carpeta de su maletín y la dejaba en la mesa—. Le devuelvo su libro con un enorme agradecimiento.

—¿Plutarco?

—¡Sí, extraordinario! No le preguntaré cómo ha llegado a sus manos. El señor Marshall, descanse en paz, me dijo que es un secreto, pero he oído que tendría las obras perdidas de Esquilo. Llevo dos semanas sin poder dormir de la emoción. ¿Se lo ha dicho su padre?

—Sí —sonrió Charles—, pero George también se las entregó a alguien y todavía no las he recuperado.

El anciano, que se había mostrado tan entusiasmado, se desanimó de golpe. En su semblante se reflejó una decepción inmensa.

—En cuanto las reciba, se las llevaré. Es el primero, de hecho, el único de mi lista.

En realidad, Charles había recibido el libro de manos de Donald Davidson durante su visita al piso franco donde estaban viviendo los testigos protegidos. Simplemente se había olvidado de ello al salir de casa. Aun así, su promesa tuvo el efecto deseado y el profesor italiano pareció satisfecho.

—Según su experta opinión, ¿es auténtico este libro?

—Como seguramente sospecha, no dispongo de un laboratorio de química atómica, pero mis pruebas filológicas no dejan lugar a dudas. Es un libro fenomenal que parece estar escrito por Timóxena, la ejemplar esposa de Plutarco. No sé si lo sabe, pero el autor que nos dejó las famosas *Vidas paralelas* afirma en determinado momento que su esposa era un ama de casa modélica, la mujer ideal de la Antigüedad. Cuando su hija, llamada también como ella, murió, Timóxena madre sufrió en silencio, no se lamentó, no hizo exhibición de su duelo, no se arrancó los cabellos de la cabeza.

—¿No sostenía también su Plutarco que una mujer jamás debía replicar a su marido cuando este le montaba un pollo? —preguntó Charles, a quien le apetecía poner a prueba el sentido del humor del profesor.

—Oh, sí, pero esto se produce en un contexto en el que, según la tradición, las mujeres no están autorizadas a hablar en público. En Atenas solo podían hacerlo durante las ceremonias religiosas. ¿Sabe cuál es el origen de todo esto? Las sirenas. Los antiguos griegos estaban convencidos de que las voces de las mujeres eran peligrosas.

—Por no hablar de que puede que la tal Timóxena fuera virtuosa, pero era más bien fea —añadió Charles.

—¿Y eso? ¿Cómo lo sabe?

—Si no, no creo que el pobre Plutarco se hubiera tomado la molestia de alabar sus virtudes hasta tal punto y hubiera escrito a continuación que la belleza es engañosa y que un hombre no debería escoger una esposa bonita. Si lo dice, es solo para justificar algo ante sus contemporáneos.

—¡Caray! Muy hábil. No lo había pensado, pero podría ser cierto. De modo que Timóxena también debía de ser pobre porque añade que no se tendría que buscar una dote. Pero sabrá que argumenta que una mujer hermosa podría confundirse fácilmente con una hetaira y hacer que los demás hombres fueran tras ella. Y es entonces cuando llegan los problemas.

—Es decir: ¿cásate con una mujer fea para que nadie te la arrebate? Era un tipo duro el tal Plutarco.

—También dice que Timóxena estaba obsesionada por la limpieza y que, en cualquier caso, las mujeres son mucho más extravagantes que los hombres. Y ese tema vuelve a aparecer en este libro que escribió la propia Timóxena y que, al parecer, usted no ha leído, al igual que figuran también en él rudimentos del estilo de Plutarco, aunque no en su totalidad. Por consiguiente, le respondo a su pregunta: creo que el libro fue escrito por Timóxena y que el mismísimo Plutarco lo corrigió estilísticamente. A las mujeres actuales les sorprendería cómo trataban las féminas su cutis hace dos mil años. Excepcional. Pero ¿cómo es que un intelectual de su talla no ha leído este espléndido manuscrito que ha permanecido oculto durante veinte siglos?

—Lamentablemente, George se lo llevó de mi oficina el día que lo recibí.

—Comprendo. ¿De qué quería que habláramos?

—De lo que conversó con George. Verá, el honor me obliga a terminar su obra.

—¡Excelente! Así honrará su memoria. ¡Precioso! Básicamente quería saber todo lo que conozco sobre la biblioteca de Alejandría. Le dije que para eso tendría que leer mis libros, y no solo eso, sino aceptar por completo todas mis hipótesis. Era un joven extraordinario.

A Charles lo asombraba mucho que cada uno de los profesores con los que George había hablado solo tuviera cosas buenas que decir de él. En la vida diaria, su adjunto era incapaz de tener la boca cerrada. Nunca se abstenía de hacer comentarios maliciosos u observaciones irónicas. Que se hubiera transformado hasta tal punto en sus charlas con todos aquellos expertos significaba que esa metamorfosis había formado parte de su estrategia. Se había convertido en alguien al gusto de todos.

—George quería saber si tenía algo más —prosiguió el profesor Cifarelli—, una teoría, de hecho, sobre lo que le pasó a la biblioteca. Le dije que no sé más de lo que he escrito. Pero me respondió que la mayoría de los manuscritos de la biblioteca se había salvado. Son muchísimos y, como prueba, me dejó este libro y me dijo que usted tenía otro, las obras completas de Esquilo. ¿Es eso cierto? ¿Tiene las ochenta?

—Hay setenta y cinco, y sí, las tengo.

—¿Solo setenta y cinco?

—Son las que hay. Están unidas en un códice, seguramente copiadas de los rollos originales.

—Tiene que ser un códice muy grueso. Seguro que sabe que solo conocemos siete de sus obras de teatro.

Charles no respondió. Miró con curiosidad a Cifarelli.

—No sé si se da cuenta de lo que significaría para un hombre como yo que las fantasías de su difunto amigo fueran ciertas, aunque solo fuera en parte. Para mí, si puedo decirlo así, esta aventura comienza en el año 480 a. C., hace dos mil quinientos años, cuando los griegos aniquilaron a los persas en la batalla de Salamina. Por aquel entonces, los persas, que eran bárbaros orientales, estaban allí para arrasar la antigua Grecia, la primera gran maravilla de la civilización. Furiosos por su derrota, los persas azotaron el mar con varas. Esquilo luchó en Salamina ese año. Sófocles, un joven de dieciséis años, exhibió su hermosa figura ese año, por completo desnudo, tocando la lira y danzando delante de la procesión en la colina de Colono, que conmemoraba precisamente esta victoria. Eurípides acababa de nacer. Estos tres hombres son los padres de la tragedia y, gracias a ellos, nuestro mundo moderno es así de espléndido. Sin ellos, ninguna de las grandes narraciones de la actualidad habría sido posible. A ellos, y en especial a Homero y a Aristóteles, les debemos toda la historia de la cultura. ¿Quiénes no los imitan en la literatura, el teatro, el cine o la vida? Aquellos que no los siguen lo hacen como reacción contra estos genios absolutos de la humanidad. Si estos tres hombres no hubieran existido, Shakespeare no habría sido posible, ni Corneille, Racine u O'Neill. Y le diré algo que le parecerá extraño, tampoco habría existido *El padrino*, la extraordinaria trilogía cinematográfica. Se trata de una tragedia griega por derecho propio, desde el argumento hasta la estructura en tres partes. En la Antigüedad no había obras independientes. Para empezar se escribían para participar en concursos. Y las normas de estos eran claras. El conjunto con el que competías estaba formado por cuatro obras: una trilogía que presentaba distintos aspectos del mismo tema y una obra satírica. De Esquilo conservamos una trilogía completa pero ninguna sátira. Tiene que pensar que en aquella época se le consideraba el gran especialista en obras satíricas, su genio absoluto. La tragedia tenía que crear cierto estado, purificar al espectador, pero la sátira, que se interpretaba al final, debía recordar al público que estaba en el teatro y que no tenía que tomarse totalmente en serio lo que había visto. Es algo fenomenal. Casi posmoderno. Una sátira griega debía de ser un espectáculo maravilloso con aquellos coros satíricos con patas de cabra dirigidos por su maestro, Sileno.

A Charles le encantaba el modo de hablar del profesor y no lo habría interrumpido por nada del mundo, aunque fuera obvio que no iba a sacarle nada útil. Por lo menos estaba pasando el rato y ahuyentando su amargura.

—Como sabe, las obras completas de Esquilo llegaron a Alejandría por medio de un ardid. Ptolomeo III pidió a los atenienses las obras escritas para poder copiarlas, puesto que estos eran los únicos que las tenían. Depositó una fianza de quince talentos de plata, una suma enorme, equivalente a todos los impuestos que le pagaba el barrio judío al faraón a lo largo de todo un año. Después se negó a devolverlas y renunció de buena gana a la fianza. Y es así como los astutos griegos fueron estafados.

—Ptolomeo usó este ardid muy a menudo. La dinastía hacía lo mismo con los manuscritos que encontraba en los barcos que amarraban en el puerto. Pedían los originales de todos los libros que iban a bordo para copiarlos. Pero, cuando los devolvían, entregaban las copias, y eso en el mejor de los casos.

—¡Exacto! Para los Ptolomeos, como para Alejandro de Macedonia, el pupilo de Aristóteles, los libros significaban poder. ¿Sabía por qué la biblioteca de Alejandría fue construida así? Todo empezó cuando Demetrio dijo al primer Ptolomeo que si quería conocer a sus súbditos, que eran de una rica mezcla de naciones, tenía que leer sus obras. Pero hay otra bonita anécdota. Los godos, que pasaron Atenas a fuego y espada en el año 260 de nuestra era, lo destruyeron todo, pero no los libros, porque uno de sus líderes les dijo que, mientras los griegos siguieran siendo esclavos de la lectura y la discusión filosófica, no tendrían tiempo para aprender a luchar.

—Sí. El emperador Justiniano pensó justo lo contrario cuando decidió cerrar la Academia de Platón. Lo que los bárbaros no lograron lo hizo un pueblo que ya tenía por costumbre comer con cuchillo y tenedor.

—¿Ese? Bueno, el llamado emperador era en realidad un insignificante campesino venido a más, búlgaro, o del sur de Serbia; un cabrero, un cretino. En 529 decretó que las disquisiciones filosóficas eran muy peligrosas para la doctrina cristiana y perjudiciales para la cabeza de un humilde creyente.

—Todos los dictadores se justifican diciendo que quieren proteger a sus súbditos. Parece que Justiniano llegó a ese punto debido a los dieciocho argumentos de Proclo, el último director de la Academia, que rebatían la lógica de la teoría cristiana de la Creación.

Este diálogo complació a Cifarelli, que volvió a la idea anterior:

—También dicen que copiar las obras de Esquilo estaba prohibido. Pero mucha gente las leyó en la biblioteca. En un momento dado desaparecieron. Y ahora usted me dice que ha vuelto a encontrarlas. Las quiero sin falta —dijo el profesor, prácticamente suplicando—. Ni siquiera necesito el manuscrito original. Puedo leerlas escaneadas.

—Le prometo que será lo primero que haga cuando las tenga en mis manos.

—Cuento con que cumpla su palabra. Seguiré un poco más

para concluir el hilo de mi pensamiento. Esquilo ganó su primer concurso dramático en 484. En su vejez fue derrotado por Sófocles, que por aquel entonces tenía veintisiete años, y Esquilo, avergonzado, se exilió de Atenas.

»Pero en aquella época reinventó el teatro, la tragedia. Su voz era inusualmente autoritaria y poderosa. Su teatro era una súplica para el cumplimiento del deber cívico y un himno al culto respetuoso a los héroes. Algunos, como Aristófanes, le toman el pelo y piensan que es demasiado pomposo, que aburre al hablar, que los diálogos de sus obras son declamaciones patrióticas. Y escribe con un estilo grandilocuente, ampuloso y grave, pero no siempre. A veces se burla de sus propios personajes. Los viste de forma rara, escandaliza al público, y esto ocurre en sus tragedias, no solo en sus sátiras. Por estas razones afirmo que los posmodernos pueden reivindicarlo sin ningún problema. Casi lo lincharon, acusado de haber revelado en el escenario los famosos misterios eleusinos, que conocía como protegido de Dioniso, al ser originario de Eleusis. Además de eso, agrede constantemente a los espectadores en sus obras. En *Las Euménides*, la última obra de la *Orestíada*, la única trilogía completa suya que conservamos, la presencia de las Furias impresionó tanto a los asistentes que muchos de ellos se marcharon despavoridos del teatro.

—Sí —afirmó Charles—, pero ¿sabe que, de hecho, el primer autor que revolucionó el teatro, y que en realidad era compositor de coros, fue un tal Tespis, que introdujo el primer actor?

—Sí, pero ese actor no interpretaba un papel demasiado importante. Decía pocas palabras. Fue Frínico quien realmente hizo que el actor interpretara de verdad, a veces incluso haciendo varios papeles. Pero Esquilo introdujo un segundo actor. Eso fue importantísimo porque el monólogo se transformó entonces en diálogo, y donde hay diálogo aparece la verdadera esencia de la narración, que es el conflicto. Y sí, he leído su libro. Hablando de su obra sobre narratología, ¿me permite una pequeña observación?

—Por favor —dijo Charles, atónito.

—Hay un momento en que habla de la tragedia griega y explica lo que es el *deus ex machina*: esa intervención exterior que no sigue la lógica de la acción que se está desarrollando. Es, por tanto, artificial, y aparece para intervenir en el conflicto.

—¿Y cuál es la observación?

—No menciona, ni siquiera una vez, que no es una invención del teatro griego desde sus orígenes; es una creación de Eurípides.

—Tiene razón —coincidió Charles—. No me había propuesto escribir una historia del teatro.

—No, pero sí una sobre la narración. Y es importante porque esa intervención exterior se hace a través de un mecanismo, un complicado sistema de poleas que desciende hacia el escenario normalmente transportando a un dios que explica lo que está pasando y resuelve el conflicto. Esquilo, sin embargo, es el primero que usa este mecanismo. En este sentido, también es él quien inventa el decorado y, además, le debemos que la función del coro evolucionara y pasara de ser una especie de comentarista exterior a ser un personaje colectivo con un papel dramático. Por eso vuelvo a este punto e insisto: daría los pocos años que me quedan de vida a cambio de poder leer *Proteo*, la sátira con que concluye la *Orestíada*, o *Prometeo encadenado*, *Prometeo liberado* y *Prometeo portador de fuego*, o *Las mujeres de Etna*.

Había tal pasión en las palabras del profesor que Charles se juró a sí mismo que lo primero que haría en cuanto llegara a casa sería escanear el libro entero y enviárselo al profesor Cifarelli. Consultó su reloj: eran más de las cuatro y todavía no había llegado nadie.

—No debe ser impaciente, especialmente con cosas como esta —aconsejó el anciano—. Nos queda algo de tiempo para hablar sobre la gloria de los viejos tiempos y para olvidar un poco más el dolor.

81

—Me pregunto muy en serio qué pensaría alguien en el absurdo caso de que oyera nuestra conversación —prosiguió el profesor Cifarelli—. Seguramente se preguntaría por qué dos personas serias como nosotros hablarían sobre cosas que parecen tan remotas que incluso podrían estar a quién sabe cuántos millones de galaxias de distancia. Si la gente se tomara la molestia, si las escuelas se esforzaran más por enseñar o si este vulgar materialismo que podría acabar engulléndonos se resquebrajara un poco, podríamos ver que el período helenístico de la antigua Grecia es la verdadera cuna de nuestra civilización, y precede al judeocristianismo. Como usted diría, todas las grandes historias nos llegan de ahí, de esta gente brillante que estructuró los valores del mundo, incluido el mundo moderno. Esta es la parte primordial del alma de la humanidad. Cualquier novela que leamos hoy en día, cualquier historia, cualquier película que veamos, por más que parezcan invenciones contemporáneas, proceden de los griegos.

—Intentaré decir eso en mis libros y se lo explicaré a mis alumnos. Muchas veces tomamos libros o filmes contemporáneos y, en todos ellos sin falta, identificamos una leyenda o una historia de la antigua Grecia.

—¡Bravo! Yo he intentado hacer lo mismo. A veces se me reprocha que la ciencia se apropió de esta cultura, incorrectamente llamada humanista. Pero por aquel entonces la ciencia, como sabe, era inseparable de la filosofía. Los líderes de las ciudades amuralladas de Grecia y la mayor parte de los gobernantes romanos (senadores, emperadores, dictadores o no, asesinos o no) eran todos ellos hombres de una cultura inmensa. ¡Pero, por el amor de Dios, si Alejandro de Macedonia dormía con la *Ilíada* bajo la almohada, en la versión de su profesor, Aristóteles! También con un puñal, es cierto. Y le pidió, además, que le enviara las obras de Esquilo y de Sófocles a Asia, donde estaba acuartelado. Hoy en día los líderes son, por lo general, ignorantes e incultos, y es por eso que el mundo se va al garete: porque esta gente no conoce los valores eternos, porque hoy en día, en la era de la realidad virtual, paradójicamente la gente construye un mundo que es solo multidimensional en apariencia. Me refiero a que lo es solo de un modo ficticio. Es como si estuviéramos mirando el mundo a través de unas gafas especiales: si las apagamos, nos quedamos con un mundo espantoso, bidireccional, como el nuestro, desconectado de la imaginación y los valores. Me acusaron de ser comunista. ¿Qué debía hacer si especialmente en Europa, en concreto en Italia y en Francia, la mejor gente, la más culta, es de izquierdas? Si miras, por ejemplo, los debates de *Porta a porta* de Rai Uno, uno de mis programas favoritos, y ves cómo los políticos de izquierdas se enfrentan a los de derechas, te das cuenta de que estos últimos son primitivos, rudimentarios, con un vocabulario pobre y de ideas fijas, con valores muy cercanos a los de una sociedad cerrada. Carecen de puntos de referencia. Sus únicos valores son el populismo y la Iglesia, es decir, la vulgaridad y el oscurantismo. Sucede lo mismo aquí, en Estados Unidos: los demócratas, que son mucho más cultos, son capaces de empatizar, de comprender el sufrimiento de los demás, de querer una vida mejor y un lugar bajo el sol para los otros. No creo que en nuestra tripa quepa todo lo que hay en el mundo. A veces tenemos que dejar comer a los demás. Y, del mismo modo, no creo que un burro sepa la diferencia entre uno y veinte automóviles, entre una y mil propiedades. Muy bien, quienes trabajan más deberían recibir más, pero no deberían quitárselo absolutamente todo a los demás. Usted es demócrata como yo. Lo sabe muy bien.

—Soy independiente, pero mis valores van en esa dirección.

Cifarelli no pareció oír a Charles. Tenía muchas ganas de continuar hablando:

—Por lo que sé, usted es de origen rumano. Bueno, en este sentido, un gran pensador suyo, Cioran, afirma que si fuéramos griegos ahora, nos moriríamos de vergüenza. Se refiere a esa grandeza de la que hemos estado hablando. Leemos esas cosas y nos quedamos maravillados. ¿Cómo podía pensar alguien de ese modo hace dos mil quinientos años? ¿Cómo podía medir con exactitud la circunferencia de la Tierra y la distancia de la Tierra al Sol, sin ordenador ni alta tecnología? Hoy en día ni siquiera sabemos sumar sin calculadora. Por esta razón, si lo que pensaba su colega, de quien vamos a despedirnos hoy con tanto pesar, fuera cierto, si alguien salvó la biblioteca de Alejandría o una gran parte de ella, estaríamos ante un verdadero milagro, un gran soplo de aire fresco para toda la historia de la humanidad. Las tragedias sanguinarias de los griegos, precursoras de los thrillers o incluso de las películas de terror actuales, nos harían paradójicamente mejores. Porque se supone que la tragedia exorciza el demonio que hay en nosotros, nos libra de todo el odio y las frustraciones que afean nuestra vida. Medea, mientras grita después de haber matado a sus propios hijos y anuncia la subsiguiente desgracia, está más presente en nuestra imaginación de lo que nos gustaría creer. Solo que no tenemos ni idea de dónde procede. Y pensamos, en el más optimista de los casos, que solo el veinticinco por ciento de las obras literarias de la antigua Grecia ha llegado hasta nosotros. Hay más de mil nombres de autores conocidos de la Antigüedad y solo disponemos de parte de las obras de poco más de cien de ellos.

Habían empezado a llegar los primeros asistentes, que ya se estaban congregando en el jardín de la parte posterior del tanatorio. Sin que eso le estorbara, el profesor prosiguió su monólogo:

—El papiro más antiguo que se ha descubierto data del siglo IV a. C. Pero se sabe que los griegos ya escribían en el siglo IX a. C. Quinientos años borrados por completo porque no se ha conservado nada, ni una sola palabra. Siete obras de las ochenta, o como usted dice, de las setenta y cinco, de Esquilo; ocho de las ciento veinte de Sófocles; dieciocho de las ochenta y dos tragedias de Eurípides; apenas dos poemas completos de los nueve volúmenes de Safo de Lesbos; casi nada de su competidora, Corina de Tanagra, el fenómeno que derrotó al mismísimo Píndaro en las olimpíadas poéticas y cuyos poemas, según decían algunos, eran todavía mejores que los de Safo; once de las cuarenta comedias de Aristófanes y nada de Mirtis de Beocia, la maestra de Píndaro. ¡Qué bien tenían que sonar los versos de la poetisa báquica al sacar tanto jugo al alcohol en sus canciones de banquete, sin olvidarnos de la Homero femenina, Ánite de Tegea, ni de Perila, a la que, según el parecer de Ovidio, solo superaba Safo.

»Todos han desaparecido. Solo nos han llegado unos cuantos fragmentos de Agatón de Atenas, a quien Platón elevó a la gloria como excepcional poeta trágico. También nos faltan los poemas de Alcmán de Sardes; casi todos los poemas de Sulpicia; ciento una comedias de Dífilo de Sinope; más de doscientas cincuenta escritas por Alexis de Turio y trece libros del propio Píndaro. ¿De verdad se ha tragado la tierra todas estas obras, además de los *Comentarios históricos* de Pánfila de Epidauro y las doscientas cincuenta tragedias de Astidamas, cuya estatua fue destruida porque se jactaba demasiado de lo gran escritor que era? No tenemos las quinientas tragedias escritas por Pratinas de Fliunte ni otras tantas de Crisipo de Solos. Ya no tenemos nada de Zenón de Cícico, quien, como Platón, escribió su propia *República*, que, según se dice, en su época era mejor y más valorada que la del filósofo. ¿Dónde están las obras auténticas de Aristóteles? De cuarenta de las ciento setenta que han llegado hasta nosotros, no tenemos ni idea de cuáles son auténticas ni de cuántas modificaciones insertaron los miles de manos por las que han pasado, desde sus discípulos hasta toda clase de copistas, algunos más cultos que otros. ¿Dónde está el gran libro de Aristóteles sobre la comedia, el segundo libro de la *Poética*?

Charles tuvo ganas de levantar la mano y decir que estaba en su casa, pero no quiso provocar un infarto al anciano.

—¿Dónde está el especialista en libros de cocina de la Antigüedad, Epimarco? ¿Y el autor cómico Magnes, que hacía hablar a los animales en sus escritos? ¿Dónde están los ochocientos libros de Aristarco de Samotracia? ¿Y los de Lesques de Mitilene, que escribió la *Pequeña Ilíada*? ¿Dónde está la continuación de la *Odisea* de Eugamón de Cirene o los treinta volúmenes de las memorias de Arato de Sición? No se ha conservado nada de los discursos de Hipérides, que aprendió el arte de la oratoria de Demóstenes y que, tras el exilio de su maestro, continuó esos violentos discursos contra Filipo II. Su furia acusadora dio origen a una nueva palabra: «filípica». Hipérides, quien al defender ante el tribunal a Friné, que sirvió de modelo para la Afrodita de Praxíteles, acusada de profanar los misterios eleusinos, le arrancó la túnica delante de los jueces y su belleza hizo que la absolvieran en el acto. Faltan cuarenta y siete obras de Estrabón de Amasia de este recuento, del ocaso de nuestra civilización. Lo mismo puede decirse de la obra completa de Espeusipo de Atenas, el sobrino de Platón, al que este reveló sus secretos. ¿Dónde están todos ellos? ¿Dónde están las obras de los presocráticos, de los estoicos? Si el sueño de su amigo es cierto podrían aparecer todos.

Al final Charles no pudo contenerse, de modo que dejó caer una pequeña broma.

—¿Y qué haremos, profesor, si lo que nos pasa es lo mismo que le sucedió a Menandro, el discípulo de Teofrasto, el sucesor de Aristóteles en el Liceo? Menandro era considerado un genio cómico en su época. Se decía que jamás escribió una obra que no contuviera una extraordinaria historia de amor. Los atenienses le erigieron una estatua como muestra de respeto y de admiración. Y Goethe, que no había leído nada suyo porque era imposible hacerlo, escribió que tenía un encanto muy especial. Y ahora que hemos descubierto algunas de sus obras perdidas, no sabemos dónde esconderlas. Hasta usted ha dicho que es muy desconcertante, un inmenso engaño, un autor problemático. Pero, a mi modo de ver, ya nos lo esperábamos. ¿Qué clase de fe se puede tener en un individuo que se tiró al agua consciente de que no sabía nadar y murió ahogado? Es ridículo. ¿Qué clase de fe se puede tener en un escritor que tituló una obra *La trasquilada*? ¿Conoce esa obra suya en la que una víctima de violación se casa con su violador? ¿Qué haremos si resulta que la mayoría de las obras desaparecidas nos decepcionan? ¿Qué haremos si, al contrario de lo que George creía, lo que se perdió no nos salva de lo que ya tenemos, sino que sucede todo lo opuesto?

El profesor no pudo responder porque Ximena, que se había acercado a su mesa, los interrumpió.

82

Las hélices de la avioneta habían dejado de girar cuando la puerta se abrió y una pasarela de acceso del todo opaca se unió a la escalerilla. Un hombre, que llevaba el rostro cubierto con una máscara, descendió del aparato y subió directamente a una limusina con las ventanas tintadas situada en el otro extremo de la pasarela. El coche fue hasta la entrada reservada para el jefe supremo del IIECH, el Instituto para la Investigación y la Experimentación de la Conducta Humana, en el corazón del desierto de Mojave. El hombre pasó junto a la secretaria, que tenía cara de perro malo y bastante estúpido. Entonces, una vez que se sintió a salvo en el despacho de Eastwood, el invitado se quitó la máscara.

—Ya era hora —dijo el director mientras abría una botella de champán con un sonoro taponazo.

—¿Champán? —preguntó el hombre—. ¿Qué estamos celebrando?

—Su presencia aquí. Ya era hora.

—Creo que me ha obligado a venir, señor Eastwood.

—¿Y eso? —preguntó este, muy serio.

—Ha matado a uno de mis hombres clave, que tenía que haber finalizado una misión igual de importante y cuya cabeza ya no está, por así decirlo, en funcionamiento.

—¿A quién se refiere? —dijo Eastwood haciéndose el tonto.

—Lo sabe muy bien —dijo el hombre de la máscara—. A Mono Urrutia.

—¿El Cabezón? Sí, su cabeza acabó lo que se diría separada de las cosas. ¿Era su elección para asesinar al presidente?

—Sí, exacto.

—Lo sé, por supuesto —aseguró Eastwood, que estaba de buen humor—. Por algo contamos con el sistema de información más moderno del mundo. Mire, le diré lo que pienso. Usted decidió matar al presidente de un modo simbólico. No voy a oponerme. Me parece prematuro y más bien precipitado. Esto por un lado. Por el otro, aquel idiota, Cabezón, metió las manos en una parte importante del narcotráfico de los estados del Sur. Y, como usted bien sabe, los intereses financieros de nuestra organización requieren la disolución de cualquier red de narcotráfico.

—Porque las medicaciones que ustedes producen reemplazarán las drogas con los mismos efectos. De este modo ustedes controlarán la totalidad del mercado.

—Sí, y se recetarán de manera legal. Desde luego, se nos seguirán escapando intencionadamente cargamentos clandestinos, pero eso es otra historia. Observo que usted también se ha preparado bien.

—¿Así que ese general trabaja para usted? Me lo imaginaba.

—¿Buendía? Es mucho más que eso. Es miembro de nuestra organización.

El invitado dio un sorbo de champán y soltó una exclamación de admiración:

—¡Caramba! ¿Qué es?

—Algo especial, solo para situaciones especiales como esta. ¿En qué puedo ayudarlo?

—Necesito reemplazar a mi hombre. Deme a alguien igual de bueno.

Eastwood reflexionó un momento antes de responder:

—Bueno, ¿quién sabe reclutar mejor que usted y quién tiene a su disposición más especialistas en esta clase de asuntos?

—Tal vez esté en lo cierto, pero me gustaría que no quedaran rastros que pudieran conducir a mí y tomaría este detalle como una especie de señal, por así decirlo, de apertura de nuestras relaciones.

—Hablando de nuestra futura relación, somos cuatro organizaciones grandes y de largo alcance que controlan el mundo. Creo que los hechos están llegando a un punto crítico, lo que debería conducirnos a una situación en la que nuestra colaboración sea más estrecha. Como sabe, nuestros intereses están mucho más vinculados a las finanzas mundiales, mientras que los suyos están más relacionados con la política nacional. Por ese motivo, creo que lo mejor sería que nos consultáramos a la hora de tomar decisiones importantes. Su estrategia para asumir el poder en las próximas elecciones no suena mal, pero habría que afinarla un poco. Y, hablando de eso, ¿han elegido ya a la figura que se presentará a la presidencia?

—Aún no. Tenemos un retrato robot y varias alternativas. Lo que es importante es que esa persona comparta nuestros valores y haga su trabajo.

—¿Cree que Estados Unidos está preparado para elegir un presidente ajeno al sistema?

—Me parece que el núcleo duro del país está harto de los inmigrantes, musulmanes, judíos, católicos y negros. Están hartos porque la discriminación positiva les está arrebatando todos sus derechos delante de sus propias narices. Están hartos de ver hombres besándose en la calle mientras ellos recogen a sus hijos en el colegio. Están hartos de la oleada de mexicanos que nos llegan a diario y les quitan el trabajo a los verdaderos estadounidenses. Están hartos de que el PIB dependa de productos importados baratos y de mala calidad. Están hartos de tener que mantener la boca cerrada si algún inmigrante apestoso consigue un empleo solo porque pertenece a un grupo «desfavorecido». ¿No es así? Y, sobre todo, están hartos de que, con el dinero de sus impuestos, se defienda a holgazanes de países de los que solo han oído hablar vagamente.

Eastwood escuchó con atención lo que estaba diciendo su invitado.

—Solo tienen que apelar al supremacismo blanco, siempre y cuando no choquen con nuestros intereses. Entiendo que ya se han asegurado al siguiente director del FBI, el apoyo masivo de

Wall Street y una buena relación con el servicio secreto del ejército. Cuentan con muchos generales y varios senadores y gobernadores muy poderosos. Eso es bueno.

—No es solo que nuestros intereses no van a chocar; lo que estamos haciendo favorecerá a los intereses de su organización.

—Exacto. Pero no aislemos demasiado a Estados Unidos. Eso me da miedo.

—Solo aislaremos lo que es necesario.

Eastwood miró un momento a su invitado a los ojos y, después, se levantó y llenó sus copas.

—Brindemos por eso —dijo.

Entrechocaron las copas y, a continuación, el director se dirigió hacia su escritorio.

—Tengo al hombre adecuado para usted. Cypriano...

—¿El Barbero de Baltimore? —lo interrumpió el hombre anteriormente de la máscara, lleno de entusiasmo—. Estoy impresionado.

—Excelente. Llamaré a nuestro jefe de operaciones para comentarlo si no se opone.

—Faltaría más —respondió el invitado—. Pero espero que no tenga inconveniente en que vuelva a ponerme la máscara.

—Estamos entre amigos —replicó Eastwood—, pero si eso le hace sentir mejor, adelante. —Descolgó el teléfono y dio una breve orden—: Venga a mi despacho, por favor. —Después, se dirigió de nuevo a su invitado—: ¿No es ese muro con México una exageración? —dijo, pero no esperó ninguna respuesta, y añadió, cambiando de tema—: Nuestra gente, que como sabe es extraordinaria en el ámbito de la psicología conductual, ha determinado que es imposible que ganen las elecciones de forma democrática, pero dicen que se quedarán muy cerca de lograrlo. Naturalmente podrían, con nuestra ayuda, ganar los estados, aunque pierdan el voto popular. Siguiendo la tradición, los electores respetarán el voto.

—Y Lincoln llegó a la presidencia con un millón ochocientos mil votos a favor y tres millones y medio en contra.

—Sí, pero eso fue porque sus adversarios dividieron el voto.

—Mientras que nosotros sacamos partido de nuestros Padres Fundadores, que sabían que la mayoría puede equivocarse a veces.

—La mayor parte de las veces —afirmó Eastwood con una carcajada. Se levantó y dijo—: Brindemos entonces por nuestros Padres Fundadores.

—Y por Lincoln —añadió el invitado.

—Ah, y me gusta algo de su programa. Me encanta lo de darle un puñetazo en la boca a la prensa. Como también ha recordado, Lincoln lo hizo, y muy bien.

Justo cuando estaban entrechocando de nuevo las copas de champán, el director ejecutivo del Instituto, Werner Fischer, llamó a la puerta y aguardó a que lo invitaran a entrar en el despacho.

83

Charles se había preparado para poner el punto final al funeral de su adjunto. Habló más de veinte minutos a una sala llena.

Desde el momento en que llegó el ataúd, tanto el espacio de la parte delantera del tanatorio como el jardín se habían empezado a llenar rápidamente. El ataúd estaba cerrado porque, después de haber sido retenido tantos días en el depósito, los padres de George se habían negado a permitir que nadie tocara el cadáver de su hijo. Charles los abrazó a ambos y les dijo lo mucho que sentía la muerte de George. La sala estaba llena de flores y de gente, y los oradores hicieron saltar las lágrimas a los dolientes.

—Sí, George era todo eso —prosiguió Charles—, una personalidad muy compleja y una persona extraordinaria. Todos lo extrañaremos. Me gustaría contarles una historia que le gustaba mucho y que solía contar a sus alumnos la primera vez que los veía. La he oído tantas veces que creo que recuerdo hasta la cadencia de la voz de George. En *Noches áticas*, Aulo Gelio narra un hecho en apariencia real.

»Dice así: el joven Euatlo, que quiere ser abogado, acude al maestro Protágoras y le pide que le dé lecciones de retórica. El gran filósofo le dice el precio, pero Euatlo no es rico. Como solo dispone de la mitad de la cantidad, que es bastante considerable, promete que le pagará el resto en cuanto gane su primer caso. Llegan a un acuerdo y las lecciones cumplen su cometido. Euatlo, sin embargo, es perezoso por un lado y, por el otro, lo persigue la desgracia, y pasa mucho tiempo desde que empieza a ofrecer sus servicios hasta que alguien lo contrata. Protágoras se siente estafado y demanda a su discípulo, diciéndole que él, Protágoras, ganará el caso tanto si gana como si pierde. En el primer caso, significará que ha ganado y los jueces decidirán que Euatlo debe pagar su deuda. Si lo pierde, significará que Euatlo ha ganado su primer caso como abogado y, por tanto, según su acuerdo, tendrá que pagarle. Habría sido muy fácil para el discípulo no llevar su propio caso y contratar un abogado, que era donde lo llevaba la lógica de Protágoras. Pero Euatlo no lo hace. Prefiere derrotar a su ilustre profesor con sus propias armas para acabar con este ejercicio de lógica cíclica. Así que Euatlo responde: "Oh, ilustrísimo profesor, no solo no recibirás un céntimo mío, sino que te derrotaré en lo que eres más fuerte, en el centro de tu argumento. Tienes que saber que si los jueces deciden que he ganado el caso, eso significa que no te debo ni un céntimo y si, de algún modo, deciden que he perdido, según nuestro acuerdo, eso significa que no he ganado ningún caso, por lo que no te deberé nada". A George le gustaba añadir, con su sentido único del humor, que él era Euatlo y yo, Protágoras.

Al decir estas últimas palabras, Charles notó que la emoción lo embargaba y se dio cuenta de que no podría contener más las lágrimas, de modo que bajó rápidamente de la tarima y se marchó de la sala.

Salió al jardín, donde inhaló una gran bocanada de aire, intentando controlarse con todas sus fuerzas. Cuando se hubo calmado un poco, vio que Columbus Clay se le acercaba.

—¡Ha estado fantástico, profesor! Reciba de nuevo mis condolencias. —Clay habló de manera afectuosa a Charles mientras le estrechaba la mano—. Sé que ahora no es el momento. Por eso me gustaría preguntarle si va a ir a casa directamente desde el cementerio.

—¿A casa? —soltó Charles, que parecía ausente—. Sí, creo que sí.

—Entonces, si no tiene nada en contra, me gustaría hacerle una breve visita.

—Me parece bien —aseguró Charles, que pareció darse cuenta en aquel instante de que estaba hablando con alguien—. Me decía que tiene algo que contarme. ¿Es importante?

—Sí, le revelaré la verdadera identidad de su madre.

Dicho esto, Clay dio media vuelta. En unos segundos había desaparecido al doblar la esquina del tanatorio.

Charles volvió adentro justo cuando la ceremonia estaba llegando a su fin. Fue a hablar con los padres de George y con su propio padre. Una vez que el ataúd estuvo en el coche fúnebre, la familia Marshall subió al coche de Charles.

El servicio en el cementerio fue breve y austero. Charles sintió una nueva oleada de emoción al tirar un puñado de tierra en la tumba. Hasta entonces, mientras el pastor había estado hablando, se había mantenido todo el rato con la cabeza gacha. Cuando todo terminó, fue a abrazar otra vez a los apesadumbrados familiares y les preguntó si necesitaban algo o si les gustaría pasar la noche en su casa. Los padres de George respondieron que volverían a su hogar lo antes posible, pero solo después de haberse quedado un rato ante la tumba de su único hijo. Mientras Charles estaba hablando con ellos, vio a una mujer que había permanecido en la parte de atrás tanto en el tanatorio como en el entierro, por lo que no la había visto hasta entonces. Se separó de los Marshall y de su padre, que dijo a los padres de George que los llevaría al aeropuerto de Nueva York. Charles no perdió de vista a la mujer en ningún momento. Ella, mientras tanto, se dirigía hacia una de las salidas del cementerio junto con un grupo de estudiantes. Vestía una falda negra hasta la rodilla con medias negras y una ajustada blusa del mismo tono. Llevaba también un sombrero negro con grandes lazos a juego. Pero, por más lejos que hubiera estado, era imposible que Charles no reconociera la silueta de la mujer que no había podido sacarse de la cabeza desde que se habían visto en el bar del hotel con el profesor Frazer.

84

Fue tras ella sin detenerse a pensar. El grupo estaba a cierta distancia, así que decidió mantenerse detrás de momento. A su espalda, Ximena lo había visto dirigirse a grandes zancadas hacia la puerta del cementerio. Sin entender los motivos de Charles, corrió hasta alcanzarlo.

Jadeante, le preguntó si quería hablar.

Charles la miró sin reducir la marcha.

—Ahora no —dijo—. Tengo algo que hacer.

Ximena siguió andando a su lado sin darse por vencida.

—Alguien ha intentado matarte —dijo—. Creo que estás en peligro.

—Me dijiste que el asesino había muerto.

—Sí, pero la persona que lo envió no se dará por vencida tan fácilmente. Déjame protegerte.

En ese momento, Charles se detuvo y se volvió hacia ella:

—¿De qué manera vas a protegerme, como a esos profesores, encerrándome en una jaula con el agente Smith? No, gracias. Creo que será mejor que averigüe quién envió a ese individuo e incluso quién nos salvó la vida. Y, además, ¿cómo sabes que el objetivo era yo y no tú? Ya hablaremos luego.

Las palabras de Charles dejaron a Ximena sin réplica y su conclusión, dicha con una inmerecida hostilidad, era señal evidente de que aquella conversación había terminado. Charles se puso en marcha y se desvaneció rápidamente de su vista. Kali había desaparecido tras salir del cementerio, por lo que se echó a correr y enseguida alcanzó al grupo. Princeton es un pequeño municipio de unos veinticinco mil habitantes, a los que hay que sumar nueve mil estudiantes. Puedes recorrerlo fácilmente en menos de una hora. Charles conocía Princeton como la palma de su mano, se había pasado allí más de media vida. Conocía las calles. El cementerio estaba muy cerca de la universidad y de una calle donde George había vivido. Pasados unos diez minutos, el grupo al que Kali se había unido empezó a disgregarse. Había comenzado a oscurecer, por lo que tuvo que acercarse para no perderla de vista. Un poco más adelante, las últimas personas se separaron del grupo.

Charles siguió andando detrás de Kali, incluso después de que hubiera enfilado Nassau Street. Decidió dejar una mayor distancia entre ambos y se paró en un puesto de perritos calientes, donde compró uno aunque no tenía ninguna intención de comérselo. Un autobús lleno de turistas se detuvo junto a él y los pasajeros, al salir, le obstaculizaron el campo de visión. Presa del pánico y sin llevarse siquiera la comida que acababa de pagar, se abrió paso entre un ruidoso mar de escoceses, pero cuando los dejó atrás, se dio cuenta de que había vuelto a perder a Kali. Se preguntó dónde podía haberse metido tan deprisa, como había sucedido la mañana anterior al salir del restaurante. Avanzó lentamente por la calle hasta llegar a la mitad y un conductor irritado estuvo a punto de atropellarlo, por lo que armó un gran escándalo maldiciéndole y tocando el claxon. Pese a ello, Charles intentó pensar dónde podría haberse metido Kali. Apostó por un edificio con un patio algo más abajo. Cuando cruzó la verja, no fue solo que el paisaje cambiara por completo, sino que el ruido ambiental del ajetreo urbano desapareció. El patio estaba adoquinado mientras que los pisos estaban dispuestos en dos plantas a su alrededor. La casa tenía un aire muy italiano. Charles no tenía ni idea de que hubiera algo así en su ciudad. A su alrededor, delante de las entradas de la planta baja, que parecían trasteros, había toda clase de macetas con flores y frutas exóticas: limones y naranjas silvestres. El olor mediterráneo que le había llenado la nariz era más propio de un centro turístico de la costa ligur que de una ciudad universitaria de Estados Unidos. El ambiente romántico de aquel lugar estimuló todavía más a Charles, que subió la escalera de la izquierda y se deslizó lo más cerca de la pared y lo más lejos de la barandilla que pudo. Estaba intentando mirar por las ventanas de los pisos en los que había luz. No vio nada que lo satisficiera, así que subió la escalera del otro lado. Con idéntico resultado. En un momento dado, se aventuró y llamó a uno de los timbres con el corazón en la boca, pero nadie contestó. Desanimado, regresó al patio. Entonces vio que algo se movía en la penumbra junto a la verja. Se acercó. La mujer de sus sueños lo estaba mirando bajo los grandes lazos de su sombrero.

—Espero que usted no sea un peligroso violador —dijo Rocío sin intentar ocultar su fuerte acento sudamericano—. ¿O acaso es un ladrón? No querría empezar a chillar porque podría enamorarse de mis tonos agudos.

A Charles le atrajo la naturalidad con que la mujer le hablaba. No parecía nada asustada. Su acento hizo que le temblaran las piernas.

«Dios mío, qué sexy es», se dijo a sí mismo, pero la mujer ya había vuelto a hablar.

—¿Por qué me está siguiendo, profesor? —preguntó.

—Sabe quién soy —tartamudeó Charles.

—Venimos del mismo sitio. Escuché sus palabras, por lo que me sería difícil no saberlo. Dígame entonces: ¿por qué me ha estado siguiendo?

—Me gustan sus zapatos —contestó Charles, que iba recuperando poco a poco el ánimo.

—¿Sigue todos los zapatos que le gustan o es que quiere un par igual? ¿Quería preguntarme dónde los compré?

—Esto todavía le parecerá más extraño pero, después de aquella noche en el bar, no puedo dejar de pensar en usted.

—¿Por eso me siguió cuando me marché? ¿Y ayer cuando fui a comprar unas pastas al restaurante? ¿Y ahora? ¿Hace esto con todas las mujeres que le gustan? ¿Y después? ¿Una serenata discreta para no despertar a los vecinos?

Charles no recordaba que le hubiera pasado nada parecido en su vida. Cada palabra que salía de los labios de aquella mujer morena vibraba en su interior como si un altavoz la amplificara.

—Podría intentarlo, pero me temo que en lugar de acercarme a usted, eso la ahuyentaría.

—Es una lástima. Tiene el aspecto de ser una persona con voz para el *bel canto*, quizá con poco cuerpo para un tenor, pero el timbre es el adecuado.

La mujer le estaba tomando el pelo, pero lo hacía de una forma tan cálida que Charles empezó a sudar y su acento confería a las palabras que pronunciaba una musicalidad particular. No se sentía nada incómodo y no se le ocurrió que la escena se parecía bastante a una secuencia de un culebrón mexicano de los años setenta.

—Me gustaría... Me gustaría invitarla a salir.

—Esta ciudad es demasiado pequeña y demasiado indiscreta para que llame la atención con alguien que podría ser una alumna. ¿Qué dirá la gente?

—¡A la mierda la gente!

Las palabras le salieron de la boca y le hubiera gustado retirarlas si hubiera podido, pero Rocío ya le estaba enseñando sus dientes de anuncio de Colgate con una sonrisa perfecta.

«¡También tiene hoyuelos, maldita sea!», pensó. La mujer volvió a reír, y Charles se preguntó si solo había pensado esas palabras o si también las habría dicho en voz alta.

—¿Y bien?

—¿No se rinde?

Charles negó decididamente con la cabeza.

—¿Nunca?

—Oh, sí, muchas veces, pero no en este caso.

—Otro día.

Charles no pareció entender lo que le estaba diciendo.

—Nos veremos otro día...

—¿Cuándo? —preguntó antes de que la mujer pudiera terminar siquiera lo que había empezado a decir.

—Ya le encontraré yo.

Era evidente que la conversación había terminado. Charles se dirigió hacia la verja sin estar convencido del todo.

—¿Puedo saber su nombre al menos? —preguntó.

—¿Cuál me ha puesto en su imaginación?

Otra respuesta sorprendente. Charles estaba totalmente pasmado.

—Kali —dijo algo violento.

—¿De modo que esos sueños que mencionó son, en realidad, pesadillas? ¿Cuántas manos tengo colgando del cinturón cuando aparezco ante sus ojos?

—No es por la diosa hindú sino por la palabra «*kalokagathía*».

—Mucho mejor —dijo Rocío, con una gran carcajada—. Eso es lo que sueña toda mujer: representar la perfección para un hombre. Rocío Belén. Me llamo Rocío Belén. —Y, al decirlo, le tendió la mano.

Charles dejó el patio aturdido por aquella escena irreal. Tenía ganas de andar. Quería aferrarse todo lo posible a la impresión que su encuentro con Rocío le había causado. El nombre no podía ser más adecuado. Era cálido y olía a primavera. Regresó a las proximidades del cementerio, donde había dejado el coche. Lo recogió y se fue a casa. De pie, delante de la puerta, esforzándose por dar una calada a un cabo de puro, Columbus Clay lo esperaba impaciente.

85

La avioneta, que había descendido a muy poca altura, dio a Sócrates la oportunidad de contemplar la desoladora imagen de las últimas localidades de Guatemala antes de pasar por El Florido rumbo a Honduras. La Laguna, La Unión, El Sauce o La Palmilla eran lugares donde la pobreza absoluta podía palparse en el ambiente. Aterrizarían en un pequeño aeropuerto privado cerca de Copán, donde se encontraba el yacimiento maya más oriental, la antigua capital del reino entre los siglos v y ix. Hoy en día, las espectaculares ruinas de la cuidad, fundada alrededor del año 425 por K'inich Yax K'uk' Mo', originario de Tikal o de Teotihuacán, son testimonio de la civilización desaparecida. Ningún otro yacimiento maya contiene tantas estatuas ni tantas inscripciones jeroglíficas como Copán. Destaca especialmente una estatuilla de su fundador, conocido como Gran Sol Quetzal Guacamayo. En este retrato tiene delante de los ojos unos objetos con forma de dónut que recuerdan muchísimo unas gafas de motociclista y, captando el ambiente bélico de la época, aparece preparado para el combate. Recuperada de su espléndida tumba, que fue excavada por iniciativa de la Universidad de Harvard, la estatuilla fue hallada junto con un esqueleto y las joyas de jade con las que el Gran Quetzal adornaba su augusta persona.

Las múltiples fracturas que presenta el esqueleto confirman la realidad de la actitud guerrera con la que el escultor lo capturó. Todas las marcas en los huesos confirman que el aguerrido líder se los destrozó en feroces partidos de ōllamalīztli, un juego de pelota mesoamericano que tiene reminiscencias con la pelota vasca y que se disputaba en el lugar conocido actualmente como «cancha de pelota». Este deporte se jugaba con las manos desnudas o con raquetas, y con una pelota dura de caucho cuyo peso, según parece, superaba los cuatro kilos. Parece una broma, y los contemporáneos de Sócrates, tentados de burlarse de esta clase de esfuerzo que parecía insignificante comparado con la larga historia de batallas sangrientas a las que la historia los había acostumbrado, desconocían que la vida de poblaciones enteras dependía de esta clase de juego, porque cada año, antes del inicio de la cosecha, los líderes mayas tenían que enfrentarse a los dioses del inframundo en una especie de carnicería atlética en la que solo los derrotados serían aceptados por los dioses, quienes tendrían que conceder otro año de tierra fértil. Fue así hasta que en algún momento la gente se dio cuenta de lo dañina que resultaba para la salud del líder semidivino esta práctica deportiva. Entonces los mayas designaron a un par de héroes, dos monos gemelos con unos cuerpos bastante más flexibles, para que se enfrentaran a los dioses del inframundo en esos partidos de pelota. Estos dos héroes salvadores aparecen representados a los dos lados de la denominada pirámide 11 del yacimiento arqueológico. Son los precursores del dios mono del famoso templo de Ciudad Blanca, que todavía no se ha descubierto, sepultada como está en una selva impracticable en el noreste de Honduras, en la costa de Mosquitos, La Mosquitia, hacia la frontera con Nicaragua.

Las ruinas de Copán presentan una particularidad interesante. Están construidas en varias capas. De este modo, cada templo o escultura exterior oculta debajo otras dos o tres construcciones que pertenecen a distintas épocas y que quedaron destruidas o sirvieron de base a la hora de edificar la siguiente. Al parecer, cada nuevo líder maya quería hacer tabla rasa con lo que habían construido sus predecesores. De esta forma una de las dos construcciones más interesantes, la llamada Rosalila, erigida por el décimo rey, Jaguar de la Luna, Tzi-B'alam, se encuentra debajo de la pirámide 16, y no puede verse. Está cubierta por la construcción denominada Púrpura, una escalera, de tal modo que ha sobrevivido una parte del siglo VII, obra del decimotercer líder, Uaxaclajuun Ub'aah K'awiil, conocido por el misterioso apodo de Dieciocho Conejo, y otra que pertenece al decimosexto líder, Yax Pasaj Chan Yopaat, y fue construida cien años después. Rosalila se eleva autoritariamente sobre la estructura llamada Margarita, que a su vez cubre Yehnal y Hunal. Esta última es la tumba del primer rey de los mayas, es decir, el primer quetzal del país.

Sin embargo, las esculturas que decoran Rosalila son interesantes: dioses del sol, de las cuevas y de las montañas, pero en especial la imagen recurrente de serpientes con la boca abierta, a punto de tragarse algo o a alguien, o simplemente sorprendidas en medio de una conversación con el inframundo. La comunicación con la oscuridad subterránea se efectuaba precisamente a través de estos reptiles, que se encuentran en todos los monumentos mayas, no solo en los de Copán. La escalinata jeroglífica, de más de veintitrés metros de altura, en la que está escrita la historia del lugar con dos mil doscientos glifos esculpidos en la piedra, constituye la parte superior de la pirámide 26 y oculta muchas capas superpuestas: Yax y Motmot, Papagayo y Mascarones, Chorcha y Esmeralda, la tumba del vigésimo gobernante y la escalera construida sobre ella. Se supone que esta escalinata jeroglífica fue obra de tres líderes distintos, por lo que es la excepción que confirma la regla, y que la terminó el decimoquinto gobernante, K'ak Yipyaj Chan K'awiil, hacia el año 760.

Lo que resulta interesante es que toda la escalinata representa la boca abierta de un monstruo de la oscuridad y justo en el centro hay una grieta por donde las personas pueden entrar en el inframundo. La serpiente con la boca abierta tiene plumas en los lugares donde no han sido destruidas. Su nombre es Kululkán y el pueblo K'iche la llama Q'uq'umatz, y los aztecas,

Quetzalcóatl. También se conoce como Serpiente Emplumada, que inventó el calendario y todos los libros.

Existen algunos túneles subterráneos que los turistas pueden visitar, pero son bastante cortos y llegan hasta lo que parece ser una pared, aunque sabemos que no es ningún muro, sino una entrada al lugar que la organización ha bautizado como la Cúpula, la enorme ciudad escondida.

Construida en la ciudad subterránea de los mayas, la Cúpula es un secreto absoluto para todo el mundo. El gobierno corrupto de Honduras vendió ese lugar cerca de Copán a la organización sin saber lo que ocultaba. Se prohibió excavar por completo en esa zona y solo la dirección de la organización tenía alguna idea de dónde se encontraba. Ni siquiera todos los miembros de la dirección lo sabían todo. La red de túneles daba a salas de diversas dimensiones, algunas bastante enormes hacia el final, y tenía una longitud de casi cinco kilómetros hacia el sur y una amplitud igual de grande hacia el este y el oeste. Había muchas entradas. La que estaba situada bajo tierra en el yacimiento de Copán era ceremonial. Cuando se celebraban reuniones en la Cúpula, se cerraba el yacimiento a los visitantes para que nadie pudiera ver a los peces gordos que participaban en ellas. No había ningún guardia exterior en el yacimiento arqueológico para evitar llamar la atención, pero la entrada estaba rodeada de sofisticados sistemas de sensores que detectaban cualquier clase de movimiento. Había seis de ellos dispuestos en círculo en cada entrada. Si la entrada de las ruinas estaba reservada a los miembros de la Cúpula, las de la parte posterior eran para los empleados, de modo que cada uno de ellos accedía a la zona donde tenía trabajo pendiente que hacer. La última entrada, la más alejada del yacimiento, apenas se usaba. En ella, en la que nadie se fijaría jamás, escondida en un claro al que era bastante difícil acceder, había un equipo estándar de vigilantes formado por cinco individuos. Por lo demás, los sofisticados sensores reforzados por cámaras hacían el trabajo. No podía pasar un pájaro por el cielo sin que lo detectaran. Además de todo eso, dos patrullas en vehículos y dos de a pie rodeaban todo el complejo las veinticuatro horas del día.

Un coche estaba esperando a Sócrates a los pies de la escalerilla de la avioneta. Se subió en él y, pasados unos minutos, el coche lo dejó en el centro del yacimiento de Copán.

86

—¿Qué está haciendo aquí? —preguntó Charles riendo.

—Quedamos que vendría a su casa. Y aquí estoy.

—¿Ah, sí? —replicó Charles, distraído—. Oh, es verdad, me dijo que me revelaría la verdadera identidad de mi madre.

Charles abrió la puerta e invitó al policía a entrar. Pasaron por alto las pequeñas gentilezas habituales. Charles preparó dos cafés y se sentaron en el salón: Clay en el sofá y el profesor en el sillón que estaba delante de la estantería.

—Le escucho —dijo Charles, que se encontraba en un estado tal que nada podía borrarle la expresión de alegría de la cara.

—Conozco la verdadera identidad de su madre. Era italiana, como le dije la última vez, cuando usted me contradijo.

—Mi madre nació en San Pedro Sula, en Honduras, y era la hija de un importante inversor. Mi bisabuelo era propietario de varias fábricas en esa zona. Mi familia poseía muchas propiedades.

—¿Y de quién son ahora? Tanto su abuelo materno como su madre eran hijos únicos. ¿Qué fue de toda esa extraordinaria riqueza? Tiene mucha familia por parte de padre. Pero me apostaría algo a que no conoce ni a un solo pariente por parte de madre.

—Eso es verdad. Por lo que tengo entendido, cuando yo nací, no quedaba ninguno vivo. En cuanto a la fortuna de la que está hablando, no tengo la menor idea. Jamás he intentado averiguarlo. Debería saber que mi madre falleció muy joven. Ni siquiera la conocí demasiado bien.

—Sí. Tenía cuatro años cuando murió. Lo siento.

—Gracias. Así que... —dijo Charles, pero Clay levantó un dedo para impedirle continuar.

El policía se puso de pie y comenzó a hurgar en sus bolsillos. Sacó toda clase de cosas de ellos, desde billetes de tren hasta calderilla, incluso un bolígrafo de tinta simpática y una cinta métrica, varios cabos de puro y una caja de cerillas. Pasado un rato, sacó la pequeña cartera de piel negra que había estado buscando. Charles siguió divertido todo este ritual que ya había visto una vez cuando Clay tuvo que buscar su identificación para enseñársela a Ximena, aunque aquella vez no había sido tan completo como ahora. Clay sacó algo del interior de la cartera. Era una vieja identificación. Se la acercó al pecho como se hace con las cartas en una partida de póquer para que los otros jugadores no puedan verlas. Dobló el documento y tapó el resto con la mano. Luego lo acercó a Charles para enseñarle una foto.

—¿Es esta su madre?

Charles se quedó boquiabierto. Estaba mirando una versión femenina de una fotografía suya. Sin las trenzas, podría decirse que era él mismo el de la fotografía.

—Bueno, este es el primer documento de identidad de su madre, a los catorce años. Si se porta bien, le enseñaré el resto y tal vez se lo explique. —Clay dijo esto y, con un gesto rápido, se guardó el documento directamente en el bolsillo.

—De acuerdo —soltó Charles—. ¿Qué está intentando decirme, que hay otro nombre en él? ¿Qué importancia tiene eso?

—Verá como la tiene.

—Dado que no me está enseñando nada, hasta podría figurar su nombre real en él, el nombre por el que yo la conozco.

—¡Profesor! ¿Es eso posible? Ni siquiera yo uso trucos tan baratos.

—¿No le parece infantil este asunto, señor Clay? ¿Ve la fotografía? Ya no la ve.

El policía hizo una mueca pero se mantuvo firme.

—¿Cómo sabe que yo no conozco lo que usted llama la verdadera identidad de mi madre? —preguntó Charles.

—Cuando le dije que era de origen italiano, lo negó vehementemente. Entonces me di cuenta al instante.

—Muy bien —dijo Charles, a quien no le apetecía verse mezclado en juegos, en especial con esa persona tan peculiar—. Supongo que quiere algo a cambio, ¿no es así? ¿De qué se trata?

—Que me diga todo lo que sabe sobre el caso Marshall, pero absolutamente todo.

Como Charles no parecía convencido, el policía vio que tenía que insistir:

—Sé que hay muchos libros —comentó—, que cada uno de ellos contiene un mensaje que le dejó el señor Marshall y que usted es capaz de resolver el misterio de los mensajes gracias a un código que descubrimos juntos. Para ser más exacto, si yo no hubiera estado aquí, usted habría destruido el papel relevante, y todo habría sido superfluo. Quiero saber cuál es el mensaje que George le envió y a qué se refiere.

—¿Por qué es tan importante para usted?

—Porque, con el debido respeto, es un caso sumamente interesante y quiero resolverlo. No sé si sabe que, en toda mi carrera como investigador, primero como aficionado y después como profesional, jamás he dejado un caso sin resolver. Me volvería loco si algo así me pasara. Lo mejor sería que empezáramos trayendo el último libro del coche, el que recibió en el funeral.

Charles no sabía qué decir. El policía tenía razón. Si él no hubiera estado allí, la página se habría quemado. El profesor no creía en ningún tipo de superstición, pero pensaba que el destino tenía que estar poniéndole a aquella persona tan extraña en su camino por alguna razón. Columbus Clay había demostrado ser un genio, y era probable que Charles no consiguiera desentrañar el caso por sí solo. Necesitaba ayuda.

—Muy bien —dijo, pero con una condición—. Tanto usted como su colega...

—¿La mujer con muchos nombres? No es colega mía.

—Verá, a eso me refiero. No es ella o usted, sino los dos, ella y usted. Si formamos un equipo, lo hacemos todo los tres juntos.

Clay estaba muy cerca de conseguir lo que quería. No confiaba en Ximena en absoluto. Sospechaba que estaba ocultando cosas importantes sobre su implicación en el caso, pero se dio cuenta de que la oferta del profesor era definitiva y de que no cedería. Era una causa que había ganado en parte. Decidió que de momento era suficiente.

—De acuerdo —dijo.

—Muy bien. Enséñeme el documento de identificación.

—La cosa no va así. —Rio Clay—. Usted primero.

Charles pensó un momento. Se preguntó si encontraría lo que Clay le estaba ofreciendo en la carta que su madre había dejado a su padre y que había permanecido cuarenta años sin abrir: su verdadera identidad. Pidió a Clay que lo disculpara unos minutos con el pretexto de ir a cambiarse y luego a buscar el manuscrito al coche, y fue al piso de arriba.

Sostuvo el sobre amarillento en la mano. Su padre no se había atrevido a abrirlo por respeto a su madre. Tal vez no había querido porque, tras toda una vida conociendo lo que sabía sobre ella, temía que lo que había en el sobre fuera a poner su mundo patas arriba. Su madre era, pues, un misterio para su padre. Se preguntó si su abuelo, que lo había criado, estaba enterado de aquello. Fuera lo que fuese lo que sabía, no recordaba que jamás le hubiera contado nada sobre el asunto. Había pospuesto este momento todo lo que había podido porque, por un lado, no estaba demasiado seguro de si su padre había perdido la cabeza y, por el otro, pensaba que, en cierto modo, estaría violando la intimidad de su padre porque la carta iba dirigida a él. ¿Y si era una declaración de amor escrita a modo de testamento? ¿Qué derecho tendría él a leerla?

Pero como todo lo sucedido esos últimos días conducía a aquella misteriosa biblioteca y a aquella igualmente misteriosa organización, decidió que había llegado el momento. Deslizó con destreza el dedo bajo la solapa del sobre. La cola cedió de inmediato. Sacó una nota doblada. Prolongó un poco el momento mientras acariciaba el papel con el pulgar. Al final la desplegó.

Harpoon Street y Circle, cuatrocientos B, Huntington, Nueva York

Yo soy Ramsés, rey de reyes,
quien desee saber cuán grande soy
y dónde yazco,
que supere alguna de mis obras.

Un texto escrito a mano, puede que incluso por su madre. Era obvio que se había utilizado una estilográfica porque se veían algunas manchas de tinta en la página y la pluma no escribía demasiado bien, mientras que la persona que la había redactado había sentido la necesidad de oscurecer algunas de las letras.

No le costó nada reconocer las dos partes del texto. La primera era una dirección y, ya fuera coincidencia o no, era la misma de la novena persona de la lista de George, el tal George Eliott Napur, a quien Charles había identificado, a través de un anagrama, como Panurge. Era una dirección que Ximena decía que no existía porque, según había insistido, aquella calle solo llegaba hasta el número 399. No había ningún 400, ni tampoco una A, y mucho menos una B.

En cuanto al segundo pasaje, lo recordaba vagamente de un poema de Shelley, «Ozymandias», el nombre griego del faraón Ramsés II. Recordaba que el poeta inglés escribió el soneto con motivo de la presentación en el Museo Británico en 1818 de algunos fragmentos descubiertos en Tebas de lo que parecía haber sido la estatua más grande de la Antigüedad. De hecho, se escribieron en paralelo dos poemas con el mismo título. El poeta Horace Smith había competido con Shelley y ambos habían compuesto dos poemas muy similares, tanto en cuanto a la forma como al contenido. Ambos se basaban en la cita de la historia de Egipto de Diodoro de Sicilia que Charles tenía ante él y que mencionaba la estatua al hablar del Ramesseum, el magnífico complejo que ordenó construir el faraón.

En su estado de agitación actual, provocado por el funeral de George, cuyo peso había transferido por completo a su obsesión por Rocío, y con todo aquel asunto sobre su madre, que era una persona distinta a la que él creía haber conocido toda su vida, además de todos los mensajes que había que descifrar, Charles se dio cuenta de que estaría de más intentar concentrarse también en aquel momento en ese mensaje. Así que lo guardó a buen recaudo en el cajón de la mesilla de noche y regresó a la planta baja con la intención de librarse del inspector lo antes posible, después de resignarse a averiguar todo lo que Clay tuviera que contarle sobre su madre.

87

Se dice que las grandes narraciones se apoyan en grandes peca-
dores o en grandes santos. Eso significa que, para ser interesante
y que valga la pena seguirla, el protagonista de una narración
tendría que ser excepcional, pero ya hace mucho tiempo que el
lector evolucionado cree que nada es blanco o negro, ni siquiera
una persona. Un asesino en serie tiene un perro y una familia a
los que ama, y un ángel tiene debilidad por la bebida, o varices,
como los que pintaba Caravaggio. Es más, desde el punto de
vista narrativo, el personaje debe tener un gran defecto, una vul-
nerabilidad. Eso aporta un matiz a la idea de excepcional. Aun
así, a partir de Aristóteles, sabemos que existe una enorme diferencia entre la realidad y la probabilidad. Puede que una historia
sea cierta pero muy difícil de creer. Si Bruce Willis hubiera interpretado al protagonista de *Titanic*, habría salvado a todo el
mundo. El Bruce Willis de la serie *La jungla de cristal* podría ser
real dentro de la lógica narrativa del filme, pero la historia del
Titanic era auténtica, por lo que no podemos cambiarla. Por ese
motivo, una narración que no está enfocada a los niños (donde
el Príncipe Valiente es un superhombre) prefiere la probabilidad
a la realidad. El protagonista tiene su proyecto, que estaría bien
basar en su gran defecto. La acción comienza con algo que altera
la situación de bienestar del personaje, o que empeora su malestar, así que este se rige por su deseo de volver a su situación inicial, aquella en la que se sentía a gusto. Si estamos tratando con

un personaje colectivo, el protagonista ya no se representa a sí mismo, sino que es más bien la quintaesencia de un colectivo: asume todos los defectos del grupo. Pero si no hay ningún conflicto, el lector corre el riesgo de quedarse dormido tras las primeras páginas y ya no volverá a abrir el libro. De modo que el protagonista necesita a alguien que se oponga a su deseo de recuperar la situación inicial. Este personaje es el antagonista. Su proyecto, o mejor dicho, su antiproyecto, se opone al del protagonista. Y como los libros con solo dos personajes son aburridos, suele haber muchas más personas. Cuanto más grueso sea el volumen, mayor será la cantidad de sus habitantes, y tampoco es bueno que esta población sirva solo de relleno, por lo que algunos de sus miembros se alinearán con el protagonista y lo apoyarán. Otros se situarán al lado del personaje negativo. Algunos más, normalmente pocos, serán neutrales. Pueden ilustrar la posición del autor o de alguna especie de tribunal moral. A veces, las cosas pueden complicarse muchísimo y pueden aparecer conflictos más grandes o más pequeños en los grupos que apoyan a uno de los personajes principales.

Cuatro miembros de la organización criminal que se autodenominaba la Cúpula, además de un invitado de honor, un segundo banquero, estaban reunidos en casa del general, cuyo rostro reflejaba su descontento con los nuevos métodos de Keely. Tampoco estaba contento con que se hubiera elegido a Sócrates para resolver los presuntos problemas con los profesores. Los cinco estaban conspirando en el despacho del general entre vapores de humo de tabaco y de bourbon de Kentucky.

—Cualquiera que pueda afirmar esta monstruosidad sobre el presidente más importante de Estados Unidos con pruebas, por más que sean inventadas, tiene que ser silenciado. Si Lincoln, en su abyecta estupidez, fue manipulado por un negrata es ya lo de menos. Hay que acabar con esa idea, ¡y pronto! —dijo el general, casi echando espuma por la boca y dando un violento puñetazo contra la mesa.

—Sí, este asunto afecta al meollo de nuestra propaganda. Y esas paparruchas de la biblioteca. Estamos perdiendo el tiempo en tonterías —replicó uno de los banqueros que participaban en la discusión.

—Sí, pero esta fue la condición que nos impuso nuestro principal contribuyente para apoyarnos económicamente —intervino el hombre con la cara quemada.

—¿Les parece normal que ese hombre lleve puesta una máscara todo el rato? No tiene la lepra, como aquel rey de Jerusalén durante las Cruzadas —añadió el segundo general.

—¿Qué rey tenía la lepra? —preguntó el hombre con demasiados anillos.

—Anoche lo vi en una película. La estaba mirando mi hija.

—En mi opinión seguimos necesitando su dinero —soltó el segundo banquero—. Ha invertido miles de millones. No es moco de pavo.

—Siempre podemos encontrar más dinero, pero de momento él no es el problema. Podemos engañarlo con esos libros de mierda —aseguró el primer banquero.

—¿Qué libros? —quiso saber el segundo general.

—No tiene ninguna importancia, un montón de memeces —respondió el hombre con la cara quemada.

—Creo que quiere ganar un dineral con esos libros. Dice que es importante, pero no quiso decir por qué —afirmó el hombre de los anillos—. Si por lo menos pudiéramos averiguar quién es. Con esa cantidad de dinero, no es un cualquiera.

—¡Bravo! Es usted muy listo —dijo el general, que parecía ser la máxima autoridad de la sala—. Todos ustedes vieron cómo se comportó en la reunión, como si todos nosotros fuéramos criados suyos. Nunca me he vendido a nadie en mi vida. Lo pondremos a raya o nos libraremos de él. Cada cosa a su tiempo. Ahora mismo tenemos dos problemas.

—¿Y ni siquiera uno de nosotros conoce quién es? —El hombre de los anillos retomó el tema anterior.

—Alguien sí que lo sabe, por supuesto —respondió el general—. Keely, el senador McGregor y el general Coburn lo conocen. Los tres responden por él. ¿Podría de otro modo penetrar algún desconocido en nuestra organización? No es un pueblo sin perros guardianes.

—Pero sigue siendo una falta total de respeto hacia el resto de nosotros —comentó el segundo general.

—Es lo que aceptamos. Era una condición suya porque, por el momento, necesita mantenerse en el anonimato, pero revelará su identidad después de que nos deshagamos de Keely, se lo aseguro. Pero el hombre de la máscara no está con nosotros todo el rato. El problema es Keely. Es un gallina y un niñato de mierda. Habla demasiado.

—A mí me gusta cómo habla —intervino el hombre de los anillos antes de que una mirada del general le helara la sangre en las venas—. Era broma —se excusó balbuceante.

—No lografá asesinar al presidente. Si eso sucede, presentaré una moción para quitarlo del medio.

—¿No lo conseguirá? ¿Y eso cómo lo sabe? Eso no nos conviene —dijo el segundo general—. ¿Qué vamos a hacer entonces?

—No, sí que nos conviene. La agitación que algo así provocaría nos haría retroceder varios años. Y ya no tendríamos la oportunidad de llegar al poder porque no podemos escenificar un golpe de Estado. Tenemos que ganar legalmente.

—¡Entonces debemos impedirlo! —exclamó el primer banquero con entusiasmo.

—Yo me encargaré de eso, pero no directamente. Les garantizo que no lo lografá.

—¿Y estaremos preparados para las elecciones? —preguntó el hombre de los anillos.

—¡Paciencia! —respondió el general—. Las cosas importantes no se hacen de la noche a la mañana. Estas elecciones caen demasiado cerca. Estamos concentrando todos nuestros esfuerzos en 2016. Ahora tenemos que resolver lo de esos rumores y lo de ese profesor de Princeton. Es un necio amiguito de los maricones. Keely metió la pata como de costumbre. Contrató a ese sádico mexicano.

—No es mexicano —rectificó el segundo general—, es brasileño y viene de Argentina. Y es bueno. Yo lo recomendé. Hizo algunos buenos encargos tanto para mí como para algunos amigos míos. Siempre ha cumplido con su misión, pero está especializado en obtener información y en acciones de ese tipo, cuerpo a cuerpo, no en asuntos sensibles, por así decirlo.

—No hay nada que hacer —soltó entonces el primer general—. El profesor y los demás tienen que ser eliminados ya.

—Bueno, ¿por qué no hace algo?

—Ya está en marcha —respondió el primer general—. Ayer alguien lo salvó. Iba con aquella zorra del FBI, la que vio en la Cúpula. ¿Qué hacía el hombre de la máscara en compañía de una agente del FBI?

—¿Qué zorra? —preguntó el segundo general—. ¿Esa inglesa?

—Sí, Piedra o Petra, o comoquiera que se llame —dijo el hombre de los anillos—. Me gusta. Es bonita.

—A lo mejor trabaja para él —sugirió el segundo banquero.

—¿Y si es al revés? —soltó el segundo general.

—¿Quiere decir que se ha infiltrado para controlarnos? Es poco probable —aseguró el primer banquero—. El gobierno no se gasta tanto dinero solo en vigilarnos y tampoco habría aceptado todo lo que hemos hecho hasta ahora.

—En eso creo que lleva razón. Él paga a la zorra, pero creo que ella cobra para espiarnos —soltó el general—. Ayer no lo logré pero en los próximos días este asunto se solucionará.

—¿Y Keely? ¿Qué hacemos con él? ¿Lo matamos? —preguntó el hombre de los anillos con terquedad.

—No diga sandeces —soltó el general—. Keely es discreto y está dedicado a la causa. Simplemente no tendría que estar dirigiendo nada.

88

Bajó las escaleras y se dirigió hacia su coche. Ahora estaba delante de Columbus Clay con el libro en la mano y no sabía qué decir.

—No se ha cambiado —observó Clay.

—¿Disculpe? —preguntó Charles, perplejo.

—Ha dicho que iba a cambiarse.

—¡Ah! Habría tardado demasiado en ducharme y todo lo demás. Venga, terminemos de una vez con esto. He tenido un día demasiado largo.

—Normal —dijo el inspector con compasión—, pero ya que estamos aquí, tengo una curiosidad personal.

—Diga —pidió Charles mientras hacía un gesto a Clay para que se sentara.

—¿Recuerda ese curso sobre el poeta rumano?

—¿El que conocía mejor que yo? ¿Cómo podría olvidarlo?

—Bueno, ese seminario tuvo un final al que, por desgracia, no pude asistir. Tuve que irme. Y me gustaría saber si podría contarme de qué iba esa última parte, lo más brevemente que pueda. Tengo la sensación de haberme perdido el desenlace, como si me hubiera perdido la revelación de quién es el asesino.

—Hablando del asesino, ¿qué método diría que usa para resolver sus casos?

Columbus Clay miró a Charles atónito. Era obvio que no entendía la pregunta.

—Es decir, ¿es una persona deductiva o más bien inductiva?

Una vez más, Clay no supo qué responder.

—A ver —dijo Charles riendo—, permítame que me explique. Mi abuelo era el hombre más inteligente que he conocido en mi vida e inventó algo que podría resultarle útil.

—Soy todo oídos, entonces —aseguró Clay—. Parece un juego y me encantan los juegos. Vivo para ellos.

—Mi abuelo afirmaba que hay tres tipos clásicos de razonamiento. Los dos primeros ya eran conocidos, se había teorizado sobre ellos y se les había puesto nombre. En el caso del tercero, aunque existía en la práctica, no se había teorizado sobre él. Mi abuelo lo hizo.

—Interesante —dijo Clay, que hizo un gesto con el puro para preguntar—: ¿Puedo?

—Adelante —respondió Charles—. ¿Quiere tomar algo?

—No, gracias. Estoy bien de momento. Siga, por favor.

—Muy bien. He pensado que esto le interesaría porque mi abuelo lo relacionaba con personajes famosos de la historia de la literatura, y no con cualquier clase de literatura, sino con la ficción detectivesca. Para ser más exacto, se había fijado en Sherlock Holmes.

—Existen problemas importantes en esta clase de ficción. Es deshonesta, y la más deshonesta de todas es la más famosa de todas.

—¿Se refiere a Agatha Christie?

—Exacto. Como sabe, se me da muy bien resolver cosas. Con ella, es imposible porque no da ninguna oportunidad a los lectores. No nos proporciona todos los datos, y eso me molesta mucho. En cada caso, Poirot se saca algo de la manga, algo que, como lector, no tienes forma de saber. De modo que no es posible ninguna clase de deducción. Siempre he creído que esta clase de libro tendría que darte la oportunidad de hacer las veces de detective.

—¿Y Holmes?

—Con Sherlock es otra cosa. También lo he intentado. Pero asimismo presenta problemas. Él también hace observaciones que salen de la nada. Si ve polvo en los zapatos de alguien que tendría que haber andado por el barro, se pregunta por qué diablos su calzado no está totalmente sucio. Pero no te lo dice de antemano. Hace estas deducciones, pero tú no tienes forma de llegar a las mismas conclusiones porque no dispones de todos los datos. De todos modos, es mejor que lo que pasa con Poirot pero, aun así, es muy difícil hacer deducciones.

—Sí, porque no lo son.

—¿Disculpe? —soltó Clay, que no entendió a qué se refería Charles.

—A ver, permítame que me explique. En la mesa tenemos una bolsita de terciopelo negro. Delante de ella, esparcidos sobre la mesa, hay varios diamantes.

—Excelente —dijo Clay, frotándose las manos.

—Versión número uno —prosiguió Charles, a quien había sorprendido la reacción infantil del policía—: sabemos que en la bolsita solo hay diamantes blancos y que todos los de la mesa son de esa bolsa. En conclusión, los diamantes que hay en la mesa son blancos. Esto sería lo que se conoce como una deducción.

—Bueno, ¿acaso no se ve que los diamantes de la mesa son blancos simplemente mirándolos?

—Digamos que la habitación está oscura.

—Comprendo. Deducción. Bien.

—Versión número dos: estos diamantes son de la bolsita. Y son blancos. En conclusión, todos los diamantes de la bolsa son blancos. Esto sería lo que se conoce como una inducción.

—De acuerdo, sé que la matemática formaliza el razonamiento de este modo. ¿Y la tercera?

—Aquí se pone interesante. Todos los diamantes de la bolsita son blancos. Los de la mesa son blancos. En conclusión, estos diamantes son de la bolsita.

—Eso no es necesariamente cierto. Es una suposición de primera clase.

—Precisamente. Es lo primero que se nos ocurre, la primera solución. Y eso es lo que hace Holmes todo el rato. Se basa en un supuesto teórico que un monje franciscano, Guillermo de Occam, formuló en Inglaterra en el siglo xiv. Es la llamada navaja de Occam, una clave para encontrar la solución a los problemas. Occam afirma que, dadas premisas iguales, la solución más sencilla suele ser la verdadera.

Columbus Clay miró con la boca abierta a Charles, quien adoptó una expresión de perplejidad.

—Podría escucharlo todo el día. No sabe lo que impulsa en mi cabeza.

Vanidoso como cualquier intelectual, Charles se sintió halagado por el cumplido de Clay.

—Muy bien. —Rio—. Gracias por el cumplido. Mi abuelo llamaba a esta forma de razonamiento «abducción». También se conoce como «retroducción» o «inferencia hipotética», y es exactamente el método utilizado por Sherlock Holmes. Para ser más claro: el detective más famoso del mundo hace suposiciones. La deducción se basa en nuestra capacidad de analizar las cosas que vemos, siempre que se mantengan dentro de los límites de la normalidad. La inducción se basa en nuestra experiencia de que las cosas no cambian de repente. La abducción apela a nuestra intuición: la apuesta que hacemos, la esperanza de que lanzaremos la suposición correcta. Es nuestra capacidad de hacer predicciones generales, sin ninguna clase de garantía de que tengamos razón. Todo nuestro sistema de razonamiento se basa en nuestra capacidad de observación del mundo y de formular hipótesis sobre él. Mi abuelo decía que era el primer paso del razonamiento científico. Es decir, según él, el único tipo de argumento que da origen a nuevas ideas.

—¿Quiere decir que Holmes no sabe, sino que hace suposiciones?

—Sí, así es. Verá, además de la inteligencia y de la experiencia, interviene otra cosa, algo muy importante. La emoción. Holmes no se dedica a ir lanzando una hipótesis tras otra sobre algo. Toma la más sencilla, o sea la navaja de Occam, y la comprueba. Si no encuentra una solución, sigue adelante. Pero la mayoría de las veces esta solución funciona. Verá, por lo que he averiguado sobre usted, la forma en la que formula una conclusión a partir de un mar de información, creo que es un policía abductivo con una intuición excepcional. Por eso es el único que ve la lógica más sencilla en toda la información de la que dispone. Mientras los demás buscan una lógica sofisticada, usted escoge el camino más corto y más evidente porque los propios indicios lo señalan. Lo único que tiene que hacer es interpretarlos correctamente. ¿Me equivoco?

Columbus Clay estaba con la boca abierta, tan asombrado por lo que acababa de oír que fue incapaz de articular ni siquiera un sonido durante varios instantes.

—Muy bien —prosiguió Charles—, ¿qué ha dicho que se perdió de ese curso?

—Ah —tartamudeó Clay, que necesitó varios segundos para recuperarse—. Usted estaba diciendo que, en general, la gente que aborda un texto no lo comprende porque padece de dos tipos posibles de... creo que lo llamó precariedad. Me gustaría saber cuáles son para poder concluir ese curso en mi cabeza.

«O sea —se dijo Charles a sí mismo—, que el gran problema de Columbus Clay es que le obsesiona un asunto no resuelto. Es bueno saberlo.»

—Pero antes —pidió Clay a Charles—, ¿podría servirme una copa de ese bar tan bien surtido que tiene ahí?

—Por supuesto —respondió Charles, que fue a levantarse.

—No —dijo Clay poniéndose en pie de un salto—, no se moleste, por favor. Me serviré yo mismo si no le importa.

—Faltaría más.

Clay se quedó bloqueado delante de aquella gran cantidad de botellas diversas. No tenía ni idea de lo que contenía la mayoría de ellas. Se rascó la cabeza.

—¿Qué le apetecería? —preguntó Charles, que comprendió su problema.

—¿Qué es lo más barato que hay?

—Lo menos caro es el vodka.

Clay tomó una botella y se sirvió una copa, dio un sorbo y, tras volver a sentarse como un buen chico, dijo:

—Le escucho.

—Sí, verá, tengo la teoría de que si una persona no comprende un texto literario, o mejor dicho, los textos literarios, puede sufrir de dos clases de debilidad o limitación. La primera es de orden cultural. La otra es intelectual. Para que entienda mejor lo que quiero decir, imagine que tiene un texto delante de usted y que conoce todas las letras, pero no comprende qué dice. Pongamos que el texto está en sueco y usted no habla el idioma pero conoce todas las letras. Las reconoce porque las usa en su lengua. Es un problema de código. En nuestro caso, estamos hablando sobre el código del sueco. Usted no lo conoce, por lo que tiene un hándicap cultural desde este punto de vista. Básicamente, conoce todo lo que el texto contiene, pero no comprende su significado porque no tiene ni idea del código. Si aprende el código, se las arreglará.

—Este es el caso de ese poema que puso como ejemplo.

—Exacto. En esa misma línea, para comprender un texto sofisticado, se necesita educación y mucha práctica, y añadiría que algo de inteligencia y de sensibilidad. ¿Qué nos enseña esto? Que la educación tiene un papel fundamental porque solo con una formación de alta calidad podemos penetrar en zonas que son inaccesibles para las personas incultas. Por esta razón, un país poderoso es aquel que valora mucho la educación: sus ciudadanos tienen acceso a un conocimiento complejo del mundo, porque las necesidades de la gente ya no son las primarias. Las personas, y sus necesidades, se vuelven entonces más sofisticadas.

—Y más difíciles de manipular.

—Exacto. Por esa razón, en las dictaduras o en los países con democracias frágiles, nadie da un duro por la educación, o, mejor dicho, esta se convierte en un arma poderosa en las dictaduras, pero está encaminada a lavar el cerebro de la gente.

—Muy bien. Esta es la limitación o la debilidad cultural, como usted la llama. ¿Cuál es la otra?

—La otra es más grave. En el primer caso, tienes una oportunidad: de aprender, de educarte, de interesarte. La otra es algo dado, por desgracia. La debilidad intelectual da lugar a una situación en la que tienes un texto delante de ti, esta vez en una lengua que conoces. Comprendes todas las palabras pero no entiendes el texto. Conoces el código, pero no sacas nada en claro de lo que tienes delante. El primer problema es subjetivo; el segundo, objetivo. No podemos pedir a alguien algo que de manera objetiva no puede hacer. Pero son casos sumamente raros. Tener un coeficiente intelectual muy bajo es algo anecdótico, la verdad.

—Tal vez en su mundo. En el mío es una situación mayoritaria.

—Yo, por ejemplo, tengo alumnos que se quejan de que utilizo palabras ampulosas. Se lamentan diciendo que tendría que hablarles a su nivel, pero eso no es posible. Ciertas palabras definen a la perfección la idea a la que se refieren. No puedo usar cada vez una frase entera en lugar de una sola palabra solo porque el alumno es demasiado perezoso para usar el código. ¿Se lo he explicado bien?

—Sí, muchas gracias. Volvería a alabarlo, pero temo excederme.

El reloj tocó once veces. Los dos escucharon las campanadas en silencio.

—Es tarde —dijo Clay—. Resolvamos los problemas para los que nos hemos reunido y le dejaré acostarse.

89

—De acuerdo —accedió Charles—. Esto es, en resumen, lo que sé. Justo cuando estaba a punto de volar a México para dar una conferencia, George llegó al aeropuerto. Estaba muy nervioso. Había venido corriendo y parecía asustado, aunque entonces no me di cuenta. Creí que era simplemente una de sus extravagancias. Y me dio una carpeta.

—¿Qué había en ella?

—Lo sabrá si tiene paciencia.

Clay levantó las manos para indicarle que no volvería a interrumpirlo.

—Metí la carpeta en mi mochila y me olvidé de ella. No tenía forma de saber que era algo tan importante. Lo cierto es que en México pasaron cosas raras, pero no les presté atención. A un colega le robaron la mochila del respaldo de mi silla. Seguramente el ladrón creyó que era mía. Después encontré mi habitación del hotel revuelta, justo el día en que iba a irme, y me dijeron que habían ido a limpiarla antes de tiempo. Ni siquiera entonces establecí ninguna relación. En el avión de vuelta, empecé a hojear lo que había en la carpeta, pero muy poco. La verdad es que no recuerdo demasiado. El avión empezó a rodar por la pista, pero unos miembros de las fuerzas especiales obligaron a que regresara. Hicieron desembarcar a todos los pasajeros excepto a mí y me confiscaron la carpeta.

—¿Está hablando en serio?

—Bueno, ¿usted qué cree?

—Era una pregunta retórica. Esto cambia por completo los datos del problema. Convierte la serie de crímenes en un problema transnacional. Es un detalle importante. Me alegra que haya decidido contármelo. ¿Puede seguir, por favor?

—Sí. Llegué a casa y me metí directo en la cama. Por la mañana, me desperté con la señora Menard, su amiga, en la puerta. Me contó lo de George. Sugirió que su asesinato estaba relacionado con un proyecto en el que él estaba trabajando.

—¿Sobre Lincoln?

—Eso es. Al principio no me lo creí.

—Pero los asesinatos de la prometida de George y de Olcott, además del intento de acabar con su vida en casa del profesor Boates, le hicieron cambiar de opinión.

—Sí.

—¿Y los libros?

—Establecí la relación más tarde.

—Gracias a la agenda que encontró de George, aunque entonces jurara y perjurara que no la tenía.

—No fui yo quien forzó la taquilla de George, ¿sabe? Él me hizo llegar la agenda a través del entrenador de esgrima.

—Le creo. ¿Y qué había escrito en la agenda? ¿Me la enseñará?

—Ahora no, porque tengo que resolver dos cosas más de ella.

A Columbus Clay no le complació demasiado la respuesta, pero no quiso forzar las cosas. Charles prosiguió:

—En ella están los nombres de diez personas, distinguidos profesores...

—Y multimillonarios del petróleo —se apresuró Clay a añadir.

Charles se quedó boquiabierto.

—Solo uno. ¿Cómo lo...?

—Le dije que tenía información parcial. Siga, por favor.

—Sí, y hay dos individuos sobre los que no sé nada. Para no arrastrarlo más a los juegos de George, le diré que al lado de cada nombre de la agenda figura el título de un libro, que mi adjunto dejó a cada una de esas personas. A ellas les dijo que los libros me pertenecían y que tenían que devolvérmelos.

—Y en la parte posterior de cada libro hay un código. El cual se descifra con la clave que descubrimos juntos. —Clay recalcó la última palabra, como si considerara necesario subrayar una vez más la importancia que eso tenía.

—Exacto —asintió Charles.

—De modo que hay diez mensajes. ¿Cuántos libros ha recibido? Ocho con el de hoy. Por lo que quedan dos trozos del código por descifrar. ¿Me los enseñará?

Charles suspiró como para decir «me rindo» y se levantó del sofá. Tomó el papel de la mesa y se lo alargó al inspector.

—¿Y no puede deducir el resto del mensaje?

—Lo he intentado. De momento, he supuesto lo que contiene el octavo mensaje. Si me lo permite, lo comprobaré ahora mismo.

Charles abrió el libro directamente por la parte posterior, donde decía:

C. B.:
Abzvar

Comprobó la serie de Fibonacci modificada y usó el índice 13. La palabra era corta, por lo que hizo la traducción mentalmente.

—«Nomine» —dijo.

—¿Es esta palabra de aquí, entre paréntesis? —quiso saber Clay.

—La adiviné, ¿verdad?

—Eso parece.

—Pues podemos borrar el primer paréntesis.

DECENNIUM POST SECUNDUM ET QUARTUM _____
STAT ROSA PRISTINA NOMINE NOMINEM ANTE (NO-
MEN) ROSAE TENEMUS.

DIEZ AÑOS DESPUÉS DEL SEGUNDO Y DEL CUARTO
_____ EL NOMBRE DE LA ROSA PERDURA ETERNA-
MENTE; SOLO CONSERVAREMOS EL NOMBRE ANTE-
RIOR DEL (NOMBRE) DE LA ROSA.

—¿Qué debería deducir de esto? ¿Que ha adivinado un mensaje? ¿Este en concreto? ¿Y que la palabra que puso entre paréntesis es, como dijo, otra intuición?

—Sí.

—Bueno, ¿y por qué no intenta hacer lo mismo con la última palabra?

—Porque no tengo ni idea de si se trata de una o de varias. Es obvio que se trata de dos frases separadas. Y esta solución es la clave de todo el texto.

—¿De qué va este texto?

—¿No lo sabe? —preguntó Charles, atónito—. Hace referencia a una cita de una famosa novela de Umberto Eco, *El nombre de la rosa*. ¿No lo ha leído?

—Espero que esté de broma.

Charles no entendía por qué el policía daba por supuesto que estaba bromeando.

—Bueno, pues para que lo sepa, no leo libros, no más de los que debo. Leí un poco en mi infancia, historias, porque era obligatorio. En cuarto de primaria me hicieron leer un libro de un autor italiano que estaba de moda por allí entonces, Edmundo de Amicis, algo cuyo título original era *Cuore*, es decir, *Corazón*. Era indescriptiblemente triste. No sé por qué era necesario envenenar el alma de los niños con él. Yo tengo un problema, y es que jamás olvido nada. Todavía ahora me sé ese libro de memoria. Me arruinó la niñez. Tardé años en quitármelo de la cabeza. Durante mucho tiempo me iba todas las noches llorando a la cama. Por eso no abrí otro libro en unos diez años. Entonces me aficioné a las novelas de detectives. Me gustaban. Lo recordaba todo y pensaba que eso me sería útil, y lo fue, pero tampoco he leído demasiadas. Y en la cárcel solo leí un libro serio, que trajo un nuevo compañero de celda. Como estaba aburridísimo, me hice con el libro. Contenía las obras completas de uno de nuestros escritores, un hombre llamado Borges. Dicen que es genial. No puedo leer nada porque no olvido nada. Y la literatura es perturbadora. Causa su efecto en una persona normal y corriente y, luego, se olvida. Viene y se va. Pero en mi caso se queda ahí para siempre, tan vivo como cuando lo leí.

Acostumbrado a empatizar con su interlocutor, Charles intentó ponerse en la piel del policía. Decidió pasar por alto lo que había oído.

—Eco era el escritor favorito de mi adjunto y *El nombre de la rosa*, su libro de cabecera.

—¿Es bueno?

—Confío en que no espere que le conteste a eso. Es complicado. Es un libro único en todo el mundo de la literatura.

—¿Y este texto está extraído de esa novela? ¿O se refiere a algo incluido en ella?

—La última frase es del libro, aunque algo modificada. Eco cierra su novela con la frase: «*Stat rosa pristina nomine. Nomine muda tenemus*».

—«La rosa primigenia perdura eternamente en el nombre. Conservamos el nombre desnudo.» Precioso —dijo Clay—. ¿Qué significa?

Cuando Charles puso cara larga ante la idea de tener que explicarle también eso, Clay, que sabía cuáles eran sus prioridades, prefirió no insistir.

—Bueno, eso no es importante —soltó—. Pero ¿qué es este asunto del nombre anterior de la rosa?

—No dejo de darle vueltas. No tengo ni idea.

—Dice que el título del libro es *El nombre de la rosa*. ¿Se llamó antes de otra forma?

—¿Qué ha dicho? —preguntó Charles, mientras un escalofrío le recorría la espalda.

—¿Y si este libro tiene un título alternativo o tuvo un título provisional?

Charles supo que aquel brillante barbero había resuelto el problema. Tenía que ser eso. Encajaba con la lógica de George.

—No lo sé. Lo comprobaré.

—Muy bien. ¿De modo que no sabemos qué mensaje le dejó su adjunto?

—Me temo que no. ¿Cree que nos ayudará a atrapar al asesino?

—Poco a poco nos acercamos cada vez más. El mensaje, supongo, nos proporcionará lo que el señor Marshall descubrió y nos indicará a quién perjudicaba. De manera que sí, creo que si seguimos esta pista, podemos llegar hasta el asesino. ¿Estaba diciendo que era un tema relacionado con Lincoln?

Columbus Clay había escuchado toda la conversación de Charles con Patrick Ewing esa mañana, por lo que lo sabía todo sobre ese tema en cuestión. Por desgracia para él, no había instalado micrófonos en casa de Charles hasta la noche anterior, mientras Charles volvía con Ximena de su reunión con Caligari, y no había empezado a pinchar el móvil de Charles hasta esa mañana, por lo que no sabía nada sobre el tema del padre de Charles, u Omnes Libri, ni tampoco lo de los locos de Mabuse.

—¿Quiere que le hable más sobre Lincoln?

—No. Creo que eso lo tengo claro. Se busca el gran secreto que Lincoln descubrió. Uno tan poderoso que puso todo su mundo patas arriba. Tan terrible que le llevó a dedicar todo su ser a la causa de la abolición de la esclavitud y la modernización de Estados Unidos. ¿Y, según usted, George estaba en posesión de este secreto tan secreto, si me permite decirlo así?

—Resulta extraño. No sé qué pensar, salvo que ciertos individuos están convencidos de ello, lo bastante como para haber matado a todas estas personas. Tal vez tan solo sean un grupo de excéntricos.

—Excéntricos o no, tenemos que encontrarlos —aseguró Clay con rotundidad.

90

Keely había ido a recoger a Sócrates y lo llevó hasta el cuartel general de la Cúpula a través de la entrada secreta que comenzaba en los túneles de las ruinas. Primero le mostró todos los sistemas de seguridad del exterior, en especial el círculo de sensores de movimiento. Después le hizo una demostración punto por punto de cada barrera que protegía el centro de la Cúpula. Lo condujo despacio por el pasillo en el que colgaban los retratos, de cuyos sujetos Sócrates reconoció muy pocos. Keely le contó que representaban a sus héroes, los ilustrados predecesores de su movimiento. Lo llevó por la primera sala, la sala de reuniones, con su inmensa mesa cuadrada y su llama eterna. Después lo condujo a las oficinas principales del fondo; luego se subieron a un minivehículo de cuatro ruedas y recorrieron unos dos kilómetros. A cada lado había toda clase de laboratorios. Abarcaban desde estaciones multimedia que elaboraban noticias hasta todo tipo de espacios con ventanas opacas o no iluminadas que no permitían ver nada desde fuera. Al final, llegaron a un despacho inmenso, donde Keely invitó a Sócrates a sentarse. Le sirvió una bebida, que Sócrates rechazó educadamente.

Allí, el jefe de la Cúpula le explicó lo que hacía la organización y cuáles eran sus objetivos. Keely repitió muchas veces lo que esperaba de Sócrates e insistió en que tenía depositada en él una confianza total mientras le revelaba todas estas cosas. Al cabo, Keely hizo una promesa a Sócrates. Si el intento de asesinato del 14 de abril era un éxito, presentaría a Sócrates a los demás, lo acogería en la organización y lo convertiría en su mano derecha. No solo eso, le dijo también el nombre del cargo que le daría: director ejecutivo de Problemas de Antiterrorismo. Como Sócrates mantuvo la misma expresión todo el rato sin parecer impresionado, Keely se preparó para dar un último impulso a la presentación. Quería asegurarse de que Sócrates estaba dedicado en cuerpo y alma, a pesar de sus normas personales. Le hizo una jugosa oferta financiera que Sócrates fingió negociar y, al final, acordaron una cantidad. Keely abrió una botella de champán e insistió en que su invitado bebiera una copa para sellar la transacción, tras lo cual los dos volvieron a subirse al minitransporte.

Llegados a cierto punto, el paisaje del pasillo cambió. Aparecieron las palabras AL LABERINTO en un gran cartel y, debajo de ellas, SOLO CON PASE ESPECIAL. Se vieron obligados a abandonar el minitransporte porque tenían que cruzar una estrecha entrada por la que no cabía el vehículo.

—Aquí está nuestro punto fuerte. Es un logro jamás conseguido hasta ahora. Ya lo verá —dijo Keely con su estilo ampuloso mientras se frotaba las manos. Se apresuró a añadir—: Muy pocos mortales han tenido el privilegio de ver esto. Muchos más lo han sentido en sus propias carnes —dijo estas últimas palabras con una sonrisa de satisfacción en los labios.

Entraron y siguieron su recorrido en otro vehículo que se movía mediante un colchón de aire. Esta vez había a cada lado una clínica ultradotada tecnológicamente como Sócrates no había visto ninguna en su vida. Varias personas con trajes protectores que les hacían parecer marcianos trabajaban tras las ventanas que se alineaban en el pasillo. Al final, el vehículo se detuvo a los pies de una escalera situada delante de una entrada inmensa.

Keely indicó por señas a Sócrates que la subiera. Después de varios peldaños, un ascensor los llevó hacia abajo durante tanto rato que Sócrates se preguntó qué profundidad tendría el complejo en aquel punto. Llegaron a unos palcos que parecían los de los estadios y, desde allí, vieron una imagen completa de los que estaban en un área todavía inferior.

—Creo que ya le he dicho todo lo que sé. Ahora le toca a usted.

Columbus Clay se levantó del sofá. Esta vez no tuvo problemas a la hora de sacar el documento de identidad. Se lo entregó a Charles.

—¿Hypatia Visconti? No lo entiendo.

—Ese era el verdadero nombre de su madre. Formaba parte de la famosa familia Visconti. De hecho, aquí surge una pequeña complicación.

Charles, que había permanecido callado, recordó la reacción de su padre cuando lo había visitado hacía unos días y había mencionado el nombre de Hipatia. Estableció entonces la conexión: su padre lo sabía.

—¿Disculpe? —preguntó porque necesitaba un poco de tiempo para ordenar sus pensamientos.

—Le estaba diciendo que, a partir de aquí, la cosa se complica.

—¿A qué se refiere?

—Hay dos familias Visconti en la historia de Italia.

—Puede que más. Es un apellido bastante común, no el más habitual, pero no es nada raro.

—Sí. Su madre descendía de una de ellas. Me llevó algo de tiempo investigarlo un poco. No podía hacer el ridículo delante de una persona que presta tanta atención a los detalles.

—Si es cuestión de prestar atención a los detalles, sabemos que nadie lo supera a usted.

—Sí. Desde ese punto de vista, usted es como yo, pero dejémonos de cumplidos. Había una familia Visconti en Pisa en el siglo XII. En cierto momento emigraron a Cerdeña o extendieron su dominio a la isla a través de una serie de matrimonios con las familias reinantes de Cagliari, los Capraia y los Gherardeschi.

Charles no entendía por qué Clay estaba empezando a darle una clase de historia.

—Enseguida entenderá lo que quiero decir —añadió rápidamente Clay como si le hubiera leído los pensamientos—. Su madre desciende de la famosa familia milanesa. ¿Que cómo lo sé? Es bastante simple. La casa donde vivieron sus abuelos en San Pedro Sula todavía existe. ¿Adivina qué es ahora?

—No lo sé.

—La sede de una sociedad que reúne libros antiguos.

—¿Una librería anticuaria?

—No. Los anticuarios venden. Esta gente reúne libros.

—¿Y cómo supo que se trataba de una familia y no de la otra?

—Bueno. —Rio Clay—. La respuesta a eso es simple, pero nos conduce a algo extraño.

—¿En qué sentido?

—¿Quiere que se lo diga?

—Por supuesto —respondió Charles—. ¿Quiere tomar un poco más de vodka?

Clay no sabía qué decir. Le apetecía otra copa, pero el vodka le parecía demasiado fuerte.

—Me gustaría algo más suave, si lo tiene.

—Claro —respondió Charles riendo—. Tengo un whisky muy aterciopelado.

—Pero no será caro, espero.

—Me lo regalaron, así que es gratis.

Sirvió una copa y se la ofreció a Clay, que lo olió y se humedeció los labios. Se relamió con satisfacción.

—Excelente. Como iba diciendo, dentro de la casa todavía está el escudo de armas de la familia Visconti, esculpido en piedra. Es lo que los italianos llaman *biscione*, una víbora. En algunas representaciones lleva además una corona en la cabeza. Pero he leído que en este aspecto se comenta que podría tratarse, en realidad, de un animal fantástico, un basilisco. Sea lo que sea, este dragón está devorando a un niño. Hay quien dice que no se lo está tragando, sino que lo está escupiendo. En cambio, los otros Visconti lucen un gallo en su escudo. De modo que usted desciende de los duques de Milán a través de Ottone, el héroe de la Cruzada contra los sarracenos, y posiblemente de un papa, Gregorio X. Con su permiso, indagaré más para averiguar cuándo y en qué condiciones acabó aquí la familia de su madre.

—No creo que necesite mi permiso —soltó Charles, que estaba muy abrumado por lo que Clay le había contado.

Los dibujos que los locos de Caligari habían hecho se referían directamente al escudo de armas de la familia Visconti. Una de las versiones alternativas mostraba un gallo. Lo que Clay no sabía era que la descendencia del cruce de un gallo con una serpiente era considerada otra versión del basilisco, el cocatriz. Así pues, era posible que las dos familias se hubieran cruzado por el camino o que alguien, en algún momento, las confundiera y se hubiera creado un nuevo basilisco a partir de la combinación de los emblemas de ambas familias. En algunas de las versiones, los pacientes de Mabuse mostraban una serpiente con una corona en la cabeza. A Charles le pasó por la cabeza que le habían enseñado aquellos dibujos precisamente porque estaban relacionados con él. Pero eso significaría que Ximena y Caligari conocían la verdadera identidad de su madre, a no ser que Columbus Clay estuviera simplemente divagando. La enormidad de la hipótesis le hizo estremecerse. Decidió que aquello era demasiado en lo que pensar en aquel momento. Se prometió hacerlo después de haber descansado. Pero quiso aguijonear un poco más al policía.

—Voy a ayudarle un poco o a confundirle más —prosiguió Charles—. El basilisco es a veces una serpiente, en otras ocasiones una combinación de gallo y serpiente. Una de las leyendas afirma que salió de unos huevos de reptil que empolló un gallo, o al revés.

—¿El gallo empolla huevos? —preguntó ingenuamente Clay.

—Buena pregunta —dijo Charles, que se echó a reír—. ¿Es eso todo lo que tiene?

—¿No le parece suficiente? —soltó Clay—. Es lo que le prometí. Un colega mío de Honduras está investigando históricamente a su familia y, en unos días, podré darle más detalles.

Dicho esto, Clay se puso de pie, recogió todo lo que se había sacado de los bolsillos y se dirigió hacia la puerta. Charles se levantó para acompañarlo.

—Mi amigo encontró también algo peculiar, una prueba que a mí me parece una especie de aberración. Según este testimonio, a su familia visitó Honduras antes del descubrimiento oficial de América.

—¡Venga ya, señor Clay! No perdamos la cabeza. A fin de cuentas, estamos hablando de teorías fantasmagóricas.

—Fantasmagóricas o no, circulan varias leyendas sobre cómo el basilisco pasó a ser el emblema de la familia Visconti, es decir, la suya, y finalmente el símbolo heráldico de la ciudad de Milán. ¿Sabe que aparece en el emblema de Alfa Romeo? Berlusconi, el excéntrico multimillonario, ex primer ministro y gran magnate de los medios de comunicación, lo tiene pintado en su propio patio. Y también es el emblema de uno de sus canales de televisión, Cannale 5. También existen diversas versiones de la historia que explican cómo Ottone Visconti eligió ese basilisco que se está tragando a una persona. Dicen que lo tomó del escudo de un sarraceno con el que combatió y al que se negó a matar. Hay muchas versiones, incluida una sobre un dragón que estaba aterrorizando la región. Se afirma que este mismo Ottone lo mató. Otra leyenda hace referencia a Bonifacio, el marido de la hija del duque de Visconti, Bianca. Mientras él estaba en una Cruzada, un dragón devoró a su hijo. A su regreso, Bonifacio golpeó tanto al dragón que este acabó escupiendo a su vástago, con lo que la familia pudo reunirse de nuevo.

Charles miró al policía con los ojos desorbitados. ¿De dónde salía aquel torrente de palabras?

—Sí, lo sé, le parecerá espeluznante ser descendiente de una persona que fue escupida de la boca de una serpiente, pero parece que así son las cosas. Es más, y con esto acabo, he visto interpretaciones relacionadas con el viejo simbolismo de la fertilidad. Esto es exactamente lo que representa la serpiente, en especial en América Central y del Sur, lo que haría que fuera más pertinente la especulación de que algún miembro de la familia Visconti visitó Honduras mucho tiempo antes que Colón. Cree que estoy delirando, lo sé —dijo Clay y se dirigió hacia el pasillo, donde pasó con gran rapidez ante el espejo.

—No es la primera vez que hace eso —observó Charles.

—¿Que hago el qué?

—Eso del espejo. ¿Le dan miedo? Porque, si nos adentráramos en este mundo, si nos sumergiéramos en el delirio que me acaba de revelar, le diría que al basilisco le da miedo verse reflejado en un espejo.

—¿De veras? No lo sabía. No me dan miedo los espejos. Es solo...

—¿Es solo que qué? —preguntó Charles con gran curiosidad.

—Es solo que no soporto los espejos.

—¿Por qué?

—Multiplican la estupidez —respondió rápidamente Clay—. Gracias por las copas. No había probado un whisky así en toda mi vida.

—Un segundo —dijo Charles.

Había vuelto al salón con la idea de regalarle al policía la botella de whisky.

En aquel momento, llamaron al timbre. El ensordecedor ruido sobresaltó a Clay.

—¿Podría mirar quién es, por favor? —pidió Charles desde el salón, donde estaba buscando una bolsa para la botella de whisky.

Clay se dirigió hacia la puerta y echó un vistazo por la mirilla. Dio media vuelta y se encontró con Charles en mitad del pasillo ofreciéndole la bolsa.

—Un regalo para usted: la bebida que tanto le ha gustado.

—No es necesario —murmuró Clay en voz baja, pero el gesto le había impresionado mucho.

—Insisto —respondió Charles.

—Un millón de gracias. A propósito, hay una mujer desnuda delante de su puerta.

92

—¿Una mujer desnuda? —preguntó Charles, incrédulo, y se dirigió hacia la puerta.

Acercó un ojo a la mirilla y vio a Rocío esperando pacientemente. No estaba del todo desnuda. Llevaba una gabardina y un pañuelo alrededor del cuello. Reconoció esta última prenda al instante porque era de su marca favorita de complementos, Tie-Me-Up, una marca exclusiva para los enterados. Le había gustado desde que apareció en el mercado.

Retrocedió sin saber qué hacer.

Columbus Clay comprendió enseguida por qué Charles había perdido la compostura.

—¿Tiene puerta trasera? —preguntó con elegancia.

Charles agradeció el sorprendente tacto del policía y le señaló por dónde tenía que salir. Mientras esperaba a oír cerrarse la puerta trasera, se miró en el espejo y se arregló el pelo. Se olió la ropa que llevaba puesta y no notó nada especial. Pasado un momento, abrió la puerta. La mujer de sus sueños siguió ofreciéndole una experiencia de anuncio. Esta vez, parecía salida de la pasarela de una lujosa casa de modas. Pensó en Milán, seguramente debido a la conversación anterior. Se quedó en la puerta y la miró, estupefacto.

—¿Vas a dejarme aquí, en la puerta? —preguntó la mujer con una carcajada.

La invitó a entrar y la mujer pasó junto a él contoneándose, poniendo un pie delante del otro para dar unos pasos que hicieron que Charles sintiera envidia de su gato, que seguía toda la escena desde lo alto de la escalera. La mujer no se paró en la intersección entre el salón y la cocina sino que subió el primer peldaño y, después, el segundo. A Charles se le hizo un nudo en la garganta al ver sus piernas perfectas con medias negras y un lazo en la rodilla, y suspiró al observar cómo los músculos de la pierna se le tensaban con los tacones altos a cada paso que daba.

Hacia la mitad de la escalera, la mujer se detuvo y volvió la cabeza hacia Charles.

—¿Te vas a quedar ahí?

Mientras decía estas palabras riendo, se desabrochó con un gesto el cinturón de la gabardina y esta le resbaló por el cuerpo exactamente hasta donde era necesario, algo entorpecida por sus curvas. Aparte de las medias y del pañuelo, no llevaba nada más puesto. Empezó a subir de nuevo. Zorro, que estaba contemplando cómo sus tacones de aguja se le acercaban amenazadoramente, maulló como un loco y salió huyendo.

Lo único que se le pasó a Charles por la cabeza era cómo coño lo había sabido Columbus Clay.

93

Lo primero que se oyó fue un ruido extraño. Las hojas del huerto empezaron a susurrar.

—Se acerca una tormenta —dijo el hombre mayor, que estaba mareado de tanto mezcal. Acabó de orinar y se cerró la bragueta.

—Os tengo dicho, muchachos, por más poco civilizado que sea, que no hay nada más agradable que mear al aire libre en noches como esta.

Sus hijos se conocían la historia de memoria. Los once hermanos habían decidido quedarse en la granja. No todos ellos eran sus hijos biológicos, solo cinco. A los demás los había encontrado en años distintos. Eran vagabundos, mendigos o muertos de hambre en las afueras de la ciudad. En su propia familia, una extraña epidemia que había acabado con la vida de muchas mujeres en el condado le había arrebatado a la mujer más maravillosa que había habido en la pradera.

—Dios la amaba demasiado —solía decir—. Quería tenerla con él.

Aquella misma noche se cumplían diez años. Este era su legado: la decencia y el espíritu de sacrificio por los demás. Ella lo había transformado de bruto a marido y cabeza de familia temeroso de Dios. En su honor, había ido a la ciudad con los chicos y había comprado diez vacas, una por cada año que había pasado desde que su madre los había dejado. Ella había adoptado a tres de los muchachos. Él, por su parte, había acogido bajo el techo de su inmensa granja a otros tres después de que ella se hubiera reunido con el Señor. Les había enseñado a trabajar la tierra y a criar animales, pero, sobre todo, les había enseñado a luchar. Una pérdida tan grande siempre tenía consecuencias. Y esta lo había dejado con la obsesión de que tenía que proteger a su familia pasara lo que pasase y con la idea fija de que sucedería algo espantoso, por lo que había enviado a sus hijos a la guerra por turnos cuando alcanzaban la mayoría de edad. Unos fueron a Irak, otros a Afganistán. Todos ellos volvieron después de haberlo hecho bien tras el mínimo tiempo de reclutamiento. No lo hacían por dinero. Tenían dinero suficiente.

Tenían que ver por sí mismos qué significaba el verdadero peligro. Y les había transmitido su obsesión. Ahora, dos estaban casados. Uno ya tenía un hijo. Las nueras vivían en la granja. No recordaba que los hermanos se hubieran peleado nunca entre sí. Los había educado para que siempre estuvieran allí, para los demás. Uno para todos y todos para uno.

Eran jóvenes fornidos, bronceados, algunos con el pelo largo, otros con barba. Parecían un grupo de vikingos. Cuando tres o cuatro iban a la ciudad, a una feria o a un baile, rompían todos los corazones que tenían cerca. Siempre evitaban las peleas, pero no retrocedían ante nada, especialmente si uno de ellos se había metido en una situación que tenía que resolverse a puñetazos.

Además, el padre, el viejo Ansgar Gulbrandsen, descendía de unos abuelos noruegos que habían emigrado a principios del siglo pasado para establecerse en el Medio Oeste. Llamó a su granja Valhalla, como el paraíso del dios Odín. Su nombre significaba «hijo de Gulbrand», la lanza de Dios. Había construido un búnker preparado para albergar a doce personas durante un período de seis meses, mientras que la sala de armas estaba justo en la primera entrada a la granja. De lazos y látigos a machetes y carabinas, de rifles y pistolas a armas automáticas, apenas faltaba nada. Hasta tenían una ametralladora que se había usado en la guerra de la Independencia de México y una bazuca, todos ellos en buen estado. Las tenían todas a mano. Cada noche, sin excepción, los chicos se entrenaban con ellas, hombro con hombro con su padre.

Ahora, dos de sus hijos, Peer y Gunnar, se habían quedado en el porche con su padre. Los demás se habían acostado ya, vencidos por la fatiga de unos días demasiado largos.

Se oyó otra vez el mismo ruido de antes.

—El viento suena raro esta noche —dijo el anciano.

Se bebió de un trago el vaso de mezcal y fue a acostarse. Peer lo siguió poco después. Gunnar, sin embargo, quiso quedarse un poco más. Le gustaba muchísimo el canto de los grillos en medio de aquella serenidad absoluta. Pasado un rato, los árboles susurraron de nuevo. Y luego, otro ruido peculiar, como si un toro celestial hubiera bramado de dolor. El ruido se estaba acercando a la granja. Esquivó el porche y se instaló en el establo. Entonces pareció calmarse. Las cabras comenzaron a balar, primero bajito y después como si las hubieran llevado al matadero. El jaleo era cada vez más grande. Los perros montaron un coro de ladridos y gruñidos. Luego se oyó una pelea y los canes se callaron.

Algo no iba bien. Gunnar agarró una carabina y se dirigió hacia los establos. Vio algo tumbado en el suelo. Con la poca luz que había no pudo distinguir gran cosa. Se acercó más y vio uno de los perros convertido en una masa amorfa de carne, y luego otro, y un tercero. Cargó el rifle y avanzó. Se acercó al cobertizo de las cabras y tuvo una premonición funesta. Disparó al aire. Justo en la entrada, había varias cabras tumbadas en el suelo, degolladas. Se oyó un grito, seguido de un sonido como si dos piedras de molino chocaran entre sí, como si el centro de la tierra, desesperado, lanzara un grito vibrante, desgarrador. Algo grande se dirigió hacia él a toda velocidad. Logró taparse la cara, pero le dio en el hombro. Lo que lo golpeó era la cabeza de una cabra. Luego la siguió otra.

—¿Qué demonios? —alcanzó a decir Gunnar.

Ahora el ruido provenía de detrás de él. Logró volverse a medias. Una mano inmensa con garras de acero lo sujetó por el cuello. La otra le arrancó la cabeza.

El animal notó un disparo y se giró sobre sí mismo, sonriendo. Tres de los chicos se acercaban a él. Estaban disparando rifles. El animal rugió en su dirección y huyó hacia el granero, donde se desvaneció. Mientras tanto habían aparecido los demás hermanos, y también su padre, que se arrodilló ante el cuerpo decapitado de su hijo.

—Está aquí. La bestia del Infierno. El Apocalipsis. Para esto os preparé.

Dicho esto, indicó a los chicos que cubrieran las dos entradas del granero. Oyeron los insoportables bramidos de las reses que estaban dentro. Lo hacían a coro, aterradas por lo que estaba a punto de pasar. El anciano tomó el lazo, se colgó el rifle al hombro y entró. Tuvo que esquivar los cadáveres de las vacas para llegar a la pared del fondo. Allí, un monstruo con cabeza de toro lo miraba con ojos llameantes. El hombre lanzó el lazo sin pensar y lo tensó. La cuerda rodeó al monstruo, pero por más que tiraba, el animal no se movía. En un momento dado, el monstruo sujetó la cuerda y comenzó a tirar de ella a su vez, pero el anciano no la soltó. Apuntaló los pies en el suelo y trató de oponer resistencia al monstruo. Dos de sus muchachos corrieron a ayudarlo. Entre los tres intentaron agarrar la cuerda, pero el animal siguió tirando de ellos hacia él. Aparecieron otros dos chicos más, armados con machetes, por la otra puerta y se lanzaron sobre el animal. Le clavaron sus armas en el cuerpo. El monstruo soltó la cuerda y se abalanzó sobre ellos. El padre y los dos hijos que habían estado tirando de la cuerda vieron, horrorizados, cómo el monstruo agarraba las cabezas de los dos atacantes con las manos y las golpeaba entre sí hasta que no quedaba nada de ellas.

—¡Fuera! —bramó el padre—. ¡Salid de aquí!

Aunque su primera intención había sido precipitarse hacia el animal, la voz autoritaria de su padre devolvió a sus hijos a la realidad. Habrían sufrido el mismo destino que sus dos hermanos. Salieron del granero y lo rodearon, con las armas a punto.

—¡Tenemos que prenderle fuego ya! —gritó su padre.

—¿Y el ganado? —preguntó uno de los hijos.

—¡Prendedle fuego ya!

Las antorchas golpearon el granero de madera, que empezó a arder. Las lenguas de fuego, acompañadas de los golpes y los alaridos de los animales cautivos helaron la sangre en las venas de las dos mujeres, que se habían acercado hasta allí. Cayeron de rodillas implorando al cielo. La imagen era apocalíptica, como si un animal hubiera regresado del infierno para castigarlos.

—¡Traed la artillería pesada! —bramó el padre.

Los hermanos se marcharon corriendo y volvieron con el lanzagranadas y la ametralladora. Habían pensado en rodear al monstruo a caballo para dispararle y habían intentado montar sus corceles, pero estos habían empezado a dar coces y a encabritarse. El fuego abarcaba todo el granero. Envueltas en llamas, dos de las reses habían salido corriendo hasta caer desplomadas. Pero ningún ser vivo más podía escapar de allí. Tuvieron que esperar hasta que las paredes del granero se derrumbaron. Solo, en medio de las llamas, el animal seguía rugiendo. Se acercaron a él en círculo. Uno de los hermanos lanzó un lazo. Dos más sujetaron con fuerza a su hermano. Un cuarto lanzó un segundo lazo mientras otros dos corrían para ayudarlo. Los dos grupos estaban a ciento ochenta grados el uno del otro, y ambos lados tiraban y soltaban los lazos alternativamente. En el centro, la ametralladora empezó a traquetear y el cuerpo del animal se estremeció bajo la lluvia de balas, pero no se desplomó. Peer apretó entonces el gatillo de la bazuca. El proyectil le voló la mitad de la cabeza al animal. La ametralladora siguió disparando mientras las cuerdas controlaban los movimientos del monstruo, de modo que no pudiera acercarse a ninguno de los grupos. El siguiente proyectil le voló lo que le quedaba de la cabeza.

94

Se llevó el teléfono a la oreja con mucha dificultad.

—¿Sí? —murmuró medio dormido.

—¿Está en la base o ya se ha ido a casa?

—No, sigo en la base —murmuró Caligari mientras intentaba imaginar qué querría Petra en mitad de la noche. Consultó su reloj. Eran las cinco de la madrugada—. ¿Ha pasado algo?

—Sí, hemos atrapado uno.

—¿Qué han atrapado?

—Hemos atrapado a K1, creo. Atacó una granja llena de guerreros con un arsenal digno de un ejército.

Caligari se puso de pie de un salto. No podía creérselo.

—¿Han atrapado a K1?

—Más o menos. Está muerto, hecho trizas, pero sí, lo tenemos. El ataque de hoy es idéntico a los anteriores, solo que esta vez se metió con gente a la que tendría que haber evitado. Ponga en marcha el helicóptero. Creo que tardará unas tres horas en llegar aquí. Le enviaré las coordenadas.

—Espere, espere. ¿Quién está ahí?

—Al principio acudió el sheriff local con un ayudante. Por suerte, este sitio está muy aislado, a dos horas de cualquier localidad poblada. Detuvimos a un equipo de la televisión local que casi había llegado hasta aquí. Ahora controlamos toda la carretera en un radio de varios kilómetros. ¿Va a venir?

—¿Quién está ahí? ¿El FBI?

—Sí, pero debería traer consigo a las fuerzas especiales y asumir la jurisdicción. Aquí hay suficientes municiones para una guerra.

—Muy bien. Me pongo a ello.

—¡Ah, y otra cosa!

—Sí. ¿Qué?

—Por favor, no traiga al médico con usted.

—¿Por qué? ¿No hay supervivientes esta vez?

—Oh, sí, muchos, pero ninguno de ellos ha sufrido ningún tipo de shock. En cualquier caso, no más que lo que le pasaría a cualquier persona normal. Nada clínico.

—Usted no es ninguna especialista —insistió Caligari—. No tiene forma de saberlo.

—Está más claro que el agua. No quiero que de repente pierdan la chaveta después de haberlos derivado a usted.

—¿Cómo? —preguntó el coronel, intrigado—. ¿Qué quiere decir con eso?

—Ya hablaremos cuando esté aquí... sin Mabuse. ¿Entendido?

—Sí, de acuerdo, pero será mejor que tenga una condenada buena explicación para eso.

95

El ruido de la ducha lo despertó. Miró primero al otro lado de la cama. Estaba vacío. Consultó entonces el reloj. Eran casi las once de la mañana. Se sentó un momento en el colchón y sonrió al recordar lo que había ocurrido la noche anterior. Le pasó por la cabeza que sería maravilloso meterse en la ducha también, pero pensó algo que lo hizo estremecer. ¿Y si había estado soñando y en realidad había otra persona bajo la ducha? ¿Un ligue de una noche? ¿O tal vez la jefa del departamento de Física de Princeton? Quedaba con ella de vez en cuando. Decidió esperar fingiendo estar dormido. Se echó en la cama, con los ojos casi cerrados, y miró a través de las pestañas. Eso lo satisfizo, pero el ruido de la ducha no paraba. Recordó que había guardado la nota de su madre en la mesilla de noche y volvió a leerla. Se echó a reír. Al parecer, Rocío le sentaba bien. Le aclaraba las ideas. El texto que había leído la noche anterior revelaba entonces todas sus intenciones.

Harpoon Street y Circle, cuatrocientos B, Huntington, Nueva York

> *Yo soy Ramsés, rey de reyes,*
> *quien desee saber cuán grande soy*
> *y dónde yazco,*
> *que supere alguna de mis obras.*

Las letras que le habían parecido oscurecidas por la plumilla de una estilográfica que no quería escribir en realidad estaban repasadas. Se puso de costado y las copió en orden en el bloc de la mesilla de noche:

Alibunomdidacancerlibs

Las examinó. Desde luego, la cabeza le funcionaba de maravilla. El «libs» del final se refería evidentemente a «libris», por lo que lo escribió debajo y tachó las letras que ya había usado. Le pareció igual de claro que otra palabra tendría que ser «omnes», al menos si creía lo que su padre le había contado. Escribió también esta palabra y tachó las letras que necesitó para hacerlo. Le faltaba una «s», pero como el nominativo correcto en latín era «libri» y no «libris», suprimió esa «s» de más y se quedó con «Omnes libri» y con la siguiente hilera de letras todavía no usadas: Albudidacanc.

—¿Qué diablos es Albudi dacanc? —preguntó en voz alta.

Sabía que esta técnica de decir lo que se estaba escribiendo, heredada de la antigua Grecia, donde los libros se leían siempre en voz alta y nadie leía en solitario en silencio, era ideal para esta clase de cuestión porque involucraba varios sentidos a la vez.

—Albudi dacanc, bucinda clada —dijo contemplando, muy concentrado, el papel—. Dos des, dos des, budada cincal. —Siguió hablando consigo mismo.

Se oyó un ruido en el cuarto de baño. Había dejado de caer agua. Charles se tumbó boca arriba y cerró los ojos. Murmuró mentalmente las letras, mezclándolas sin parar a ritmo de jazz, hasta pronunciar las sílabas *ciudad*. Quiso levantarse y anotarlo, pero oyó abrirse la puerta del baño. Se esforzó por entornar los ojos, y solo alcanzó a ver un albornoz que pasaba de puntillas cerca de él y salía de la habitación rumbo a la planta baja. A pesar de lo que se esmeraba la persona en cuestión en no hacer ruido, el crujido de la escalera la delató. En unos momentos oyó la cafetera en la cocina.

—Desayuno en la cama —se dijo a sí mismo, encantado, y se

estiró como su gato, que era todo un profesional en lo que a relajación se refiere y de quien había tomado lecciones intensivas durante mucho tiempo.

Y, como la persona en la cocina, seguramente Rocío, aunque era demasiado bonito para ser verdad, tendría algo más que hacer ahí, volvió a pensar en la nota de la mesilla de noche. Tachó las letras de ciudad y le quedó «lbacan». Bajo ellas escribió: «blanca».

—¿Ciudad Blanca? —siguió diciendo en voz alta—. ¿«Omnes Libri» y «Ciudad Blanca»? ¿«Todos los libros» y «Ciudad Blanca»?

Se suponía que Omnes Libri era la organización en la que su madre había desempeñado un papel importante. De acuerdo. Pero ¿Ciudad Blanca? Solo podía referirse a una cosa: una ciudad legendaria sepultada en algún lugar de la jungla del este de Honduras. Honduras otra vez. Las cosas empezaban a tener sentido. Se había hablado de ella a lo largo de la historia. Había quien afirmaba incluso haberla visto, pero nadie había aportado jamás ninguna prueba concreta de su existencia. En tiempos de los conquistadores era casi tan buscada como El Dorado, el legendario reino plagado de oro. Hernán Cortés creía que era un asentamiento de una riqueza fabulosa. Muchos años después, a principios del siglo xx, el famoso aviador Charles Lindbergh afirmó que, durante su también legendario vuelo, había visto una ciudad totalmente blanca al sobrevolar la jungla en La Mosquitia. Alrededor de la Segunda Guerra Mundial, un aventurero llamado Theodore Morde dijo que había encontrado una ciudad hecha de la piedra más blanca que había visto jamás y que había entrado en su edificio principal, un templo dominado por la estatua de un mono enorme, el dios supremo. Llamó a aquel sitio Ciudad del Dios Mono, pero Morde murió en extrañas circunstancias antes de poder regresar a ella tal como había jurado, ya que de ningún modo iba a revelar las coordenadas exactas. Solo dijo lo siguiente, que la ciudad estaba situada entre Paulaya y el río Plátano, pero que la jungla era tan densa y los peligros tan grandes que nadie podría aventurarse a adentrarse lo suficiente para llegar a la ciudad. Había pantanos que engullirían a una persona en el acto, bosques llenos de reptiles, montañas impracticables con buitres inmensos cazando en ellos, figuras zoomorfas y mosquitos grandes como puños. La pregunta era: ¿cómo había logrado él superar todos estos obstáculos? Morde contaba también la leyenda que descubrió al visitar el templo. Un mono enorme raptó a unas mujeres, que esta vez no eran sabinas, y armó un buen jolgorio acostándose con ellas a lo grande. Los niños que nacieron como consecuencia eran medio humanos, medio monos. De esta forma surgió una nueva civilización, que, sin embargo, era incapaz de abandonar la jungla y no pudo extenderse fuera de ella. El nombre del mono primigenio era Urus, que puede traducirse como «hijo de los hombres peludos». Aparte de eso, la historia era confusa y tenía algo que ver con la venganza del dios del trueno, Nahuehue.

Su capacidad de asombrarse había quedado muy afectada por las cosas que habían pasado durante la última semana, de manera que Charles alejó de su cabeza cualquier pensamiento sobre la Ciudad Blanca y se preguntó por qué su madre escribiría aquel mensaje en un texto tan complicado. ¿Por qué, además, se obtenía a partir de aquella dirección que George también había apuntado en su agenda junto al nombre de la persona a la que Charles había identificado como Panurge? Era evidente que la intención del texto no era enviar un único mensaje. Una dirección en Huntington. Muy bien. Estaba bastante cerca, por lo que tendría que ir hasta allí en coche, lo que resultaba ideal porque era domingo. Pensó en llevar consigo a Rocío, si resultaba ser ella quien le llevaba el desayuno a la cama y no alguna bruja con la nariz aguileña montada en una escoba.

Pero ¿cuál era el propósito del otro texto? Charles reconoció la cita. Dos famosos poemas de Shelley y de Horace Smith, ambos titulados «Ozymandias», el nombre griego del faraón Ramsés II, hacían referencia a este dirigente egipcio. Sus pensamientos fueron más allá. Aquel texto había llegado hasta nosotros a través de Diodoro de Sicilia, que lo cita en su *Biblioteca histórica* como escrito por un tal Hecateo, quien, entre otras cosas, fue autor también de una obra titulada *Egipcíacas*. Originario de Abdera, Hecateo había escrito bastante, pero solo nos han llegado minúsculos fragmentos de sus textos. Fue un filósofo e historiador griego del siglo IV de nuestra era, y para los historiadores serios se trata de un gran mentiroso que se inventaba pruebas que coincidieran con sus teorías. Era, por ejemplo, el autor de una famosa obra, hoy perdida, sobre la población de Hiperbórea. Diodoro de Sicilia afirma que Hecateo habría visitado Tebas en tiempos de Ptolomeo I Sóter.

Hecateo también habría visitado la extraordinaria sepultura de Ramsés II, el famoso Ramesseum, o Rhamesséion, como lo llamó Champollion en 1829. En tiempos de Hecateo, el templo estaba todavía intacto. Se extendía sobre una enorme superficie frente a los esplendores de Luxor, al otro lado del Nilo. Concebido como un mausoleo por este famoso faraón, el templo recibía el nombre de la «Casa del millón de años de Usermaatra Setepenra», el primer nombre del faraón egipcio. Hecateo nos cuenta que viajó a la antigua capital de Egipto, Tebas, la ciudad de las mil puertas, todas ellas lo bastante anchas para permitir la entrada simultánea de doscientos viajeros, carros incluidos. Aunque el resto de la ciudad fue destruida por la cólera de Cambises, el rey de los persas, el coloso de Tebas, la enorme estatua de Ramsés, seguía allí. El historiador griego nos cuenta que la base de esta estatua estaba esculpida en un solo pedazo de piedra y que su superficie era perfecta, sin un solo arañazo ni señal del cincel, sin ninguna otra imperfección, y que lucía la inscripción: «Yo soy Ramsés, rey de reyes. Quien desee saber cuán grande soy y dónde yazco, que supere alguna de mis obras». Todavía hoy, después de que muchos especialistas han expresado su opinión, sigue sin estar claro qué significa esta frase sobre la grandeza. Hay quien dice que se refiere a las dimensiones de la estatua; otros aseguran que debe interpretarse esta sentencia en un sentido figurado.

Se han hecho muchas interpretaciones de este texto a lo largo del tiempo. En la favorita de Charles, el faraón dice al observador que, para comprender su grandeza, tiene que llegar al mismo nivel que «quien le habla». Sus obras tienen que ser igual de terribles. Su poder debe de ser tan inconmensurable como el de Ramsés y sus excepcionales logros tienen que ser por lo menos de una dimensión igual. Una persona minúscula no puede comprender la grandeza de otra si no es capaz de alcanzarla ella misma.

Hecateo tiene más cosas que contar sobre su pequeña excursión por el mausoleo de Ramsés. Sus descripciones son detalladas. La más interesante es la de la biblioteca, que era abundante. Muchos historiadores se han preguntado si tanto la biblioteca de Alejandría como el edificio que la albergaba no se basaban con exactitud en el modelo del Ramesseum tal como Hecateo lo describe.

«Así pues —pensó Charles—, volvemos una vez más a Omnes Libri y a la biblioteca de Alejandría.»

A eso había que añadir una cita lo suficientemente ambigua del mayor de todos los faraones, algo que bastaba para que se preguntara si de algún modo había otro mensaje oculto dentro del primer mensaje oculto en una secuencia que recordaba a las muñecas rusas.

96

Cuando llegó a casa, Sócrates vio que Rocío no estaba y, al ver su cama sin deshacer, se dio cuenta de que no había dormido en casa. Esto lo inquietó hasta cierto punto. No había pedido a su hermana que hiciera esa clase de sacrificio. Por nada del mundo se le habría ocurrido, y si lo hubiera hecho, Rocío, sin duda, habría rechazado su sugerencia. Su padre había violado a la hermana adoptiva de Sócrates desde que era pequeña. La noche en que él había matado a toda la familia de Rocío, la había liberado de la pesadilla más siniestra que podía experimentar un niño. Desde entonces, ella había seguido a Sócrates a todas partes y, a lo largo de todos esos años, no le había interesado ningún hombre.

Una sola noche, cuando cumplió dieciocho años, habían hablado del tema. Sócrates había rogado a Rocío que intentara actuar como una persona normal. Al final, había accedido a salir con algún que otro joven de su edad, pero las citas nunca duraban más que unas pocas horas, y ningún chico en concreto había captado su atención de algún modo especial. Nunca había habido una segunda cita con ninguno de ellos. Rocío sabía que era imposible encontrar a alguien que estuviera a la altura de las expectativas de Sócrates desde todos los puntos de vista, pues este había puesto muy alto el nivel para cualquier posible pretendiente. Era precisamente esto lo que motivaba su preocupación. Temía que Rocío pudiera haberse enamorado de verdad del profesor estadounidense. Eso sería una catástrofe. Tuvo un mal presentimiento.

La llamó al móvil, pero ella lo tenía puesto en modo nocturno. Le envió un mensaje. Justo cuando había decidido salir a buscarla y rondar la casa de Charles, recibió su respuesta: «Estoy bien. Enseguida estaré ahí. Espérame en casa».

Columbus Clay había reconocido a la mujer que estaba esperando ante la puerta de Charles. La había visto la noche que había pasado rondando el campus con la esperanza de que el asesino de George fuera, tarde o temprano, a desvalijar su despacho en la universidad. Había permanecido a pie de calle y había visto cómo un hombre silbaba a una mujer que se había mantenido oculta en la penumbra detrás de un árbol y a la que le lanzó una bolsa desde el primer piso. Apenas unos minutos antes, un estudiante que la había visto escondida allí se le había acercado intentando ligar. Cuando el universitario pareció ponerse demasiado agresivo, Clay había tenido intención de intervenir, pero no llegó a hacerlo porque la mujer había hecho volar al chico por los aires con un movimiento del brazo que lo dejó inconsciente.

De modo que Clay se preguntó qué relación existía entre Charles y el asesino de su adjunto. Recordó entonces lo que el profesor había dicho sobre la navaja de Occam y sobre la forma de usar su intuición y su cabeza para un razonamiento de tipo abductivo. Charles, escondiera lo que escondiese, no podía tener ninguna relación con la muerte de George. De modo que empezaría por la premisa más sencilla: el asesino se había colado en la vida de Charles y le había enviado aquella encarnación del diablo con las piernas largas para seducirlo y aturdirle los sentidos. Lo bueno era que en esta situación la vida del profesor no corría peligro... al menos de momento. Clay disponía de un equipo de escucha en casa de Charles, pero decidió que no podía caer tan bajo como para oír a escondidas lo que aquellos dos estaban haciendo allí dentro, especialmente porque no había puesto micrófonos arriba y el profesor había apagado su móvil. Al cabo de un rato Clay se quedó dormido en el asiento trasero de su roñoso Oldsmobile, que estaba aparcado a dos manzanas de distancia de la casa de Baker.

Lo despertó el sol dándole directamente en la cara y la pelota de un niño, que golpeó el techo del coche.

97

Después de que Charles, contento de ver que su amante no se había convertido en una bruja de la noche a la mañana, saboreara el originalísimo desayuno que ella le había preparado y dejara el plato literalmente limpio, y tras echar a Zorro de la habitación pues el gato lo estaba mirando con severidad porque alguien se estaba apropiando de las caricias y las carantoñas que le correspondían a él en exclusiva, Rocío dijo a Charles que tenía que irse. Este se hizo el enfurruñado y no la dejó marchar sin que ella le prometiera que volverían a verse esa misma noche.

Había insistido. Era domingo, y no tenía que trabajar. Quería salir con ella, pasear cogidos de la mano, llevarla a un restaurante o incluso al parque, enseñarle sus lugares favoritos, incluido el sitio donde había plantado su parte de la hiedra universitaria en su momento. A toda esta explosión de palabras, ella respondió en broma que era extraño que una joven como ella fuera vista con un hombre mucho mayor, que eso arruinaría la buena reputación de Charles y que la gente pensaría que ella estaba con él por interés. Pero a todo lo que dijo, Charles respondió que, al contrario, todos sus colegas se morirían de la rabia, que lo envidiarían y que le destrozarían a ella la mano de tanto estrechársela por la curiosidad que les despertaba. Naturalmente, contestó ella, todo el mundo pensaría que era una de sus alumnas, a lo que Charles replicó que podían creer lo que quisieran y le preguntó si de verdad no estudiaba en Princeton.

Siguieron así otra hora entre abrazos y besos. Pasado un rato, Zorro fue admitido como participante, en gran parte porque sus lamentos desde detrás de la puerta empezaron a recordar los rugidos de un león encerrado en una jaula minúscula.

Por más que Charles intentó sonsacarla, Rocío no le contó nada sobre sí misma, ni siquiera el motivo por el que tenía que irse. No tenía elección, por tanto, y se ofreció a llevarla a casa en coche. Se pararon en cada peldaño, besándose y perdiéndose en los ojos del otro. Charles, hipnotizado por sus encantos, estuvo a punto de desplomarse en la escalera.

Llevó a casa a Rocío en coche. Después, colorado como un tomate, se sentó en el porche y encendió, satisfecho, uno de sus puros torcidos. No recordaba haber estado nunca tan enamorado. Aquel prometía ser un buen día y, si se quedaba en casa, corría el riesgo de volver a sumirse en pensamientos sombríos. Así que decidió ir a la dirección que mencionaba su madre, aunque Ximena le hubiera dicho que el número de la casa en cuestión no existía. Si George se las había apañado, él también lo conseguiría. Puede que el problema se debiese a que la dirección se remontaba a hacía más de cuarenta años. En su opinión, el FBI era una panda de incompetentes. Pero, a pesar de su buen humor, no olvidó llevar la pistola.

Si una persona normal y corriente tarda unas dos horas en llegar a Long Island, Charles atravesó Manhattan en menos de cuarenta y cinco minutos. Mientras tanto, llamó a Alissyn, que seguía llorando por teléfono, y la asombró del todo al pedirle que eligiera un paquete inmenso de regalos de Tie-Me-Up. Su secretaria siempre le hacía esta clase de compras, dado que Charles detestaba visitar tiendas en línea. Alissyn sabía que su jefe solo compraba en este sitio tan exclusivo cuando había tenido una aventura o cuando quería una pajarita, un plastrón o un pañuelo de cuello de alguna famosa marca italiana. Esta vez le pidió cinco juegos completos de las últimas líneas. También le dijo a su secretaria que buscara a alguien para sustituirle durante los próximos días. La situación era difícil, porque los alumnos se habían quedado sin profesor adjunto. Y ahora, encima, se quedarían también sin profesor.

Cuando estuvo muy cerca de la entrada a la ciudad introdujo la dirección en el GPS del coche. No obtuvo ningún resultado. No había ninguna calle llamada Harpoon Street en Huntington. Volvió a llamar a Alissyn y le pidió que buscara en internet mientras él hacía lo mismo en el móvil. Se había parado justo delante de una señal que anunciaba la entrada en la población. Ni él ni Alissyn encontraron nada. No tenía idea de qué hacer, así que entró en Huntington y condujo hasta llegar al centro de la ciudad. Se le ocurrió llamar a Ximena. No esperaba que le diera ningún tipo de respuesta, por lo que fue al grano.

—¿Cómo coño se encuentran 399 números de una calle que no existe? —le soltó.

—¿De qué estás hablando? —respondió Ximena, visiblemente molesta.

—De esa dirección de la agenda de George.

—¿Estás en Huntington?

—Sí —respondió Charles—, y no encuentro nada.

—No tengo ni idea. Yo no me encargué de eso. Si quieres, lo preguntaré, pero ahora mismo no puedo. He salido de una reunión importante solo para contestar tu llamada.

Charles era como un niño pequeño cuando no encuentra lo que está buscando y quería insistir, pero sabía que la había disgustado en el funeral, así que se resignó a aceptar su respuesta. Empezó a recorrer la ciudad en coche. Avanzaba despacio cerca del bordillo e iba mirando las placas de las calles. Después de estar una hora dando vueltas sin resultado, decidió preguntar a la policía. Tras pasar ante una comisaría, giró y enfiló Dewey Street con la intención de tomar New York Avenue pero, mientras miraba la calle, le llamó la atención una gran casa de ladrillo visto. En la fachada colgaba un cartel donde ponía OFICINA DE INFORMACIÓN y debajo había otro con unas palabras que le hicieron entrar en el estacionamiento: pagamos cincuenta dólares por cada pregunta sobre nuestra ciudad que no sepamos responder. Imaginó que nadie podía permitirse hacer una promesa así en vano.

Subió los peldaños que conducían a un porche protegido por una valla blanca que rodeaba toda la casa. Había varias revistas y tazones vacíos en una mesita. Una taza de café seguía humeando delante de uno de los columpios del porche. Llamó a la puerta. Como no contestó nadie, giró el pomo. Estaba cerrada con llave. Se dijo que alguien tendría que regresar para tomar ese café. Aguardó unos minutos pero no apareció nadie. En un momento dado oyó tararear a alguien. El ruido procedía del interior. Miró por los cristales de la puerta pero no vio a nadie, así que volvió a llamar. Nada otra vez. Pero oyó de nuevo la voz. Al parecer, alguien sin demasiado talento estaba cantando un estribillo sin saberse la letra. Dobló la esquina del porche y el volumen de la voz aumentó. Por la ventana vio a una joven medio de perfil con unos auriculares puestos que daba la vuelta a algo en una sartén mientras tarareaba a voz en grito seguramente la melodía que estaba escuchando. Charles se acercó a la ventana y empezó a llamar contra esta. La chica no se dio cuenta hasta que lo oyó durante una pausa entre una canción y otra. Se volvió y, al ver a Charles, se llevó un susto terrible. Como este le estaba diciendo algo, al final la chica abrió la ventana para oírlo.

—Se le está enfriando el café —fue lo único que le vino a la cabeza.

Unos minutos después, estaban hablando en el porche. La chica sacó el portátil y trató de encontrar una calle cuyo nombre no había oído jamás.

—Es una dirección de hace cuarenta años. Es posible que la calle cambiara de nombre.

—No es una calle sin más: termina en una plaza con el mismo nombre. No hay demasiadas en la ciudad que merezcan un cambio de nombre. Dentro tengo unos planos viejos para clientes difíciles —comentó la chica con una mueca.

Charles sacó enseguida cien dólares y se los ofreció. Tras la tensión que sentía no solo por no recibir nada de dinero, sino también por tener que pagar esos cincuenta pavos, a la chica se le iluminó la cara. Le pidió que pasara.

Una vez dentro, Charles se encontró en un salón enorme lleno de armarios, como si los archivos municipales estuvieran guardados allí. En los pocos lugares donde no había estantes, las paredes lucían fotografías y pósters que formaban un caleidoscopio que ilustraba la accidentada historia de la ciudad. Había folletos y anuncios envejecidos por el paso del tiempo tirados de cualquier modo en grandes mesas, además de un ordenador con una pantalla inmensa. La chica estaba sentada delante de la pantalla tecleando concienzudamente algo. Al final, mientras Charles recorría la habitación mirando las fotografías que la ocupaban, la chica soltó un grito victorioso.

—He encontrado un callejero de 1966.

—Perfecto —dijo Charles, satisfecho—. Ahora entiendo por qué nunca pierden.

Encantada con el cumplido, la chica repasó los estantes según un código del ordenador. Encontró el número en la punta del estante de una de las librerías, muy cerca del techo.

—Hágame un favor —pidió a Charles, y le indicó que tendría que subir por una improvisada escalera de mano.

—Claro —respondió—. ¿Qué número es?

—El 12889W. Ahí, a la derecha.

Charles levantó la pierna, pero algo se le clavó en la ingle.

Se metió la mano en el bolsillo y sacó una caja metálica, diseñada especialmente para sus puros. Le entregó la cigarrera a la chica, que la dejó en la gran mesa del salón.

Justo cuando la muchacha dejaba la cigarrera en la mesa, se le abrió la blusa por el cuello, y Charles vio una cicatriz que comenzaba en la base del cuello y le descendía bajo la prenda. Cuando se incorporó, la chica se fijó en la mirada de Charles y se apresuró a ocultar la cicatriz.

Él, que no quería por ningún motivo poner a la joven en una situación delicada, se giró y puso de nuevo el pie en la escalera. Esta vez todo fue bien. Subió e identificó el objeto. Lo agarró y se lo pasó a la muchacha, que buscó enseguida en el índice de calles. Acabó la letra «H» y pasó, tenaz, a mirar la «C» de Circle, pero la decepción se fue reflejando de nuevo en su rostro. Charles estaba encorvado mirando unas fotografías a las que no tenía acceso desde abajo y que le habían llamado la atención. Bajó hasta la mitad de la escalera con los ojos puestos en ellas. Pasado un rato, preguntó a la chica:

—¿Qué es esto?

—Desde aquí no lo veo. Descuélguelo.

—Pero le estropearé la distribución.

—¿A quién le importa una de esas mil fotos? Démela para que pueda verla.

Charles descolgó la foto de la pared y bajó con ella.

La imagen en cuestión era parte del programa de una representación teatral o de una feria. Mostraba a un enano con levita y pajarita que adoptaba una actitud muy teatral. La parte del programa que Charles tenía en las manos rezaba:

PRÓRROGA EXTRAORDINARIA DEL PROGRAMA
HISTÓRICO DE P. T. BARNUM
DANZA, PANTOMIMA E IMITACIONES DE GENTE FAMOSA. PRESTIDIGITACIÓN Y OTRA FANTASMAGORÍA A CARGO DEL GENERAL TOM THUMB II, EXACTAMENTE COMO FUERON INTERPRETADOS EN LA CASA BLANCA EN PRESENCIA DEL PRESIDENTE ABRAHAM LINCOLN EN PERSONA.

El enano de la fotografía era el mismo que Charles había conocido en el funeral.

—¿Qué pone aquí? ¿Puede leerlo? Tiene mejor vista que yo.

—¿Dónde? —preguntó la chica.

Con el dedo Charles le señaló algo que parecía ser una inscripción en una plaquita al fondo del escenario. La joven no alcanzó a descifrarlo.

—¿Tiene una lupa? —preguntó Charles.

La muchacha desapareció y regresó con una lupa inmensa que sostuvo encima de la fotografía.

—Harpoon Street y Circle, 400 —dijeron ambos a la vez.

—¿Sabe dónde es esto? —quiso saber Charles.

—Era una especie de teatro ambulante que actuaba por aquí. Lleva diez años sin venir. Mi madre me llevaba cuando era pequeña. Ese enano era muy simpático.

—¿Había también un gigante? ¿Un ogro?

—No había ogros —contestó la muchacha, riendo como una tonta.

—Entendido —dijo Charles—, pero ¿dónde actuaban?

—Ah, hay un teatro bastante viejo que ya no se usa. Antes acudían compañías ambulantes de vez en cuando, como le decía. Está al borde del bosque, en Oakwood Road; una casa vieja hecha de troncos de madera. No tiene pérdida.

Charles dio las gracias a la joven, que quería decirle que no había encontrado nada en el callejero, pero, antes de que pudiera abrir la boca, él ya había desaparecido del aparcamiento.

Mientras conducía, introdujo la dirección en el GPS. Se preguntó por qué Ximena había mentido, dado que la calle ya no existía. Puesto que esto último estaba claro, era imposible que esos «solo 399 números» existieran.

98

Los interrogatorios y la investigación sobre el terreno habían durado doce horas. Caligari no estaba cansado. Había hablado con todos los que vivían en la granja y escuchado la versión de la historia de cada uno de ellos. Petra se acercó a él justo cuando estaba inclinándose hacia los restos del monstruo, que se habían recuperado en un radio de veinte metros y se habían dispuesto juntos sobre una lámina de plástico.

—¿Qué diablos es esto: una criatura de silicona o del material que sea esto, con tantos circuitos, todos ellos perfectamente escondidos y con el aspecto de un animal medio humano?

—Un prototipo —contestó Petra, cuyas ojeras le ocupaban ya casi toda la cara.

—Nunca había visto nada parecido. ¿Quién tiene el dinero suficiente para desarrollar esta cosa? Estamos hablando de laboratorios importantes y de miles de millones invertidos. Solo algunos gobiernos nacionales pueden permitirse algo así. ¡Y esta idea de un hombre con cabeza de toro! ¡Qué imaginación!

—La persona que lo creó sabe de mitología.

—Puede —comentó Caligari, escéptico—. ¿Sabe qué pienso? Siguiendo la lógica de...

Petra supo de inmediato lo que el director quería decir:

—Esta cosa tiene que proceder de un laberinto.

Caligari asintió con la cabeza.

—El arma perfecta de destrucción masiva a nivel militar. He oído hablar de estos experimentos encaminados a crear el guerrero perfecto, pero siempre había creído que eran fantasías, como en las películas. ¿Podría haberse escapado esta cosa de un laberinto?

—Quizá. O tal vez la hayan dejado salir.

—¿Para probarla? ¿A riesgo de que averigüemos su existencia? Hum...

El director hizo señas a un comandante que parecía estar coordinando toda la operación.

—Rastreen hasta el último centímetro de esta granja. No se dejen ningún detalle y lleven esta cosa al edificio principal de la base para proceder a su investigación. Hablen con todo el mundo. No se dejen a nadie. Tenemos que hacerle... —Caligari se detuvo porque no le parecía que la palabra que había encontrado pudiera ser la correcta, pero como no se le ocurrió ninguna otra, prosiguió—: una autopsia. Quiero que intenten encontrar cualquier rastro, cualquier detalle microscópico que pueda conducirnos al lugar donde se ha producido al menos una parte de estas piezas. Un Minotauro —gruñó cuando el comandante ya se había marchado—. Hay que estar enfermo.

—Hablando de enfermos —lo interrumpió Ximena—. ¿Se ha fijado en que aquí la gente está perfectamente normal?

—¿Normal? A mí no me lo parece. Parecen guerreros de otro siglo, un cruce entre vaqueros y vikingos.

—No me refería a eso. Todos nuestros enfermos se hallan en estado de shock. Aquí nadie lo está. ¿Cómo es posible si hablamos del mismo fenómeno?

—¿Qué está intentando decirme? Porque no la sigo.

—Creo que se mantiene expresamente a nuestros pacientes en estado de shock.

—Muy bien, pero todos ellos dibujaron un Minotauro, este K1, de un modo u otro.

—Sí —coincidió Petra—, pero aquí nadie ha hablado de serpientes con coronas ni de ningún basilisco, y mucho menos de esa enciclopedia de nombres del diablo. Nuestros enfermos proceden de sitios distintos y actúan todos igual. Aquí las personas han estado expuestas a la misma clase de fenómeno y se comportan con normalidad, teniendo en cuenta las circunstancias. Para que pase algo así...

—Entonces...

—Eso significa que estamos equivocados y que allí estamos tratando con fenómenos idénticos que son distintos a este de aquí, algo que, de acuerdo con las pruebas que quedan tras la destrucción, es muy poco probable o...

—No tenemos ni idea. Aquí, un monstruo ha sido asesinado. Tal vez en las demás situaciones, después de causar los estragos que produjo también aquí, bueno... quizá, en términos de ciencia ficción, puede que les pusiera algo en la cabeza con un láser. O un transmisor inalámbrico. Vaya usted a saber.

—¿Qué tienen nuestros locos en común, aparte del hecho de que formaron parte de un experimento aterrador?

Caligari estaba empezando a entender adónde quería ir a parar Petra.

—Dígamelo usted.

—Están todos en un solo sitio. Una segunda posibilidad es, por lo tanto, que todas esas historias sobre el diablo y sus nombres se las hayan metido en la cabeza en el «manicomio», como usted lo llama.

—¿Y por eso no quería que el doctor Mabuse viniera aquí?

Petra asintió con la cabeza.

—Lo conozco desde hace quince años. Llevamos diez trabajando juntos.

—Y a mí solo me conoce desde hace cuatro. ¿Es así como se mide la confianza?

Caligari no supo qué decir. Se frotó la cabeza. Se dirigió hacia la mesa donde los granjeros habían dispuesto algo de comida para las personas que estaban allí, cogió una botella de agua y se lo bebió de un solo trago.

—¿Sabe qué? —prosiguió después de tirar la botella a la basura—. Tendría que haber visto al hombre de Honduras, el que sobrevivió o al que dejó con vida lo que hemos supuesto que era K2, un guerrero mucho más poderoso y evolucionado que este. Aquel hombre debía de tener unos veinte años y el cabello se le había vuelto del todo blanco. La noche antes no tenía ni una sola cana.

—Sí, pero ¿ya divagaba sobre los nombres del diablo?

—Sobre los nombres, no, pero cuando le pregunté quién o qué había hecho aquello, también dijo que había sido obra del diablo.

—Bueno, esos cuernos le dan un aspecto bastante diabólico, por lo menos para la imaginación de una persona normal y corriente.

—No sé qué decir. ¿Y usted cree que Mabuse los ha hipnotizado?

—¿No era eso lo que hacía cuando lo conoció, experimentos con hipnosis individual y colectiva?

—¿Eso es lo que cree? —preguntó Caligari con escepticismo—. ¿Que les hizo aprender todos esos nombres sin que se diesen cuenta y que luego los garabatearan en las paredes? Es una hipótesis más bien débil. Lo único que podría respaldar su teoría, por más vago que pueda ser lo que me cuenta, sería decirme la razón por la que habría hecho esto. ¿De qué le serviría? ¿Por qué?

—Charles Baker se fijó en algo que yo también había observado. Todas esas personas están drogadas.

—Por supuesto. Se encuentran en un estado de shock, de shock postraumático. Hay que sedarlas.

—Bueno, ese es precisamente el problema. Hay medicamentos, fármacos, que se administran para calmar a los pacientes, y hay otros que los alteran, que les dan fuerza, que estimulan su imaginación. Según mi experiencia con drogadictos, los fenómenos de su base dan más bien a entender que se les está administrando la segunda clase de medicación.

Caligari miró unos largos segundos a Petra a los ojos. Esta vez, su famosa mirada no le penetró el cerebro ni le radiografió los pensamientos. Simplemente la atravesó.

—Todavía no me ha contestado —dijo unos segundos después—. ¿Qué utilidad tendría el hipnotismo para Mabuse?

—No tengo ni idea. Pero lo que sí sé es cómo podría averiguar si estoy o no equivocada, y creo que si averiguamos el cómo también llegaremos a saber el porqué.

99

Charles encontró fácilmente el margen del bosque en Oakwood Road. Quiso encenderse otro puro pero se percató de que se los había dejado en la mesa de la oficina de información local. Se dijo que los recogería a la vuelta porque acababa de ver una plaza libre donde aparcar a la izquierda. Estaba situada en un claro que interrumpía la línea del robledal y nadie se había preocupado de cuidar de ella en mucho tiempo. Detrás de ella se levantaba una cabaña grande de madera, que era tal como la había descrito la muchacha. La zona de estacionamiento estaba vacía y la casa parecía desierta. Se acercó y, cuando estaba subiendo los peldaños, oyó una voz que le resultó conocida.

—Por aquí, Charles. Sígueme.

Era el enano al que había conocido en el funeral. Por extraño que parezca, a Charles no le sorprendió su aparición, como si lo hubiera estado esperando. Y donde se hallaba el enano, tenía que estar también su hermano, el ogro. Charles siguió al hombre bajito hacia la parte posterior de la casa. Allí, bordeado de robles con unas copas enormes, encontró un jardín lleno de bancos y, delante de ellos, un escenario con el telón bajado.

—Este es el teatro de verano —explicó el enano—. Todo el mundo es un escenario y todos los hombres y las mujeres, meros intérpretes.

—Algunos son mejores que otros —comentó Charles—. Bueno, he llegado.

—¿Has traído los niños?

—Supongo que te refieres a los diez libros —respondió Charles—. No, porque no los tengo todos. Pero no, uno de ellos tendría que estar aquí. Es algo sobre los recuerdos de un bibliotecario.

—Para ser exactos, *Memorias de Esteban*, el primer bibliotecario de color de la historia de nuestra orden.

—Y tú formas parte de...

—Omnes Libri, exacto. ¿Por qué, si no, estaría aquí?

—Claro —respondió Charles riendo—. Pero ¿por qué aquí? ¿Esto es la sede de la orden?

—Oye, oye. —El enano agitó el dedo de modo burlón—. He oído que nunca te tomas nada en serio.

—No. Vivimos aquí —comentó una voz desde la casa— desde hace más de cuarenta años. —El rostro amable del gigante apareció en la ventana mientras hablaba—. Y aquí nos habríamos quedado hasta que la persona que abriera la carta se decidiera a venir. Enseguida salgo.

Charles echó un vistazo alrededor. Con la mirada preguntó al enano si podía subirse al escenario. De nuevo, este hizo un gesto a Charles para que lo siguiera. El hombre bajito subió unos peldaños laterales que no parecían demasiado resistentes y, como el escenario estaba a oscuras, agarró un gancho y empezó a darle vueltas hasta que el telón estuvo medio subido. Charles vio el cartel ennegrecido por la climatología en la pared del fondo del escenario. Sacó la fotografía del bolsillo. La habían tomado allí.

—Veo que has encontrado una rareza —dijo el enano tomando la fotografía de las manos de Charles.

—¿Es verdad lo que hay escrito aquí? ¿Eres descendiente de Tom Thumb?

—Exacto. Era el abuelo de mi tatarabuelo en tiempos de Matusalén. ¿Sabías que cuando Charles Sherwood Stratton I se casó con la abuela de mi taratabuela, Amy Sharpe, celebraron la fiesta de su boda en la Casa Blanca y que el propio presidente Lincoln fue el maestro de ceremonias?

—Una de sus bodas —lo corrigió alguien desde el jardín.

El gigante había salido de la casa con una bandeja en la que llevaba una garrafa con un líquido amarillento y tres vasos.

—Zumo de manzanas de nuestros propios árboles —anunció el enano con un grito súbito de felicidad. Luego hizo una pirueta lateral, un doble salto mortal hacia atrás y aterrizó delante del escenario, tras lo cual echó a correr hacia la mesa.

Charles se acercó de una forma más pausada.

—Una de sus bodas —repitió el gigante—, porque nuestro famosísimo general Tom Thumb celebró un montón. Era un pícaro. Convirtió el convite de su boda en un negocio, por lo que cualquiera que quisiera ser el anfitrión de la original ceremonia de matrimonio entre dos enanos tenía que pagar.

El hombre alto acababa de servir los vasos cuando Charles llegó a la mesa. El enano se bebió el suyo de un trago. Una sonrisa de inmensa satisfacción le iluminó el semblante. Se apresuró hacia la garrafa y se sirvió otro vaso.

—Todo esto es muy bonito. Soy Charles Baker —se presentó al gigante y le estrechó la mano.

—Panurge —dijo en respuesta el hombre corpulento.

—¿Puedo preguntarte por qué tienes ese apodo? Panurge no es el personaje más simpático que creó Rabelais.

—No es ningún apodo. Es mi nombre verdadero. Así es como me bautizaron mis padres. *Gargantúa y Pantagruel* era su novela favorita. No sé por qué eligieron a ese personaje taimado, cobarde y fanfarrón. Les gustaba. Pero te aseguro que no he tirado ningún borrego al agua y que tampoco he cometido ningún otro panurgismo, aunque, como mi tocayo literario, hable muchas lenguas.

—¿Muchas lenguas? —soltó el enano, que no se olvidó de volver a relamerse de placer—. ¡Incontables! —se dirigió muy serio a Charles—. No solo eso, hasta inventó uno, el enoquiano.

—Mi hermano exagera —afirmó el gigante, lanzando al enano lo que se suponía que era una mirada severa.

Charles vio la intención, pero también observó el resultado. La cara del gigante podía expresar amabilidad, una inmensa bondad, tal vez incluso un asombro burlón, pero jamás severidad.

—Yo no he inventado nada. Solo lo uso de vez en cuando. Como sabes, esa lengua es obra de John Dee.

—¿Es una lengua? ¿La que hablan los ángeles? ¿No es un caso clásico de glosolalia?

Como su anfitrión no parecía tener intención de responder esta pregunta sino de darle un vaso de zumo de manzana, Charles no insistió.

—Supongo que tenéis un libro para mí —dijo mientras aceptaba el vaso.

—Solo tengo un mensaje codificado. Por desgracia, tu adjunto, el señor Marshall, que era tan generoso a la hora de prestar nuestros libros, a nosotros nos dejó especialmente de lado.

—¿Tan solo os dio un código?

—Sí —intervino el enano.

—De modo que solo tengo una nota con un mensaje, seguramente cifrado.

Este metió la mano en el bolsillo cuadrado de la parte derecha de su chaleco y sacó una nota.

—No me lo digas —comentó Charles—. ¿Pone «ghfxg»?

—Exacto —respondió el gigante, atónito—. Imagino que solo es una parte. ¿Lo has resuelto todo?

—Por desgracia, no.

Charles recordó el mensaje en su estado actual. Había suprimido ya los paréntesis:

DECENNIUM POST SECUNDUM ET QUARTUM _____
STAT ROSA PRISTINA NOMINE NOMINEM ANTE NOMEN ROSAE TENEMUS.

DIEZ AÑOS DESPUÉS DEL SEGUNDO Y DEL CUARTO _____ EL NOMBRE DE LA ROSA PERDURA ETERNAMENTE; SOLO CONSERVAREMOS EL NOMBRE ANTERIOR DEL NOMBRE DE LA ROSA.

Ninguna sorpresa. Solo faltaba el último mensaje. Estaba en posesión de alguien más y Charles no tenía ni idea de quién era. Esa persona no estaba en casa ni tampoco contestaba al teléfono.

—Parece que seguramente os he molestado para nada.

—No creo —aseguró el gigante—. Has venido para saborear este milagroso néctar de manzana.

Charles recordó que tenía el vaso en la mano. Se lo llevó a la boca y se humedeció educadamente los labios. El sabor de manzanas recién exprimidas sin ningún añadido le invadió todos los sentidos al instante. Un agradable escalofrío le recorrió la espalda. Nunca había bebido nada tan rico.

—¿Qué clase de manzanas son? —preguntó Charles, que no pudo contenerse, y se terminó el vaso de un trago a riesgo de parecer maleducado.

—Las manzanas no son el secreto, o no solo ellas. Es una receta antiquísima, de la Antigüedad. Era el zumo favorito de Alejandro de Macedonia. Aristóteles le enseñó a prepararlo.

—Te pediría la receta, pero soy un desastre en la cocina. Solo sé preparar desayunos. Lo destrozaría. Pero, ya que estoy aquí, ¿puedo preguntarte de qué hablasteis con George?

El gigante se lo quedó mirando. Charles se dio cuenta de que aquel hombre tan poco corriente era discreto y que no le contaría una conversación privada, por lo que sintió la necesidad de explicarse.

—Mi adjunto estaba trabajando en algo revolucionario sobre Lincoln. Al parecer descubrió algo fenomenal, y seguramente lo asesinaron por eso. No ha sido la única víctima.

—Es decir, quieres saber lo que ese esclavo dio al presidente para hacerle cambiar por completo su postura —dijo el enano.

El gigante intentó dirigirle de nuevo una mirada severa y de nuevo fracasó.

—Dijiste que hace cuarenta años que vivís aquí —soltó Charles cambiando de tema—, y que estabais esperando a que alguien abriera una carta. ¿Cuál?

El gigante sonrió.

—La carta a la que tu padre ha estado dando vueltas todo este tiempo y que, al final, no ha tenido el valor de abrir.

—Más que nada, temía descubrir no sé qué secreto sobre la mujer a la que amaba —interrumpió el enano en un tono patético.

—¿Y cómo sabes que me la dio a mí?

—Mi hermano sabe mucho —respondió otra vez el enano.

—Muy bien, de acuerdo —dijo Charles—. ¿Y qué habría pasado si no me la hubiera dado? ¿O si no se la hubiera entregado a nadie? ¿O si ninguna otra persona la hubiera abierto? ¿O si nadie hubiera averiguado esta dirección?

—Tu adjunto encontró la dirección sin la carta.

—A propósito, ¿cómo la averiguó? —quiso saber Charles y recibió el mismo gesto discreto del gigante. No insistió—. ¿Y si no me hubiera parado en esa casa, la oficina de información o lo que sea? ¿Y si no hubiera encontrado la foto? Y, hablando de eso —dijo al enano—, ¿puedo quedármela?

El enano la sacó del bolsillo y se la dio, pero cuando Charles la cogió, se encontró en su lugar con una cinta multicolor en la mano.

—Comprendo. Eso tampoco me pertenece. Muy bien. ¿Podéis por lo menos ayudarme a aclarar algo?

—Adelante —respondió el gigante con interés.

—¿De qué va esta historia de la secta, lo de Omnes Libri? Como tu hermano ha dicho bien, tengo problemas para creer en conspiraciones de cualquier tipo.

—No es ninguna conspiración —contestó el gigante—. Si tienes algo de paciencia, te lo explicaré.

—Pero tendrás que aceptar comer con nosotros —intervino el enano—. Así que, por favor, ponte cómodo. Enseguida vuelvo.

Charles se moría de hambre y sospechó que la comida sería tan sorprendente como el zumo de manzana. Se sentó.

—¿Sois realmente hermanos?

—Esta es la primera pregunta inadecuada del día —comentó el enano mientras entraba en la cabaña.

—Perdonad —se disculpó Charles, avergonzado, intentando sumergirse en aquel ambiente que de algún modo resultaba irreal—. Adelante, te escucho.

—Hace mucho tiempo, durante el siglo v antes de nuestra era...

Charles se dio cuenta al instante de que el gigante usaba la convención atea al dividir cronológicamente la historia. No había dicho «antes de Cristo». Estaba intentando saber todo lo posible sobre la persona que tenía delante.

—Cierto líder griego llamado Pisístrato fundó la primera biblioteca de la que se tiene noticia con algo de exactitud.

—¿Con exactitud? Solo aparece mencionada dos veces. No, al contrario, la mayoría de los historiadores ni siquiera se toma en serio la hipótesis.

El gigante arqueó lo que tenía por cejas, pero no dijo nada.

—En esta biblioteca se reunieron por primera vez las obras completas de Homero, no solo la *Ilíada* y la *Odisea*, sino también las que el mundo cree perdidas, al igual que cree que la biblioteca que fundó el tirano de Atenas ni siquiera existió. Creo que ya has dado con la épica cómica de Homero, *Margites*.

Charles captó la pulla, pero no respondió. De hecho, le asombraba cómo aquel hombre amable la había colado en la conversación.

—Jerjes, el gran conquistador persa, confiscó todos los libros de la biblioteca cuando pasó Atenas a fuego y espada. Años después, hacia 330 a. n. e., otro rey persa, Nicanor el Seléucida, decidió devolver los libros, por compasión y como forma de pagar los daños de la destrucción causada por su predecesor. Esto casi puede considerarse una leyenda. La biblioteca existió, pero Nicanor solo devolvió dos cofres, una pequeña parte de lo que se habían llevado. En aquel momento, varios de los ciudadanos más prestigiosos de Atenas, intelectuales de primera como había sido el mismo Pisístrato, conocían el peligro que amenazaba a toda la memoria humana si caía en manos de un bárbaro. De hecho, Jerjes no lo era para nada, pero los griegos, que eran muy arrogantes, así lo creían.

—¿Así se fundó esta sociedad u organización?

—Exacto, hacia finales del siglo IV a. n. e.

—¿Y cómo es posible que fuera llamada «Omnes Libri»? Eso es latín, que por entonces era una lengua marginal. Mi padre me explicó que su primer nombre fue «Sociedad Aristotélica».

—Al principio ni siquiera tenía ninguno. Tampoco era una organización propiamente dicha, tan solo un puñado de amigos con visión de futuro. Reunían todo lo que podían en pequeñas bibliotecas privadas. No sé si conoces este detalle pero, por aquel entonces, Aristóteles disponía de la mayor biblioteca de la época. Por cierto, ese amigo tuyo que nos visitó, y debo decir que pocas veces he visto un hombre con tan buen carácter, conocía un montón de anécdotas históricas. Dijo que Aristóteles llevaba los dedos tan cubiertos de anillos que no se le veía ni una pizca de piel.

—Sí —rio Charles—, hubo un momento en que George hizo una colección de anécdotas poco halagüeñas de gente importante.

—Interesante. ¿Qué más averiguó?

—Apenas recuerdo nada más. Decía que Emmanuel Kant cesaba cualquier clase de actividad si empezaba a sudar para que no se le escaparan las sustancias nutritivas del cuerpo y que Marx tenía, y perdona la expresión, el culo lleno de forúnculos, por lo que se sentaba siempre sobre un lado. Sobre su única y tardía experiencia sexual, Kierkegaard dijo después que el resultado era interesante pero los movimientos, bastante ridículos. Ah, y George tenía dos más, muy buenas, sobre Mao Zedong. Contaba algo que Mao decía a modo de burla siempre que alguien tenía un problema: «Cuanto más oscura es la noche, más cerca está la mañana». Y la mejor de todas —remató Charles con una carcajada—: se dice que Mao nunca se cepillaba los dientes. No puedo imaginarme lo que debía de ser tenerlo cerca. El caso es que, una vez, un periodista occidental se atrevió a preguntarle por qué. La respuesta fue sensacional: «El tigre tampoco se cepilla los dientes ¡y mira qué colmillos tiene!».

—Tu sentido del humor es especial. Pero volvamos al tema que nos ocupa. En el año 356, el mismo en que nació Alejandro de Macedonia, un tal Eróstrato, ansioso por pasar a la historia, prendió fuego al templo de la diosa Artemisa en Éfeso, como sabes, una de las siete maravillas del mundo antiguo.

—Sí, y su nombre jamás debía repetirse de nuevo. Todo el mundo tenía prohibido pronunciarlo para que nadie volviera a intentar jamás algo semejante; solo podía recordarlo la historia.

—Exacto. —Sonrió el gigante—. Bueno, esta prohibición, la idea de borrar el nombre de este hombre de todas partes, es el primer acto de nuestra organización, el acto fundacional.

—Que no funcionó demasiado bien —soltó Charles con ironía—. Si no, hoy en día no sabríamos el nombre del pirómano.

—Sí, porque un tal Teopompo de Quíos fue incapaz de mantener la boca cerrada, por así decirlo, y lo contó en su historia de Filipo. Y la prohibición se dictó precisamente porque las obras completas del célebre Heráclito de Éfeso estaban ocultas en este templo. De este filósofo presocrático nos ha llegado una expresión todavía muy usada hoy en día.

—¡Todo fluye!

—Exacto. Y esa historia del río.

—Nadie puede entrar dos veces en el mismo río, porque ya no es el mismo.

El gigante sonrió. Charles había dejado a un lado su actitud flemática y participaba de manera activa en la conversación. Él, a su vez, también sonreía, pero lo hacía por un motivo completamente distinto. Estaba recordando en ese momento el sueño que había transcurrido en su salón y la graciosa relación que había establecido el sacerdote cuando le estaba explicando esta expresión al barbero.

—En aquella época desapareció el famoso tratado sobre la naturaleza en tres partes, obra de un gran filósofo de quien no nos queda nada. Ni una sola palabra.

—¿Ni siquiera en vuestra biblioteca secreta?

—No, ni siquiera ahí. Como consecuencia de ello, la organización creyó que tenía que ponerse a trabajar. Y al empezar a expandirse, la organización copió todo lo que le llegaba a las manos y encontró un lugar donde guardar los rollos a buen recaudo. Por ejemplo, la única copia completa de la *Historia de la guerra del Peloponeso*, del general Tucídides, quemada por completo al mismo tiempo que una de las bibliotecas de Atenas. Pero Demóstenes, que se sabía todo el texto de memoria, lo dictó y, de este modo, se salvó. Es así como, en un momento dado, nuestros predecesores tuvieron la idea de que cada uno de nosotros se aprendiera un libro de memoria. Teníamos que convertirnos en un libro.

Charles no pudo contener una carcajada de superioridad.

—Sé lo que estás pensando. Muchas veces, personas famosas de nuestra organización han sentido la necesidad de contar hechos reales de nuestra historia, pero los han modificado y transformado en ficción, exagerándolos, por supuesto, como requieren las normas de la narración, pero también para proteger la verdad. Ray Bradbury, autor del libro que estás recordando...

—*Fahrenheit 451*.

—Exacto. Esa es la temperatura a la que los libros arden y el título de una novela en la que cada persona se convierte en un libro para protegerlo de una sociedad totalitaria que odia los libros. Bueno, puedo asegurarte que todos los totalitarismos y extremismos han odiado los libros. Su deseo es arrancar todo lo que hay en ellos. Y del mismo modo han actuado todas las religiones. Los libros son peligrosos. También pasa hoy en día. Nuestra sociedad estaba decidida a disolverse una vez que hubiera copias suficientes de cualquier libro valioso, de modo que ya no estuvieran en peligro.

»Parece, sin embargo, que ese momento todavía no ha llegado, que la humanidad es más estúpida con cada día que pasa y que el peligro no ha terminado a pesar de la tecnología. Por ese motivo, hoy en día somos más poderosos que nunca.

—¿Bradbury era un gran sacerdote de vuestra orden?

—¡Santo cielo, no tenemos sacerdotes! —exclamó el gigante con una sonrisa—. Quienes dirigen la organización reciben el nombre de «grandes bibliotecarios» y son setenta y dos en total.

—¿Setenta y dos? ¿Por qué?

—A eso vamos. Como te estaba diciendo, al principio, el problema era encontrar un espacio seguro donde guardar los libros. Y uno de los miembros de la hermandad recién fundada puso su villa a disposición de la orden. Más o menos al mismo tiempo, en el año 331 a. n. e., Alejandro Magno desembarcó en la costa de África y decidió erigir una ciudad que estuviera a la par de lo que ambicionaba hacer en aquel sitio. Alejandro había fundado muchas ciudades de esta forma, pero esa en concreto tendría que ser más grande e imponente. Él mismo decidió las dimensiones y el contorno de la ciudad. Todo su séquito lo siguió paso a paso esparciendo semillas tras él, de modo que al acabar el día ya estaba esbozada la forma de la ciudad. Además, Alejandro dibujó las calles principales y decidió en cuáles tenían que construirse los edificios y los caminos de acceso, de tal forma que la costa quedara unida al gran lago interior, el Mareotis, siguiendo la trayectoria de los vientos del este. Afirmaba que de esta forma los vientos suavizarían el calor insoportable del verano, ya que, al pasar alrededor de los edificios, proporcionarían a sus habitantes una brisa constante.

—Alejandro de Macedonia inventó el aire acondicionado natural —intervino el enano, que había aparecido de la nada—. Tengo la comida en el fuego. Enseguida estará lista.

—Pero inmensas bandadas de aves de todo tipo se comieron las semillas —finalizó Charles.

—Cierto. —Sonrió el gigante—. Al principio, Alejandro se lo tomó como una mala señal. Pero los magos que lo acompañaban a todas partes le aseguraron que, por el contrario, constituía una señal de prosperidad puesto que esos pájaros, que habían acabado tan deprisa con todas aquellas semillas, indicaban que los frutos de la tierra serían generosos con los habitantes de la nueva ciudad. Así pues, el emperador decidió construir la nueva ciudad. Como sabes, Alejandro murió ocho años después, y fue Ptolomeo I Sóter quien finalizaría el proyecto. A la muerte del emperador, las batallas por la sucesión fueron enormes. Pérdicas, que era el albacea testamentario de Alejandro, ofreció primero el poder imperial a Alejandro IV, el hijo póstumo del emperador, pero al final apoyó al hermanastro de Alejandro, Filipo III Arrideo. Alejandro IV y Filipo murieron asesinados, mientras que Babilonia era dividida en satrapías, y después de que Pérdicas fuera asesinado las cosas llegaron a un punto en que todo el imperio se repartió entre los cuatro sucesores, llamados también «diádocos».

—Sí, los Ptolomeos en Egipto, los Seléucidas en Mesopotamia, los Antigónidas en Macedonia y los Atálidas en Anatolia. —Charles completó así la lista.

—Perfecto —dijo el gigante con admiración—. En cualquier caso, Ptolomeo construyó la ciudad, que se convertiría en una perla en los anales de la historia de la humanidad, un centro magnífico de inteligencia, un modelo ilustrado de coexistencia y cultura, la fruta preciada que cualquier persona erudita de la época tenía que visitar por lo menos una vez en su vida.

Charles hizo ademán de preguntar adónde quería ir a parar el gigante con esta historia, pero el corpulento hombre alzó una mano para pedirle que tuviera un poco de paciencia.

100

—La ciudad fue construida siguiendo la costa. Delante de ella, muy cerca, está la isla de Faro, lo que facilitó la construcción de un puerto que quedaba, en gran medida, protegido. Este constaba de dos entradas, algo que resultaba útil para controlar las idas y venidas de las embarcaciones pero también en caso de guerra. Nuestra pequeña organización se trasladó allí, a esta ciudad construida por Ptolomeo I, hijo de Lagos. Algunos de los miembros de la organización eran personas muy ricas que construyeron sus villas en el barrio más selecto de la ciudad, el Brucheion.

—Que era también la zona donde estaba ubicada la biblioteca.

—Exacto. Ptolomeo I Sóter se autoproclamó faraón de Egipto en 304. Su dinastía duraría hasta el año 30 a. n. e., de modo que el último de sus miembros que ocupó el trono fue Cleopatra. Ese es más o menos el tiempo que duró la biblioteca y también la tumba de Alejandro Magno.

—Cuyo cadáver robó Ptolomeo I Sóter. Existen muchas versiones de este suceso. Y como tú conoces la historia de primera mano, tal vez puedas decirme cuál es la verdadera.

Al gigante no se le escapó la ironía de Charles, ni tampoco al enano, que le dirigió una mirada de reproche.

—Mi deber es contarte todo lo que sé. Lo que es verdadero tienes que decidirlo tú. Eres lo bastante inteligente para escogerlo. Pero solo te diré una cosa. Eres una persona abierta, pero tu formación matemática limita, en cierto modo, tu imaginación.

—La cual solo se detiene ante cosas que contradicen a la lógica —replicó Charles.

—La lógica no es el problema en este caso —respondió el gigante, tan amable como siempre—. El problema es toda la información que te falta: las premisas, como tú mismo dirías. Hay demasiados elementos desconocidos.

—Pues esperaré a que me los aclares. Continúa, por favor.

—Dado que has recordado el asunto del cadáver de Alejandro, te diré que Ptolomeo tendió una emboscada a Pérdicas y se llevó el cuerpo sin vida del emperador. Fue enterrado con grandes honores en el mausoleo de palacio, construido siguiendo el modelo tebano.

—El del Ramesseum.

—Exacto, fue enterrado en un sarcófago de oro, donde permaneció hasta que Ptolomeo XI, el Usurpador, lo trasladó a un ataúd de alabastro.

—Porque le estaba robando el oro —añadió el enano.

A Charles le estaba costando mantenerse serio con su afable anfitrión y no pudo evitar soltar una broma:

—Pero ¿es verdad que Octavio Augusto quiso tocar el cadáver de Alejandro de Macedonia y acabó rompiéndole la nariz?

El enano se echó a reír con tanta fuerza que contagió a los otros dos.

—Esta sí que es buena —soltó dando patadas al suelo—. ¿Lo has oído? ¿Le rompió la nariz? —Dicho esto, se dirigió hacia la casa para echar un vistazo a la comida mientras seguía partiéndose de risa.

—Perdona —dijo Charles, entre divertido y alterado.

—Estoy empezando a acostumbrarme a ti, Charlie —soltó el gigante, cuya voz transmitía una calidez que hacía mucho tiempo que no sentía y que le trajo a la memoria un recuerdo de cuarenta años atrás.

—¿Nos habíamos visto antes?

—Claro. Te he tenido muchas veces en el regazo. Por aquel entonces tu principal preocupación era una espada de madera y una máscara que llevabas todo el rato puesta en la cara. Eras...

—El Zorro, sí. ¿Todavía estaba viva mi madre?

—No, acababa de fallecer, y tu padre estaba tan destrozado que estuve cuidando de ti unos días.

Charles miró con atención al gigante. No lo recordaba, pero, de algún modo, tampoco había olvidado esa voz que lo había tranquilizado una vez, hacía mucho tiempo, cuando estaba profundamente afectado. Era solo una sensación, no un recuerdo.

—Aparte de eso —prosiguió el gigante—, lo primero que hizo Ptolomeo fue construir el famoso faro de Alejandría, justo en la pequeña isla situada delante de la ciudad, un edificio que más adelante sería considerado una de las maravillas del mundo antiguo.

—¿Existió realmente el faro?

—Sí —confirmó el gigante—. No es una mera leyenda.

—¿Y quién lo destruyó?

—Un fuerte terremoto fue responsable de ello, además de la destrucción parcial de la biblioteca. ¡Ten un poco de paciencia!

Charles se calló y alzó las manos por encima de la cabeza como si hubiera querido echarse agua en la cara para despabilarse. Pidió con la mirada si podía servirse un vaso de zumo de manzana.

—Al mismo tiempo, Ptolomeo erigió su ciudad. El palacio real fue construido siguiendo el modelo de su hermano tebano. En el centro tenía una construcción circular, la llamada Soma, que no solo albergaría la tumba de Alejandro sino también las de los reyes ptolemaicos. Ptolomeo I Sóter respetó todos los deseos de Alejandro y erigió el Museion. Estaba inspirado en la Academia de Platón, quien había construido un Museion, un templo dedicado a las musas, hacia el año 387. En el caso de Platón se trataba de un problema de orden judicial. Una institución de enseñanza necesitaba protección religiosa para operar según las leyes de Atenas. Aunque se tomó el nombre del de Platón, la forma del museo y la biblioteca de Ptolomeo se inspiraban en el Ramesseum. Esto era también un símbolo de poder, porque los Ptolomeos querían demostrar que eran descendientes de los faraones, y el modelo les ofrecía continuidad. En la entrada de la biblioteca usada como modelo había dos inscripciones: «Este es un lugar para la cura del alma» y «La casa de los libros no se encuentra a plena vista. Está oculta». La segunda sugiere la dimensión esotérica de las obras.

—Y la primera está excesivamente interpretada en la actualidad.

—¿Y eso?

—Muy bien —dijo Charles—. La biblioteca de Ramsés contenía tratados de medicina y farmacología, en particular. De modo que la sanación o la cura que se mencionaba debía tomarse de manera literal, no en un sentido metafórico.

—Sí y no —respondió el gigante—. Varios de los rollos del Ramesseum fueron llevados a Alejandría. Eran exactamente los mismos que Diocleciano ordenó quemar porque estaba convencido de que los intelectuales de Alejandría estaban practicando brujería y que muchos de esos libros podían usarse para obtener oro a partir de piedras, un oro que podría utilizarse para financiar un ejército contra Roma. Pero volvamos a lo que nos ocupa. Ptolomeo se negó a esconder la biblioteca y la construyó a plena vista. Su ilimitada ambición consistía en reunir todo el conocimiento humano entre sus paredes, todos los libros.

—De ahí el nombre de vuestra organización.

—Uf. —Rio el gigante—. La paciencia no es realmente tu punto fuerte. El nombre de nuestra organización procede de un texto de Beroso, un escritor y astrólogo del siglo III, que afirmaba que antes del Diluvio existía una ciudad que era la capital del mundo y que se autodenominaba del modo siguiente: «Todos los Libros».

—Ja, ja. —Rio Charles, que no se había esperado encontrar un error en la exposición de aquel hombre tan corpulento—. Eso es una falsificación efectuada hacia el año 1500 por Annio de Viterbio, el sirviente más sumiso del papa Alejandro VI. Viterbio afirmaba ni más ni menos que había encontrado los libros perdidos de Beroso. La falsificación estaba muy bien hecha, elaborada casi a la perfección, pero su falsedad quedó demostrada muy deprisa, alrededor de mediados del siglo XVII, si no me equivoco, gracias a un tal Joseph Scaliger, un filósofo francés.

—¡Te estás adelantando! —exclamó el gigante—. Annio era miembro de nuestra organización, y no un sirviente del Papa, como has dicho, sino un fraile dominico. Lo que hizo fue mezclar la verdadera obra de Beroso, la *Historia de Babilonia*, con otros textos que obraban en poder de nuestra orden pero que no podían enseñarse al mundo. Su papel es importantísimo. Fue el primero en establecer una cronología exacta de la lista de los reyes desde Jafet, hijo de Noé, en adelante. Asimismo, gracias a él, la gente empezó a conocer el papel que categorías enteras de personas juegan en la historia y la forma en que sus migraciones influyeron en las modificaciones de la historia. Así que no tengas prisa.

—Algo falla en todo esto. Annio era más bien antisemita, y no solo eso. Para él, Mahoma era el Anticristo.

—Tienes que pensar en la época de la que estamos hablando. Toda la Iglesia católica pensaba como él. Pero nuestra organización recibió ese nombre en el siglo II a. n. e., pues el texto de Beroso se conocía desde entonces.

—Te he preguntado antes si la organización tuvo otro nombre, como la Sociedad Aristotélica.

—Lo tuvo durante un breve período de tiempo, pero solo al principio, más o menos cuando se recuperaron los escritos del Estagirita.

—¿Todos?

—Todos los que no habían destrozado los gusanos, las polillas o la humedad, porque llevaban décadas enterrados bajo tierra. Uno de ellos está, ahora mismo, en tu casa. Ya estamos llegando a ese punto.

—Entendido —dijo Charles con resignación—. No te interrumpiré más.

—Mira, siguiendo con este tono de anécdotas, que tanto le gustaba a George y que, por lo que veo, a ti también, un tal Timón de Fliunte decía que la biblioteca iba a transformarse en un gallinero para las musas porque Ptolomeo II Filadelfo había construido cerca un jardín zoológico, donde había llevado una gran cantidad de animales.

—Fue el precursor de P. T. Barnum, la persona más estupenda que ha existido jamás —afirmó el enano, que había vuelto a aparecer de la nada—. La comida tardará un poquito más —anunció, y entonces se dirigió a Charles, que lo miraba sorprendido—. La preparación requiere una técnica especial.

—Bueno —dijo el gigante para reanudar su historia—, Ptolomeo quería convertir Alejandría en el centro del mundo civilizado y estaba convencido de que, para ello, tendría que empezar consiguiendo que su ciudad fuera el centro mundial del conocimiento. Para lograrlo, aparte de reunir, como ambicionaba, todos los libros griegos, cuyo número se creía que ascendía a quinientos mil en aquel momento, necesitaba un adjunto, alguien ilustrado, que supervisara esta actividad, una persona capaz de satisfacer esta ambición suya. Resulta interesante que la gente de esos tiempos en los que destacaba todo lo que es importante para la humanidad, desde la ciencia hasta la filosofía, desde el teatro hasta la democracia, ponía el conocimiento como el centro de su mundo. Mil años después, lo sustituyeron por la religión. ¿Conoces la expresión francesa que dice que, antes de empezar a construir un pueblo, tienes que situar la iglesia en el centro? En el siglo I, el Ramesseum fue salvajemente destruido. Lo que quedaba de la biblioteca y no había sido ya llevado a Alejandría fue quemado y en su sitio se erigió una iglesia. Toda nueva religión tiene esta necesidad de arrasar con todo lo que existía antes que ella. Hoy en día, los políticos imitan la fe. Sus cuentas bancarias son su nueva religión. En cuanto al conocimiento, la mayoría de ellos son semiignorantes. Por eso nuestra misión está lejos de concluir.

»En cualquier caso, Ptolomeo quiso matar dos pájaros de un tiro. Siguiendo el ejemplo de Filipo, que se trajo a Aristóteles para que educara a Alejandro, quería un tutor para su hijo, pero también que esa misma persona asumiera la estrategia y el desarrollo de la biblioteca. Intentó conseguir los servicios de Teofrasto, el alumno favorito de Aristóteles, que había asumido el liderazgo de la escuela peripatética y del Liceo. Teofrasto rechazó educadamente la oferta y recomendó a Demetrio. Este nació hacia 350 a. n. e. en la isla de Falero. Era hijo de un tal Fanostrato.

—Que era un esclavo —recalcó el enano con gran convicción.

—Sí —prosiguió el gigante—. Era esclavo del general Conón, pero se sobrepuso a su condición y se convirtió en alumno del Liceo, donde estudió con el mismísimo Aristóteles, en Atenas. Después de eso, prosiguió su educación con Teofrasto. Esta es una excepcional historia real de un esclavo que se convirtió en el líder de la ciudad más famosa de la Antigüedad, por delante de Roma. Casandro lo nombró tirano de Atenas en el año 317. Permaneció siete años al timón de la ciudad y fue un líder ilustrado. El pueblo lo quería porque promulgó buenas leyes y redujo los impuestos. Era amigo de todos los filósofos y artistas de la época. De hecho, era tan popular que llegó un momento en que hubo otro Demetrio, apodado Poliorcetes...

—El que sitió la fortaleza —intervino Charles, que conocía la mayor parte de la historia, pero quería enterarse de cosas que aún ignoraba y que sabía que eran la clave de lo que el gigante quería decirle.

—Exacto. Se dice que su popularidad llegó a ser tan grande que en 307 había trescientas estatuas de él por todo Atenas. Poliorcetes las derribaría todas y el nombre de nuestro Demetrio se borraría de todos los documentos de la época: otro caso de tabla rasa. Uno de sus sirvientes le salvó la vida y lo tuvo escondido durante un tiempo. Luego Demetrio consiguió llegar a Tebas, donde estuvo cinco años leyendo a Homero y escribiendo. Algo después se refugió en Alejandría. Allí, Ptolomeo I Sóter, el Salvador, como he dicho, lo contrató siguiendo la recomendación de Teofrasto. Sóter conocía, sin duda, un argumento adicional para confiar en Demetrio. Casandro, el protector de Demetrio, era hijo de Antípatro, regente de Macedonia después de Alejandro y pariente de los Ptolomeos. La misión de Demetrio consistió en enriquecer la biblioteca y se puso manos a la obra. El primer consejo que dio al faraón fue que no completara la colección exclusivamente con obras griegas. También debería adquirir los escritos de otros pueblos, por lo menos de las naciones que vivían en Alejandría en aquella época. Al mismo tiempo, recomendó al faraón que leyera y coleccionara las obras más críticas con la monarquía.

—Porque solo si sabes lo que tus adversarios te reprochan puedes combatirlos o mejorar tu comportamiento. —El enano completó así la idea con gravedad.

—Los rumores sobre el nuevo Museion y sobre la increíble biblioteca se propagaron por todo el mundo civilizado. Miles de intelectuales migraron hacia Alejandría, que se convirtió en una ciudad de una increíble efervescencia cultural. No había ningún gran nombre de la Antigüedad que no hiciera un peregrinaje a la ciudad en algún momento de su vida. El mismo Euclides habló con Ptolomeo, quien le pidió que diera un breve curso sobre sus teorías matemáticas. La respuesta de Euclides es famosa...

—No existe un camino real hacia la geometría —soltó Charles, encantado.

—¿Lo ves? Todas las piezas encajan, a pesar de que Arquímedes, que también visitó la biblioteca, afirme que los epifenómenos no existen. La grandeza de esta biblioteca estaba en mantener la ambición de que Alejandría dominara el mundo a través de la cultura y la ciencia, del imperio del conocimiento. Este modelo lo seguirían después todos los reyes importantes de Europa cuando fundaron bibliotecas. Hoy en día, la mitad de los políticos de Europa y América no tiene ni un libro en su casa, con la posible excepción de la Biblia. Sea como sea, quien de verdad reuniría a las mentes más ilustradas de la Antigüedad sería el hijo de Ptolomeo I Sóter, Filadelfo.

»No entraré finalmente en detalles sobre cómo estaba organizado el Museion ni acerca de cuántas personas trabajaban en él. Lo cierto es que estaban bien pagadas, que disponían de alojamiento y manutención gratuitos, y que se hallaban exentas de otras obligaciones propias de los ciudadanos, incluidos los impuestos. El propio Ptolomeo era una persona muy cultivada. Escribió una extraordinaria biografía de Alejandro de Macedonia.

—Que también se perdió —dijo Charles—. ¿O no?

El gigante sonrió. A Charles le quedó claro que ese libro también estaba en la gigantesca biblioteca de Omnes Libri.

—Demetrio se puso a reunir obras, por supuesto, con un presupuesto casi infinito a su disposición. Y convenció al faraón de que coleccionar en exclusiva libros griegos no era suficiente. La biblioteca reunió escritos de los etíopes, además de textos indios, persas, caldeos, fenicios, latinos, babilónicos, sirios o elamitas. Pero Demetrio tenía la sensación de que faltaba algo. Convocado por el faraón, le dijo que la ausencia de los textos de las leyes hebreas, la Torá y el Talmud de Moisés, constituía un error garrafal. Eran textos largos y se necesitaría a un grupo de personas eruditas que supieran bien el griego para hacer una traducción fiel y completa. El faraón encargó a Demetrio la responsabilidad de encontrar una solución. La Torá tendría que estar en la colección, traducida al griego. Ptolomeo tenía una buena relación con los habitantes del barrio oriental de Alejandría, que estaba ocupado solo por judíos. Hizo que enviaran una carta a Eleazar, el sumo sacerdote de Jerusalén, pero este no contestó. Entonces Demetrio se ofreció a liberar a los cien mil judíos recluidos en cárceles alejandrinas, aunque en la actualidad el número pueda parecer exagerado.

—¿Pueda parecer? —preguntó Charles—. ¿Cien mil presos?

—Eso dice la leyenda. Lo que cuenta es que esta vez Eleazar estuvo tan encantado que eligió a setenta y dos eruditos, seis por cada una de las doce tribus judaicas, y los envió a Alejandría. Llegaron poco después, y en setenta y dos días tradujeron el Pentateuco, los cinco libros de Moisés.

—Por eso la primera traducción del Antiguo Testamento al griego se denomina Septuaginta, por los setenta y dos traductores —subrayó el enano, evidentemente convencido de la importancia de las palabras que estaba diciendo—. Después de eso, Ptolomeo los mantuvo a su lado y les pidió consejo en muchos aspectos. Les hacía preguntas imposibles para ponerlos a prueba: ¿qué hay que hacer para superar el insomnio? ¿Cómo te respetarán tus súbditos? ¿De qué forma mantendrías poderoso e intacto tu reino? Hasta les preguntó cómo podía evitarse que un hombre se peleara con su mujer o hacer que se abstuviera de golpearla cuando tuviera ganas de hacerlo. Cada vez los hombres sabios volvían con una respuesta y Dios era siempre la solución. Pensamiento talmúdico. Voy a ver qué pasa en la cocina porque la comida ya tendría que estar lista. —Y se marchó dando brincos hacia la cocina.

—El único problema era que a Demetrio, por desgracia, lo rondaban los fantasmas del poder e, incapaz de resistirse, se mezcló en cuestiones políticas. Era un intrigante. Desde el momento en que fue recibido en el restringido grupo de los amigos del faraón, comenzó a mover palancas con respecto a la sucesión. Ptolomeo I Sóter estaba casado con Eurídice. Esta se trasladó a la corte, acompañada de una amiga, Berenice de Cirene, que era viuda y tenía un gran apetito sexual; una mujer de una belleza arrebatadora que clavaba los dientes en los hombres como una viuda negra y que los hundió también en la cabeza de Ptolomeo I Sóter. Así que tenemos un precioso triángulo conyugal en la corte, con una multitud de hijos de ambas mujeres. En cuanto el faraón favoreció a uno de los cuatro hijos que había tenido con su amante, estalló el escándalo. Demetrio aconsejó a Ptolomeo que eligiera al heredero legal y no al hijo del amor, pero este ya había tomado una decisión y, para ratificarla, nombró corregente a su hijo bastardo. Tras tres años de corregencia, el padre murió y Ptolomeo II pasó a ser el faraón. La primera medida que tomó fue exiliar a Demetrio al norte de Egipto, donde fallecería, mordido por una serpiente. Hubo varios testigos, sin embargo, que afirmaron que no fue ninguna víbora lo que lo mordió, sino una criatura conocida en la cultura popular como un basilisco.

—¿Un basilisco?

101

Sócrates sintió que le retumbaba en la cabeza. No tenía ni idea de cómo reaccionar ante una situación como aquella en la que se encontraba. Por regla general, no había ningún problema del que no pudiera salir porque hacía mucho tiempo que no se había visto envuelto en una situación que lo involucrara emocionalmente o que hubiera que tratar con delicadeza. En el mundo que había elegido o, mejor dicho, en el que había proyectado su vida, todos los asuntos se resolvían con un buen puñetazo o una cuchillada. Era un guerrero y se había entrenado para ello. Siempre había huido de los enfrentamientos emocionales y se mantenía alejado de todo lo que podría arrastrarle a la espiral de complicadas consecuencias que se derivaban de cualquier forma de vida interior. En primer lugar, su vida, aunque él también contribuyó a ello por voluntad propia, había sepultado en lo más profundo de sí cualquier forma de humanidad, igual que había enterrado cualquier lógica de existencia que no fuera la propia de la supervivencia en la oscuridad indeterminada de su ego. Había construido un mausoleo de piedra y de hielo a su alrededor, y se había mantenido alejado de todo lo que pudiera derretir la envoltura que usaba a modo de armadura.

Sabía, sin embargo, que no había apagado el fuego que seguía ardiendo lentamente tras aquellos muros, aprisionado por unos candados terribles. Era consciente de ello desde el momento en que había aceptado llevarse a Rocío consigo. Poco a poco le había ido transmitiendo toda la calidez que mantenía su deseo de vivir y la capacidad de respirar bajo la gélida envoltura que se había ido construyendo con tanto esmero a lo largo de los años.

Después de conocerla había creado una realidad alternativa, alternativa a la fealdad de la vida que lo rodeaba. Había decidido cultivarse. Había dividido su adolescencia y su primera juventud entre su carrera como criminal-gánster en los desesperanzadores barrios de Buenos Aires, donde había crecido y había llegado a convertirse en un sicario de todas las mafias sudamericanas, y su pasión por el conocimiento. Y para no dejarse absorber totalmente por la vorágine de un mundo que no daba a una persona como él ninguna esperanza ni oportunidad de cambiar ni tampoco para sobrevivir siquiera, si bajaba la guardia aunque solo fuera unos momentos, se esbozó ante sí mismo un plan, le encontró un propósito para su vida, un objetivo que merecía perseguirse.

Al principio, cuando todo aquel conocimiento que asimilaba despertó en él una inexplicable avidez, no entendía lo que estaba pasando. Solo sabía que, a medida que se alimentaba espiritualmente, la avidez de su interior era cada vez mayor. Se convirtió en una droga que hacía que su vida fuera soportable. Había devorado bibliotecas enteras. Leía incluso mientras torturaba a sus víctimas. No pocas veces, durante el rato que dejaba a sus víctimas para que se recuperaran, entre el momento en que les arrancaba las uñas o les cortaba una oreja y cuando la víctima volvía a gemir o gritar, se quedaba de pie, apoyado en el respaldo de una silla, y devoraba libros enteros con la deprimente luz de los apestosos sótanos donde colgaba su «material de trabajo» de un gancho clavado en el techo. Abducido por el espejismo de aquella infinidad de cosas increíbles procedentes de las mentes que tanto envidiaba, ya no veía ni oía nada a su alrededor.

Siempre supo, sin embargo, que aquel lugar de la mente de donde proceden los libros, todos los libros, tenía que ser mucho más de lo que podía observarse a simple vista. Tenía que ser un secreto, una puerta a un lugar donde la imaginación y la creatividad transformaban a las personas, tal como él sabía que eran, en los seres de sueños descabellados. Hacía cierto tiempo que había empezado a presentir que existía una verdad oculta en alguna parte, un secreto más terrible que todos los demás, y no en el sentido del estúpido esoterismo que se había empecinado en leer y conocer. Notaba la presencia de algo más allá, de algo único en este aspecto, capaz de trascender la condición bestial del ser humano. El hombre que llevaba el nombre de once futbolistas tenía inquietudes metafísicas.

Y entonces dio con Borges. Leyó hasta la última línea que escribió. No se le escapó nada. Había hablado con personas que lo habían conocido. A medida que lo leía y lo releía, fue entendiendo que Borges era el individuo que poseía las respuestas a todas sus preguntas. Estaba seguro de que todas las preocupaciones favoritas de este escritor coincidían con las suyas, pero, a diferencia de él, Borges había encontrado la musa que transformaba los fantasmas de los pensamientos en expresión, realidad, metáfora y meronimia. Pero si esta codificación era posible, eso significaba que debía seguirse el camino en dirección opuesta hacia la descodificación. En un momento dado, abandonó cualquier otra clase de lectura. Se libró de la presión de los tropos que adornaban los tópicos, renunció a las figuras retóricas decorativas. Entre misiones siniestras y veladas maravillosas con su hermana en la magnífica casa que había comprado por un precio fabuloso en San Pedro Sula y que había pertenecido a los descendientes de los duques de Visconti de Milán, y donde fundó una especie de centro para adquirir libros con la esperanza de que en algún momento encontraría, aunque fuera por casualidad, lo que estaba buscando, se concentró en las obras de su autor favorito. Estaba convencido, ni más ni menos, de que la imaginación de Borges se presentaba cifrada; una simple verdad que, como solía pasar, estaba oculta a plena vista: exactamente en el lugar donde a un cazador de tesoros jamás se le ocurriría explorar. Había aprendido una regla: cuanto más terrible es un secreto, menos puede ocultarse, de modo que un misterio absoluto no esconde nada. Esta paradoja le parecía evidente en Borges. El misterio real, el mayor de todos, tenía que estar a simple vista, justo delante de las narices de la persona que lo estaba buscando.

Había decidido que Borges tenía una misión y que estaba enviando un mensaje a los iniciados. «La biblioteca de Babel» y *El libro de arena* existían de verdad. Naturalmente, no en esas formas. A partir de ese momento, encontrarlos se convirtió en el objetivo de su vida.

Sus incansables investigaciones lo habían acercado cada vez más a Princeton y a cierto profesor, por lo que dio gracias a Dios por la coincidencia que lo había enviado a ese lugar exacto para una misión. Cuando había matado al adjunto, había salido de él un animal extraño que le había hecho perder la paciencia, la capacidad de dominarse y de trabajar con sangre fría. Pero el animal había desaparecido. La noche siguiente se sorprendió a sí mismo soñando que era la primera persona capaz de mirar tan profundamente en su interior y tuvo miedo de que, al mirar tanto el abismo, este le devolviera la mirada. Pero rebuscando en la oscuridad encontró al animal oculto tanteando la penumbra, aprisionado desde hacía demasiado tiempo. Quien lo soñaba se estaba también soñando a sí mismo. Quien, en un sueño, concebía al otro, el animal que había expulsado; tal vez fuera el primer animal capaz de soñar a otro mientras se soñaba a sí mismo al mismo tiempo.

102

—Sí, un basilisco. Por la expresión de tu cara, veo que has descubierto hace poco la verdadera identidad de tu madre —dijo el gigante con compasión.

—Hum... sí. Al parecer, soy el único que no tenía ni idea, aunque todavía no lo tengo demasiado claro.

—Por desgracia, no tengo forma de ayudarte a este respecto. Pero me gustaría terminar lo que estaba diciendo.

—Por favor —lo animó Charles, pensativo.

—No sé si lo sabes, pero Ptolomeo inventó una nueva divinidad, una síntesis.

—Sí, el dios Serapis, una combinación de Apis y Osiris.

—¡Excelente! —exclamó el gigante, cuya admiración por Charles estaba aumentando visiblemente—. Bueno, el que llevó la biblioteca a la perfección fue el hijo de Ptolomeo I Sóter, Ptolomeo II, del que se sospecha que ordenó el asesinato de Demetrio.

—¿Dio una orden a un basilisco? ¿En serio?

El gigante sonrió y prosiguió su exposición:

—Como sabes, fue muy alabado por continuar la obra que su padre había comenzado. La biblioteca se desarrolló tanto como la ciudad. Toda la gente erudita de la época empezó a dirigirse hacia Alejandría para ver una verdadera maravilla del mundo. Arquímedes envió sus teoremas para que los matemáticos de Alejandría los comprobaran. Filósofos, médicos y científicos escribieron tratados sobre todo tipo de temas, incluidas la pesca y la cocina. No sé si lo sabes, pero en Alejandría y en todo el Imperio romano, los libros de gastronomía eran verdaderos best sellers. Se vendían mejor que los clásicos y los autores de moda. Como ves, el mundo no ha cambiado tanto.

»Lo cierto es que los grandes filósofos romanos se quejaban de que las librerías publicaban libros banales en lugar de las obras de grandes poetas. Se quejaban de un público inculto y frívolo. Un buen libro de cocina se vendía cientos de veces más que un ejemplar de Ovidio.

»Y en la antigua Grecia pasaba lo mismo. Las obras de Homero se veían superadas por libros prácticos, libros de desarrollo personal, como los llamamos hoy en día. Sea como sea, Ptolomeo II alcanzó tres grandes logros. Inició la construcción de una segunda biblioteca, el Serapeo, erigida como un templo dedicado al nuevo dios. También era conocida como la «pequeña biblioteca». Estaba situada extramuros, justo en el puerto, y la terminaría su hijo, Ptolomeo III, que se hizo famoso por ordenar a todas las embarcaciones que amarraban en el puerto de Alejandría que entregaran cualquier clase de manuscrito que pudieran llevar a bordo.

—Sí. Los copiaban y se los devolvían.

—¡Ja! Eso casi nunca sucedía. Los copiaban, es verdad, pero se quedaban con los originales. Y cuando devolvían algo, en el caso de que lo hicieran, se trataba de las copias.

»El segundo logro de Filadelfo fue llevar a la biblioteca a una persona distinguida a quien la historia jamás tendría que dejar de honrar. Una gran biblioteca necesita un sistema para organizar las cosas, para catalogarlas, en especial cuando los fondos empiezan a crecer. Calímaco de Cirene era el genio del momento, el hombre adecuado en el lugar apropiado. Él inventó el catálogo bibliográfico y también la biobibliografía. Sus famosas listas, los *Pinakes*, o el *Catálogo* de Calímaco, establecieron un complejo método de catalogación que todavía usamos hoy en día. Y no se dedicó simplemente a clasificar las obras, sino que también trató de identificar a quiénes eran sus autores.

Muchas veces, el texto de los rollos quedaba interrumpido y, con frecuencia, una obra abarcaba gran cantidad de rollos. Los copistas los habían mezclado de un modo espantoso y Calímaco los desembrolló en la medida de lo posible. Estableció las biografías de los autores y, lo más difícil de todo, siempre que era posible, escribió un breve análisis crítico de lo que estaba catalogando.

—¿Aunque no soportara los libros largos? ¿No fue él quien dijo: «*Mega biblíon, mega kakón*», literalmente «un gran libro, un gran mal», lo que significaba que estos eran un problema todavía mayor?

—Oh, sí. Pero este era el significado literal de la frase: dado que las obras abarcaban múltiples rollos sin numerar, con frecuencia era imposible averiguar el orden exacto en que debían leerse, en especial cuando los escritos eran de carácter teórico, por no mencionar el problema de autores que poseían varios estilos o las obras de distintos períodos con títulos idénticos. El primer volumen de estas listas, que todo el mundo cree perdido, está, hasta donde yo sé, en tu poder. Hay ciento veinte rollos de listas. Solo los seis primeros, un cinco por ciento del total, están en el catálogo de tu casa.

—¿Y el tercer gran logro de Ptolomeo III fue...?

—Las obras de Aristóteles.

—Oye, esa historia me interesa de verdad —soltó Charles, que se había puesto de pie, lleno de entusiasmo—. Quiero saberlo de primera mano.

Inmerso en la conversación que estaba teniendo, siempre a medio camino entre la ironía que le garantizaba algo de distancia y su deseo de que lo que estaba oyendo allí fuera cierto, la actitud de Charles hacia el gigante oscilaba entre un escepticismo extremo y la convicción de que aquel hombre corpulento sabía de lo que estaba hablando. Por esta razón, Charles solo intervenía cuando se trataba algún asunto donde existían incertidumbres históricas. Parecía convencerse de que un contemporáneo de las cuestiones extraordinarias de la historia del mundo se las estaba contando a él.

El gigante supo qué le estaba pasando exactamente a Charles por la cabeza.

—Como sabes, Aristóteles contaba con una de las mayores bibliotecas privadas de la Antigüedad, si no la mayor de todas. Estrabón llego a decir de él que era el primer coleccionista de libros conocido. Después de la muerte de su pupilo Alejandro Magno, los atenienses acusaron a Aristóteles de impiedad por su apoyo manifiesto al Imperio macedonio y corrió el riesgo de acabar como Sócrates, condenado a muerte, principalmente porque, como todos los políticos, los atenienses, que lo odiaban, recurrieron a la manipulación. Atribuyeron a Aristóteles una oda al dictador que en realidad era obra de un amigo suyo. El filósofo huyó de Atenas y fue a la isla de Eubea, de donde era natural su madre. Falleció un año después, pero dejó su biblioteca y la dirección del Liceo a Teofrasto. A su muerte, los libros pasaron a manos de Neleo, discípulo de este.

—¿Por qué? ¿Por qué no siguió el ejemplo de Aristóteles? Teofrasto dejó la dirección del Liceo a Estratón. ¿Por qué no le legó a él también sus libros?

—Muy sencillo. En aquel momento, Neleo era la mayor autoridad sobre la obra de Aristóteles, el mayor erudito, pero en Atenas soplaban vientos extraños. Las obras del Estagirita estaban en peligro, así que Neleo quería cargar la biblioteca en un velero y poner rumbo a Escepsis, en la actual Turquía, en Asia Menor. Pero para eso necesitaba dinero. En aquella época, los intelectuales tampoco eran demasiado ricos. De modo que, por un lado, se vio obligado a vender una parte de la colección. Y, por el otro, había demasiados libros para poder transportarlos por mar. Así que decidió dividir la colección en dos. Vendió la primera parte a la biblioteca de Alejandría, que tenía emisarios por todas partes. Se sabía que adquirían cualquier obra que pudieran conseguir. Por lo que esta opción era sencilla. Neleo solo se quedó con la parte de los escritos de Aristóteles que le parecía más importante, los de carácter esotérico, en especial porque no estaban ordenados, y Neleo se había propuesto reconstruir ese orden.

—La gran mayoría de las obras llegaron a Alejandría. Se trataba de los diálogos escritos al estilo de los de Platón, sobre los que no sabemos nada. ¿No es eso así?

El gigante sonrió a Charles a modo de confirmación.

—¿Qué significa tu sonrisa? ¿Los salvasteis todos?

—Sí, todos —respondió el gigante con satisfacción—. Algo extraño les pasó a los demás. A la muerte de Neleo, sus descendientes los enterraron para que no se hiciera con ellos la biblioteca competidora, y con ello me refiero a la de Pérgamo, que se estaba construyendo entonces.

—¿Puedo preguntarte otra cosa a modo de paréntesis?

A Charles le revoloteaban tantas preguntas por la cabeza que tuvo la sensación de que podía oírlas zumbar. Algunas de ellas se desvanecían tal como aparecían, por lo que tenía que cazarlas al vuelo.

—¿Es cierta esa historia sobre Pérgamo? ¿Qué pasó con los libros? ¿Con los de esa biblioteca?

—Marco Antonio robó los libros y llevó los rollos a Cleopatra como muestra de amor: doscientos mil en total. Eso supuso un enorme golpe de suerte porque es así como logramos recuperarlos.

—¿Tenéis la biblioteca de Pérgamo entera?

—Mi hermano y yo personalmente, no, pero sí. Se salvó.

Charles tuvo que volver a sentarse. Estaba tenso en extremo. Una serie de escalofríos le recorrieron el cuerpo como si alguien lo hubiera conectado a una corriente eléctrica y estuviera subiendo el potenciómetro de vez en cuando.

—Verás, se dice que en un momento dado, por envidia a Pérgamo, que estaba empezando a ser una seria competidora, Alejandría prohibió la exportación de papiro para que la biblioteca rival no tuviera donde copiar nada. Así se inventó el pergamino, en Pérgamo.

»Hay una bonita leyenda que ilustra la competencia entre ambas. Los intelectuales alejandrinos odiaban Pérgamo, no solo porque les hacía la competencia, sino en especial porque los intelectuales de Pérgamo eran desleales. En su desesperación por ponerse a la altura de su modelo, la biblioteca más joven se prestaba a las falsificaciones. Su catálogo, inspirado también en el de Calímaco, era aproximado y carecía por completo de un resumen crítico de los textos.

»Pero volvamos a Aristóteles. Los libros que he mencionado permanecieron enterrados unos doscientos años. Eso fue una catástrofe. Los gusanos y los hongos los devoraron. La humedad los destruyó. Más adelante fueron desenterrados y llegaron a manos de Apelicón de Teos, quien, al parecer, los compró a los descendientes de Neleo, los cuales, a su vez, los habían enterrado en su jardín. Apelicón ordenó que se hicieran nuevas copias de lo que podía salvarse de los papiros, puesto que se encontraban en muy mal estado y los textos corrían el riesgo de deteriorarse aún más. Solo que Apelicón hizo suposiciones de aquello que era ilegible y eso provocó una desgracia. Las obras estaban llenas de errores. El tal Apelicón era un sinvergüenza y un fanfarrón que fue asesinado por los romanos en Atenas hacia el año 86 a. n. e. Los rollos se encontraron y trasladaron a Roma, donde los adquirieron Sila y Lúculo, que los pusieron generosamente a disposición de quienes desearan consultarlos. Más de doscientos años después, el emperador Caracalla, que tenía intención de renovar la pequeña biblioteca, el Serapeo, fue lo bastante idiota para ordenar la destrucción de las obras de Aristóteles encontradas en Roma porque tenía la teoría de que el Estagirita había matado a Alejandro de Macedonia. Según esta teoría, lo había envenenado.

—El mismo Serapeo que había construido Ptolomeo II, ¿no?

—De hecho, lo había terminado. A diferencia de la gran biblioteca, dedicada a los sabios, esta estaba abierta al público. En ella no había originales, solo copias. El Serapeo sobrevivió ciento veinte años a la destrucción de la gran biblioteca de Alejandría.

—Exacto —afirmó Charles—. Como ves, mis defensas perceptivas están prácticamente a cero. Me he puesto en tus manos y te estoy escuchando, vete a saber por qué, como si supieras de lo que estás hablando. No sé muy bien si estoy tratando con un loco que delira. Pero ahora quiero saber cómo fue destruida la biblioteca de Alejandría. Existen múltiples versiones. ¿Cuál es la verdadera?

103

El móvil empezó a sonar en el bolsillo de Charles. Este lo sacó, se disculpó un momento y se alejó del gigante.

—Perdona —dijo la voz de Ximena—. Estaba en una reunión importante. ¿Ya estás de vuelta?

—No, todavía no.

—¿En serio? ¿Después de tanto rato? Esto significa que has encontrado algo de lo que buscabas. ¡Bravo! ¿Quién es George Eliott Napur?

—Eso no importa. Dime.

—Veo que estás molesto por lo de esa dirección. No he entendido de qué me estabas hablando exactamente, pero debe de haber una confusión. Tenemos que vernos y quiero pedirte algo.

—Dime —repitió Charles, que quería conservar la frialdad en su voz.

—¿Podrías intentar echarle un vistazo más detenido hoy a las fotos con las inscripciones de las paredes del hospital? Dijiste que algo no encajaba. ¿Podrías intentar averiguar de qué se trata?

Charles oyó el ruido de un tren a través del altavoz. Era el sonido que le notificaba que había recibido un mensaje. Se apartó el móvil de la oreja. Tenía dos mensajes en la pantalla. Solo le quedaba un diez por ciento de batería y Rocío le estaba preguntando cuándo iba a llegar.

—Me estoy quedando sin batería. Te llamo después —dijo, y colgó.

Después avisó a Rocío de que regresaría en unas horas.

«Te estaré esperando con la cena a punto. Estoy hojeando un libro y cultivándome un poco. Te robé un juego de llaves», fue la respuesta de su amante. Alcanzó a ver un corazón que avanzaba amenazadoramente hacia él por la pantalla y, luego, el móvil se apagó.

Columbus Clay estaba sentado con los pies apoyados en la pared en una habitación de hotel. Empezó a pulsar teclas con desesperación cuando el sonido cesó en sus auriculares. Finalmente se dio cuenta de que el móvil de Charles se había quedado sin batería por su culpa. Lanzó los auriculares a la mesa y bajó a comer algo.

—No lo entiendo —dijo Charles, volviendo a la mesa del jardín—. La batería de este móvil cada vez dura menos. La cargué anoche y apenas la he usado. Creo que tendré que cambiarla. ¿No tendrás, por casualidad, un cargador de iPhone?

—Te encontraremos uno —aseguró el gigante, que luego hizo un gesto a Charles para que se sentara.

A él le habría gustado decir que lo sentía, que no quería molestar, pero las tripas le rugían con tanta fuerza que hasta la ardilla que se había acercado para robar una nuez de la palma de la mano del gigante se asustó tanto al oír semejante sonido que salió disparada hacia el roble más alto del jardín.

—Estabas diciendo que había muchas teorías sobre la destrucción de la biblioteca.

—Sí, hay dos que se oyen muy a menudo. Durante mucho tiempo, se aceptó como cierta la versión que situaba su destrucción en el año 47 a. n. e. Eso fue durante el sitio de Alejandría por César.

—Exacto. La famosa historia del incendio. César sitia la ciudad. En un momento dado, alguien prende fuego a los barcos del puerto. Nadie sabe con certeza si fueron los romanos o los egipcios. El incendio se propagó rápidamente hasta llegar a la biblioteca y ardieron alrededor de cincuenta mil rollos. ¿Es esto a lo que te refieres?

—Sí, pero creo que hay una confusión en esa historia.

—Exacto. El incendio existió y hubo libros que se quemaron.

—¿En el Serapeo?

—No. Todos los edificios eran de piedra, no de madera. El incendio solo afectó a la costa. La pequeña biblioteca quedó intacta, aunque realmente se quemaron varios miles de rollos que se encontraban en uno de los veleros a punto de zarpar rumbo a Roma. Eran libros comerciales, destinados a su venta por todo el Imperio. Copias. Una suma importante para la biblioteca. Otra duda: ¿Ptolomeo XIII Filópator se ahogó en el Nilo?

—Otra vez anécdotas. —Sonrió el gigante—. Bueno, intentó escapar y terminó ahogándose. César conquistó Alejandría y colocó a Cleopatra en el trono. Era la hija de Ptolomeo XIII y César nombró al último Ptolomeo, Ptolomeo XIV, como corregente. Así pereció la dinastía que había dominado una parte del mundo, puede que la más interesante, durante trescientos años. ¿Y la segunda versión?

—La legendaria, que suena bien, pero que es muy poco creíble.

—¿La de los árabes?

—Sí. Esa historia del emir Amr, que respetaba la cultura y estaba impresionado por la biblioteca. Por esa razón envió una carta al califa Omar para preguntarle qué debía hacer con ella. La espectacular pero desafortunadamente apócrifa respuesta de Omar fue: «Si los rollos de la biblioteca dicen algo distinto a lo que aparece en el Corán, deben ser destruidos, porque lo contradice y son heréticos. Si, por el contrario, los libros dicen exactamente lo mismo que el Corán, deben ser quemados, porque son redundantes».

—Correcto. Es una formulación espectacular. Muy literaria. Por desgracia, no es cierta. La conquista árabe tuvo lugar el año

642 de nuestra era, cuando hacía trescientos setenta años que la biblioteca había dejado de existir.

—Eso significa que estamos hablando del año 270 aproximadamente. ¿Estás seguro?

—De 272, para ser exactos. De hecho, el declive comenzó mucho antes. El asesinato de Ptolomeo VII Neo Filópator en 144 anunció el final de la grandeza de Alejandría. De modo que no duró tanto como se dice, solo unos doscientos años. La ciudad estaba en crisis y los intelectuales vivían sumidos en la confusión. Casi todas las personas importantes huyeron a lugares más seguros que los recibían con los brazos abiertos. Escaparon a Roma, que estaba empezando a convertirse en el centro del mundo civilizado. Apenas unos años antes, Lucio Mumio borró Corinto de la faz de la tierra y marcó el principio del fin de Grecia. Su sucesor en el trono, Ptolomeo VIII Fiscón o Evérgetes II, impuso una especie de dictadura militar.

»Otro militar sería nombrado director de la biblioteca, pues en aquel momento no había ninguno en Alejandría. El rey se había autoproclamado faraón y la biblioteca inició su decadencia. Ya no fue renovada. Pero estaba bien protegida y nada desapareció. También hubo otro factor. Al mismo tiempo que se producía la caída de Grecia, la influencia helenística en la cuenca del Mediterráneo fue menguando poco a poco, sustituida por la romana. Grecia empezó a caer en el olvido y las siguientes generaciones ya no hablaban la lengua, dejando de lado las personas cultas, por supuesto. El latín sustituyó al griego en todas partes. Tras el asesinato de César, Marco Antonio robó los rollos de Pérgamo y los llevó como regalo a Cleopatra. Como sabemos, Antonio fue derrotado por Octavio Augusto en Accio. Marco Antonio y su amante se suicidaron. Octavio necesitaba tener Egipto bajo control. Construyó una nueva ciudad en honor a su victoria, Nicópolis, cerca de Alejandría, y nombró prefecto a Cornelio Galo. Pero este perdió la cabeza. Empezó a incluir su nombre en todos los monumentos y a erigir obeliscos en su honor.

—¡Otro dictador! ¿Qué pasa con el poder?

—¡Exacto! Es peligroso, incluso para la gente más normal.

Se apodera de tu mente. Pero Roma no soportaba los tiranos, así que obligaron a Galo a quitarse la vida. Después de todo esto, los romanos aprobaron fondos para el renacimiento de la biblioteca. Vinieron buenos años en los que la gente intentó resucitarla. Empezaron a volver los investigadores extranjeros, aunque no tenían el nivel de sus predecesores, pero la colección ya no era propiedad de la dinastía ptolemaica. Alejandría dejó de ser el centro del mundo intelectual, pero siguió siendo en cierta manera interesante hasta el año 213, cuando otro emperador demente, Caracalla, fue blanco de las burlas de los intelectuales de la biblioteca y se convirtió en el hazmerreír público. Ordenó degollarlos a todos y eliminar cualquier rastro de un investigador. En 272, una tal Zenobia, reina de Palmira, vasalla de Roma, atacó y conquistó Alejandría. Se autoerigió emperadora y colocó a su hijo en el trono. Exasperado, el emperador Aureliano reconquistó Alejandría y, curiosamente, no mató a Zenobia, sino que la exilió en Roma. Durante este período de sesenta años que transcurrió entre la barbarie de Caracalla y la destrucción de Alejandría a fuego y espada por la reina de Palmira primero y por el emperador romano después, la biblioteca desapareció como si jamás hubiera existido.

—Solo que...

—Exacto. De hecho, la verdadera historia de nuestra orden comienza aquí. Omnes Libri se convirtió en una organización poderosa. Hubo gente adinerada del Imperio romano que se unió a la de Atenas y Alejandría. Uno de ellos era un gran naviero y, a la cabeza de una flotilla de doce veleros, cruzó el Mediterráneo y atravesó el estrecho de Gibraltar.

—Sí, bueno —comentó Charles—. Ese es el problema de estas historias: demasiadas fantasías e hipótesis no verificables. Ahora me dirás que cruzó el Atlántico. Se sabe que los primeros que intentaron acceder a este océano fueron los hermanos Vadino y Ugolino Vivaldi, hacia 1290 más o menos. Desaparecieron en los alrededores de la costa de Marruecos. Apenas medio siglo después, los portugueses cruzaron el estrecho y llegaron a las islas Canarias.

—Estás equivocado, querido amigo. El séptimo trabajo de Hércules era capturar al toro de Creta y llevárselo a Euristeo. De este modo llegó a las famosas columnas de Hércules, que, en realidad, son las dos costas que bordean el estrecho de Gibraltar.

—Esto es una suposición sin ninguna prueba. Esas columnas han sido toda clase de cosas a lo largo del tiempo, incluida la entrada a la Atlántida.

La sonrisa del gigante hizo que Charles soltara una carcajada.

—Oh, no —dijo, encendido—. ¡Eso sí que no! No empieces ahora con el continente perdido. Esto es demasiado.

El gigante se echó a reír de verdad:

—Para un gran erudito como tú, no debería ser ningún secreto que Plinio el Viejo habla de un tal Hannón, un navegante cartaginés del siglo v a. n. e. que circunnavegó la mitad de la costa de África Occidental y que, con una gran cantidad de hombres, remontó el delta del río Níger hasta llegar a Camerún.

—Y de esto tampoco...

—Existe ninguna prueba, ya lo sé. Te estoy contando una historia. Por eso estás aquí, porque estás intrigado, porque han sucedido cosas inexplicables en tu vida, porque eres curioso, como tu madre, como todos en tu familia por ambas partes. Y quieres saber. Tu escepticismo, que observo que has atemperado, es saludable. Forma parte de la lógica y la razón. Tu juicio es, por tanto, correcto, dada la información que posees. Yo te estoy dando otra nueva. Si es fantasmagórica o no, eso lo tendrás que descubrir o decidir por ti mismo. Lo que yo sé es que tu seguridad se tambalea. Si no, no habrías venido aquí. Si no, no me habrías escuchado hasta este punto.

—Yo solo quiero saber quién asesinó a George y por qué él se metió en este juego. Solo tengo que recoger un libro.

—¿Un libro? ¿Te parece que la obra de Aristóteles sobre la comedia es un libro? ¿O que las obras perdidas de Suetonio o las obras completas de Esquilo son un libro? Dime algo: ¿no desafía la lógica que todas ellas estén ahora en las estanterías de tu casa?

Charles suspiró y bajó los hombros.

—Y no has venido aquí solo por George. También quieres saber quién eres, conocerte a ti mismo. ¡Uy! *Gnothi seauton*. Mira, estas palabras figuran en la fachada del templo de Delfos. Y volvemos otra vez a los griegos. Así que déjame terminar. No falta mucho.

»Te estaba contando que uno de los "grandes bibliotecarios" de nuestra organización cruzó el Atlántico siguiendo la ruta abierta por el cartaginés Hannón —insistió el gigante, recalcando las últimas palabras— y que llegó a una isla situada en algún lugar del Caribe que reivindicó como suya. Como el lugar estaba desierto, eso no supuso ningún problema. No sé cómo explicarte esto, porque veo que no me entiendes. Todos los que conocen la existencia de la isla la consideran un pedrusco y, por tanto, totalmente desprovista de interés. En ella, nuestro hombre decidió construir nuestra biblioteca, la biblioteca Omnes Libri, que albergaría la totalidad de las bibliotecas de Alejandría y de Pérgamo, los dos grandes monumentos venerados por la gente de la Antigüedad. Y aquí comienza nuestra historia.

La puerta de la cabaña se abrió y cuatro mujeres de distintas edades, ataviadas como si formaran parte de una secta, con vestidos largos y oscuros, y pañuelos en la cabeza, salieron al porche acompañadas por un hombre. El gigante se dirigió hacia ellos. Charles se levantó por educación. El corpulento hombre les susurró algo y todos sonrieron mirando continuamente a Charles de un modo peculiar. El gigante los condujo entonces a la zona de estacionamiento. Mientras se marchaban, los cinco siguieron volviendo la cabeza de vez en cuando para mirar con curiosidad a Charles.

—Comeremos en unos minutos.

A Charles le habría gustado saber quiénes eran aquellas personas, pero le dio vergüenza preguntarlo, así que lanzó otra cuestión.

—¿Y qué pasó después?

—Hablaremos después de comer —dijo el gigante.

—¿Y el Serapeo?

—Ah, la pequeña biblioteca fue destruida mucho después. Sobrevivió a la gran biblioteca ciento veinte años. La destruyó Teófilo, el patriarca de Alejandría, con la aprobación del emperador Teodosio en el año 391. Sobre las ruinas del templo se erigió una iglesia cristiana. El último gran bibliotecario del Serapeo fue el matemático Teón, el padre de Hipatia.

104

—La comida está lista —anunció el enano, que había asomado la cabeza por la ventana—. Entrad, por favor.

Charles y el gigante se levantaron.

—Me parece que hay otra cosa que tenemos que comentar antes de comer.

Charles no entendía a qué se refería su anfitrión.

—Creo que conoces el texto de la carta de tu madre.

—Sí —respondió Charles—. La memoricé. —Como el gigante no dijo nada y siguió mirándolo fijamente, comenzó a recitarla—: «Yo soy Ramsés, rey de reyes, quien desee saber cuán grande soy y dónde yazco, que supere alguna de mis obras». ¿Lo he dicho bien?

—Acompáñame —dijo el gigante sin responder a su pregunta—. Creo que tendríamos que hacer esto antes de sucumbir a la copiosa comida que nos aguarda. —Se puso a andar y Charles lo siguió. Rodearon la casa hacia la izquierda. Al llegar a la mitad del edificio, un tramo de escalera exterior, que estaba medio podrida y era bastante insegura, conducía al primer piso. El gigante subió primero. Abrió la puerta con una llave e invitó a Charles a entrar. Este ascendió con cuidado los peldaños carcomidos y el gigante cerró la puerta con llave. Estaban ahora en un pasillo, en cuyo centro se elevaba una escalera interior. Desde abajo les llegó el olor a comida, un olor al que Charles no estaba acostumbrado.

—Huele a especias poco habituales —comentó Charles.

—Efectivamente. Este almuerzo tardío ha sido cocinado siguiendo todas las reglas de un banquete grecorromano clásico. Todo lo que saborearás esta tarde podrías encontrarlo, diría que con la misma calidad, en las mesas de nuestros antepasados griegos y romanos. Pero primero solucionemos esto.

Tras detenerse ante la segunda puerta del pasillo, el gigante sacó una extraña llave del bolsillo. Era totalmente lisa, sin dientes. Cuando la introdujo en la cerradura, se oyó un clic y luego la puerta se abrió. El hombre corpulento invitó a Charles a entrar con un gesto educado, aunque él se quedó fuera.

—Yo no tengo acceso aquí —explicó anticipándose a la pregunta de su invitado—. Este sitio se ha conservado así para el portador de la carta. Nadie ha entrado en él desde hace cuarenta años. Cuando termines, te estaré esperando abajo. No tienes que volver a rodear la casa. Puedes usar la escalera interior. —Deseó éxito a Charles y cerró la puerta.

Una vez solo, Charles echó un vistazo a la habitación, que era bastante estrecha y tenía el techo muy alto. Daba la impresión de que el desván de esta parte de la casa se había dejado inacabado para que hubiera el espacio suficiente para una estatua muy alta de Ramsés II, una réplica del famoso (y ahora destruido casi por completo) monumento del Ramesseum. Un escritorio y una silla desvencijada completaban el mobiliario. No había nada más. Charles rodeó la estatua. Abrió los dos cajones del escritorio, ambos vacíos. No entendía qué se suponía que tenía que hacer allí. Rodeó la estatua otra vez para ver si había por lo menos alguna indicación que le aclarara el motivo de que le hubieran llevado a esa habitación. No encontró nada aunque se echó al suelo para ver si había algo pegado en la parte inferior de la silla o de la mesa. No se veía nada que pudiera tener alguna relación con él. Observó con atención la estatua. No sabía muy bien qué estaba buscando: tal vez otro mensaje o una inscripción, quizá un cajón, pero no había nada de ese tipo. La estatua era increíblemente lisa y compacta. Pasado un rato, se sentó en la silla sin pensar en las huellas de pisadas que había dejado en ella un par de zapatos.

Se devanó los sesos unos minutos sin encontrar una respuesta. Lo habría dejado, pero sabía que el gigante lo había llevado allí por alguna razón. En un momento dado, le pasó por la cabeza que alguien se reuniría con él allí, pero no acudía nadie ni tampoco se oía nada fuera.

Se preguntó si el mensaje escondido en la carta de su madre tendría alguna relación con el lugar donde él se encontraba entonces. ¿Había otro anagrama, algo sobre Ciudad Blanca y Omnes Libri? Por más vueltas que le daba a esto, no llegó a ninguna conclusión. Al cabo de un rato, empezó a recitar todo el mensaje en voz alta.

—Yo soy Ramsés... —Contempló a Ramsés e imaginó que aquellas palabras se las decía la réplica de la estatua del gran faraón—. Muy bien, tú eres Ramsés —siguió diciendo en voz alta—. ¿Qué quieres de mí?

Naturalmente, no obtuvo respuesta.

—Rey de reyes —prosiguió—. Quien desee saber cuán grande soy y dónde yazco, que supere alguna de mis obras.

Charles soltó, de repente, una carcajada.

—Que supere alguna de mis obras.

Se puso de pie y miró las huellas de pisadas que había en la silla y que él casi había borrado. Se pellizcó una oreja, un gesto que simplemente quería decir «qué tonto he sido», pero con ternura y comprensión hacia sí mismo. En este caso, aquella superación metafórica tenía que tomarse de manera personal. Las huellas de pisadas en la silla mostraban que alguien se había subido en ella. De modo que tendría que superar la estatua en altura. Acercó la silla y se subió en ella. Ahora superaba a Ramsés; de hecho, le sacaba una cabeza. Miró entonces la parte superior de la estatua. En lo alto de la mollera del faraón había una llave, hundida en su cuero cabelludo. Charles la giró: la parte superior de la cabeza de la estatua se abrió y dejó al descubierto el teclado en miniatura de una máquina de escribir.

—Je, je —se oyó a sí mismo riendo—. ¡Genial!

Escribió «Ciudad Blanca» y oyó el ruido de las teclas, exactamente como cuando solía teclear algo con una máquina de escribir. Pero no se veían por ninguna parte ni el rodillo ni la cinta. Cuando dejó de teclear, el ruido paró, pero no pasó nada. Estaba claro que no era suficiente, así que escribió las otras dos palabras: «Omnes Libri». El ruido de las teclas se detuvo de nuevo cuando terminó de escribir el texto. Durante unos segundos no pasó nada. Después se oyó el ruido de unas poleas girando con dificultad y la estatua empezó a moverse. Las dos mitades se separaron entre sí y se fueron distanciando. La primera empezó a empujar la silla, con lo que Charles perdió el equilibrio, pero logró saltar antes de caerse. Esperó a que la segunda parte de la estatua dejara de moverse.

Se acercó con cuidado al lugar que habían dejado al descubierto las dos mitades al separarse. En el centro de la estatua descansaban dos libros y un rollo. Los cogió y los dejó en la mesa. Comprobó que no hubiera nada más en el interior de la estatua y, cuando se sentó a la mesa, oyó el ruido de las poleas otra vez. El rey de reyes volvía a cerrarse.

Abrió el primer libro. Era extraño, hecho de un material que nunca había visto. Las páginas eran transparentes y recordaban mucho el papel de calcar, pero eran más gruesas y mucho más suaves; parecían ser, más bien, algún tipo de seda lisa y casi transparente. Empezó a pasar las páginas. En cada una de ellas había toda clase de imágenes diseminadas sin ninguna lógica aparente. Las formas iban desde sencillas figuras geométricas hasta estructuras más complicadas, algunas en un único plano, otras en perspectiva. En algunas aparecían imágenes en perspectiva. En otras había círculos, semicírculos, formas tubulares, algunas vacías, otras llenas de toda clase de colores. Predominaban el negro, el amarillo y el verde. Algunas formas estaban totalmente coloreadas, otras solo en parte. Hojeó todo el libro. Era todo así y no vio nada que le diera alguna pista sobre su significado.

Abrió el segundo libro. Este era todavía más curioso. Estaba todo en blanco. Lo hojeó. Las páginas, de un material muy grueso, alternaban superficies mates con otras muy relucientes. Algunas mezclaban diversas gradaciones. No había nada escrito en ninguna, ni siquiera un carácter. Después de pasar todas las páginas, quiso saber de qué clase de papel o de cartulina estaba hecho. Al recorrerlo con la mano, notó que unas formas que no se captaban a simple vista cobraban vida bajo sus dedos. Pensó de inmediato en el braille, el alfabeto de los ciegos, pero no eran los puntos que había notado tantas veces en los libros para invidentes, sino formas. Hojeó otra vez el libro, tocándolo esta vez con los dedos. Las formas parecían ser diferentes. Intentó mirarlas en perspectiva, a la altura de la página. No vio nada. Nunca había observado nada parecido. Más aún, cuando levantó una página y la soltó, esta se quedó rígida en perpendicular al libro en lugar de caer, como ocurre normalmente. Tuvo que presionar la página para pasarla hacia delante o hacia atrás. Al final cerró también este libro cuando vio que no había nada más que descubrir y abrió el rollo.

Tenía ante él una estrella de ocho puntas inscrita en un círculo. Unos rayos partían del centro y terminaban en las puntas de la estrella o lo más lejos posible del centro en un círculo concéntrico donde estas puntas estaban unidas por dos líneas iguales. Exactamente en el centro de cada uno de los ángulos formados por estas líneas aparecía por todas partes la palabra «porta» escrita a mano.

Observó con atención el dibujo. Si esas eran unas puertas y el dibujo central, un esquema de uno o de varios edificios, eso significaba que ante él tenía el plano de una ciudad, una ciudad utópica. A lo largo del círculo más pequeño estaban dibujadas lo que parecían ser unas puertas. Charles desconocía la existencia de una ciudad así con dieciocho puertas dispuestas en círculo. ¿Podría tratarse de Ciudad Blanca?

Las tripas volvieron a rugirle y notó un enorme vacío bajo su esternón. Era obvio que no aclararía nada allí, especialmente con la crisis hipoglucémica en la que estaba sumido, así que decidió dejarlo para más tarde. Lo recogió todo y salió de la habitación. Una vez que estuvo fuera, oyó que la puerta se cerraba con el mismo sonido con el que se había abierto. Para convencerse de que era así, movió el picaporte. Estaba cerrada con llave.

105

—Uno de los placeres colaterales de nuestra biblioteca es que, a diferencia del resto de los mortales, nosotros tenemos el privilegio de comer exactamente como los griegos y los romanos de la Antigüedad —fueron las primeras palabras que Charles oyó en cuanto puso un pie en la escalera de caracol que conducía a la planta baja.

»Porque —prosiguió el gigante, lleno de entusiasmo—, entre todas las joyas que tenemos aquí, figuran las partes perdidas del libro de Apicio. Te digo esto para empezar con algo que todo el mundo conoce. Como muy bien sabes, en esta excepcional colección de recetas, que ha sobrevivido al paso del tiempo, no se incluye ninguna cantidad.

—Es solo un caleidoscopio, una sucesión de tipos de comida, una lista casi infinita —intervino Charles para acabar la idea.

Había llegado a la mitad de la escalera y estaba bajando con cuidado por miedo a tropezarse. Concentrado como estaba en sus pasos llevando los dos libros y el rollo en las manos, no logró preguntar nada ni tampoco echar un vistazo a la sala hacia la que se dirigía.

—Sí —dijo la voz del enano—. Eso se debe a que las cantidades de las recetas están en la segunda parte, que solo existe en nuestra biblioteca. Apicio escribió allí una detallada descripción de las formas de preparación de los platos. En esta parte hallamos las cantidades que hay que usar.

—Y eso por no mencionar que también guardamos los secretos de los doce autores de los *opsarutikons*, como se llamaban los libros de cocina de la antigua Grecia, tal como los enumera Ateneo en sus nostálgicos diálogos, *Deipnosophistae*, una enciclopedia de máximas y, a la vez, un reflejo de la época —continuó el gigante en el mismo tono jovial.

Charles, que ya había llegado a los pies de la escalera, no parecía escuchar lo que su anfitrión estaba diciendo. Se quedó allí plantado con la boca abierta intentando asimilar y comprender todo lo que estaba pasando en la sala principal de la casa.

—Pero no solo eso —siguió diciendo el gigante, sin parecer tener en cuenta la perplejidad de su invitado—. También tenemos muchos libros que describen detalladamente cómo, y de qué forma, se cocinaba en la Roma imperial.

Tras un instante de desconcierto, Charles entró en la inmensa habitación como un sonámbulo, imposible de distinguir durante un momento de un gato de dibujos animados que sigue la ruta de los vapores aromáticos de la comida, y avanzó como si lo teledirigieran, siguiendo un recorrido por la sala, en la que se había montado una escena muy parecida a las descripciones de los antiguos banquetes o a los festines medievales de películas pertenecientes más bien al género fantástico en las que aparecen escenas de cómo se prepara un festín. En ambos lados, empezando delante de la puerta, se extendía a lo largo de las paredes laterales una cantidad interminable de mesas, cada una de ellas con una sola hilera de sillas situadas únicamente en el lado de la pared, de modo que los futuros comensales podrían ver a los que estaban en el otro lado. Delante de cada silla había colocados platos de arcilla de diversas formas, uno sobre el otro, cuencos más pequeños y más grandes, platos para los huesos, boles con agua y limón para lavarse las manos y varias clases de copas y jarras. Justo en la entrada, en una mesa grande, unas copas de plata aguardaban a los invitados. El tercer lado era todavía más espectacular. Cargada de comida dispuesta en varios niveles, había una mesa muy complicada, atestada de docenas y docenas de clases de alimentos caóticamente dispuestos. Estaba dominada por una extraña fuente en forma de semicírculo, formada por diversos pisos en los que había colocadas todas las exquisiteces en función de su orden, importancia y nobleza.

Justo en el centro, una mesa auxiliar, un asno de bronce corintio con ruedas, cargaba dos alforjas, una a cada lado. En una había aceitunas verdes variadas de distintos tamaños y formas, algunas con hueso, otras sin él, algunas rellenas de un amplio surtido de verduras y otras de plantas aromáticas. En la otra alforja había aceitunas negras, también de distintas formas y tamaños, pero más austeras en cuanto a su interior porque rellenar una aceituna negra sería una impiedad, ¿no? Las alforjas se completaban con diversos tipos de pasta de aceituna hechos con ingredientes extraños: algunas tratadas con *garum* y vinagre puro; otras con *hydrogarum, oenogarum* u *oxygarum*; unas cuantas con *defrutum* o *liquamen*, o con una delicada y bien proporcionada mezcla de todo lo anterior. El asno llevaba dos bandejas en la cabeza. En el borde de cada una de ellas aparecía inscrito OMNES LIBRI. Una de las bandejas representaba un puente de plata y ofrecía al comensal diversos elementos que pertenecían a los *gustatio* o entrantes. Entre ellos destacaban los lirones glaseados con miel y generosamente cubiertos de semillas de amapola. En la otra bandeja de plata que descansaba sobre la cabeza del asno, había toda clase de salchichas, que seguían chisporroteando porque la cabeza del asno se mantenía caliente gracias a un fogón interior en el que el carbón se colocaba a través del morro medio abierto del cuadrúpedo de bronce. Entre ellas no faltaban las *lucanicae*, que eran las salchichas ahumadas más famosas de Roma. Una bandeja más pequeña contenía piñones y semillas de granada para compensar el fuerte sabor de la carne picada.

—¿Es esto lo que creo que es? —preguntó Charles, recuperado de la primera impresión.

—¿Qué crees que es? —quiso saber el gigante.

—El asno del *Satiricón*, del banquete de Trimalción.

—Exacto —respondió el enano—. ¡Bravo! Acompáñame y te mostraré más maravillas. Acércate, nada muerde. Más bien serás tú el mordiente —soltó riendo, encantado con su juego de palabras, y se dirigió hacia la mesa del principio, de izquierda a derecha.

Charles se aproximó, no sin antes coger una aceituna negra de la alforja del asno. Tenía un fuerte sabor a pescado fermentado. Al principio le produjo una sensación horrible, pero cuando se acostumbró, el aroma que la aceituna le dejó en la boca le pareció simplemente increíble.

El enano observó las expresiones contradictorias que se sucedían en el rostro de Charles y pensó que tenía que explicárselo:

—Acabas de probar una aceituna bañada en *garum*. El *garum* es la salsa más famosa entre los romanos y la usaban en casi todos sus platos. En caso de apuro, cuando las reservas de *garum* se habían agotado, podían usar *liquamen* como sustituto. O, si no podías permitirte comprar *garum*, su sustituto más barato funcionaba a la perfección. El *garum* es una salsa hecha con intestinos y sangre de pescado a los que se echa sal. Cuanto más excepcional sea la especie de pescado, más especial será el *garum*. Si usas intestinos y sangre de esturión, ese pescado que recuerda un dinosaurio que de algún modo nos ha llegado desde la prehistoria, obtendrás el mejor *garum*, que recibe el nombre de *haimation*. En cualquier caso, sea cual sea la clase de pescado que uses, tienes que dejarlo dos o tres meses al sol y removerlo una vez al día. Las bacterias que se acumulan hacen que fermente. Al final del proceso, separas el pescado licuado de la pasta que queda en el fondo del recipiente de fermentación. Esta pasta se denomina *allec* y, en tiempos de los romanos, era el *garum* de los pobres y los soldados. El *garum* de factoría, la mejor de todo el imperio era la de Umbricio Agatopo, se conservaba en vasijas especiales con espitas. Tras el largo proceso de fermentación, de la espita fluía el mejor *garum*. Un consejo de cocina: si no tienes *garum*, usa *liquamen*, que se prepara del mismo modo, pero está hecho de pescado más pequeño entero, no solo de intestinos y sangre. No había comida romana sin *garum*. De hecho, no existe ninguna receta sin esta salsa. A diferencia de los griegos, los romanos no soportaban la carne en su estado natural. Los griegos comían la carne de cualquier forma. Según Aristóteles, la carne frita es para los bárbaros: una persona con gusto la preferirá hervida. Los romanos eran decadentes. Cualquier imperio que ha llegado a cierto grado de sofisticación busca la novedad, lo inusual. Y esto se consigue buscando lo sensacional en cualquier cosa, especialmente en la comida. Los romanos querían practicar juegos intelectuales haciendo que un alimento pareciera otro, no solo en cuanto a la forma de presentarlo sino también de modo que te sorprendiera al probarlo. Ya que has mencionado a Petronio, aquí tenemos un conejo con forma de caballo alado, Pegaso, y este pescado que no contiene pescado —dijo el enano mientras enseñaba a Charles un paté negro dispuesto en forma de pescado en una bandeja.

»Y aquí tenemos paté de hígado con *liquamen*. El hígado se hirvió en *defrutum*, que es el zumo de uva del primer prensado, hervido para reducirlo a un tercio, tal como nos indican Varro y Columela. Por supuesto Plinio, otro guía fenomenal, en especial en lo que se refiere a bebidas y salsas, nos dice que habría que reducir el zumo a la mitad. El *defrutum* se llamaba también *caroenum* o *sapa*. Cada una de estas versiones está definida por la reducción del zumo de uva, conocido también como "mosto". Podríamos usar también el *passum*, que es vino de pasas, prensadas varias veces después de pasar varios días consecutivos al sol. Fue inventado en Cnosos y le gustaba al Minotauro. De hecho, esta es la salsa que he añadido a estas gambas, que he marinado un poco en miel ligeramente fermentada —explicó el enano, que tomó una gamba y la acercó a la nariz de Charles mientras lo apremiaba a probarla.

A Charles le resultó algo violento, pero cedió ante la insistente mirada del enano. Dio un mordisco, y la mezcla de aromas agridulces tan característicos de la cocina de la Grecia y Roma clásicas le invadió toda la cavidad bucal. A Charles le gustaban mucho las combinaciones agridulces de la cocina asiática, en particular de la india. A veces tenía problemas con el sabor del pescado, pero en esta cocina parecía omnipresente.

—Y para concluir con las salsas —dijo el enano, que devolvió las gambas a su bandeja—, el *hydrogarum* se obtiene al tratar el *garum* con agua; el *oenogarum*, al tratarlo con vino dulce o mosto, mientras que el *oxygarum* consiste en *garum* tratado con vinagre, como sus propios nombres indican. Finalmente, tenemos también *mulsum*, que es vino mezclado con miel. Cuando Octavio Augusto preguntó a Polio Rómulo cómo había conseguido vivir cien años y conservarse con tan buen aspecto, este respondió que a lo largo de toda su vida se había administrado *mulsum* por dentro y aceite de oliva por fuera. El *mulsum* es una versión superior del *passum*. También existe una salsa llamada *amulamum*. Está hecha de grano hervido y reducido en cinco cambios de agua. Era la favorita de Catón y se usaba como espesante.

Como el enano había dejado de presentarle los platos y estaba haciendo un repaso general de las salsas, Charles se dirigió hacia el centro de la mesa y trató de adivinar qué era cada comida.

—El famosísimo silfio era un ingrediente esencial en la cocina de la Antigüedad. Plinio dedicó un capítulo entero a esta hierba. Hubo un momento en que era tan preciada que valía su peso en oro. Se guardaba en los erarios junto con las piedras y los metales preciosos. Y entonces desapareció por completo. Al parecer, Nerón es el último romano del que se sabe que se dio un banquete con este condimento. Se encontraba en un único sitio, Cirene, en la actual Libia. Los romanos no habían pensado en ningún momento que esta especie se extinguiría. Estaban tan desesperados por ponerla en cualquier clase de comida que, al final, ya no podían encontrarla. La consumieron toda. Al final, importaron algo parecido de la India, una planta llamada «asafétida». Hemos conservado muchos de los libros perdidos pero, como no somos magos, no hemos salvado las semillas de las plantas que han desaparecido. Dicho esto, los platos que ves aquí, especialmente esta locha con salsa de arándano azul y este estofado de cerdo salteado con alcaravea, cilantro, hinojo, levístico, tomillo con mosto y vinagre, están hechos con montones de asafétida. Y ese pescado con costra de cilantro fue inyectado con esta planta, que posee una calidad esencial en la mesa...

—Aquí, el enano hizo una pausa para prolongar el suspense—: No te provoca gases.

Como Charles no reaccionó de ningún modo, el enano adoptó una pose teatral y comenzó a declamar:

—Gases, ¿comprendes? Pedos, ventosidades o flatulencias. Hay pedos que pueden resultar falsos: Eso es peligroso. Mejor evitarlos —aseguró el enano, que se puso de puntillas y empezó a recitar:

Cagante,
bostante,
pedante,
cacoso,
tu coso
colgante
bajante,
a mi foso,
guarroso,
mierdoso,
asqueroso.
¡San Telmo te espante
si todo agujero
mugroso,
trasero,
no limpias entero... cuando te levantes!

Asombrado, Charles siguió el número del enano y oyó unos aspavientos detrás de él. El gigante estaba riendo con lágrimas en los ojos.

—Perdona —dijo entre carcajadas—. Perdona. Te ruego que me... disculpes... Cada vez que mi hermano recita este pequeño poema de *Gargantúa y Pantagruel*, el libro que me dio nombre, me parto de la risa. Y se ha aprendido otro poema.

—Sí. Uno de esos perdidos para siempre del pirata poeta François Villon, que dijo que en la soga sabrá su cuello lo que pesan sus posaderas. Este se titula «Romance del pedo del diablo». Puede que te lo recite la próxima vez, cuando haya perfeccionado mi pronunciación francesa.

Charles se dio cuenta de que tendría que hacerle un cumplido y dijo lo primero que le pasó por la cabeza:

—Excelente interpretación. Ahora entiendo que fueras la elección ideal para el papel de *Juego de tronos*, tal como me dijiste.

De repente se hizo el silencio. Los dos hermanos se habían puesto otra vez muy serios. Mientras a Charles empezaba a asustarlo la idea de haber dicho algo ofensivo, los hermanos se contuvieron un poco más y, después, se echaron a reír a mandíbula batiente. Lo hacían tan a gusto que contagiaron a Charles y así estuvieron un rato. Después, Charles se acercó a las figuras que dominaban la mesa: un pavo real con plumas incluidas y un jabalí entero relleno. Se volvió hacia el enano.

—¿Es este el famoso cerdo troyano? —preguntó.

—Exacto —respondió el enano, que estaba intentando reprimir las carcajadas—. Es una obra maestra de la gastronomía grecorromana. Lo inventaron los helenos. Su nombre procede del caballo de Troya, con el que Odiseo provocó la caída de esa ciudad. Es un engaño, porque hay once clases de salchicha, gallos de monte con cresta y todo, cuatro clases de conejo, hígado de faisán y de pintada, cordero y pichón, y tres cuartos de lo mismo, unido con sesenta y ocho especias distintas, hervidas y frescas, mezcladas con huevo y empapadas en *garum* de esturión. ¡Será la estrella de la velada!

—A propósito, ¿qué hace tan especial esta velada? —preguntó Charles.

—Es una celebración de nuestra organización —respondió el gigante—. Las personas que viste irse cocinaron todos estos platos. En poco más de dos horas, vendrá muchísima gente. Por desgracia...

—Lo comprendo —aseguró Charles—. Yo no formo parte de la organización.

—Espero que lo correcto sea decir que no formas parte de ella todavía. Pero no puedes irte hasta haber probado las partes más interesantes del banquete.

—¿Pruebo un poco de todo entonces?

—Por lo menos un poco de los platos importantes —intervino el enano—, solo te hemos invitado a almorzar. Y deberías saber que este pavo real es de plástico. Es de broma. Ni siquiera los romanos, que estaban como cabras, se lo comían. Cocinado, es horrible. La carne se encoge y se vuelve dura como una piedra. Por eso solían ponerlo en la mesa con plumas incluidas. Hubo un momento en que ya no se contentaban con lo inusual. Iban más allá. Y en el menú empezaron a aparecer cosas como la tortuga, la lengua de flamenco, la cabeza de ruiseñor, el gorrión estofado, la joroba de camello y el cerebro de tortuga marina. Y en cuanto a los mejores manjares, la ubre y la vulva de cerda nulípara competían con las mismas partes de una cerda que había tenido lechones. Del mismo modo, se jactaban de haber comido medusa o pichón hembra, ballena y loros de colores. Nosotros no podríamos hacer nada así. Estas cosas nos parecen estúpidas, crueles y salvajes. Reproducimos los platos esenciales del período para conservar una tradición largo tiempo desaparecida, pero sin su crueldad.

—Pero los griegos inventaron la gastronomía —intervino el gigante—. Es increíble. El pueblo que inventó la democracia, que creó una cultura elevada, inventó también el arte de cocinar y de comer. Los romanos eran un puñado de bárbaros hasta que aprendieron un poco a comer gracias a los griegos. Lo único que sabían cocinar era cebada hervida, una especie de gachas. Es más, la cocina romana no empezó a convertirse en algo serio hasta que importó libros de cocina y cocineros de Grecia.

Tras explicarle que en aquella época no había plato que no contuviera al menos diez condimentos y hierbas distintos, el enano indicó a Charles los ingredientes de la famosa *sala cattabia*, hecha con menta seca, semillas de apio secas, jengibre picado, cilantro fresco, alcaravea y acedera, levístico y nuez moscada. A ellos añadían en una sartén trozos de pollo, cabra y corteza de pan picentino, hecho de espelta, humedecido nueve días y amasado en salsa de vino, con pasas, aceite, vinagre y miel, todo ello horneado junto. Los dos hermanos lo tentaron con toda clase de platos horneados en cazuelas bajas, desde el guiso habitual hasta uno cremoso, hervido en leche, con perejil y miel. Los platos de este tipo incluían una patina de espárragos fríos alternada con un plato hervido hecho con hierbas aromáticas y mostaza hasta que, al final, la aventura en la zona de los guisos terminó con uno de rosas y tuétano, con pedazos de anchoa hervida en miel con piñones. Charles tuvo que probar también la cazuela al estilo de Lucrecio, con pescado crudo en el centro de un plato con cebolla verde, roja y blanca, con *corona bubula* y miel, vinagre y *defrutum*, todo generosamente aderezado con *liquamen*. Le ofrecieron también un coloreado plato de pescado llamado *zomoteganon*, que incluía levístico y pimienta, aceite y *garum*, orégano mezclado con huevo crudo, que se había vertido en la fuente de horno, y contenía un poco de ciceón, en el que la bruja Circe había mezclado en su día queso con cebada y vino de Prammo, además de miel dulce sin cristalizar, pero sin las hierbas que convirtieron a los marineros de Odiseo en cerdos. También lo tentaron con el atún de Torone que recomendaba Arquestrato; pollo relleno de hierbas y aceitunas; repollo al estilo ateniense con cilantro, miel y asafétida, acompañado de rollitos de cebada; por no hablar de la caballa al ajo y el hígado a la Oxirrinco, llamado así en honor al autor de la receta; queso tierno de cabra mezclado con una crema de lentejas hervidas con cilantro y nuez moscada, alcaravea y acedera; espalda de cerdo con queso marinado en vino dulce, y pollo parto, además de riñones rellenos de veinte hierbas a la parrilla, y alguna que otra cosa más. Había por lo menos veinte clases de ostras, la mayoría de ellas con cilantro porque, como dice Roger Bacon, el cilantro alarga la vida. Las ostras estaban sazonadas con mostaza, un condimento esencial para los romanos, tan importante que el edicto de Diocleciano del año 301 declaró la mostaza un alimento, no un condimento, y la elevó a la categoría de artículo de salud nacional. De postre le ofrecieron pastellillos alejandrinos, entre los cuales los *itria*, hechos de semillas de sésamo y miel, y que se dividen en dos clases, *ryemata* y *lagana*, una cazuela baja de peras al horno; dulces de Delos con *kokkora*, consistentes en higos secos fritos con avellanas; un budín de miel llamado *hyposphagma*, que inventó el gran cocinero Erasístrato, y por último, unas crepes tan famosas en toda la antigua Grecia y tan populares que había vendedores ambulantes que las ofrecían en el teatro y en las calles de Atenas.

Finalmente, le ofrecieron varios tipos de vino, rebajados con agua en mayor o menor proporción, como era la costumbre romana. Charles los rechazó uno tras otro con el pretexto de que tenía que conducir para volver a casa. No se marchó, sin embargo, sin probar por lo menos un trago de vino tinto aromatizado con miel y ambrosía, el néctar de los dioses. Ese era el vino que Odiseo utilizó para emborrachar al cíclope y el enano le juró que el que tenían ante ellos era idéntico al que Marón de Ísmaro regaló al propio Odiseo.

106

El agente Stewart McCoy soportaba inusitadamente bien la dureza. Se había ofrecido más de una vez voluntario para misiones suicidas. Lo habían torturado dos veces, una en Irak y otra en una misión de las fuerzas especiales en México. Después de eso no se había negado a participar en un experimento con medicamentos psicotrópicos, ni había rehuido ejercicios de privación de sueño y desorientación. Era, como le gustaba decir, el conejillo de Indias de los servicios secretos estadounidenses. Bajo, flaco, con un bigote poblado, se estaba empezando a quedar calvo. McCoy no parecía capaz de matar a sus torturadores después de que lo sometieran varios días seguidos a tormentos inimaginables. Sin embargo, había acabado con todos los iraquíes y mexicanos que le habían torturado, uno por uno, con sus propias manos. Con una mezcla de respeto y admiración, la gente que sabía por lo que había pasado se ponía de pie en cuanto McCoy entraba en una habitación. A veces sus jefes se preguntaban si el agente no tendría una veta masoquista muy pronunciada. ¿Tal vez disfrutaba con aquellas experiencias extremas?

En cualquier caso, cuando Caligari le contó lo que tenía que hacer, aceptó en el acto. Un helicóptero lo llevó a la granja. Desde allí, iría a la base con los restos de la terrible bestia que los Gulbrandsen habían desmembrado al descargar toda su furia sobre ella. Tras haber informado a McCoy sobre su misión, Caligari envió un mensaje de texto a Mabuse: «Otro incidente. Tenemos un superviviente». Quiso dejar muy claro que, «a diferencia de los demás, la persona que le envío no se encuentra en estado de shock. Parece bastante alegre».

«Con todo el respeto —replicó Mabuse—. Yo soy el único que puede decidir eso.»

Tres horas después, McCoy era introducido en silla de ruedas en las entrañas de la bestia subterránea donde se ocultaba la sección psiquiátrica de la base.

Caligari le había explicado que tenía que resistir cualquier clase de tratamiento. En el helicóptero le habían colocado una cámara y un micrófono minúsculos en el cuerpo durante una intervención bastante complicada cerca de la oreja, que conllevaba insertarle bajo la piel una cámara muy pequeña, pegarle la correspondiente lente liliputiense en unos cabellos gruesos e inyectarle subcutáneamente un micrófono con una pistola especial. Había sido imposible esconderle aparatos de vigilancia bajo la ropa, pues el doctor Mabuse le pondría ropa deportiva de inmediato. La prenda era un cruce entre chándal y bata de hospital, y estaba diseñada por el mismo médico. Caligari observó pensativo cómo su lugarteniente desaparecía con su silla de ruedas en el interior de la caja fuerte.

—No tiene por qué preocuparse —comentó Petra—. Está bien informado, e intervendremos a la menor señal de que su vida corre peligro o de que Mabuse va demasiado lejos.

—Para empezar no estoy demasiado seguro de que el médico sea la persona que usted dice que es. Si tiene razón, pronto lo averiguaremos. Lo que me preocupa es la posible reacción de McCoy. Puede que cuando demos la alarma ya sea demasiado tarde. Nuestro hombre tiene una derecha como un torno de banco. Cuatro hombres intentaron abrirle el puño con el que sujetaba a uno de esos mexicanos por el cuello. Solo lo consiguieron después de inyectarle un relajante muscular.

107

Había probado algunas de las llamadas delicias del banquete grecorromano, tan solo un bocado de los platos que parecían más interesantes, y ahora se sentía tan hinchado que se recostó en la silla con unas ganas espantosas de desabrocharse el botón de los pantalones y aflojarse el cinturón. Se resistió por educación.

Los dos hermanos estaban sentados delante de Charles cuando dijo que estaba tan lleno que no comería nada en tres días. Lo estaban mirando con la curiosidad con la que observas un gatito que te han regalado, a la espera de captar sus primeras diabluras con la cámara.

—Me voy ya. —Sonrió Charles—. Muchas gracias. Pero ¿qué es esto? —preguntó señalando las cosas que había extraído de las entrañas del faraón.

El enano y su hermano se encogieron de hombros.

—A partir de aquí no podemos ayudarte —dijo el gigante—. Te hemos contado todo lo que debíamos.

—Hombre, todo no —respondió Charles—. No me has contado dónde está esta biblioteca, en qué isla. Y tampoco qué relación tiene mi madre con esto. Pero, sobre todo, no me has contado por qué esta organización vuestra, que una vez tuvo un propósito que hoy en día parece obsoleto, sigue existiendo, puesto que los libros se conservan y se salvan en muchos sitios. ¿Y por qué no hacéis públicos todos aquellos volúmenes que afirmáis tener? A mí me parece que estáis borrachos de poder. —Mientras tanto, se había levantado de la silla y se estaba dirigiendo hacia la puerta con los libros en la mano—. Los salvasteis. Excelente, eso lo entiendo pero, ahora, este egoísmo de salvarlos solo para unos cuantos iniciados representa, a mi entender, que os estáis transformando en exactamente lo contrario de aquello para lo que se creó Omnes Libri.

—Al menos comienzas a tomarte esta hipótesis en serio. Es un primer paso. Te acompañaré afuera —dijo el gigante.

El enano corrió hacia Charles y le abrazó con mucho afecto. Charles sintió una emoción agradable, como si se estuviera despidiendo de una persona muy querida, de un hermano. De camino hacia la zona de estacionamiento, el gigante respondió en parte a sus preguntas:

—El mundo todavía no está preparado para un descubrimiento tan grande. No queremos transformar lo que seguramente sea la mayor revelación de la historia en una ocasión para que se desate un comercio del todo indecente. En cuanto a nuestra disolución, muchas veces hemos pensado en limitarnos a mantener la biblioteca y retirarnos. Pero, a lo largo del tiempo, hemos aprendido una o dos cosas.

»He sido testigo de la destrucción de libros, de esos receptáculos, de esos depósitos de todos los valores de los que es capaz la raza humana. Representan un accidente tan singular en el universo y son fruto de un juego de fuerzas tan inusual y fortuito que son contradictorios e irrepetibles. Es más, los actos destructivos de los que te estoy hablando iban más allá de lo imaginable, no eran tan solo una casualidad, ni estuvieron ocasionados por un incendio o una inundación, sino que los provocó la infinita reserva humana de estupidez y ruindad; esa otra cara siniestra del coloso de carne y órganos que a veces se convierte en un enano deforme de arcilla y tierra. ¿Sabes que en griego «apocalipsis» significa «destrucción»? Pero también quiere decir «revelación», una promesa de renovación, de cambio total. Los *Libros sibilinos*, ahora en tu poder, lamentan el final de un mundo, el cual pronostican, y alaban a la vez el inicio de otro nuevo. Un ciclo. Cualquier nueva religión, sustituida hace tiempo por la política y más recientemente por la cultura de los dispositivos digitales, promete un renacimiento, pero solo después de arrasar con todo lo que existía antes de ella. Eso es lo que tememos, estos sucesivos apocalipsis que hemos vivido y que seguimos viviendo de talibanes que destruyen vestigios milenarios ¡solo porque su microscópico cerebro colectivo se ha empachado de sí mismo, se ha podrido en la ideología infectada que él mismo ha creado! Mientras Shiva baile de alegría sobre la tumba del mundo que ha destruido, tenemos que seguir aquí para asegurarnos de que existe una brecha, un agujero de gusano entre los dos universos, un paso hacia el nuevo mundo.

»¿Sabes cuántas bibliotecas hemos salvado? Alejandría fue solo el principio. ¿Eres consciente de cuántas bibliotecas hemos perdido porque ignorábamos cómo movernos o porque no llegamos a tiempo? Esos cataclismos los provocaron accidentes pero especialmente la naturaleza desastrosa de la humanidad, que, de vez en cuando, siente la necesidad de redescubrir una especie de pureza perdida en el desierto, una necesidad de volver a empezar cada vez de cero. La destrucción de un libro o de una obra de arte conlleva un mensaje siniestro en sí misma. Quienes llevan a cabo la destrucción no tienen nada contra el objeto en sí, sino más bien contra lo que representa. Al acabar con los objetos más valiosos intentan eliminar nuestra memoria, la nuestra y la de toda nuestra civilización. Consideran que el mundo tendría que empezar con ellos. Por eso la Inquisición quemó tantos libros. Por eso los nazis hicieron hogueras con ellos. Por eso las armas se dirigieron contra la biblioteca de Sarajevo. Por eso Pol Pot ordenó a su gente que acabara con el rastro de cualquier libro en todo el país.

Charles miró con atención al gigante. La pasión con la que hablaba lo había transformado. No pudo evitar pensar que el deseo destructivo del que aquel hombre corpulento estaba hablando había surgido de aquella misma clase de pasión. La pasión de la creación y de la destrucción es idéntica. Solo cambia la señal que la origina, un círculo vicioso. Pero el gigante había seguido hablando mientras tanto y estaba claro que no pararía hasta haber terminado su monólogo. Así que lo único que podía hacer Charles era escucharlo.

—Los libros siempre han preocupado a los dictadores y los líderes religiosos —dijo el gigante—. A mi entender, unos y otros son iguales. Tú eres de origen rumano por parte de padre. Bueno, Ovidio, el gran poeta, fue exiliado a orillas del mar Negro, el Ponto Euxino, a un lugar situado ahora en el país de tus antepasados. ¿Y por qué? Porque osó poner la mano en la pierna de Julia, la nieta de Octavio Augusto. Como consecuencia de ello, todas sus obras fueron retiradas de las bibliotecas públicas de Roma y destruidas. De hecho, a lo largo de la historia, el *Arte de amar* de Ovidio ha sido quemado en la plaza pública tres veces más. Savonarola lo hizo en Florencia en 1497, y unos sacerdotes lo quemaron en Londres y Canterbury en 1599. Esto es lo que pasa cuando los libros caen en manos de cretinos. Nuestro amigo Augusto exilió también a Casio Severo, y ordenó que se confiscaran todos los libros que había escrito y se hiciera una hoguera con ellos. Lo mismo le pasó a la *Historia* de Timágenes de Alejandría, que fue quemada en público al final de una procesión durante la cual al autor se le acusó de no aceptar la grandeza del imperio en sus escritos. También en Roma hubo un momento en que la censura enloqueció contra los magos, un modelo que se superaría durante la Edad Media, cuando los censores de la Iglesia católica (que estaban mucho más locos que sus equivalentes romanos) no solo quemaron libros en la pira, sino también a sus autores. Pero eso ya había sucedido antes. Al acusar a sus víctimas de lesa majestad, Domiciano, por ejemplo, ordenó la muerte de Trásea Peto y Helvidio Prisco junto con la destrucción de sus obras. Tiberio condenó a muerte a los autores que en sus obras alababan a Bruto y a Casio o hablaban mal de Agamenón, un personaje imaginario, como bien sabes. Los griegos también hicieron lo mismo. Los espartanos exiliaron a Arquíloco y destruyeron sus libros de poesía. Los atenienses prendieron fuego a los libros de Protágoras, en la misma ágora. Los cristianos también lo sufrieron en sus propias carnes cuando Diocleciano ordenó la destrucción de los textos sagrados durante la gran persecución. De hecho, aquí radica todo el problema. Una vez que una religión o un dictador establece que un libro, como la Biblia o el Corán, es sagrado y de origen divino, el resto pasa a ser inútil si repite las enseñanzas del libro sagrado o peligroso si las contradice.

—Tal cual como en el relato del califa Omar.

—¡Exacto! Goebbels diría que son precisamente los libros lo que representa la relación con el espíritu diabólico del pasado. Se destruyen porque se considera que son una amenaza para una ideología o para una cultura considerada superior y, por tanto, más pura. Esto supone una contradicción, claro. ¿Por qué alguien más poderoso tiene miedo de quien es más débil? Porque cualquier clase de disidencia o de opinión crítica cuestiona la ideología oficial, socava su raíz, destruye su aura mesiánica.

»¿Quieres que te aporte algunas cifras a la lista infinita de bibliotecas perdidas? Algunas de ellas se han perdido para siempre. Otras, aunque demasiado pocas, las salvó nuestra organización. La biblioteca Palatina, creada por el mismo Augusto, constaba de dos salas de lectura, una para las obras griegas y otra para las romanas. Ardió, como su biblioteca hermana, cerca de la Porta Octavia. La gran biblioteca Ulpia, fundada por el emperador Trajano en el centro de su foro, contenía veinte mil volúmenes: quedó reducida a cenizas en el siglo v. La Capitolina, el Ateneo romano, la biblioteca del Panteón de Sexto Julio Africano, la biblioteca de la Paz de Vespasiano: todas ellas desaparecieron. ¿Sabes que hacia el año 350 había veintiocho bibliotecas públicas en Roma? ¿Dónde están ahora? ¿Qué fue de sus fondos? ¿No se ha vuelto mucho más pobre el mundo sin los libros que contenían? La última destrucción de una biblioteca del Imperio romano de Occidente fue obra de Alarico, quien, en 410, saqueó todas las bibliotecas de la ciudad y usó sus papiros como antorchas para iluminar sus orgías.

—Después llegó el desastre de la Edad Media —dijo Charles, que había vuelto a entrar en el juego del gigante.

—En ese momento ocurre algo peculiar —prosiguió el gigante—. Durante mil años, hasta los albores del Renacimiento, la Edad Media produjo más o menos la misma cantidad de libros que Roma y Grecia en un año. Esas historias sobre las bibliotecas de los monasterios, de las que es responsable nuestro amigo Umberto Eco...

—¿Es miembro de la orden?

—No puedo contestar tu pregunta —dijo el gigante con una mirada de complicidad—. No estoy autorizado a revelar los nombres de los miembros vivos de nuestra organización, especialmente si pertenecen a los setenta y dos hermanos elevados —añadió poniendo los ojos en blanco.

—¡Oh! —exclamó Charles con una carcajada—. Comprendo. ¿Me estás diciendo que quiere confundir la historia?

—No. No he dicho eso. Su biblioteca imaginaria, que está sin duda inspirada en la nuestra, creo que eso es evidente, no existía en la Edad Media. No habría sido posible. Sí había monjes que copiaban manuscritos en monasterios y que dibujaban esas espléndidas iluminaciones e ilustraciones en los márgenes, pero en toda la Edad Media solo hubo varios centenares. En un monasterio o una abadía solo había unos cuantos libros. Eran muy caros y muy difíciles de encontrar. La mayoría permanecían sujetos con gruesas cadenas en bibliotecas minúsculas. El libro de Eco es una enorme metáfora, eso seguro.

»Pero me has preguntado por qué no nos disolvemos o nos retiramos. Saltémonos toda la Edad Media, para que no digas que somos anacrónicos, y también la denominada edad moderna, hasta detenernos en el siglo xx. Tras la relativa calma del xix, el siglo de las guerras de independencia, parecía que el mundo iba a empezar a ser un lugar decente en el que se podía vivir, por así decirlo. ¿Y qué sucedió después, en la era de la tecnología, cuando empezamos a conquistar el espacio y el mundo se hizo más pequeño gracias a las comunicaciones modernas? Más de doscientos millones de personas murieron asesinadas, tanto en guerras como a manos de regímenes criminales, una cantidad sin precedentes en la historia.

»En cuanto a los libros, ¿qué más podemos decir? Bueno, te

pondré varios ejemplos, según me vayan viniendo a la cabeza. El 25 de agosto de 1914, los alemanes atacaron la Universidad Católica de Lovaina en Bélgica. En un solo día se quemaron trescientos mil libros, incluidos antiguos manuscritos e incunables. En un giro cínico de la historia, los nazis volverían a atacar esta misma biblioteca en 1940. En este segundo ataque fueron destruidos novecientos mil libros. Durante los veintitrés años intermedios, las autoridades habían dedicado muchos esfuerzos a reconstruir la biblioteca y enriquecerla. También se dice que, solamente en la antigua Unión Soviética, la invasión alemana destruyó cien millones de libros. Has oído bien. Y no solo no se trata de ninguna exageración, sino que creo que este cálculo se queda muy corto. Durante la Segunda Guerra Mundial, solo en Italia se malvendieron dos millones de libros. Entre ellos, unos cincuenta mil eran manuscritos únicos que no podían encontrarse en ningún otro sitio. Ahí tal vez salvamos unos cientos. Los demás desaparecieron para siempre. Cuando el ejército estadounidense invadió Japón en 1945, solo quedaban cinco mil libros en todo el país. Cinco mil. Toda la cultura escrita de Japón quedó borrada de la faz de la tierra. Por eso reinventaron la historia como quisieron. ¿Sabes que todas esas historias sobre los samuráis y el código *bushido* son puras invenciones?

Charles asintió con la cabeza. Lo sabía.

—Si nos quedamos en la primera mitad del siglo en Europa occidental, los alemanes sabían que no estaba bien destruir libros. No eran todos unos bárbaros, sino que había personas cultas entre ellos. Lo que no destruyeron lo confiscaron, en especial escritos judíos. Confiscaron obras de arte de los museos más importantes del mundo, además de apoderarse de libros. Solamente en Polonia, el ejército alemán confiscó y transportó más de dieciséis millones de volúmenes, lo que equivale a un ochenta por ciento del fondo de libros del país. Muy pocos fueron devueltos tras la guerra. Muchos de ellos fueron destruidos y se perdieron para siempre. En París, por ejemplo, la Biblioteca Checa fue saqueada por completo y desaparecieron ciento cuarenta y cuatro cajas de libros. Todos los libros de la Biblioteca

Universitaria de Atenas, todas las bibliotecas de Eslovenia, la Biblioteca Nacional de Serbia en Belgrado; todas ellas fueron eliminadas de la faz de la tierra. En Belgrado el desastre fue doble porque desaparecieron las pruebas más importantes de la civilización eslava meridional, manuscritos únicos de un valor incalculable, decenas de miles. ¿Sabías que los alemanes vivieron un tiempo en la casa de Tolstói en Yásnaia Poliana? No pararon hasta haber destruido la inmensa biblioteca del escritor, que incluía versiones y manuscritos raros de sus novelas. Hasta deshonraron sus restos, que desenterraron. Hicieron lo mismo en las casas donde habían vivido Pushkin y Chéjov. En Kiev, quemaron cuatro millones de volúmenes. Otros setecientos mil en Smolensk. Antes de la guerra había doscientas cincuenta y una bibliotecas abiertas en Polonia, con más de un millón y medio de volúmenes, lo que significa que poseían más de la mitad de todos los escritos judíos de Europa.

Charles miró boquiabierto al gigante. Naturalmente, conocía el holocausto de libros, pero jamás había intentado pensar cuántos fueron destruidos ni cuántos habían, de hecho, desaparecido.

—Los alemanes cometieron atrocidades, pero también las sufrieron. La Biblioteca Estatal de Berlín perdió dos millones de libros. La de Bonn perdió el setenta y cinco por ciento de sus fondos. En Darmstadt, donde había una biblioteca famosa por la impresionante cantidad de incunables y manuscritos antiguos que contenía, ochocientos mil libros desaparecieron en los bombardeos. Estos también destruyeron medio millón de libros en Frankfurt y la misma cantidad en Dresde y en Dortmund, además de seiscientos mil en Hamburgo. Algo más de un millón fueron destruidos entre las cuatro bibliotecas principales de Munich. Podría seguir hablando sobre lo que sucedió durante la primera mitad del siglo, pero no tiene sentido que continúe con ello.

»Veamos lo que pasó después de la guerra, porque, según se dice, eran tiempos de paz. Tras las atrocidades de la Segunda Guerra Mundial renacería un mundo mejor. Veamos. Mao Zedong trabajó como bibliotecario en su juventud. No sé si conocías este detalle. Por algún motivo, empezó a odiar por aquel entonces cualquier clase de libro, cualquiera que, simplemente, tuviera algo que ver con la alta cultura. No tengo ni idea si lo humilló algún lector o algún jefe. Pero lo cierto es que ordenó autos de fe por todo el país en 1950. Su furia contra la letra escrita culminaría en la Revolución Cultural. Hoy en día, personas en apariencia normales la han elevado hasta el punto de la veneración. Hace poco oí a una mujer rumano-estadounidense, propietaria de una agencia de publicidad para más inri y con negocios en Singapur (un paraíso de la no violencia inmediata y de la continuada violencia gubernamental), una dictadura, alabando las facilidades que aquel Estado ofrece a los inversores extranjeros. En una conferencia que esta señora, que se llama Aneta Bagan o algo así, dio a algunos jóvenes de una empresa, empezó su discurso alabando la fórmula: "Que se abran mil flores y mil escuelas de pensamiento". Este ser siniestro está enseñando a los jóvenes a amar las dictaduras simplemente porque protegen las inversiones de algunos empresarios muy sospechosos, por no hablar de que es famosa por ser una antigua delatora de la Securitate y una persona muy poco cultivada. En cualquier caso, la cita era incorrecta. Mao hablaba de cien flores y de cien escuelas de pensamiento, no de mil, mientras que el sentido de esta aparente apertura era sacar a la luz a los disidentes, que fueron detenidos, asesinados o reeducados como consecuencia de esta campaña. La Revolución Cultural destruyó cientos de millones de libros. Solamente en la provincia de Liaoning, en 1966 se habían destruido casi tres millones de libros. En Camboya, los jemeres rojos destruían cualquier libro que les caía en las manos. Y las cifras son aproximadas. Se dice que desaparecieron dos millones de libros y murieron dos millones de personas. Y ya no estamos en la Edad Media, sino en 1979. Las hojas de los libros se convirtieron en hojas para envolver tabaco: bienes de contrabando. Quienes no sabían leer se los fumaban.

En otras partes del mundo, cientos de millones de libros fueron destruidos por orden directa del dictador chileno, Pinochet.

El 25 de agosto de 1992, las fuerzas serbias del general Mladić apuntaron sus cañones a la Biblioteca Nacional de Bosnia y Herzegovina. Dispararon tres días seguidos. Ahí tenemos una historia admirable. Se formó una cadena humana, gestionada por intelectuales, quienes, a riesgo de que los asesinaran, salvaron lo que pudieron, seguramente varios cientos de miles de volúmenes de un total de un millón y medio de obras. Los rusos, con todos sus pecados, crearon una cultura inmensa y tenían escritores gigantescos. Como en cualquier país donde la gente no tenía posibilidades de ocio, los libros eran una alternativa, una escapatoria de una realidad siniestra, por lo que todos los antiguos Estados soviéticos estaban llenos de bibliotecas después de que la Unión Soviética desapareciera. Al principio de la guerra, los chechenos tenían más de mil bibliotecas, que contenían más de once millones de volúmenes registrados. Hoy en día, no queda prácticamente nada de ellos. Solo en 1944, los bombardeos rusos de Grozni destruyeron casi tres millones de volúmenes.

Charles miró con tristeza al gigante, que se había detenido.

—Podría seguir así hasta pasado mañana, ¿sabes? Pero creo que debería ir volviendo. Está empezando a llegar gente. —Charles volvió la cabeza hacia el espacio de estacionamiento. Había llegado un primer coche. De él salieron tres personas, que saludaron con la cabeza y pasaron cerca de ellos. Eran dos hombres y una mujer. Ella llevaba un sombrero y un velo le cubría el rostro. Cuando pasó junto a ellos, le tocó el hombro. Sin saber por qué, Charles la observó un buen rato. Cuando el gigante habló, interrumpió una sensación extraña que Charles no podía explicar.

—¿Todavía piensas que nuestra organización tendría que disolverse?

Charles inclinó la cabeza, avergonzado. El gigante le tendió la mano y la de Charles parecía la de un niño a su lado, sepultada entre los dedos inacabables de aquel hombre corpulento. Se abrazaron.

—Cuídate —fueron las últimas palabras que Charles oyó antes de cerrar de golpe la puerta del coche.

Se quedó con el dedo en el estárter, pero no lo presionó porque la mujer del grupo que había salido del coche se volvió hacia él mientras esperaba su turno para abrazar al gigante. Entonces hizo un gesto con todo el cuerpo, un rápido movimiento que hizo que Charles se quedara frío al instante. Se estremeció entre escalofríos. No tenía ni idea de por qué había reaccionado así. Parecía reconocer ese gesto, pero no recordaba dónde lo había visto. Se quedó donde estaba un rato hasta que el grupo desapareció tras la esquina de la casa. Entonces decidió que la causa era el cansancio, el extraño encuentro o aquella comida en la que predominaba el sabor a pescado fermentado. Pasado un rato, puso el coche en marcha.

108

El encuentro que acababa de concluir había alterado mucho a Charles. Había llegado con un montón de preguntas y se había ido con muchas más todavía. El gigante no le había dicho nada sobre lo que debía hacer con esos dos libros ni tampoco le había contado la verdadera historia de su madre. La existencia real de la biblioteca parecía estar ahora más allá de toda duda. Pero ¿dónde estaba la isla? ¿Coincidía con Ciudad Blanca? Muy cansado y enormemente confundido, Charles tampoco entendía su reacción ante aquella mujer. Buscó el móvil y recordó que no tenía batería. Había olvidado cargarlo. Sus labios se morían por un puro. Recordó que se los había dejado en aquella oficina improvisada de información en la ciudad. Así que decidió regresar a ella. Puede que la chica siguiera allí.

Unos minutos después, aparcó delante de la casa. Se fijó, no obstante, que el cartel que garantizaba una respuesta correcta a cualquier pregunta sobre Huntington ya no estaba. Pensó que seguramente lo guardaban de noche para que no desapareciera o se deteriorara. Quién sabe. Dejó el coche en la zona de estacionamiento, subió los peldaños y llamó a la puerta. No tuvo que esperar demasiado antes de oír unos pasos seguidos del ruido de la cerradura. Una mujer sonriente que andaba con pesadez, evidentemente de más de setenta años, abrió la puerta. Charles, que esperaba encontrarse con la chica a la que había visto antes, se quedó perplejo.

—Perdone —dijo a la mujer en tono cordial—. He visitado antes la oficina y me ha ayudado una joven muy simpática. Me gustaría saber si sigue aquí. Me dejé los puros, ¿sabe?

—Debe de haber alguna confusión. Aquí no vive ninguna joven —replicó la mujer, e hizo ademán de cerrar la puerta.

—Eso no es posible —soltó Charles de inmediato—. Quizá no viva aquí pero trabaja para usted. Solo quiero recuperar mis puros. Voy de camino a Princeton y los necesito de verdad. No sé si tiene alguna idea de lo que es ser adicto a esa clase de placer —comentó, convencido de que la mujer no sabía nada de su visita y de que seguramente no le apetecía que un desconocido la molestara a esas horas.

La mujer volvió a abrir la puerta de par en par y lo observó de pies a cabeza. Parecía estar sopesando su credibilidad. Al final sonrió de oreja a oreja.

—Eso es imposible —insistió—. No he salido de casa en dos días. Le digo que tiene que estar confundido. —Al ver la expresión de desconcierto en el rostro del hombre que tenía ante ella, la mujer, que era muy agradable, quiso evidentemente ayudar a aquel desconocido a convencerse a sí mismo. Parecía una persona muy elegante, quizá algo desorientada, pero no un bandido que fuera a poner su vida en peligro—. ¿Sabe que yo estudié dos años en Princeton hace mucho tiempo?

—Entonces tal vez conoció a mi padre o a mi abuelo —se apresuró a decir Charles, encantado de haber encontrado una conexión—. Los Baker hemos sido los jefes de Matemáticas en esa universidad durante tres generaciones.

—¿Ha dicho Baker? ¿Es usted el nieto del profesor Baker?

—Exacto —respondió Charles—. ¿Lo conocía?

—No en persona. Lo vi varias veces en el campus, pero oí hablar mucho de él. Era toda una celebridad. Verá, yo comencé a estudiar Medicina, pero me enamoré y me quedé embarazada. Bueno, es una larga historia. ¿Le gustaría entrar a tomar un café o un té?

—No, gracias —dijo Charles—. Tengo que volver a casa, pero le estaría muy agradecido si pudiera recuperar mis puros.

—Si tan desesperado está, tengo algunos cigarrillos —comentó la mujer, invitándolo a entrar.

No esperó la respuesta de Charles y se metió en la cocina, donde se oyó cómo rebuscaba insistentemente en los cajones.

En el recibidor, a Charles se le hizo un nudo en la garganta. Aunque la estructura de la casa era idéntica a la que había visto durante su visita anterior, nada más era igual, ni la pintura en las paredes, ni los muebles, ni los adornos florales, ni los cuadros que había colgados. Cuando la mujer regresó victoriosa con un paquete de Marlboro, vio que Charles, desde la puerta del salón, miraba desconcertado la estancia en la que estaba convencido de haberse dejado antes los puros.

—¿Se ha dado cuenta ya? —preguntó la mujer—. Mire, he encontrado los cigarrillos que me quedan. Pero le advierto que pueden estar secos. Llevan ahí varios años para cuando mi hijo viene a verme.

Charles no dijo nada. No entendía lo que había pasado. ¿Podía haber dos casas idénticas? No era posible. Se habría equivocado de calle. Avergonzado, quiso pedir disculpas e irse lo antes posible, pero un coche que pasaba por la calle iluminó brevemente con los faros el lado derecho del pasillo, que conducía a los dormitorios. Eso le permitió vislumbrar una fotografía apenas unos segundos. Se acercó a ella para verla mejor en la penumbra. La mujer, que lo siguió con la mirada, comprendió lo que quería y le encendió la luz. En la pared había una foto de la chica con quien había hablado antes, la misma que le había dado la dirección de la casa de madera.

—¿Y quién es esta encantadora chica entonces? —quiso saber Charles.

—Soy yo.

Notó un zumbido en los oídos y tuvo la impresión de no haberla entendido demasiado bien. Se volvió hacia la mujer todavía más perplejo.

—Sí. Soy yo hace casi cincuenta años —aseguró la mujer con una sonrisa—. Era guapa, ¿verdad?

Charles intentó procesar todo lo que le estaba pasando. No

era ella, claro. Estaba siendo víctima de un engaño que seguramente tenía que ver con la aventura de aquel día en Huntington, esa ciudad tan peculiar. Aun así, decidió que sería mejor no insistir. No tenía ni idea de cómo toda la decoración de la casa había cambiado tan deprisa, pero estaba convencido de que eso era lo que había ocurrido.

—Guapísima —soltó Charles dirigiéndose hacia la puerta—. Y sigue estando fenomenal.

La cuestión era que aquella mujer había sido amable con él. No tenía ningún sentido comenzar a cuestionarla. Ella lo acompañó hasta la puerta y le ofreció el paquete de cigarrillos.

—Lamento que no se quede un rato. Tal vez la próxima vez que venga por aquí.

—Sí, tal vez.

—Ah, espere un segundo, le daré unas cerillas —dijo la mujer, que se dirigió hacia la nevera, de lo alto de la cual cogió una caja.

Al hacerlo, la bata se le separó un poco del cuerpo y le dejó al descubierto, a lo largo del cuello, una cicatriz que tenía la forma de un basilisco a punto de engullir un niño. Una oleada de sudor frío recorrió el cuerpo de Charles. Dio vagamente las gracias y salió con rapidez de la casa. El corazón le latía desbocado en el pecho cuando subió al coche. Se marchó como una bala y, unos minutos después, estaba de vuelta en Oakwood Road. Había regresado para pedir al gigante que le aclarara las cosas y averiguar quién era la mujer del velo que lo había mirado tan fijamente.

Llegó al lugar donde tenía intención de aparcar. Todo estaba cambiado, cubierto de hierbajos. Apenas podía ver la calle. Detuvo el coche delante de la casa y se bajó. Ante él se erigía un edificio que tiempo atrás había sido la imponente cabaña de madera que había visitado una hora antes. Ahora estaba totalmente destartalado. Se veía desde el jardín hasta las grietas en las paredes. Rodeó la casa rumbo al escenario, donde solo seguía en pie la tarima. Oyó un ruido procedente del lugar donde había dejado el coche y volvió corriendo. Un vagabundo que empujaba un carrito se había detenido delante del vehículo.

—Una ayuda, por favor —pidió.

—Claro —dijo Charles, que había sacado la cartera para darle al hombre un billete de veinte dólares.

El hombre abrió mucho los ojos debido a la satisfacción.

—¿Tiene alguna idea de qué fue de la gente que vivía aquí?

—Había un circo ambulante hace tiempo —respondió el vagabundo, feliz de dar algo a cambio del dinero—. Vine una vez cuando era muy pequeño con mi hermano. —Frunció el ceño al recordar a su hermano—. Sí, creo que los artistas vivían en la casa. Había un enano muy simpático. Me hizo algunos juegos de manos. Me sacó monedas de oro de la nariz. Es todo lo que recuerdo. Y de vez en cuando nos dejaban jugar en el jardín de atrás. Varias veces nos dieron de comer a mí y a mi hermano. Después se marcharon.

—¿Tiene idea de cuándo fue eso? —quiso saber Charles.

—Hará unos cuarenta años.

Interludio

Intentó apoyarse en el pasamanos, pero estaba tan empinado que estuvo a punto de caerse. Recostó todo su cuerpo en la barandilla y se ayudó con la otra mano. Logró detener la inercia y conservar el equilibrio. Pero su cabeza no quería entenderlo. Estaba experimentando una especie de vértigo, algo que nunca le había sucedido. Se sentó con cuidado en el frío mármol. La enorme y discretamente iluminada escalera reforzó sus ganas de vomitar. La escalera iba y venía hacia él mientras que los temblorosos peldaños mudaban su consistencia y número en un movimiento continuo. Cerró los ojos y se echó un poco hacia atrás.

El cardenal favorito del Papa acababa de ver al Santo Padre. Sabía que la noticia que hacía apenas unos instantes el Papa le había dado a él, y solo a él, de modo por completo confidencial, era real, y que la decisión del Sumo Pontífice ya no podía revertirse. En condiciones normales, habría hecho todo lo que estuviera en sus manos para cambiar la decisión del Papa. Pero era evidente que ahora ya era demasiado tarde.

Durante más de seis años, Benedicto XVI lo había elegido como su persona de máxima confianza en la jerarquía eclesiástica. A pesar de que la decisión quebrantaba la costumbre, se había convertido en una especie de secretario permanente del Papa y en su principal confesor. Pero lo más importante era que Ratzinger siempre prestaba mucha atención a lo que él tenía que decir. Sus opiniones eran a veces tajantes y en ocasiones del todo irreverentes, pero siempre eran claras y educadas, y estaban perfectamente argumentadas. Al principio le había costado aceptar la oferta de Su Santidad porque lo consideraba un papa retrógrado, mientras que él siempre había luchado por una reforma rápida y decisiva de la Iglesia. Agradeció todavía más la invitación del Sumo Pontífice, sin embargo, porque creía que solo alguien superior podría incluir en su círculo más cercano a personas que era muy probable que lo contradijeran. Eso fue lo que lo llevó a aceptar el puesto; eso, y la esperanza de que, a pesar de las apariencias, tal vez no todo estuviera perdido para la Iglesia, que cada vez tenía menos seguidores como consecuencia de su negativa a modernizarse y a su incapacidad de hacerlo. Valoraba la talla intelectual del Papa, la manifiesta naturaleza ascética de sus relaciones con el mundo.

La relación con el cardenal no había estado exenta de conflictos, sin embargo. Había llegado al extremo de dejar al Papa y volver a su diócesis muchas veces, pero cada vez había renunciado a su decisión después de alguna violenta discusión con el Sumo Pontífice. La más grave de estas crisis provocó una riña de la que jamás pensó que podría salir airoso. Había tenido que ver con el nombramiento del arzobispo Salvatore Fisichella como presidente del Consejo Pontificio para la Promoción de la Nueva Evangelización. El cardenal, que veía así cómo todos sus esfuerzos se esfumaban, sostuvo que la Iglesia no necesitaba una obra misionera medieval. Había gritado al mismísimo Papa, justo en la nave de la iglesia más importante de Roma, la basílica de San Juan de Letrán. Al ver que todos sus años de esfuerzos habían sido en vano, se había puesto tan colorado que el Papa temió que pudiera darle un ataque al corazón en la catedral más importante de todas, la madre de todas las iglesias del mundo. Pero, como en otras ocasiones, Ratzinger lo había convencido de que era exactamente para eso para lo que lo necesitaba, para expresar una opinión muy poderosa en el seno mismo de la Iglesia, una posición que de momento le seguía siendo ajena, aunque la entendiera a la perfección. Ahora, sin embargo, el Papa acababa de informarle de su intención de retirarse. La noticia le había caído como una bomba. Se había quedado paralizado en medio de la habitación. Parecía una estatua griega de la que el tiempo había borrado todo rastro de color. Blanco como el papel, se había puesto a temblar. Era un escándalo, algo inconcebible. Durante más de setecientos años, ni un solo papa había renunciado a sus funciones por voluntad propia. El último había sido Celestino V, fundador de la orden de los celestinos.

Celestino, un papa débil y cobarde, no tuvo ningún poder real. Su retiro se relacionaba con una superstición. Quejumbroso y decepcionado por su falta de autoridad, consumió su breve período en el feudo papal de Nápoles, lejos de Roma, y, como principal excusa para su retirada alegó «la perversidad de los demás». Acabó mal porque, por miedo a que regresara como antipapa, su sucesor, Bonifacio VIII, lo encerró en la cárcel, donde el pobre Pietro Angeleri, el anterior Celestino V, encontró su final. Su historia marcó tanto a quienes lo siguieron en el trono de san Pedro que desde entonces ningún papa ha adoptado el nombre de Celestino, ni tampoco ha insinuado siquiera que fuera a retirarse, por miedo a correr un destino parecido. El simple hecho de decir su nombre tenía el mismo efecto sobre los papas posteriores que pronunciar el nombre de Macbeth en un teatro para los actores desde el siglo XVIII: da mala suerte. Después de Celestino, solo un papa se había retirado, Gregorio, que renunció para poner fin al Cisma de Occidente, que, en un momento dado, había provocado la ridícula situación de que hubiera tres gobernando la Iglesia.

No obstante, nuestro cardenal había tenido una premonición espantosa al toparse en la antecámara hacía media hora con aquel sospechoso personaje que tenía el rostro medio quemado. Aquel extraño individuo acababa de salir, y esta vez iba solo. El cardenal lo había visto otras dos veces en las estancias del Santo Padre, una de ellas acompañado de dos personas con atuendos de contable y maletines, y la otra con un alto cargo de la Iglesia en el extranjero, un hombre con cara de orangután al que conocía muy bien. La primera vez, se oyeron gritos en el interior de la habitación, y no había duda de que la voz que hablaba con dureza no era la del Papa. Aquel día, tras la partida de los sospechosos invitados, Benedicto había estado indispuesto y se había quedado en sus aposentos. El cardenal había intentado en vano sonsacarle el motivo del circo anterior. Se había ofrecido a llamar discretamente a la policía o incluso a uno de los jefes de los servicios secretos, con quien tenía línea directa. El Papa había rechazado cualquier clase de diálogo y le había pedido que lo dejara solo. Desde entonces habían transcurrido más de ocho meses, pero algo fundamental había cambiado en el Santo Padre a partir de aquella tarde. Era como si hubiera perdido definitivamente toda sensación de paz. Cada vez estaba más pálido y más cansado. La segunda visita había tenido lugar hacía menos de tres meses. El individuo con la cara como Niki Lauda iba acompañado esta vez del obispo de San Pedro Sula, un individuo a quien una vez, después de haberse excedido con «la sangre de Cristo» en una velada ecuménica en Ciudad de México, él mismo había oído decir en persona: «No hay nada comparable al culito de un niño de cinco años». La desesperación en los ojos del Papa aumentó después del segundo encuentro, a la vez que el acceso al Santo Padre quedaba drásticamente restringido. Y aquella mañana el Papa lo había llamado de manera urgente a sus aposentos.

Allí sentado, en los peldaños, recordó el incidente con el hombre de la cara quemada y comprendió que la decisión de esa tarde guardaba relación con aquel individuo empalagoso.

Supo que tenía que hacer algo que no admitía demora, así que corrió escalera abajo, como si de repente se hubiera recuperado por completo. Salió a la calle, sacó el móvil y marcó.

—¿Estás en casa? —preguntó.

—No —respondió la voz animada al otro lado de la línea—. ¿Ha pasado algo?

—Tengo que verte con urgencia.

—He salido con unos amigos. Reúnete con nosotros. Hablaremos aquí, en la terraza.

—¿Dónde estás?

—En La Pergola —dijo el jefe adjunto de la agencia de inteligencia interior más importante de Italia, la AISI.

CUARTA PARTE

Leche negra del alba, te bebemos de noche,
te bebemos de día y mediodía, te bebemos de tarde,
bebemos y bebemos.
Vive un hombre en la casa que juega con serpientes,
él escribe,
escribe cuando cae la noche en Alemania, tu cabello
dorado, Margarete,
tu cabello cenizo, Sulamit...

Paul Celan

Casi al final de la Segunda Guerra Mundial. Las ruinas bombardeadas de una pequeña ciudad en la frontera entre Polonia y Alemania. Un soldado alemán que se ha quedado solo, separado del resto de su compañía, avanza pegado a la pared de la iglesia, de la que no queda nada en pie salvo la torre del campanario, mientras sujeta su rifle con manos temblorosas. Ve moverse algo, seguido de un reflejo metálico en la noche. Va tras la sombra. Dos pasos más. Apunta el rifle hacia el soldado polaco que se ha quedado inmóvil al oír el sonido metálico del arma. El alemán levanta el arma a la altura del ojo. Los dedos no le obedecen, como si fuera un enfermo de Parkinson. Toca el gatillo al cabo de momento.

—¡Alto! —truena una voz salida de la nada—. ¡No lo matarás!

Mira a su alrededor. Está oscuro como boca de lobo y desierto. El soldado polaco se gira ligeramente, con las manos levantadas. Se miran horrorizados. Cada uno examina el rostro del otro para comprobar si también ha oído la voz. Allí no hay nadie y, sin embargo, alguien ha hablado en un idioma que no es el de ninguno de los dos, pero que ambos entienden. En lo más hondo de su ser, ambos saben a quién pertenece la voz. El soldado alemán, con el rifle aún apuntando, pregunta como para sí:

—*Warum...?* ¿Por qué?

—Porque haré de Jozef el Papa de mi Iglesia —brama la voz.

El alemán depone el arma y el polaco baja las manos y retrocede hacia el valle. Tropieza y cae. Se levanta, tambaleándose. Se aleja despacio y desaparece en la niebla.

—Yo soy Joseph, Señor —responde el alemán en un susurro, como si temiera sus propias palabras—. ¿Qué planes tienes para mí?

—Sí, tú también eres Joseph —aduce la voz—. Tú también serás el Papa.

109

Charles no entendía nada. Durante un rato intentó encontrar una explicación lógica, pero esa noche había sido tan atípica que, viéndose obligado a prestar atención a la mal iluminada carretera, se limitó a desterrar esos pensamientos al limbo de su mente, donde guardaba una cajita con temas para más tarde. En consecuencia, a medida que la carretera se volvía más transitable, un nuevo pensamiento comenzó a sustituir a los que le precedían y ante sus ojos se instaló una imagen de Rocío envuelta en un pequeño corazón rosa, cuya almibarada dulzura resultó una sorpresa hasta para él mismo. En ese momento pisó a fondo el acelerador.

Cuando llegó a su casa, entró tan deprisa que no se percató de que frente a la puerta de la calle había un coche aparcado en la acera. Uno de los dos individuos que hacía dos noches habían salvado su vida y la de Ximena estaba vigilando la casa.

Después de una serie de besos y abrazos, los dos amantes consiguieron decirse unas palabras. Rocío insistió en que Charles probara un poco de las cosas ricas que había preparado. Aunque habían pasado más de tres horas del casi obsceno festín de Huntington, todavía se sentía hinchado. Pero no podía decirle que no a esa mujer. Rocío le había esperado con todo su afecto, entusiasmada con la idea de mimarlo con una suculenta comida. Se obligó a comer un poco de cada plato, sin olvidarse de felicitarla tras cada bocado porque cada cumplido recibía como recompensa un beso. La comida que Rocío había preparado era deliciosa, mucho mejor que la orgía grecorromana, de la que no sabía qué decir. ¿Había sucedido de verdad o era solo fruto de su imaginación? La enorme cantidad de bilis que sentía en el estómago hacía que se decantara por la primera opción, pero, a juzgar por el cortocircuito que habían sufrido sus neuronas, ya no podía estar seguro de nada.

Necesitaba algo que le devolviera a la realidad. Sin embargo, Rocío no le estaba ayudando nada a ello, sino todo lo contrario. Así que decidió hacer algo muy pragmático. Puesto que le había prometido a Cifarelli que le enviaría las obras de Esquilo, le preguntó a su amante si no le importaría ayudarle. Rocío se mostró encantada, por lo que Charles interpretó su actitud como un deseo por su parte de conocerle mejor, de implicarse en su vida. Le habría resultado muy difícil explicarle, aunque fuera con evasivas, qué era lo que pasaba con los libros antiguos de la sala de estar. Le rodeaba tanto misterio y desconfianza que necesitaba un punto de apoyo. Así que comenzó a contarle todo lo que había vivido durante la semana anterior, desde el momento en que había ido a México.

Eso era justo con lo que Sócrates contaba. Solo que no había previsto que fuera tan fácil ni había esperado que su hermana se enamorara del profesor. Ese había sido el peor día de su vida como hermanos. Rocío se había pasado el día con una sonrisa tonta en la cara. No podía hablar de nada con ella y en cierto momento desapareció. Había regresado al cabo de cuatro horas, peinada, arregladísima y con una manicura muy moderna, que desconcertó a Sócrates todavía más. Intentó devolverla a la realidad y le prohibió que regresara a casa del profesor. Estaba dispuesto a renunciar a esa forma de obtener información. Podía tomar medidas más extremas, pero era imposible conseguir que se quedara en casa. En el interior de Rocío había despertado una tigresa tan feroz que Sócrates tuvo miedo y dejó que se fuera. A partir de ese momento, cualquier intento de limitar su acceso a Charles suponía una ruptura definitiva con su hermana. La preocupación se apoderó de él durante un rato y, como no podía permanecer en un solo lugar, se montó en el coche y se dirigió a casa del profesor. Llegó en el preciso instante en que Charles aparcaba y entraba corriendo en la casa. Asombrado, vio que había alguien vigilando la casa desde otro coche. Apagó las luces y sacó uno de los cuchillos curvos que siempre llevaba escondido encima.

110

Molesto porque Charles no había encendido su teléfono durante unas cuantas horas e impulsado por el instinto que guiaba su
vida, Columbus Clay se montó en su coche y fue a casa del profesor. Lo único que oía a través de los auriculares conectados a
los micrófonos colocados en la sala de estar eran crujidos, ruidos de pasos y, en un momento dado, música latina bastante
melosa. Así que había alguien en la casa. Quizá hubiera llegado
ya el profesor. No sabía por qué, pero Clay presentía que tenía
que estar allí. Al acercarse vio entrar a Charles. Nada más llegar,
se sorprendió al ver un coche aparcado muy cerca de la entrada
de la vivienda. Se detuvo entonces a cierta distancia, pues no
quería que le viera la persona que sin duda estaba vigilando la
casa. Sacó la pistola de la funda del hombro a modo de precau-
ción y se cambió al asiento del copiloto. A continuación hizo
una llamada y pidió que identificaran el número de matrícula
del coche. Le dijeron que el vehículo estaba registrado a nombre de una empresa petrolera de Texas.

Al poco tiempo, otro coche paró justo detrás del primero en
el hueco que había entre su Oldsmobile y el vehículo cuya matrícula había investigado.

—Esto se pone interesante —se dijo el policía mientras amar-
tillaba su pistola.

Después de evaluar la situación un momento, Sócrates corrió a la puerta del coche de delante y con un solo movimiento

inmovilizó el cuello del conductor entre el reposacabezas y su cuchillo curvo.

—Las manos en el volante para que pueda verlas —dijo Sócrates entre dientes, y el hombre hizo lo que le decía—. Y ahora dime quién eres y qué haces aquí.

El hombre ni siquiera tuvo la oportunidad de hacerlo porque otro coche, un todoterreno, se detuvo en el estrecho jardín delante de la casa. Cuatro hombres armados con rifles se bajaron ante la mirada sorprendida de los tres individuos aparcados al otro lado de la calle.

—¡Esto no es nada bueno! Debemos hacer algo, pero tendrá que quitarme eso del cuello.

Dos de los hombres armados se detuvieron delante de la puerta de la casa mientras los otros se dirigían a la parte trasera.

—No hay tiempo —farfulló el hombre del coche—. Yo me ocuparé de los de atrás.

Sin pararse a pensar, Sócrates apartó el cuchillo de la garganta del conductor, salió del coche y, tras cruzar la calle a la carrera, se abalanzó sobre los dos individuos que había frente a la casa. Estos solo alcanzaron a oír unos pasos y a ver por el rabillo del ojo a una oscura figura que les atacaba con dos cuchillos curvos, en cuyas hojas se reflejó la escasa luz de las farolas. Sería la última luz que verían en esta vida.

Columbus Clay no había conseguido echar mano todavía de su pistola cuando vio a Sócrates saltar como una pantera y llegar al jardín de Charles con rapidez. Vio que el otro individuo lo seguía, pero que se desviaba a la izquierda para dirigirse al lateral de la casa, por detrás del otro par de hombres armados. La escena comenzaba a parecer sacada de una película de ninjas. Clay observó que Sócrates, al que reconoció como la persona que había entrado por la fuerza en el despacho de Charles en la universidad, giraba los brazos en el salto para aprovechar mejor la inercia y crear un movimiento fluido antes de girar sobre su eje y cortarles la garganta a los dos hombres en pleno descenso. La sangre manó a borbotones y los dos hombres se desplomaron. Y entonces Clay vio a aquel individuo tocar el suelo y rodar al tiempo que les hundía los cuchillos en la garganta a los hombres y los desgarraba hasta el ombligo en un único movimiento. Clay jamás había visto a nadie manejar los cuchillos con tanta destreza.

Después de rajar a los dos hombres en el suelo, Sócrates cogió uno de los rifles y corrió a la parte trasera de la casa. Llegó justo en el momento en que la bala de una pistola con silenciador atravesaba el ojo del cuarto asesino. El tercero ya estaba tirado en medio de un charco de sangre. El conductor no tuvo tiempo de reaccionar, pues Sócrates le apuntó en la nuca con los cañones del rifle. El hombre levantó la mano con la pistola.

—No cometamos ninguna estupidez ahora —dijo—. Los dos estamos aquí para proteger al profesor. Yo bajaré la mano despacio. Creo que tú deberías hacer lo mismo.

Sócrates apartó muy despacio el rifle de la cabeza de su improvisado compañero. Los dos se miraron fijamente a los ojos, cara a cara, sin articular una sola palabra.

—Ayúdame a llevarlos al coche.

Sócrates se limitó a asentir con un gesto.

Clay vio a los dos hombres cargar un cadáver tras otro en el todoterreno en el que habían llegado los cuatro asesinos. Después, en el silencio de la noche, oyó la voz del individuo al que no conocía.

—Yo me ocupo de estos. Tú intenta borrar los rastros de sangre —dijo mientras sacaba del maletero un montón de trapos que le lanzó a Sócrates.

Mientras este comenzaba a frotar los escalones delanteros de la casa, Clay decidió que lo mejor sería seguir al coche con los cadáveres.

111

Mientras los dos demonios guardianes de fuera le salvaban de una muerte segura, Charles contemplaba a su amante, que se había encargado de la ardua tarea de escanear la voluminosa colección de las setenta y cinco obras de Esquilo. Él lo había intentado primero, pero en cuanto quedó demostrado que tenía dos manos izquierdas, Rocío asumió el control. Charles le contó toda la aventura de principio a fin, comenzando por su salida de Ciudad de México, y Rocío concluyó la complicada tarea más o menos al mismo tiempo que él terminaba de relatar su historia. Solo omitió el episodio del regreso a la casa del gigante, que había bloqueado en su memoria pasiva.

Charles se sorprendió de la reacción de su amante, que no parecía impresionada por su historia y jugueteaba con él sin cesar. Le rodeaba con los brazos de vez en cuando, le besaba para a continuación retomar el escaneo. Charles tenía la impresión de que Rocío bebía las palabras de su boca solo porque era él quien hablaba y que se habría comportado de la misma manera sin importar lo que le relatara, aunque fuera un cuento de hadas. De hecho, estaba convencido de que Rocío consideraba lo que le estaba diciendo justo eso: una historia para niños.

—¡Terminado! —dijo Rocío, cerrando el escáner—. ¡Puedes enviar el email! Enseguida vuelvo.

Regresó al cabo de unos minutos con un par de platos pequeños, cada uno con una buena porción de pastel de tres leches, un dulce típico de Honduras, lo primero que había aprendido a preparar después de aterrizar en Atlántida. El postre había tenido que enfriarse en la nevera, de modo que Charles no sabía que eso iría después de las dos comidas: la primera, agresiva y peculiar, pero rebosante de cultura; la segunda, ligera y delicada, llena de amor, pero sin ninguna trascendencia a nivel de historia de la cultura. Rocío insistió en dar de comer a su amante, primero con una cuchara de postre y luego, después de que él empezara a gemir de placer, con los dedos.

—¿Qué hacemos ahora? —preguntó Rocío—. ¿Vamos arriba?

Charles sonrió con aire burlón y, presa de un ataque de romanticismo, comenzó a recitarle a su amante un poema en rumano con una pronunciación bastante buena.

> *Cuanto el placer más cerca queda*
> *más anhelamos que el tiempo no venza,*
> *pues aun la menor demora*
> *dilatará el momento que nos espera.*
> *Pospongamos, pues, el primer beso,*
> *mientras sin hallarse los labios se buscan,*
> *igual que el mar aguarda el roce de la brisa*
> *mientras de la galera los remos se agitan.*

Recitó los versos en rumano y después los tradujo al inglés mientras caminaba a su alrededor, acercándose y alejándose. La miró a los ojos. Acercó los labios a los suyos para luego apartarlos de nuevo cuando ella buscó el beso. Le acarició el cabello y posó las manos en su nuca, le recogió el cabello e inspiró hondo el aroma de su piel. A continuación la hizo girar de nuevo y luego la colocó debajo de él mientras seguía provocándola, acercándose y alejándose.

> *Extendamos las piernas para no avanzar.*
> *Despleguemos las alas para el vuelo no alzar.*
> *Seamos el pájaro presto a trinar,*
> *que en el silencio se pueda recrear.*

Pues el momento se pierde nada más llegar.
Y nosotros, hechizados, entreguemos nuestras almas a
[derrochar
dilapidando lo que a toda costa se ha de preservar.
Desterremos, pues, las prisas.
Nademos contra la corriente
que surca el momento de placer,
decididos a frenar la avalancha,
y precipitémonos hacia ella. Oh, festina lente.

Terminó el poema con Rocío entre sus brazos, derretida por completo e inclinada un poco hacia atrás, como en un póster de *Lo que el viento se llevó*. Era una especie de Rhett Butler, que se estaba aprovechando una vez más de otra Scarlett, tan joven y fascinante como la original, pero infinitamente más hermosa, pensó mientras se disculpaba en el interior de su cabeza con Vivien Leigh y con Laurence Olivier, su marido fuera de la pantalla. La mirada vidriosa con que Rocío comenzaba a perderse en sus palabras subyugaba todo su ser. Qué bendita suerte había tenido. ¡Aquella criatura perfecta estaba loca por él! La besó durante largo rato, aunque tenía ganas de derretirse de felicidad.

—¿Qué era eso? —preguntó Rocío, con voz temblorosa.

—¿Te ha gustado? —inquirió Charles, que se había dejado caer en el sillón, con Rocío encima de él.

—Jamás había oído nada tan hermoso. Por eso es justo que honremos lo que has recitado. —Riendo, se levantó y tiró de Charles cuando este le tendió la mano—. Has dicho que debíamos demorar el momento —sentenció.

Al oírla, Charles sintió que estaba a punto de derretirse, como esos peces con los que se preparaba el *garum* que se servía en las mesas romanas.

—Es un poema del escritor rumano Radu Stanca.

—El rumano suena genial —dijo Rocío—. Se parece al español con un acento más marcado. Muy varonil.

—Eso es por la influencia de las lenguas eslavas —repuso Charles.

Estuvo a punto de emprender una parrafada teórica, pero Rocío le salvó de hacer el ridículo con un: «¿De veras?» y sacando la lengua.

—Es maravilloso —dijo—. ¿Me lo volverás a recitar?

—La próxima vez. Ahora tenemos que poner en práctica la primera parte.

—Aquella en que lo posponemos.

—Sí.

—Entonces ¿qué hacemos?

—Mira, tengo que descifrar un mensaje. ¿Me ayudarás?

—¿El de los locos?

—Sí.

Charles apretó un botón y la parte central de la estantería se abrió y se plegó hacia los lados, hasta que quedó integrada en la parte posterior. Apareció un televisor enorme, como la pantalla de un cine privado, de esos donde se hacen las proyecciones caseras en Hollywood. Charles conectó su teléfono a la televisión y comenzó a revisar las fotografías. Rocío se sentó a su lado. Estaba buscando una foto de la pared del hospital que contuviera todos aquellos nombres. Por fin la encontró.

—¿Qué estamos buscando? —preguntó Rocío, encantada de participar de nuevo en algo que estaba haciendo Charles.

—Aquí hay algo raro. Si paseas la vista por todo el texto no hay manera de reconocer ningún patrón, clave o algo que destaque. Pero desde el principio tengo la sensación de que hay algo aquí. Es una corazonada, por así decirlo. Nos va a llevar siglos. Columbus Clay habría sido la persona perfecta para hacer esto.

112

Columbus Clay sonrió con satisfacción cuando oyó que mencionaban su nombre. Por fin había oído la versión completa de Charles. La carretera por la que iba el coche al que seguía resultó ser bastante larga. Así que, aparte de asegurarse de mantener siempre una distancia prudencial para que no le descubrieran, aunque no tanta como para perder de vista al asesino que transportaba los cuatro cadáveres, no tenía otra cosa que hacer que escuchar la conversación de la sala de estar del profesor.

En cierto momento, el todoterreno tomó una carretera secundaria de una zona montañosa. Clay decidió aminorar la velocidad. Hacía tiempo que no le adelantaba ningún coche, así que tenía que andarse con cuidado. Apagó las luces. En una de las curvas vio que los faros del coche de delante se detenían arriba a la derecha, donde comenzaba un llano. Justo después desaparecieron de la carretera. Clay siguió subiendo hasta que vio algunas farolas encendidas más adelante. Allí encontró un camino en la espesura, donde escondió su coche. Pistola en mano, recorrió a pie poco más de noventa metros hasta encontrarse delante de una alambrada que rodeaba un lugar en el que había todo tipo de material de construcción. No había ningún cartel que indicara la naturaleza del lugar. Parecía una obra, con una zona de almacenaje al aire libre. Tampoco parecía haber nadie en la caseta del vigilante. En algún lugar a lo lejos vio las luces del coche al que había seguido. Se deslizó con sigilo por una puerta que se había quedado abierta. Recorrió una pila de ángulos metálicos que parecía interminable. Al llegar al final vio al asesino sacando los cadáveres del coche. Dos tumbas preparadas con antelación aguardaban para tragárselos. Después de que terminara de arrojar los cadáveres al hoyo, el hombre se sentó en la pila de ángulos metálicos y sacó su móvil. En el silencio de la noche Clay oyó con claridad lo que decía aquel individuo:

—¿Has averiguado a quién pertenece este coche? ¿Al ejército? Vale, entendido. Gracias.

Clay se sobresaltó al oír el ruido de lo que parecía ser un vehículo pesado atravesando la verja. Enseguida vio una hormigonera que cruzaba el centro del patio y paraba a la derecha del todoterreno. El asesino dio indicaciones al conductor de la hormigonera hasta que este colocó la parte de atrás del vehículo delante de las tumbas. La mezcla de cemento cayó sobre los dos hoyos y los cadáveres desaparecieron como si nunca hubieran existido.

—Quédate un momento —dijo el hombre.

El conductor asintió. El asesino desapareció y regresó con una lata de gasolina, que vertió en el interior y en el exterior del coche. Luego mojó un trapo en el combustible y lo extendió sobre el depósito. Para acabar, encendió el extremo del trapo.

—Los chicos se encargarán de esto por la mañana —dijo mientras corría a subirse a la hormigonera.

La máquina no había salido aún por la verja cuando el todoterreno, que cada vez ardía con más fuerza, explotó en medio de una lluvia de trozos de metal. Clay se refugió bajo algunos ángulos que sobresalían del montón. Una vez que quedó claro que no iban a caer más piezas metálicas del cielo, salió del improvisado fortín y se dirigió a la verja. Estaba cerrada con un candado, así que tuvo que esforzarse para saltarla. Se enganchó los pantalones en la alambrada al pasar la primera pierna por encima y, cuando hizo lo mismo con la otra, oyó el ruido de la tela al rasgarse. Con los pantalones colgando, corrió hacia el lugar donde había dejado el coche. Llegó al camino y bajó por el bosque, cada vez más espeso. El coche había desaparecido. Miró por todas partes en vano. Sudando a mares y respirando a duras penas, se sentó en un tronco para recuperar el aliento y ordenar sus pensamientos. No tenía ni idea de quién podría habérselo robado. El coche no era lo que más le preocupaba, ya que en el fondo era un cacharro que hacía mucho que había pasado a mejor vida y que recorría las carreteras igual que un fantasma ilegal. Pero eso significaba que un puñado de peligrosos criminales sabían que él estaba allí.

Se plantó en medio de la carretera con la pistola en la mano, aguzando el oído al máximo para escuchar cualquier sonido ajeno a la naturaleza. Se dirigió colina abajo, siguiendo el camino durante unas docenas de metros y vio otro sendero que se internaba en el bosque. Se dio cuenta de que aquel sí que era el lugar en el que había dejado su coche. De noche todos los bosques eran iguales. Siguió el camino y encontró su Oldsmobile donde lo había dejado. Se montó en él y comenzó a controlar la respiración, como si acabara de sufrir un ataque de pánico. No era ese su caso, pero le gustó volver a respirar con normalidad. Después de tranquilizarse por completo, arrancó y encendió las luces. Esperaba alcanzar a la hormigonera.

113

Pitonio, Balbán, Abraxas, Forneus, Astaroth, Orobas, Orias, Sabnah, Xaphan, Zepar, Malphas, Gaap, Azazel, Furfur, Bégimo, Cerbero, Ipos, Asmodeo, Lucifer, Labolas, Alvion, Gemory, Pruflas, Seere, Vapula, Forcas, Dantalion, Belcebú, Ronove, Andromalius, Adramelech, Abadón, Seitán, Aamon, Bitru, Glasya, Separ, Ahriman, Baphomet, Vassago, Agares, Moloch, Vine, Ukobach, Drácula, Angra-Mainyu, Behemoth, Satanás, Beleth, Andras, Carabia, Belfegor, Beherit, Syriac, Amón, Amy, Caasimolar, Flauros, Baalzephon, Malphas, Leonardo, Apollyon, Baalberith, Melchom, Wall, Berith, Ose, Murmur, Phoneix, Sitri, Chemosh, Demogorgon, Abigor, Alastor, Kali, Decarabia, Procel, Ronwe, Picollus, Cimeries, Eurinome, Gorgo, Mefistófeles, Leviatán, Amducias, Alocer, Beleth, Focalor, Aarzel, Bifrons, Purson, Mammón, Lilit, MCV, Iblis, Haborym, Loki, Arioch, Andrealphus, Caacrinolaas, Mormo, Naamah, Samael, Marduk, Bael, Saleos, Otis, Rahovart, Zaebos, Mastema, Melek Taus, Buer, Arioch, Chax, Milcom amonita, Nihasa, Botis, Cimeries, Scox, Barbato, Malfa, Oyama, Zaleos, Vual, Vepar, Zagan, Stolas, Valac, Samnu, Tifón, Yen-lo Wang, Buné, Aubras, Buer, Balam, Foraii, Eyrevr, Chax, Caim, Sedit, Yama, Tchort, Gusoyn, Halphas, Ah Puch, Astaroth, Raum, Paimon, Baalberith, Bast, Furinomius, Tap, Bilé, Emma-O, Hécate, Mantus, Mania, Haborym, Damballa, Ishtar, Metztli, Morax, Marchosias, Gamigin, Nabrius, Mictian, Nergal, Nija, Marbas, Malphas, Naberius, Prosperina, Sejmet, Tezcatlipoca, Volac, Haagenti, Leraye, Nicliar, Necuratu, Sabazio, Nosferatu, Tunrida, Thoth, Yaotzin, Nibba, Ipes, Halphas, Naberius, Haagenti, Thamuz, Midgard, Agares, Bathin, Eligos, Caco, Kallikantzaros, Alloces, Astarté, Gorgona, Jinn, Jormungandr, Hécate, Íncubo, Yenaldooshi, Shedim, Súcubo, Ráksasa, Huracán, Hilsi.

Charles miró la pantalla como un conjunto unitario y trató en vano de descubrir algo en el orden de los nombres: una norma, un patrón, algo que saltara a la vista. Sentada a su lado en el sillón, con la cabeza apoyada en las manos, Rocío dejó que se concentrara sin interrumpirle. Charles exhaló por la boca y se levantó. Sirvió whisky en dos vasos y añadió en cada uno un cubito de la máquina de hielo automática oculta detrás de las botellas.

—Creo que tenemos que examinarlos de uno en uno —dijo.

—¿Quieres anotar algo? —preguntó Rocío mientras tomaba un sorbo.

—No. Parece que son todos nombres de demonios, o incluso categorías, ya que al final aparece «íncubo» y «súcubo». Lo que no entiendo es por qué empieza justo con esos dos.

—¿Cuáles? ¿Pitonio y Balbán?

—Sí. Es imposible que esas personas en estado de shock se sepan todos estos nombres, solo sería posible si alguien se los metiera en la cabeza, y eso refuerza mi convicción de que ese doctor, Mabuse, les hizo algo. Les sugirió estos nombres de alguna manera. Les habló de ellos.

—¿Qué tienen de especial esos dos?

—¿Los conoces?

—¿Yo? No. Pero la mayoría sí que los he oído. Algunos son graciosos. —Rocío rio y empujó a Charles al sillón de nuevo.

—Bueno, pues esos dos demonios son invención de una única persona. Hasta ese momento nadie había hablado de ellos y desde entonces nadie volvió a hacerlo si no era porque había leído sobre ellos.

—¿Quién?

—Había una mujer, una chiflada llamada Magdalena de la Cruz o Hermana Magdalena de la Cruz. ¿Eres católica?

—Sí. Estoy bautizada, si es lo que preguntas, pero mi relación con la religión acaba ahí. ¿Quién era esa mujer?

—La hermana Magdalena de la Cruz era una monja franciscana que vivió en Córdoba en el siglo XVI. Por lo que sé, la beatificaron con el nombre de María Magdalena.

—¿En serio? ¿No es...?

—Sí, la discípula preferida de Jesús.

—Quería decir la que tuvo un hijo con él. ¿Su esposa?

—Ja, ja, ja. —Charles rio—. Lees demasiadas novelas malas —dijo, remedándola, y Rocío le correspondió con un beso. Charles se acomodó mejor en el sillón y la abrazó—. Le prestaron el nombre, el de una santa famosa. Creo que en vida fue la santa más célebre de España, más incluso que santa Teresa de Jesús.

—¿De veras? He leído sobre ella. ¿Y a Magdalena por qué se la conocía?

—Un día dijo que estaba embarazada del Espíritu Santo y que volvería a dar a luz a Jesús.

—¿Estás de broma? ¿Quieres decir que estaba pirada? —preguntó Rocío, haciendo un gesto circular a la altura de la sien.

—¿Acaso todas estas mujeres que tienen visiones no están realmente como cabras? Magdalena tenía una larga historia. Por supuesto, Jesús descendió cerca de ella cuando se refugió en una cueva, de la cual la sacó su ángel de la guarda, que la llevó de nuevo a casa. No recordaba nada del viaje, tan solo el encuentro. Tenía cinco años. A los diez intentó crucificarse. Ya puedes imaginar lo famosa que se hizo. A los dieciséis, dos de sus dedos seguían teniendo tamaño infantil, no se habían desarrollado. Supuestamente Jesús tocó esos dedos cuando la visitó en la cueva. Realizó muchos sacrificios extremos. Se flagelaba de todo tipo de formas. Ya era famosa en toda Sevilla cuando la recibieron en el convento de Santa Isabel de los Ángeles. Por supuesto, como es natural, no se pudo detener su evolución. Así que varios años después tenía el don de predecir el futuro. Cada vez iba más gente a visitarla. Como la chica necesitaba más atención aún, un día dijo que estaba embarazada del Espíritu Santo. Las hermanas del convento entraron en conflicto. Aquellas que la creían se pusieron a investigar si estaba escrito en alguna parte que fuera posible un segundo nacimiento de Cristo. Un segundo advenimiento, sí. Pero ¿mediante un nuevo nacimiento? Acudían peregrinos sin parar al convento, que se había hecho famoso. Llegaron los donativos. Y al final la noticia llegó a la capital. El arzobispo de Sevilla fue allí con tres parteras para comprobar su virginidad. Estaba embarazada y era virgen. Las hermanas que no creían en el milagro fueron encarceladas. España entera esperaba con impaciencia la nueva venida.

Rocío miró a Charles totalmente embelesada. Estaba muerta de risa, pero no quería interrumpirle. En un momento dado no pudo seguir conteniéndose y rompió a reír. Charles también lo hizo.

—¿Qué pasa? ¿No me crees? Esto es muy serio.

—Ya, ya —dijo Rocío entre carcajadas—. ¿Y bien? ¿Qué pasó después?

—Ah, entonces ¿quieres saber qué pasó luego? La cosa se pone cada vez mejor, como en una novela de detectives llena de giros inesperados —adujo—. Magdalena afirmó que el Espíritu Santo le dijo que debía sufrir sola. Se encerró en la casa. Durante tres días. Cientos, tal vez miles, de peregrinos se quedaron allí, arrodillados alrededor de la pequeña casa. Y entonces llegó la Nochebuena, claro. ¿Cuándo si no podía nacer el Mesías, aunque fuera por segunda vez? Dos nacimientos, pero una misma fecha, para que no nos confundiéramos —repuso con sorna—. Después de tres días, Magdalena salió de la casa y se plantó delante de la multitud que la estaba esperando de rodillas, rebosante de esperanza, y resultó que había dado a luz, pero que el niño había desaparecido. Muchas personas opinaron que había ascendido directamente al cielo. Se envió a las comadronas para que comprobaran si había señales de un alumbramiento. Todo quedó confirmado. Además, su cabello, que hasta entonces era negro, se había vuelto rubio. La madre superiora le cortó mechones y los vendió rizo a rizo a los peregrinos a precios exorbitantes. Pero los altos cargos de la Iglesia estaban preocupados. No sabían si lo que había estado pasando era algo bueno. Hubo fuertes disputas a puerta cerrada. Mientras tanto, Magdalena estaba prisionera en una celda, con las puertas y ventanas atrancadas con clavos. Por supuesto, también desapareció del interior de la celda. La encontraron durmiendo cerca de una fuente. Se decía que san Francisco se enteró de que se estaba muriendo de sed y la llevó en brazos hasta la fuente en persona. Tal era el delirio que dominaba el país que los donativos crecieron como la espuma en muy poco tiempo. Se recaudó dinero para construir una catedral que llevara su nombre. El convento pasó a ser el más rico de España. Magdalena fue elegida madre superiora del convento. Desterró a Isabel, la superiora que la había recibido en la orden. Dio instrucciones de cómo debía construirse la catedral. En calidad de madre superiora, Magdalena fue el mismo demonio, si puede decirse algo semejante. Tras haber sido masoquista, recurrió a un sadismo indescriptible. Las penitencias que imponía a las hermanas eran insoportables: mortificación, autoflagelación. Fue una época de camisolas de cilicio y cinturones con clavos de hierro, de arrodillarse sobre clavos oxidados y hasta de coronas de espinas.

—¿Lo dices en serio? —preguntó Rocío, cuya sonrisa se había esfumado.

—Sí. En serio. La locura era total. La reina Isabel de Portugal le envió la cuna del futuro rey Felipe II para que la bendijera. Todas las damas nobles, desde marquesas hasta duquesas, pasando por las infantas y demás, enviaban dinero al monasterio debido a Magdalena, que ya hablaba en persona con la Virgen María, puesto que ambas habían dado a luz al mismo niño. Las damas querían que la madre superiora intercediera por ellas con buenas palabras en el futuro cara a cara con la Madre de Dios. El emperador Carlos V en persona envió su estandarte para que lo bendijera. El inquisidor general la visitó, así como un nuncio papal con un mensaje del mismísimo Santo Padre, en el que le imploraba que rezara por toda la cristiandad.

—¿Esto pasó de verdad? —inquirió Rocío, cada vez más anonadada.

—Y aún más. Pero eso no era suficiente para la madre superiora, que fue reelegida tres veces. Eliminó los confesionarios. La confesión se debía realizar cara a cara y, después de aquello, prohibió a las monjas que se confesaran con hombres. Tenían que hacerlo a diario ante ella, a solas en su propia celda. Y luego empezaron a correr los rumores sobre relaciones sexuales antinaturales. Magdalena perdió la siguiente elección en favor de la antigua madre superiora, que había vuelto para vengarse treinta años después. Isabel, a quien Magdalena había expulsado, era ya una anciana, al igual que ella, y la obligó a dibujar una cruz con la lengua en cada baldosa del suelo de la rectoría y a lamer el patio entero, centímetro a centímetro.

»Magdalena enfermó. Creyó que estaba al borde de la muerte y le enviaron un sacerdote. La santa tuvo convulsiones. Quedó claro que estaba poseída, que siempre lo había estado. No había alumbrado a Jesús. No la había dejado encinta el Espíritu Santo, sino el demonio. Llevaron a un viejo sacerdote al convento, un tal don Juan de Córdoba... ¿De qué otra forma ibas a llamarte en Sevilla? Este hombre era un exorcista experto y realizó el ritual. Magdalena gritó, se revolcó por el suelo, rio con la voz de dos demonios diferentes, que se presentaron. Uno se hacía llamar Pitonio; el otro, Balbán. Reconocieron que habían abusado de Magdalena de todas las formas imaginables.

»Ella volvió en sí y comenzó a recuperarse. Confesó que había hecho un pacto con el diablo hacía cuarenta años. Así que ahora era este el que había tocado aquellos dos dedos que se habían negado a crecer. Pero la gente sospechaba que no había dicho todo lo que sabía. Querían toda la verdad, así que trajeron a un joven inquisidor para que terminara el exorcismo. La gente descubrió con estupor entonces que, además de los dos demonios de los que ya habían oído hablar, el que había abusado de ella de un modo más terrible durante todo ese tiempo fue un repulsivo demonio con patas de cabra, torso de hombre y cabeza de fauno. Este había despertado sus placeres más terribles.

»Así que la juzgó la Inquisición. El juicio duró años. Al final, el cardenal Jiménez, presidente del tribunal, decidió que Pitonio y Balbán eran las partes culpables, mientras que la pobre mujer era solo una víctima. Su condena a muerte se conmutó por una penitencia perpetua en otro convento franciscano de Burgos, donde falleció en 1560. Tenía setenta y cuatro años —concluyó—. Y ahora dime: ¿dónde pueden haberse enterado de esta historia todos esos campesinos que estaban asustados por una especie de chupacabras? ¿A menos, tal vez, que los visitaran Balbán y Pitonio?

Charles había terminado de contar la historia y Rocío estaba completamente entregada.

—Nunca nadie me ha hecho reír así para luego ponerme la carne de gallina y hacerme reír a carcajadas otra vez —dijo—. ¿Te he dicho alguna vez que eres increíble?

—Me parece que no —repuso, riendo y besándola a la vez—. ¿Estabas pensando en decírmelo?

—Seguiré pensando en ello —replicó—. ¿Crees que acabaremos el análisis esta noche? Porque si seguimos a este ritmo, vamos a tardar un mes.

—Está bien. Iremos lo más rápido posible con los siguientes. ¿Te molesta que fume?

—En absoluto, aunque es un mal hábito —dijo Rocío—. Y, por lo que sé, los fumadores son parias en este país.

—No si fumas puros o cigarrillos envueltos en hojas de tabaco. Esos son nobles.

Charles salió del cuarto y regresó con una nueva caja de sus pequeños puros torcidos. Encontró a Rocío concentrada en la pantalla. Quería decir algo, pero ella se lo impidió.

—No creo que tengamos que seguir. Lo he encontrado.

—¿El qué? —preguntó Charles, que se había acercado a la pantalla.

—Aquí hay un nombre diferente, representado por iniciales. MCV.

—¿MCV? ¿Dónde?

—Mira, entre Lilit e Iblis.

—¿Lilit e Iblis?

Charles trató de buscar los nombres en la pantalla. Rocío se acercó al televisor y puso el dedo sobre las tres iniciales.

—¿MCV? —preguntó Charles.

—¿Sabes qué es?

—Podría tratarse de muchas cosas, pero ahora mismo solo se me ocurre una.

—¿De veras? ¿Cuál?

114

Al fondo de la inmensa sala donde los enfermos pasaban el tiempo había una puerta que llevaba a los aposentos de Mabuse. Al otro lado, otro pasillo dividía el espacio en dos. Al frente estaba el despacho privado del doctor y una sala con toda clase de aparatos que otorgaban al lugar el aspecto de una cámara de tortura medieval, mientras que en el fondo había dos estancias que constituían su hospital privado. Mabuse vivía casi todo el tiempo en esa clínica improvisada en una base militar que a su vez estaba ubicada en una fábrica de principios del siglo pasado reacondicionada de forma especial para las operaciones ultrasecretas del ejército.

Tras una consulta visual al nuevo paciente, el doctor les dijo a las enfermeras que lo llevaran a su despacho, les administraran la medicación de la noche a los demás y luego se fueran a casa. Después de unos minutos, durante los cuales se dedicó a cambiarse de ropa, se presentó ante McCoy.

En una pantalla en la que se recibía el sonido y las imágenes recogidos por la cámara y el micrófono ocultos bajo la piel del voluntario, Caligari pudo ver al doctor ayudando a McCoy a levantarse y sentarse en la silla de seguridad, una butaca parecida a las sillas eléctricas que se utilizaban en las ejecuciones. Le sujetó las manos y las piernas con unas ligaduras especialmente preparadas y luego se aproximó a él. Su rostro, deformado por el ángulo de la cámara, llenó el monitor y Caligari sintió el impulso de echarse hacia atrás. Luego el doctor desapareció de la imagen antes de regresar.

—¡Abre bien! —le dijo al paciente, y después de que McCoy obedeciera con docilidad, le vertió el contenido de un vaso de plástico en la boca.

El doctor miró el reloj con paciencia y, después de estimar que ya había pasado tiempo suficiente para que el fármaco hiciera efecto, se acercó de nuevo al paciente.

—Bien, señor... —Mabuse consultó la ficha que llevaba en la mano para leer el nombre del nuevo paciente—. Crow. Mike, amigo. ¿Puedes decirme qué viste?

El doctor echó un vistazo a sus pupilas al ver que el paciente no abría la boca. No parecía muy contento con el resultado, así que fue al armario y cogió una jeringuilla. Entretanto, McCoy logró escupir las dos pastillas y colarlas por el cuello de la camisa.

—El diablo, eso es lo que vi, devorando a todos nuestros animales. Salió de la nada. Se abalanzó sobre el rebaño de cabras. Las despedazó en cuestión de segundos.

Mabuse se giró, sorprendido. Parecía contento con la respuesta. Supuso que las pupilas habían tardado más de lo previsto en mostrar el efecto. Dejó la jeringuilla en la mesa por el momento.

—Ajá, ¿y qué más? No temas. Estoy aquí para ayudarte. Cuéntame más.

—Los mató a todos: animales y personas. Después de eso desapareció.

—¿Eran parientes tuyos?

—No. Soy empleado de la granja.

—¿Y por qué te dejó a ti con vida?

—Se acercó a mí. Le apestaba el aliento. Le chorreaba sangre de la boca. Me miró con esos horripilantes ojos rojos. Y se marchó.

La respuesta satisfizo a Mabuse. Se sentó en un taburete, que arrimó bastante al paciente. Caligari exhaló un suspiro de alivio. Le había enseñado a McCoy a decir lo mismo que los demás. El voluntario se las había arreglado bien hasta el momento.

—¿Cómo era el diablo? —preguntó el doctor con voz melosa—. ¿Me lo puedes describir?

—Tenía…, tenía cuernos —respondió el voluntario, que se esforzaba por inventar un aspecto aterrador.

—¿A qué te refieres con cuernos?

—Como, como…

—Valor —dijo Mabuse, con tanta amabilidad como antes.

—¡Como un toro!

Caligari estaba encantado. Solo tenía la perspectiva del ángulo subjetivo de la cámara que apuntaba a Mabuse, así que solo veía partes del doctor, dependiendo de cómo se moviera. Pero se imaginaba la cara de McCoy. El hombre parecía ser un actor consumado.

—¿Y tenía rabo? —inquirió el doctor. Al ver que el paciente no respondía, le preguntó de nuevo—: ¿Un rabo? ¿Tenía rabo?

—No lo sé —repuso McCoy al cabo de un momento.

—¡No puede ser un demonio si no tiene rabo! —sentenció Mabuse, poniéndose de pie. McCoy movió la cabeza de forma que Caligari vio con nitidez en el monitor lo que el doctor estaba haciendo. Mabuse fue a otra parte del despacho y empujó una mesa camilla con un televisor de pantalla plana hasta colocarlo delante del paciente—. ¡Sabes que todos los demonios tienen rabo! —Después de que la pantalla se encendiera, hizo algo en el ordenador portátil conectado al monitor por un cable. Se acercó de nuevo al paciente—. Bueno, entonces ¿tenía rabo o no?

—Lo tenía —respondió McCoy—. Sí, lo tenía.

—¿Por qué? —insistió el doctor en el mismo tono.

—Porque no hay demonio sin rabo.

En el rostro de Mabuse se dibujó una amplia sonrisa.

—¿Por qué crees que no te mató?

—No lo sé.

—¿No te lo dijo? —preguntó, pero el paciente no respondió nada—. ¿No te lo dijo? —insistió Mabuse.

La cámara se sacudió, como si el paciente hubiera dicho que no con la cabeza. Caligari imaginó el rostro horrorizado que había puesto McCoy. El diálogo entre los dos le parecía fascinante.

Reinó el silencio durante un rato. A continuación, el doctor terminó de trabajar en la instalación. Momentos después se aproximó a la cámara otra vez.

—Pero ¿así que no te dijo su nombre? —quiso saber Mabuse, elevando un poco el tono de voz en esta ocasión.

—¿Su nombre? —repitió el prisionero.

—Sí, cuando dos personas se conocen, lo educado es que se presenten.

—¿Personas? —preguntó el paciente, perplejo—. No, no me lo dijo.

—Pues claro que te lo dijo —alzó la voz Mabuse—. Pues claro que te lo dijo, pero no te acuerdas porque eres un infeliz, un asno o un imbécil. —Se acercó al paciente y le gritó al oído—: ¿Cómo se llama el demonio? —Pero el paciente no respondió. Mabuse cogió un catéter y lo introdujo en las venas del hombre—. ¿Cómo se llama? —preguntó de nuevo.

El paciente tampoco contestó esa vez. No sabía qué tenía que decir, así que el doctor le inyectó una pequeña cantidad con la jeringuilla en el catéter. McCoy sintió un calor repentino en el brazo. Entonces tuvo la espantosa sensación de que todo su sistema nervioso ardía en llamas. Un dolor como jamás había sentido en toda su vida estuvo a punto de dejarle inconsciente. Caligari no entendía qué estaba pasando.

—Se presentó. Es imposible que no hiciera eso —continuó Mabuse—. Es un demonio, un diablo, Satanás. Tiene un nombre. ¿Cómo se llamaba?

—No lo sé —respondió el paciente, que había empezado a gemir de dolor.

—¿Quieres que te ayude a recordar? —preguntó el doctor, adoptando el tono amable de antes mientras ocupaba su lugar frente al paciente.

—Sí —dijo el tímido paciente, que sintió una nueva oleada de calor atravesándole el cerebro, como un puñetazo asestado directamente al centro del dolor.

—Si te concentras en mis preguntas, vencerás el dolor. Es la única forma de poder hacerlo. Si luchas contra él, te derrotará. Ahora solo mi voz puede hacer que te encuentres mejor. ¿Queda claro? ¿Lo has entendido?

—Sí —barbotó el paciente.

—Si escuchas con atención hasta el final, si entiendes cada inflexión, tu sufrimiento disminuirá. Y esta será tu cura de ahora en adelante. ¿Lo entiendes?

—Sí —dijo McCoy mientras sentía que la presión en su cráneo se atenuaba.

—Así que se llamaba Pitonio. ¿Cómo se llama?

—Pito...

—Pitonio. Pi-to-ni-o. ¿Te acuerdas ahora?

—Sí —respondió McCoy con un hilo de voz—. Pitonio.

—Muy bien. Un nombre. Pero, como bien sabes, el demonio tiene muchos. ¿Es el único que te dijo? ¿Solo se presentó de esa manera?

McCoy estaba interpretando su papel a la perfección. Intuyó que tenía que continuar haciéndose el confundido a pesar del dolor, que ya estaba remitiendo.

—Sí, eso creo.

—Bueno, ¿cómo que creo, pedazo de patán? ¿Es que estamos en la iglesia? En este lugar sabemos las cosas con certeza. Él te dijo todos sus nombres. Vamos a recordarlos todos.

Lo que ocurrió a continuación le puso los pelos de punta a Caligari. El doctor cogió tiras de cinta adhesiva y se acercó al rostro de McCoy. Lo único que el director podía ver era el cuerpo del doctor inclinándose sobre el del voluntario. Cuando se apartó de él, ya no tenía la cinta adhesiva en la mano. Oyó un sonido metálico. El doctor le había pegado los ojos con cinta adhesiva para impedir que los cerrara. Después le sujetó el cuello a la barra del respaldo de la silla con una banda metálica. Acto seguido, apagó la luz y reprodujo una serie de imágenes en el ordenador. Caligari vio que en la pantalla aparecían dos círculos concéntricos, laberintos en blanco y negro que giraban y se movían. Al poco tiempo los ojos comenzaron a dolerle. Enseguida se sintió indispuesto y le entraron ganas de vomitar. Tuvo que apartar la vista de la pantalla. El doctor se había puesto unos auriculares. Al momento siguiente la habitación se inundó de sonidos extraños en frecuencias casi imperceptibles para un oído normal. Caligari tuvo que silenciar el sonido. El paciente sintió un calor aún más agudo, que el cerebro se le estaba derritiendo y convirtiendo en una pasta sulfurosa. Hasta había empezado a olerla.

Un rato después, Mabuse puso fin a la proyección y encendió la luz. Se acercó al paciente y despegó las cintas adhesivas. También le liberó de la banda que le inmovilizaba el cuello. El paciente, que había permanecido sentado en la silla, no cerró los ojos ni parpadeó, como si aún tuviera los párpados pegados a la frente.

—Ahora ya puedes parpadear —dijo Mabuse mientras el paciente comenzaba a sentir los párpados de nuevo—. Basta por hoy. Haremos muchas más cosas juntos, ya lo verás; algunas más agradables; otras menos, pero el grado de sufrimiento que alcancemos dependerá solo de ti. ¿Entiendes?

El paciente asintió con la cabeza.

Mabuse le desató las manos y los pies y le dio otro vaso con pastillas. Esta vez, McCoy se las tragó.

—El catéter se queda en la vena por el momento. Levántate.

McCoy se puso en pie como si estuviera hipnotizado. Caligari, que vio cambiar la perspectiva de la habitación, continuó boquiabierto.

—Si te portas bien, te daré de comer y te dejaré dormir. Si no, ese demonio con cuernos te parecerá un mal sueño en comparación con lo que te haré. ¿Entendido?

—Sí —dijo el paciente muy despacio.

—Muy bien. Ahora quiero que te subas a la barra fija en el gimnasio y que te quedes a la pata coja hasta que oigas el reloj, que suena cada media hora. Cuando lo oigas, bajarás y te acostarás en una de las cuatro camas libres. Cuando vuelvas a oír la campana, te despertarás y te subirás a la barra fija sobre la otra pierna hasta que oigas otra vez la campana. Y seguirás haciendo lo mismo hasta que venga la enfermera por la mañana. ¿Entendido? No interrumpas la rutina por nada del mundo. Ni siquiera aunque se desate un incendio. Si te saltas alguna de estas reglas, mañana recibirás ración doble de este singular cóctel —dijo Mabuse mientras agitaba la jeringuilla ante las narices de McCoy—. ¿Está claro? Voy a ponerte esta cosa en la cabeza para medir tus impulsos. No te lo quites. —Cogió un aparato con electrodos y pequeñas bombillas de una caja y se lo encasquetó bien en la cabeza a McCoy—. Vete ya, rapidito.

Caligari vio y escuchó todo cuanto estaba ocurriendo con gran consternación. No tenía ni idea de si McCoy había sido hipnotizado de verdad o si en realidad interpretaba su papel así de bien. Era evidente que lo que había sucedido esa noche confirmaba las sospechas del profesor Baker. Caligari no sabía qué hacer, si poner fin a todo aquello o esperar un poco más. La prueba estaba ahí y era irrefutable. Tenía que tomar una decisión.

115

—¡Hum! —Charles exhaló con fuerza—. Esto de MCV pertenece a un cuento de Borges que se titula «La biblioteca de Babel», una biblioteca imaginaria que contiene todos los libros posibles. ¡Todos los libros! Volvemos de nuevo a la organización fantasma llamada Omnes Libri y a la misteriosa biblioteca de donde deben de haber salido los libros de esta mesa. Este obsesivo retorno a Borges empieza a darme dolor de cabeza y a producirme una desagradable sensación. Su nombre aparece por todas partes en la historia de los últimos días, tantas veces que se me revuelve el estómago. Incluso ese policía, Columbus Clay, podría decirse que es un personaje de una historia del escritor argentino. Y, además de eso, afirma que Borges es el único autor cuyas obras completas ha leído. Y luego está Ximena, cuyo nombre Petra Menard es una clara referencia a Pierre Menard, el segundo autor del *Quijote*, o el tercero. En cualquier caso, el autor imaginado por Borges. Y ahora tenemos también a ese doctor que está más loco que los enfermos a los que trata. Da la impresión de que el paciente más demente se haya apoderado del hospital y esté dictando sus reglas. ¿Y ese pirado está obsesionado con Borges? Tengo la sensación de encontrarme en una historia cíclica de ciencia ficción, como si en este momento estuviera viviendo en un relato del mismo autor y que debe de haber una moraleja sorprendente y decisiva en todo esto. Me dan ganas de pellizcarme para convencerme de que no soy un personaje del sueño de otra persona.

—Ya lo hago yo si quieres —dijo Rocío, estrujándole la mejilla.

Charles se echó a reír, pero continuó hablando:

—Siempre que se menciona una biblioteca en cualquier texto o se habla de libros en general, nunca falta el nombre del escritor argentino. Siempre aparece. Hay un grupo compuesto por matemáticos...

—Preocupados por la literatura, como tú —adujo Rocío, riendo.

—En serio. Son matemáticos y literatos. En referencia a ellos, Raymond Queneau dijo: «Son ratas que construyen su propio laberinto del que quieren salir». Inspirados por la biblioteca de Borges, que es un laberinto, pero también por el mundo subterráneo de Athanasius Kircher, también laberíntico, los miembros de este grupo experimental, que se autodenomina «Oulipo», un acrónimo en francés de «*Ouvroir de littérature potentielle*», que significa «taller de literatura potencial», se divierten de todo tipo de formas. Hay nombres famosos entre ellos, desde Italo Calvino hasta Claude Berge, que inventó la teoría del grafo de intervalos. Bueno, pues estos hombres propusieron un ejercicio para ellos mismos. En realidad se desafiaron a sí mismos y a todos aquellos que no pertenecieran al grupo a escribir un texto sobre una biblioteca en el que no apareciera ni una referencia, ni una sola alusión, a Borges. Llegaron a la conclusión de que era casi imposible, ya que el nombre del argentino está grabado en la mente de cualquier persona que tenga algo que ver con los libros.

—Veo que no te gusta Borges.

—Es complicado. —Charles esbozó una sonrisa—. Borges es inmenso. Todo lo que escribe es brillante. Es un pensador y un creador de literatura perfecto, pero en un universo helado. Nada de lo que escribió, con la posible excepción de la biografía de Evaristo Carriego, tiene el más mínimo resquicio de calidez humana. Encarna a la perfección la biblioteca que inventó. Aunque, como has dicho, soy matemático, tengo la sensación de que su tremenda fascinación se manifiesta ante una ecuación perfecta.

Pero esa fue justo la razón de mi distanciamiento de las matemáticas. Borges es un genio. Seduce tu cerebro como nadie ha hecho antes que él. Pero no despierta ninguna clase de emoción humana en ti, por así decirlo. A lo mejor me estoy yendo por las ramas.

—¿Y su poesía? ¿Sabes que también fue poeta?

—Sí. —Charles rio—. También. Dejemos eso a un lado porque me muero de sueño.

—¿De sueño? —repitió Rocío con voz seductora.

Charles la estrechó en sus brazos y la besó durante largo rato.

—¿Y MCV? —preguntó.

—Es solo uno de los libros de esa biblioteca infinita, que en realidad no lo es.

—¿Qué tamaño tiene?

—Hum. Algunos hicieron cálculos antes que yo. Borges dice que su biblioteca está formada exclusivamente por libros que contienen un número determinado de páginas: cuatrocientas diez. Cada una tiene cuarenta renglones y cada línea, ochenta caracteres. El alfabeto en el que están escritos los libros tiene veinticinco caracteres.

—¿Te refieres a letras?

—Letras y signos de puntuación. Lo que importa es que hay veinticinco. Haciendo un cálculo sencillo, todas las combinaciones de caracteres de esta biblioteca, limitada a libros del mismo formato, contendrían un gran número de libros. Veinticinco elevado a cuatrocientos diez, multiplicado por cuarenta y multiplicado por ochenta. Es decir, veinticinco elevado a un millón, trescientos diez mil. Entenderás que la cifra resultante es inimaginable. Ni siquiera un ordenador puede calcularla. Ningún ser humano puede escribirla. Y eso es solo en una versión de un único formato, el de cuatrocientas diez páginas. Borges es quien empezó toda esta locura. Lo que para él era una metáfora, algunas personas se lo toman en serio. Al final, MCV es uno de los libros de esta biblioteca. Estas tres letras se repiten en cuatrocientas diez páginas de cuarenta líneas, con ochenta caracteres en cada una de ellas. Eso es MCV.

—Bien, pero es una expresión metafórica de un pensamiento, ¿no? Eso es lo que hace la literatura. ¿Qué significa en realidad? ¿Cuál es el mensaje oculto de Borges?

Charles se rascó la cabeza.

—Es una pregunta difícil. El significado de una obra de arte es ambiguo. Depende en gran medida de la persona que la lee. Salvo cuando el escritor explica sus intenciones de forma directa y abierta, sus verdaderos objetivos se desconocen. Incluso cuando los explica, el autor puede estar jugando con nosotros. Un escritor francés, no recuerdo cuál, dice que hasta la intención del autor a la hora de explicar su obra puede ser un proyecto fallido, pues en el proceso creativo participa un órgano, mientras que del análisis de una obra de arte se ocupa otro; de esta forma, ni siquiera un autor genial puede explicar qué ha creado. La obra de arte es como un niño adulto que monta un buen follón en el mundo a pesar de todo lo que imaginabas para su futuro. Y esta teoría ha surgido una y otra vez. Muchas veces, el autor no es consciente de lo que ha creado en realidad. Por esa razón, ningún crítico de arte es un buen artista y, viceversa, ningún artista es un crítico de arte creíble. Criticar y crear arte son dos atributos diferentes del animal humano.

—He leído «La biblioteca de Babel» y casi todo lo que Borges escribió. Soy una argentina que tuvo que irse a Honduras a causa de unos sucesos que tal vez te cuente en otro momento. Y siempre he intentado comprender de qué trata la historia en realidad. Entiendo que no existe una interpretación correcta, pero sería un placer enorme escuchar la tuya —repuso Rocío. Charles nunca la había visto tan seria. No la conocía desde hacía mucho, eso era cierto, pero no había dejado de sorprenderle en ningún momento—. Quiero oír lo que sale de esa preciosa cabecita —continuó al tiempo que volvía a ser su juguetona amante.

—Vale. En resumen, creo que toda esta historia de Borges es un escollo en el camino del olvido. Una biblioteca como la que imaginó no tiene sentido. Se convierte en un museo de libros olvidados que ya no interesan a nadie. Si todo está allí, quiere decir que allí no hay nada. En «La biblioteca de Babel», Shakesspeare es igual a un artículo de periódico escrito por un semianalfabeto. Las artes son el tesoro cultural más preciado de la humanidad. En este sentido, Borges tuvo algunas premoniciones. Fue un escritor visionario. Internet, el medio más nuevo, crea esta paradoja. Aunque utiliza cada vez más su limitado número de signos en combinaciones cada vez mayores, en su interior los textos se parecen más y más a los de «La biblioteca de Babel». La mayoría carece de sentido y los que sí lo tienen en parte son una auténtica estupidez. Si el papel de la literatura es reflejar la riqueza del mundo, la gran mayoría de los textos modernos están hechos únicamente para representar a su autor. Es una cuestión de exhibicionismo infinito, en el que cada individuo busca sus cinco minutos de gloria.

»Cuesta bloquear los alaridos de los internautas, los blogueros o la gente de pocas ideas, aunque fijas, que exhiben sus defectos como pordioseros. Mira, se me está cayendo el pelo. Mira, tengo la nariz bulbosa. Después un grupo de seguidores, por lo general pequeño y hecho a medida, elogia la calvicie o la nariz de esta gente. Descubren algo que les une a un nivel superficial. Cuando la secta crece durante unos momentos, la gloria narcisista de la persona que escribió el mensaje explota. Goza de sus minutos siendo el centro de atención. Se convierte en el protagonista principal de esos tres minutos, tres días o, como mucho, tres meses de fama. Todo este asalto se vuelve ruido, el cual crece, se multiplica, bloquea cualquier rastro de escritura o discurso que tenga sentido. Cualquier cosa de valor tarda años en cristalizar. Un profesional se crea con el tiempo. Hay que aprender, entender, luchar, meterse en líos, esforzarse para resolverlos. Hay que invertir dinero en educación. Lo que está pasando hoy en día es en realidad la muerte de las especializaciones, el triunfo absoluto de la mediocridad sobre los valores. La línea divisoria entre escritor y lector, entre actor y espectador, entre aficionado y experto ha desaparecido por completo. Es como en aquella historia: una vez me invitaron a una reunión en un supuesto club de negocios en el que cientos de participantes habían pagado para poder conocerse. Es una práctica que se denomina «conexión o socialización empresarial». La nada secreta idea de todos los allí presentes era encontrar nuevos clientes para sus negocios. Disponían de varios minutos para presentarse y decir qué ofrecían. Al final no se llevó a cabo ningún negocio porque en aquel enorme salón solo había gente interesada en vender, desesperada por hacerlo. Nadie tenía la más mínima intención de comprar. Esa es justo la situación en que nos encontramos: el enardecimiento del ego del ignorante, y me refiero a alguien sin educación y mediocre que ha obtenido poder. Todo el mundo transmite, pero ya nadie escucha. Esos veinticinco signos en sus diversas combinaciones (o esas veintiséis letras, además de los signos de puntuación, en el caso del inglés) se utilizan para erradicar cualquier tipo de sentido. En vez de emplear el nuevo medio para buscar información y auténtica cultura, incluso noticias reales, ahora queremos ser nosotros la información, la cultura y las noticias. La cantidad en detrimento de la calidad. Internet es el equivalente digital a millones de kilómetros de ruido y papel malgastado. Creo que eso es justo lo que Borges quería decir que nos sucedería. El fin de la humanidad tal como la conocemos está cerca; bajo el reinado de las tecnologías fuera de control y la falta de educación, las convulsiones que generará la combinación son inimaginables.

Rocío estaba tan fascinada por el discurso de su amante que durante unos segundos tuvo la sensación de que estaba empezando a adorarle. Por otro lado, se le había planteado un dilema porque los temas de esa noche, el MCV y la biblioteca, le habían recordado la razón principal por la que había entrado en la vida de ese hombre.

—Pero, regresando al tema del significado, cada vez lee menos gente —dijo Charles, que no sospechaba lo que se le pasaba por la mente a su amante—. Me refiero a libros en particular. Importantes estudios revelan que al menos el veinticinco por ciento de la población de una nación civilizada es incapaz de nombrar ni siquiera un solo autor, sea quien sea. El treinta y cinco por ciento no ha leído ni un libro en toda su vida. El cuarenta por ciento es incapaz de comprender un texto sencillo. No pueden entender el significado. Pero todas estas personas se expresan. Algunas hasta escriben. El cincuenta por ciento lee un solo libro al año.

»Así que no es difícil suponer qué clase de libros son. Solo hay que echar un vistazo a una lista de los libros más vendidos para entenderlo todo. Creo que Borges quiere decir que la muerte de una civilización creada hace miles de años se avecina a toda prisa. Míralo de esta forma: al principio estaban las palabras, no los cotilleos, el ruido o las opiniones aleatorias sobre cualquier cosa. Solo que el lenguaje es cada vez más pobre. Se está transformando. Se está poblando de repeticiones de 0 y de 1. En estas condiciones creo que Borges era un auténtico visionario, pues pronto ocurrirá, si no ha pasado ya, que para muchos de nosotros todos los libros de una biblioteca sean como el MCV, signos indescifrables dispersos. Leer un libro requiere esfuerzo y deseo de saber, pero para ello no basta con que se lea por sí solo. Debes construir algo. De lo contrario, todos los libros serán iguales. La mayoría ya lo son. En realidad, leas lo que leas, siempre trata sobre lo mismo: MCV, MCV, MCV, MCV, y así sucesivamente. Océanos llenos de banalidades. La educación clásica está siendo atacada sin tregua desde todos los flancos... ¿En nombre de qué valores? Pues en nombre de algunas prácticas poco claras. Si no se entiende que la inmediatez está sujeta a cambios rápidos, los estudiantes y sus padres luchan contra algunos temas que no arrojan resultados inmediatos. Los modelos cada vez más frecuentes llevan por lo general aparejados riquezas amasadas de la noche a la mañana por críos con la cara llena de acné que han aprendido algo tecnológico o por nuevos ricos de Wall Street que han especulado en la bolsa. Las grandes universidades tienen serios problemas para mantener los departamentos de cultura clásica. Fíjate en los políticos y en los millonarios de hoy en día. La inmensa mayoría de ellos son un puñado de cabrones astutos con un único fin en la vida: enriquecerse ya. Las normas morales empiezan a desaparecer. En la Antigüedad, los líderes griegos que inventaron la democracia dedicaban la mitad de sus vidas a leer. Los emperadores y senadores romanos escribían libros, debatían con los autores, se preocupaban por la cultura. La cultura era una parte integral de sus vidas. Nada bueno se logra sin esfuerzo y, al igual que tú ahora, nadie come gratis. Alguien tiene que pagar en alguna parte la factura en algún momento. Y el precio será tremendo. Creo que Borges se estaba refiriendo a esto.

Rocío ya no pudo aguantar más y se arrojó sobre Charles, que estaba enardecido por su discurso y a quien le habría gustado continuar con su monólogo, pero la pasión de su amante no tardó en ganar la batalla al rígido conferenciante que llevaba dentro.

116

—Yo también quiero recitarte un poema —le dijo Rocío a su amante mientras lo estrechaba entre sus brazos—. Puede que sea más hermoso que el tuyo.

—Estoy impaciente —repuso Charles.

> *Hospitalario y fiel en su reflejo*
> *donde a ser apariencia se acostumbra*
> *el material vivir, está el espejo*
> *como un claro de luna en la penumbra.*
>
> *Pompa le da en las noches la flotante*
> *claridad de la lámpara, y tristeza*
> *la rosa que en el vaso agonizante*
> *también en él inclina la cabeza.*

—Maravilloso —dijo Charles—. Sobre todo esa parte de la rosa en el vaso que inclina la cabeza, agonizante, en la penumbra de realidades reflejadas. Es como Platón: hermoso, pero glacial. ¿Conoces los poemas de Borges?

—Me sé uno.

—Pues escuchemos a mi pequeña poetisa —repuso Charles mientras la besaba en el cuello.

> *Nadie rebaje a lágrima o reproche*
> *esta declaración de la maestría*

de Dios, que con magnífica ironía
me dio a la vez los libros y la noche.

De esta ciudad de libros hizo dueños
a unos ojos sin luz, que solo pueden
leer en las bibliotecas de los sueños
los insensatos párrafos que ceden

las albas a su afán. En vano el día
les prodiga sus libros infinitos,
arduos como los arduos manuscritos
que perecieron en Alejandría...

Charles se quedó dormido, bastante perturbado por los versos del «Poema de los dones», obra del mismo Borges que tan presente había estado en su vida en los últimos días.

En un rincón escondido de su mente, aún despierto, estaba intentando comprender por qué hasta su amante le hablaba en una noche de amor sobre los manuscritos destruidos de la biblioteca de Alejandría.

117

La noche se tornó más profunda y avanzó con entusiasmo y esperanza hacia una nueva mañana en Princeton, mientras en las colinas de Roma un gran sol reinaba sobre la ciudad y obligaba a la gente a revelar sus cuerpos imperfectos.

El cardenal Ferdinando Lucio Monti se dirigió hacia el restaurante más famoso de la capital de Italia, el único de Roma bendecido con tres estrellas Michelín, el Oscar culinario. Había estado una vez allí, pero no le había gustado nada. El cardenal era una persona modesta y, a diferencia de sus colegas, no era proclive a ningún tipo de derroche o conducta extrema. Seguramente era el único prelado del Vaticano que despreciaba el lujo. Sin embargo, ahora no tenía otra opción. Estaba tan afectado por las noticias que el Santo Padre le había comunicado que tenía que hacer algo al respecto. El director de operaciones de AISI, Gianmaria Volpone, le debía la vida. En la época en que no era más que un simple cura rural, el cardenal lo salvó de la muerte cuando, tras un terremoto, entró en uno de los edificios de la pequeña aldea cercana a Génova donde ejercía el sacerdocio sin esperar a las autoridades. Logró sacar de allí a un niño de ocho años, que había sido lo bastante afortunado para colarse debajo de una viga. Excavó con las manos desnudas hasta despellejárselas por completo, pero consiguió apartar un montón de escombros y salvar al niño sacándolo por un estrecho agujero antes de que el resto del edificio se derrumbara. De haber esperado un minuto más, ambos habrían muerto. «Fue la mano de Dios, un milagro», se dijo Monti entonces y adoptó al pequeño Gianni. Lo que más le asombró del chico fue que no derramó una sola lágrima el día en que enterraron a sus padres. Y desde aquel momento nunca jamás le había visto llorar. Habían pasado treinta años y su hijo adoptivo era ahora adulto, el segundo del servicio de inteligencia más importante del país.

Pensó en llamar a su chófer, pero sentía la necesidad de tomar un poco de aire, así que recorrió a pie los casi tres kilómetros que separaban el Vaticano del hotel Roma Cavalieri Waldorf Astoria, que tenía su famoso restaurante en la azotea.

En opinión del cardenal, el exterior del hotel era espantoso, como uno de esos bloques de edificios erigidos en los años sesenta en las insalubres playas de Rímini: turismo industrial para la clase obrera. El esplendor del interior era impresionante, aunque Monti rechazaba el lujo ostentoso por principios.

El ascensor le llevó a la última planta, donde el maître le recibió y le acompañó a la terraza. El restaurante, que solo atendía por la noche, había abierto especialmente para la agencia, de modo que no había nadie ajeno a ella allí. Gianni le abrazó y le invitó a tomar asiento en la mesa de la terraza. Hizo una seña con la cabeza a los colegas que había en la zona para que los dejaran solos. El salón estaba lleno y ante los clientes fueron colocando delicias muy sofisticadas en enormes platos.

—¿Has comido algo hoy? —preguntó Volpone.

—Esta mañana, pero no tengo hambre.

—Me niego a hablar contigo si no comes algo.

—Muy bien, pero algo ligero. —El cardenal asintió.

Gianni le hizo señas al camarero para que se aproximara.

—Tortellinis y una botella de uno de nuestros vinos —pidió.

—Aquí debe de costar una fortuna —comentó el cardenal.

Su hijo le asió un hombro y sonrió.

—Te vas a reír, pero no es más caro que cualquier restaurante normal y corriente. Si no me crees, te enseño la carta.

—¿Y cuál es el truco? —preguntó el prelado.

—Es difícil conseguir una reserva. La comida tiene un precio normal, pero los vinos exclusivos, no. Por eso he pedido algo de nuestra reserva, que no tiene ningún cargo adicional. Pero no has venido aquí para hablar de comida. ¿Qué ocurre?

El cardenal contempló con aire pensativo el horizonte, donde la bien iluminada capilla de Miguel Ángel dominaba por completo su campo visual.

—El Papa va a renunciar.

El director no dijo nada al principio.

—¿Hablas en serio? —preguntó al cabo de un momento.

—Sí. Vengo de sus aposentos.

—Por el escándalo de las cartas. Pero ¿no es eso poca cosa? Está exagerando.

Hacía tres meses, Gianluigi Nuzzi, un reportero y moderador de televisión, había mostrado unas explosivas cartas del monseñor Carlo Maria Viganò al papa Benedicto en su programa *Gli Intoccabili*, que se emitía en el canal LA7. En las cartas, el alto cargo eclesiástico se quejaba de que le habían apartado del secretariado del Vaticano, un puesto equivalente al de ministro de Economía, porque una auditoría había descubierto todo tipo de irregularidades en el contrato del Banco Vaticano con varios proveedores.

El ex ministro, ahora nuncio papal del Vaticano en Washington (su embajador, de hecho), afirmó que le habían ascendido para librarse de él —*promovatur ut amoveatur*—, una técnica muy conocida en alta política que se utiliza cuando se quiere despedir a alguien y no quieres que esa persona monte un escándalo, así que le colocas en un puesto en apariencia bueno, de mayor categoría y mejor remunerado. En su carta, Viganò acusaba a la segunda persona más importante del Vaticano, el cardenal Tarcisio Bertone, de haber encubierto la malversación y haber inflado los contratos por varios conceptos en más de un sesenta por ciento. La suma que había desaparecido de las cuentas ascendía a treinta y cuatro millones de euros. Las acusaciones de corrupción de la carta eran claras e inequívocas.

—Sí. Las acusaciones de corrupción eran lo único que había —dijo el cardenal—. Viganò afirma que le destituyeron, aunque ser el representante del Papa en Washington es un alto puesto. En lo que a número de representantes de la Iglesia se refiere, Estados Unidos es el segundo país del mundo, solo por detrás de Brasil.

—Sí. Por desgracia no es más que el principio —dijo el director.

—¿Qué quieres decir? ¿Hay más cartas?

—No solo eso. Se va a publicar un libro de Nuzzi muy pronto. En él demuestra no solo que las sospechas están bien fundadas, sino que además existe una conexión directa entre el presente escándalo y el primero que estalló en el Banco a finales de los setenta.

—¿Un libro? ¿Lo sabes con seguridad?

—Sí. Y sabemos incluso quién lo publica. Y si lo pido, nos conseguirán el manuscrito.

—Tienes que impedirlo —dijo el prelado, horrorizado. Después, al darse cuenta de lo que acababa de pedirle era un encubrimiento, una reacción que le sorprendió incluso a él mismo, prosiguió—: Lo que quiero decir es que el Santo Padre no es corrupto. —La sonrisa de su hijo parecía decir: «Qué ingenuo eres. ¡Todos son corruptos!»—. ¿Crees que podrías dejarme el manuscrito para que lo lea solo yo? Te prometo que no se lo enseñaré a nadie y que te lo devolveré enseguida.

—Veré qué puedo hacer. De todas formas saldrá a la venta dentro de un mes. Y no. No podemos impedir nada. Perdóname si te ofendo de alguna forma, pero creo que toda esa corrupción debe salir a la luz en algún momento, aunque solo sea por la gente honrada como tú y como Viganò.

—Y como el Papa. Te aseguro que él tiene sus propios problemas, demonios con los que se enfrenta a diario. Y la corrupción no es uno de ellos.

—Entonces no tiene motivos para temer nada. ¿Crees que esta es la razón de que quiera dimitir? A lo mejor hay otras más serias.

—No te entiendo. ¿Sabes algo? ¿Es una indirecta? ¿A qué te refieres?

El hijo del cardenal arrimó la silla más a su padre y le susurró:

—Sé que su elección llevaba aparejada una importante condición.

—¿Su elección? ¿Qué quieres decir?

—¿Le votaste?

—No, voté a Bergoglio.

—¿Y quién movió los hilos? ¿Quién lo empujó ante una curia hostil al final?

—No tengo ni idea.

—Claro que sí. Haz un esfuerzo.

El camarero se presentó con un plato de pasta y una botella de vino, de modo que el director apartó de nuevo la silla. Aguardó con paciencia a que el hombre terminara su tarea y se retirara.

—El cardenal Carlo Maria Martini —continuó Gianni—. Había desaparecido de la ecuación porque ya estaba afectado por el Parkinson.

—Sí, es probable.

—En fin, la condición era la reforma total de la curia romana.

—El Santo Padre lo ha intentado. Para alcanzar un equilibrio en ella nombró a seis nuevos cardenales, ni uno solo europeo, ni uno solo apoyado por la curia.

—Puede que sí, pero tenemos cierta información de que Martini abordó a Ratzinger dos veces en los últimos meses y le dijo a la cara que había fracasado a la hora de reformar la curia y que debía respetar su promesa y marcharse.

La terraza había quedado en silencio. El cardenal dirigió la mirada con preocupación hacia el Vaticano. El sonido del viento se hizo oír, solo interrumpido de vez en cuando por las risas del interior del restaurante.

—¿Tienes idea de dónde salieron esas cartas?

—Hum. Más o menos —respondió Volpone de forma un tanto ambigua.

—¿De dónde salieron?

—Sabes muy bien que yo no... —Pero se interrumpió al mirar a su padre adoptivo y exhaló un suspiro—. Del mayordomo del Papa, Paolo Gabriele.

—¿Hablas en serio? ¿Robó documentos?

—Sí, y supongo que el Vaticano caerá sobre él con toda su fuerza. Creo que le arrestaremos en cuanto su identidad salga a la luz. Intentarán destruir su credibilidad y condenarle, pero tengo el presentimiento de que no me lo has contado todo. Tu preocupación viene de otro lado.

El cardenal tomó un bocado de los tortellinis rellenos de pato con piñones y boletus en polvo.

—Excelente —dijo—. ¿Y has dicho que estas exquisiteces no son caras?

El director se levantó y volvió con una carta.

—Echa un vistazo para que dejes de preocuparte. Cuestan cincuenta y dos euros y además tenemos un descuento del veinte por ciento.

—Cuarenta euros. Probablemente los valgan. Aunque en realidad un plato de tortellinis no sube de los veinticinco euros en ninguna parte. Así que, con lo que cuestan, ahora estoy obligado a comérmelo todo.

El cardenal se había criado en una familia de nueve hijos. Sus padres eran empleados de la Fiat, que se trasladaron a Turín desde un pueblo siciliano al acabar la guerra. No eran pobres como ratas de iglesia, pero les enseñaron a valorar cada céntimo. Él, en cambio, nunca había escatimado nada con su hijo adoptivo. Para sí apenas compraba nada, pero cuando se trataba de Gianni, nunca había ahorrado nada. Las mejores cosas, los colegios más caros. Cuando su hijo fue a la universidad, le compró un apartamento en un buen barrio de Roma con el dinero que había ahorrado a lo largo de toda una vida.

—¿Qué decías?

—Es cierto —dijo el cardenal—. No sé demasiado, pero sí que el Santo Padre volvió cambiado de su último viaje a México y Cuba. No he dejado de preguntarle qué perturba su paz mental. Nunca me ha respondido y, desde entonces, tengo la sensación de que me aparta de su lado. Nunca lo había hecho, ni siquiera en momentos de gran tensión entre nosotros. Ahora es algo más.

—¿Ocurrió algo en ese viaje?

—Eso creo. Y, además, hay unos individuos que no dejan de visitarle. Está peor cada vez que se marchan.

—¿Individuos? ¿Quiénes?

—No lo sé. Uno tiene la cara medio quemada. Se parece a ese piloto de carreras...

—Niki Lauda.

—Ese mismo. Y también hay otro individuo muy baboso, el obispo de la ciudad más violenta del mundo, San Pedro Sula. Un pedófilo que ni siquiera lo oculta. Y han aparecido otros dos. Cuando te he llamado hoy, había oídos gritos en las dependencias papales. Esas personas estaban gritando al Santo Padre de forma espantosa. Después de eso me ha llamado y me ha dicho que iba a renunciar. No creo que esto tenga que ver con el cardenal Martini y con la curia.

Ninguno dijo una palabra durante un rato. El camarero sirvió más vino y el cardenal rebañó el plato con un trozo de pan. Se negó a tomar postre, pero se bebió una copa de vino.

—¿Me ayudarás? —preguntó.

—Haré todo lo que pueda... Dime...

La pregunta quedó suspendida en el aire. Volpone sabía que la pregunta que iba a hacerle a su padre tal vez no le gustase.

—Puedes pedir lo que quieras. No te preocupes.

—Vale. ¿Crees que podrías poner algunos micrófonos en el despacho del Papa? No en su dormitorio ni tampoco en estancias privadas. ¿Dónde se reúne con esos individuos?

—En su despacho o en la biblioteca.

—De acuerdo. ¿Crees que podrías ayudarnos colocando micrófonos allí o dejando que lo haga nuestro hombre?

El cardenal Monti no esperaba que le pidiera eso.

118

—¿Es que te has vuelto completamente loca? —vociferó en el oído de Ximena el hombre de la máscara.

El insistente timbre del teléfono apenas había conseguido despertarla y ahora tartamudeaba.

—¿Cómo dices? —barbotó.

—¿Te has vuelto loca? ¿Has arrestado al bueno del doctor Mabuse?

—Espera, espera, espera, espera un momento. ¿Qué estás diciendo?

—¿No sabes nada?

—No. ¿Quién le ha arrestado? ¿Cómo ha ocurrido?

—Te pago mucho y te he colocado en los puestos que ocupas para que obtengas información, no para que yo tenga que darte las noticias. He recibido un mensaje que dice que ese imbécil del coronel, o quien sea, ha arrestado a Mabuse y lo está interrogando. ¿No lo sabías?

—Me acabo de despertar. ¿Cómo iba a saberlo? Caligari no me informa de todo lo que hace. Me ayuda porque es amable. Yo no tengo ningún poder allí.

—Sí lo tienes, porque de lo contrario no habrías llevado al ejército al lugar del incidente en vez de a cualquiera de las otras agencias para las que trabajas.

—¿Qué incidente? ¿A qué te refieres?

—Al que llamas K1.

La conversación espabiló del todo a Ximena. No sabía qué responder.

—¿Cómo...?

—¿Que cómo sé lo del K1? Lo sé todo. ¿Es que todavía no te has acostumbrado a eso?

—¿Mabuse trabaja para ti?

—No, te estoy llamando por mera diversión. Pues claro que trabaja para mí. Todo el que importa lo hace.

—Deberías habérmelo dicho.

—De eso nada. Vete allí ahora mismo. Ocúpate de que el doctor no diga ni pío, ni una palabra. ¿Entendido? Quédate a solas con él. Garantízale tu protección. Hazlo hasta que se te ocurra un plan. Y cuanto estés segura de que mantendrá la boca cerrada, resuelve el problema.

—¿Qué es lo que tiene que callarse?

El hombre de la máscara hizo caso omiso de la pregunta de su agente y continuó con su airado sermón:

—Tienes dos opciones: o le sacas de allí o le matas. Elijas lo que elijas, tienes cuarenta y ocho horas para resolver el problema. Y asegúrate de que no abra la boca en ese tiempo. Córtale la lengua si es necesario. ¿Está claro? Confírmame que lo has entendido.

—Entendido —confirmó Ximena a media voz.

¿Mabuse trabajaba también para el hombre de la máscara? Y Caligari le había arrestado. Marcó el número del director, pero no le cogió el teléfono y tampoco lo hizo su lugarteniente ni Charles Baker. No tenía otra opción que ir a la base.

Columbus Clay fue incapaz de encontrar ni rastro de la hormigonera, que había desaparecido tras abandonar la carretera secundaria, así que tuvo que conformarse con lo que había visto. Estaba exhausto y sabía que necesitaba dormir. Regresó al hotel, pero de camino paró delante de la casa de Charles. Ambos vehículos habían desaparecido. Seguro que el asesino había regresado a por el suyo o había mandado a alguien para que lo recogiera. Sócrates también se había desvanecido.

El hermano de Rocío esperó hasta que amaneció, cuando en la calle empezaron a aparecer las primeras personas. Estimó que por el momento la vida de su hermana ya no corría peligro y volvió a casa. Tenía una misión que preparar.

119

Rocío y Charles encendieron sus teléfonos a la vez, justo después de sentarse a desayunar. En esa ocasión, él no dejó que le sirvieran en la cama, como a un pachá, sino que bajó a la cocina, donde, entre besos, ayudó a Rocío a preparar el desayuno. Hizo su famosa tortilla, el plato fuerte de su destreza culinaria, y preparó café.

Los dos tenían una tonelada de mensajes y llamadas perdidas. Rocío comenzó a responder un mensaje. Encantado con este inicio de rutina cotidiana en la que cada uno resolvía sus problemas sin separarse del otro, Charles llamó a su secretaria.

—¿Qué tal, Alissyn?

—Discúlpame, quería decirte que han llegado los regalos de Tie-Me-Up. Y un sobre con un billete de avión a Cartagena, Colombia, para pasado mañana por la mañana. Ah, una cosa más. Hay aquí un caballero que lleva esperándote desde las seis de la mañana. Se ha plantado en silencio delante de mi despacho. Aunque le he dicho que no ibas a acudir a la universidad, ha insistido en hablar contigo. Pero no por teléfono.

—¿Un caballero? ¿Qué caballero? ¿Te ha dicho quién es?

—Sí, dice que se llama Moses White.

Así que había aparecido también la última persona de la lista de George, la que tenía el último libro, gracias al cual podría por fin descifrar el mensaje que su adjunto le había dejado de un modo muy complicado.

—¿Está ahí Moses White?

—Sí —respondió Alissyn, sorprendida de la familiaridad con que se expresaba el profesor—. ¿Le conoces?

—Más o menos. Mira, el caso es que no puedo acercarme por la universidad, pero puedes traerlo aquí.

—¿Quieres que le lleve a tu casa? ¿Estás seguro?

—Sí, Alissyn. Y como vas a venir de todas formas, trae de paso el billete y, sobre todo, los artículos de Tie-Me-Up, por favor.

Charles colgó antes de que su secretaria pudiera replicar algo. Acto seguido llamó a Ximena.

—¿Sí? —respondió esta de inmediato—. ¿Has conseguido sacar algo en claro de esos garabatos de la pared?

—Buenos días. Es decir, buenas tardes a ti también. Me cuesta oírte.

—Voy conduciendo —repuso Ximena.

La conversación no era fácil debido al ruido de la autopista pero, a pesar de ello, Ximena no pudo evitar notar el buen humor que transmitía la voz de Charles. En condiciones normales le habría preguntado por qué estaba tan contento, pero tenía la cabeza en otra cosa.

—Lo único que he encontrado entre todos esos nombres de demonios que destaca es un acrónimo, que en realidad no lo es, aunque ni siquiera sé cómo debería llamarlo. En fin, es una serie compuesta por tres letras, porque tampoco son iniciales.

—¿Cuáles?

—MCV.

—¿MCV?

—Sí, MCV. La explicación más inmediata que he encontrado, y que podría no ser correcta, es que se refiere a un libro que aparece en «La biblioteca de Babel», de Borges, un cuento que...

—Sé lo que es —le interrumpió Ximena con brusquedad—. Muchísimas gracias. Hablamos luego —dijo, y colgó.

Rocío respondió a Sócrates, que estaba fuera de sí, o eso parecía, después de los mensajes que ella le había mandado en los que decía que volvería a casa en una hora o una hora y media y que había descubierto cosas interesantes. La respuesta racional que recibió de su hermana le tranquilizó. Había subestimado a Rocío Belén.

120

El conflicto entre el general Gun Flynn y el hombre de la máscara se desarrollaba en varios frentes. El militar estaba molesto
por el hecho de que alguien tuviera la arrogancia de ocultarse
tras una máscara en su presencia. A pesar de que dirigía una
agencia de inteligencia del ejército y de que había aprovechado
esta circunstancia para tratar de descubrir la identidad del millonario que se ocultaba detrás de una máscara veneciana, aún no
lo había conseguido y eso le estaba volviendo loco. Había levantado de la nada la organización que había bautizado como la
Cúpula. El nombre, pese a lo que la gente pudiera suponer, no
tenía ninguna relación con la mafia. Se llamaba así porque las
primeras reuniones conspirativas tuvieron lugar bajo la cúpula
de una iglesia desierta de Mississippi, un lugar de reunión nocturna de una facción del Ku Klux Klan. Sin embargo, por mucho que odiara al hombre de la máscara, tenía que reconocer
que la organización jamás habría crecido a tal escala sin su inversión. Así que para deshacerse de él primero tendría que encontrar una fuente de financiación alternativa. La posición en
que se encontraba, las relaciones que había forjado, su herencia
familiar, así como el crecimiento de facciones de extrema derecha, que desde hacía un tiempo habían empezado a multiplicarse como un virus agresivo en un organismo cuya inmunidad no
dejaba de fallar, y su posición en la jerarquía de los supremacistas blancos, que le consideraban un líder, le habían llevado a es-

tar muy cerca de cumplir su sueño. Ya casi contaba con suficiente dinero. Tenía que llevar a término su plan y el obispo de San Pedro Sula era uno de los elementos clave que le ayudarían a acceder a una fuente de dinero casi ilimitada.

La segunda razón del desacuerdo entre los dos era ideológica. Las convicciones de Gun Flynn eran las de un sureño recalcitrante, a diferencia de la facción dirigida por el hombre de la máscara, que consideraba un héroe a Lincoln. Estaban convencidos de que el presidente no había liberado a ningún negro de la esclavitud y que había pospuesto cualquier decisión al respecto lo máximo que había podido. Esa gente creía que había forzado la modernización de Estados Unidos, convirtiendo un grupo de pequeños estados que remaban en distintas direcciones en la mayor potencia mundial. Flynn y la otra facción de la Cúpula sentían por Lincoln el mismo odio visceral que los confederados y le consideraban responsable de destruir unos profundos valores tradicionales; sus crímenes iban desde la violación de los derechos de los estados hasta la muerte de más de setecientos mil estadounidenses. La razón principal de su odio era la emancipación de los «monos», un término que solía aplicar a la gente de color. El conflicto entre los dos hombres tenía que ver con la visión opuesta que ambos tenían de la historia, pero el general era consciente de que aquello que los unía era más importante que lo que los separaba, y el nexo era un odio visceral hacia cualquier forma de democracia, libertad de expresión, corrección política, emancipación de los negros y de las mujeres, el odio a los católicos y a los judíos, y en general a todo lo que no era blanco, anglosajón y protestante.

La tercera causa de disputa era el nombramiento y ratificación de Keely como director de la organización. En general este no era mala persona, pero se dejaba influir con facilidad. Había evitado la influencia de Flynn y era el perfecto ejecutor de las órdenes que el hombre de la máscara daba.

Pero había un asunto en el que los dos coincidían. Ninguno creía que el atentado contra el presidente fuera algo recomendable en esos momentos. El poder había que tomarlo de forma democrática a través de las urnas. Un acto como el asesinato podría volverse en su contra y posponer durante muchos años sus planes. Por un lado, el asesinato era el proyecto personal de Keely, que dirigía la organización y quería reafirmarse en su puesto. El general había perdido la votación y el cauteloso hombre de la máscara no se había posicionado. Flynn sabía que si la operación tenía éxito, esto perpetuaría a Keely en la dirección de la organización, sobre la cual sentía que estaba comenzando a perder el control. Por otro lado, el fracaso sumiría a sus oponentes en el silencio para siempre. Por supuesto había otros métodos para eliminar a estas personas, pero el general tenía su particular sentido del honor. Consideraba que debía llevar al buen camino a aquellos que creían en los mismos valores que él y ganárselos para su causa, no eliminarlos mediante la violencia.

Los antepasados del general Flynn fueron unos importantes esclavistas antes de la guerra de Secesión. Su familia había emigrado desde Alemania durante la primera mitad del siglo XVIII. Los dos hermanos conservaron el apellido alemán, Wolf, pero añadieron un «De» para dar a entender que descendían de una familia noble europea. Comenzaron su aventura americana como marineros y, en solo unos cuantos años, los hermanos DeWolf llegaron a ser capitanes de barco. Al cabo de muy poco tiempo ya se dedicaban al tráfico de esclavos. Comenzaron contratando un barco en Newport, Rhode Island. Cuando este estado prohibió el tráfico de esclavos en 1769, los hermanos y sus hijos continuaron trayéndolos de forma ilegal a Estados Unidos. Para entonces ya habían abierto una destilería de ron y, gracias a eso, disponían del material básico necesario para comprar africanos a los caciques de sus tribus; ya no tenían que cazarlos, sino que los recibían encadenados a cambio de barriles de alcohol. Se calcula que, en 1820, la familia DeWolf había realizado al menos cincuenta viajes y traído a más de veinte mil esclavos a Estados Unidos.

Ampliaron sus proyectos empresariales. Montaron un negocio de seguros y de subasta de esclavos en Charleston, Carolina del Sur, donde sus barcos habían comenzado a atracar. Después de eso, sumamente ricos y saciados ya del comercio marítimo, que se había vuelto cada vez más peligroso, adquirieron varias plantaciones algodoneras en el Sur. A eso se dedicaban cuando estalló la guerra de Secesión. Trataban a sus esclavos con una brutalidad tan indescriptible que una vez liberados por el ejército de la Unión se vengaron matando a los DeWolf de la forma más espantosa posible. Los despellejaron vivos, castraron a los hombres y violaron a las mujeres, castigándolas tal y como ellos habían hecho con sus hijas y sus esposas.

Solo uno, Thomas DeWolf, consiguió escapar de la matanza. Embarcó en un barco mercante rumbo a Alemania con el fin de buscar a sus parientes. Eso fue en 1864. Tenía treinta años cuando regresó al pueblo del que partieron sus antepasados. No conocía a nadie, pero en poco tiempo consiguió formar una familia. Uno de sus nietos llevó siempre grabada en el alma la historia de su gloriosa familia, que tantas veces había escuchado de boca de su abuelo, atesorándola junto con un odio irrefrenable por los negros. Como era natural, con el paso de los años esto se transformó en un odio hacia los judíos. Se convirtió en *gauleiter* con el tiempo y más tarde en adjunto al comandante en un campo de concentración en Polonia. Al finalizar la guerra consiguió llegar a Buenos Aires con la ayuda de una red bien organizada por la Iglesia católica en colaboración con el gobierno de Perón en Argentina, una red que hoy se conoce con el nombre de ODESSA. Viajó junto con un capitán de la SS de origen argentino, Horst Alberto Carlos Fuldner, que se convertiría en un personaje clave en las operaciones del Vaticano y los peronistas para salvar a criminales de guerra. El enlace en este caso, Radu Ghenea, que se ocupó en persona del caso DeWolf, era un ex legionario rumano, ex abogado del famoso criminal Zelea Codreanu, y participó de manera muy activa salvando nazis europeos y transportándolos a Latinoamérica.

Bien instalado en Belgrano, un selecto barrio de Buenos Aires, DeWolf cambió de nuevo su apellido por el de Fernández, uno de los más comunes de Latinoamérica. Una de sus víctimas, superviviente de un campo de concentración, le reconoció y se vio obligado a huir otra vez. En esta ocasión, una rama neonazi estadounidense le ayudó a llegar a Los Ángeles, donde trabajó durante años como asesor en películas bélicas bajo una identidad falsa, por supuesto. Se llamaba ahora Bartholomew Flynn. En Argentina, había bautizado a su hijo con el nombre de Gonzalo, el más parecido posible a Gunther, el segundo nombre de su abuelo, al que tanto había admirado y querido. En Estados Unidos, ese hijo se convirtió en Gun Flynn y, con la ayuda del poderoso equipo de McCarthy, se graduó el primero de su promoción en West Point. Varios años más tarde, el joven oficial compró la casa de Charleston en la que nació su bisabuelo, Thomas Gunther DeWolf. Su padre murió poco después de aquello y fue enterrado en el cementerio Magnolia, en la zona norte de la capital del estado de Carolina del Sur y, para culminar la ironía, el cementerio estaba construido sobre una antigua plantación de esclavos, conocida en otros tiempos como la plantación Magnolia Umbra.

121

—Estos libros antiguos solo eran accesibles para algunos iniciados, ¿no? —comenzó Rocío, sonriendo con placer después de comer el primer trozo de tortilla y abriendo los ojos como platos a modo de cumplido—. ¿Hay una sola copia?

—Todo lo contrario, todo lo contrario. —Charles rio—. Había una auténtica industria, no muy diferente de la industria editorial de hoy en día. En la antigua Grecia y en el Imperio romano había librerías por todas partes, al menos hasta que se cristianizó.

—¿Librerías? ¿Y cómo reproducían los libros? ¿Cuántas personas sabían leer? Debían de ser solo unos pocos aristócratas.

—Espera un momento. No sigas acribillándome a preguntas. Las responderé de una en una. En el siglo v a. de C., la mayoría de la población era en realidad analfabeta. Lo sabemos por las famosas historias de los condenados al ostracismo.

—Te refieres a cuando votaban para echar a alguien de la ciudad. Hum, esta tortilla está de muerte —agregó Rocío con la misma cara de satisfacción.

—Sí. Se congregaban en el ágora y votaban. Era un auténtico referéndum. Pero tenían que reunirse al menos seis mil ciudadanos, sin contar los esclavos, ya que estos no tenían derecho a votar. ¿Sabes de dónde viene el término «ostracismo»? —preguntó, y Rocío negó con la cabeza con la boca llena—. De *ostrakon*, que significa «fragmento de cerámica». Era allí donde se escribía el voto.

—¿Y qué votaban? —preguntó Rocío—. ¿Sí o no? ¿Cuál era la pregunta?

—No. Escribían en ese trozo de cerámica el nombre de un político ateniense, de quien creían que había acumulado demasiado poder. Si la mayoría proponía el mismo nombre, el tirano tenía que marcharse de la fortaleza de la ciudad y no regresar hasta pasados diez años. Hiparco fue el primer político del que se tiene conocimiento que fue condenado al ostracismo. Al menos esto es lo que nos dice Aristóteles. Si mal no recuerdo, eso pasó en 487. Si hablamos de analfabetismo, hay muchas historias a este respecto. Los que no sabían escribir le pedían a un colega del ágora que lo hiciera por ellos. Uno de ellos quiso escribir el nombre de Arístides en un trozo de cerámica y le pidió al propio Arístides que lo apuntara por él.

—¿Sabía que se lo estaba pidiendo a Arístides?

—No. —Charles rio—. De hecho, este le preguntó si conocía a la persona a la que quería echar de la ciudad-Estado. Este respondió que no, pero que su fama estaba creciendo con peligrosa rapidez.

—¿Y condenaron a muchas personas al ostracismo?

—Por lo que sé, a más de diez mil.

—¿En serio? ¿Qué pasó entonces? ¿Se despoblaron las ciudades?

—Es el número total a lo largo de un período de quinientos años y no solo en Atenas. No fue tan grave. Por ejemplo, en Siracusa, el fenómeno se conocía como «petalismo» porque los nombres se escribían en pétalos de flores.

—¿De veras? Debería probar eso del petalismo. Me gusta la idea. ¿Y se libraron de los tiranos? —Rocío era tan dulce que Charles se levantó para besarla. Ella le empujó con la pierna para sentarlo de nuevo en la silla—. No. ¡Pórtate bien! ¡Ahora estamos ocupados educando a la joven dama!

—De acuerdo —convino Charles—. Los deseos de la joven dama son órdenes para mí. A veces se deshacían de tiranos y otras se engañaban a sí mismos. Pero a comienzos del siglo IV, una gran parte de la población ya sabía escribir. Con el apoyo de la ciudad-Estado, aparecieron las escuelas. Por lo que sé, la primera de carácter privado apareció en Roma en el año 235, obra de un tal Espurio Carvilio. A fin de cuentas, desde el siglo IV antes de Cristo, la escuela se volvió casi obligatoria. Los griegos llamaban *didaskaleion* a la enseñanza elemental, que comenzaba cuando el niño cumplía los seis o siete años, y los romanos lo llamaban *idus littrarum*. La educación, incluso la que vemos hoy en día, proviene de los antiguos, en la medida en que no se ha convertido en un instrumento para embrutecer y reducir al individuo a sus inclinaciones hasta transformarlo en un asno o en un mono. En primer lugar, el niño tenía que aprender el alfabeto. Y conozco una anécdota muy bonita al respecto. Herodes Ático, un hombre muy rico en su época, tenía graves problemas con uno de sus hijos, así que le compró veinte esclavos de su misma edad para que pudiera jugar con ellos. Herodes les puso de nombre a cada uno una letra del alfabeto.

—¡Vaya! ¡Y el chico aprendió el abecedario jugando! ¡Genial!

—Sí. Por supuesto, después de eso aprendían a escribir y a leer, cosa que siempre se hacía en voz alta.

—¿En qué escribían? ¿En papiro o en pergamino? ¿En pellejos de animales?

—Todas esas cosas eran caras. Escribían en tablillas de cera. Después de la escuela elemental, que terminaba en torno a los once o doce...

—Más o menos como ahora.

—Sí, más o menos como ahora. Después de la enseñaza básica iba la secundaria, donde había un programa deportivo muy potente. Los niños no estaban exentos, y por esa razón, no se volvían obesos. Allí les enseñaban las obras clásicas. Y nadie dejaba la escuela sin conocer la *Ilíada*, la *Odisea*, o a Esquilo, Sófocles y Eurípides. Como es natural, las obras que han sobrevivido son precisamente aquellas que se elegían para la enseñanza secundaria, la bibliografía obligatoria, porque había muchos niños. Las obras que no se enseñaban se perdieron.

—Tienes las obras completas de Esquilo aquí mismo. ¿No sientes curiosidad por leerlas?

—Oh, sí. Estoy deseándolo. Pero ¿cuándo?

—Bueno, si quieres te dejo a solas para que estudies. Nos veremos menos. —La risa infantil de Rocío hizo que Charles se levantara de nuevo. Esta vez, su amante no opuso resistencia. Solo le interrumpió después de un rato—. Oye, continúa, esto me gusta. Y me parece que esperas visita. Discúlpame, pero estabas a mi lado y he oído algo sin querer.

—Cierto. Va a venir Moses White. —Puesto que Rocío no parecía saber de quién le hablaba, se lo aclaró—: Es la décima persona de la lista de George.

—¡Genial! Eso significa que resolveremos el rompecabezas hoy. —Dio una palmada—. Pues date prisa y termina la historia.

—Había incluso manuales pedagógicos. En la *Institución oratoria*, de Quintiliano, habla de las exigencias de criar a un niño en el marco de la escuela y la familia. En cualquier caso, después de la secundaria, donde se aprendía gramática, literatura y oratoria, y un poco más tarde los elementos de las matemáticas, y donde también se impartían clases de civismo, el alumno tenía la opción de matricularse en una academia. La retórica era la asignatura más solicitada en ese tipo de centros, porque proporcionaba un abanico más amplio de posibilidades a la hora de elegir una futura carrera, pero se podía optar por las leyes, la medicina o las letras, que incluían la historia y la geografía. Es importante especificar que el derecho a estudiar era universal para los ciudadanos, no para los esclavos. Dirás que el mundo se ha vuelto más estúpido en dos mil años, pero, a diferencia de nuestros sureños, para los que un esclavo alfabetizado representaba un grave peligro, los griegos, y en particular los romanos, animaban a sus esclavos a que aprendieran a leer y a escribir. A veces se ocupaban personalmente de su educación.

—¿Por qué?

—Los necesitaban para que se ocuparan de la correspondencia, pero también de leer ciertos libros que resumirían a sus amos, y sobre todo de la contabilidad básica.

—Vale, ¿y los libros?

—Al principio eran los propios escritores quienes los copiaban. Después se los daban a quienes estaban cerca de ellos, que también eran intelectuales. Había lecturas públicas muy a menudo. De esta forma, la gente que no podía permitirse comprar libros o que no conseguía encontrarlos tenía acceso a ellos. Las obras de Homero se leían e incluso se representaban durante los juegos panateneos. Has de saber que, a diferencia de la educación, los libros eran un lujo en la Antigüedad. Costaban mucho. El material era caro, había que pagar al copista y el editor tenía que ganar dinero. De algunas obras se realizaban muchas copias. También había grandes éxitos por entonces y autores cuyos nombres garantizaban la venta de una tirada bastante grande. Los propietarios de las que podríamos llamar editoriales entonces solían contratar a un montón de copistas. En general, para poder producir el mayor número de copias posibles, alguien leía mientras docenas de personas escribían al dictado. Por eso hay diferentes versiones de diversas obras. A menudo los copistas cometían errores y no solo ortográficos. El escribano se confundía a veces y en ocasiones omitía palabras. A los copistas se les pagaba por reglón. Diocleciano incluso emitió un edicto que establecía que los buenos copistas ganarían veinticinco denarios por cada cien renglones, mientras que los que no eran tan buenos recibirían veinte. Era una ley de salario mínimo, como la que tenemos hoy en día en la mayoría de los países.

—A propósito de eso, ¿qué pasaba con los derechos de autor? El autor de un libro superventas se hacía rico, ¿no?

—Nada de eso. En la Antigüedad, el término «derechos de autor» solo servía para que el escritor pudiera quejarse de errores puntuales en la transcripción y montar un escándalo para que los corrigieran o retiraran la edición si los fallos eran graves, todo ello a pesar de que había correctores y una revisión final para el autor.

—Bueno, has dicho que los libros eran caros. ¿Quién se llevaba el dinero entonces?

—El editor se lo llevaba todo.

—¿Cómo podía ser? ¿Es que el escritor no ganaba nada?

—Cuesta acabar con las buenas costumbres, como puedes ver. Hoy en día, un autor se lleva entre el seis y el diez por ciento del precio de venta del libro.

—¿Y el resto se lo lleva el editor?

—Sí, pero los distribuidores se llevan el grueso, hasta el cincuenta por ciento. Y luego están los costes de producción y comercialización, así que el editor se queda alrededor del triple que el autor.

—¿Quieres decir que todos esos libros que has escrito no te reportan dinero?

—Gano lo suficiente con ellos. Todo depende de la tirada. En cualquier caso, no se pueden comparar los cientos de miles de libros que se imprimen hoy en día, por no mencionar los superventas universales de los que se publican muchos millones de copias, con los pocos cientos de ejemplares que podían llegar a publicarse en la Antigüedad.

—Bueno, ¿y de qué vivían aquellos escritores? Porque ya sabes que no todo el mundo puede escribir un libro. Conlleva un esfuerzo tremendo.

—Claro. Publicar incrementaba la fama y la reputación de un escritor y los poderosos de entonces, los ricos que los financiaban, se tomaban muy en serio a los autores de éxito. Los ponían a cargo de una escuela o los acogían bajo su ala. Pero deberías saber que, al igual que sucede en el presente, un autor joven o un principiante lo tenía muy difícil para que le publicaran. Tal y como ocurre hoy en día, enviaban manuscritos sin parar y los rechazaban.

—¿Quieres decir que era un privilegio que alguien copiara tu obra mientras tú no ganabas ni un céntimo?

—Sí, porque te ayudaba a hacerte un nombre en el mercado. La gente buscaba la fama, al igual que ahora. Los autores noveles solían dedicar sus libros a algún potentado para llamar su atención o, si nada parecía funcionarles, organizaban lecturas en la plaza pública. Muchas veces, sobre todo si eran desconocidos, su único público eran dos o tres niños y un perro callejero. Las cosas no han cambiado demasiado en dos mil años.

—¿Y había best sellers? ¿Aristóteles? ¿Esquilo?

—En realidad no. Las bibliotecas públicas, las escuelas o las personas eruditas compraban las obras de esos escritores, aunque siempre estaban en el mercado, como sucede hoy con los clásicos, que se encuentran en todas partes. Pero había otros libros, lecturas más ligeras, que sí eran superventas: historias románticas y eróticas. Esos eran los más solicitados. Y los libros de cocina se vendían muy bien, mucho mejor que Homero, en cualquier caso. Por lo que sé, uno de los libros más vendidos de la época, si no el que más, se titulaba *Las aventuras de Leucipa y Clitofonte,* de Aquiles Tacio. Era una historia de amor y misterio, llena de acción y giros argumentales. Los gustos no han cambiado en casi tres milenios. Eso nos demuestra que hay algo esencialmente humano en el deseo de leer algo así. Por desgracia no ha quedado mucho de ese libro. Quizá tengan uno guardado en esa misteriosa biblioteca. Te prometo que si lo encuentro te lo prestaré.

—¿Por qué a mí?

—Para proporcionarte una educación sentimental. Para hacerte sensible como una florecilla. Para verte estremecer de emoción cuando la belleza de Leucipa subyuga a Clitofonte y por cómo el destino está en su contra.

—¿Qué es esto? ¿Una obra ñoña? ¿Una película india?

—Más o menos. —Charles profirió una carcajada—. Todas las demás son descendientes de ella. Los *Cuentos milesios* o las *Fábulas milesias,* como lo llaman a veces, eran igual de famosos. Recibían este nombre por su autor, Arístides de Mileto. Creo que en realidad ese era el auténtico best seller: historias licenciosas, una importante fuente de inspiración para *El Decamerón.*

Charles no consiguió decir más porque estuvo a punto de caerse de la silla al oír el timbre de la puerta, que de repente empezó a sonar con gran estruendo justo encima de su cabeza.

—¡Abre tú! —dijo Rocío—. Voy a vestirme.

—¿Quieres irte?

—Debo hacerlo. Tengo trabajo pendiente, pero te llamaré cuando haya terminado.

—¿Trabajo? ¿Qué trabajo? —preguntó Charles de camino a la puerta—. ¿Sabes que sigo sin tener ni idea de a qué te dedicas? Tú lo sabes todo de mí y yo... ¡Ya voy, ya voy, ya voy! —concluyó, molesto con el timbre, que otra vez sonó de forma estrepitosa.

122

—¿Sí? ¿Qué ocurre? —preguntó Caligari, irritado.

—La señorita Menard está aquí —respondió su lugarteniente.

—¿La señorita Menard? ¿Qué demonios pasa? ¿Le has contado algo?

—¿Yo?

—No importa. Tráela aquí.

—¿Aquí? ¿Estás seguro de que es una buena idea?

—Está al corriente de todo. De hecho, fue idea suya poner al doctor bajo vigilancia.

Condujeron a Ximena a una zona de la base militar en la que no había estado. El alto edificio parecía hecho de cristal en su totalidad. Siempre lo había creído desierto. Las puertas opacas revelaron un terrible alboroto al abrirse y se sintió como si de repente se sumergiera en otra dimensión. Después de que la obligaran a enseñar su identificación, un sargento le escaneó las pupilas y le tomó las huellas dactilares, haciendo que posara ambas manos sobre una tableta electrónica. Tuvo que entregar su arma y su teléfono móvil. A continuación, un oficial la acompañó a una zona súper segura detrás del ascensor principal. Contó veintiocho soldados desarmados en los ascensores del fondo mientras esperaba a que apareciera el lugarteniente. Bajó varios pisos con él y se encontró en medio de un espacio tan bien vigilado como los ascensores. Después de que el lugarteniente se ocupara de introducir los códigos necesarios para cruzar una nueva puerta, Ximena entró en un pasillo mal iluminado con varias habitaciones a cada lado. El lugarteniente la condujo a una sala de vigilancia en la que estaba Caligari. El director observaba a través del cristal una sala de interrogatorios donde Mabuse permanecía encadenado a la mesa, con las esposas puestas. El doctor puso los ojos en blanco, movió la cabeza a derecha e izquierda y profirió un sonido parecido al de un avión. Después se irguió de nuevo.

—¿Qué ha pasado? —preguntó Ximena.

—Justo lo que tú suponías. Este desgraciado nos ha engañado a todos.

—¿Cómo?

—Te lo enseñaré —dijo Caligari, que hizo una señal a su lugarteniente, quien encendió un ordenador y puso la grabación al principio para reproducirla.

—¿Cuánto tiempo lleva así?

—Desde que le traje aquí. No responde a ninguna pregunta. Se hace el loco.

—¿Se hace el loco? —preguntó Ximena, recalcando el «se hace»—. ¿Eso es lo que crees?

—Director Caligari al teléfono, habitación U20 —dijo una voz por megafonía—. Repito: director Caligari, al teléfono, habitación U20.

Caligari respondió de inmediato a la mirada inquisitiva de Ximena.

—Aquí está prohibida la comunicación con el exterior. Vuelvo enseguida. Si me llaman, debe de ser importante. Mientras, puedes echar un vistazo a esto.

Caligari salió. La puerta se cerró con un clic y oyó unos pasos que se alejaban. En vez de ver la grabación, el lugarteniente agarró a Ximena del brazo. Antes de que pudiera recuperarse de la sorpresa, le entregó una pequeña bolsa de lona.

—No sé cómo lo vas a hacer, pero Mabuse solo saldrá de aquí muerto. ¿Entendido?

Ximena no supo cómo reaccionar. Abrió la bolsa y allí había una jeringuilla y un vial con suero.

—¿Qué es esto? ¿Qué quieres decir? —barbotó.

—Entiendo que ya te han dado la orden, aunque no hayas podido introducir nada aquí. Asegúrate de inyectárselo todo. Parecerá un ataque al corazón. No encontrarán ni rastro de la sustancia en la autopsia. No te irás de aquí sin zanjar esto, espero que lo tengas bien claro. Y ahora mira la grabación.

—¿Por qué no lo haces tú? —inquirió Ximena, sorprendida por la agresividad de ese individuo, que hasta el momento había sido un modelo de cortesía.

—Porque yo no puedo entrar ahí y porque cada uno de nosotros tiene que hacer su trabajo. Ahora mira la grabación porque el jefe va a volver. Y no lo olvides. Tienes cuarenta y dos horas. —El lugarteniente le dio al botón de reproducción y salió de la sala.

Ximena estaba horrorizada. No sabía qué hacer. No había asumido la idea de matar a Mabuse. Tendría que poner paz entre el hermano conejo y el hermano zorro. Solo que tendría que decidir quién era el hermano conejo. De momento decidió concentrarse en la grabación. Al menos así entendería qué había pasado.

123

Charles miró con gran curiosidad al anciano de color, un pequeño ser humano. En un intento de ocupar el menor espacio posible estaba sentado de forma modesta, con las rodillas juntas, en el lujoso sofá donde le habían invitado a que tomara asiento. Sostenía una cartera en las rodillas y se levantaba cada vez que entraba o salía alguien. Se puso en pie cuando entró Rocío y le pidió a Charles que la acompañara a la puerta. Se levantó cuando Alissyn entró con cara de malas pulgas después de echarle un vistazo a Rocío y dijo que ella también se iba. Y, por supuesto, se puso en pie de nuevo cuando Charles fue a preparar café y cuando regresó con una bandeja. Baker dejó el café en un carrito que había colocado al borde del sofá, cerca del estrecho rincón en el que se había acomodado el anciano.

—He sido profesor de Historia en un instituto toda mi vida. En un momento dado, el director me preguntó si podía sustituir al profesor de Música. Suponía que los negros somos un pueblo musical. Toco la trompeta desde pequeño. Por desgracia, me rechazaron en Juilliard y orienté mi carrera hacia mi segunda pasión, la historia.

Charles escuchó con asombro a un hombre tan modesto. Sus palabras no transmitían otra cosa que no fuera benevolencia.

—En cualquier caso, aquí tengo un libro que le pertenece —prosiguió.

El hombre sacó el manuscrito de la cartera con movimientos

delicados y lo sostuvo por los bordes con dos dedos, como si fuera de cristal y temiera romperlo. A continuación se lo entregó a Charles, que ardía en deseos de abrirlo, pero enternecido por la amabilidad de su invitado, lo dejó sobre la mesa.

—¿Lo ha leído?

—Por desgracia, no. Empecé a hacerlo, pero me pareció una estupidez monumental, perdone que le diga. El tal Urquhart era un personaje extraño. No escribió nada legible, salvo tal vez su singular traducción inspirada en *Gargantúa y Pantagruel*, a la que, no sé si lo sabe, añadió más de cien páginas. En ese sentido se convirtió en algo más que el traductor, llegó a ser coautor. Le ruego me disculpe. Me pongo a hablar y no puedo parar. —Hizo una pausa para beber café. Sujetó la minúscula taza con torpeza y bebió un sorbo—. Café italiano. Pequeño, pero fuerte como mil demonios. Muchísimas gracias.

—Le ruego que me ayude a aclarar algunas cosas.

—Si puedo servirle de ayuda, lo haré con mucho gusto.

—Es probable que esté al tanto del trágico destino de mi adjunto.

—En efecto. —Moses White se apresuró a responder, sin dejar que Charles terminara—. Seguí lo que le había pasado con estupefacción. Creía que había sido un suceso al azar, pero tras el asesinato de Olcott y las desapariciones de los otros profesores a los que le remití, me di cuenta de que el señor Marshall había dado en el blanco, así que me escondí.

—¿Qué desapariciones?

—La del señor Boates, la señorita Jackson y el señor Barett.

—Puedo tranquilizarle a ese respecto. Todos se encuentran bajo la protección del FBI.

Moses White exhaló un suspiro de alivio.

—¿Qué quiere decir con que le remitió a ellos?

—Oh, bueno. Como sabe, llegaron diez manuscritos, entre ellos el que le he entregado, a manos del señor Marshall. ¿Por qué me trajo este justo a mí? Creo que los otros eran más interesantes. ¿Son esos de la mesa?

—Sí —dijo Charles—. ¿Le gustaría echarles un ojo?

—Gracias, puede que en otro momento. Tengo que irme ya. Mi hermana me está esperando.

—Me decía usted que le remitió a los demás...

—En cierto modo. Intentó hablar primero con el profesor Frazer, después con Cifarelli. Solo se le habían ocurrido esos dos. Ambos se negaron, aunque de manera muy educada. Así que se le ocurrió la extraordinaria idea de decirles que tenía en su poder unos manuscritos que se creían perdidos hacía mucho tiempo, lo cual era cierto. Empezó primero conmigo. Supongo que no me consideraba demasiado importante. Por esa razón me trajo este manuscrito en concreto. Le recomendé que fuera a ver a los demás. Para ser más exacto, le aconsejé que probara con Boates, Barett, la señorita Jackson, Davidson y Olcott. Le sugerí a esos cinco. Él encontró a otros dos..., a tres, conmigo. No sé si repartió los diez libros, pero me alegro de que funcionara. De todas formas le recibieron de inmediato. Y, según veo, ha recuperado todos los libros.

—¿Y por qué le recomendó a esas personas?

—El señor Marshall tenía en su poder algunos libros, entre otras cosas. No, no es la forma de explicarlo. Empezaré de otra manera. El señor Marshall se hizo con estos libros que tiene usted aquí, rarezas todos ellos y todos presuntamente desaparecidos. De esos diez, solo hay uno que no encaja en el grupo, y así se lo dije.

—¿Se refiere a las *Memorias de Esteban*?

—El bibliotecario, sí. Un libro especial que no es exactamente un libro. Son las memorias de una persona de color que por casualidad se convirtió en el bibliotecario de una biblioteca secreta. Sé que lo que digo parece monstruoso, pero...

—Sé lo que es Omnes Libri.

El anciano hizo una pausa.

—Mucho mejor. Esteban es el primer bibliotecario de color..., alrededor de mediados del siglo XVI. Por extraño que parezca, al señor Marshall la historia le parecía auténtica.

—¿Qué historia? ¿De qué trata?

—No tengo ni idea. En una ocasión se lo pregunté y él eludió la pregunta. No quise insistir. Entre otras cosas, el señor Marshall había descubierto que mi bisabuelo ocupó el mismo puesto hace cuatro generaciones durante casi cincuenta años y estaba interesado en saber si mi antepasado, Moses White, también había escrito un diario similar. El señor Marshall afirmaba que todos los bibliotecarios tenían la obligación de escribir algo parecido. Le conté cuanto sabía.

—¿Cómo le encontró George?

—No me lo dijo. Su adjunto tenía muchos recursos y parecía obsesionado con el tema.

—Sí. Así era él cuando se topaba con algo, sobre todo si se trataba de algo interesante. No se rendía hasta que resolvía el problema. Últimamente no dejo de conocer a personas tan interesantes como él. Por desgracia, yo soy mucho más indolente.

White no entendió a qué se refería Charles. Tras un breve instante durante el cual intentó deducir si el profesor estaba insinuando algo o no, se rindió y continuó con la explicación.

—El señor Marshall dijo que quería escribir un libro revolucionario sobre Lincoln y que el problema que se le planteaba era descubrir por qué nuestro presidente más grande se convirtió en la persona que luego fue. ¿Cuál era la explicación? ¿Qué subyacía debajo de aquella metamorfosis? Intenté explicarle que no hubo ningún cambio, sino una evolución o maduración, más bien, una cristalización de sus opiniones. Lincoln estaba naturalmente en contra de la esclavitud en cualquiera de sus formas. Eso es un hecho, y tan cierto como que fue racista. ¿Quién no lo era por entonces? No debemos juzgar ese período desde la perspectiva del presente sin tener en cuenta el contexto. Siempre les enseño eso a mis alumnos.

—Me parece justo —replicó Charles, que parecía estar recuperándose de la euforia que le había inundado en los últimos días y que comenzaba a recordar cuál era su propósito antes de que Rocío empezara a acaparar sus pensamientos.

Mientras escuchaba al anciano, se preguntó si no quería que Rocío le salvara de todo ese asunto y si su subconsciente no había trabajado con el fin de liberarle de la presión. Tenía ese asombroso don. En cualquier situación, por muy al borde de la desesperación que estuviera, encontraba algo a lo que aferrarse, un salvavidas, un cabo que agarrar para impulsarse, salir y encontrar un lugar desde el que poder verse a sí mismo con irónico desapego. Durante toda la mañana había tenido un extraño presentimiento sobre Rocío, provocado por la conversación de la noche anterior. ¿Cómo era posible que Rocío, que conocía la poesía de Borges de arriba abajo gracias a que le había leído en profundidad, no supiera lo que era MCV? ¿Y por qué había elegido recitarle justamente el poema que hacía referencia a la biblioteca de Alejandría? El germen de la duda había anidado en su cabeza y no le dejaba tranquilo.

—Aun así, la mayoría de los historiadores parece coincidir en que este cambio, este despertar, tuvo lugar en Farmington en 1841, cuando Lincoln pasó un mes de vacaciones allí de visita a su único amigo, Joshua Speed. Casi todo el mundo está de acuerdo en esto, pero no en lo que allí ocurrió en realidad. Sin embargo, el señor Marshall suponía que precisamente yo debía de saberlo porque había oído esas historias contadas por mi abuelo, que estuvo bastante cerca de esos acontecimientos, que tuvieron lugar solo dos generaciones antes. ¿Sabía que mi tatarabuelo se casó allí, en la plantación? Y a la edad de sesenta y cinco años tuvo un hijo, mi bisabuelo.

—Continúe, por favor —dijo Charles, que de pronto se sentía muy interesado—. ¿Le apetece otro café?

—No, gracias. Estoy acostumbrado a nuestro café estadounidense, tan largo como un día sin pan.

—Entonces continúe.

—Claro. Bueno, es sabido que Lincoln era depresivo y que este viaje casi le curó. Pero su depresión iba acompañada de un terrible insomnio. Así que, por las noches, paseaba por la plantación o leía a la luz de las velas. Pusieron a su disposición un esclavo para que le sirviera las veinticuatro horas del día.

—Su tatarabuelo.

—Exacto. Moses Abraham White.

—¿Abraham?

—Pues sí. Cuando le capturaron los esclavistas tenía el pelo largo y barba. Los traficantes eran personas rudimentarias. Llevaban consigo algunos folletos sobre temas bíblicos, con más dibujos que texto. Lo más seguro es que se entretuvieran con ellos durante aquellos interminables viajes, cuando no tenían nadie a quien torturar o no estaban borrachos como cubas, aunque raras veces se daba el caso. De cualquier modo, mi tatarabuelo se parecía a los personajes de esos folletos. Uno de los traficantes dijo que se parecía a Moisés y otro, a Abraham. Así que le pusieron los dos nombres. Creo que debió de ser el único esclavo de la historia con dos nombres.

»En cualquier caso, Lincoln le preguntó cómo se llamaba. Tenía que dirigirse a él de alguna forma. El anciano le respondió que Moses Abraham y Lincoln se sorprendió de que un esclavo se llamara igual que él. Entonces, en un momento dado, consumido por la melancolía y sin ganas de leer, el futuro presidente le pidió al anciano que le contara una historia. Moses Abraham le relató la historia de su vida. Al principio, Lincoln pensó que aquel negro se estaba inventando las cosas. Le dijo que era un gran narrador de historias. Pero a medida que el anciano esclavo ahondaba en la historia, el futuro presidente se fue sintiendo cada vez más cautivado.

—¿Y eso le decidió a cambiar de actitud?

—No lo creo. Pienso que fue un comienzo. El señor Marshall insistía en averiguar si yo sabía qué le dijo mi tatarabuelo al presidente que hizo que cambiara de forma tan radical. Por eso le sugerí que hablara con los mejores especialistas en Lincoln.

—¿Y Olcott? ¿Por qué le envió a ver a Olcott?

—Mi abuelo me contó que Lincoln llevaba siempre consigo un libro del que jamás se separaba: *Los elementos*, de Euclides, una vieja traducción con un prólogo de John Dee.

—Sí, lo conozco.

—Bueno, Moses vio el libro y lo comentó con él de igual a igual. Más aún, le dijo que a Dee lo visitaron unos ángeles que le enseñaron su lengua, a la que llamaba enoquiana.

Charles exhaló un suspiro. ¿De verdad la conversación había derivado hacia el absurdo? Era evidente que sí.

—No se sienta decepcionado. Yo tampoco creo en esos disparates ocultistas. Pero parece que Lincoln prestó mucha atención a lo que le contó su tocayo. Tomó como una señal que su interlocutor, el mismo que le hablaba de cosas a las que solo los iniciados o los elegidos tenían acceso, en particular sobre la biblioteca secreta y la historia de la humanidad, llevara su mismo nombre: Abraham. Lincoln no era creyente, pero sí muy supersticioso. Así que una hipótesis del señor Marshall era que Moses Abraham White había iniciado a Lincoln en las ciencias ocultas.

—¿Y por eso le envió a ver a Olcott? Creía que estaba relacionado con las sesiones de espiritismo de Mary Todd.

—No —respondió el anciano con una sonrisa.

—¿Y qué hay de la profesora Jackson? Es especialista en heráldica.

—Aquí no tengo las cosas tan claras. El señor Marshall dijo algo sobre emblemas heráldicos o, para ser más exacto, sobre uno solo: un basilisco que se está tragando o escupiendo a un niño. Es un escudo de armas del siglo xiv italiano que pertenece a la conocida familia Visconti. El señor Marshall había descubierto un peculiar parecido con una figura de los aztecas, un dios llamado Quetzalcoatl, la serpiente emplumada. De hecho, las dos imágenes son tan parecidas que pone en duda la fecha real del descubrimiento de América, ya que el diseño azteca es muy anterior a 1492. Y al menos yo no creo en este tipo de coincidencias. Lo más probable es que la familia Visconti llegara a Centroamérica al menos doscientos años antes que Colón. Una de dos: o los Visconti vieron la representación de los aztecas o los aztecas lo vieron en el emblema de la familia italiana.

—Otro absurdo. Y, además, ¿qué relación guarda esto con Lincoln?

—No tengo ni idea. No me lo dijo. Creo que está relacionado con la biblioteca. Y no es absurdo. Tiene que ver las dos representaciones del dragón, la serpiente, el basilisco o lo que quiera que sea. ¡No es una mera coincidencia!

—¿La biblioteca no está en una isla? ¿Acaso se halla en el continente?

—Tengo entendido que se encontraba en una isla, pero llegó un momento en que se quedaron sin espacio y trasladaron la biblioteca a un lugar más seguro en el siglo XVI. La isla se mantuvo como un lugar de clasificación y catalogación. Así la encontró mi tatarabuelo a finales del siglo XVIII. El señor Marshall también me reveló algo de lo que leyó en las *Memorias de Esteban*. Creo que se saltó lo esencial, pero no puedo culparle por eso.

—¿Qué le reveló?

—Parece ser que el tal Esteban habla de la construcción de una ciudad biblioteca en algún lugar de Europa. La familia Visconti habría tenido algo que ver con ello. Mencionó una ciudad fortificada ubicada en un lugar estratégico.

A Charles se le puso la carne de gallina, hasta el punto de que notaba el vello del cuerpo atravesando su camisa. Se dio cuenta de que esto tenía que ver con el diagrama que había encontrado en la estatua del faraón. Estaba empezando a salir del trance que Rocío le había inducido y volvía a Lincoln, a la biblioteca, a George y a su madre, una historia cuyas piezas estaban empezando a encajar.

—¿Se encuentra bien? —preguntó el anciano.

—Sí. ¿Por qué?

—Está muy pálido. —El anciano se puso en pie—. ¿He dicho algo malo? —preguntó—. ¿Quiere que le traiga un vaso de agua?

—No, no —se apresuró a responder Charles—. Solo estoy cansado. Ha sido una larga noche. Siéntese, se lo ruego.

El anciano volvió a acomodarse, pero Charles necesitaba recobrar la compostura. Se excusó y salió un momento. Moses White le oyó abrir un grifo e ir a la nevera.

Charles metió la cabeza debajo del chorro de agua fría y después sacó dos latas de Coca-Cola de la nevera. Estuvo ahí casi medio minuto y, acto seguido, sacudió la cabeza igual que un cachorro. Se secó bien, cogió un vaso de la mesa y regresó a la sala de estar.

—Me parece que he tocado un tema sensible —comentó el

anciano—. Todavía lleva la cabeza mojada. Pero no es necesario que me dé explicaciones, tranquilo. No es asunto mío.

Charles le ofreció una lata de Coca-Cola y el vaso y el anciano abrió el refresco con total tranquilidad y se sirvió, pero no antes de dar las gracias de forma educada.

—Retomándolo donde lo hemos dejado, me estaba hablando de una ciudad dedicada a la biblioteca.

—Sí. No sé nada más, pero mi abuelo me contó que cuando Moses Abraham llegó a la isla, hacía ya tiempo que habían trasladado la gran biblioteca. Otra hipótesis del señor Marshall es que mi antepasado reveló la ubicación de la biblioteca a cambio de la promesa de abolir la esclavitud.

—¿En serio?

—Sí. Quizá parezca poco probable, no tengo ni idea. Lincoln era un hombre muy curioso. Sea lo que fuere lo que le dijera, lo cierto es que no ocurrió durante la primera visita a Farmington, sino mucho después, en la época en que Lincoln ya había sido elegido presidente. Cuando estaba en su lecho de muerte, Moses Abraham imploró a Joshua Speed que llamara a Lincoln. Speed estaba convencido de que el hombre de color deliraba, pero le dijo que no podía negarle su último deseo a un moribundo y, convencido de que Lincoln no acudiría, le transmitió el último deseo del esclavo.

—Pero Lincoln sí fue a verle.

—Pues sí, para sorpresa de todos. Y así cambió la postura del presidente con respecto a la esclavitud, el punto de inflexión si lee la historia con atención. Por tanto, Moses Abraham le dijo algo, algo gordo, fundamental, que hizo que por fin pusiera manos a la obra. Fue algo decisivo. Eso era lo que buscaba el señor Marshall y tengo la extraña sensación de que usted también, pero, con toda franqueza, aunque me he devanado los sesos, no tengo ni idea de qué se trataba. Sin embargo, estoy convencido de que el señor Marshall lo descubrió y por eso lo mataron.

Charles estaba tan alucinado con todo lo que había oído que ya no sabía qué decir. Tenía que poner en orden sus pensamientos.

—Ah, y una cosa más antes de irme —dijo el anciano.

—Cómo no.

—No creo que terminaran de construir esa ciudad europea ni que la biblioteca se trasladara allí.

—¿Por qué lo dice?

—Porque mi abuelo también me contó que Moses Abraham solía decir que la gran biblioteca se encontraba en una ciudad de Latinoamérica.

—¿En cuál?

—En Ciudad Blanca.

124

Ximena acababa de terminar de ver la grabación cuando el director entró de nuevo en la sala de observación. Caligari no pudo decir nada porque la mujer le avasalló con una pregunta:

—¿Cómo está McCoy?

—Lo llevé a la clínica tan rápido como pude. Hay muy pocas probabilidades de que vuelva a ser una persona normal. Parece que tiene el cerebro frito.

—¿Y los demás?

—Es mucho peor. Dejando a un lado la parte química, el psiquiatra dice que fueron adiestrados para escuchar solo a este miserable. ¿Quién lo habría imaginado? ¿Cómo he podido ser tan imbécil?

Ximena le puso la mano en el brazo.

—No es culpa tuya —dijo—. Se trata de un asunto muy elaborado, orquestado de forma minuciosa y con tiempo.

—Podría ser, pero no entiendes de qué estamos hablando aquí. ¿Qué haces con unas pobres personas asustadas? Y, encima, ahora las cosas son todavía más confusas.

—¿No le has sacado nada?

—No. Lleva haciendo eso desde que le trajimos aquí. Ni siquiera se cansa.

—¿Y cuándo vas a pasar al siguiente nivel?

—Cuando volvamos.

—¿Es que vamos a alguna parte?

—Sí. —Caligari hizo una pausa para prolongar el suspense. Parecía estar de buen humor después de haber recibido esa llamada, a pesar del asunto de Mabuse—. Tienen a K2.

—¿En serio? ¿Dónde?

—Por suerte para nosotros, en Belice. Es más fácil entenderse si hablan en inglés.

—¿Y cómo lo has atrapado? ¿Cómo se captura algo así? Está más evolucionado que K1, ¿verdad? Ha tenido que ser una masacre.

—De Honduras fue a Guatemala, donde dicen que cometió matanzas cerca de Morales, en los alrededores del lago Izabal. Por supuesto, ni una palabra de allí. Luego cruzó el agua, lo que implica que esa cosa también sabe nadar. Es anfibio. Por último se dirigió a Belice, hacia Barranco, y es probable que se estuviera preparando para cruzar la sierra Maya hacia México.

—¿Y cómo lo han atrapado?

—No lo he entendido bien. Parece ser que se encontró a unas personas que estaban fabricando unas enormes y sólidas redes de pesca profesionales que llevan aluminio ligero. Lo cierto es que esa cosa se enredó en esas redes. Intentó romperlas para salir, pero las redes te agarran como si fueran esposas. Cuanto más te esfuerzas por liberarte, más te hundes. Cuando sacaron al monstruo del agua, le arrojaron más redes encima porque se las había arreglado para fundir el metal. Está amarrado como un barril. El ejército lo bombardeó con electricidad o algo así, y le han inducido una especie de shock electromagnético.

—¿Está muerto?

—Nunca ha estado vivo. Según tengo entendido, han destruido sus circuitos internos.

Ximena se perdió unos instantes en sus pensamientos. Miró la pantalla y después a Caligari. A continuación se levantó y acercó la cabeza al cristal que separaba el cuarto de observación de la sala de interrogatorios.

—¿Cuándo nos vamos? —preguntó sin apartar la vista de Mabuse.

—Tenemos media hora hasta que el avión esté listo. ¿Por qué?

—Me gustaría probar con el doctor —dijo, sin quitarle los ojos de encima.

—¿De verdad?

—¿Tienes algo en contra? —inquirió, volviendo la cabeza hacia Caligari—. Está bien sujeto, ¿no?

—Sí, como puedes ver. De acuerdo. No creo que tengamos nada que perder. De todas formas, cuando regresemos estará metido en un buen lío. Se lo sacaremos todo, hasta la primera papilla —repuso Caligari, con una mezcla de odio y asco. Luego sacó una tarjeta del bolsillo y se la dio a Ximena—. Vas a necesitar esto. El código es 4235. Media hora.

Ximena asintió con un gesto y salió. En la puerta se tropezó con el lugarteniente, que acababa de regresar. Estupefacto, este la vio abandonar la habitación, acercar la tarjeta a la puerta de la sala de interrogatorios, introducir el código y entrar. No pudo decir nada porque el director le estaba mirando a través de la puerta medio abierta, así que entró en el cuarto de observación. Pensó con satisfacción que la agente se había hecho cargo del problema. No tenía ni idea de cómo iba a inyectarle a Mabuse el suero bajo la atenta mirada de Caligari. Intentó sacar al coronel del cuarto para echarle una mano.

—Coronel, señor, tiene que ver una cosa.

—¿El qué? —dijo Caligari, sin prestar atención.

—Debe acompañarme para que pueda enseñarle una cosa.

—Más tarde. Más tarde.

El lugarteniente quiso insistir, pero Caligari se enfadó con él, de modo que se quedó también a observar a través del cristal qué hacía Ximena.

Después de entrar en la habitación y asegurarse de que había cerrado bien la puerta, agarró la silla situada enfrente de Mabuse. Tiró de la cadena que servía para proporcionar mayor capacidad de maniobra a las manos que unas esposas normales, hasta que topó contra la barra de la mesa a la que estaba sujeta. Después levantó la silla y pasó la cadena entre las patas, bloqueándola entre la esquina de la mesa y la pared de forma que las manos del doctor permanecieran lo más rígidas posible sobre la mesa. A continuación cogió la pequeña bolsa que le había dado el lugarteniente a escondidas y la abrió.

—Preste mucha atención a lo que voy a decirle —le dijo al doctor, que la miraba con desdén—. Como ve, tengo una jeringuilla y un suero. —Sacó la jeringuilla y la introdujo en la parte superior del frasco—. Sé que no quiere contarnos nada porque su jefe le ha asegurado que le protegerá, pero se engaña a sí mismo. Tal vez no le conozca tan bien. Ha sido él quien me ha enviado aquí esta jeringuilla. En su interior hay una sustancia que le hará estallar el corazón si se la inyecto. Y queda lo mejor: nadie sabrá que le han asesinado. El forense solo descubrirá un fallo cardíaco.

El lugarteniente, que no entendía qué estaba pasando, estaba cada vez más preocupado. Lanzó una mirada a Caligari, que no parecía compartir su inquietud. Para sorpresa de todos, el doctor habló por primera vez ese día:

—¿No tiene nada más interesante? ¿Quiere asustarme con estos cuentos para niños? Mejor hágame un bailecito privado, que tan bien se les da a las putas.

—¿Quiere un bailecito primero? —preguntó Ximena—. De acuerdo. —Se quitó el cinturón despacio y se lo enrolló varias veces en la mano derecha. Era un cinturón con una enorme hebilla maciza de metal, con dos caballos al galope. Esta quedó situada sobre los nudillos. Y entonces, para mayor sorpresa de todos, se subió de un salto a la mesa—. Bailaré para usted una vez. ¿Aún quiere que sea así, en la mesa? —Sorprendido y confuso, el doctor no respondió—. Es su oportunidad de hablar y decir cómo llegó aquí y por qué hace lo que hace. Le advierto que me suplicará que le dé la jeringuilla liberadora. —Al ver que Mabuse no decía nada, prosiguió—: ¿No? ¿Nada? ¿Está seguro?

El lugarteniente comenzó a inquietarse al comprender que Ximena no tenía la menor intención de inyectarle nada al doctor y que pronto se quedaría con las manos vacías.

—Tiene que parar esto —le dijo a Caligari.

Pero el director levantó una mano, señalando que quería ver lo que iba a ocurrir.

En ese momento, Ximena levantó el pie y le pisó la mano al doctor con todas sus fuerzas. Mabuse comenzó a chillar, pero Ximena repitió el gesto hasta que oyó crujir los metacarpianos de Mabuse.

—¡Tiene que parar esto! —le gritó el lugarteniente a Caligari.

—¿Cómo? Ella tiene la única tarjeta y está dentro.

—Pulse el botón de alarma —aulló el lugarteniente, que se había puesto rojo por completo.

Al otro lado del espejo unidireccional, Ximena volvió a pisarle la mano al doctor. A continuación se agachó y comenzó a golpear a Mabuse en la base de la nariz con el puño derecho, en el que llevaba enrollado el cinturón. La hebilla causó estragos. Le rompió el tabique nasal y un chorro de sangre comenzó a bajar por la cara del doctor. Todo ocurrió muy deprisa. Mabuse aullaba como un demente. Ximena paró después del tercer puñetazo y se bajó de la mesa.

—Deje de gritar porque lo que viene será aún peor.

El lugarteniente se dio cuenta de que aquella diabólica mujer no tenía intención de parar. Tenía que hacer algo. Se llevó la mano a la cadera y sacó una pistola.

—¿Ha metido un arma aquí? —preguntó Caligari, confuso.

El lugarteniente apuntó al director con ella.

—¡Pregúntele a Cornelius! —se oyó la voz de Mabuse—. El lugarteniente del director.

Al oír su nombre, este gritó a Caligari:

—¡De rodillas! ¡Las manos detrás de la cabeza! —El director no hizo nada de eso. En realidad parecía estar a punto de abalanzarse sobre el lugarteniente, que disparó al suelo, a los pies de su jefe—. ¡De rodillas, ya!

Caligari esta vez sí le hizo caso, pero no llegó a poner las manos en la nuca porque el lugarteniente le abofeteó y le golpeó en la cabeza con la pistola. El coronel Caligari quedó inconsciente.

—También le preguntaré luego —se oyó la voz de Ximena desde el cuarto de al lado.

—No —dijo Mabuse con una sonrisa siniestra.

El lugarteniente, presa del pánico, comenzó a disparar contra el cristal que separaba las dos habitaciones, pero este rechazó las dos primeras balas como si fuera un chaleco de kevlar. Vio que Ximena se quitaba los zapatos y giraba las tapas de los tacones: de las punteras salieron sendas cuchillas afiladas. A continuación corrió hacia el doctor otra vez y le clavó la punta de los zapatos en cada mejilla. Los gritos empezaron de nuevo. Ximena se llevó las manos a la espalda. Con la sangre coagulándose en su cara y dos zapatos de color beige claro, que se estaban poniendo rojos, clavados en las mejillas, el doctor Mabuse parecía una obra de cierto tipo de arte moderno que exalta la crueldad y busca impactar a toda costa.

Un observador completamente ajeno a la historia podría haber titulado la obra *Rostro de hombre como zapatero de lujo*, mientras que los críticos serios podrían haber interpretado la imagen como una metáfora que representaba a un hombre obligado, aun a costa de su propia sangre, a mantener el interminable delirio de una mujer desesperada por tener el último modelo de Louboutin.

Pero Cornelius no era un observador ajeno a ese cruel teatro, así que continuó disparando en el mismo lugar hasta que se quedó sin balas.

Mabuse, con los zapatos aún clavados en las mejillas, comenzó a gritar.

—Sí. Me trajeron aquí para estudiar su comportamiento. Teníamos que saber cómo reaccionarían los supervivientes después de que el Minotauro los visitara.

—¿El Minotauro? —preguntó Ximena.

—Sí, quítame esto de las mejillas. No puedo soportarlo más —bramó Mabuse.

—¿Eso quieres? Vale, eso haré.

Mientras, al otro lado del cristal, estaba ocurriendo un milagro. Este había empezado a ceder ante los disparos efectuados contra el mismo lugar. El lugarteniente se había subido a la mesa que había delante del cristal dañado y se había puesto a darle patadas. Al final el cristal comenzó a descamarse, como una pieza de plástico. Caligari estaba recuperando el conocimiento, agarrándose la cabeza. Se puso de rodillas, incorporándose lo suficiente para ver a su lugarteniente destrozar el cristal y saltar a la habitación contigua con la pistola descargada, que sujetaba por el cañón a modo de porra. Se abalanzó sobre Ximena, que consiguió esquivarle y clavarle la jeringuilla en el corazón. El hombre profirió un sonido estrangulado. Hincó primero una rodilla en el suelo y luego la otra. Se puso a convulsionar mientras le salía espuma por la boca, hasta desplomarse, como un saco de patatas, en el suelo manchado de sangre.

125

Mientras Ximena hacía su contribución al arte contemporáneo con una *performance* en la base militar ultrasecreta, Charles desentrañaba la última palabra de la frase que George le había preparado. Tras aplicar un desplazamiento alfabético de 5, «yz nzkozh» se transformó en «DE SEPTEM», «DE SIETE». Rellenó con rapidez el hueco que había quedado vacío y miró con sumo interés la frase completa:

DECENNIUM POST SECUNDUM ET QUARTUM DE SEPTEM STAT ROSA PRISTINA NOMINE NOMINEM ANTE NOMEN ROSAE TENEMUS.

DIEZ AÑOS DESPUÉS DEL SEGUNDO Y EL CUARTO DE SIETE EL NOMBRE DE LA ROSA PERDURA ETERNAMENTE; SOLO CONSERVAREMOS EL NOMBRE ANTERIOR DEL NOMBRE DE LA ROSA.

Pero no pudo releer el mensaje porque un jaleo en la calle, seguido del timbre de la puerta, hizo que se preguntara qué demonios estaba pasando.

Columbus Clay esperaba con paciencia delante de su puerta con un cigarro puro entre los dedos y la expresión más seria que jamás le había visto. Además, esa vez no estaba solo. Dos coches de policía estaban deteniéndose justo en ese momento. Uno acababa de aproximarse al lateral de la casa y paró allí. Cuatro personas armadas con rifles de asalto estaban discutiendo algo en el jardín. Charles se preguntó si Columbus Clay había venido a arrestarle.

—¿Qué ocurre? —barbotó, apenas capaz de pronunciar las palabras con claridad.

—Si me permite entrar, se lo explicaré.

Charles indicó a Clay que pasara y el policía caminó a toda prisa por delante del espejo, sin tan siquiera lanzar una mirada. Al ver Charles el reflejo de Clay al pasar logró convencerse de que no era un vampiro. Sin embargo, no estaba seguro de que no fuera un basilisco, ya que no había mirado hacia el cristal.

El policía fue derecho a la sala de estar y se apresuró hacia la mesa. Al instante vio la hoja en que Charles había anotado la frase completa.

—Así que ha conseguido resolverlo. ¿También ha descubierto qué significa?

—No voy a responder a nada hasta que me explique qué esta pasando fuera —dijo Charles de forma tajante.

—Simplemente he traído un equipo para que le proteja.

—¿Eso es un equipo?

—Bueno, en realidad son dos. —Mientras Charles le miraba con el ceño fruncido, Clay añadió—: Vale, dos y algunos hombres más de las fuerzas especiales.

—No necesito protección, menos aún un ejército que asuste a todos los vecinos. Nadie me ha atacado.

—¿De veras? —repuso Clay sonriendo, mientras miraba de manera inquisitiva el cabo de puro que se le había apagado.

—Sabe muy bien que aquí puede fumar sin problemas. ¿Qué quería decirme?

—Anoche, cuatro sicarios, muy poco preparados pero armados hasta los dientes, se bajaron de un todoterreno y se apostaron en las dos entradas de su casa. De no ser por dos hombres que estaban vigilando su vivienda, ahora mismo sería usted historia. Usted y la joven.

—¿Sicarios? Pero ¿qué está diciendo? —preguntó Charles mientras buscaba al menos un atisbo de sonrisa en la cara del policía. Pero la expresión seria de Clay le hizo suspirar, derrotado. Se sentó pesadamente en una butaca y el policía hizo lo mismo en el sofá—. ¿Alguien vigila mi casa?

—Ahora no, pero anoche había cola fuera, por suerte para usted.

—¿Quién?

—Un hombre. No sé quién era. Le seguí hasta el lugar al que llevó los cadáveres de los cuatro sicarios.

—¿Cadáveres?

—Sí. Él y otro hombre actuaron de fábula. Eliminaron a los cuatro con una eficacia que solo he visto en el cine.

—¿Los eliminaron? —preguntó Charles, incapaz de superar lo que parecía una fase de escasez de palabras.

—Exacto. Como le iba diciendo, seguí a uno de ellos hasta una obra. Se limitó a enterrar allí a los cuatro sicarios y a cubrirlos luego con cemento.

—¿Cemento?

—Sí, como un mafioso.

—¿Quién? —Charles intentó ser más elocuente, pero fue en vano.

—No sé quién es. Le perdí, pero lo averiguaré. No se preocupe.

Charles se levantó, abrió una botella de whisky y bebió un buen trago.

—¿Y el otro tipo?

—Es su futuro cuñado —dijo Clay, que sonrió al ver la cara que ponía Charles—. Sí, el hermano de la joven.

—¿Rocío? ¿Tiene un hermano?

—Sí, uno que parece ser un sicario profesional. Lo único que siento es no haber grabado la escena. Se llama Sócrates.

—¿Sócrates? Venga ya, hombre. ¿Qué es esto, una broma de cámara oculta?

—Solo tiene que preguntárselo a ella. Seguro que la verá pronto, ¿no?

Charles no sabía qué responder a esto, así que hizo otra pregunta:

—¿Y esos dos tipos iban a pasar la noche delante de la casa? ¿Estaban juntos?

—No. Cada uno estaba en su coche.

—No lo entiendo. ¿Y usted cómo sabe todo eso?

—Aún no tengo todas las respuestas, pero le prometo que cuando las consiga, será el primero en saberlo. Hasta entonces es importante que esté a salvo.

Charles tomó otro trago de whisky y se dio cuenta de que estaba empezando a recuperarse. Todo aquello le parecía absurdo, pero era evidente que el policía decía la verdad.

—¿Y es necesaria toda esta demostración de fuerza?

—No para su protección, pero es importante que enviemos un mensaje.

126

Sócrates no recibió a Rocío con el ceño fruncido cuando volvió a casa, sino que le contó todo lo que había pasado esa noche, hasta el último detalle. A su vez, ella le contó todo lo que había descubierto sobre Charles durante los últimos días pero, a pesar de sus esfuerzos para mostrarse fría e indiferente, su hermano no tuvo dudas de que estaba enamorada hasta las trancas del profesor. Entendía que no era ni el momento ni el lugar para hablar de eso, sobre todo porque en unas horas tendría que subirse al avión enviado por Keely para que le llevase a Cartagena, donde se prepararía para el atentado o, para ser más exactos, donde tendría que cerciorarse de que todo iba según el plan. Keely le había conferido autoridad absoluta sobre todo el grupo, incluido el criminal enviado por Eastwood, un tal Cypriano, apodado el Barbero de Baltimore.

A Rocío solo le pidió que le prometiera que iba a tener cuidado y que no visitaría al profesor durante dos días. No pedía nada más, tan solo que se inventara una excusa y se mantuviera alejada de su amante hasta que su hermano regresara de su misión. Si Sócrates fracasaba, les perseguirían a ambos durante años y tendrían que vivir el resto de sus vidas mirando por encima del hombro. Por eso necesitaba concentrarse y no tener que preocuparse por ella, para así poner solo el foco en todo lo demás.

Solo unos minutos después de que Sócrates saliera por la

puerta, Rocío estaba en el cuarto de baño, preparándose para reunirse con su amante. Había metido su pistola con el cañón serrado en el bolso, por si acaso. Y se había asegurado de que estaba cargada y con el seguro puesto.

Caligari tardó un rato en entender qué había pasado en la sala de interrogatorios. Había oído a Mabuse pronunciar el nombre de su lugarteniente. El doctor se había desmayado después de vivir una experiencia tan siniestra, de manera que el director Caligari decidió retomar el interrogatorio cuando regresara de Belice, entre otras cosas porque en ese momento Mabuse necesitaba atención médica urgente.

En el avión no articuló una sola palabra y no apartó la mirada de la agente Ximena, de quien jamás había creído que fuese capaz de torturar a nadie, mucho menos de la forma en que lo había hecho. Hacía cuatro años que la conocía y siempre había sabido que esa mujer menuda y delgada escondía un volcán en su interior, pero ni en un millar de años habría imaginado que sería capaz de llevar a cabo lo que había hecho, y menos aún a sangre fría. Le entraban escalofríos solo de pensar en que algún día pudiera llegar a caer en sus manos. Aquello le llevó poco a poco a una especie de meditación filosófica sobre el tema de la vida y las relaciones entre las personas. Se preguntó de manera retórica en quién demonios se podía confiar hoy en día. Mabuse, con el que había trabajado durante casi quince años, había estado realizando experimentos relativos a aquella cosa a la que llamaba «Minotauro». Y eso significaba que el doctor no solo conocía la existencia de K1 y K2, sino que además sabía la forma en que estos guerreros perfectos se defenderían y actuarían. Y mientras tanto él, Caligari, no había sospechado nada. Por el contrario, incluso se había enfadado cuando Ximena le había sugerido que había algo raro en el doctor. Al menos tenía un nombre para aquellos sofisticados robots, Minotauros, algo que era bastante evidente teniendo en cuenta su aspecto. Al llevar su razonamiento aún más lejos, se percató de que, en realidad, Petra, el nombre por el que conocía a Ximena, le había hecho un gran favor. Mientras por su cabeza cruzaban distintos pensamientos, se quedó dormido en el cómodo asiento del avión. No notó que la agente le echaba una manta por encima con delicadeza.

127

—Extraordinario —dijo una voz al fondo—. No has cambiado tus costumbres en todos estos años.

El cardenal sintió una mano en el hombro y después un abrazo. Volvió la cabeza y asió la mano de su hijo, Gianni Volpone.

—Por desgracia, el mundo en el que vivimos no va a mejor.

Las tres personas sentadas a la mesa del cardenal se levantaron para dejarles a solas, pero este les indicó que se quedaran donde estaban y siguieran comiendo.

—Este es mi hijo —dijo—. Terminad de comer con tranquilidad. En cuanto a mí, os ruego que me disculpéis.

Las tres personas intentaron darle las gracias por la cena, pero el cardenal las detuvo con un gesto tajante. Se puso en pie y las bendijo.

—Vienes a este restaurante desde siempre.

—Aquí un plato de pasta cuesta doce euros y son tan buenos como los de allí. Y por los cincuenta euros que pagué en Pergola..., vale, los pagaste tú, pero sabes lo que quiero decir, pueden comer bien cuatro personas. Por desgracia, siempre hay más gente y no puedo ayudarlos con mucho más allá de esto.

—¿Por qué?

—Porque no quieren quedarse. Si los traigo a nuestros refugios, huyen y desaparecen.

—¿Y por qué crees que pasa eso?

—Espero no escuchar una de esas cínicas explicaciones psicológicas. Solo Dios lo sabe. La gente es peculiar. Supongo que si has venido aquí es porque tienes algo para mí. ¿Has cenado ya?

—No —dijo el director adjunto del AISI.

—Muy bien. Entonces tienes que probar los farfalle con gorgonzola. Son excepcionales. Mira ahí, en ese rincón, la mesa alejada de las otras. —Los dos hombres se sentaron y el cardenal pidió un plato de farfalle para su hijo y una botella de chianti para ambos—. ¿Cuándo comiste aquí por última vez?

—Creo que fue... tal vez hace ocho o diez años, pero veo que no ha cambiado nada.

—Todo lo contrario. El propietario murió, ¡descanse en paz! —Dicho eso, se persignó de manera pausada, como era de rigor en un cardenal.

—Lo siento —dijo Volpone.

—Así es la vida. Pero no creo que hayas venido aquí por ese tipo de cosas. ¿Has averiguado algo?

—Como sabes, los servicios secretos se ocupan de esta clase de cosas. ¿Y qué no haría yo por ti?

—Por mí no, por la Iglesia.

—Lo hago por ti. Pero no discutamos otra vez. Me he enterado de que el Papa mantuvo una acalorada reunión durante su visita a México. Es muy probable que le obligaran a ir allí, ya sabes.

—No fue así. Al enterarse de que iba a visitar Cuba, los mexicanos prometieron a su gente que Su Santidad también visitaría México. No quiso decepcionarles.

—Puede que haya más en todo esto de lo que parece a simple vista.

—¿Cómo? ¿Y con quién se reunió?

Volpone sacó un sobre de su chaqueta y se lo entregó al padre, que lo abrió y extrajo una serie de fotografías.

—¿Conoces a estas personas?

—Sí, a esta. Estaba en el Vaticano esta mañana.

—El obispo de San Pedro Sula.

—Un canalla, una vergüenza para la Iglesia. Hace mucho

que le digo al Santo Padre que se le debe apartar de todos sus cargos y someterle a juicio.

—¿A juicio? ¿Por qué?

—Ya sabes... —dijo el cardenal, que quería evitar el tema.

—¿Porque es un pedófilo? —preguntó.

—Sí.

—Y, para mi sorpresa, me he enterado de que el Papa también lo sabe. ¿Desde cuándo?

—Ya hace algún tiempo.

—¿Y por qué el Papa no ha hecho nada hasta ahora?

El cardenal miró a su hijo con tristeza.

—¿Sabes cuántos hay? Es un dilema enorme. Hay que acabar con este asunto del celibato sacerdotal.

—¡Vaya! —exclamó Gianni Volpone—. ¿Eso no es una herejía?

—No, no lo es. La Iglesia tiene que entender el mundo en el que vive.

—¿Sabes? Se ha llevado a cabo uno de esos estudios psicológicos que tan poco te gustan y que revela que un gran número de personas que se ordenan sacerdotes son homosexuales, mientras que otro grupo de religiosos en realidad siente pavor por sus deseos, que reprimen con todas sus fuerzas. ¡Están frustrados! —exclamó. Y entendió que era hora de retomar el tema principal cuando el cardenal exhaló un suspiro—. Vale. Mi psicología no te agrada. ¿Sabías que este tipo fue uno de los niños de Marcial Maciel, que le violaba desde que tenía ocho años? La psicología en la que tú no crees, basándose en algunos estudios muy serios, sostiene que es muy probable que las personas que han sufrido abusos en la infancia se conviertan de adultos en abusadores.

—Sí, lo sé.

—Lo sabes. Muy bien. Parece que el propio Maciel fue responsable del meteórico ascenso de su víctima. ¿Por qué lo toleró la Iglesia? ¿No sería porque aportaba ingentes cantidades de dinero? Tenía en sus manos a todos los ricos de Latinoamérica por medio de su organización, la Legión de Cristo, o como se llame, que era incluso más aterradora que el Opus Dei, si es que eso es posible. Maciel dirigía esta multimillonaria organización desde 1941 e hizo lo que le vino en gana allí durante sesenta y cuatro años. Era un dictador repugnante. ¿Cómo es posible que ocurriera algo así?

—Nos enteramos demasiado tarde de lo que estaba haciendo. Debes recordar que fue justamente el Santo Padre, el papa Benedicto, quien le expulsó de la Iglesia. Wojtyla fue el que siempre le apoyó.

Gianni Volpone notó que su padre adoptivo se refería al anterior Papa por su apellido real y no por el nombre oficial, como era habitual en los pontífices.

—¿Y por qué no le juzgaron?

—El Santo Padre consideró que ya no tenía sentido. ¿A los ochenta y cuatro años? Le impuso penitencia y oración como castigo.

—No me hagas reír. ¿Qué crees que hizo un hombre así después de retirarse a una villa de súper lujo en Florida? ¿Rezar?

—Murió poco después.

—¿Después de tres años de dura penitencia? ¡Ja! —Gianni no pudo controlarse—. Lo que tú digas. Este otro tipo —dijo, señalando la fotografía— es un general estadounidense con un pasado muy dudoso. Toda su biografía anterior a 1960 se mantiene en secreto. No se puede encontrar nada en ninguna parte, ni siquiera preguntando a nuestros amigos estadounidenses. Tengo otra fuente en la CIA que me ha contado que ahora es un pez gordo del ejército. Dirige una división especial, una especie de operación encubierta. Lo importante es que estos dos personajes están chantajeando al Papa. De eso no cabe duda.

—¿Desde dentro del ejército de Estados Unidos? ¿En qué sentido? ¿Con qué le chantajean?

—Creo que la pregunta correcta es más bien: ¿qué quieren de él?

—Sí. ¿Qué es lo que quieren?

—Aún no lo sé. Y en cuanto al motivo del chantaje, pueden ser varias cosas. He elaborado algunas hipótesis.

—¿El asunto de las cartas? Hoy he leído el manuscrito entero de ese tipo. La mayoría son historias antiguas: la crisis a finales de los años setenta, Calvi, Sindona y los bancos. Ratzinger no tuvo nada que ver con eso.

—Cierto. Pero sí con la destitución del arzobispo Viganò.

—Sí, también he investigado ese tema. A propósito, cuando hoy he visto al mayordomo..., perdóname, pero me han entrado ganas de patearlo hasta que saliera volando por la ventana y cayera al Tíber. ¿No se le puede contar al Santo Padre que él es la fuente de todas estas vulgares calumnias?

—Si lo haces, acabas conmigo. Y no son calumnias.

El camarero les llevó la comida. El cardenal se levantó y fue al baño de caballeros para lavarse las manos, como si quisiera librarse de los pecados, y se miró largo rato en el espejo. Cuando regresó, su hijo había devorado casi todo el plato.

—Esta pasta está impresionante —dijo con la boca llena—. Diría que mejor incluso que la de Pergola.

—Ninetta la prepara aquí, en la casa. Me he acordado de una cosa. Justo después de que subiera al trono papal, el Santo Padre habló de limpiar toda la suciedad de la Iglesia. Sabes que se refería en concreto a Maciel.

—Es posible, pero por la información que tengo, Maciel ha estado a cargo de la inquisición papal durante casi veinte años.

—¿La inquisición? ¿A qué te refieres?

—Bueno, ¿qué otra cosa es la Congregación para la Doctrina de la Fe? ¿Acaso no es descendiente directo de la Inquisición?

—Es descendiente de la Sagrada Congregación del Santo Oficio.

—¿Y qué es eso? ¿No es la Inquisición? —insistió, y el cardenal suspiró de nuevo—. Bueno, es cierto que no ha hecho nada durante todo este tiempo —dijo Gianni—. No ha castigado a nadie. No dijo ni pío, aunque conocía cientos de casos de pedofilia. ¿A cuántos niños destruyó su silencio? Bien, esa podría ser una de las razones del chantaje: el hecho de que la Iglesia lo sabía, mantuvo la boca cerrada y dejó que las cosas siguieran así. Una segunda hipótesis se relaciona con el presente escándalo, aunque creo que ahí tienes razón. Es un motivo muy endeble. Por otra parte, hay un nuevo escándalo en el horizonte. Otra razón para el chantaje es que resulta muy probable que el IOR, el Banco Vaticano, siga blanqueando dinero de la mafia y suministrando dinero a los latinoamericanos. Esta vez no para luchar contra el comunismo, como en los ochenta, sino para apoyar a dictadores, pero por otros motivos.

—¿Y cuál es este nuevo escándalo?

—¿A cuál te refieres? —preguntó Gianni mientras le hacía señas al camarero para que les trajera la cuenta.

—Yo invito —dijo su padre—. Has dicho que hay un nuevo escándalo en el horizonte.

—Tres importantes sacerdotes, amparados por el anonimato, han declarado que existe un grave conflicto dentro del Vaticano entre el partido homosexual y el partido heterosexual.

—Pero ¿qué dices? ¡Menuda idiotez!

—¿Estás seguro? ¿Has oído al Papa decir últimamente *Impropriam influentiam*? ¿Sí o no?

—Sí, pero...

—¿Y a qué se refiere la frase? —preguntó Gianni, y la respuesta del cardenal fue un encogimiento de hombros—. Exactamente a esto —agregó.

—¿Y quiénes son estas importantes figuras de la Iglesia?

—¿No esperarás que te...? —Gianni leyó tal determinación en el rostro de su padre que acabó por ceder—. Solo recuerdo dos nombres. Los cardenales Salvatore DeGiorgi y Julián Herranz. ¿Los conoces?

—Sí.

—¿Sabes si son de los que mienten, se dedican a montar escándalos o intrigas?

—No. Esta gente está por encima de toda sospecha de esa clase.

Padre e hijo guardaron silencio porque llegó el camarero. El cardenal metió las fotos en el sobre y se lo devolvió a su hijo. Se pusieron los abrigos y abandonaron el restaurante.

—¿Te vas a casa? —preguntó Gianni.

—No. No me vendrá mal dar un paseo. ¿Eso es todo?

—No. Es posible que el objeto del chantaje no sea ninguna de las cosas que he mencionado. Podría tratarse de otra cosa, mucho más antigua y tal vez más grave.

—¿Más antigua? ¿Más grave? Me estás preocupando de verdad. ¿De qué se trata?

—Aún no estoy seguro, pero tengo el presentimiento de que lo descubriré. ¿Has pensado en lo que te comenté? ¿Pondrás los micrófonos para la próxima reunión?

El cardenal no respondió. Miró a su hijo a los ojos durante un rato y después bajó la vista al suelo.

—Todavía no lo he decidido.

—Te ruego que te des prisa.

128

—Y ahora que está bien protegido, ¿me va a decir la solución del texto?

Charles miró al detective durante largo rato: era consciente de que no iba a poder librarse de él sin decirle lo que quería saber. Cogió la nota y se sentó en el sofá junto a Clay.

DIEZ AÑOS DESPUÉS DEL SEGUNDO Y EL CUARTO DE SIETE EL NOMBRE DE LA ROSA PERDURA ETERNAMENTE; SOLO CONSERVAREMOS EL NOMBRE ANTERIOR DEL NOMBRE DE LA ROSA.

—Creo que he conseguido entender a qué se refiere. Pero aún no lo he resuelto.

—Tal vez pueda ayudarle. Sé algunas cosas.

—Eso ya ha quedado claro. Déjeme ver. Empecemos por la segunda parte, que, como le decía, es una cita modificada de las palabras con las que termina *El nombre de la rosa*, de Eco.

—Sí, la diferencia es que aquí, en lugar de «tenemos nombres vacíos», que era un asunto filosófico, conservamos o tenemos el nombre anterior del nombre de la rosa —dijo el policía con satisfacción—. ¿Cierto?

—Ya veo que lo recuerda todo.

—Y entonces nos preguntábamos si la rosa tenía otro nombre antes de llamarse «rosa» o si la novela de Eco tuvo quizá otro título provisional. He peinado internet de arriba abajo, pero no he podido encontrar ninguna respuesta satisfactoria.

—Creo que tengo una solución más rápida —dijo Charles, muy seguro de sí mismo—. ¿Qué hora es?

—Casi las dos.

—Así que en Italia son las ocho de la tarde. Perfecto.

Clay esperaba que Charles hiciese algo que le indicara qué se le pasaba por la cabeza en esos momentos, pero el profesor continuó hablando:

—Dividiré la primera parte también en dos. Por el momento hay que dejar a un lado «Diez años». Así que tenemos «el segundo y el cuarto de siete». Podemos preguntarnos qué demonios es esto. ¿Siete de qué? Puesto que la referencia a la novela de Eco es clara, podemos suponer que la pista tal vez esté también ahí. Para entrar en la biblioteca, Adso y Guillermo, los protagonistas de *El nombre de la rosa*, tienen que presionar con los dedos unas letras situadas encima de un espejo. Es la entrada a la biblioteca, oculta en la novela bajo el código *«finis Africae»*.

Lo que ocurrió a continuación sorprendió a Charles.

—*«Secretum finis Africae manus supra idolum age primum et septimum de quatuor.»* «El secreto del fin de África: la mano de la imagen presiona la primera y la séptima de cuatro.» —Columbus miró a Charles y rio—: Sí, he leído ese libro. Cuando salí de su casa, me tragué mis sentimientos en contra y lo leí. Ahora no consigo quitármelo de la cabeza. Da igual. Es muy bueno. Hay tantas cosas extraordinarias, tanto que aprender. Leerlo una y otra vez es, sencillamente, una fuente de placer inagotable. En mi caso no tengo que releerlo, solo necesito recitarlo de memoria. Cada vez descubres algo nuevo. No entiendo que un libro tan denso, porque sin duda lo es, pudiera llegar a ser un best seller.

—Porque la mayoría de los lectores optan por seguir solo la historia del detective, que es interesante. Y esa abadía era verdaderamente original.

—Y según lo que usted explicó durante aquel curso en el que analizó la composición del poeta rumano, bastantes menos personas se interesaban por la historia, y menos aún por la filosofía, en tanto que solo unos pocos, un puñado, entendían la esencia del libro, donde la atmósfera está más enrarecida y el significado se vuelve fluido y ambiguo —dijo Clay, encantado.

—Puede que usted sea el estudiante más inteligente que jamás haya tenido —afirmó Charles—. ¿Seguimos?

Columbus Clay se ruborizó de placer. En su vida le habían dicho muchas cosas sobre lo magnífico y listo que era, pero aquel era el mejor cumplido que le habían hecho nunca. Asintió en respuesta a la pregunta de Baker.

—Como recordará, en la novela tampoco ninguno de los dos protagonistas, el profesor y su discípulo, está seguro de qué es el cuatro, igual que nosotros. Establecen que no se trata de que algo sea el cuarto, sino que más bien se refiere a la palabra «quator», que es parte de un verso escrito bajo el espejo del que ya hemos hablado. Se acuerda, ¿verdad?

—«*Super thronos viginti quatuor*» —respondió de inmediato el policía.

—Es usted increíble —repuso Charles, poniéndose en pie—. ¿Puedo traerle algo?

—Ese whisky estaba estupendo. A mi esposa le ha encantado.

—¿Su esposa? —preguntó Charles, perplejo.

—Sí. A ella le gustan delicias como esas. Pero por ahora no quiero nada. Es demasiado temprano y tengo cosas que hacer, criminales a los que buscar.

—Yo tampoco bebo alcohol a estas horas. Pero una Coca-Cola me vendría bien.

—Si está fría, desde luego.

—¿Quiere un vaso? —preguntó Charles desde la cocina.

—No. No es necesario.

Charles comenzó a hablar de nuevo en el pasillo mientras llevaba los refrescos y una lata de cacahuetes.

—Si seguimos ese ejemplo y consideramos la palabra *septum*, «siete», la segunda y la cuarta letra serían la «e» y la «t».

—¿ET? ¿Ese pequeño y simpático extraterrestre? ¡Ay!

—Ja, ja, ja. —Charles rio de verdad—. Dudo que George

fuera por ahí. Si había algo que detestaba era el género fantástico y de ciencia ficción.

—Así que será «*et*». ¿Y luego?

—Tenemos que ver qué pasa con «*decennium*».

—¿Podría ser «diez»? —se preguntó Clay en voz alta.

—¿10ET? No creo. *Decennium* se refiere a una década, diez años, no al número diez.

—¿Y cómo escribimos diez años ET? ¿Hablamos del espacio? ¿Podría referirse a diez años en el espacio? Me refiero a años luz. ¿Y así tendríamos un número como solución final?

—Es posible, pero no muy probable. Si supiera a qué demonios se refiere el mensaje, nuestro trabajo sería más fácil. Creo que si se tratara de un número que significa diez años, preferiría multiplicar los días de un año por diez.

—¿3.650? Pero en diez años hay dos años bisiestos, así que el número no es fijo —repuso Clay.

—Por ejemplo, podría haber incluso tres si comenzamos por un año bisiesto.

—Entonces ¿podría ser 3.652 o 3.653 días?

—Sí.

Se quedaron en silencio. Charles contempló el papel unos minutos mientras Clay le observaba sin interrumpirle por temor a hacerle perder la concentración.

—Si se trata de *septem*, me pregunto por qué George se tomó la molestia de añadir el resto. Y si no es más que una referencia, ¿por qué alteraría el texto? Pero creo que estamos buscando una palabra compuesta por siete letras. Antes ha sugerido que podría tratarse del título anterior del libro.

—¿Compuesto por siete letras? —preguntó Clay—. Parece muy corto.

—Lo vamos a averiguar enseguida —dijo Charles, que había cogido su teléfono. Miró en su lista de contactos y pulsó el botón verde de llamada.

Clay quiso añadir algo, pero Charles se llevó un dedo a los labios.

—Buenas tardes, profesor. ¿Le pillo en mal momento? —Charles comenzó a hablar por teléfono.

—Charlie, querido amigo, me alegro mucho de hablar contigo. Tenía intención de llamarte, pero como me cuesta mucho afrontar situaciones como esta, lo he estado posponiendo. Te doy el pésame por lo de George.

—Gracias. ¿Sabe que era muy fan tuyo?

—Sí, lo sé. Y su padre es el mejor anticuario de libros que conozco. Creo que con su ayuda he adquirido la parte más interesante de mi biblioteca sobre falsificaciones medievales. Le llamé y envié una corona para el entierro. Es una verdadera lástima.

—Desde luego que sí —respondió Charles—. ¿Qué tal está?

—Hecho un viejo; bastante juguetón aún, pero viejo de todas formas. Dime: ¿en qué puedo ayudarte?

—Me he tomado la libertad de molestarle para hacerle una pregunta. Espero que no sea una idiotez.

—¿Y qué, si lo fuera? Hace tiempo que prefiero las preguntas tontas. Adelante, pregunta.

—Su libro, *El nombre de la rosa*, ¿tuvo un título provisional?

Umberto Eco guardó silencio al otro lado del teléfono.

—Tuvo varios a lo largo de los años. De hecho, yo estaba bastante encariñado con uno de ellos en particular.

—¿Una palabra de siete letras?

—¿Estás haciendo crucigramas? ¿Y has decidido averiguarlo directamente de la fuente? —preguntó Eco, riendo.

—¡Oh, desde luego que no! ¿Cómo iba a hacer algo así? —le dijo Charles, ofendido.

—Estaba bromeando. George sí que lo conocía, por supuesto.

—No me cabe duda.

—Había una palabra de uso corriente en la Antigüedad, que utilizaba Diógenes de Babilonia y que se empleaba para dar nombre a la lengua de las aves. Era una especie de imitación de un trino, un sonido de la naturaleza. Lo encontrarás en mi libro sobre laberintos, *Dall'albero al labirinto*. Es una evolución de una palabra inventada por los estoicos y llevada a la Edad Media, junto con *bu-ba-baff*. Es una palabra curiosa porque se puede escribir, pero no se puede representar porque en realidad no representa nada. Estaba considerando utilizarla en vez de cosas sin importancia que no cuentan. ¿No la conoces?

—Muy a mi pesar, he de confesar que no, aunque conozco bien ese libro.

—Es *blitiri*, querido muchacho.

—*Blitiri*.

—¿Qué tal está tu padre?

—Estuve con él hace unos días. Se encuentra muy bien, pero un poco solo.

—A lo mejor debería llamarle e invitarle para que venga a visitarme. ¡Hace siglos que no nos vemos! Pues nada, ¿puedo ayudarte con alguna otra cosa?

—No, profesor. ¡Muchísimas gracias!

Clay miraba con la boca abierta a Charles, a quien le entraron ganas de decirle que la cerrara para que no le entraran moscas.

—¿Estaba hablando con...? —balbuceó con los ojos como platos.

—Con Umberto Eco, sí.

—¿Le conoce?

—¿A usted qué le parece?

—Qué pregunta tan tonta. Lo siento.

—Tenía razón. Hubo un título provisional compuesto por siete letras: *Blitiri*.

—Sí, lo he oído, y también la explicación. Creo que la única otra cosa que podría igualarse a trabajar con usted sería conocer al señor Eco —repuso Clay con cándida admiración.

—¿Se da cuenta de que *blitiri* significa en realidad lo mismo que *nomina muda*, un nombre vacío? —dijo Charles, haciendo caso omiso del cumplido—. En fin..., juegos intelectuales. Será mejor que sigamos. Bueno, la segunda y la cuarta letra de blitiri son la «l» y la «t».

—¿LT?

—Exacto.

—3650LT.

—Al revés, porque pone «*decennium post*». Es decir, después de lo que pasa al final. Por lo tanto sería LT3650.

—¿Y sabe de qué se trata?

—Eso creo —respondió Charles con aire triunfal—. LT viene de literatura, como es evidente. Se trata del catálogo o el número de catálogo de una biblioteca.

—¿De una biblioteca? Pero ¿de cuál?

—Eso aún no lo sé, tengo que ver si existe un número de catálogo así en nuestro país. O si tal vez George pudo dejar una pista o algo parecido allí. De lo contrario tendremos que investigar las bibliotecas de una en una para ver en cuál existe este número de catálogo.

—Y si la encontramos, ¿qué puede haber escondido allí?

—Supongo que el último libro en el que George ocultó el mensaje final: el terrible secreto de Abraham Lincoln, el suyo y el del esclavo responsable de la abolición de la esclavitud. Por tanto, el mensaje está escondido en las *Memorias de Esteban, el bibliotecario*, el libro que aún no he encontrado y que, a diferencia de los demás, George no dejó a nadie en custodia.

—¿Y si el mensaje fuera precisamente ese libro en particular?

129

Una vez más, la intuición de Clay le pareció extraordinaria a Charles. En realidad era muy posible que el último manuscrito fuera el mensaje en sí.

—El medio es el mensaje —comenzó Clay con ánimo mientras se levantaba del sofá—. Así que ahora solo tiene que rebuscar por la aldea global.

—¡No me diga! Es una aldea muy grande. —Charles se echó a reír—. Le acompaño a la puerta.

—¿Puedo robarle dos minutos más de su tiempo?

—Cómo no —respondió Charles, al que el policía empezaba a caerle cada vez mejor—. Pero, antes de eso, yo también siento bastante curiosidad.

—Adelante.

—Usted afirma que la única razón de que se haya involucrado en esta historia es que no es capaz de dejar un caso sin resolver.

—Tal y como corresponde a un policía serio. También le dije que este es un caso interesantísimo..., con el debido respeto a quienes han perdido la vida en él.

—Sí que lo es. Lo cierto es que tiene que haber otra razón detrás de su evidente interés. Cuando se presentó aquí no tenía ni idea de que sería un caso interesante. Es imposible que lo supiera. Así que me gustaría conocer por qué.

—¿Por qué me estoy involucrando?

—Sí, y de la forma en que lo hace.

Clay pensó durante unos momentos, cambiando el peso de un pie al otro. Y mientras continuaba cavilando, se llevó el cabo del puro a la boca, lo apartó para mirarlo y acabó por encenderlo.

—Por respeto a usted, y para serle franco, le diré que tengo mis razones y prometo que le contaré cuáles son en el momento oportuno. Por ahora no puedo hacerlo, pero sí puedo decirle que no tienen nada que ver con usted.

Charles quedó bastante satisfecho con aquella respuesta. Había conseguido una victoria sobre el policía de carne y hueso más inteligente que había conocido en toda su vida.

—Su turno.

—¿Qué? Ah, sí. Quería preguntarle si la abadía de *El nombre de la rosa* está inspirada en una real. ¿Existió algo así en la Edad Media? Porque, a ojo de buen cubero, contenía ochenta y cinco mil libros.

—Si quiere tomárselo al pie de la letra, en la realidad era imposible. Una Biblia requiere más de quinientas pieles de becerro para realizar su copia. Pero la Biblia es un libro grueso. Si calculamos una media de solo cien pieles para un libro normal, resulta que se habrían necesitado ocho millones y medio de becerros solo para la biblioteca de la abadía. A finales del siglo xv, es decir, doscientos cincuenta años después de la época en que se desarrolla la acción del libro, la mayor biblioteca abacial de la época pertenecía a la abadía cisterciense de Claraval. Y esta contenía mil ochocientos volúmenes. Justo en la época en que está ambientada la novela de Eco, la biblioteca de la Sorbona tenía alrededor de mil volúmenes, una cifra que se consideraba ingente en esa época. Así que la respuesta a su pregunta es evidente.

—Entonces, la biblioteca es una metáfora. En otras palabras, es una especie de interpretación no ortodoxa de «La biblioteca de Babel» de Borges.

—Sí. Bueno, Jorge, el bibliotecario ciego, es en realidad Borges. No es difícil de deducir, ya que Eco es un admirador incondicional de su colega. Lo que ocurre es que... —Charles guardó silencio largo rato. Su rostro evidenciaba que estaba incubando una idea bastante extraña—. ¿Qué demonios? —dijo para sí—. Es evidente que Eco es uno de los setenta y dos.

—Ha descubierto algo, ¿no es así? —repuso Clay—. ¿Va a contármelo?

—Por el momento no, citándole a usted mismo. ¿Por dónde íbamos?

—Decía que la biblioteca es una metáfora del mundo. Como dice un monje en el libro, la vida es un laberinto con una entrada muy ancha pero una salida muy estrecha, y se llega a ella por caminos sinuosos. Todo el mundo entra, pero no todos salen.

—Bueno, sí —convino Charles—. Es decir, todos salen del laberinto de la vida. El problema es cómo se hace y cómo se ha utilizado. Pero su observación es precisa. ¿Sabe de dónde viene esa historia del laberinto?

—No, pero me gustaría saberlo.

—Hum. Eco lo sacó del suelo de la iglesia de San Savino en Piacenza. El significado allí es algo parecido a esto: las alegrías de este mundo son atractivas, pero el camino a la salvación es bastante difícil de encontrar.

—Entonces el laberinto de esta novela es ese camino a la salvación y solo la persona que consigue encontrar la salida es digna de ella.

—Más o menos. Muchas catedrales utilizaron este símbolo del laberinto, por lo general en sus naves. La salvación, la Jerusalén celestial, se representan muchas veces con la forma de una rosa. De hecho, si nos ponemos a comparar los bocetos de la biblioteca de la abadía, veremos que se parece mucho a una rosa.

A Columbus Clay le brillaban los ojos porque estaba enfrascado en su juego favorito, las deducciones, o abducciones, como decía el profesor que tenía delante, solo que esta vez se trataba de algo mucho más importante que la búsqueda de un criminal o la resolución de un enigma, algo que en esas circunstancias le parecía vulgar si se comparaba con la capacidad de descifrar un mensaje oculto del arte más elevado.

—Y el hecho de que Guillermo de Baskerville no consiga

desentrañar el enigma desde dentro, sino que solo lo logre cuando está fuera de la biblioteca, significa que hay que tomar cierta distancia de los acontecimientos para comprenderlos, y que si estás atrapado en su vorágine, jamás conseguirás entender demasiado.

—Exactamente. No serás capaz de ver todo el conjunto. Eco sugiere que Dios conoce el mundo porque él lo creó desde fuera, en tanto que nosotros, los mortales, ya estamos dentro de las reglas creadas para nosotros y no hay forma de que seamos objetivos con respecto a ellas.

—¿Y la biblioteca oculta y protegida?

—La biblioteca oculta representa nuestro vano esfuerzo por controlar las cosas que exceden nuestra comprensión. Del mismo modo que sucede con Borges, los libros no tienen sentido si no hay personas que los abran, los lean y los disfruten. Atrapada en las redes de ciertos bibliotecarios como Malaquías, de quien Eco nos dice que no tenía ni idea de qué había escrito en esos libros, y custodiada por una bestia criminal, representada por un bibliotecario ciego, que mata a cualquiera que se acerque a los libros prohibidos, la biblioteca está muerta. Pero si no lo estuviera, seguiría siendo inútil. Aquí, Eco añade cierto asunto que tiene un vínculo exacto con las cosas de las que hemos estado hablando, una conexión con usted.

—¿Conmigo?

—Pues sí. El excepcional detective de *El nombre de la rosa* descubre la verdad, pero no gracias a sus impecables deducciones.

—Sino gracias a sus intuiciones, que hacían que se le pusiera el vello de punta —repuso Clay.

—Utilizando el método de la abducción, que es una característica profundamente humana y que de alguna forma se aleja de la frialdad de la lógica formal. De hecho, justo al final del libro, la biblioteca desaparece, devorada por las llamas, lo cual solo demuestra lo vano que es el conocimiento científico sistemático.

—Por eso tenemos o conservamos solo nombres vacíos. *Nomina nuda*. ¡Fascinante!

Esas últimas palabras salieron de la boca de Clay con tal pasión que Charles se sintió muy conmovido.

—O *blitiri*, sí.

Clay se agitó como si le hubiera recorrido un escalofrío y se dirigió a la puerta. El timbre sonó en ese preciso instante. Dado que había llegado primero, se acercó a la mirilla y se dio la vuelta.

—Saldré por la puerta de atrás. No se preocupe, conozco el camino. Una advertencia: esta vez, la mujer de la puerta va un poco más vestida.

130

—¿Qué es todo este trasiego de gente? —preguntó Rocío.

—Dicen que es para protegernos. Entra.

—¿Acaso necesitamos protección?

—No tengo ni idea —respondió Charles.

No sabía cómo abordar el asunto del supuesto hermano de esa mujer, que le había salvado la vida, según había contado Clay. Era evidente que Rocío, quien probablemente se había enamorado de él, ya que eso no podía fingirse de esa forma, tenía intenciones ocultas. O, se dijo Charles, también tenía otras intenciones ocultas. O tal vez incluso perteneciera a Omnes Libri y la habían enviado para protegerle.

—Necesito tomar un poco el aire y salir de esta fortaleza preparada para un asedio en que se ha convertido mi casa por un tiempo. Vayamos a comer fuera. ¿Te apetece? Conozco un bonito restaurante no muy lejos de aquí. Tiene un jardín y un estanque que merecen la pena. ¿Vamos allí?

—¡Oh, me invitas a comer! ¡Qué romántico!

El restaurante que Charles había elegido estaba en Hamilton, una localidad a unos catorce kilómetros y medio de Princeton.

El agente de paisano responsable del contingente que estaba protegiendo a Charles llamó a Clay presa del pánico para preguntarle si debía seguir al profesor. Este le dijo que no sería necesario: simplemente tenía que asegurarse de que a Charles no le siguieran.

El trayecto hasta el restaurante duró menos de media hora. Rocío apoyó la cabeza en el hombro de Charles desde el principio y las palabras que se dijeron eran las típicas que se dedicaban las personas enamoradas.

—¿Me has traído a un restaurante que se llama Rat's? —preguntó Rocío con buen humor.

—Es un lugar famoso por aquí. Se llama así por el personaje principal de un libro infantil, *El viento en los sauces*. A lo mejor lo conoces.

—Llevo muy poco tiempo en Estados Unidos y no creo que sea un libro muy conocido en mi país. No lo he leído.

—Es una pena. Es una historia inglesa muy simpática.

—Entonces a lo mejor quieres leérmela esta noche antes de dormir.

Al llegar al restaurante los acompañaron al jardín, donde las plantas crecían en una especie de desorden controlado. Ocuparon la única mesa a la orilla del agua, con vistas al puente japonés sobre el lago en miniatura. El lugar tenía ese cierto aire estadounidense carente de originalidad que se dedica a reproducir lugares europeos famosos, aunque con mucho mejor gusto que las horteras pirámides o la torre Eiffel de Las Vegas. El jardín era una copia de lo que generalmente se conocía como le Clos Normand, una explosión de flores de colores y alturas diversos, rodeadas de gran cantidad de vegetación, incluidas malas hierbas y plantas silvestres colocadas de forma artística: la imagen de los jardines creada por el gran pintor impresionista Claude Monet en su residencia francesa de Giverny. Siguiendo este modelo, el diseñador había construido un puente de hierro como el famoso puente japonés del jardín de Monet y había enmarcado el pequeño lago de nenúfares y lotos. El ambiente era espectacular y Rocío parecía muy impresionada.

Pidieron la comida y, antes de que se la trajeran a la mesa, pasearon de la mano por el jardín y jugaron con una ranita que había saltado con descaro hacia ellos desde la orilla. El animal, encantado con la admiración que suscitaba entre sus nuevos amigos, se lanzó de golpe al agua con un ensordecedor chapoteo que perturbó la superficie en calma y a un par de patos silvestres que estaban echándose la siesta a la sombra.

Comieron, charlaron y rieron, bebieron vino y rieron más aún después de eso. En un momento dado, Rocío le hizo una pregunta a Charles:

—Oye, amor mío, me he topado con algo, una especie de enigma, y no consigo dar con la solución. Pero creo que a ti no te costaría nada.

—Cuéntame —repuso Charles, contento de entrar en el juego—. Ya sabes cuánto me gustan los enigmas, aunque teniendo en cuenta al que me enfrento últimamente, no me vendría mal tomarme un pequeño descanso.

—¡Pues entonces no te lo cuento!

—Venga, vamos —murmuró Charles con indulgencia, tal como hacían las personas enamoradas.

—¡Vale! Pongamos que tenemos una bolsa de terciopelo opaco en la mesa, atada con un cordón. Dentro hay diamantes y todos son blancos. Delante de la bolsa hay más diamantes esparcidos, los cuales también son blancos. En consecuencia, parece que los hayan sacado de la bolsa de terciopelo. ¿Cuál es la clave de este problema, porque no es estrictamente de carácter lógico?

Charles sintió que la sangre se le subía a la cabeza. Empezaron a palpitarle las sienes, se le tensó la frente y, al hacerlo, el cuero cabelludo pareció tirarle de las orejas.

—¿Dónde has aprendido eso? —preguntó, apretando los dientes.

Rocío percibió el repentino cambio en la expresión de Charles.

—¿He dicho algo malo?

—¿Malo? No. Quiero que me cuentes ahora mismo dónde has oído esa historia. ¿Dónde? —bramó Charles. Vio al camarero, que había levantado la cabeza, y bajó de nuevo la voz—. ¡Dímelo ya!

—No sé dónde...

—Por favor, deja de mentir.

—¿Que deje de mentir? —Rocío no consiguió decir nada más.

—Hace ya rato que me resulta rara la forma en que apareciste en mi vida. Demasiado hermosa para ser verdad. Una mujer trofeo, aunque jamás se me ocurrió pensar que yo podría ser un objetivo para alguien como tú.

—Pero ¿qué estás diciendo? —Rocío imitó el enfado de Charles—. ¿Cómo puedes creer algo así? —Suavizó su tono—. Amor mío, ¿qué te ha pasado? —dijo, y le asió la mano, que tenía apoyada en la mesa.

Charles la apartó con tanta violencia que Rocío se quedó sorprendida.

—Has decidido irte por las ramas, ¿no? Bueno, ¿quién es Sócrates?

Rocío no se esperaba aquello. No imaginaba que la descubriría, así que no se había preparado una respuesta. Solía tener una réplica lista, pero que el enamoramiento fuera de verdad paralizó su capacidad defensiva. Estaba desarmada.

—Más vale que me lo cuentes todo —prosiguió Charles con tono autoritario.

—Sócrates es mi hermano —dijo Rocío despacio.

—¿Tu hermano?

—Sí, el mismo que te salvó la vida anoche, aunque supongo que eso ya lo sabes.

—¿Así que me salvó la vida?

—Sí. Tu vida corría peligro, al igual que la de tu adjunto y la de todos los demás.

—¿Quién amenaza mi vida? ¿Y quiénes sois vosotros dos: mis salvadores profesionales? ¿Por eso te ha enviado tu hermano, para que te metas en mi cama, para que me salves o para que puedas seguir todos mis movimientos? ¡Soy un gilipollas!

—¿Cómo puedes decir algo así? ¿Cómo puedes...? ¿Es eso lo que piensas de mí?

—No me estás dejando otra opción, ¿verdad? Quiero saberlo todo. Ahora. ¿Por qué nos sigue tu hermano? ¿Cómo es que matar se le da tan bien? ¿Y qué queréis de mí?

—¿Me preguntas que cómo se le da tan bien matar?

—Sí. He oído que hizo picadillo a los que vinieron a matarme. Dicen que es todo un profesional. ¿Qué pinta un sicario protegiéndonos a su hermana, que resulta que estaba en mi cama en esos momentos, y a mí?

Las lágrimas comenzaron a resbalar por las mejillas de Rocío. Una pareja que paseaba por el jardín se acercó a su mesa.

—¿Va todo bien, señorita? —preguntó el hombre con preocupación.

—Sí —respondió Rocío, tragándose las lágrimas—. No se preocupe. Gracias —dijo, y la pareja siguió su camino—. ¡Yo jamás haría eso! Eres el primer hombre del que me he enamorado. —Las lágrimas se agolparon con más fuerza en sus ojos.

—Por favor, tranquilízate —dijo Charles—. Tus lágrimas no me impresionan, así que deja de actuar. Estoy esperando tu respuesta.

Rocío se levantó y se dirigió corriendo al restaurante. Cuando regresó estaba muy seria. Se le había pasado la llorera y había recobrado la compostura.

—¿Qué quieres saber? —preguntó.

—¿De dónde has sacado esa historia de los diamantes? Es una teoría de mi abuelo. Es muy extraño que me la hayas soltado a la cara sin saberlo. Aunque parece que lo ignorabas de verdad. Así que ¿de dónde ha salido?

—De la agenda de tu adjunto.

—¿La que robaron de la taquilla? —preguntó, y Rocío asintió con la cabeza—. ¿Fue tu hermano el ladrón? —Rocío consiguió confirmarlo de nuevo con un gesto y Charles se puso en pie. Se agarró la cabeza con las manos y dio unos pasos para intentar tranquilizarse. Después volvió a sentarse—. Te he contado todo lo que sé. ¿Qué más queréis de mí?

—Estoy contigo porque...

—¿Por qué?

—Porque te quiero —confesó Rocío en voz queda.

—¡Oh, venga ya! Me quieres, pero ¿me tiendes estas trampas, como ahora mismo? ¿Qué más quieres saber de mí? Ya te lo he contado todo.

A Rocío le perturbaba la forma de expresarse de Charles, así que trató de acercarse a él.

—¡Por favor, no! —Charles la apartó con un ademán—. ¿Qué me estás pidiendo? Estoy esperando tus explicaciones. Tu hermano..., Sócrates... ¿Es su nombre real o eligió ese ridículo apodo? ¿Por qué no Johnny Diez Dedos o Tommy el Cuchillo? ¿Qué es, una especie de delincuente con aspiraciones intelectuales?

—No. Se llama así de verdad.

—Vale. ¿Mató a George y a Penelope?

—No, no ha matado a nadie. Solo forzó esa taquilla.

—¿Y cómo averiguó eso? Únicamente el asesino de la prometida de George sabía eso, solo la persona que la torturó de forma brutal y la mató conocía ese detalle.

—No sé cómo lo averiguó, pero Sócrates no ha torturado ni ha matado a nadie.

—¿Y por qué querías descubrir qué significa el enigma? ¿Estaba escrito en la agenda? —preguntó, y Rocío asintió con la cabeza una vez más—. Hay una cosa que no te he contado. No se me ocurrió, no se debe a ninguna otra razón. George sospechaba que era posible que fueran a forzar su taquilla, así que lo más seguro es que escondiera una agenda con trampas. Y parece que escribió tonterías en ella, cosas que sabía que yo reconocería si alguien me las ponía ante las narices. Muy listo, George. Ya ves, ha funcionado. ¿Escribió algo más en esa agenda?

Rocío asintió con un gesto.

—También hay una especie de poema breve, que parece para niños, pero que trata de...

—¿De qué?

—Cosas... No sé cómo decirlo. Sobre pedos.

—¿Es el de «Cagante, bostante, pedante, cacoso»? —Charles se echó a reír de forma sarcástica cuando Rocío asintió de nuevo—. Es un poema de *Gargantúa y Pantagruel*. Parece que estaba haciendo lo mismo: burlarse de quien encontrara la agenda y darme otra señal. ¿Eso es todo?

—No, también hay un dibujo azteca.

—¿Cuál?

—Uno que representa a la serpiente emplumada.

—¿Tragándose a un niño?

—Sí.

—Vale. Entonces ¿qué queréis de mí? ¿Por qué todos necesitan la agenda de George? ¿Quién os paga?

—Nadie. Mi hermano tiene desde siempre una obsesión con...

—¿Con qué?

—Con Borges.

—¿El escritor?

Charles se dio cuenta de que estaba haciendo lo mismo que tanto Ximena como su padre le habían hecho a él antes, con la diferencia de que ellos habían preguntado «de qué Lincoln» estaba hablando.

—Sí —respondió Rocío—. Mi hermano cree que «La biblioteca de Babel» y *El libro de arena* son reales. Y lleva toda la vida buscándolos.

—¿De manera que cree que son reales? ¿En serio? ¿Está mal de la cabeza?

—Quizá —repuso Rocío—. Pistas reales u ocultas, codificadas y que sugieren algo similar. Siempre he pensado que era una misión imposible, pero todo lo que ha pasado en los últimos días demuestra que al menos la biblioteca es real.

—¿Real?

—Sí. Omnes Libri. Tú lo sabes bien. Esos libros antiguos de tu casa demuestran que Sócrates no se equivocaba.

Charles exhaló un suspiro. Ninguno dijo nada durante un rato. A continuación Charles hizo señas al camarero, esperó a que le trajera la cuenta y la pagó. Tras eso se puso en pie.

—No quiero volverte a ver jamás —dijo y se marchó.

Rocío se levantó y corrió tras él.

—Por favor, perdóname. Te quiero. Podemos olvidar esto. Perdóname.

Charles se paró a su lado.

—Te agradecería que no te acercaras a mí.

—Pero es solo temporal, ¿verdad?

Charles pensó un momento y esos instantes de espera le parecieron a Rocío de una crueldad indescriptible.

—No —dijo Charles al cabo de un rato—. Para siempre.

Se montó en su coche, arrancó y dejó a Rocío en medio de una nube de polvo.

131

«¡Está solucionado!» fue el mensaje que recibió el hombre de la máscara vía teléfono móvil. De inmediato marcó el número que había dejado el mensaje.

—¿Cómo se ha resuelto? —preguntó.

—Mabuse está muerto.

—¿De veras? ¡Bravo! ¿Y por qué Cornelius no responde a mis llamadas? ¿Dónde coño estás? Hay mucho ruido.

—¿Cornelius? ¿También trabajaba para ti?

—Sí. Ya te dije que tengo ojos en todas partes... ¿Qué quieres decir con que «trabajaba»?

—Cornelius también está muerto. Mabuse había empezado a hablar. Por lo que pude entender, se abalanzó sobre el hombre que estaba realizando el interrogatorio e intentó inyectarle al doctor una sustancia letal. Caligari le disparó en el acto.

Durante un momento hubo silencio al otro lado del teléfono.

—Me alegro de que el asunto esté resuelto. ¿Dónde has dicho que estabas?

—Hemos aterrizado en Belmopán y estamos esperando a que un helicóptero nos lleve a Barranco.

—¿Qué demonios haces en Belice?

—Han capturado a K2. ¿No lo sabías?

—¿Qué dices? ¿Cómo lo han atrapado?

—Se enredó en unas redes de pesca.

—¿Cómo, exactamente?

—Desconozco los detalles, pero te mantendré informado. Tengo que colgar.

Así que habían capturado al Minotauro de segunda generación. El hombre de la máscara estaba al borde de una crisis nerviosa. ¿Qué demonios había pasado?

Al otro lado del teléfono, Ximena tenía claro ahora que el llamado Minotauro era una creación del hombre de la máscara y que a Mabuse le habían ordenado que realizara estudios sobre el comportamiento de los supervivientes de los estragos que aquella cosa había provocado. Por supuesto, era un objetivo programado. Esa era la razón de que hubieran quedado supervivientes, testigos, de cada desastre. Parecía que el hombre de la máscara había decidido no ordenarle nada por el momento. Estaba segura de que, después de que le diera algunas vueltas al asunto, volvería a llamarla.

El hombre de la máscara se paseó con nerviosismo por la habitación. Cogió el teléfono.

—¡Señor Eastwood!

—Al habla —respondió este, amable—. ¿En qué puedo ayudarle?

—Quiero detener la operación. He cambiado de parecer. Le ruego que retire a su gente.

—Por desgracia ya es demasiado tarde. No se puede contactar con nuestra persona cuarenta y ocho horas antes de la misión. Sabe muy bien cómo funciona esto. Lo siento. Le advertí que era una equivocación. Todo irá según el plan. ¡Suerte!

El hombre de la máscara se quedó inmóvil con el teléfono en la mano. El atentado contra el presidente era un error. Lo sabía. Había habido un momento en que le pareció bien. La idea era de Keely y le había parecido buena. Aprovecharía el caos que se desatara. Tal y como había afirmado el bando del general Flynn, era cierto que el atentado sería nefasto para el golpe que estaban planeando de cara a las elecciones de 2016. Sin embargo, el hombre de la máscara esperaba que la simpatía pública por los demócratas y la emoción generada por la muerte las absorbieran por completo las elecciones de aquel año. Ya habría tiempo de sobra. La administración Obama había bloqueado muchos de sus negocios. A diferencia de otros miembros de la Cúpula, cuyas motivaciones eran de naturaleza ideológica, a él solo le interesaban los beneficios. Despreciaba a los supremacistas, así como a los promotores de la corrección política. De hecho, no simpatizaba con nadie. Consideraba que cualquier persona con principios era en realidad un cretino. Los únicos con quienes podía tener una buena relación eran aquellos que le hacían ganar dinero, montones de dinero, y los que fortalecían su imperio.

El hombre de la máscara era supersticioso. Si habían atrapado a ambos monstruos con tanta facilidad, toda su inversión parecía inútil. Había preparado de forma minuciosa toda la historia. Lo había organizado todo, incluido ese estudio que le había ordenado realizar a Mabuse. Había construido un arma que le parecía temible. Era cierto que no la había testado lo suficiente, pero pensaba venderla a un precio muy alto. Pero la pérdida de los dos K era una noticia nefasta. Ahora, su última esperanza era el tercer Minotauro, que seguía escondido en el laberinto de Copán. Se había asegurado a sí mismo que ese era el más formidable de todos, un arma invencible.

El atentado contra el presidente tendría lugar dentro de dos días. El hombre de la máscara sabía que estaba bajo un signo muy desfavorable. Esa era la única razón por la que había intentado detener el intento de asesinato. Podría haber llamado a Keely y ordenarle que hiciera que Sócrates, su hombre, evitara la culminación de todo el asunto, pero consideró la respuesta de Eastwood como una señal, así que se dio por vencido.

132

Charles aparcó su coche en el césped. Incluso la gente que estaba vigilando su casa notó que parecía un animal herido. Había deseado que sus sospechas fueran solo ataques de paranoia. Cuánto le habría gustado haber estado engañándose a sí mismo. En la entrada vio el paquete de regalos que había preparado para Rocío. Entró directamente en la habitación y trató de serenarse. No tenía ni idea de cómo iba a quitarse a aquella mujer de la cabeza. Rocío le había llamado varias veces mientras iban conduciendo, así que había decidido apagar el teléfono. Intentó buscar circunstancias atenuantes para ella, una buena excusa para poder perdonarla. Pero ¿cómo podía hacerlo? ¿Cómo podría volver a confiar en ella? Si en realidad él solo había sido un objetivo al principio y Rocío había acabado enamorándose de él mientras tanto, ¿por qué le había tendido una trampa con el texto de la agenda de George? Estaba claro. Todo había sido una flagrante mentira.

Después de abrir una botella de whisky y de bebérsela casi entera en menos de media hora, se las arregló para llegar a su cama encorvado hacia delante. Pero el dormitorio estaba impregnado de su aroma. Sacó las sábanas de la cama de un tirón y las arrojó por la ventana ante la mirada atónita del pequeño ejército que velaba por él. Ni siquiera después de haber tirado las sábanas desapareció su olor. Intentó levantar el colchón para arrojarlo también afuera, pero no tuvo éxito con eso. Bajó las escaleras, pero se tropezó y rodó por ellas mientras su gato, que nunca había intentado semejante escena de riesgo, lo miraba con admiración. Se quedó dormido al pie de las escaleras, como un vulgar borracho, con su gato acomodado sobre la espalda.

Después de haber llegado a casa en taxi, Rocío estaba desesperada, tal vez más que nunca. Llamó a Charles sin cesar hasta que él apagó el móvil. Se arrojó sobre la cama y se puso a llorar. Era la primera vez en toda su vida que lo hacía de verdad.

133

Uno de los hombres de Mono Cabezón esperaba a Sócrates en el aeropuerto de Cartagena. Ahora que su jefe estaba muerto, buscaba otro amo. No le gustaba nada Cypriano, el hombre enviado por Eastwood, así que tenía la esperanza de convertirse en la mano derecha del jefazo, que en su humilde opinión era un tipo duro con nombre de futbolista y del que tanto había oído hablar. Saludó a Sócrates llamándolo «el Partero», un apodo que le parecía haber llevado en otra vida.

Se encontraban en un hangar a las afueras de la ciudad. Un equipo de veinte aguerridos hombres se pusieron en pie cuando entraron. Él era una leyenda. El único que no parecía impresionado por su llegada era Cypriano, el Barbero de Baltimore, otra figura siniestra del mundo del crimen organizado, aunque no tenía mucha relación con Latinoamérica. Para los subalternos de Cabezón, era un ilustre desconocido.

Sócrates miró a cada hombre a los ojos al tiempo que les estrechaba la mano a todos ellos. Después de eso les pidió que le expusieran el plan.

Había buenas noticias. La primera parte de la operación había ido como la seda. Se había repartido a las prostitutas entre la gente del servicio secreto y los militares alojados en el hotel Caribe de Cartagena. Siguiendo el plan, una de las chicas había salido al pasillo en un momento dado y se había puesto a gritar que la habían violado. Varias horas antes, los agentes de la policía colombiana, todos ellos pagados por la banda de Cabezón, habían magnificado el escándalo, al igual que habían hecho los equipos de televisión situados de manera estratégica sobre el terreno. Poco a poco, cada una de las prostitutas había cumplido con su trabajo. El escándalo había llegado muy deprisa a Estados Unidos y aquellos veinte hombres, entre agentes y personal militar, habían sido confinados en el hotel. El presidente llegaría dentro de dos días, así que esas veinte personas fueron sustituidas. Uno de los generales de la Cúpula había conseguido infiltrar entre ellos a varios de los suyos. Por lo tanto, la primera fase de la operación había sido todo un éxito. Sócrates estaba satisfecho, así que pidió que le clarificaran cómo debía marchar la segunda parte.

Echó un vistazo al mapa y escuchó las explicaciones. El presidente diría unas palabras de bienvenida en la recepción ofrecida en su honor en el bar conocido como Salón de Ejecutivos, en la décima y última planta del hotel Hilton, a las cuatro de la tarde. Un infiltrado confirmaría que el presidente había entrado en el salón, momento en que el helicóptero en el que viajaría Cypriano se colocaría justo delante de los ventanales para que él disparara a la gente del bar.

Sería una recepción restringida solo a invitados estadounidenses y aquel pequeño lugar constituiría una trampa perfecta para todo aquel que estuviera allí en ese momento. Por seguridad, el resto de los integrantes del comando, dirigidos por el jefe del grupo de Cabezón, aterrizaría en la azotea del hotel y, con el apoyo de los agentes infiltrados, se asegurarían de que el presidente no escapara de allí con vida.

Sócrates hizo varios comentarios detallados y a continuación pidió que le llevaran al lugar para orientarse «sobre el terreno».

134

Cuando Charles abrió los ojos estaba tumbado boca abajo al pie de las escaleras. Enfrente de él, Zorro se estaba ocupando de su acicalamiento matutino. No sin proferir numerosos quejidos y gruñidos, se levantó del suelo, apoyándose en la barandilla. No se había despertado con un dolor de cabeza así desde sus tiempos de estudiante. Esperaba desprenderse de cualquier tipo de sentimiento por Rocío junto con el dolor de cabeza, pero se engañaba a sí mismo. Se preparó un café triple o, para ser más exactos, tres expresos cortos en una taza. Se los bebió de un trago tal cual, sin leche ni azúcar. Luego tuvo que dar de comer al gato, que parecía decirle: «Anoche te entendí. Estabas alterado, pero yo también soy una persona». Se metió en la ducha para terminar de espabilarse. Mientras se afeitaba delante del espejo, se fijó un propósito: debía olvidar a Rocío. Se alegraba de tener que salir del país al día siguiente. Tres días debería ser tiempo más que suficiente para olvidarla. A fin de cuentas, ese era justo el tiempo que había durado su pequeña aventura.

Fue abajo y rebuscó en la nevera. Se preparó un sándwich y consultó su móvil. Tenía sesenta y cuatro llamadas perdidas y sesenta y dos mensajes, todos de Rocío, así que los borró con un simple movimiento del dedo.

Mientras se decía que tendría que concluir la historia de George, se sentó a su mesa de trabajo. Era imperativo que mantuviera la mente ocupada. Aquellas fueron las dos decisiones que tomó ese día.

El teléfono sonó de nuevo y, una vez más, era Rocío. Su primer impulso fue borrar su número de la memoria, pero eso no impediría que llamara sin parar, así que bloqueó toda llamada o mensaje de ella.

Tenía que hacer una breve revisión de toda la historia para ver cuántas de las cosas que había descubierto habían quedado sin resolver, de manera que cogió una hoja de papel y comenzó a dibujar un diagrama.

Así pues, todo había empezado hacía ocho días. Su adjunto le había pillado en el aeropuerto justo cuando se disponía a despegar hacia Ciudad de México y le había entregado una carpeta. Estaba muy alterado. Durante los tres días que estuvo en México, la carpeta había sido víctima de al menos dos intentos de robo. Al final, en una escenografía digna de mejor causa, unos peculiares agentes de la autoridad, que más bien parecían de las fuerzas especiales, habían confiscado la carpeta en el avión que llevaba a Charles de regreso a casa. A la mañana siguiente recibió la visita de dos agentes del FBI, que traían malas noticias. George había muerto, asesinado a sangre fría en su propio dormitorio. Charles hizo un gran esfuerzo para recordar al menos algunas de las cosas que había en la carpeta, la cual había podido hojear durante solo unos minutos. Recordó un dibujo con forma de media luna que en el interior tenía escritas dos palabras en latín: «Omnes Libri». Fuera o no una coincidencia, las palabras aparecían en un colgante que su madre llevaba al cuello en uno de los cuadros colgados en la sala de estar del hogar de su infancia. Luego le hizo una visita a su padre, que le contó una historia fantástica sobre una organización con más de dos mil años de antigüedad y cuyo único fin era salvar libros. Para más inri, su madre había sido la líder de ese culto, una especie de suma sacerdotisa. Dejó de dibujar líneas y contempló el papel con atención. La historia era bastante enrevesada, así que lo tachó todo y decidió abordar el asunto de otra forma.

Estaba esa peculiar agente del FBI que resultó tener varios nombres, inspirados todos ellos en la literatura y en especial en el escritor francés creado por Borges en su cuento sobre el *Quijote*, y que usaba en función de las distintas agencias para las que trabajaba: el FBI, la CIA, la NSA, y a saber cuál más. Por supuesto, al final le dijo que su verdadero nombre era Ximena, inspirado por la sumisa aunque inquebrantable esposa del Cid. Literatura, literatura, literatura. Un bombardeo constante de libros. Charles cogió una hoja limpia.

Su adjunto llevaba mucho tiempo trabajando en una historia sobre Lincoln, en un descubrimiento de los que hacían época, como le había dicho hacía tiempo. Lo que George había descubierto sobre el presidente estadounidense más famoso de la historia parecía haber provocado su muerte. Antes de que lo asesinaran, se había ocupado de elaborar un complejo mensaje que había enviado a Charles con la esperanza de que emprendiera... algo. Pero ¿qué, exactamente? ¿Qué esperaba George de él en realidad? ¿Que diera a conocer toda la historia y nada más?

Charles tampoco quedó satisfecho esa vez. Se preguntó cómo debía abordar la historia al completo para que no tuviera tantas y tan complejas ramificaciones. Decidió probar a hacerlo por orden cronológico. Hizo un calendario que empezaba en 1780.

Alrededor de ese año, un barco de esclavos había naufragado en una isla. Todos los pasajeros murieron, esclavos y negreros por igual. Solo sobrevivió una persona, un niño que se convirtió en una especie de Robinson Crusoe hasta que encontró al único habitante de la isla, un anciano que guardaba un secreto. Era el bibliotecario de una biblioteca oculta en las entrañas de la isla y que ocupaba toda su superficie. Durante siglos este había sido un lugar donde se recopilaban libros.

Charles echó un vistazo a las notas que había tomado, pero seguía sin estar satisfecho. Tendría que comenzar mucho antes de la fecha de inicio de 1780. Rehízo la cronología.

Durante los siglos I o II antes de Cristo, un grupo de buenas personas decidió fundar una especie de «club de amigos de los libros». Comenzaron a coleccionar los más importantes de la época. Con el tiempo, a medida que la naturaleza o la mano criminal de la humanidad hacían peligrar la existencia de los libros, por entonces en forma de rollos, decidieron convertirse en una organización. Primero salvaron los libros de Pérgamo. Después los de la biblioteca de Alejandría. Cuando se percataron de que tenían en sus manos todo el conocimiento del mundo, decidieron que necesitaban un lugar donde depositar los libros. Los aventureros financiaron una expedición más allá de las columnas de Hércules y llegaron al Atlántico. Allí descubrieron una isla virgen y decidieron que era la sede perfecta para su nueva biblioteca. Así que se propusieron salvar todos los libros y reunirlos allí.

Pasaron siglos. Lo organizaron y catalogaron todo, recopilaron libros sin parar, pero la biblioteca se quedó demasiado pequeña. Mientras tanto, la organización también había crecido, apoyada por personas importantes. A finales del siglo xv decidieron construir una ciudad que se transformaría en una enorme biblioteca en el corazón de Europa.

Al escribir aquello, Charles se acordó de que los dos extraños libros y el mapa seguían en su coche. Salió de la casa en batín y calzoncillos ante la mirada inquisitiva del policía que le protegía. Sacó los libros del maletero y volvió a entrar.

Ya había entendido qué era el mapa. Encendió el ordenador y tecleó «Sforzinda». La pantalla le mostró el mismo diagrama que tenía en la mano. Así que ese era el mapa de una ciudad ideal, la misma que la orden quería construir y a la que trasladar toda su fortuna, todos los libros. Sforzinda había sido una utopía financiada por el duque de Milán, Francesco Sforza, diseñada para él por Filarete, el sobrenombre del arquitecto renacentista del siglo xv Pietro Averlino. La ciudad perfecta se imaginó conforme a los principios ideológicos de la época, que trataban de conservar el equilibrio entre el vicio y la virtud, un reflejo perfecto de la sociedad medieval.

A Charles se le iluminó el rostro de repente. Entre otras

cosas, había descubierto lo que suponía que era la verdadera identidad de su madre. Era descendiente de la célebre familia Visconti, que ocupó el ducado de Milán durante doscientos años, hasta que a mediados del siglo xv fue incapaz de engendrar un heredero varón. El último retoño de esa familia, Bianca Maria Visconti, se casó con el gran duque de Milán, Francesco I Sforza, lo que significaba que había contraído matrimonio precisamente con la persona que había ordenado la realización del plano de esa ciudad imaginaria, Sforzinda, y que tenía ante sus ojos en esos momentos. Charles se preguntaba por qué si la famosa familia Visconti se había extinguido, no todos sus descendientes habían adoptado el apellido Sforza, pero se dio cuenta de que tendría que indagar un poco para descubrir la respuesta a esa pregunta, así que no tardó en dejarlo.

En cualquier caso, llegó a la conclusión de que la organización se había preocupado desde el principio por buscar un lugar donde albergar una nueva biblioteca, lo que significaba que la isla debió de estar abarrotada de libros durante un tiempo. Más aún: si el gran duque de Milán había ordenado los planos para la ciudad que tendría que alojar la nueva biblioteca, la conexión con la familia Visconti, mediante la alianza con los Sforza, era evidente, del mismo modo que ahora estaba claro que Francesco Sforza también formaba parte de Omnes Libri. La historia del blasón familiar, repetida de manera obsesiva, respaldaba esa conclusión. Charles se refería al relato del escudo de armas de la familia Visconti, incluido más tarde también en el blasón de la familia Sforza y que se convirtió en el símbolo de la ciudad de Milán: *Il Biscione*, la víbora o el basilisco, tragándose o escupiendo a un niño. Además de eso, la semejanza entre la serpiente emplumada y el basilisco, representados ambos del mismo modo, era una prueba irrefutable, que nadie en su sano juicio podría considerar una coincidencia, de que la familia Visconti-Sforza había llegado a Centroamérica mucho antes que Cristóbal Colón.

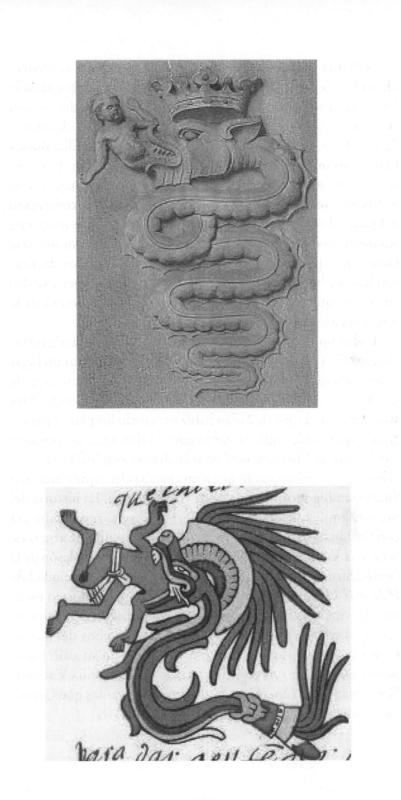

Las dos imágenes eran casi idénticas, pero Charles descubrió algo aún más impactante: una reproducción sacada de un manuscrito medieval que mostraba el escudo de armas dibujado a mano. Ahí el parecido era increíble.

Y el hecho de que ese personaje mitológico azteca fuera el inventor de la escritura y de todos los libros se había apoderado con fuerza de Charles. El encanto de sus hipótesis había comenzado a absorberle y había empezado a cambiar poco a poco, pasando de escéptico a adepto, convencido sin ninguna sombra de duda de que los Omnes Libri no solo se habían encontrado con la civilización precolombina, sino que además habían influido en ella de manera relevante. Incluso podrían haber enseñado a los nativos a escribir o haberlos estimulado para que inventaran su propia escritura.

Estos pensamientos habían hecho que se le pusiera la carne de gallina, pero superó ese momento de euforia y continuó con su razonamiento.

Algo había pasado en algún punto del camino. La organización decidió en un momento dado renunciar a la ciudad europea —y Charles no sabía si su construcción había comenzado o no por entonces— y buscó otro lugar en Latinoamérica: Ciudad Blanca. Una estantería tras otra, la nueva biblioteca se hizo cargo de los libros que llegaban de la antigua, que se conservaría, aunque ahora solo como lugar dedicado a la recopilación y la catalogación. Durante esta época, el pequeño esclavo superviviente del naufragio llegó a la isla. El bibliotecario se encargó de formarle y le convirtió en su sucesor. Cuando el anciano falleció, el africano pasó a ser el bibliotecario y realizó su trabajo de manera concienzuda durante unos cincuenta años, hasta que le capturó una goleta que transportaba esclavos a América y que había llegado por error a la isla. El bibliotecario fue vendido a la familia Speed y llegó a Farmington. Sin embargo, como era demasiado viejo para trabajar la tierra, lo usaron como esclavo doméstico. Allí conoció a Abraham Lincoln en el verano de 1841. El futuro presidente quedó impresionado por la vasta cultura y los conocimientos del esclavo y tomó como una señal el hecho de que se llamaran igual. El nombre del esclavo era Moses Abraham. Más tarde, y de forma paradójica, los traficantes le pusieron el apellido White, y todos sus descendientes varones se llamarían Moses White. Muchos años después de su estancia en Farmington, el esclavo convocó a Lincoln para que acudiera a su lecho de muerte. Para sorpresa de todos, el ya presidente acudió a Farmington. Allí, su tocayo le reveló algo extraordinario, un secreto enorme, pero, a cambio de él, White hizo que Lincoln le prometiera que convertiría la abolición de la esclavitud en el principal propósito de su vida.

Charles ojeó sus notas y decidió que estaba satisfecho. Podría seguir adelante.

Todo apuntaba a que en algún momento del pasado Omnes Libri puso en marcha un colosal programa de copiado de libros que continuaba activo en el presente. No se apresuraron ni tampoco querían llamar la atención, así que eligieron tres centros donde hacer las copias. Una persona de la organización llegaba con discreción una vez a la semana con unos diez libros raros en una maleta. Los copiaban y a continuación regresaba con los libros. Pero ahora Charles tenía que escribir lo acaecido en el presente.

En un momento dado, uno de los correos sufrió un infarto y se dejó la maleta en un taxi. El taxista encontró los libros y trató de devolvérselos al correo en el hospital, pero el hombre ya había fallecido. El taxista pensó que los libros antiguos tenían cierto valor, de modo que los llevó al primer anticuario que encontró. Por casualidad, este resultó ser el padre de George Marshall, quien compró los libros, pues enseguida se dio cuenta de lo que tenía en sus manos. Después, sin saber muy bien qué hacer, llamó a su hijo. George Marshall se llevó los libros consigo a Princeton. Pretendía enseñárselos a Charles, o al menos eso era lo que él imaginaba que haría, pero antes, presa de la curiosidad, hojeó el menos interesante de todos, que contenía las memorias de un bibliotecario del siglo XVI llamado Esteban. Era muy posible que allí hubiera descubierto el terrible secreto de Lincoln o que al menos en ese momento comenzara a sospechar que este existía. Para asegurarse de que algo así era posible, contactó con los mayores especialistas en la vida de Abraham Lincoln. Esas personas no le tomaron en serio, así que se le ocurrió la idea de atraer su atención con un libro. Todos picaron el anzuelo. Los especialistas le abrieron la puerta. Seguramente bajo vigilancia y temiendo por su vida, aunque impaciente por que la verdad que había descubierto saliera a la luz, George dio con una forma de asegurarse de que Charles, la persona cuyos intereses más se asemejaban a los suyos, encontrara el mensaje. Escribió una parte de este codificada al final de cada libro en tanto que escondía el código a plena vista en la biblioteca de la Universidad de Princeton. Asimismo, una nueva clave para resolver el código, el orden para solucionarlo, estaba en la agenda de George, que le entregó al entrenador de esgrima de Princeton. George dejó una falsa agenda en su taquilla y fue asesinado, al igual que su prometida. Algunos de los profesores habían muerto. Para ser más exactos, uno había sido asesinado y otro, secuestrado. Los demás se habían escondido o el FBI los había puesto bajo su protección, a cargo de la agente con identidades múltiples, de quien por el momento Charles no sabía muy bien qué pensar.

El teléfono interrumpió el curso de sus pensamientos. No podía ser Rocío, pues había bloqueado sus llamadas. O sí, siempre que llamara desde otro número. Charles se arriesgó a contestar.

—Hola de nuevo, profesor.

—Señor Ewing, buenos días. ¿En qué puedo ayudarle?

—Dentro de muy poco pasaré por su ciudad. Sería un gran placer para mí que pudiéramos vernos de nuevo —sugirió, pero Charles no supo qué responder. Ese personaje le intrigaba—. Vamos, profesor, tiene que almorzar. Mi gente me dice que el único restaurante decente de la ciudad es The Peacock Inn. ¿Lo conoce?

—¿Hoy?

—Sí, hoy.

—Hum. No es el único restaurante decente, pero sí. Está bien.

—Entonces coma conmigo, por favor. —Y añadió al ver que Charles no respondía nada—: No lo lamentará.

—¡Hecho! —repuso Charles—. ¿A qué hora quedamos?

—Dentro de una hora, si le parece bien.

—Estupendo.

Charles no se estrujó el cerebro con respecto a Ewing. Dentro de muy poco descubriría qué quería de él el multimillonario. El restaurante estaba a diez minutos pero antes quería terminar lo que había empezado porque tenía la imagen completa justo delante de sus ojos.

El caso era que había conseguido descifrar el mensaje de George. Ahora tenía que buscar algo oculto en una biblioteca. Seguramente sería el décimo libro, las *Memorias de Esteban*, fuera quien fuese ese hombre. El mensaje final de George tendría que estar escondido dentro de él o, como diría Columbus Clay, quizá el libro mismo fuera el mensaje definitivo. Sin embargo, para eso tendría que encontrar la biblioteca que empleaba esa clase de número de catálogo: LT3650.

Pese a todo se preguntó si había pasado por alto alguna cosa, así que hizo un breve esbozo de los peculiares personajes que gravitaban a su alrededor y trató de averiguar los planes ocultos de cada uno. Ximena se había presentado primero como agente del FBI. Después resultó que era una especie de comodín que pertenecía a varias agencias. Puso a los profesores bajo la protección del FBI y los llevó a un piso franco. Luego acompañó a Charles a esa base militar en la que un médico chiflado manipulaba a los pacientes que habían sobrevivido a los ataques de un animal muy extraño. Tendría que intentar averiguar la historia del tal Mabuse. Concluyó que Ximena debía de ser un personaje positivo. Después estaba Columbus Clay. No tenía las ideas claras respecto al policía. Se negó a pensar en Rocío. Solo anotó que su supuesto hermano, Sócrates, consideraba reales las obras de ficción de Borges. En cualquier caso, de un modo u otro, todos tenían conexión con la biblioteca o con Omnes Libri mientras que, al parecer, la relación con la historia que había iniciado todo aquello, el descubrimiento del terrible secreto de Abraham Lincoln, era mucho menor.

Al final llegó a la última parte del asunto: el mensaje testamentario dejado por su madre. Una vez más, dejó a un lado cualquier tipo de juicio concerniente a ese retroceso en el tiempo y en el espacio que había experimentado al conocer a aquellos dos extraños personajes: el gigante y su hermano enano. Todavía le quedaban los dos libros que había encontrado en la réplica de la estatua del faraón Ramsés. El mapa que había identificado de manera correcta. Desconocía su relevancia en toda aquella historia, pero al menos lo había reconocido.

Cogió los dos peculiares manuscritos y los hojeó durante diez minutos. Estaba satisfecho con su resumen de la historia. Había omitido todos los detalles desagradables: los dos atentados contra su vida, la historia con el enano y Rocío. Se encendió uno de sus puros torcidos para relajarse y, mientras se vestía para salir, le vino algo a la cabeza. Empezó a contar las páginas de los dos manuscritos. Tenían el mismo número de páginas: doscientas setenta y dos. Sintió de nuevo la emoción recorriendo su cuerpo. El manuscrito Voynich también tenía doscientas setenta y dos páginas, de las cuales doscientas cuarenta permanecían intactas. Después comenzó a pasar los dedos por las páginas, una tras otra. Y esta vez notó algo que antes se le había pasado. Llegó a una página más gruesa y la levantó un poco. Había otra doblada debajo. Repitió el proceso con la página siguiente. Si era lo que sospechaba, significaba que la página ciento cincuenta y ocho tenía que estar compuesta por seis hojas dobladas que se podían desplegar. Y eso hizo. La estructura física del libro era exactamente la misma del manuscrito Voynich. Idéntica. Recordó que su padre le había dicho que para descifrarlo se necesitaban otros dos libros. Sintió que tenía que sentarse. ¿De verdad era posible? Si lo que su padre le había dicho era cierto, una simple superposición de las páginas de los tres manuscritos haría que fuera posible descifrar el libro más enigmático de la historia: el manuscrito Voynich.

Llamó con la mano temblorosa al director de la biblioteca

Beinecke de Libros Raros y Manuscritos de Yale. Al director le sorprendió que, después de tantos años, Charles volviera a estar interesado de nuevo en el manuscrito.

—¿Has encontrado algo nuevo? —preguntó con amistosa ironía—. Solo te lo pregunto porque me da miedo volver a deprimirte.

—No, nada. Solo siento curiosidad por algunos detalles. Esta vez no quiero descifrar el manuscrito. Es por una cosa que estoy escribiendo. ¿Crees que podría acceder a él en privado?

—Sí, en tu sala favorita, como de costumbre, aunque he de darte cita. Dentro de cuatro o cinco días. ¿Te parece bien?

—Perfecto. ¡Muchas gracias!

Charles se vistió deprisa, rebosante aún de emoción por su reciente epifanía, y antes de marcharse envió un email sin texto a cierta dirección, tal como tenía que hacer quien quisiera ponerse en contacto con Ross, su mejor amigo.

135

—Cien millones de dólares.

—¿Disculpe?

—Me ha oído bien. El oído le funciona a la perfección. Ahora mismo, de inmediato —Patrick Ewing sacó su talonario, haciendo hincapié en esas últimas palabras—. Sé que le va bien y
que no es una de esas personas que valora el dinero en sí, pero
cien millones te pueden compran mucha libertad y acceso a extravagancias. Eso son diez veces más de lo que usted vale ahora.

—¿De lo que valgo ahora? —preguntó Charles, estupefacto.

—Es solo una figura retórica, una manera de expresarse en
mi mundo. Hablo de propiedades, cuentas, objetos de valor, incluidas sus colecciones de armas y manuscritos. Si hacemos algunos cálculos, en el supuesto de que no cambie radicalmente su
estilo de vida y le dé por jugar a la bolsa o por realizar arriesga-
das inversiones financieras, podría agregar otros cinco millones
más en los próximos treinta años. Imagine los objetos raros que
podría incorporar a sus colecciones, que sé que son lo que más
adora, con la posible excepción de su gato guardián, Zorro. ¿No
es así?

Charles no dijo nada. Miró al multimillonario, que había reservado todo el restaurante y que había hecho que los camareros
sacaran las demás mesas de la sala para que aquella donde estaban destacara en solitario y en medio de la estancia, con el aire
espléndido y autoritario de un trono. Los dos guardaespaldas

que Charles había visto en el Mandarin Oriental hacían guardia ante la puerta.

—Tiene razón —dijo Ewing—. Diez veces más es una suma irrisoria. Que sean doscientos millones, pero es mi última oferta. —Comenzó a escribir mientras recitaba la suma para sí en voz alta—. Doscientos millones de dólares a nombre del señor Charles Baker. —Firmó y le ofreció el cheque a Charles.

—¿Es un regalo? —preguntó Charles, sin intención de cogerlo.

—Casi. A cambio tan solo de cierta información.

—¿Cuál podría yo tener que valiera tanto dinero para usted? A menos que mi padre o yo estemos viviendo encima de pozos de petróleo sin saberlo.

—No. De esos tengo de sobra. —Dado que a Ewing no le apetecía seguir con la mano tendida, dejó el cheque sobre la mesa, a la derecha del vaso de Charles.

—Entonces ¿a cambio de qué es el dinero?

—De la ubicación exacta de la biblioteca.

—¿Qué biblioteca?

—Señor Baker, es usted demasiado listo para pensar que soy estúpido. Estoy convencido de que ya ha descubierto el lugar exacto en el que se encuentra. O si aún no lo ha hecho, no tardará mucho en dar con él.

Charles sintió que se le hinchaba una vena en la sien, casi a punto de estallar. Por debajo de la mesa abrió y cerró los puños varias veces, apoyados sobre las rodillas.

—¿Para qué lo necesita? No me parece un apasionado de los libros.

—¡Ah! Gran pregunta. Entiendo su indignación. Este arrogante pez gordo se cree que puede comprar a cualquiera con su dinero. Le recomiendo que destierre tal noción de su cabeza y que procure no actuar como un mezquino y rencoroso intelectual de izquierdas que siempre desprecia el dinero de los demás, pero que se vendería por unas vacaciones exóticas, ya que eso no le representa.

—Si se lo digo, ¿qué hará? ¿Invadirá la biblioteca con su

ejército de mercenarios? ¿Aparcará un montón de camiones al final de la calle y los cargará de libros como si fueran ladrillos para luego poder subastarlos uno por uno o en lote? Me parece que valen más que la irrisoria suma que ha ofrecido.

—Bien por la trampa. Como ambos sabemos, no hay calles en Ciudad Blanca, y mucho menos asfalto pavimentado.

—Creo que nuestra conversación ha terminado —dijo Charles, que se dispuso a levantarse.

—Permanezca sentado. Al menos me debe eso.

—¿Que se lo debo? —replicó Charles, que ya estaba de pie.

—Sí. Tenga en cuenta que le he salvado la vida dos veces.

—¿Ah, sí?

—Exacto. Una vez en el paso a nivel y la segunda hace dos noches.

—¿Hace dos noches? Hum. Sabe, de un tiempo a esta parte hay una serie de personas que me dicen que me han salvado la vida sin que yo se lo haya pedido. Al menos en lo que se refiere al segundo caso, tiene competencia.

—¿Se refiere a ese gitano argentino, a Sócrates? Eso fue una casualidad. Reconozco que fue útil.

—¿Y por qué es usted mi ángel de la guarda?

Ewing sonrió mientras aplastaba la pata de una langosta con una especie de cascanueces.

—Me reservo el derecho de no darle explicaciones. Una cosa sí le aseguro: no solo no venderé los libros, sino que además se los devolveré al mundo.

—Ah, entiendo; un gesto filantrópico —comentó Charles—. Lo siento, pero no parece usted una de esas personas.

—No lo soy, pero tengo una idea propia, una ambición.

—No se me ocurre cuál puede ser. No le conozco lo suficiente. Aún no he averiguado dónde está la biblioteca, pero si consigo hacerlo, la suma escrita en ese trozo de papel es ridícula. La próxima vez que nos veamos, presente una propuesta más seria. Adiós.

—Le sugiero que se dedique a encontrar la biblioteca y se olvide de ese estúpido asunto del secreto que un esclavo pudo haberle contado a Abraham Lincoln. Créame: es un callejón sin salida. No existe tal secreto.

Charles esbozó una sonrisa, dio media vuelta, haciendo que sus zapatos chirriaran, y se marchó. Había tenido que contenerse para no pegarle un puñetazo a Ewing. Esperaba que la brusquedad con la que había puesto fin a la conversación hiciera que el multimillonario tuviera la impresión de que aún seguía negociando. Por mucho que se devanara los sesos, no alcanzaba a entender por qué Ewing le había ofrecido semejante suma y por qué estaba obviamente dispuesto a aumentar su oferta. Tampoco creía que el multimillonario tuviera la intención de vender los libros, ni de forma individual ni en lote.

Mientas tanto, la respuesta final del profesor había tenido el efecto deseado en Ewing, que solía entender las cosas de acuerdo a su propio paradigma. Estaba convencido de que Charles estaba negociando con él, al igual que creía que aún no había encontrado la biblioteca, pero estaba a punto de hacerlo.

136

Llegó a casa muerto de cansancio y se tiró en el sofá de la sala de estar. Encendió el televisor en un canal de noticias y se fijó en un titular del rótulo que recorría la pantalla de un lado a otro, el cual, como mínimo, le pareció extraño: se ha revelado el cuarto nombre. La imagen que aparecía sobre el rótulo era de un cementerio. Por desgracia había pillado el final de la noticia y, si bien no pudo entender de qué trataba la historia, la resonancia esotérica de las palabras escritas despertó su curiosidad. Se puso a buscar la noticia en internet, pero en ese preciso momento le sonó el móvil.

Reconoció de inmediato el peculiar formato del número que le llamaba. Solo podía ser Ross, su amigo de la universidad. Habían sido inseparables durante muchos años y encajaban tan bien que en cierto modo eran el doble del otro. De repente, un buen día, Ross desapareció sin decir una sola palabra. Charles sospechaba que le había contratado algún servicio secreto, aunque su amigo jamás mencionaba nada de manera explícita cuando hablaban de vez en cuando por teléfono. Aún así, Ross había seguido ayudándole siempre que necesitaba encontrar algo especial. Le enviaba artículos sobre subastas de libros y armas antiguos. Incluso le había enviado un programa ultrasofisticado para la protección de datos electrónicos. En una ocasión Charles le pidió a uno de sus alumnos que era bastante experto en sistemas de seguridad cibernética que obtuviera algo de su portátil. El estudiante le dijo que jamás había visto nada semejante y enseguida sospechó que el profesor trabajaba para una agencia de espionaje.

Ross podía contactar directamente con Charles, pero él no podía hacer lo mismo. La única forma de hablar con su amigo era enviar un email en blanco a una dirección inusual. Siempre que lo hacía, Ross le llamaba.

—¿Qué te aqueja, profesor? —dijo la voz siempre alegre de su amigo.

—Hum. ¿Cómo sabes que estoy preocupado por algo?

—Bueno, solo me llamas cuando no puedes resolver alguna cosa tú solo.

—¡Ah! ¿Y tengo yo la culpa de eso? ¿No eres tú el misterioso? Me entran escalofríos cada vez que te envío un email en blanco, sin asunto ni contenido, como si lanzara una señal de socorro al espacio.

—Bueno, en cierto modo es lo que haces. Cuéntame.

Continuaron la conversación con las bromas de rigor, superándose el uno al otro en cada réplica y tratando de derrotarse en el duelo verbal. Charles pensaba que Ross era brillante o, para ser más preciso, el único genio de verdad que había conocido. Por eso sospechaba que trabajaba en un lugar al que muy pocos, y todos ellos personas de gran inteligencia, tenían acceso.

Al final Charles le habló de Mabuse. Le preguntó a Ross si podía buscar algo sobre él y, en caso de que la respuesta fuera afirmativa, si podía averiguar todo lo que pudiera. Como de costumbre, su amigo le tomó un poco el pelo, pero también como de costumbre no le hizo una sola pregunta indiscreta.

Charles acababa de colgar el teléfono cuando el molesto timbre de la puerta resonó en la casa, como la sirena del almuerzo en una fábrica de coches.

—Vaya, qué popular soy hoy —gruñó mientras se encaminaba hacia la puerta.

Solo pedía que no fuera Rocío, que sin duda a esas alturas ya se habría dado cuenta de que había bloqueado su número. No tenía ganas de que le montaran una escenita, pero no era ella.

En la entrada de la casa, el enano movió la mano e hizo aparecer de la nada un ramo de flores, que le ofreció al profesor.

—No, no, no, esta vez no pienso acercar la nariz a nada. —Rio Charles—. A saber qué criaturas me encuentro en la mano.

—Sabia decisión —dijo el enano con voz seria. Las flores se desvanecieron con la misma rapidez con la que habían aparecido—. He venido a por los niños. Tienen que volver a casa.

—Supongo que te refieres a esos diez libros. Pero sabes que aún no los he recuperado todos.

—No importa. Cada cosa a su tiempo.

Charles le invitó a entrar y buscó algo donde meter los libros. Encontró una mochila de la que podía prescindir y guardó los volúmenes en ella. Cada vez que metía uno, suspiraba con pesar al ver el título.

—No he podido leer nada de este, ¿sabes? Nada de nada.

—No importa —repuso el enano—. No ha sido una pérdida de tiempo.

El último libro que guardó fue el de Dostoievski, el segundo volumen de *Los hermanos Karamázov*.

—¿Es auténtico? —preguntó Charles—. Jamás había oído que hubiera un segundo volumen.

—Nuestra vida es una ilusión constante. Cuesta decir qué es auténtico y qué no lo es. Vivimos igual que los habitantes de la caverna de Platón. A menudo vemos sombras y las confundimos con la realidad. A veces la mente nos juega malas pasadas.

—¿Como la que me jugó después de nuestro encuentro?

—Puede. ¿Qué ocurrió entonces?

—Me fui y volví enseguida, pero la casa ya no estaba. Bueno, seguía allí, pero lo único que quedaba era una vieja ruina destartalada, cubierta de maleza, como si hubiera regresado al cabo de cincuenta años, no a los cinco minutos.

—Hum —dijo el enano—. ¿Tenías una buena razón para volver? —preguntó, pero Charles no supo qué decir—. Verás, a lo mejor eso es lo que necesitas para darle consistencia a tus pensamientos: un verdadero motivo, como cuando viniste la primera vez. Pero para darte cierta satisfacción con respecto al asunto del libro de Dostoievski te diré que no solo es auténtico, sino que además es premonitorio. Aliosha deja el monasterio, renuncia a los hábitos y pasa a engrosar las filas de los anarquistas. Y asesina al zar con sus propias manos. Eso es premonitorio porque, como bien sabes, Alejandro II fue asesinado en febrero de 1888, un mes después de la muerte de Dostoievski, y el segundo volumen se escribió antes que el primero.

—¿Cómo?

—Tal cual. Deja que te enseñe una cosa. —El enano se acercó a Charles y sacó una fotografía de su bolsillo—. Conoces a mi bisabuelo, ¿verdad?

—¡El general Tom Thumb! ¿Es eso posible? Ya hemos hablado sobre esto.

—Pues mira esta foto. La banda de P. T. Barnum al completo, en carne y hueso. Aquí tenemos a la esposa de Tom Thumb, la impresionante Lavinia Warren Bump, junto a la giganta Anna Swan, después los eslabones perdidos entre el hombre y el orangután, los hermanos Hoomlo e Iola, seguidos de la chica de dos cabezas, Millie-Christine, y los gemelos siameses. Detrás de ellos se ve a English Jack, el hombre que se tragaba ranas vivas, y a Charles Tripp, el hombre sin manos, que usaba los pies mejor que cualquier persona normal y corriente las manos: pintaba con los pies. En la tercera fila están los tres ventrílocuos, Charles Young, Harry Kennedy y William Francis Chalet, además del gigante irlandés, el francés y el grandullón chino, junto con las mujeres barbudas, lady Myers y lady Annie Jones. Y, en el centro de la fotografía, ¿a quién ves?

—Es él —dijo Charles—. El general en persona.

—¿Estás seguro? Mírame un momento —le pidió a Charles, que le observó de nuevo, sin entender qué esperaba de él—. Primero a mí —dijo, y para ayudarle, adoptó la pose de la fotografía.

—Entiendo. Os parecéis mucho.

—Hum. Nadie puede parecerse tanto, sobre todo si hay ciento cincuenta años de por medio.

—Si pretendes decir que el de la foto eres tú, ahí me pierdes.

—Lo que quiero decir es que en ciertas situaciones hay que ser cautos. Como se suele decir, nada es lo que parece. Ni siquiera los búhos. Bueno, tengo que irme. Mi hermano me está esperando.

—Está fuera. ¿Por qué no le has invitado a entrar?

—Tenemos un poco de prisa.

El enano se arrojó a los brazos de Charles y le estrechó con gran afecto hasta donde pudo abarcarle. Charles le acompañó afuera y saludó con la mano al gigante, que esperaba al volante. Este le devolvió el saludo bajo la mirada pétrea de los policías de servicio.

—Una cosa más —dijo Charles—. ¿Quién era la mujer que se bajó del coche justo cuando yo me iba?

—¿Qué mujer?

—Iba vestida de negro, llevaba velo. Su silueta, un gesto que hizo, no sé con exactitud lo que fue, pero algo me resultó muy familiar. Se me quedó mirando hasta que desaparecí.

—Por desgracia, esa no es una pregunta para mí. —El hombrecillo se volvió para marcharse, pero se acordó de algo y se volvió de nuevo. Sacó una caja de puros del bolsillo y se la entregó a Charles—. Creo que esto es tuyo —dijo—. Te la olvidaste en casa de nuestra amiga. A propósito, solo dijo cosas buenas de ti.

Charles se quedó ahí, boquiabierto. En la mano tenía la caja de puros que se había dejado olvidada en la casa de Huntington hacía varios días.

137

A las diez y cuatro minutos, Charles cruzó el arco de seguridad del aeropuerto de LaGuardia. Veinte minutos después, mientras saboreaba un café en la sala de espera de primera clase, notó que el móvil le vibraba en el bolsillo. No conocía el número, pero lo cogió.

—No cuelgues, por favor —dijo Rocío con un tono suplicante.

—...

—Por favor, no cuelgues. Te lo suplico, dame al menos la oportunidad de explicarme. Todo el mundo merece una segunda oportunidad.

En ese momento llamaron a embarcar a los pasajeros del vuelo con destino a Cartagena de Indias.

—¿Dónde estás? —preguntó Rocío.

—Querida —dijo Charles con voz suave—. En esta situación no hay segundas oportunidades, pero me reuniré contigo para darte una ocasión de explicarte. Pero ahora no. Me marcho a Colombia por trabajo y volveré dentro de tres días. Hablaremos entonces.

—¿Adónde vas? —inquirió Rocío, como si no hubiera oído bien lo que Charles había dicho.

—A Cartagena. El presidente me ha invitado a la Cumbre de las Américas. Hablamos a mi regreso.

Charles colgó al terminar la frase.

El pánico se apoderó de Rocío. Se le desbocó el corazón y el pulso se le disparó a más de doscientas pulsaciones. Llamó a Sócrates, pero este no respondió. Así que probó de nuevo una y otra vez.

Poco después, al ver que su hermana le había llamado de forma insistente, Sócrates salió del almacén abandonado que pertenecía al ejército colombiano y en el que estaba realizando el último ensayo para la operación de esa tarde.

—¿Estás bien? —preguntó, preocupado—. ¿Te ocurre algo? —Con tanto llanto y sollozos, no podía entender una sola palabra de lo que decía su hermana—. Rocío, Rocío, por Dios, ¿qué ha pasado?

Al final consiguió entender que su hermana no corría ningún peligro y que estaba sana y salva.

—Charles. Se trata de Charles.

—¿Te ha hecho algo? Le mataré.

—No, todo lo contrario —dijo Rocío, que parecía haberse calmado un poco.

—¿Qué quieres decir?

—Todo lo contrario. Tienes que salvarle.

—¿Que tengo que salvarle?

—Sí, está volando ahora mismo. Hacia donde estás.

—¿Qué estás diciendo?

—Le han invitado a la recepción del presidente. La que... —Y se puso a llorar otra vez.

Sócrates entendió a qué se refería su hermana. De repente la situación había empezado a apestar.

—Tienes que salvarle. ¡Tienes que salvarle! ¡Has de pararlo todo!

—¿Te das cuenta de lo que me pides? Si lo hago, estamos muertos.

—No, no es así. Eres famoso por escapar de situaciones imposibles. Tienes que salvarle. Tienes que pararlo todo porque, en el fondo, le necesitas. Sin él jamás encontrarás esos libros y siempre has dicho que todo lo que hacemos, todos los sacrificios, son por una buena causa. De lo contrario nunca los encontrarás.

—¿Es esa la única razón? —preguntó Sócrates.

—No, también... le amo —dijo Rocío, que estaba llorando de nuevo—. Y si le ocurre algo..., si algo le pasa, me suicidaré.

Rocío lloraba con tal desesperación que Sócrates no sabía cómo tranquilizarla. Jamás la había visto así y no tenía ni idea de cómo manejar aquella situación. Necesitaba tiempo para pensar.

—¿Y cómo voy a conseguirlo? Hay treinta hombres aquí, los peores criminales que he conocido en mi vida. ¿Cómo voy a ocuparme de todos ellos?

—Invéntate algo. Siempre lo haces.

Sócrates hizo una pausa mientras oía a Rocío hecha un mar de lágrimas al teléfono.

—Muy bien —dijo al cabo de un momento.

—¿Lo prometes? —preguntó Rocío—. ¿Lo prometes?

—Sí.

Entró de nuevo en el almacén, con la cara pálida.

—¿Ha ocurrido algo? —preguntó el hombre que le había recogido en el aeropuerto.

—Sí, reúne a todos los demás —dijo Sócrates—. Los planes han cambiado.

—¿No vamos a atentar contra nadie? —quiso saber alguien.

Sócrates sabía muy bien que no realizar la misión no era una opción. Cypriano llamaría para pedir confirmación y entonces le mataría en el acto.

—No —respondió—. Solo ha cambiado la estrategia. Parece que ya no podemos entrar por el tejado. —Sócrates sabía que estaba improvisando y que necesitaba que su instinto de sicario no le abandonara en ese preciso momento—. El almacén de Bocagrande ya no es seguro. Los dos helicópteros tendrán que despegar desde aquí. Y tenemos que ser los primeros en salir.

—Entonces ¿cuál es el nuevo plan, jefe? —preguntó alguien.

—Estoy esperando instrucciones.

—No pienso cambiar nada —repuso Cypriano de forma dictatorial—. Tus hombres y tú podéis hacer lo que os dé la gana. No tenía intención de fiarme de un puñado de paletos. Tened cuidado de no dispararos en el pie. —Entonces llamó al piloto y a la otra persona que había traído consigo—: Preparadlo todo. Nos vamos a Bocagrande.

El grupo se dispersó. Sócrates le indicó a Carlitos que le siguiera fuera del almacén con discreción. Se apartó en un rincón detrás de la puerta metálica que llevaba a las oficinas para que pareciera que tenía que ir al baño.

—¡Carlitos! ¿Quieres que esta sea tu última misión?

El hombre le miró, atónito.

—Acabo de enterarme de que nos ejecutarán después de que hagamos nuestro trabajo.

Carlitos abrió los ojos como platos.

—¿Quién?

—Los hombres de Cypriano. Seguro que sospecha que he descubierto algo. Por eso se ha negado al nuevo plan. ¿Confías en mí?

El hombre pensó un momento. No le caía bien el blanco que llevaba cabeza afeitada y un tatuaje de la SS en la nuca de su enorme cuello. En su cara podía ver reflejado el odio que sentía por cualquiera con la piel de color y un poco de pelo.

—Estoy deseando que nos libremos de ese asqueroso nazi —dijo Carlitos, y escupió.

—A su debido tiempo —repuso Sócrates—. Ahora no es el momento. Cualquier conflicto abierto sería peligroso. ¿Podemos confiar en alguien más aquí?

—Solo en mi hermano Manuel.

—Bien. Tráele aquí.

Carlitos tardó varios minutos en convencer a Manuel para que le escuchara, pero una vez que dijo que sí, no se retractaría nunca de su palabra.

—Está bien —les dijo Sócrates mientras volvía al interior del almacén—. De acuerdo, quiero que os ocupéis de que esos tres sigan hablando un poco. Ofreceos a ayudarles o algo así.

—¿Y tú?

—Tengo que llegar a su helicóptero.

La nave del almacén era inmensa. Los helicópteros estaban en el patio, frente a las grandes puertas. Carlitos y su hermano se dirigieron al centro del enorme espacio mientras Sócrates se aproximaba con sigilo a uno de los helicópteros. Abrió la tapa del motor y trató de cortar un latiguillo. Se las arregló para cortar tres cuartos. Oyó pasos y vio un par de botas rodeando el helicóptero en su dirección. Cerró la tapa y se montó a toda prisa en la cabina. Vio acercarse a Cypriano. Era evidente que los dos hermanos no se habían atrevido a detenerle. En el helicóptero había una ametralladora. Lo único que se le ocurrió a Sócrates fue usar su enorme cuchillo contra el cinturón de municiones que ya habían montado en la ametralladora. Sócrates apretó el gatillo hasta que oyó un chirrido metálico y vio que uno de los clavos cedía.

—Hola —gritó Cypriano—. ¿Qué cojones haces aquí?

Sócrates esbozó una sonrisa y se bajó.

—No creerías que iba a dejar que te fueras con mi amuleto de la suerte —dijo mientras mostraba un amuleto con un dios amerindio colgando de un cordón de cuero.

Cypriano se detuvo, clavando la mirada en el amuleto.

—Los mestizos y vuestros amuletos —dijo entre dientes—. Supersticiones de neandertal. —A continuación se montó en el aparato.

Cuando el helicóptero desapareció en el cielo, Sócrates llamó a Carlitos.

—¿Tienes el número de nuestro hombre en el servicio secreto? —preguntó y Carlitos asintió—. ¡Llámale!

138

El avión aterrizó cuatro horas después en el aeropuerto Rafael Núñez de Cartagena. Debido a la cumbre, los controles tardaron más de lo habitual. Charles se montó en un taxi con solo cuarenta minutos de margen hasta el comienzo de la recepción.

—Le doy cien dólares si me lleva al Hilton en treinta minutos.

—Sí, señor —dijo el taxista, sonriendo de oreja a oreja.

Llegaron en veinticinco minutos. Charles pagó y se bajó con celeridad. Enseñó su pasaporte en la entrada y se apresuró hasta el ascensor. Le quedaban ocho minutos. Sabía que todo el mundo llegaba a tiempo a estos eventos, sobre todo el presidente.

Ya no había nadie esperando el ascensor. Lo más seguro era que todos estuvieran ya dentro. Su teléfono empezó a vibrar mientras subía.

—¿Sí? —respondió.

—¿Dónde demonios estás? Te oigo como si estuvieras en una cueva.

—Voy en un ascensor y tengo prisa.

—¿Un ascensor? ¿Dónde estáis el ascensor y tú?

—En el Hilton de Cartagena. Se celebra una cumbre aquí.

Justo cuando decía aquello, oyó un ruido, las luces se apagaron y el ascensor se detuvo de golpe. Charles perdió el equilibrio y estuvo a punto de caer de espaldas. Las luces de emergencia se encendieron de inmediato, inundando la cabina de un resplandor rojo.

—Oh, el ascensor se ha parado. Creo que ya podemos hablar.

—¿Dónde decías que estabas?

—En el Hilton de Cartagena, Colombia —vociferó Charles y el teléfono quedó en silencio en el acto. Oía la respiración de su amigo—. ¿Te sorprende que...?

—Cierra el pico y escucha. Dentro de exactamente seis minutos habrá un atentado contra la vida del presidente. ¡Sal de ese ascensor ya!

—¿Me tomas el pelo? Es una broma un poco siniestra...

—Estoy hablando en serio. Sal de ese ascensor.

—¿Cómo lo hago? —dijo en el acto Charles, que sabía reconocer los escasos momentos en que su amigo hablaba en serio.

—Espera un segundo.

Oyó que Ross tecleaba algo a la velocidad del rayo.

—¿Hola? ¿Hablas en serio?

—No. Tengo ganas de cachondeo.

—Vale. Lo pillo. ¿Cómo salgo de aquí?

—Ten paciencia —dijo, y Charles le oyó teclear de nuevo con una rapidez impresionante. Clic, clic, clic...—. Ya está. Hay un ascensor parado en la planta baja. Tú estás en el otro, entre las plantas séptima y octava. Han cortado la corriente de forma manual. Presta atención. Estos ascensores cuentan con una especie de salida de emergencia. Algo que funciona con un generador y que no basta para mantenerlos en marcha, pero sí para abrir las puertas. Cuando te diga ya, intenta abrir las puertas con todas tus fuerzas.

—¿Cómo?

—Con las manos. ¡Joder! ¡Ya!

Charles empujó las dos puertas de manera simultánea y estas se abrieron. Saltó con rapidez, pero no consiguió aterrizar de pie, sino que rodó por el descansillo.

—¿Lo has conseguido?

—Sí —respondió.

Se estaba levantando como podía, con el teléfono pegado a la oreja, cuando sintió un pinchazo en el tobillo.

—Lárgate de ahí. Y verás que te he mandado algo sobre Mabuse. En otro momento hablaremos sobre cómo es posible que no pares de toparte con chalados. Escapa a mi comprensión.

—Te lo contaré en otra ocasión —repuso Charles, que se había levantado y trataba de dar con las escaleras de incendios.

Las encontró y corrió hacia ellas. Subió los tres tramos tan rápido como pudo, apretando los dientes para soportar el dolor del tobillo. Allí había una entrada a la sala de recepción. Justo cuando se disponía a vociferar algo a los agentes del servicio secreto, un ruido ensordecedor ahogó su voz. Entró corriendo en la estancia.

El general Flynn, que también había viajado a Cartagena, había intentado en vano llegar exactamente hasta el presidente a las cuatro y tres minutos, alegando que tenía que decirle algo importante. Tenía que impedir a toda costa que este llegara a la recepción. Denegaron su petición y le dijeron que podía tratar el tema después con él. De manera que todo dependía del plan B. Ordenó a sus dos hombres que pararan los ascensores. El presidente sería capaz de subir las ocho plantas a pie. Ni hablar.

La señal no llegó en el momento establecido, de modo que Cypriano esperó tres minutos más y puso en marcha el helicóptero.

El ensordecedor ruido que Charles había oído era el del helicóptero, que se había acercado a las ventanas. Una ametralladora había destrozado los cristales y alcanzado a dos personas. Una de ellas era Charles, al que habían herido en el hombro y en la oreja. Tal vez la responsable de todo aquello fuera una bala loca que había seguido una trayectoria extraña, igual que ocurrió en el asesinato de Kennedy, porque Cypriano solo consiguió disparar cuatro. A la quinta, el cinturón de las balas se soltó al llegar al punto en el que Sócrates lo había cortado e inutilizado el arma. Sosteniendo la metralleta en brazos, sentado en el borde del helicóptero, el Barbero de Baltimore exigió a gritos al hombre del fondo que le diera otra arma. En ese momento empezó a oler a combustible quemado. El piloto trató de controlar el aparato y de forma instintiva movió los mandos para dirigir el aparato hacia el océano. El helicóptero explotó a varias decenas de metros en espacio abierto, envuelto en grandes llamaradas, como una bandera destrozada por un rayo.

—¡Dame buenas noticias! ¡Dime que está muerto! —La voz de Keely sonó en el auricular.

La respuesta resonó en el gran salón de la Cúpula.

—No. Nos han saboteado. Casi toda nuestra gente está muerta. En el almacén. Los demás deben de haber muerto en el helicóptero que explotó sobre el océano. El presidente ni siquiera llegó a la sala de recepción.

Keely estrelló el teléfono contra la pared.

Se hizo el silencio en el gran auditorio de Copán. Algunos de los presentes se sumieron en un estado de consternación, del que fueron recuperándose poco a poco. Uno de los bandos había votado en contra y siempre había apoyado la idea de que el asesinato era un error, hasta que incluso algunos de los partidarios más fanáticos de Keely, gente que había votado a favor del atentado, sintió en qué dirección soplaba el viento y empezaron a pasarse al otro lado.

Sonó otro teléfono. Este pertenecía al hombre de la cara quemada.

—Ponme en el altavoz —ordenó el general Gun Flynn.

—De acuerdo —dijo el hombre de la cara quemada.

—¡Enhorabuena, señor Keely! ¡Magnífico! Es usted como ese pequeño pájaro del Amazonas. Un equipo de grabación se gastó un montón de dinero para encontrarlo y esperó un año entero en la selva más siniestra para escuchar su trino. Cuando llegó su momento, el pájaro se subió a un árbol, llenó sus pulmones y eructó. Como siempre he dicho, el plan era una idiotez y la ejecución no pudo ser más chapucera. Y vosotros, los que no quisisteis escuchar, es hora de que sopeséis vuestras opciones —bramó el general—. Votasteis a favor de la idea de esa cotorra. Os gustaba la idea de que hubiera dos presidentes asesinados en la misma fecha, el 14 de abril. Insisto en que se celebre un congreso extraordinario con el fin de cambiar la dirección al completo. Y si nuestro generoso financiero, al que damos las gracias por todo lo que ha hecho por la organización, quiere continuar a nuestro lado, asistirá a la sesión como cualquiera de nosotros, con el rostro descubierto. ¡Es hora de quitarnos las máscaras! Les haré saber cuándo se celebrará el congreso.

Interludio

En una mañana que se preveía tan aburrida como cualquier otra, un inusual suceso conmocionó a los habitantes de Mountain View Missouri. El administrador del cementerio local, conocido como Greenlawn, encontró un esqueleto vestido con un uniforme de la SS colgado justo en la entrada. El viento hacía crujir los huesos de manera siniestra. Habían colocado una cuerda alrededor de la vértebra que sostenía su cabeza y de ella colgaba un trozo de cartón en el que estaba garabateado con una letra bastante infantil lo siguiente: SE HA REVELADO EL PRIMER NOMBRE.

Incluso un suceso como ese habría pasado desapercibido si un periodista de un pequeño periódico llamado *The Joplin Globe* no hubiera recibido un correo electrónico muy extraño en la redacción. Tas varias hora de discusión, su jefe aprobó una visita a Mountain View para investigar la noticia, pero pidió garantías de que la historia sería digna de un diario con veinte mil suscriptores. Además de las garantías del periodista, el argumento de que sus suegros vivían allí, por lo que el periódico no tendría que pagarle un hotel, inclinó la balanza a favor de la investigación.

El sheriff local pensó que desenterrar a un muerto que nadie recordaba y vestirlo con ese flamante uniforme negro parecía una broma de una pandilla de chicos que se metían en todo tipo de líos en el condado de Howell, así que decidió que el esqueleto debía ser enterrado de nuevo y cerrar el caso. Sin embargo, la aparición del periodista perturbó a los seis agentes de la ley de la ciudad. No fue tanto su presencia física como las preguntas que les hizo lo que los sumió en la confusión.

—¿Le registraron los bolsillos? —preguntó el periodista.

No solo no lo habían hecho, sino que lo habían enterrado en el mismo lugar al cabo de unas pocas horas; sin el uniforme, por supuesto. Fue necesaria una investigación exhaustiva para descubrir que uno de los ayudantes se había apropiado de la ropa. Era de su talla y pensó que era una pena desperdiciar un traje de tan buena calidad.

Para sorpresa de los policías, la corazonada del periodista se confirmó. Encontraron una carta en uno de los bolsillos, y además bastante gruesa. Aunque lo que contaba era la primera página.

Al parecer de los agentes, el periodista había demostrado sus dotes para la investigación, de modo que lo invitaron a leer la misiva, sin que importara que él ya supiera de la existencia de la carta por el correo electrónico que había recibido en el periódico.

Han pasado sesenta y siete años desde el final de la Segunda Guerra Mundial, el cual coincidió con el final del capítulo más siniestro y vergonzoso de la historia de la humanidad. Se nos dijo que los criminales de guerra que no habían sido asesinados o capturados habían muerto de forma natural.

El más joven de los supervivientes tendría hoy noventa años. Por esa razón, no paramos de oír que es muy improbable que solo uno de ellos siga con vida. Es hora de dejar que las heridas se curen. Tal vez quienes dicen esto tengan razón. Tal vez no queden más supervivientes, pero sin duda todos estos atroces criminales, todas esas bestias siniestras, sin un ápice de humanidad, tienen descendientes que quizá no sepan quiénes fueron sus padres o sus abuelos. No saben que ambas Américas —no solo Latinoamérica, sino también Estados Unidos— fueron culpables de dar refugio a criminales de guerra. Cambiaron de identidad y salvaron la vida, y así se cometió una segunda injusticia con sus víctimas. Nuestra organización ha descubierto seis de estos odiosos criminales enterrados en territorio nacional. Es necesario realizar este ajuste de cuentas en la historia, esta reparación, aunque sea tardía, para que sus víctimas encuentren por fin la tranquilidad y descansen en paz, y para que los descendientes de los criminales conozcan la verdad...

—¿Ese esqueleto era un nazi? —preguntó el hombre que se había quedado el traje.

Pero el periodista levantó un dedo con aire de autoridad para señalar que tenía que terminar de leer la carta antes de que alguien metiera las narices en ella.

Por eso siguió:

Por esa razón revelaremos, una por una, las identidades de seis de estos atroces criminales que nuestro país albergó y cuyo pasado limpió sin tener ningún derecho y a los que, también sin ningún derecho, les perdonaron sus crímenes al hacerlo. Para que no haya lugar a dudas, encontrarán pruebas completas e irrefutables de sus crímenes colocadas sobre los restos terrenales de estos repugnantes nazis. Hoy se ha revelado el primer nombre.

Las otras páginas de la carta constituían pruebas evidentes de que el muerto era uno de los más cobardes torturadores del campo de concentración de Majdanek, un asesino responsable de la matanza de al menos quince mil personas, entre ellas niños pequeños.

El periodista había cumplido con su deber y el diario publicó la historia en primera página, pero el efecto no habría sido tan grande si trece días después no hubiera ocurrido algo similar en Charlottesville y once días más tarde en Tallahassee. Charlottesville es una ciudad con una población veinte veces mayor que Mountain View y, como tal, la prensa era más. Esta vez fue el turno de un reportero de *The Daily Progress* de recibir un email. Al igual que su colega, descubrió la carta en el bolsillo de un uniforme de la SS que llevaba puesto el esqueleto, colgado esta vez en la puerta del cementerio de Maplewood. La carta era idéntica. En el pecho del esqueleto estaba escrito con la misma caligrafía infantil: SE HA REVELADO EL SEGUNDO NOMBRE. La diferencia era que esta vez habían enviado directamente al reportero el expediente del criminal de guerra, probablemente porque era demasiado grueso para que cupiera en un bolsillo. Sin embargo, la noticia tuvo alcance nacional con la aparición del tercer esqueleto en Tallahassee, una ciudad mucho más grande que las anteriores. A partir de ahí, los grandes periódicos y televisiones nacionales se hicieron cargo de la historia publicada por el periodista que había elegido el misterioso remitente de los correos electrónicos. Como en el caso del segundo esqueleto, esta vez la carta se encontraba en un bolsillo, pero el expediente del criminal de guerra se envió por separado. La diferencia era que el tercer esqueleto no había sido desenterrado en el respectivo cementerio. Lo habían trasladado desde San Francisco, tal y como averiguaron los investigadores después de identificar al criminal con ayuda del expediente. En la pancarta colgada del cuello de este esqueleto se podía leer: SE HA REVELADO EL TERCER NOMBRE.

Si no se pudieron encontrar descendientes del primer y segundo esqueleto, el tercero había dejado una familia numerosa, que ahora estaba aterrorizada por la prensa sensacionalista.

Según el contenido de la carta, la gente tendría que seguir esperando a los otros tres esqueletos, cuyas identidades reales no tardarían en publicarse.

La opinión en Estados Unidos estaba dividida. Algunos se horrorizaban y afirmaban que era un sacrilegio desenterrar a los muertos y burlarse de ellos. Otros expresaban su convicción de que la recuperación de la memoria es bienvenida, incluso si llega demasiado tarde. Se verificaron las identidades de los tres primeros y las revelaciones aportadas eran auténticas. Los tres habían sido criminales de guerra, y de los más terribles, que habían vivido durante diez años de posguerra en Estados Unidos sin que nadie les molestara.

La pregunta que seguían haciéndose los investigadores —ya

fueran los del FBI, pues aquello se había convertido en un problema de ámbito nacional, o los de la prensa— era: ¿por qué al tercer esqueleto lo habían exhibido a tres mil quinientos setenta y siete kilómetros del cementerio donde lo habían desenterrado? Y esa pregunta cobró relevancia cuando el cuarto esqueleto apareció en una ciudad muy grande, una metrópoli en esa ocasión: Indianápolis, la capital del estado de Indiana. Al antiguo criminal de guerra de Belzec lo colgaron de la enorme puerta del cementerio de Strawberry Hill, llamado Crown Hill. Y ese esqueleto también fue trasladado, aunque esta vez desde un lugar más cercano, el cementerio de la pequeña ciudad de Rockville, a casi cien kilómetros de distancia.

Era evidente para todo el mundo que las autoridades no serían capaces de prever la exhibición de los dos últimos esqueletos, y para ser exactos, tampoco concentraron demasiados esfuerzos en el asunto. Les convenía asignarle esa tarea a otros. Mientras tanto, todos esperaban sin aliento los dos últimos nombres.

Lo que nadie podía entender era por qué trasladaron esos cadáveres a lugares que, al parecer, no tenían ninguna conexión con los criminales de guerra muertos. Algo se les escapaba a todos.

QUINTA PARTE

Pensé en el fuego, pero temí que la combustión de un libro infinito fuera parejamente infinita y sofocara de humo al planeta.

Jorge Luis Borges, El libro de arena

No existen libros infinitos, solo la estupidez humana es infinita.

Milo Temesvar, por teléfono en respuesta
a la frase anterior de Borges

Unos ladrones entraron en la imponente casa de un conocido profesor de la Sorbona. No encontraron nada en ella salvo una biblioteca infinita. Incluso era imposible moverse por la residencia del profesor sin tropezar con un montón de incunables, entre ellos varios ejemplares únicos y rarezas. En cuanto a lo demás, no había nada que robar: ni joyas, ni dinero, ni siquiera un televisor medio decente. Rendidos y al borde de la desesperación, los ladrones dejaron una nota al profesor: «Nos cagamos en tus libros». Si hubieran sido algo cultos, habrían sabido elegir y el dinero que habrían obtenido les habría durado varias generaciones.

Extracto de un periódico parisino

¡No te abras, repugnante infierno! ¡No vengas, Lucifer! Quemaré mis libros... Ah, Mefistófeles.

CHRISTOPHER MARLOWE,
La trágica historia del doctor Fausto

139

—Sí —dijo Volpone por teléfono.

—¿Estás durmiendo? —preguntó el cardenal.

—No, todavía no. ¿Has tomado una decisión?

—Más o menos. ¿Podemos hablar así por teléfono?

—Claro. —El cardenal oyó reír a su hijo—. No hace falta que te pongas paranoico. ¿Has tomado una decisión o no?

—Más o menos, ya te lo he dicho.

—¿Y eso qué significa?

—Pues que accedo a poner... lo que dijiste...

—Sí...

—Pero solo para escuchar. No para grabarlo.

—Sí. No hay problema. Si no quieres grabarlo, no lo haremos. Recuerda: tú eres la parte interesada.

—¿Y tú, no?

—Un poco, lo admito.

—Muy bien. Tendrás que confiar en mí, entonces.

—Por supuesto. Espera un momento, ¿qué quieres decir?

—Exactamente lo que estoy diciendo —ratificó el cardenal.

—No. ¿Cuál es el subtexto?

—Hum... Me gustaría ser el único que oye lo que se dice en esa reunión. O sea, estará el micrófono y todo, pero solo yo tendré acceso a lo que se diga.

—¿O sea que va a haber una reunión? —preguntó el director de operaciones de la AISI.

—Sí. Ese individuo que aparece en la fotografía se autoinvitó. Y el Santo Padre aceptó en el acto.

—¿El obispo de San Pedro Sula?

—No, el otro.

—¿El general Flynn? Vaya, es un tipo duro, un auténtico pez gordo. Pero si viene extraoficialmente, será una charla interesante.

—Sí. Yo también lo temo.

—¿Cuándo es la reunión?

—Mañana por la tarde.

—¿Y tendrás ocasión de poner los micrófonos?

—Solo uno. Únicamente en la biblioteca personal del Santo Padre, donde tendrá lugar la reunión.

—Muy bien, pero con una condición.

—¿Cuál?

—Quiero que me cuentes todo lo que se diga en la reunión.

—Suponía que me pedirías eso. ¿Es que quieres convertir a tu padre en un soplón?

—No es como si estuvieras rompiendo el secreto de confesión. Y por tu seguridad y la del Papa, creo que tengo que saberlo.

—De acuerdo. Mañana nos hablamos. ¡Buenas noches!

140

Lo primero que vio Charles al abrir los ojos fue el techo de su dormitorio. ¡De modo que solo había sido un sueño! ¡Qué pesadilla más espantosa! Respiró más tranquilo, pero la siguiente inspiración le provocó un dolor terrible por encima del corazón. Volvió la cabeza y notó que llevaba un vendaje enorme. Se llevó una mano a la oreja y se encontró con otro montón de gasas. Le costó acercarse al borde de la cama. Junto a ella había dos sillas, señal de que alguien lo había estado velando. Tras levantarse con dificultad y dirigirse hacia la puerta, llegó al umbral, miró por la escalera y oyó voces. Quiso llamar pero solo le salió un sonido agudo. Eso bastó para que Rocío lo oyera.

—¡Charles, Charley, espera! Ya voy a ayudarte.

Corrió escalera arriba y lo sujetó justo cuando estaba perdiendo el equilibrio.

—Tienes que volver a la cama.

—¿Qué... qué ha pasado? —preguntó Charles—. ¿Qué...?

—Vuelve a la cama y te lo recordaré.

—No quiero. No.

—Te dispararon en el hombro. Tienes que acostarte.

Mareado, el profesor siguió las órdenes y se acostó de nuevo con ayuda de Rocío.

—¿Cuánto tiempo llevo así?

—Te lo contaré todo si prometes quedarte quieto. ¿Vale?

Charles asintió con la cabeza.

—Tengo sed.

Rocío tomó un vaso de la mesilla de noche, sirvió agua y le ayudó a beber.

—¿Me lo vas a contar o no? —soltó Charles cuando terminó.

—Claro, pero relájate. No te fuerces a hablar. Te dispararon durante un intento de asesinato en Cartagena.

—Sí, Cartagena. —Se incorporó de golpe—. ¡El presidente!

—Ni siquiera llegó a entrar en la sala. Está bien.

Charles respiró más tranquilo y se tranquilizó.

—¿Cómo he llegado aquí? —quiso saber.

—Mi hermano, Sócrates, te salvó. Mejor dicho, os salvó a todos. Derribó el helicóptero que os estaba disparando.

—Sí, es verdad, el helicóptero —coincidió Charles. Entonces, como si hubiera habido cierta demora a la hora de entender lo que Rocío acababa de decirle, cambió de tono y empezó a hacer preguntas—: ¿Derribó un helicóptero? ¿Con qué? ¿Con una piedra? ¿Acaso tu hermano es una especie de Rambo?

Rocío, aliviada, soltó una carcajada.

—Te has recuperado —dijo—. Tienes que estar mucho mejor, y no, no es Rambo, pero se le acerca. Lo que te hirió fue un pedazo de metralla, no una bala. La herida es superficial. No hubo ningún órgano afectado. Lo sé porque te llevaron a un hospital y te atendieron allí. El cirujano te extrajo un pedacito de metal del hombro. Si quieres verlo, está abajo.

—¿Y la oreja?

—Pareces el señor Spock. Un proyectil te arrancó un trocito de lóbulo. Cuando estés mejor, un cirujano plástico podrá hacerte una reconstrucción.

—¿Me falta una oreja? —preguntó Charles, y alzó una mano para palpársela. Le dolía, pero seguía ahí.

—Fue solo una pizquita de lóbulo. ¿Me oyes?

—Sí.

—De modo que la oreja está donde debe —rio Rocío, que parecía estar en un estado más allá de la felicidad.

—¿Y cómo he llegado hasta aquí?

—Un helicóptero militar te trajo un día después. Sócrates se quedó todo el rato contigo. Te veló sin interrupción. Alguien del servicio secreto ha venido a hablar contigo, de hecho. Teníamos que informarle cuando recuperases el sentido.

—¿Por qué quería hablar conmigo?

—Supongo que para decirte que no dijeras nada.

—¿Y eso qué significa?

—Pues eso —respondió Rocío—. Todo este asunto ha sido declarado alto secreto. Nadie sabe nada.

—¿Cómo es posible? Fue una masacre. ¿De qué manera ocultas algo así?

—Tampoco fue ninguna masacre. Se ha dado instrucciones a los testigos. Solo hubo dos víctimas mortales y varios heridos. Sería un escándalo demasiado grande si se hiciera público.

—Bueno, ¿y el helicóptero que nos disparó? ¿Es que no lo vio nadie?

—Disparó muy poco. La explicación oficial es que un helicóptero del ejército que participaba en una exhibición aérea local explotó sobre el océano. Tuvo algún fallo mecánico. El hotel está arreglado del todo. Parece nuevo.

Charles hizo ademán de levantarse.

—¿No te he dicho que tienes que estar acostado hasta recuperar las fuerzas?

—¿Cuánto tiempo llevo aquí?

—Cuatro días.

—Cuatro días... ¿Qué...?

Roció lo empujó para que volviera a acostarse.

—Dime qué quieres y te lo traeré.

—Mi portátil.

Rocío se marchó de la habitación con un «de acuerdo» y Charles intentó recordar algo. Lo último de lo que se acordaba con claridad era de dos agentes arrastrando a un hombre que dejaba un reguero oscuro de sangre. Después tenía la imagen borrosa de un hombre que tiraba de él por los hombros, seguido de ruidos y luces en un quirófano. Y la cara del presidente agachándose hacia su cama. Eso era todo.

Cuando volvió con el portátil, Rocío lo ayudó a recostarse en la cabecera para que pudiera estar cómodamente sentado.

—¿Y qué haces tú aquí? —tuvo que preguntar Charles—. ¿No habíamos roto?

—Da igual. Podemos volver a hacerlo cuando estés mejor, si quieres.

Charles dirigió una larga mirada a Rocío. Sin estar convencido de querer romper de nuevo, abrió la tapa del portátil y buscó las noticias de los últimos días.

—¿Estamos a dieciocho?

—Sí.

—¡Joder! —exclamó Charles.

—¿Qué pasa?

—Tengo que ir a la biblioteca de Yale a comprobar algo.

—Ni lo sueñes. —Rocío se mantuvo firme.

—Ni lo sueñes tú —replicó Charles, intentando levantarse.

—¿Quieres ir ahora, en el estado en que te encuentras?

—Si quieres, puedes acompañarme. No creo que esté en condiciones de conducir.

—¿Cuándo tienes que estar allí? —preguntó Rocío al ver que no había forma de detenerlo—. ¿Es que tienes una cita?

—Sí, a las cinco, cuando la biblioteca está más vacía. La mantienen abierta solo para mí.

—¿Y cuánto tardaremos en llegar?

—Yo normalmente dos horas. Tú, no lo sé. Quizá unas cuatro. —Sonrió Charles.

Rocío se le acercó y le dio un beso rápido sin darle tiempo a reaccionar.

—¿Acaso te he dicho que podías hacer eso?

Hablaba medio en broma, medio en serio, pero Rocío sabía que Charles estaba empezando a perdonarla.

—Muy bien —dijo—, son las ocho. Tenemos nueve horas. Iremos si me prometes no esforzarte en absoluto hasta entonces y comerte lo que te dé.

Charles asintió con la cabeza y comenzó a buscar algo en internet.

—¡Maldita sea! —soltó pasados unos minutos—. No hay nada sobre el incidente en ninguna parte.

—¿No te lo acabo de decir?

—Sí. —Charles cerró el ordenador—. ¿Con quién hablabas hace un momento?

—Con mi hermano.

—¿Está aquí?

—Ha salido unos minutos, pero volverá. Voy a buscarte algo de comer. Tendrás que tomártelo con calma. Hasta ahora te han alimentado por vía intravenosa.

Cuando Rocío fue al piso de abajo, Charles volvió a abrir el portátil para comprobar su correo electrónico. Había un mensaje de Ross. El asunto rezaba: «Las mil personalidades del Dr. Mabuse». Comenzó a leerlo.

141

Mientras volaba hacia Roma, Gun Flynn abrió la tapa de su portátil y leyó con preocupación una noticia reciente. Un quinto esqueleto había aparecido en un cementerio de Jackson, Mississippi, la Ciudad con Alma.

—¡Qué alma ni qué ocho cuartos! —masculló el general, lleno de furia.

Como en las ocasiones anteriores, un reportero se había visto involucrado en la historia. Aquella mañana, un periodista del *Clarion-Ledger* había entregado a la policía el archivo completo de un criminal de guerra, cuyo esqueleto había aparecido vestido con el uniforme de un oficial de la SS y colgado en la entrada del cementerio Greenwood, última morada de muchos generales confederados. Al parecer, este esqueleto también había sido trasladado desde otra parte, un lugar de momento desconocido. Del pecho uniformado colgaba un trozo de cartulina donde unas grandes letras rojas afirmaban: SE HA REVELADO EL QUINTO NOMBRE.

Toda aquella historia preocupaba muchísimo al general. Flynn había tenido un mal presentimiento desde la aparición del segundo esqueleto. En la revista de prensa que le llegaba a diario, los redactores habían rodeado con claridad con un círculo la expresión «criminal de guerra». Desde entonces le había entrado el pánico porque si salía a la luz la verdadera identidad de su padre, su carrera habría terminado, junto con toda su vida. Solo podía esperar que fuera únicamente una paranoia suya y que todo aquel asunto resultase una combinación de meras coincidencias que no tenía nada que ver con él. Flynn llevaba con él una impresora portátil y usó papel tipo folio para hacer varias copias de un mapa del este de Estados Unidos. Con un rotulador rojo fue señalando las ciudades donde habían aparecido los esqueletos: primero Mountain View, después Charlottesville, Tallahassee, Indianápolis y, por último, Jackson. Tras mirar un buen rato el mapa intentando deducir alguna especie de pauta, el general se convenció de que los esqueletos no habían sido colocados al azar, del mismo modo que estaba seguro de que alguna otra pauta dictaba la frecuencia con que aparecían. Quienquiera que estuviese haciendo aquello tenía un motivo para organizar las cosas de esa forma. Seguramente debía de tratarse de un mensaje simbólico o de algo por el estilo.

Flynn contempló largo rato los cinco puntos marcados en rojo en el mapa y se preguntó si los estados o las ciudades tenían alguna relación con la Segunda Guerra Mundial. En Google no encontró nada que lo ayudara. Hizo una pausa, habló por teléfono, comió algo y se bebió un vaso de whisky después. Al cabo de un rato tuvo una idea.

En su escritorio improvisado, el general había unido los cinco puntos. El resultado era un pentágono con cuatro lados más o menos iguales y un flanco más largo. ¿Qué podría significar un pentágono irregular de ese tipo? Entonces se percató de que el quinto lado era aproximadamente el doble de largo que los demás. Como era obvio que se produciría una sexta revelación, colocó un punto rojo en el centro de ese lado. El sexto punto del mapa aparecía en un lugar situado en la frontera entre Georgia y Carolina del Sur, pero no estaba alineado de manera simétrica con los demás, de modo que se quedó mirando un rato el mapa hasta que se le ocurrió dibujar una línea azul que uniera las tres primeras ciudades: Mountain View, Charlottesville y Tallahassee. Tenía delante un triángulo equilátero. Unió luego Indianápolis y Jackson, y se estremeció al ver el resultado. Dos triángulos equiláteros superpuestos con los picos invertidos formaban una estrella de David. Estaba claro. Aquello era obra de una organización o de un justiciero descendiente de una víctima del Holocausto. En el mapa, la sexta esquina del hexagrama tenía que ser Charleston, en Carolina del Sur, el lugar donde estaba enterrado su padre.

En la biblioteca privada del papa Benedicto XVI, el cardenal Lucio Monti colocó el micrófono bajo la mesa, exactamente como le había indicado su hijo adoptivo.

142

Charles se echó a reír al leer el correo electrónico de Ross. Había olvidado lo mucho que se divertían juntos y cómo su amigo era capaz de transformar cualquier situación, por más banal que fuera, en algo hilarante, gracias a un sentido del humor extraordinariamente inteligente y sutil. Pero aquella historia no era nada banal.

Rocío le llevó comida y se sentó a su lado sin decir una palabra hasta que Charles le pidió que le hablara sobre su hermano. Ella le contó cómo Sócrates había crecido en los barrios más pobres de Buenos Aires y lo difícil que le había sido sobrevivir, dividido entre la obligación de mantener a su madre y el deseo de educarse por su cuenta. Rocío evitó hablar a Charles sobre los crímenes de Sócrates, pero sí le contó el modo en que su hermano la había salvado. No se atrevió a decirle que cuando era pequeña la había violado su padre, pero insinuó que, sin la intervención de Sócrates, eso era exactamente lo que habría acabado pasando. La forma decente y comedida en que relató su historia tuvo el efecto esperado: Charles se ablandó del todo.

El resto de la historia fluyó por sí solo, y Charles creyó todo lo que Rocío le contó. Le describió cómo a su hermano lo había contratado una organización secreta que se había enterado de que un joven profesor adjunto estaba agitando las aguas con un supuesto secreto de Lincoln. Sócrates no tenía idea de qué era, pero estaba convencido de que sus clientes sí que lo sabían. Estos habían enviado a Sócrates como mero espectador que tenía la misión de observar e informar. A Rocío la aterraba la idea de que Charles averiguara toda la verdad sobre su hermano. Cuando el profesor le preguntó qué estaba haciendo Sócrates en Cartagena, Rocío le explicó que la organización que lo había contratado era responsable del atentado contra la vida del presidente y que su hermano lo había frustrado. Charles tenía problemas con la lógica de la historia de Rocío. Había algo que no encajaba, pero sus argumentos eran difíciles de refutar.

—Si Sócrates fuera un personaje negativo, ¿por qué iba a salvarte la vida? Si fuera mala persona, ¿no te habría matado o, simplemente, te habría arrebatado los libros?

A Charles le costó contestar a estas preguntas y otras igual de bien planteadas, de modo que, pasado un rato, se rindió. Se le pasó por la cabeza que a Sócrates solo le interesaba conseguir acceder a la biblioteca, cuya existencia había intuido de algún modo a partir de los escritos de Borges. En cualquier caso, el profesor era de la opinión de que si tomabas la ficción como si fuera realidad, no estabas bien de la cabeza, pero entonces se le ocurrió algo en sentido contrario: los libros que había tenido sobre la mesa demostraban que la realidad es más ficticia que la ficción, o que la ficción es incluso más real que la propia realidad. Esta última idea lo confundió e hizo que se preguntara si a las personas intuitivas como Columbus Clay y, para ser franco, el hermano de Rocío, su extraordinario instinto les permitía, en cierto modo, comprender el mundo mejor que a las personas científicas, cuyo razonamiento cartesiano les fallaba en situaciones inusuales.

—¿A qué se debe el hecho de que, a pesar de tener una herida tan leve, haya estado tantos días fuera de combate?

—Los médicos decidieron administrarte somníferos y nos pidieron que te dejáramos dormir todo lo que quisieras. Las dos personas que vinieron a verte nos dijeron lo mismo.

—¿Quién ha venido?

—Esos dos de quienes me hablaste: ese policía tan gracioso, que hace una lamentable imitación de Colombo, y esa mujer que es agente múltiple.

—Entonces ¿Ximena y Columbus Clay estuvieron aquí?

—Los dos pidieron que los llamaras cuando te despertaras. —Dicho esto, Rocío sacó el móvil de Charles de debajo de la servilleta de lino de la bandeja.

Charles esbozó una sonrisa de satisfacción y lo cogió.

—Te dejaré hablar en privado —dijo Rocío en el umbral antes de salir discretamente de la habitación.

—¿Ya te has recuperado, profesor? Me alegra oírte.

—¿Has estado en mi casa?

—Sí, y vi que estabas en buenas manos. —La risa de Ximena insinuó algo más—. ¿Cómo te encuentras?

—Algo aturdido. ¿Qué pasó finalmente con ese médico, Mabuse?

—Nada. Lo pillamos gracias a ti. Llevaba mucho tiempo infiltrado aquí. Al parecer formaba parte de un plan que tiene más de quince años y que puso en marcha una organización secreta que estaba preparando una especie de ataque contra Estados Unidos. Esa es una versión más bien fantasiosa si quieres mi opinión. Yo creo que la segunda hipótesis es mucho más plausible. Un grupo de individuos que se dedican a construir armas sofisticadas están intentando crear el guerrero perfecto. Hasta han hecho una especie de broma mitológica: su obra se parece al Minotauro de Cnosos: cabeza de toro, cuerpo humano y cola de diablo. Al parecer, han llegado a construir hasta una tercera generación. Hemos capturado las dos primeras. Eran de alto rendimiento. Pero, según parece, tienen un tercero que supera con creces a los dos primeros. Parece algo salido de una película de ciencia ficción, ya lo sé. Nuestros científicos están diseccionando los dos prototipos que tenemos. Están intentando averiguar de qué material están hechos y qué tecnología se usó. Hasta ahora, no han tenido demasiado éxito. Pero poco a poco...

—¿Y qué quieren hacer con estas armas?

—En mi opinión, crear el prototipo perfecto y luego venderlo al mejor postor.

—Hum... Eso no tiene demasiado sentido. ¿Y por qué no los prueban en un país del tercer mundo?

—Yo también me he hecho esa pregunta. Tal vez porque esto les resultaba práctico. Quizá porque querían ver la reacción de una población civilizada y no de una que no ha salido de la Edad Media. ¿Quién sabe? No tengo todas las respuestas.

—¿Y Mabuse?

—Por lo que he podido averiguar hasta ahora, lo contrataron en particular para comprobar las reacciones de los supervivientes, y curiosamente, para manipularlos y tergiversar la verdad.

—¿Y qué pasa con esas listas de demonios?

—Lo cierto es que ese «animal» se parece al diablo. También emite sonidos y le sale fuego por los orificios nasales. Seguramente Mabuse apelaba a la imagen generalizada que tenemos del infierno para manipular a las víctimas.

—¿Eso es todo lo que has descubierto?

—Sí. ¿Qué quieres decir con eso de «todo»?

—¿Has averiguado algo del pasado de Mabuse?

—No, pero solo es cuestión de tiempo que hable. Fui un poco violenta con él y ahora se está haciendo el loco.

—¿Hace locuras?

—Sí. Finge estar demente.

—¿Quieres que te cuente quién es Mabuse y qué pasa de verdad con esos demonios?

—¿Dónde lo has descubierto? —quiso saber Ximena tras una pausa.

—Yo también tengo mis fuentes. Mira: el tal Mabuse, que en realidad se llama Dieter Paul Schreiber, es austríaco. Nuestro hombre se licenció en Arquitectura por la Universidad de Viena, *magna cum laude*. Se le consideraba un genio en ciernes. En un momento dado, tras ganar el concurso para un gran proyecto, algo se rompió en su interior. Dejó la arquitectura y se matriculó en Teología. Algunos amigos notaron que no estaba bien. Schreiber había desarrollado una fijación por el problema del infierno, que es en lo que quería especializarse. Hasta los sacerdotes saben que el infierno es una patraña; después de todo, fueron ellos mismos quienes lo inventaron. Al principio, los profesores de nuestro hombre estaban encantados con el nivel cultural de Schreiber, pero empezaron a preocuparse cuando se dieron cuenta de que sabía hasta el menor detalle sobre los demonios. Alguien averiguó lo que estaba pasando de verdad y lo enviaron a hacerse un examen psiquiátrico. Los médicos ingresaron de inmediato al futuro Mabuse, que se pasó diez años en el hospital psiquiátrico más vigilado de Austria, una especie de cárcel de máxima seguridad.

»Sea como fuere, su caso parecía tan interesante que se convirtió en objeto de estudio. Según parece, este loco tiene el poder, el talento o llámalo como quieras, de hipnotizar a todo aquel que se cruza en su camino. Una vez hipnotizó a un equipo médico completo, doctores y enfermeras incluidas, y se escapó. Lo encontraron vagando por el bosque y lo llevaron de vuelta al hospital. A partir de entonces empezó a escribir en el hospital. Escribía y pensaba sin cesar, según él mismo decía. En cualquier caso, la primera teoría de Schreiber-Mabuse es que un puñado de extraterrestres blancos ha conquistado el mundo y él es el único superviviente humano, y que esos seres, es decir, los médicos de bata blanca, experimentan con él. Al final, en esta gran obra totalmente manuscrita y que alcanza las cuarenta mil páginas, Schreiber-Mabuse afirma que unas personas muy bajitas le robaron la columna vertebral o le fundieron la espina dorsal, lo que hizo que su cuerpo se fuera convirtiendo en humo que le salía por la boca.

—¿Me estás tomando el pelo otra vez? —preguntó Ximena.

—En absoluto. ¡Y espera! Hay más. Nuestro hombre estaba convencido de que podía obrar maravillas. Naturalmente, quienes le ayudaban a hacer eso eran las cohortes de demonios con quienes se reunía en persona cada noche. En su gran obra afirma que doscientos cuarenta sacerdotes benedictinos, cuatrocientos franciscanos y tres del Opus Dei viven en su cerebro. Estos religiosos están en una lucha permanente con los demonios que quieren salir de ahí. El médico que lo está tratando tiene el objetivo de transformarlo en una mujer y convertirlo en su esclava sexual. Y además cuenta con el apoyo de Dios. Como Schreiber es el único superviviente de un mundo lleno de extraterrestres con bata blanca, Dios quiere repoblar el mundo, empezando por nuestro paciente favorito, y por eso necesita que tenga ovarios; para ello, el Todopoderoso tiene que transformar a Schreiber en una mujer. Todo eso implica que nuestro hombre tiene un sistema coherente de razonamiento. No lo digo yo. Estoy citando al presidente del colegio de psiquiatras de Austria.

»Me sorprende que no hayas averiguado quién es Mabuse-Schreiber. Se hizo famoso en el mundo de las enfermedades mentales, aunque es cierto que eso sucedió hace quince años. Aun así, todavía hoy se siguen escribiendo libros sobre él. La principal autoridad europea en el tema, el presidente de la Asociación Mundial de Psicoanálisis, afirma que sus escritos denotan un complejo de Edipo que le provoca problemas con el pene del que su madre carecía y que su pasión por los frijoles amarillos guisados se debe a la pasión que sentía por las mujeres con el vello púbico teñido de azul. Como sabrás, el amarillo y el azul son colores complementarios. El profesor Jacquot de la Sorbona compara sus escritos con los de Proust, debido a las correspondencias que encuentra entre el pasado y el futuro a través de la memoria intuitiva; con Kafka, con quien se relacionaría a través de la ansiedad de castración de nuestro hombre y con quien ve un vínculo debido a una visión parecida de un Dios misterioso. También existe una conexión con Simone de Beauvoir por la envidia del pene de los demás y con Sartre, por la envidia de su propio aparato viril. Otros, como los especialistas de la Escuela de Estudios Psíquicos de Escandinavia, creen que su modo de pensar es joyceano. Los dos parecen tener en común un flujo ininterrumpido de conciencia o idioglosia simulada. A Schreiber lo han comparado con Jackson Pollock, entre otros, por su capacidad de presentar una emoción pura sin la intermediación de ninguna metáfora, en especial al final de su gigantesca obra, donde consigue una especie de escritura que es prácticamente una salpicadura gestual. Y estoy citando al señor Kaarel Jorg

Horst Kopplertopfgurdunstigurvardsson, rector de la facultad de Psicología en Upsala.

No se oyó nada al otro lado de la línea, solo la respiración de Ximena.

—¿Sigues ahí? —preguntó Charles.

—¿Estás hablando en serio? ¿De dónde has sacado todo esto?

—Da igual. Lo que cuenta es que es verdad. Hace quince años, un individuo con recursos ayudó a nuestro hombre a escapar y lo contrató a fin de que investigara para él. Al parecer, esta persona también creía que Schreiber-Mabuse era un genio. De modo que lo infiltró en Maryland. No sé cómo ese coronel, Caligari, no lo descubrió antes.

—Nadie se dio cuenta de nada. Yo misma lo vi varias veces. Aparte de algunas pequeñas rarezas que cabe esperar de un eminente psiquiatra, no parecía anormal.

—¿Quieres decir que es normal que un psiquiatra esté como una cabra? ¿Sería anormal que uno fuera normal?

—¿Y por qué escribió eso de Borges en la pared?

—Solo el diablo lo sabe. Tal vez porque Borges es el único con quien no lo han comparado. Sea como sea, es obvio de dónde procede la obsesión por los demonios que transmitió a los locos.

—¿Y has averiguado quién lo contrató?

—Es muy extraño —respondió Charles—. Eso es lo único que ha sido tachado del documento que he recibido.

—¿En serio? —soltó Ximena— ¿De dónde has sacado documentos secretos?

—¡Je, je! No creerás que voy a revelarte mis fuentes, ¿verdad?

143

Charles dijo que tenía que darse una ducha sí o sí, y Rocío se ofreció a ayudarlo. Él se negó y casi se desmayó del dolor cuando resbaló y se golpeó el hombro contra el borde de la mampara. Al final se las apañó para acabar de ducharse, se vistió y bajó las escaleras. Rocío lo atiborró de medicamentos. Luego le preguntó qué era aquel paquete grande que Alissyn había dejado en el recibidor.

—Es un regalo que encargué para ti, pero que no llegué a darte —respondió, y se lo ofreció entonces.

—¿Para mí?

—Sí. Son complementos de mi marca favorita, Tie-Me-Up.

—¡Vaya! Eso vendría a ser «átame», un nombre muy sexy —soltó Rocío, que empezó a bailar riendo por la habitación.

Charles no dijo nada, pero tampoco estaba dispuesto a ceder tan fácilmente. Seguía molesto.

Mientras Rocío admiraba sus pañuelos para el cuello, chales, accesorios para el pelo y joyas diversas, y emitía sonidos de deleite con cada nuevo complemento, sonó el timbre.

Era Sócrates. Rocío hizo las presentaciones mientras Charles se esforzaba por ser lo más educado posible con el individuo que, al parecer, le había salvado la vida dos veces durante los últimos días. El hermano de Rocío le tendió la agenda que había robado de la taquilla de George. Charles la hojeó y no encontró nada más aparte de lo que Rocío ya le había dicho. Los tres estuvieron hablando por lo menos tres horas y, de acuerdo con lo que había convenido con Rocío, Sócrates confirmó punto por punto la historia que su hermana había contado.

—Esa organización está dirigida por un individuo que no quiere revelar su identidad, ni siquiera a sus miembros —concluyó Sócrates—. Él es quien los financia y, a mi entender, el cerebro tras todas las cosas asquerosas que hacen. No te lo vas a creer, pero lleva puesta una máscara en todas sus reuniones. Por cierto, la mujer que vino a verte...

—¿Ximena? —preguntó Charles.

—Petra, creo que era su nombre. Al menos así la llamaban allí. En cualquier caso, me parece que tiene varios alias. Bueno, sea como sea, la vi dos veces en la residencia oficial del obispo de San Pedro Sula, un animal siniestro, un borracho, un pedófilo y un facineroso. Esa casa es un palacio; una auténtica fortaleza.

—¿Dónde?

—La organización tiene allí su sede y, aunque pensarás que estoy paranoico, de forma parecida a un relato de Borges, también bajo las ruinas de Copán.

—¿Qué quieres decir con «bajo las ruinas»? —Charles dirigió una mirada inquisitiva a Rocío, como si quisiera decirle: «¿Me está tomando el pelo?».

—Te aseguro que es verdad. He visitado una vez ese sitio y allí lo tienen todo. Hay kilómetros y kilómetros de laboratorios.

—¿Laboratorios?

—Sí. Están construyendo un monstruo que quieren que sea el guerrero perfecto.

—¿Un monstruo? —preguntó Charles, muy interesado.

—Sí. Lo llaman el Minotauro, como el de los antiguos griegos. Y tiene nombre propio: Asterión. Y, para más inri, está encerrado exactamente como el personaje mitológico, en un laberinto. La única diferencia es que a este no lo alimentan con siete vírgenes. Pero te aseguro que es tan fiero como la versión clásica. Pero, volviendo al tema, aparte de la sede central de la Cúpula en Copán...

—¿Qué es la Cúpula?

—El nombre de la organización.

—¿Son mafiosos italianos?

—No. Creo que el nombre tiene su origen en otra cosa. No tengo ni idea de en qué. El caso es que, cuando no se celebran reuniones especiales o no van a supervisar el proyecto, se reúnen en la ciudad, en el palacio del obispo. Me hicieron ir hasta allí cuando me contrataron y entonces vi salir del edificio a esa mujer.

Charles sintió que el cielo se le venía encima. Ximena empezaba a tener tantas caras que ya no podía recordar el número de ellas. Pero hasta entonces, todas parecían estar de su lado. De modo que Columbus Clay tenía razón. No debía haberse fiado de ella.

—¿Sabes quiénes son los que quieren matarme?

—En mi opinión, son miembros de la Cúpula.

—Y tú.

—Yo hice mi trabajo hasta que empezaron a pedirme cosas en las que no estaba de acuerdo. Sabía que querían encontrar la biblioteca. Por eso accedí a colaborar con ellos. Pero cuando empezaron los asesinatos...

—¿Asesinatos? ¿Acaso fueron ellos quienes mataron a George?

—Me temo que sí —mintió Sócrates.

—¿Y a su prometida? ¿Y a Olcott?

Sócrates asintió con un gesto.

—¿Por qué?

—Dijeron que el señor Marshall podía haber descubierto un secreto sobre Lincoln. Tu adjunto había empezado a creer y a afirmar que al presidente estadounidense lo había manipulado una persona negra que lo había convencido para redactar la Proclamación de Emancipación. Para un puñado de supremacistas blancos como ellos sería una catástrofe que una información así saliera a la luz, y además con pruebas, por si eso fuera poco.

—¿Cuáles?

—Parece que Marshall tenía algunas.

—¿Sabes en qué consisten?

—No —respondió Sócrates—. No tengo la menor idea de qué podrían ser. Lo que me interesaba eran esos libros raros. De hecho, te devolví uno.

—¿Fue a ti a quien vi delante de casa aquella mañana bajo la lluvia?

—Sí.

—Entonces ¿fuiste tú quien me golpeó en la cabeza? Y, después de eso, ¿tendría que confiar en ti? Además estuviste en casa de uno de los profesores. ¿Por qué tendría que creer que no fuiste tú quien mató a ese espiritista?

—Porque si ese hubiera sido mi plan, también habría matado a Boates. Y a los demás. Y a ti.

Se hizo el silencio unos instantes. Charles necesitaba algo de tiempo para procesar esa última información. Decidió confiar en Sócrates de momento.

—Listo —dijo—. Es hora de irse.

—No creo que debas conducir hasta New Haven —intervino Rocío—. Tienes que dejar que conduzca yo. O mi hermano.

—¿Acaso soy vuestro prisionero? Porque lo parece.

—Haz lo que quieras. Ve solo —soltó Rocío, que se puso de pie, se volvió hacia su hermano y añadió—: Venga. Vámonos.

Sócrates también se levantó.

—Llámame cuando vuelvas, si quieres —dijo y salió de la habitación.

Pasados unos segundos, Charles los llamó:

—Eh, esperad. Muy bien, de acuerdo. Creo que sería más seguro ir juntos, especialmente en las condiciones en las que me encuentro.

El viaje a Yale fue bastante agradable. Sócrates, que conducía con elegancia el Aston Martin, explicó toda su teoría sobre Borges y la biblioteca perdida. Estaba convencido tanto de que la biblioteca existía como de que también era real el libro de arena.

«Este hombre tiene una empanada mental terrible», se dijo Charles a sí mismo, pero estaba empezando a pensar que Sócrates era majo y, poco a poco, lo estaba comenzando a considerar como un personaje positivo, una especie de niño grande.

Ximena se echó a reír al ver a Mabuse en una silla de ruedas. Tras haber estado en el pabellón de la sexta planta del edificio de la base militar, ahora lo transportaban de vuelta a la sala de interrogatorios. Sumados a los que tenía en las manos y en la nariz, los numerosos pequeños vendajes de la cara le hacían parecer un personaje de la Comedia dell'Arte al que había apaleado una querida celosa que hacía que cada vez que le golpeaba con un garrote tuviera que añadir una tirita más. Esta imagen, reforzada por los ojos, que se movían en todas direcciones, unas veces de forma sincronizada y otras, sin ninguna relación entre sí, y por los mechones despeinados en lo alto de su frente, le confería a Mabuse el aspecto de un genuino y auténtico demente.

Caligari había decidido llevarlo a la misma sala con la idea de que el doloroso recuerdo del anterior interrogatorio ayudase a que se le aflojara la lengua. El personal técnico había sustituido el cristal que había roto su lugarteniente y lo había colocado todo otra vez en su sitio.

Mabuse estaba sentado en una silla. Los ojos del autodenominado médico continuaban con sus movimientos erráticos. Empezó de nuevo a menear la cabeza y siguió gruñendo, quejándose y soltando tacos. Pero esta vez maldecía en alemán. Si cerrabas los ojos, podías confundirlo fácilmente con Chaplin interpretando a ese sosias de Hitler en *El gran dictador*.

Caligari se acercó a él y le hizo una serie de preguntas. Repitió una de forma obsesiva: «¿Quién lo contrató?». El director no consiguió convencer a Mabuse de que hablara hasta que salió de la habitación. Al cabo de un rato Ximena se plantó en la puerta con los zapatos en la mano. En ese momento, el austríaco empezó a gritar que lo contaría todo si aquel demonio con rostro de mujer desaparecía. Chilló como si se lo estuvieran comiendo vivo y comenzó a zarandear la mesa a la que estaba encadenado con tanta fuerza que casi la arrancó del suelo. Ximena se fue y Caligari volvió a entrar. El médico se calmó como si se hubiera obrado un milagro.

—Si no cumple su palabra, dejaré que vuelva a entrar —comentó el coronel—. Así que dígame: ¿quién lo contrató?

—El señor Patrick Ewing —contestó el médico con una voz tan calmada y natural que parecía una persona diferente.

El interrogatorio prosiguió y Mabuse contó cómo Ewing había descubierto sus aptitudes tras leer su libro. El multimillonario había considerado que todas las estupideces escritas en él eran inteligentes medidas evasivas para que su mensaje oculto solo llegara a los iniciados. Luego Ewing simplemente se lo había llevado del manicomio con la ayuda de sus comandos, lo había entrevistado en persona y había comprobado sus aptitudes. El multimillonario lo había supervisado durante más de dos años hasta que consiguió estar satisfecho con los resultados. Ewing le hizo realizar un pequeño experimento, seguido de otro más grande y así sucesivamente hasta que consideró que el «médico» estaba preparado, tras lo cual le consiguió una nueva identidad y lo puso al frente del hospital psiquiátrico experimental de una división especial del ejército bajo las órdenes del general Gun Flynn. Desde ahí, había ido empujando poco a poco a Mabuse hacia Caligari, a quien habían nombrado hacía poco jefe de la base especial.

145

Al cardenal Monti le temblaban las piernas. Gun Flynn había llegado casi dos horas tarde, una grosería imperdonable, incluso para un general estadounidense, y el Santo Padre no había reaccionado de ningún modo. Solo había pedido que le avisaran cuando llegara el militar y había ordenado a todo el mundo que saliera. Una vez que el mayordomo hubo acompañado al general a su biblioteca privada, el Papa le había indicado con un gesto que podía retirarse.

La conversación había empezado hacía un rato, pero el cardenal seguía dudando. No había encendido el receptor tal como le había dicho su hijo. La discreción y la sabiduría que caracterizaban al cardenal batallaban en su interior con la necesidad de saber lo que estaba sucediendo, y tampoco era que quisiera escuchar para obtener la información en sí, sino para ayudar al Santo Padre. Al final, conectó el dispositivo.

—General, lo que me está pidiendo es imposible. —Era la voz del Papa, que se estaba expresando en alemán.

—No, no lo es en absoluto —dijo la otra voz, que tenía que ser la de Gun Flynn. Su alemán era tan bueno como el del Santo Padre, puede que incluso más claro—. Quinientos millones de dólares repartidos a lo largo de un período de cuatro años no es nada para el banco del Vaticano. Y no es la primera vez que lo hace ni será la última. Nuestro contable, a quien ya conoce, ha planeado la estrategia mediante la cual se borrará todo rastro del dinero. Pero, por lo que sé, eso ya se le da muy bien y no es nada nuevo para usted.

—Le digo que es imposible. Totalmente.

—Entonces me veré en la obligación de llevar a la práctica lo que le he sugerido muchas veces antes a través de mis representantes.

—Está haciendo la misma clase de alusiones que hizo en México, pero no explica nada con claridad.

—Comprendo. Tiene tantas cosas en la conciencia que no sabe a qué ámbito corresponden nuestras pruebas. Le aseguro que no es algo que pueda ignorarse. Una vez que hagamos público lo que sabemos, se habrá acabado, no solo para usted. El Vaticano se vendrá abajo.

—Mire, hijo mío, la Fortaleza de Dios no se derrumbará así como así con uno o dos golpes. Y las pruebas que pueda creer que tiene son puras mentiras y simples especulaciones, mientras que yo tengo la conciencia tranquila y solo respondo ante...

—Dios, ya lo sé —lo imitó el general.

La evidente humillación a la que aquel hombre estaba sometiendo al Santo Padre hizo que el cardenal enrojeciera de ira. Se quitó los auriculares de las orejas.

Caminó enfurecido arriba y abajo de la habitación durante unos minutos y se preguntó por qué el Papa estaría aguantando a aquel palurdo. Tenía que averiguarlo a toda costa. Los auriculares regresaron a sus orejas. En aquel momento estaba hablando el Papa:

—... en ningún caso al chantaje. Lo que está diciendo es pura fantasía. Ya he explicado mi supuesto pasado nazi. Era un chaval de catorce años y me llevaron por la fuerza. Si no me hubiera sometido, me habrían ejecutado.

—Eso ha contado, pero ¿puede creer alguien que se negara a participar en reuniones cuando estaba en el ejército o que se negara a disparar a aquel almacén de Hungría donde se refugiaban judíos? Eso es lo que declaró, ¿verdad? No sé qué clase de ingenuo puede creer algo así, que es posible negarse a cumplir una orden en el ejército, en especial en el alemán, y encima por aquel entonces.

—Si estas son sus pruebas, general... Además, deserté y me arrestaron por ello.

—¿Qué quiere decir? —El general había alzado la voz—. ¿Que puedo irme? ¿Eso es lo que cree, que puede respirar tranquilo y que todas sus reuniones con nosotros fueron solo una pesadilla que ya se acabó?

El Papa no respondió, por lo que el general, que seguramente se había levantado y lo más probable es que estuviera andando de un lado para otro por la habitación, prosiguió:

—Lamento que no quiera apoyar nuestra causa. ¿Cree que soy una especie de loro parlanchín adiestrado para tirarse faroles? Tenía la impresión de que se había informado. Mi gente le ha entregado algunos documentos.

—Su «gente», como usted la llama, me ha mostrado algunos documentos que demuestran que uno de mis predecesores, el papa Pablo VI, entonces Montini, supervisó o participó en un complot para salvar a un grupo de personas perseguidas por la ley.

—Criminales de guerra.

—Eso es discutible. Tiene que decidirlo un tribunal.

—¿Decidir qué? ¿Que todos ustedes los ayudaron a eludir la justicia?

—Yo no hice nada. Según tengo entendido, la furia de la represión y las ansias de venganza de los tribunales aliados eran tan grandes que muchas personas acabaron siendo víctimas colaterales. Si mi predecesor hizo lo que usted dice, no tenía nada de lo que avergonzarse.

—¿Es eso todo lo que mi gente le enseñó?

—No entiendo por qué tengo que responder a este interrogatorio —soltó el Papa, cuya voz había recuperado seguridad en sí mismo—. No obstante, para acabar con esto de una vez por todas, la otra afirmación, igualmente absurda, está relacionada con otro predecesor mío, el papa Juan Pablo II. La acusación de nazismo lanzada en su contra se basa en exclusiva en el hecho de que estuvo trabajando en una fábrica que producía aquel gas homicida. ¿Cómo iba a saber un simple obrero para qué se utilizaba? Y también está ese asunto ridículo de que Juan Pablo, cuando era joven, había actuado en una obra sobre las aventuras románticas de Hitler. ¿Cómo iba a saber el futuro Papa en qué monstruo se iba a convertir Hitler?

—Karol Wojtyla era más que eso. De simple obrero ascendió hasta convertirse en jefe de turnos y, posteriormente, supervisor de distribución de la fábrica química Solvay, que producía el gas que veo que a usted le resulta violento llamar por su nombre: Zyklon B. Es más: ¿cómo podía no saber lo que ocurría si pasaba cerca de Auschwitz dos veces al día para ir a trabajar y luego para regresar a casa? Por no hablar de que fue designado para ir a Treblinka y otros campos de exterminio para asegurarse de que el producto llegaba en perfecto estado. ¿Cree que no se enteró de para qué se usaba el gas?

—Se trata de viejas acusaciones —dijo el Papa, que parecía haber perdido la paciencia junto con la calma por la que el cardenal lo admiraba tanto.

El general prosiguió, imparable.

—Mire —dijo—: estamos todos en el mismo bando. Admiro lo que estoy diciendo de la Iglesia católica. En el fondo tenemos los mismos enemigos: los negros y los judíos, tanto entonces como ahora. Solo tengo la impresión de que usted ha empezado a olvidar cuál es el bando correcto. De modo que lo único que tengo que hacer es pellizcarle la oreja de modo cordial.

El cardenal volvió a quitarse los auriculares y se sirvió un vaso de agua con manos temblorosas. Se lo bebió de un trago y se puso de nuevo los cascos para seguir escuchando.

—Creo que tiene que marcharse —dijo la voz del Santo Padre—. Ha sido claramente un error reunirme con usted tantas veces.

—Muy bien —soltó el general—, he intentado evitar aludir de manera directa a la verdad, por delicadeza y en especial porque yo estoy vivo gracias a esa verdad, y lamento usarla en su contra.

—¿Qué verdad? ¿De qué está hablando?

—Al final de la guerra, dos oficiales de la SS visitaron su casa. Es algo a lo que usted ya se ha referido alguna vez. Ha afirmado que su padre discutió con ellos y les dijo que no estaba de acuerdo en absoluto con los métodos de Hitler y que el Führer era un asesino. Es interesante que, aunque sostiene que se enfrentó a los oficiales, al final se apiadó de ellos, les dio de comer y los hospedó en su casa una noche.

—Yo no dije eso. Afirmé que, cuando se fueron, mi padre les dijo que no estaba de acuerdo con la política de Hitler.

—¿Dijo eso a unos oficiales de la SS? ¿Y no tuvo miedo? ¿No le pasó nada? ¡Qué íntegro era su padre! ¡Qué valentía! ¡Qué coraje! Pero ¿cómo recuerda usted esto con tanta exactitud y nada más? ¿Cuántos años tenía? ¿Quince?

El cardenal seguía sin entender la deriva del general, pero como Flynn no dejaba de posponer de qué iba todo aquello, daba la impresión de que no tenía nada sólido que decir.

—Muy bien. Ya que me obliga, tengo que decírselo. Puede que lo oiga por primera vez o tal vez no. Su padre era agente de policía en Marktl am Inn, un pueblo de la Alta Baviera. ¿Por qué se retiró de repente en marzo de 1937, coincidiendo con el mismo momento en que Martin Bormann comenzó a construir el castillo que le regalaría a Hitler por su quincuagésimo cumpleaños dos años después? ¿Y por qué, como estoy diciendo, su padre antinazi se trasladó unos setenta y cinco kilómetros al sur con toda su familia para comprarse una casa en Traunstein-Berchtesgaden, en las montañas Kehlstein, donde pronto se erigiría el famoso Nido del Águila? ¿Tenía familia allí? No. ¿Encontró una casa que era una ganga? ¿Recibió una oferta de trabajo? Acababa de retirarse. Lo cierto es que su padre fue seleccionado como miembro encubierto de un batallón de élite de la SS. Era espía. Su trabajo consistía en asegurarse de que la zona estaba tranquila y en dar la alarma si detectaba algún movimiento sospechoso cuando el Führer o algún jefazo del Partido Nazi iba de visita al castillo.

—Sandeces —replicó el Papa—. ¿Qué clase de invenciones son estas?

—Por desgracia, tenemos el documento de identidad de su padre y varias fotos en las que aparece allí mismo, en el Nido del Águila, en compañía de algunas celebridades, entre las cuales figura Martin Bormann. Su padre lleva puesto el uniforme de gala. Dirá que los documentos y las fotos pueden falsificarse, pero estos son auténticos. Y hay algo más. Es posible que uno de los dos oficiales de la SS con quienes dice que su padre se enfrentó fuera mi padre. Si no, seguro que durmió en esa casa en otra ocasión, con un amigo. Siempre iban en pareja. Verá, Traunstein está a tan solo unos cien kilómetros de Italia, vía Austria. Y, al final de la guerra, su padre perteneció a una red llamada ODESSA que asumió la responsabilidad, junto con la Iglesia católica, de salvar a un número impresionante de antiguos nazis. A muchos de ellos, como usted ha alegado maravillosamente, se les acusó de ser criminales de guerra cuando, como sabemos, y en eso coincidimos, habían estado haciendo un gran servicio a este mundo. Lo estaban librando de su peor escoria.

El cardenal oyó un suspiro y un golpe sordo. Temió que le hubiera pasado algo al Santo Padre, pero este habló de nuevo, y se dio cuenta de que el Papa se había levantado y se había dejado caer de nuevo en la silla.

—¿Su padre...?

—Sí —contestó el general sin dejar que el Papa terminara la pregunta—. Mi padre era uno de los más importantes *Gauleiter* de Alemania y estoy orgulloso de ello. Trabajó en Treblinka, donde conoció a su predecesor, el joven Karol, que entregaba Zyklon-B en cajas compactas de metal. ODESSA, el acrónimo de *Organisation der Ehemaligen SS-Angehörigen*, es decir, Organización de Antiguos Miembros de la SS, como sabe, fue un grupo creado por el jefe del Sicherheitsdienst o SD, Walter Schellenber, en mayo de 1943. Alemania y Argentina tenían un acuerdo cuyo único propósito era salvar a antiguos miembros de la SS, aunque también se benefició de él una gran cantidad de miembros de la Gestapo. El capitán Fuldner, antiguo agente de Himmler, salvó a mi padre, así como a muchos otros. También fue el responsable de salvar a Eichmann, por nombrar un ejemplo destacado. La organización cumplió su cometido. Klaus Barbie, Franz Stangl y Mengele son algunos de los nombres relevantes que le debieron la vida. La Iglesia católica formaba parte de esta cadena que refugiaba a personas en iglesias, en especial en Italia y en Francia. La red les conseguía documentos falsos y lo organizaba todo para embarcar a esas personas en diversos navíos, todos ellos con destino a Buenos Aires. Es más, Ante Pavelić, líder del Ustacha croata, estuvo un tiempo escondido en el Vaticano, disfrazado de sacerdote. Seguramente tomó prestados libros de esta misma biblioteca. Pavelić se quedó aquí hasta noviembre de 1947, cuando también fue enviado a Argentina. Bueno, durante un tiempo su padre fue la cabeza de puente de ODESSA en la Baja Baviera, en la frontera con Austria.

El cardenal lo escuchaba, consternado. Le horrorizaba lo que estaba oyendo pero, sobre todo, el hecho de que el Papa no reaccionara de ningún modo.

—A juzgar por su rostro, veo que de verdad no sabía estas cosas y que siempre actuó de buena fe. Eso le honra —añadió el general con ironía—. Valoro a las personas íntegras, pero ya sabe cómo va. Es como con la ley. La ignorancia de la ley no exime de su cumplimiento. Además, nadie creerá que no lo sabía. Eso es aplicable a esa mentira sobre los dos oficiales de la SS que afirmaba recordar tan bien. Y, para evitarle la siguiente pregunta, sí, tenemos pruebas de todo esto. Así que si no quiere un escándalo del todo distinto al que vive ahora, y que parecerá insignificante en comparación, creo que tendría que encontrar ese dinero. Y, como me ha hecho tomar el camino más largo para lograrlo, añada cien millones más.

Se oyó un sonido, como si el general se hubiera aproximado al Papa y le hubiera dado unas palmaditas amistosas en la mano.

146

Para un apasionado por los libros, existe un segundo Wall Street, más famoso que la bolsa de Nueva York. Este está en New Haven, Connecticut, donde el número 121 alberga la famosa biblioteca Beinecke de Libros Raros y Manuscritos. Junto con un ejemplar de la Biblia de Gutenberg, la biblioteca posee el famoso manuscrito Voynich, entre otros tesoros. Durante mucho tiempo, nadie pudo tocarlo. Solo podía verse a través de un cristal. Pero al final se decidió conceder acceso limitado a quienes quisieran estudiar el original, a condición de que obtuvieran una aprobación previa. Charles era un buen amigo del director de la biblioteca, que se había acostumbrado a él cuando iba a diario a estudiar aquel manuscrito único, que, según se decía, tal vez era el libro más misterioso de la historia.

Sócrates aparcó el Aston Martin a unos metros de los peldaños que conducían al patio abierto de aquel edificio sin ventanas que albergaba la biblioteca. Por el camino, Charles había decidido que Sócrates y su hermana lo acompañaran. Charles abrazó al director, que no miraba con buenos ojos al pequeño grupo improvisado, pero el entusiasmo de Baker era tal que el director supuso que estaba a punto de hacer un descubrimiento de los que hacen época y no dijo nada. Condujeron a los tres a un espacio cerrado a los visitantes normales y corrientes.

La inmensa puerta metálica del ascensor se abrió tras el puesto de seguridad, y una mujer salió de él con un carrito en el que había un solo libro en una caja de cartón. Pasado un momento, llegó delante de la sala donde los cuatro estaban aguardando. El director abrió la puerta y la mujer cogió la caja del carrito, sacó el libro y lo depositó sobre la mesa.

—Os dejo trabajar. No olvidéis avisar cuando hayáis terminado.

Como no solía dejar que nadie se quedara a solas con el manuscrito, la mujer se plantó en el centro de la sala, pero una mirada del director le dio a entender que harían una excepción.

Sócrates, estupefacto, miró el libro.

—¿Es el manuscrito Voynich? —preguntó como si necesitara que se lo confirmaran—. ¿El de verdad?

—Sí —dijo Charles, sonriendo ante el cambio repentino de un tipo duro como Sócrates.

—¿Puedo hojearlo? —preguntó Sócrates.

—Sí.

En cuanto Sócrates levantó un poco el manuscrito de la mesa, Charles le gritó:

—¡Cuidado!

Sócrates se quedó petrificado mientras Charles y Rocío se echaban a reír. El argentino ya había empezado a sudar pensando que había hecho algo mal. Se tranquilizó y empezó a hojear el libro, mirando con asombro cada una de sus páginas. El profesor, mientras tanto, sacó de la cartera los dos libros que había encontrado en las entrañas de la versión abreviada del faraón Ramsés II.

—¿Qué es eso? —quiso saber Sócrates.

—Pronto lo veremos. Por favor, ve a la página del manuscrito que está doblada en seis partes. Está más adelante —dijo Charles a Sócrates, que había empezado por el principio—. Es la 158.

Sócrates llegó a esta página, la desplegó del todo y la extendió sobre la mesa.

—Magnífico —dijo, boquiabierto—. ¿Qué representa?

—¿A ti qué te dice? —preguntó Charles a Rocío.

—A mí me sugiere... un encaje muy elegante y sofisticado.

—¿En serio? —soltó Sócrates, cuyo sentido del humor no era su punto fuerte.

—¿Y a ti? —le preguntó Charles.

—A mí me parece un sistema de matraces y probetas como los del laboratorio de un alquimista, llenos de toda clase de líquidos, mientras que esto que hay escrito en los extremos parecen fórmulas.

—Vasos comunicantes, dices. Es muy posible.

Charles abrió el primer libro y buscó la correspondiente página, doblada también en seis partes. La superpuso exactamente sobre la página original. No pasó gran cosa. Seguían viendo las cosas a través de la transparencia, solo que algunas estaban más apagadas y otras habían quedado realzadas o eran más evidentes debido a los trazos de la página superior y a los márgenes más gruesos. Ni Rocío ni Sócrates entendían nada, por lo que miraban de manera inquisitiva a Charles. Él era el único que no parecía decepcionado. Abrió el tercer libro, que tenía la misma estructura que los otros dos. Buscó la página doblada y, con dificultad, la superpuso a las otras. Este libro, con sus hojas gruesas y relucientes, hechas de un material que Charles no había logrado identificar, simplemente cubrió las páginas anteriores sin ningún resultado. No se veía nada debajo.

—Esto no va bien —comentó Charles.

—¿Qué debería haber? —preguntó Rocío.

—No lo sé, pero si pasas la mano por esta hoja, o lo que sea, notarás ciertas irregularidades.

—Sí —corroboró Rocío—, como formas en relieve.

—Algo así.

Charles volvió la página y la puso por el otro lado. Sin resultado. Lo intentó de todas las formas posibles hasta aburrirse. Estaba decepcionado, pero los otros dos no entendían el motivo de que lo estuviera ya que, simplemente, no sabían qué esperar ni qué creía el profesor que veía. De repente, Charles alzó la cabeza.

—¡Un proyector en 3D! Por supuesto. Por eso tienen diferentes grosores y texturas variables. Apaga la luz —ordenó a Sócrates.

Sócrates hizo lo que decía, y la habitación se sumió en parte en la penumbra. Solo entraba la luz del pasillo a través de la puerta de cristal.

—No está del todo a oscuras, pero servirá. Venid aquí —dijo Charles, que parecía danzar alrededor de la mesa en busca del ángulo adecuado.

Los dos hermanos se acercaron a él. Algo comenzó a proyectarse en la página que estaba en perpendicular, la perteneciente al tercer libro.

—Dadme vuestros móviles —pidió Charles—. ¿Hay alguna forma de mantenerlos iluminados sin que se apaguen?

—Sí —respondió Rocío—. Hay que ajustarlos para que la pantalla no se apague nunca.

Charles y Sócrates le dieron sus teléfonos. Luego, Charles se quitó la chaqueta y tapó todo lo que pudo la luz de la puerta. Pidió a los dos hermanos que se sentaran cerca de él de forma que la habitación quedara lo más oscura posible. Por último, dispuso los tres móviles para que iluminaran de forma directa la mesa, bajo las páginas del manuscrito Voynich.

Todos se quedaron mudos de asombro, con la boca abierta. Los tres tuvieron la misma sensación. Unos escalofríos les recorrieron la columna vertebral.

Como si de una proyección IMAX se tratara, las formas que les recordaban el encaje y el laboratorio de un alquimista tomaron forma en la pantalla que constituía el tercer libro.

—Es un mapa —dijo Sócrates.

—Más bien la representación cartográfica de un edificio con seis habitaciones; un templo con pasillos y galerías.

—Y túneles —añadió Sócrates, señalando lo que parecía un grupo de probetas en la página inicial.

147

—Parece un templo —comentó Charles—. Lo malo es que, si seguimos tapando así la puerta, alguien pasará por aquí y nos meteremos en problemas.

—¿Por qué?

—¿Os dais cuenta de lo que parece? Tres personas cierran la puerta a oscuras y, además, la tapan. ¿Qué diablos podríamos estar haciendo?

Sócrates salió al pasillo y regresó pasados unos minutos.

—Esta ala parece desierta. Somos los únicos que estamos aquí. El ascensor está en el otro pasillo y la escalera todavía queda más lejos. ¿Qué quieres hacer ahora?

—Me temo que tenemos que ir página por página y ver qué más obtenemos.

—¿Cuántas hay? —quiso saber Rocío.

—Doscientas setenta —contestó Charles—. Y aunque solo miráramos cada una cinco minutos, lo suficiente para saber de qué va, tardaríamos una eternidad.

—Veintidós horas y media —afirmó Sócrates—. ¿Cuánto rato podemos estar aquí?

—Una hora, dos como mucho —respondió Charles—. Nada más. Creo que tendríamos que ir a dormir a un hotel y volver mañana. Espero que podamos convencer al director para que nos deje el libro también mañana.

—Sería muy raro que alguien, incluso una persona tan insistente como tú, se pasara dos días examinando un libro, aunque sea este —intervino Rocío—. Existen copias, ¿no?

—Sí, muchísimas.

—Entonces no es justificable —comentó Sócrates—. Este no es el lugar adecuado para leerlo de manera detenida. ¿Cuánto tiempo te has pasado aquí?

—Hubo momentos de mi vida en que me pasaba días enteros simplemente mirándolo. Por eso el director está acostumbrado a mí.

—¿Cuánto tiempo tardaríamos en montar cada página? —preguntó Sócrates, que había tenido una idea.

—Menos de un minuto. Pero ¿de qué nos serviría?

—Fotografiaremos cada conjunto. Uno de nosotros lo monta, otro saca las fotografías y un tercero vigila al final del pasillo. Y después examinaremos las fotos.

—Echemos un vistazo a una o dos más —sugirió Charles—. Y luego decidimos.

Abrió cada libro por la primera página, superpuso los dos primeros y puso la tercera página en perpendicular. Otra vez se quedaron sin aliento. Las letras se habían vuelto borrosas mientras que los puntos verdes mostraban el ángulo de visión subjetivo de alguien que mira a lo lejos a través de las hojas.

—Esto es solo una parte de una imagen —comentó Sócrates.

Quitó uno de los móviles. Aunque la luz ahora era más tenue, la imagen permaneció igual.

—Interesante. Estas hojas se cargan con la luz. Increíble —dijo Charles—. Es como si tuvieran fósforo. Me pregunto cuánto rato se mantendrían así si apagáramos todos los móviles.

Sócrates fotografió la imagen y pidió a Charles que continuara. En diez minutos habían captado diez imágenes. Las letras no se volvían borrosas cada vez, pero a veces quedaban relegadas a las esquinas de las páginas. Al cubrirlas con la segunda hoja y reflejarlas en la tercera, parecían secuencias o códigos.

—Como ves, al igual que en la primera, las imágenes reflejan los ángulos de visión subjetivos de una persona que avanza entre el follaje. Parece un camino.

—¿Qué utilidad tendrá? —se preguntó Charles—. Un camino o un sendero que se basa en ciertos tipos de vegetación que existían hace quinientos años. ¿Serán todavía los mismos?

—Puede —dijo Sócrates—. La única forma que tenemos de averiguarlo es seguir adelante. Sacaremos todas estas fotos y las miraremos en casa. Aquí es imposible. Puede que tengamos que construir una especie de puzle gigante, o incluso curvarlas e incluirlas en una figura geométrica. Puede que necesitemos un ordenador y un programa de arquitectura o geometría espacial.

—¿Qué son esas letras que no paran de repetirse? En estas páginas está la misma palabra en distintas posiciones —intervino Rocío, que se estaba esforzando por distinguir dos palabras que hasta entonces aparecían en todas las fotografías—. U... UT... NEGLE.

—*Ut neglecta* —dijo Charles—. Maldita sea. Significa «ignorar». Eso quiere decir que estas páginas son otra cosa, una trampa. Dejadme ver si el rastro de esta indicación es igual en las páginas iniciales. No, no lo es. Solo se ve al juntarlas con las del segundo libro. De manera que tenemos que saltarnos estas páginas. El mensaje está en las otras. Enciende la luz.

Empezó a casar frenéticamente una página tras otra para ir descartando aquellas que contenían el mensaje de que debían ser ignoradas.

—Fíjate en esto —dijo Charles, aunque no estaba claro a quién se dirigía.

—¿En qué? —preguntó Rocío, pero Sócrates ya estaba escribiendo algo en el móvil.

—Página 22, 23, 23. Aquí aparece otra vez. Y aquí. Sí, sí, sí, 32 —dijo Charles—. Interesante. Muy interesante.

Estaba tan concentrado que nadie podría haberlo parado. Rocío asumió la tarea de comprobar cada página para cerciorarse de que al profesor no se le había escapado nada.

—Página 38, 46, 48, no, no, hum..., 51, 52, 61, no, no, 65, 66, 76, 80, 82, 97, 100, 102, 103, 104, 108, 109. Aquí, en la 113, veo algo parecido, pero no es lo mismo. Encuentra la página 113 en el grande.

Sócrates apagó la luz. De nuevo, una especie de árbol, pero en la esquina izquierda aparecía escrito con la suficiente claridad: *terminum viae*.

—«El final del camino» —dijo Charles—. Interesante. Espera, porque hay algo escrito en la página 114.

Repitió el movimiento.

—G... n... gom —dijo Rocío, intentando entenderlo.

—*Gnomon* —aclaró Charles—. Increíble.

—¿Qué es un gnomon? —preguntó Rocío.

—Es una superficie plana con un triángulo en el centro que proyecta la sombra del sol. Así era como los antiguos griegos y romanos se orientaban.

—Yo creía que usaban las estrellas —comentó Rocío.

—¿De día? —preguntó Sócrates.

—Me parece que en este caso el manuscrito se refiere a un objeto que ya se había inventado cuando se escribió este libro, solo que no tiene una palabra latina equivalente: la brújula.

De repente, los tres dieron un respingo porque había sonado un teléfono. El timbre procedía de debajo de la mesa. Sócrates se agachó y sacó uno de esos viejos teléfonos de disco, aunque, cuando se lo pasó a Charles, vio que el disco era un mero adorno y que los números dispuestos en círculo eran, en realidad, teclas. Charles descolgó.

—Ya es tarde —dijo el director. Si no habéis terminado, regresad mañana. Aquí hay gente que tiene que cerrar. Y no me importaría, pero ese libro no puede quedar fuera de su sitio una vez que las salas están selladas.

—Media hora —imploró Charles.

—En quince minutos la conservadora irá para llevarse el libro. Lo siento. Hasta mañana.

El receptor era tan potente que todos habían oído la conversación.

—No es lo peor que podía pasar —aseguró Sócrates—. Mañana volveremos con todo lo que necesitamos, con una linterna más potente, incluso con una pantalla para tapar el cristal de la puerta.

—De acuerdo —dijo Charles, suspirando—. Pero vamos, fotografiemos por lo menos estas veintitrés páginas y mañana seguiremos por la 115.

Justo cuando habían terminado de sacar las fotografías, Rocío, que estaba fuera vigilando, abrió la puerta y los avisó. La conservadora había salido del ascensor y se dirigía hacia ellos. Encendieron la luz y guardaron sus cosas a toda prisa. No esperaron a que la mujer metiera el libro en la caja. Le dieron las gracias y salieron en tropel.

Una vez fuera del edificio, Charles llamó a su amigo, le dio las gracias y le dijo que estarían allí al día siguiente a primera hora. Quedaron a las diez.

148

La biblioteca estaba cerrando y el sol se ponía de forma amenazadora. El espacio que rodeaba el edificio estaba inusualmente lleno de gente. Los tres se dirigieron caminando en paralelo hacia los peldaños. Se vieron obligados a prestar atención a la muchedumbre, que parecía moverse de manera caótica a través del patio abierto. Algunas personas esperaban a gente que salía; otras se desplazaban de un lado a otro.

—Parece que a todo el mundo le cuesta irse de aquí —soltó Rocío, cuya expresión cambió de golpe cuando el hombre que tenía delante se hizo a un lado—. ¡Cuidado! —gritó, y empujó a Charles.

Justo entonces, un fuerte estallido interrumpió el ajetreo y el ruido de voces que hablaban en tonos diversos. Se hizo el silencio. Algunos pájaros, tal vez palomas, se pusieron a aletear nerviosos y surcaron el aire. La gente se puso a gritar y se echó al suelo. Tras el empujón de Rocío, Charles recuperó a duras penas el equilibrio. No entendió lo que había pasado hasta que vio que su novia se apretaba el estómago con una mano ensangrentada. La sujetaba su hermano, que le gritaba con los dientes apretados:

—¡Sostenla!

Mientras lo hacía, Charles vio cómo Sócrates salía disparado hacia delante. Entonces fue cuando vio al hombre en lo alto de los peldaños. Tenía una pistola en la mano. El tirador disparó una vez a Sócrates y se marchó corriendo hacia la calle. En ese momento se oyó un frenazo, un golpe y gritos. Rocío se desmayó en los brazos de Charles, que se puso en cuclillas y sostuvo la cabeza de su amante en las manos.

Sócrates corrió hacia el hombre con la pistola, que intentó disparar de nuevo pero falló. Cuando vio que el argentino iba a toda velocidad hacia él, el tirador dio media vuelta. Un coche lo atropelló y lo lanzó contra la calzada. Al caer, se golpeó la cabeza con un poste de hormigón. Sócrates se agachó junto a él. El hombre estaba muerto.

El coche que había atropellado al tirador se había detenido justo delante de los peldaños. Un hombre salió del vehículo y empezó a gritar a Charles:

—Tráigala aquí y súbala al coche. Puede que ese hombre no estuviera solo.

Mientras Sócrates ayudaba a Charles a meter a Rocío en el automóvil de Clay, el inspector bramó como un loco por el móvil. Cuando todos estuvieron dentro del coche, Clay colocó una luz giratoria en el capó y, sin hacer caso de los semáforos ni de las señales de tráfico, emprendió un eslalon frenético por las calles en medio del denso tráfico de la hora punta.

En la parte trasera, cubierto de sangre, Charles intentaba mantener consciente a Rocío. En el asiento del copiloto, Sócrates había empezado a mesarse los cabellos. De vez en cuando echaba un vistazo a su hermana, tartamudeaba algunas palabras y se volvía con la mirada perdida. En un momento dado, comenzó a dar patadas en el salpicadero con toda la fuerza que podía, aunque apenas había espacio para que estirara las piernas. Viendo que así no podía desahogar sus sentimientos, se golpeó la cabeza contra la guantera, que se abrió, y parte de su contenido se desparramó por el suelo. Columbus Clay no le dijo nada. Estaba concentrado en llegar al hospital lo más rápido posible.

149

Cada uno en un lado de la sala de espera, ambos habían sufrido con el corazón en un puño durante casi cinco horas. Sócrates tenía ganas de estrangular a Charles. Rocío se había puesto delante de la bala destinada a su amante. Siempre que sufría una injusticia, el argentino se desquitaba con actos de extrema violencia. Ahora no podía evitar que le hirviera la sangre.

Cada uno había prometido algo a Rocío mientras corrían junto a la camilla que la llevaba al quirófano sujetándole cada uno una mano. Rocío había mirado primero a su hermano y le había susurrado:

—Lo amo, ¿entiendes? Prométeme que cuidarás de él como lo has hecho conmigo.

Sócrates había titubeado un momento, pero Rocío había alzado la voz.

—Prométemelo. Ahora mismo —había insistido.

—Te lo prometo —había cedido Sócrates.

Entonces Rocío se había dirigido a Charles:

—Lo quiero. Es la única persona que ha cuidado de mí en toda mi vida, la única que me ha querido de forma incondicional. Prométeme que no permitirás que haga ninguna locura.

Charles también se lo había prometido.

Oyeron abrirse entonces la puerta de la sala de espera. Charles, que estaba de espaldas, vio que Sócrates torcía el gesto. Se volvió, vio a Ximena y se dio cuenta de que el argentino estaba a punto de arremeter contra ella. Así que se puso de pie y lo interceptó a medio camino, sacando pecho como en una pelea de gallos.

—¿Qué vas a hacer?

—Ella es la culpable de lo que le ha pasado a Rocío. Al hombre que disparó también lo vi en San Pedro Sula. Era una especie de guardaespaldas, como ella. Pertenecen a la misma organización.

—Eso no lo sabes —dijo Charles.

—Ya lo creo que sí.

—¿Y quieres matarla aquí, en el hospital? ¿Qué diría Rocío? Por lo menos deja que hable con ella. A lo mejor tiene una explicación para todo esto.

Tras pensarlo un momento, Sócrates asintió con un movimiento brusco de la cabeza. Charles le hizo un gesto para que se sentara y lo esperara hasta que él ocupara de nuevo su silla. Acto seguido, se volvió y fue hacia Ximena bajo la atenta mirada de Columbus Clay, que había estado todo ese tiempo con ellos en la sala de espera. Charles tomó a la agente por el brazo y la sacó de la sala. Ese gesto sorprendió a Ximena.

—Me estás haciendo daño —dijo, soltándole los dedos del brazo—. ¿Qué demonios crees que estás haciendo?

—Salvándote la vida —respondió Charles.

—¿Ah, sí?

—¿Qué estás haciendo aquí?

—El barbero ese me llamó y me dijo que habían estado a punto de asesinarte y de que tu novia había recibido una bala en tu lugar. He venido lo más rápido que he podido. ¿Por qué está mi vida en peligro?

—El hermano de Rocío, Sócrates, asegura que te vio en San Pedro Sula, en una especie de casa clandestina de la organización llamada la Cúpula.

Ximena no supo qué decir. Soltó un largo suspiro.

—No es una casa clandestina, es propiedad de la diócesis.

—Pero ¿es la sede de una organización criminal?

—Sí, una de ellas, la más importante está en Copán. —Dicho esto, Ximena miró a Charles, asombrada.

—Creo que ha llegado la hora de que enseñes tus cartas —soltó Charles—. Cuéntame todo lo que sabes ahora mismo o ya no tendremos nada más que decirnos. ¿Queda claro?

—Sí —respondió Ximena—. Es probable que hubiera tenido que hacerlo desde el principio.

—Te escucho —dijo Charles, sentándose en un peldaño de la escalera.

—Como sospechas, pertenezco a las altas esferas de Omnes Libri.

—¿Eres una de los setenta y dos?

Ximena no respondió de inmediato.

—Sí —dijo tras pensar un momento—. Formo parte de un programa interagencial ultrasecreto planeado por nuestra organización con la finalidad de protegernos. Se obtiene información de todas partes, potencialmente peligrosa. Nadie sabe cómo, pero hay gente que ha empezado a conocer nuestra existencia.

—¿Quiénes?

—Un individuo muy poderoso y peligroso.

—¿Lo conozco?

—Sí —dijo Ximena en el mismo tono—. Se llama Patrick Ewing.

—¡Caramba con Ewing! ¿Es este individuo también el hombre con máscara del que me ha estado hablando Sócrates?

—Sí. En las reuniones lleva puesta una máscara todo el rato.

—¿Como en esas novelas francesas de capa y espada de Dumas y Sue con conspiraciones masónicas? ¿No es insoportable el tal Joseph Balsamo?

—Igual que él. Un excéntrico. Para acercarme a él he tenido que darle la impresión de que soy una empleada suya. Pero he descubierto un montón de cosas.

—Y te paga mucho a cambio, ¿verdad?

—Sí —contestó Ximena—, pero deposito todo el dinero en la cuenta de nuestra organización. Me educaron para servir a esta biblioteca, como mi madre antes que yo. Es algo que se remonta a varias generaciones. Y tuve que fingir ser parte de su equipo para controlar sus movimientos, pero hubo un momento en que se le fue la cabeza.

—¿Y eso?

—Hace mucho tiempo que sabe lo de la biblioteca; según él, desde tiempos de Lincoln. Un antepasado suyo era uno de los financiadores del presidente y tenía una estrecha relación con él; era un gran industrial: petróleo, ferrocarriles, acero. Ewing me contrató para ayudarlo a encontrar la biblioteca.

—De modo que por un lado lo ayudabas a encontrarla y por el otro impedías que la descubriera. ¿Cómo se hace eso?

—Me las apañé hasta cierto punto. Pero Ewing comenzó el asunto de George sin saber cómo iba a terminar.

—¿Qué quieres decir con que empezó? ¿Acaso mató él a George?

—Creo que no. Hasta donde yo sé, se opuso a la idea. Pero en ese grupo hay otras fuerzas que se oponen a él. Ewing es el principal inversor pero, según tengo entendido, un grupo competidor de la misma organización está buscando financiación alternativa.

—¿Para qué?

—Dicen que quieren salvar Estados Unidos.

—¿De quién?

—De los judíos y las personas de raza negra, de los hispanos y los homosexuales, de la podredumbre que se ha apoderado de ellos.

—¿Estás hablando en serio?

—Sí.

—¿Son los responsables del atentado en Cartagena?

—¿Qué atentado? —preguntó Ximena.

De modo que ella no lo sabía. Charles no se lo esperaba.

—Da igual. Prosigue.

—¿Qué atentado? No sé de qué me hablas.

—Divago porque me encuentro en estado de shock. Continúa.

Ximena no se creyó la excusa que Charles acababa de darle, pero prefirió no insistir.

—Quieren acceder al poder usando medios legales. De momento, controlan una pequeña parte del Partido Republicano, pero si su plan funciona, se apoderarán de él desde dentro, bastión a bastión.

—¿Cómo?

—Propondrán un candidato presidencial de fuera del sistema, una estrella mediática, un empresario, sea como sea, una persona de extrema derecha, fácil de manipular, obsesionada con el poder y que les estará agradecida.

—¿Quién?

—Ni siquiera ellos lo saben todavía. Tienen varias opciones que están tanteando.

—¿Y quién votará a su candidato?

—Si el candidato demócrata es quien se rumorea, el republicano tiene muchas probabilidades de ganar. Tú has dirigido muchas campañas electorales. ¿Acaso no has visto que hay algo que no funciona en la democracia de este país?

—¿A qué te refieres?

—Cada vez hay más distancia entre el espectáculo de las elecciones y el circo mediático que las precede. El candidato ya no tiene que ser viable desde un punto de vista político, ni tampoco decente. Solo tiene que ser un consumado *showman*. La gente vota cada vez más el circo y a aquellos que les dicen lo que quieren oír. Y mucho más si el candidato es alguien de fuera del sistema, que la gente percibe como profundamente corrupto e injusto. La época en la que mandaban los mandarines está casi llegando a su fin. Nunca ha habido un cisma tan grande entre las cualidades que hay que tener para ser elegido y las necesarias para dirigir un país.

—Entonces ¿la gente votará a un director de circo? ¿Es eso lo que me estás diciendo? ¿A un fascista?

—Sí, eso es lo que ellos piensan y yo estoy convencida de que es posible.

—He dirigido muchas campañas, incluida una presidencial, como sabes.

Ximena no dejó que Charles terminara de hablar.

—Sí, lo sé. Hace cuatro años. Pero ¿no te has fijado en lo mucho que ha cambiado el mundo? La corrección política ha empezado a irritar a la población. Lo cierto es que la raza blanca se siente frustrada, especialmente en la zona central de Estados Unidos, que se niega a modernizarse. Las nuevas tecnologías asustan a esa gente. Tú las usaste de manera magistral, en especial las redes sociales, pero ahora van a volverse contra ti. Es el momento 2.0, como dicen los informáticos, cuando la tecnología va a llegar a las manos de una muchedumbre silenciosa y frustrada. Cada vez hay más personas a quienes los enormes avances de la tecnología les hacen sentir completamente desarraigadas, excluidas, eliminadas. Ya no reconocen el mundo en el que crecieron y en cuyo espíritu fueron educadas. Lo sé porque la organización dispone de un equipo excepcional de sociólogos. En serio, excepcional. Ellos han cuantificado una enorme tendencia a volver a las cotas o puntos de referencia tradicionales, un ambiente conservador que crece de un modo inimaginable. La vida de la clase media estadounidense se ha vuelto imprevisible y las multitudes de la mayoría silenciosa no pueden vivir mucho tiempo en un ambiente inestable que carezca de previsibilidad. De eso se valen los hombres de Ewing y creo que tienen probabilidades de ganar. Pero diría que no es de esto de lo que querías que habláramos.

En condiciones normales, a Charles le habría interesado aquella conversación, pero aquellas no lo eran.

—No. Volvamos a Ewing. Me estabas diciendo que él desató todo ese asunto de George.

—Sí, de manera involuntaria. Consiguió sobornar o chantajear a uno de los transportistas, el que llevaba los manuscritos para que fueran copiados. Por suerte, estos no tienen ni idea de dónde se encuentra la biblioteca. Solo reciben un maletín con una serie de tres entregas. Es todo muy complicado y difícil de descubrir o incluso de rastrear. Ewing escenificó la historia del taxista. Hizo que los libros llegaran a la librería anticuaria del señor Marshall porque estaba convencido de que este se los enseñaría a su hijo, al igual que Ewing y su gente estaban convencidos de que George te mostraría los libros, algo que despertaría tu afición por la acción. La Cúpula te investigó. Sabían que nunca te rindes hasta que has averiguado muchas cosas, por lo que tu reacción era fácil de suscitar. No contaban con el elemento sorpresa que suponía tu George. Y eso pasó porque la gente de Ewing puso en el maletín un libro que no tendría que haber estado allí. En cualquier caso, no lo colocó a propósito. Fue así como pasó, por casualidad, y así tu adjunto empezó a indagar por su cuenta, lo que lo convenció de que había descubierto algo sobre Lincoln. Los libros ya no le importaban. Ya has visto cómo los utilizó. Entonces la Cúpula intentó asustar a Marshall para que se apresurara en llevarte a ti los libros. Pero no conocían a George. Ese fue el elemento sorpresa, el que no habían calculado, el accidente que pasó por el camino, el riesgo imprevisto.

—La última vez me endilgaste otra historia.

—Sí, la oficial, la que Ewing quería que te contara.

Charles se llevó las manos a la cabeza. Se levantó y dio unos pasos.

—Te he dicho que te contaría toda la verdad. Ahí la tienes.

—¿Y por qué Ewing cree que yo sé dónde está la biblioteca?

—Porque sabe que eres hijo de tu madre. Ella es una leyenda en Omnes Libri.

—¿Sabes que me ofreció doscientos millones de dólares para que le dijera dónde está la biblioteca?

—¿De veras? No tenía ni idea, pero no me sorprende. A Ewing se le ha acabado la paciencia y está comenzando a cometer errores, como le ha pasado con Mabuse.

—Suponiendo que lo que me dices es cierto. ¿Para qué demonios necesita esos libros? Ni siquiera estoy convencido de que sepa leer muy bien.

—No los necesita para nada.

—Entonces ¿qué?

Ximena no pudo responder. Columbus Clay abrió la puerta y llamó a Charles. Este le dijo algo más a Ximena antes de irse:

—Será mejor que te quedes fuera hasta que resolvamos las hostilidades ahí dentro.

150

El médico acababa de salir del quirófano. Había conseguido estabilizar a Rocío. De momento, el pronóstico era incierto. Eran buenas noticias a medias. Sócrates estaba diciendo que se quedaría a dormir en el hospital hasta que su hermana se recuperara, pero el médico lo cortó en seco. Rocío no iba a despertarse en unos días y había que respetar estrictamente las horas de visita. Para todo lo demás, si necesitaban cualquier aclaración, Columbus Clay tenía el número de teléfono del médico.

Al policía le costó un mundo llevarse de allí a los dos hombres. Sócrates se puso negro al ver a Ximena, hasta que Charles le aseguró que estaba equivocado y lo tranquilizó. Como era obvio que tendrían que pasar la noche en alguna parte, Ximena les dijo que tenía las llaves de una casa para agentes de la NSA. Era gratis, pero Charles insistió en que un colega suyo, un profesor de Yale, dejaba las llaves de su casa en la maceta de un rododendro en la parte delantera de la vivienda. Charles podía usarla cuando quisiese, ya que él estaba fuera, dando clases en la Universidad de Tokio. Además, sabía el código de la alarma. Al final, todos estuvieron de acuerdo en hacerlo al modo de Baker.

La casa era inmensa. Se pusieron cómodos en el salón y Charles les sirvió un vodka a cada uno. Sócrates insistió en que Ximena le contara también a él todo lo que sabía y, a medida que iba oyendo su historia, le iba subiendo la tensión arterial. Clay se quedó dormido allí mismo, en una butaca del salón.

Charles lo despertó y lo llevó al cuarto de juegos de los niños, que estaba cerca. Luego instaló a Sócrates en el dormitorio de los niños, que también se encontraba en la planta baja, y él y Ximena se quedaron con la habitación de invitados y el dormitorio principal, en el piso de arriba. El hermano de Rocío comentó que no estaba en condiciones de dormir y encendió la tele. Él y Charles se terminaron sus copas en silencio, cada uno absorto en sus respectivos pensamientos. El rostro del argentino adoptó una expresión pétrea. Se sacó el móvil del bolsillo y salió de la casa. Allí, bajo la luz de tres sensores que parpadeaban siguiendo sus movimientos, buscó un número y pulsó la tecla verde de llamada. Pasado un rato, una voz somnolienta le contestó con monosílabos:

—Cuando vaya a por usted, no sabrá qué le golpeará —dijo Sócrates con los dientes apretados.

—¿Diga? ¿Diga? ¿Quién llama? —replicó la voz de Keely, que se había desperezado y ya estaba despierto del todo.

—Soy yo, la muerte.

—¿Sócrates? ¿Es usted? ¿Está vivo? ¿Qué demonios pasa? ¿Qué está diciendo?

A Sócrates se le ocurrió algo. Quería saber si Keely sabía o sospechaba que él era el culpable del fracaso de la misión, de modo que de golpe cambió de táctica.

—No —soltó—, le estoy llamando desde la tumba, traidor.

—Pero ¿qué dice? No lo entiendo.

—Si usted no fue el traidor, ¿quién fue, entonces? —Cuando la voz al otro lado de la línea no respondió, Sócrates añadió—: Todos mis hombres murieron de un solo golpe. Unos comandos atacaron el almacén. Yo a duras penas pude salir con vida. Me extrajeron cuatro balas del cuerpo cuando todo terminó. ¿Por qué me está siguiendo?

—Yo no he ordenado que lo sigan —aseguró Keely, que estaba empezando a entender las palabras de Sócrates—. ¿Por qué lo dice?

—He ido a recoger a mi hermana y un asesino de mierda, un guardaespaldas de tres al cuarto que vi con usted en su cuartel, Juanito, creo que se llamaba, intentó dispararme.

—Pero ¿cuándo?

—Hace un rato.

—¿Y consiguió salir con vida?

—No, imbécil, lo estoy llamando desde la tumba, desde el Infierno, adonde voy a arrastrarlo conmigo.

Hubo una pausa.

—No fui yo quien lo traicionó. Me complace que esté bien. No tiene motivos para emprenderla conmigo. Me alegra que esté vivo. Usted es una de las pocas personas que permaneció a mi lado. En cuanto a la traición, estoy casi seguro de que el general Flynn nos la jugó. Se oponía radicalmente a mi plan. Y sobre lo que dice que ha pasado hoy, no tengo ni idea. Pero también tiene que ser cosa suya. Insiste en que cualquiera que tenga la menor idea sobre este asunto tiene que ser eliminado lo antes posible, incluido el profesor.

—¿Solo él? —preguntó Sócrates.

—No. Creo que también el obispo y alguien más. Pero el general no habría enviado a Juanito.

—¿Cómo sabe que fue Juanito?

—Lo ha dicho usted mismo... y es el único que no está aquí.

—¿Se encuentra ahora en el palacio del obispo?

—Sí. Esta tarde se celebrará una reunión importante, durante la cual me defenestrarán.

—¿En Copán?

—Sí.

Sócrates no aguardó a que Keely le dijera nada más y colgó.

Mientras tanto, Charles se dio cuenta de que Ximena había relatado su historia sin decirle por qué Ewing estaba buscando la biblioteca. Cuando se lo preguntó, no le contestó al instante, sino que midió sus palabras.

—Te resultará muy difícil de creer.

—Ponme a prueba. Últimamente, ya no hay nada difícil de creer. Cuanto más probable me parece algo, más imposible o ilógico es. Adelante.

—Ewing está convencido de que la biblioteca se encuentra en un lugar legendario que numerosos aventureros han buscado durante cientos de años... sin éxito.

—¿Ciudad Blanca? —preguntó Charles.

—No —dijo Ximena—. El Dorado.

Charles estaba arrellanado en un sillón, apoyado sobre un codo, pero cuando oyó lo que la agente había dicho, se levantó de inmediato.

—¿Me estás tomando el pelo?

Ximena negó con la cabeza pero continuó en silencio.

—¿Y es este el sitio donde está la biblioteca?

—No lo sé —mintió Ximena—. Nunca he estado en ella.

—Eres una de las figuras más importantes de la organización. ¿Cómo es posible que no lo sepas? Además, ¿es eso cierto? ¿Existe El Dorado?

—Es una leyenda de casi mil años de antigüedad.

—No has contestado mi pregunta.

—Bueno, no tengo ninguna respuesta que darte. Ewing está convencido de que allí se encuentra la mayor reserva de oro del mundo.

Charles no pudo preguntar nada más porque Sócrates había regresado. Se plantó en medio del salón y dijo:

—Me voy a San Pedro Sula. Alguien tiene que pagar por lo que le ha pasado a Rocío. Voy a cargarme su choza.

—¿No está en Copán esa «choza»?

—Claro. Pero antes tengo que pasar por casa.

Ximena no supo cómo reaccionar y era consciente de que no era buena idea molestar al hermano de Rocío. No sabía si había matado a George, a Olcott o a Penelope. No tenía ni idea de quién era.

—Voy contigo —dijo Charles sin pararse demasiado a pensar.

Sócrates lo miró con desdén.

—¿Y qué ibas a hacer allí? No es un sitio para intelectuales elegantes.

—Prometí a Rocío que no te dejaría solo.

—Yo también le prometí que cuidaría de ti.

—Pues mira, la ocasión la pintan calva.

—Ni lo sueñes —dijo Sócrates mirando fijamente a Charles—. Voy a acostarme unas dos horas. —Se dirigió hacia su habitación.

—Sin mí, tardarás dos días en llegar. Conmigo, unas horas.

Sócrates se detuvo y se volvió hacia los demás:

—¿Qué quieres decir?

—Que esta señora de aquí pondrá una avioneta a nuestra disposición en el menor tiempo posible.

—¿Yo? ¿De dónde voy a sacar una avioneta?

—Llama a Caligari ahora mismo y dile que nos mande una. Podría estar aquí en dos horas, incluso aterrizar en el césped. Si no, que nos diga dónde tenemos que ir.

—No voy a llamar a nadie, y mucho menos a Caligari.

No dos, pero sí cuatro horas después, Sócrates y Charles embarcaban en la avioneta que Caligari les había enviado al aeropuerto Tweed de New Haven. Charles había dormido dos horas y se sentía mejor. Había tomado prestado el MacBook de su amigo de Yale y, para dejar de pensar en Rocío, empezó a descargar las fotos que habían hecho en la biblioteca y logró ponerlas en orden. Un mapa completo surgió ante sus ojos. Sócrates, que llevaba un rato con una expresión de dureza en la cara, había empezado a aburrirse. Estaba sentado detrás de Charles y observaba lo que estaba haciendo. Cuando el profesor logró reconstruir el mapa a partir de las imágenes de las plantas proyectada en el manuscrito Voynich, sintió que un escalofrío le recorría la espalda. Charles lo había dejado pasmado, algo que al hermano de Rocío no le pasaba demasiado a menudo. Tenía la sensación de que podía tomarle cariño a ese tipo, en especial si su hermana, de la que estaba seguro que se recuperaría, insistía en que no se despegara de su Charles. La reacción de Sócrates no le pasó desapercibida a Baker, que siguió para impresionarlo todavía más. Calculó las coordenadas que indicaba la brújula de la fotografía de la página 113. Escribió un conjunto de señales que a Sócrates le eran por completo desconocidas y, al final, anotó triunfalmente: 14° 54' 04" N y 85° 55' 31" O. Buscó en Google Maps el lugar que correspondía a estas coordenadas y encontró una ciudad en la región de La Mosquitia, en Honduras, justo donde comenzaba la jungla. La urbe se llamaba Catacamas. Sócrates contemplaba, atónito, el resultado que había obtenido Charles.

—¿Qué es eso?

—El mapa comienza aquí —explicó Charles—. ¿Lo conoces?

—Sí. No es un lugar demasiado agradable. Una vez que has pasado el Mirador de la Cruz, comienza la jungla más implacable del continente americano. ¿Y qué es esa cosa?

—¿El qué?

—Eso que hay en la brújula. —Sócrates señaló la pantalla.

—Creo que sugiere una desviación hacia el noreste de estas coordenadas.

—Exacto. Da la impresión de que cuando se hizo el mapa, el poblado más cercano era Catacamas, o lo que hubiera allí en 1400. Pero el camino y el mapa no comienzan desde aquí —soltó Sócrates—. ¿Me permites? —preguntó y cogió el portátil. Movió un poco el mapa, hizo unos cálculos y finalmente situó la flecha del ratón en medio de la selva tropical—. El mapa empieza aquí. Pero solo se puede llegar hasta ahí en helicóptero.

Ahora tocó a Charles quedarse boquiabierto de la sorpresa.

151

—¿Qué es esto? —preguntó Charles cuando el coche que los había recogido en el aeropuerto se detuvo ante una verja enorme, tan alta como el muro de hormigón que la flanqueaba.

—Mi casa —respondió Sócrates.

—¿Vives en una fortaleza?

La puerta se abrió y dos hombres con ametralladoras saludaron a *O Parteiro*. Dentro, en medio de un inmenso patio, un poste de madera proyectaba una larga sombra sobre el asfalto, como si fuera el gnomon mencionado en el manuscrito Voynich. Mientras Sócrates comentaba distintos asuntos con todo un ejército de gente en el patio, el profesor examinaba las líneas de distintas dimensiones talladas a lo largo del poste.

—¿Qué es ese trasto? —preguntó a Sócrates, que se acababa de situar a su lado.

—La columna de la infamia —respondió el hermano de Rocío antes de presentarle a la única persona a la que había abrazado al llegar—. Este es Acevedo, mi mano derecha.

Tras las presentaciones entraron en la casa. Había un montón de cajas de armamento dispuestas en el interior del alegre salón decorado por Rocío, cuya mano Charles reconoció.

—¿Vamos a empezar una guerra? —preguntó el profesor.

—Sí, en casa del obispo. En principio, no deberíamos llevarnos ninguna sorpresa, pero es mejor curarse en salud.

Sócrates quería decirle a Charles que sería mejor que esperara en la casa, pero intuía que el enamorado de Rocío se negaría en redondo.

—¿Sabes usar un arma?

—Mejor que ninguno de los aquí presentes, te lo aseguro.

A juzgar por las expresiones divertidas de los demás hombres, Charles imaginó que había dicho algo fuera de lugar.

—¿Y cuál es tu favorita?

—Preferiría un revólver a ser posible. Un Magnum de calibre 357 sería perfecto.

—Interesante elección. Tengo justo lo que quieres —dijo Sócrates, sorprendido por la respuesta del profesor. Hizo una señal con la cabeza a uno de los hombres y este bajó una escalera, de donde volvió con una caja grande de madera. Sócrates se la dio a Charles—. Es un 357 Magnum modelo 608, con ocho balas. Tiene el tambor mejorado, el gatillo está dispuesto para un recorrido más corto y la empuñadura tiene una forma perfecta. Es ideal para causar estragos.

Atónito, el orgulloso propietario se fijó en el modo en que Charles sacaba el revólver de la caja. Para sorpresa de Sócrates, al profesor se le iluminó la cara. Después de que el hombre que había traído el arma le diera al recién llegado una caja llena de balas dispuestas de forma que facilitaban recargar el arma con rapidez, Sócrates les indicó a todos que lo siguieran. Cruzaron un pasillo y accedieron a una sala de reuniones. Todos los hombres del patio se habían congregado en ella y estaban ahora alrededor de una mesa. Ante ellos tenían un plano de la casa del obispo.

—Cuéntanos el plan —ordenó Sócrates.

Uno de sus soldados explicó el plan de ataque, que Charles interrumpió a la mitad.

—Dado lo grande que es este sitio, será muy difícil de proteger. ¿No sería mejor que saltáramos la valla en lugar de atacar la entrada principal?

—En la parte superior de la valla hay una alambrada electrificada —respondió alguien.

—¿Y cómo están distribuidas las cámaras? —preguntó de nuevo Charles.

—No hay ninguna —dijo la persona que había explicado en detalle la operación.

—¿No hay cámaras en este edificio gigantesco? ¿Cómo es posible?

—El obispo no cree en la tecnología —contestó Sócrates—. Dice que es obra del diablo. Siempre ha afirmado que no hay nada como la fuerza bruta de un grupo de hombres entrenados, pero creo que esa no es la razón. No quiere que se grabe lo que pasa allí, ni siquiera de manera accidental. Como decía, es mejor curarse en salud.

—Sus hombres son o habían sido narcotraficantes, personas con muy poco cerebro. Siempre hay el riesgo de que uno de ellos lo traicione y saque a la luz pública algún disco con las orgías que organiza con los doce niños que tiene en su casa —explicó el hombre de Sócrates.

Horrorizado por la explicación de Acevedo, Charles no dijo nada.

Una vez que acabaron de ultimar los detalles, fueron a montarse en los coches. Pero antes Sócrates presentó a Charles a un individuo con los rasgos característicos de un indio latinoamericano.

—Este es Carlitos. Estuvo conmigo en Cartagena. Y este otro es su hermano, Manuel. Carlitos pilotará el helicóptero que nos llevará a Copán y después a la jungla.

Subieron a los vehículos. El convoy se detuvo en un punto y solo Sócrates bajó. Miró a Charles y le pidió que lo acompañara.

El Humvee se había detenido frente a una casa construida en el más puro estilo de un *palazzo* del norte de Italia. Charles siguió a Sócrates hasta el jardín.

—Esta casa perteneció en su día a la familia Visconti, que poseía muchísimas propiedades en San Pedro Sula, fábricas incluidas. Según cuenta la leyenda, fundaron esta ciudad y compartieron los territorios con Pedro de Alvarado, gobernador de Honduras por aquel entonces. La ciudad se construyó al principio en otro sitio y siglos después se trasladó aquí. A principios de la centuria pasada, tenía decenas de miles de habitantes. Ahora, la zona metropolitana supera los dos millones. Es una cifra extraoficial porque aquí es imposible realizar un censo como es debido. La familia Visconti es la responsable de este rápido crecimiento porque trajeron a muchos empresarios y construyeron fábricas. Este es el centro industrial del país. En cuanto a la casa, la compré al municipio, que tenía la obligación de convertirla en una biblioteca. Este era el deseo testamentario de los propietarios. Como ves, no he cambiado su finalidad oficial. Solo que la he convertido en un centro de adquisición de libros raros. Y pagamos el doble del precio de mercado. Aquí viene gente de toda Latinoamérica a traer libros. Cuando se acumulan demasiados, hacemos donaciones.

—¿Porque estás esperando encontrar algo?

—Sí —respondió Sócrates—, un libro.

—Un libro que no existe.

—Ya lo veremos.

Charles y Sócrates siguieron adelante, rodearon la casa y llegaron a un espectacular jardín lleno de esculturas, exactamente como debía de ser una villa de un noble milanés durante el Renacimiento. Se detuvieron ante un doble tramo de escaleras que se arqueaban para encontrarse frente a la entrada de la casa. Sócrates señaló algo.

—En cuanto encontré la agenda de George, lo supe. Aunque lo que estaba escrito en ella estuviera pensado para conducir a un posible ladrón por un camino falso, recordé esta serpiente emplumada, la que está engullendo a una persona —comentó y volvió a señalar el emblema de la familia Visconti esculpido en piedra encima de la puerta—. Es extraño pero hasta entonces no había establecido la relación entre ambas. Y ahora me doy cuenta de que son prácticamente idénticas. Entonces supe quién eres y que me llevarías al encuentro con el objeto de mi sueño.

152

Dejaron los coches a cierta distancia de la verja, en paralelo a los altos muros de la propiedad, y se distribuyeron a lo largo de ellos, a ambos lados de la entrada, diez en un lado y diez en el otro. El Humvee de Sócrates se detuvo delante del timbre. Llamó.

—¿Quién es? —preguntó una voz.

—O *Parteiro*. Me están esperando.

Oyeron un ruido metálico y la verja comenzó a moverse. El vehículo enfiló la entrada pero se paró antes de llegar a la barrera. El Humvee quedó así situado estratégicamente impidiendo que la verja se cerrara. Dos personas se aproximaron al coche: una delante de la barrera, mientras la otra salía de la garita del portero y se acercaba a la ventanilla de Sócrates. El portero conocía al conductor, puesto que ya lo había visto allí antes y siempre le había permitido entrar.

—El obispo no nos ha dicho que lo esperara.

—No vengo a verlo a él, sino a Keely.

—Tengo que comprobarlo; aunque han pedido que nadie los molestara —comentó el portero, que dio media vuelta para regresar a la garita. Los dos lo vieron con el teléfono en la mano. Regresó pasado uno o dos instantes—. No contesta nadie. Dadas las circunstancias, enviaré a Jiménez a preguntar, pero eso podría cabrearlo de verdad —añadió con una mirada amenazadora—. Especialmente si está en pleno... Ya sabe a qué me refiero. —El portero acompañó sus últimas palabras de un gesto obsceno.

—Te compensaremos —aseguró Sócrates, que se metió la mano en el bolsillo y sacó un par de billetes.

Hizo un gesto con la mirada a través del espejo retrovisor. Alzó entonces la mano y dejó caer los billetes. Sin que el gesto lo molestara, el hombre se agachó para recoger el dinero.

En ese momento, Sócrates bajó de repente la mano. Sus hombres empezaron a dar marcha atrás a cada lado de la verja. La primera bala liquidó al hombre que se había agachado a por el dinero. Desde detrás llegó una lluvia de balas que hizo bailar con los impactos al hombre situado delante de la barrera. Sócrates pisó el acelerador, derribó la barrera y atropelló al hombre al que acababan de llenar de plomo.

Charles miró horrorizado a su alrededor. Nunca había participado en este tipo de acción. Mientras el Humvee corría a toda velocidad hacia la casa, hizo una pregunta para acallar su conciencia:

—Son mala gente, ¿verdad?

—De lo peor —respondió Sócrates.

Tras ellos siguieron sonando disparos. Varios individuos que habían salido de los puestos de vigilancia perdieron la vida en el acto. Charles volvió la cabeza y los vio caer.

—¡Vaya! —soltó, sin saber si era una expresión de horror o de admiración, o si simplemente había lanzado una exclamación para infundirse valor.

Otro coche apareció por la verja. Cuatro de los hombres de Sócrates salieron y se acercaron. Dos hombres desarmados salieron de un torreón y cayeron al instante, como los demás. El ruido de balas llegaba muy lejos. Los cuatro hombres que se habían quedado para proteger la casa también lo oyeron. Uno de ellos empezó a disparar hacia un costado del coche y Charles oyó que varias balas impactaban en él. Sócrates aceleró y giró el vehículo en un santiamén. Disparó dos veces con la pistola, directamente a la frente. Mientras tanto, otro hombre había salido de la casa intentando armar una metralleta. Sócrates salió del

Humvee de un salto y disparó varias veces. Los otros dos hombres de la casa fueron eliminados por los ocupantes de un segundo coche. Y de repente todo quedó en silencio.

—¿Vienes? —preguntó Sócrates, riendo al ver a Charles acurrucado delante de su asiento con las manos sobre la cabeza.

Sus hombres salieron del coche y escudriñaron la zona. Sócrates les hizo un gesto para que se quedaran ahí. Mientras tanto, un individuo con una barriga gigantesca y unas mejillas dignas de un lechón salió por la puerta para ver qué estaba ocurriendo. Iba con las vergüenzas al aire. La bata que se había puesto a toda prisa se le había desabrochado. También empezaron a aparecer niños desnudos. Charles no entendía qué estaba pasando. Sócrates se abalanzó sobre el hombre y lo tiró al suelo de un puñetazo. Después lo sujetó por la oreja y empezó a arrastrarlo tras él.

—Este es el gran obispo de San Pedro Sula, Su Eminencia pedófila, Carmelito Ramírez. —Sócrates golpeó la cabeza del obispo contra la puerta—. ¿Qué haces ahí plantado como un espantapájaros? —murmuró a Charles—. Querías conocer mi mundo. Aquí lo tienes.

Sócrates agarró al obispo por el cuello de la bata y lo arrastró al interior de la casa. Allí sorprendió a Keely, que se había puesto la camisa y estaba buscando los pantalones. Charles entró en la habitación. El sol que se colaba a través de las cortinas rojas creaba un ambiente infernal; para ser exactos, de la zona donde las calderas hierven sin cesar sobre las llamas. Había seis o siete niños totalmente desnudos acostados en los sofás, entre los cojines. El mayor no tendría más de quince años. Algunos intentaron moverse, pero parecían drogados. Había varias pipas de opio esparcidas sobre los cojines. La imagen afectó tanto a Charles que se quedó con la boca abierta, y lo único que salió de sus labios fue:

—Sodoma y Gomorra.

—Sócrates —dijo Keely por fin.

Pero a modo de respuesta una mano de hierro lo golpeó con fuerza, y el jefe de la Cúpula cayó sobre los cojines.

—¿Qué es esto? ¿Qué está pasando? —gritó Keely—. ¡Alto, alto!

Sócrates lo agarró por el pelo y empezó a arrastrarlo.

—Encárgate de que ese otro tipo no se escape —le dijo a Charles.

Cuando el hermano de Rocío desapareció arrastrando a Keely tras él, Charles sacó el revólver y apuntó al obispo con una mano algo temblorosa.

—Al jardín —dijo, apuntando el cañón a la nuca del obispo.

Mientras seguía esperando a que algo pasara se le cansó la mano y la bajó a la altura del cinturón, apuntando aún al monseñor. El obispo trató de decir algo a aquel desconocido con la intención de ofrecerle algo o sobornarlo.

—Si dice una sola palabra, le disparo —soltó Charles, asombrado de sí mismo.

Los niños se habían reunido en el jardín.

—Vámonos —ordenó Sócrates, que pasó junto a Charles de camino al coche.

Llevaba una bolsa manchada de sangre en la mano. Puso en marcha el motor pero, un momento después, se volvió y disparó al obispo en la frente.

—¿Qué demonios? —exclamó Charles.

Si Sócrates tenía justificación para los otros crímenes, puesto que se habían cometido en legítima defensa, a Charles le pareció que aquel era completamente gratuito.

—He querido impedir que esos niños cometieran el primer asesinato de su vida.

Charles echó un vistazo. Los niños blandían cuchillos, hachas o lo que habían podido encontrar y rodeaban al obispo. Charles comprendió lo que Sócrates había querido decir. Pero de todos modos los niños se lanzaron sobre el cuerpo del obispo caído y empezaron a apuñalarlo y golpearlo.

—Por desgracia, no lo he conseguido del todo —añadió Sócrates.

Arrancó el Humvee y se dirigió rápidamente hacia la verja. Con la cabeza vuelta hacia atrás, Charles tuvo la impresión de estar viendo la secuencia final de *Ricardo III* con Laurence Olivier, cuando el rey jorobado es asesinado a puñaladas en el campo de batalla, una escena que se va viendo cada vez más pequeña al alejarse la cámara y sobre la cual aparecen de pronto los títulos de crédito finales.

153

Los coches se habían reagrupado y se dirigían en fila india hacia los límites de la ciudad. Entraron en un inmenso rancho y siguieron recorriendo la carretera hasta que se detuvieron delante de un pequeño aeropuerto privado.

—¿Seguro que sigues queriendo ir a Copán? —preguntó Sócrates, mirando a Charles a la cara—. Comparado con lo que se avecina, lo que ha ocurrido aquí no ha sido más que una fruslería.

El profesor asintió con la cabeza. Su corazón, presa de la adrenalina, latía a un ritmo sin precedentes.

—Una cosa es disparar a una diana y otra a un ser humano —dijo Sócrates—. Pero si estás decidido, me está bien. —Salieron dos individuos y Sócrates habló con ellos durante un rato—. Estos helicópteros tienen una capacidad máxima de seis personas, pero uno de los dos debe llevar combustible extra. —Otra persona salió del aeropuerto con varios paquetes de gran tamaño—. Mochilas, trajes de kevlar a prueba de mordeduras de serpiente, machetes y armas para la selva para cinco personas —repuso Sócrates—. Este helicóptero es nuestro. Saldremos hacia la jungla después de nuestra «visita» a Copán.

Sócrates eligió a Carlitos, que era el piloto, a Acevedo y a dos de sus hombres más entregados para que fueran con ellos en su helicóptero, junto con Charles. Escogió a otros cinco para el segundo aparato que irían con el piloto, al que habían contratado junto con el alquiler de su helicóptero.

—Con el debido respeto, mi hermano siempre viene conmigo —adujo Carlitos.

Sócrates accedió, de modo que Manuel se cambió el sitio con uno de los otros hombres. Sócrates echó un vistazo a su reloj.

—Comeremos aquí y esperaremos hasta la hora indicada. El conductor puede llevar a los demás de vuelta a la villa.

Después de comer, Acevedo se aseguró de que nadie pudiera molestarlos y comenzaron a discutir el plan. Sócrates sacó un mapa de la zona y lo extendió sobre la mesa.

—Aquí está la entrada que nos interesa, una que no se usa casi nunca, según tengo entendido. A las nueve de la noche dará comienzo una gran reunión en la parte delantera. Tenemos que entrar por detrás a las diez en punto. Normalmente hay cuatro patrullas: dos en coche y otras dos a pie. Los tipos de los coches no patrullan cuando se celebran sesiones importantes. Permanecen en el helipuerto y van escoltando a los invitados a medida que llegan. Después siguen estando disponibles. Todas las fuerzas de seguridad están localizadas en la parte delantera del complejo. —Sócrates hizo un círculo en el lugar con un rotulador—. Una patrulla tarda cuarenta y cinco minutos en ir de una entrada a la otra. Tengo entendido que una de ellas pasará por nuestra entrada a las 21.45. Tenemos que dejar que se alejen, así que disponemos de media hora.

—¿Cuántas personas forman cada patrulla? —preguntó alguien.

—Doce, por lo que yo sé.

—Nada del otro mundo —comentó el hombre—. Si nos encontramos con una de ellas, no supondrá ningún problema.

Varias personas de la habitación rieron.

—Es posible, pero sería mejor evitar un enfrentamiento directo —reanudó el plan Sócrates—. Dentro hay que lidiar con cinco guardias. El gran problema es esto de aquí —dijo, marcando la entrada—. Hay seis columnas blancas dispuestas en círculo en cada entrada. La distancia es corta, pero no se puede llegar a la entrada si no atravesamos este círculo. Las columnas tienen cinco metros de altura y en la parte superior tienen instalados unos complejos aparatos que funcionan de manera simultánea como sensores de movimiento, detectores térmicos y a saber cuántos dispositivos más.

—Y, después de que atravesemos las columnas, ¿entraremos directamente por una puerta? —inquirió alguien.

—Buena pregunta. Se necesita una tarjeta especial para eso y la huella de la palma de la mano de un individuo autorizado.

—¿La huella de la palma de la mano? —intervino Charles, que había estado escuchando con atención.

—No es problema. Tengo la de Keely. Y las tarjetas de acceso. Pero aunque tengamos eso, una vez que estemos en el círculo, el sistema inteligente tiene que reconocernos. De lo contrario saltará la alarma y la entrada se bloqueará.

—¿Y cómo superamos eso? —preguntó Acevedo.

—Las columnas se reinician de forma aleatoria a intervalos concretos. El sistema se verifica solo y vuelve a comenzar. Esto pasa al menos una vez al día siguiendo un algoritmo muy complicado. Sin embargo, hay dos posibles soluciones. Si algo no funciona se puede solicitar un reinicio desde dentro. O, y aquí es donde la cosa se pone interesante, el sistema se puede reiniciar desde fuera. Hay un pequeño botón rojo en la parte superior de cada columna, debajo de esos elaborados dispositivos que parecen farolas, para que se pueda restablecer el sistema desde fuera.

—¿Y cómo llegamos a los botones? ¿Escalando?

—No podemos. Se requiere un equipo especial para acceder a las columnas y es imposible que consigamos uno. Tenemos que disparar a los botones.

—Ya me dirás cómo —repuso Acevedo.

—Es la única solución.

—Pero ¿así no los destruiremos?

—Sí, en efecto, pero lo bueno es que, una vez pulsado, cada columna se restablece de forma individual.

—¿Cuánto dura el proceso? ¿Cuánto tiempo tenemos para entrar? —terció Acevedo.

—Tres minutos. Pero eso es a partir de activar la primera columna, por lo que hay que desactivar las demás enseguida.

—¿Qué tamaño tiene el botón? —preguntó otro.

—Poco más que la cabeza de un alfiler, así que dependemos de nuestro mejor tirador. Pedro, ahí entras tú. Si fallas, estamos acabados.

—Yo lo haré —dijo Charles, tras lo cual se hizo el silencio. Acto seguido, todos rompieron a reír. Entonces sacó la pistola que llevaba a la espalda y la puso sobre la mesa. Todos los presentes tenían curiosidad por ver qué iba a pasar—. ¿Veis esa cortina al fondo de la habitación detrás de la barra?

Todos se volvieron para mirarla.

—¿De dónde cuelga?

—No se puede ver desde aquí —respondió alguien, así que otro se levantó y corrió al fondo de la habitación.

—Está sujeta por dos delgadas cuerdas.

Charles le dio al hombre el tiempo suficiente para que volviera a la mesa.

—Para tu información, ese bastidor que oculta la instalación de la cortina se llama «galería». ¿A cuánto está? —preguntó.

—Unos veinte metros —dijo uno.

—A más, seguramente a treinta —comentó otro.

—¿Eso es más de cinco? —bromeó Charles.

Los hombres rieron de nuevo, pero Sócrates puso un brazo en jarra con actitud de reproche.

El profesor se levantó y extendió el brazo, sujetando la pistola. Apuntó a la primera cuerda y después movió la mano varias veces de un lado a otro, para finalmente dejar la pistola en la mesa otra vez. Hubo un murmullo generalizado de decepción. Algunos volvieron a reír, pero Charles les pidió silencio.

—Vendadme los ojos —ordenó.

—Vamos, Charles, ya es suficiente —comenzó Sócrates—. Vas a matar a alguien. ¿Qué demonios haces?

Los hombres prorrumpieron en carcajadas, como era normal.

—¿No estaréis todos más cagados que yo? —preguntó Charles con curiosidad—. Vendadme los ojos.

Todos miraron a Sócrates, que se encogió de hombros. Dos de sus hombres se levantaron, cogieron una servilleta, la doblaron y uno se la colocó a Charles sobre los ojos.

—¿Puede ver algo? —preguntó el otro.

El primero hizo un gesto para indicar que no podía. Cuando Charles se levantó otra vez con la pistola en la mano, todos corrieron a apartarse de la trayectoria. El silencio era absoluto. Charles apuntó a la izquierda de la galería y disparó. Esta se desplomó. El sonido de la Magnun se pudo oír alto y claro, duplicado por el eco en ese espacio cerrado, de modo que a todos empezaron a pitarles los oídos, aunque ninguno dijo una sola palabra. Luego Charles movió la mano a la derecha y disparó. La galería cayó al suelo, con cortinajes incluidos.

154

Mientras los hombres comprobaban el equipo por última vez y se dirigían al helicóptero, Sócrates esperó en la entrada del helipuerto a que apareciera Charles, le indicó al profesor que quería decirle algo y se apartaron a un lado.

—Tengo que decirte una cosa.

—Te escucho —dijo Charles.

—Hay algo que no te he contado y creo que es importante. Mi objetivo no es vengar a Rocío. Espero que se recupere y que así no tenga que hacerlo. Quiero impedir que esta estúpida organización vuelva a intentar tocarnos a ninguno de nosotros.

—Bien. Me parece justo. Pero aunque hayamos tenido una conversación muy clara y detallada sobre cómo entrar ahí, no me has contado qué vamos a hacer una vez dentro.

—Bueno, también quería hablarte de eso. He elegido esa entrada en particular porque será la menos concurrida esa noche y también porque hay un Minotauro encerrado allí. —Sócrates pronunció las últimas palabras de manera pausada, por temor de que a Charles le parecieran ridículas.

—Lo sé —respondió Charles.

—¿Ah, sí?

—Sí. No con exactitud, claro, pero sé que debe de haber uno. En realidad no es un animal, sino una máquina construida por esta organización, que está probando al guerrero perfecto. ¿Lo has visto?

—Sí —repuso Sócrates, aliviado de no tener que convencer al profesor de que sus palabras eran ciertas.

—¿Y cómo es?

—Lo he visto desde arriba, desde un puesto de control, como una especie de palco de prensa de un estadio. Pero no se puede sacar de allí porque lo mantienen encerrado en un laberinto.

—Un laberinto. ¡Vaya, vaya! Pero ¿qué interés tienes tú en esa cosa?

—Mi plan es liberarlo y dejar que cause estragos entre ellos. Eso simplificará mucho las cosas.

—Pongamos que conseguimos liberarlo —especuló Charles—. ¿Cómo salimos de allí?

—Tampoco tengo un plan para eso. Cuento con mi inteligencia para manejarme en el campo. ¿Tienes idea de cómo puedo sacarlo de allí?

—De cómo podemos sacarlo —dijo Charles, haciendo hincapié en el «sacamos»—. ¿Pudiste ver el trazado del laberinto desde esa posición elevada?

—No pude tomar nota. Había algunas placas colocadas en la parte superior que ocultaban el trazado, pero Asterión está en el centro. Eso sí que lo vi.

—¿Asterión? —preguntó Charles—. Qué interesante.

—Pues sí. Todo está relacionado. Es el nombre de un personaje de un cuento de Borges.

—Cierto, pero también es el nombre propio del Minotauro de la mitología. Uno de sus nombres es Asterión, pues así se llamaba el padre adoptivo del rey Minos, el mismo que lo encerró en el laberinto. Y a propósito del laberinto, hay un problema con este mito. El laberinto original, el de Cnosos, es el más sencillo de los tres posibles. Ahí existe una contradicción. No hay trampas. No te puedes perder. No tiene estructuras ramificadas que bloqueen el camino para obligarte a volver atrás y buscar una alternativa. Esto es como la hebra de un ovillo, un laberinto que te lleva de forma inevitable al centro.

—¿Como el ovillo de Ariadna que ayudó a salir a Teseo?

—Sí. Solo que Teseo no necesitaba el hilo porque el hilo es el laberinto en sí. Puedes salir del mismo modo que entraste, siguiendo el camino, incluso aunque esté dispuesto en círculo.

—¿Así de sencillo? —preguntó Sócrates con incredulidad.

—Sí.

—Entonces ¿qué sentido tiene?

—Es el Minotauro lo que le da sentido a este tipo de laberinto. Sin lo que él representa, el laberinto no sirve de nada. Es una broma, un juego de niños. La bestia aguarda a la víctima en el centro.

—Y si es tan sencillo, ¿por qué no sale de allí?

—Buena pregunta. Lo más seguro es que la leyenda quiera decirnos que se trata de un animal primitivo, hermoso y poderoso, pero no muy inteligente. El Minotauro es un toro blanco, por así decirlo.

—Y esta cosa también lo es.

—¿De veras? Eso es todavía más interesante. El sentido metafórico de la leyenda se puede intuir también a partir de eso. El Minotauro representa todo aquello que es más primitivo y salvaje. Su muerte simboliza el triunfo de la civilización sobre la barbarie, sin el menor género de duda. No es casualidad que Teseo, que mató al monstruo, fuera uno de los grandes reyes de Atenas, que se ha de ver como la esencia de la civilización, en comparación con Creta, que es barbarie pura. La leyenda implica que Atenas es Grecia y Grecia es la perfección.

—¿Y los otros dos tipos de laberinto?

—Esos no cuentan. Uno es más complicado. Es el laberinto ramificado de la Edad Media, lleno de caminos sin salida y en el que solo uno de ellos es correcto. El tercero tiene una estructura rizomática, nudos entrelazados que se producen y generan otros ellos mismos, pero es casi imposible de reproducir físicamente. Nuestro laberinto solo puede ser uno de los dos primeros. Así que, dado que el resto de la historia coincide con el mito original, tendremos que rezar para que sea el primero. Podrías resultar ser el héroe civilizador. —Charles rio. Dado que Sócrates continuó pensativo, no estaba convencido de que hubiera captado la ironía—. Hay algo más —comentó el profesor—. Si nuestra suposición sobre el laberinto es correcta, ¿cómo es que este guerrero no sale de ahí para causar estragos?

—Porque se encuentra en estado de reposo, según entendí que decía Keely. Para ponerlo en marcha hay que insertarle una tarjeta en la nuca e introducir luego un código.

—Supongo que tienes las dos cosas. Pero ¿cómo le das órdenes a esa cosa para que sepa qué tiene que hacer? ¿Y cómo lo paras?

—Creo que hay un sistema que lo coordina vía satélite desde los laboratorios de Copán.

—Entonces ¿qué piensas hacer, cabrearlo sin más o qué?

—Tiene instinto criminal. Esperemos que estés en lo cierto acerca del laberinto. No se me ocurrió preguntar al respecto. ¿Y si nos llevamos una sorpresa y el Minotauro apenas se defiende? —planteó Sócrates mientras se dirigía a grandes zancadas hacia el helicóptero.

155

Todos los miembros de la Cúpula estaban reunidos en la gran sala de conferencias. Faltaban Gun Flynn, que se encontraba en un avión de regreso a Roma; el tipo de la cara quemada, el hombre de más confianza del general, al que no habían informado del encuentro, y Keely, a quien parecía habérselo tragado la tierra. Había organizado la reunión y ahora no había ni rastro de él. La idea que estaba detrás del encuentro era impedir que tomara el poder la facción dirigida por el general, que había anunciado otra reunión en los próximos días. A pesar de que los partidarios del otro bando estaban presentes, Ewing estaba convencido de que podría atraerlos al suyo. Decidieron comenzar sin Keely. El hombre de la máscara se sentó a la cabecera de la mesa, el lugar que solía ocupar el líder de la organización, y abrió la sesión con un gesto teatral: se quitó la máscara. Todos le reconocieron como uno de los hombres más ricos del planeta.

Los dos helicópteros descendieron con suavidad en el margen sur del claro. Sócrates ordenó a los pilotos que se quedaran ahí para poder realizar un despegue rápido en caso de que hubiera complicaciones imprevistas o se encontraran con más resistencia de la esperada. De todas formas el piloto contratado no pensaba abandonar su aparato. Los otros diez hombres cruzaron la zona cubierta de hierba que los separaba de la entrada. Se aproximaron a las seis columnas, que aparentaban ser instalaciones de alumbrado corrientes. En medio había una entrada tipo túnel. Y al final estaba la puerta de acceso al búnker sepultado bajo tierra, bien escondido de las miradas de los curiosos. Charles se encargaría de disparar a los botones de las luces.

—Veamos qué sabes hacer —dijo Sócrates.

El profesor apuntó y disparó. El primer tiro resonó y su ruido se multiplicó en la serena noche. Las luces rojas del aparato situado en la parte superior se volvieron azules en cuestión de segundos, señal de que había comenzado el reinicio, y la luz se apagó. Satisfecho, Sócrates asintió con la cabeza. Charles alcanzó al resto de los objetivos uno tras otro. Avanzaron hasta la puerta. Sócrates sacó una mano cortada de su pequeña bolsa ensangrentada y la apoyó en la superficie traslúcida de la pared. Charles se percató de que era la mano de Keely. Observó la escena con horror, pero un ruido interrumpió el curso de sus pensamientos. Pese a lo macabro de la situación, la zona traslúcida se había iluminado al acercarse la mano y en la pared apareció el contorno de una palma, dentro del cual Sócrates colocó la de Keely. Después se abrió una ranura y el argentino introdujo una de las tarjetas. Acto seguido apareció un trozo de pared que se convirtió en una pantalla, un teclado virtual en el que el hermano de Rocío marcó un código. Por último, se abrió otra rendija en la que metió una segunda tarjeta. Durante varios segundos no ocurrió nada. Al cabo de un rato se oyó un clic y la puerta comenzó a abrirse poco a poco.

Oyeron dos disparos a la izquierda y dos de sus hombres se desplomaron, sin vida. Una de las patrullas había llegado a la escena antes de lo previsto. Los hombres del argentino comenzaron a disparar en la oscuridad y formaron un círculo humano alrededor de su líder y de Charles. Sócrates se apresuró a abrir la puerta, pero un guardia se materializó delante de la abertura parcial y comenzó a disparar con una pistola. Sócrates se retorció de dolor. Acevedo reaccionó con rapidez y mantuvo la ametralladora por encima de la cabeza de su jefe hasta que vació el cargador. Otros cuatro vigilantes cayeron mientras Sócrates conseguía ponerse en pie y disparar a un quinto.

Aún se oían disparos fuera. Dos hombres más habían caído. En medio de la impenetrable oscuridad, la banda del argentino no tenía ni idea de a quién estaban disparando ni quién les disparaba a ellos.

—¡Tenemos que hacer algo! —gritó Pedro—. No podremos aguantar mucho más.

Sócrates tiró de Acevedo para acercarlo a su boca y le dijo algo al oído que hizo que este retrocediera y vociferara a los demás:

—¡Volvemos a los helicópteros! Formación de cobertura.

Charles no entendía qué estaba pasando y forzó la entrada. Sócrates le agarró de la cabeza con la mano ensangrentada y le dijo:

—Tienes que salir de aquí. De lo contrario todos nuestros esfuerzos serán en vano.

—¿De qué estás hablando? No voy a ninguna parte —declaró Charles—. Voy contigo.

—No. —Sócrates le cortó en seco mientas hacía una mueca de dolor y se agarraba el estómago con la mano—. Encuentra la biblioteca. Hazlo por mí. Y cuida de Rocío. Si algo le ocurre, volveré para atormentarte. —Pero Charles continuó empujando la puerta de todos modos—. Yo maté a George y a su prometida —confesó Sócrates.

Charles tardó unos segundos en asimilarlo, tiempo suficiente para que Acevedo lo agarrara del cuello y lo sacara de un tirón. Sócrates continuó empujando la puerta hasta que la cerró.

—¡Corre! —gritó Acevedo mientras su ametralladora escupía balas a diestro y siniestro.

Todos echaron a correr. Pedro y Acevedo cubrieron la retirada. Una bala alcanzó al primero en la carótida. El otro hombre también se dirigió al helicóptero pero, antes de llegar, le dieron por detrás y cayó como si fuera un saco de patatas. Charles, Acevedo y Manuel llegaron al aparato. De repente apareció un coche que comenzó a dispararles. El piloto contratado despegó sin esperar a nadie, aunque le impactaron varios disparos que le causaron la muerte. El helicóptero comenzó a caer, hasta que se estrelló sobre el coche que llevaba a los tiradores. Eso les dio el tiempo necesario para que Carlitos desapareciera en el horizonte con los tres supervivientes.

156

El profesor miraba hacia abajo, todavía en estado de shock, y mientras veía desaparecer Copán, junto con el hermano de su amante, pensaba que no sabía cómo iba a poder mirar de nuevo a Rocío a los ojos. A la vez que sucedía esto, Sócrates entraba en el laberinto. No encontró resistencia alguna, avanzó en espiral y fue aproximándose hacia el centro, tal y como Charles había previsto. Se detuvo antes de llegar al medio, levantó la cabeza un poco y escudriñó la pared que tenía enfrente. El blanco Minotauro estaba ahí, inmóvil como una estatua antigua. Se aproximó a la bestia y la tocó. No hubo reacción. La rodeó hasta situarse detrás de ella, descubrió la nuca de esa cosa, insertó la última tarjeta de Keely e introdujo el código. Dado que no sabía cuánto tiempo tenía hasta que el monstruo se activase, Sócrates se apartó y después se escondió detrás de una pared. No ocurrió nada. Justo cuando estaba a punto de acercarse a la bestia de nuevo para comprobar si había hecho algo mal, oyó un ruido parecido al de un ordenador al encenderse. El Minotauro le miró con unos ojos que casi parecían arder y profirió un espantoso mugido. Sócrates le disparó y echó a correr. Se detuvo a unos metros para cerciorarse de que el monstruo le seguía, pero no oyó nada. Se disponía a retroceder, cuando oyó un aterrador rugido y sintió que el suelo temblaba. El animal se había puesto en marcha. Después de salir del laberinto, abrió de par en par la puerta que lo separaba del resto del complejo, se montó en uno de los pequeños vehículos con cámara de aire y se dirigió al pasillo superior. Todas las salas estaban cerradas. Allí no había nadie, tal y como Keely había dicho que ocurría las noches en que la Cúpula celebraba una reunión.

El animal cogió velocidad y casi alcanzó a Sócrates, que apenas tuvo tiempo para atravesar la puerta de seguridad. El Minotauro se precipitó contra esta, pero era demasiado grande para pasar por ella. Comenzó a bramar de forma espantosa y toda la instalación tembló. Si el animal no conseguía cruzar la puerta, todos los esfuerzos de Sócrates habrían sido en vano, así que trató de girar a la bestia empujándola con una mano, pero la criatura le agarró el brazo izquierdo y tiró de él. Sócrates gritó de dolor. Aquella cosa casi le había arrancado el brazo, que le colgaba como si fuera de trapo. La puerta cedió después de varias sacudidas. El infernal ruido había sacado de su letargo a los guardaespaldas, que aparecieron al fondo. Sócrates se marchó corriendo y pasó entre ellos, que no reaccionaron. Dado que ante sí tenían un problema mucho mayor, los guardias comenzaron a disparar al animal que se acercaba. Sócrates llegó a la sala de conferencias, que estaba a poco más de cuarenta y cinco metros en línea recta. Los miembros de la Cúpula no entendían qué estaba pasando y todos se pusieron en pie de golpe, horrorizados por el ruido que venía del corredor.

—¡Este es vuestro final! —vociferó Sócrates.

A continuación se arrojó debajo de la mesa en el preciso instante en que el Minotauro irrumpía en la sala después de haber hecho pedazos a los seis guardaespaldas. Sócrates oyó la respiración del monstruo y sintió que se acercaba a la mesa. Un silencio sepulcral reinó durante unos instantes y, acto seguido, se desató el infierno. El Minotauro despedazó a todo el que se encontró a su paso. Los que estaban al fondo de la sala corrieron hacia la salida que daba a las ruinas, pero fueron abatidos por los mismos soldados que, horrorizados, disparaban al siniestro animal, que estaba arrancando cabezas de dos en dos. Al ver que la criatura no caía, los soldados salieron corriendo hacia las ruinas. Ewing se arrastró de rodillas, tras haber recibido un disparo en ambas piernas. Desde debajo de la mesa, Sócrates vio cómo el Minotauro agarraba la cabeza del multimillonario con la boca y se la arrancaba de cuajo. «La criatura mata a su creador», se dijo para sus adentros, pensando en aquella mezcla de golem y el monstruo de Frankenstein.

Todos habían muerto en cuestión de segundos. Con una mano inutilizada y un agujero en el estómago, Sócrates sintió que se quedaba sin fuerzas. Esperaba que la criatura subiera las escaleras para seguir a los soldados, pero se volvió hacia él. Partió la mesa en dos de un solo golpe y arrojó ambas mitades contra las paredes, a la izquierda y a la derecha.

Sócrates metió una mano en su bolsa y comenzó a gruñir mientras revolvía dentro.

—Un Minotauro me destroza, ¡pero yo soy el Minotauro, el laberinto y mi propio Teseo! —Y continuó mientras cogía una granada—: Por desgracia para mí, soy Sócrates y este es el fin.

Entonces se metió el extremo de la granada en la boca e introdujo la cabeza en las fauces del monstruo. Aún pudo pensar en algo hermoso en el momento previo a la explosión. Recitó de memoria sus versos favoritos, por supuesto de Borges.

Si (como afirma el griego en el Cratilo)
el nombre es arquetipo de la cosa
en las letras de «rosa» está la rosa
y todo el Nilo en la palabra «Nilo».

157

Gun Flynn consideraba que la reunión de Roma había sido un éxito. Sentado en el avión de regreso, revisó su razonamiento sobre los esqueletos y echó un vistazo al mapa. Si su hipótesis era correcta, los siguientes y últimos restos en aparecer serían los de su padre, seguramente el único criminal de guerra enterrado en el cementerio Magnolia de Charleston. Por supuesto, cabía la posibilidad de que el sexto esqueleto lo hubieran llevado allí desde otro lugar y que hubieran elegido ese sitio para completar la estrella de David, pero le parecía más probable que el resto de los cadáveres hubieran sido trasladados precisamente para encajar en el simbólico diseño. Asimismo era posible que el último esqueleto lo exhibieran en el muro de alguno de los otros cementerios de la zona, pero no estaba dispuesto a correr el riesgo.

Ahora, después de haber deducido el lugar, tendría que estimar el día en que se produciría el acontecimiento. Podría haber apostado algunos soldados para que vigilaran la tumba de su padre, pero esa clase de atención era poco recomendable. La gente hablaba. Hacía preguntas. En cualquier caso, si había alguna regla que rigiera la ubicación de los esqueletos, debía de haber un indicador para la frecuencia con la que aparecían, se dijo Flynn. El general anotó las fechas en que se habían descubierto los anteriores esqueletos. El último había aparecido en Indianápolis el 18 de abril. El previo, el 13 en Tallahassee; el anterior a ese, el 6 del mismo mes; el segundo, el 26 de marzo, y el primero, en Mountain View, el 13 de marzo. Flynn contempló el trozo de papel con la lista de las fechas. No tenía ni idea de cómo abordar el asunto, pero estaba convencido de que los días tenían un significado, algo místico.

El número 13 aparecía dos veces. El 26 era 13 × 2 mientras que 18 era 13 + 5. El general continuó haciendo un círculo alrededor de los números, pero no encontró nada satisfactorio. Si se trataba de una interpretación cabalística en la que cada letra corresponde a un número y era necesario hacer sumas y restas, la operación inversa era casi imposible sin un punto de referencia.

Flynn casi se había dado por vencido y estaba pensando en llamar a un especialista en misticismo judío cuando se le ocurrió otra idea. Se fijó en que el espacio entre los cinco sucesos se acortaba de manera progresiva. Trece días del primero al segundo. ¡Otra vez trece! Once días del segundo al tercero, siete entre los dos siguientes y cinco entre el penúltimo y el último. Por tanto tenía una serie ante sí: 13, 11, 7, 5. Faltaba el quinto número. De repente se le iluminó la cara. La serie estaba compuesta por números primos en orden inverso. Solo podía indicar que el siguiente número era el 3, lo que significaba el 21 de abril. Eso era al día siguiente.

158

Había despuntado el día cuando el helicóptero aterrizó en el punto que Charles indicó en el mapa. Exhausto y horrorizado por los sucesos del día anterior, se había quedado dormido al cabo de un rato. Le despertó Acevedo, que quería saber dónde tenía que tomar tierra el aparato. Charles sintió que le ardía la cara. Después de aterrizar, el profesor se echó una botella entera de agua por la cabeza y, en cierto modo, consiguió apretar el botón de reinicio oculto en lo más profundo de su personalidad, que era la forma en que se recuperaba de las situaciones más difíciles.

Acevedo se había cambiado de ropa y se había puesto la del paquete: botas altas y recias, mono fluorescente y guantes. Tras colgarse la mochila a la espalda. Charles se sujetó el machete a la cintura y cargó su pistola.

—¿Qué se supone que voy a hacer con estos guantes? Tengo que manipular el mapa del teléfono con el dedo.

—La jungla es muy peligrosa. Los guantes son obligatorios.

—¿Peligrosa?

—¡Y mucho! Empecemos por las serpientes, algunas de ellas entre las más venenosas del mundo. La serpiente de barba amarilla es la peor. Ataca en el acto y no se esconde. Hablamos del reptil más rápido y agresivo. Y también hay otras especies. Si tenemos suerte no serán tan letales como la barba amarilla. Por no hablar de los escorpiones, piojos y otros insectos. Te pueden dejar paralizado. Existe un mosquito que transmite la lepra. Si te pica, empiezas a caerte a trozos en cuestión de horas.

—¿De verdad? —preguntó Charles, horrorizado.

El asunto de las serpientes había expulsado todo el color de sus mejillas. Padecía una grave herpetofobia y ni siquiera era capaz de ver un reptil en televisión sin sufrir pesadillas durante días. De todas las dificultades y peligros, ese era el más atroz para él y, sin embargo, a pesar de que un escalofrío le había recorrido el cuerpo mientras Acevedo describía las serpientes, Charles no dijo nada.

Pero la mano derecha de Sócrates respondió a su pregunta sobre la lepra.

—Se te caen las orejas. La nariz. Un dedo por aquí, otro por allá —repuso Acevedo y Charles le miró con horror—. Si quieres abandonar, tienes que decirlo ya —aseveró—. Estás más blanco que la cal.

—No. No vamos a rendirnos, pero la batería de este teléfono está casi agotada. No sé cómo vamos a orientarnos sin el mapa.

—Será imposible. Será difícil incluso con él, pero tenemos baterías para dos días. Oye, enchúfalo a esto. —Le entregó una batería portátil que Charles conectó a su móvil.

Los demás también se habían preparado: llevaban dos tiendas.

—¿Vamos a dormir ahí? —preguntó Carlitos.

—Esperemos que no sea necesario. La noche es lo más peligroso. Ten cuidado si tienes que ocuparte de la llamada de la naturaleza. Sin mojigaterías. Es mejor que nos veamos unos a otros que separarnos del grupo.

Charles lanzó una mirada de admiración a Acevedo. Parecía saber bien de qué hablaba. Por otro lado, los dos hermanos colombianos no parecían nada contentos.

—¿Y qué es esto?

—Son trajes de kevlar y piezas del mismo material. Pase lo que pase, nos los pondremos cuando nos paremos. Por desgracia no podemos andar con ellos puestos, pero es obligatorio llevar estos protectores de kevlar para las piernas. Cuidado con lo que tocáis. Para ser más preciso, no toquéis ni una hoja. Yo iré delante con Manuel e iremos abriendo camino con los machetes. Tú tienes que marchar justo detrás, siguiendo el mapa. Carlitos cerrará la formación. No os separéis más de dos metros unos de otros.

—¿Y qué hacemos con el helicóptero?

—Lo dejaremos aquí para tener un medio de volver, si es que regresamos.

Emprendieron la marcha. Acevedo impuso el ritmo. Escardó la vegetación y le mostró a Manuel dónde arrojarla. Charles iba indicando la dirección desde atrás. Después de media hora de caminata, la selva tropical se había vuelto tan espesa que resultaba extenuante abrirse paso a machetazos entre la vegetación. Avanzaban muy despacio.

—No lo entiendo —dijo Charles—. ¿No debería haber aquí un camino por el que poder avanzar? Ni siquiera se atisba el menor rastro de un sendero.

—Es un bosque vivo —respondió Acevedo—. Lo despejas hoy y en unos días todo habrá vuelto a crecer. La tierra se mueve. Las plantas también.

Charles les pidió que pararan en un momento dado.

—Ya no puedo orientarme con el mapa. Se supone que estos son puntos de referencia en el camino. No reconozco nada en el terreno.

—Usa la brújula. Tengo entendido que eres matemático. Calcula los ángulos y oriéntate de ese modo, si es que no nos hemos desviado ya —repuso Acevedo, señalando el teléfono de Charles—. Hay un riachuelo aquí: ahí nos libraremos de la vegetación.

Caminaron durante muchas horas, completamente empapados de sudor, que se le metía en los ojos a Charles y hacía que ya casi no pudiera ver.

—Creo que nos hemos desviado —dijo, decepcionado, y se detuvo.

Pero justo en ese momento vieron más luminosidad al frente y oyeron el murmullo de un riachuelo.

—En absoluto —replicó Acevedo—. ¡Casi hemos llegado!

—No tardaron en alcanzar la orilla del riachuelo—. Extended la tienda. Tened mucho cuidado con dónde os sentáis.

Sacó unos sándwiches de su bolsa. Manuel se puso a gritar en un momento dado. Todos se levantaron de golpe mientras Acevedo examinaba el lugar con atención.

—¿Qué ocurre?

—He oído cómo se movían las hojas. Hay alguien ahí.

—No es nada, solo el viento —decidió Acevedo—. Prestad atención: uno de los peligros es que podemos perder la cabeza. —Dicho eso, le pidió el mapa a Charles—. Por lo que veo, hemos recorrido un cuarto del camino. El siguiente descanso lo haremos aquí: es una formación montañosa. —Señaló algo en el mapa de Charles—. ¿Lo ves?

—Sí.

Continuaron la marcha hasta que casi se desplomaron por culpa del agotamiento. El calor, la humedad, el miedo y la cautela con la que daban cada paso consumió hasta las últimas energías de su cuerpo.

—¿No deberíamos haber llegado ya a esos peñascos? —preguntó Charles.

Acevedo cogió el mapa y lo giró hacia todos los lados.

—Nos hemos desviado de la ruta. Tenemos que volver a este punto.

—¿Desviado? ¿Que nos hemos desviado? —comenzó a gritar Manuel—. Estoy harto. No quiero morir aquí. Yo me vuelvo.

Acevedo se acercó y le agarró del cuello de la camisa. Carlitos se apresuró a defender a su hermano. En ese momento se oyó un susurro y Carlitos se puso a gritar.

—¡Algo me ha mordido! ¡Algo me ha mordido!

Pistola en mano, Acevedo bajó la vista a sus pies primero y después miró a su alrededor. Allí no había nada. Echó una ojeada a la pierna de Carlitos; tenía un agujero en la bota.

—No te muevas —dijo Acevedo.

El hermano de Manuel se quedó inmóvil.

Acevedo tocó la bota con el pie y después se agachó y extrajo algo.

—Es una espina —dijo—. Mira: es de ese arbusto de ahí.

—Quiero regresar —repuso Manuel—. Quiero que volvamos sobre nuestros pasos.

Acevedo volvió a agarrarlo del cuello.

—Casi estamos a medio camino. Si regresas solo, suponiendo que encuentres el camino, morirás de todas formas. —Manuel se arrojó al suelo, pero Acevedo le agarró del asa de la mochila e hizo que se levantara—. ¡No vuelvas a hacer eso jamás! ¿Entendido?

La pequeña crisis pasó. Consiguieron encontrar de nuevo el camino y llegaron a la formación rocosa.

—Ya no puedo seguir —adujo Manuel, temblando—. Llevamos andando más de doce horas.

Examinaron el lugar con cuidado antes de sentarse.

—Estamos a mitad de camino. Nos queda la otra mitad.

—Si no nos perdemos —se quejó Manuel—. No puedo seguir. No puedo.

—Aún tardaremos doce horas en llegar y deambular por la selva de noche es un suicidio. Pararemos aquí y mañana recorreremos lo que falta. Este lugar está bastante bien.

Tras asegurarse de que no había ningún peligro inminente, se pusieron a montar las tiendas. Acevedo ayudó a Carlitos a quitarse la bota. Tenía el pie muy hinchado y el calcetín manchado de sangre. Acevedo enseñó a Manuel a limpiar la herida de su hermano.

159

Acompañado de dos de sus soldados más leales, Gun Flynn se bajó del coche a las once y media. Adiestrados por las fuerzas especiales, cada uno de ellos era capaz de acabar con un pequeño ejército. Dejaron el vehículo en una calle lateral y fueron a pie, manteniéndose cerca de las paredes. El cementerio de Magnolia abarcaba más de cincuenta y dos hectáreas y media, así que tuvieron que colarse por la puerta más próxima a la tumba del padre del general. Dieron un rodeo por el lago de la zona sur, atravesaron el Círculo de los Pájaros y se detuvieron frente al Hogar del Huérfano. Allí, el general señaló la tumba. Uno de los soldados comprobó la zona circundante. No había peligro. Aún no era medianoche, de modo que el general optó por acercarse en solitario a la sepultura de su padre. Miró a su alrededor y decidió que debían esconderse cada uno en un lugar diferente y a una distancia prudencial para poder tener un panorama de la escena sin perder de vista la tumba del viejo nazi. Justo cuando terminó de hablar escuchó un ligero ruido. El primer soldado se llevó la mano a la garganta y se desplomó. El segundo no tuvo ocasión de reaccionar y cayó también al suelo.

—Aparta la mano de la pistola —dijo una voz a su espalda—. De rodillas, las manos en alto, sobre la nuca. —El general hizo lo que le ordenaban. Oyó pasos acercándose por detrás y sintió un arma encañonándole la cabeza—. Y ahora saca despacio la pistola con la mano izquierda, sin doblar el brazo. Utiliza solo los dedos.

Para resultar aún más convincente, la voz apretó con más fuerza la pistola contra la cabeza del general, que obedeció la orden. Después de coger la pistola del militar y arrojarla lo más lejos posible, el hombre empujó al general al suelo, que quedó tumbado boca abajo. La persona que daba las órdenes le colocó los brazos a la espalda, primero uno y después el otro, y le esposó. A continuación alargó el brazo y le quitó de la pierna la pistola de reserva.

—¿Estoy arrestado? —preguntó el general—. ¿Por qué?

—Ahora puedes ponerte de rodillas —dijo el hombre, sin responder a sus preguntas. Apuntando con la pistola a su prisionero, el hombre rodeó al general y se detuvo a unos pasos delante de él—. Tu gente está bien, por si te interesa, aunque conociéndote dudo que sea así. Despertarán dentro de unas horas con dolor de cabeza. Nada más.

—¿Me conoces? —preguntó Flynn, estudiando al individuo de arriba abajo. De rodillas, el general era casi tan alto como el hombre que tenía ante sí—. Yo no —agregó.

—Sí que nos conocemos. —El hombre rio—. Ha pasado mucho tiempo.

—Debe de tratarse de una confusión. Nunca olvido una cara. Mira, si se trata de mi padre, lo entiendo. Has descubierto quién era. Quizá no haya sido tan difícil, pero no tienes nada contra mí. Así que desentiérrale si quieres. Haz su numerito y déjame en paz.

—Hum —dijo el hombre—. ¿No vas a intentar sobornarme..., no vas a intentar convencerme de lo contrario? ¿No vas a hacer ningún esfuerzo, ni siquiera uno pequeñito?

—No creo que hayas perpetrado esta complicada farsa para chantajear a una persona que de todas formas no es demasiado rica.

—¿Hablas en serio? Pero ¿qué hiciste con el dinero de tu padre? El oro de los dientes de los prisioneros que sacaste del banco suizo y convertiste en lingotes..., ¿dónde está? —Gun

Flynn no respondió ni una sola palabra, de manera que el otro hombre prosiguió—: ¿Necesitas financiar esa organización de mierda? ¿El dinero para lograr tu sueño, el día que los nazis marchen a paso de la oca delante del Capitolio? ¿No es suficiente o te lo gastaste todo y por eso tienes que chantajear al miembro de las Juventudes Hitlerianas Joseph Ratzinger, que ya no tiene nada de joven? ¿Sabes qué me hace gracia? Aunque compartáis el mismo sueño, ya no estáis en el mismo lado. ¿Es todo por dinero?

—Por una causa superior —respondió Flynn, sin perder su frialdad.

—No voy a debatir de cuestiones ideológicas contigo.

—Pues mátame o dime qué quieres.

—Debería matarte. *Vei is mir*. Si hiciera eso, los treinta y cinco años que he dedicado a buscarte habrían sido en vano.

—¿Treinta y cinco años? Debo haberte hecho algo muy malo si me llevas buscando tanto tiempo. Y no debes de ser demasiado capaz. Vivir obsesionado no es bueno. ¿Vas a decirme de una vez quién eres y qué quieres de mí?

La arrogancia del general no alteró la calma del hombre.

—Me llamo Isidoro Paramondi —dijo, esperando la reacción del general.

Flynn no movió un músculo al oír el nombre.

—¿Se supone que ese nombre tiene que significar algo para mí? Como te he dicho, debe de haber una confusión.

—No hay ninguna confusión. —Columbus Clay alzó la voz—. Lo entiendo. Actuar se te da bien, pero no creo que puedas olvidar al hombre a cuyo padre mataste cuando era solo un crío y a la persona a la que metiste en la cárcel durante mucho tiempo. ¿No es así, señor Gonzalo Fernández? ¿O debería llamarte Gunther DeWolf, hijo de Thomas DeWolf, el Carnicero de Treblinka? He tardado mucho en encontrarte porque me llevó un tiempo abrirme camino después de salir de esa cárcel mucho antes de lo que esperabas. Y, además, te escondiste bien. Averigüé quién eras, pero era casi imposible atraparte, así que después de eso pensé en recurrir a algo mucho más simple. Una frase latina de Spinoza me vino a la cabeza: *Ordo et connexio idearum idem est ac ordo et connexio rerum*. Es decir, el orden y la conexión de ideas corresponden al orden y la conexión de las cosas. Si eso es cierto, significa que nuestras obras obedecen a nuestros pensamientos o, lo que es lo mismo, siguen una cierta lógica. No cabe duda. Es la forma que usa un policía para encontrar siempre a un asesino. Si las cosas siguen una lógica propia, lo único que hay que hacer es entrar en la mente de aquel al que pretendes atrapar.

—¿Y yo soy el asesino?

—No. Tú eres el policía. Fui generoso contigo y te otorgué ese papel. Porque si el policía puede pensar como lo hace el asesino, y por esta razón, puede ir un paso por delante de él, nada impide creer que el propio asesino pueda entrar en la mente del detective y así dejarle entrever mediante sus actos cuál será su próximo paso. Revelé las identidades de cinco criminales de guerra sabiendo que de un modo u otro eso llamaría tu atención. Desde el principio anuncié que había seis, precisamente para que se te ocurriera, al menos *a priori*, que tu padre podría ser el sexto. Elegí los lugares de tal forma que al unir los puntos en un mapa, algo que estaba convencido de que harías, formasen una estrella de David, el símbolo de la gente que tu padre y tú tanto odiabais. Como cabría esperar, dedujiste dónde estaría la sexta punta, y supongo que sin demasiado esfuerzo. Entonces comprendiste que el sádico nazi Thomas DeWolf, el criminal de guerra, podría ser el siguiente. ¿Cuántos individuos de su ralea podían estar enterrados en una ciudad de cien mil habitantes? Convencido de que descubrirías el lugar, tenía que asegurarme de que descifraras la fecha. Así que las dispuse para que los intervalos de tiempo entre las revelaciones representaran una serie decreciente de números primos. Entraste en la mente del criminal, por así decirlo. Y, como sospechaba, aquí estás, y no solo a tiempo, sino a primera hora del día.

160

Los gritos y los dispararos le despertaron. Asustado, Charles abrió los ojos y se puso de pie de un salto. Sonó otro disparo antes de que recuperara del todo la consciencia. Con la vista nublada vio que alguien armado con una pistola corría hacia el lugar por donde habían llegado la noche anterior. Cuando logró aclararse la vista, vio a Carlitos tendido cerca de él con la cara amoratada e hinchada. Media lengua le colgaba de la boca. Estaba negra. A cierta distancia yacía Acevedo en mitad de un charco de sangre. Charles se acercó a él. El hombre trató de decirle algo mientras seguía sangrando. El profesor se arrodilló a su lado, pero no consiguió oír nada. Acto seguido sufrió un espasmo y murió.

Manuel había despertado un poco antes. Se había puesto a gritar al ver muerto a su hermano y había agarrado una pistola. Acevedo se acercó a ellos e intentó tranquilizarle, pero en su estado de absoluta confusión, el hermano de Carlitos apuntó a Acevedo y le disparó.

—Tú nos has traído aquí. Vamos a morir todos. ¡Vamos a morir! ¡Iremos derechos al infierno! —bramó Manuel.

Acevedo tendió una mano hacia él, pero Manuel disparó de nuevo y luego echó a correr. Charles solo pudo verle desaparecer, tragado por el bosque tropical.

El profesor se acercó a Carlitos. Se preguntó si la espina que había pisado estaba envenenada o si no era ninguna espina y

Acevedo solo había dicho aquello para tranquilizarle, sabiendo que no tenía solución. En cualquier caso, ya daba igual. Se había quedado solo, muy lejos del lugar en el que habían dejado el helicóptero. Mientras procuraba no dejarse arrastrar por el pánico, Charles sacó la cantimplora y se la echó por la cara para despabilarse. Tenía tres opciones: quedarse ahí y morir, regresar al helicóptero o seguir adelante solo. Al final supuso que si conseguía volver al punto de partida sería inútil, ya que no tenía ni la más remota idea de poner en marcha un helicóptero y mucho menos de pilotarlo. Así que optó por la última alternativa: seguir adelante solo.

Reunió las mochilas de los otros hombres mientras pensaba qué le resultaría útil y revisó la batería suplementaria acoplada a su teléfono móvil. Estaba medio llena. Agarró un machete con la mano y se colocó otro en el asa de la mochila, de forma que pudiera cogerlo cuando lo necesitara. Se guardó la pistola en la cintura, cogió el rifle automático de Acevedo y se lo colgó al cuello. Tantos pertrechos pesaban demasiado. Entonces tuvo que elegir entre el traje de kevlar y la tienda. Esta última sería inútil sin la protección del kevlar. Se puso los guantes, a los que empezaba a acostumbrarse, y emprendió el camino en la dirección que indicaba el mapa.

Tendría que mirar en todos los sentidos, seguir el mapa y manejar el machete para abrirse camino. Un trabajo agotador. Avanzó al menos el doble de despacio que el día anterior. A ese ritmo anochecería antes de llegar, de manera que tenía que apretar el paso. Probó una nueva técnica. Recordaba la dirección que tenía que seguir, así que se guardó el móvil en el bolsillo. Después cogió el otro machete y se abrió paso en la selva con una mano y después otra, haciendo que los machetes se movieran como las cuchillas de una cosechadora. Al final, todos los años de esgrima estaban demostrando su utilidad por primera vez en su vida, se dijo, y comenzó a reír. Cogió el teléfono, echó un vistazo al mapa y siguió abriéndose paso a golpe de machete. Continuó haciéndolo mientras hablaba consigo mismo para ahuyentar los malos pensamientos y el miedo.

El sol caía a plomo sobre su cabeza. Debía de estar a cuarenta grados y la humedad se había vuelto insoportable. Todo su cuerpo estaba bañado en sudor y la ropa parecía una camisa de fuerza. Cuando se detuvo en un punto, Charles vació uno de los recipientes de agua y se echó dos litros por la cabeza de una vez. No había tomado nada de alimento, ni siquiera había sacado la comida de la mochila. Tenía los guantes empapados de agua, que parecía brotar de sus manos, aunque nunca antes le habían sudado.

Sintió que pisaba algo que crujía. Algo vivo. Levantó el pie y vio un escorpión. Había un montón. Se había tropezado con todo un nido. Retrocedió, agarró la ametralladora con ambas manos y disparó hasta que vació el cargador. Los que consiguieron sobrevivir habían desaparecido. Arrojó el arma al suelo. Tenía la impresión de encontrarse en la cesta de un globo de aire caliente que no lograba elevarse, por lo que debía ir tirando cosas por la borda. Le dolían tanto los pies que cada paso se convertía en una tortura. Llegó un momento en el que se le montó un músculo de la pantorrilla. Se desplomó en el suelo y comenzó a golpearse el gemelo con el puño, pero se levantó rápido. Cerca de su frente acababa de pasar un mosquito tan enorme que le parecía inconcebible que pudiera existir. Cayó otra vez al suelo. Tenía que descansar un poco. Llevaba varias horas abriéndose paso con los machetes y, cuando se dio por vencido, oyó el murmullo del agua mientras el sol parecía haberse multiplicado, convirtiéndose en un centenar de soles que formaban una barrera delante de él, con el único propósito de hacerle perder la cabeza y cegarle.

Vio ante sí unas estatuillas blancas a lo largo de la orilla de un río en el que el sol se escindía en millones de fragmentos. El efecto Fata Morgana, pensó. Se abofeteó. Después sacó la última botella de agua y se roció la cara. Abrió los ojos, pero la imagen seguía ahí.

—¿Por qué demonios hay aquí capas de aire con distintas temperaturas? —Formular una pregunta coherente le resultaba difícil por el momento—. Eso solo puede explicarse por un cambio en el terreno que viene.

Avanzó con los machetes, pero no encontró resistencia. El movimiento rotatorio era tan potente que un brazo impulsaba al otro, haciendo que todo el cuerpo participara en el gesto. Charles cayó sobre un suelo embarrado. No había ni rastro de vegetación cerca de él, como si la tierra se la hubiera tragado toda.

Cuando recobró el conocimiento, no tenía ni idea de cuánto tiempo había pasado ahí tirado. El sol se había ocultado tras las nubes, pero parecía que su reflejo permanecía prisionero en el lecho del río, a pocos metros de distancia. Entonces vio las estatuillas. Eran del blanco más puro que jamás había visto y representaban una especie de mono con rasgos humanoides. Se aproximó a la orilla y se arrojó al agua, sumergiéndose por completo. Una fría sensación envolvió todo su cuerpo. Una serpiente de color amarillo intenso apareció ante sus ojos. Se puso de pie de repente, asustado. El agua le llegaba a las rodillas y la serpiente parecía inmóvil. Dio un paso y trató de ensartarla con el machete. Su mano rebotó como un resorte, repelida por una fuerza contraria. Charles tanteó el lugar con el pie y se desprendió un trozo de la serpiente. Metió una mano en el agua y lo cogió. No eran escamas de un animal sobrenatural, sino una pepita de oro. La serpiente era una hilera formada por pepitas de oro. El sol asomó la cabeza desde detrás de las nubes y el metal precioso le cegó por un momento.

Incapaz de llevar más peso encima, casi sin tenerse en pie, Charles salió del agua y abandonó la mochila. El estado de agotamiento en que se encontraba, junto con la mezcla de asombro e hiperestimulación nerviosa, hacía que fuera complicado saber si se había desplomado en la selva hacía rato y estaba soñando. Se apoyó en una de las cabezas de mono para salir del río con gran dificultad. Lo que vio le dejó sin palabras.

Ante sí tenía una planicie invadida de vegetación. Entre la espesura vislumbró una estructura de edificios blancos como jamás había visto ninguna. Estos bordeaban un lago medio seco con forma de tazón. La orilla interna parecía ser obra de un decorador experto, un mosaico perfecto con incrustaciones de oro que también adornaban las paredes del lago. En la otra orilla se alzaba un templo, el edificio más alto de toda la estructura. Un rojo sol reacio a ponerse se asomó desde detrás de las nubes, danzando ante sus ojos sobre la superficie del lago. Charles sintió un mareo y se desplomó mientras por su cabeza pasaba un pensamiento: «Ciudad Blanca..., El Dorado».

161

Era igual que mirar a través de la niebla. Las voces parecían perderse en la distancia. Sintió que levitaba sobre la tierra, sobre el lago, y que entraba en el alto edificio, que era un templo. El interior era idéntico a los dibujos de la página ciento cincuenta y ocho del manuscrito Voynich, la imagen que comprendía seis páginas y que Rocío había comparado con un vestido de encaje. Rocío, ¿cómo estaría Rocío?, se preguntó Charles. Entonces todo se volvió negro.

Al despertar por segunda vez, el gigante estaba delante de él con un vaso de agua en la mano. Charles se incorporó con dificultad y apuró hasta la última gota, como si no hubiera bebido nada desde hacía días. El gigante se arrodilló y su amable rostro de ogro le miró con curiosidad.

—¿Estoy muerto? —preguntó Charles.

—Ni mucho menos. —El gigante rio, agarrando de nuevo el vaso vacío—. Estás muy vivo. Y no, tampoco estás soñando.

—¿Dónde estoy?

—Justo donde querías.

—¿En El Dorado? Creía que era una leyenda. ¿Y ese oro? ¿Es esta la ciudad por la que los reyes de España y de Inglaterra perdieron la cabeza? ¿Estaba en Honduras y no en Perú, Colombia, Bolivia o Venezuela? ¿Quieres decir que esta es la ciudad que buscaban Jiménez de Quesada y Sebastián de Belalcázar? Me refiero a la misma por cuya búsqueda estuvieron a punto de perder la vida Orellana y Pizarro, los conquistadores más sanguinarios. La que buscaban en Guatavita y entre las poblaciones muiscas. Bueno, estamos a miles de kilómetros de allí. ¿Es esto lo que Hernán Cortés estuvo buscando toda su vida? ¿Es este el lugar soñado por sir Walter Raleigh y Felipe de Utre?

El gigante tenía claro que si Charles estaba ya indagando era porque empezaba a recuperarse.

—Sí —dijo de la forma más taxativa posible—. Este es, y también el otro.

—¿Ciudad Blanca? ¿Y cómo...?

—Dejemos eso para después —repuso el gigante—. Has venido aquí por otro asunto.

Charles le miró con aire inquisitivo y el gigante le indicó que le siguiera. Atravesaron una pequeña entrada en el tempo y cruzaron el gran salón, que estaba abierto.

—Qué interesante. Este templo está cerrado por todos los lados y abierto en el centro —comenzó Charles.

Pero no pudo añadir nada más, pues se quedó boquiabierto. Justo detrás de él había un enorme mono con los mismos rasgos humanoides que las estatuillas que dominaban el exterior del templo. Debía de medir unos seis metros. Dispuestos en fila india, uno detrás de otro, había toda clase de animales esculpidos a ambos lados del pasillo que conducía al altar en el que estaba acuclillado el mono. Charles vio una tortuga gigante, un tigre, un cocodrilo, muchas especies de monos, un gato gigante y un hombre con la cara metida en el trasero de un perezoso. El mensaje estaba claro: el mono era el señor de los animales.

Tras las estatuas alcanzaba a verse dos montañas.

—Pero es exacto a...

—La descripción de Theodore Morde, lo sé —adujo el gigante.

—Así que ¿no era un estafador ni un embustero? —preguntó Charles—. ¡Vaya!

Pero el profesor tuvo que apresurarse para no perder al gigante, que había seguido andando. Bajaron unos escalones y entraron en un túnel. Se montaron en una vagoneta idéntica a las de las minas tradicionales. El gigante introdujo una barra metálica en un mecanismo y la vagoneta comenzó a moverse. Tuvo que hacer fuerza con la barra de hierro mientras subían y no tardaron en llegar a la cima de la colina, desde donde las vías iniciaban el descenso. El vagón cogió velocidad. Charles tenía la impresión de estar en una montaña rusa. Al cabo de un rato cambió la textura de las paredes, que ya no eran de tierra amasada y sujeta por madera, sino de piedra, y el pasaje comenzó a ensancharse. Las chispas que desprendía a su paso el vagón a causa de la velocidad impactaban en la roca a ambos lados.

—Es igual que el Luna Park —dijo Charles.

Cuando la vagoneta se detuvo, parecía fascinado por las formaciones amarillas en la roca que teñían las paredes. Se acercó para tocarlas. A su espalda oyó una voz familiar:

—Ewing quería encontrar este lugar por el oro —dijo Ximena a modo de explicación.

—¿Estás aquí? —preguntó Charles, sorprendido—. ¿El oro de Ewing? ¿Significa eso que la biblioteca también está aquí?

Era una pregunta retórica. Le embargaba una emoción tan grande que tuvo que posar una mano en la pared y después apoyarse contra el borde de la vagoneta.

—Seré tu guía durante las pocas horas que vas a pasar aquí. En esta biblioteca están prohibidas las visitas. La trasladaron aquí en 1264, cuando se decidió que la isla que la alojaba no era lo bastante grande.

—¿En 1264? Ni siquiera se había descubierto América.

—Verás, ni siquiera eso es rigurosamente cierto.

—Y entonces ¿qué pasó con esa ciudad que se suponía que debería haberse construido en Europa en 1600? ¿Por qué quisieron abandonarla por este lugar?

—Nadie quiso. La familia de tu madre tenía ese sueño europeo, una ciudad-biblioteca abierta al público, una nueva biblioteca de Alejandría con copias de los manuscritos más raros, pero nunca los originales. El diseño lo proporcionó tu antepasado, el duque de Milán, que encargó los planos a un arquitecto renacentista. Es probable que hayas oído hablar de Sforzinda.

—¿Francesco Sforza es mi antepasado? Tenía entendido que mi madre era una Visconti.

—La línea directa se remonta a Bianca Visconti, que se casó...

—Con Sforza —dijo Charles, que sintió una nueva oleada de emoción—. Tengo que controlar mis emociones —añadió—. Creo que me queda mucho por saber. Pero ¿qué ocurrió con ese maravilloso proyecto europeo? Entiendo que al final no se construyó, pero ¿por qué?

—La ciudad sí se construyó, pero ignoro por qué se abandonó el proyecto. Me parece que deberías preguntarles a tus parientes, que aún viven allí.

—¿Allí, dónde? —inquirió Charles, cuya dimensión racional había empezado a alcanzar su máximo nivel—. No me digas que Sforzinda también existe. La isla, vale; el bosque tropical, vale; pero una ciudad oculta en Europa es realmente imposible.

—¿Quién ha dicho que esté oculta? —replicó Ximena.

—Bueno... ¿Acaso no lo está?

Ximena rio a carcajadas. Nunca antes la había visto así.

—No. Está a plena vista. Hablamos de una ciudad donde vive gente, que tiene vida y, además, es muy hermosa. Solo que no se llama Sforzinda.

—En serio —adujo Charles—. ¿Qué ciudad es?

—Lo averiguarás por ti mismo. No es lo que me interesa, pero si hacemos tantos paréntesis...

—Vale, vale. Deberíamos avanzar.

—Exacto.

—Pero antes de eso... ¿Puedes decirme si Rocío está bien?

—Por lo que yo sé, el problema está bajo control, pero aún no ha despertado. Está en buenas manos.

—Gracias —respondió Charles con aire pensativo.

—Bueno —dijo Ximena, invitándole a emprender el camino hacia la entrada de la biblioteca—. Te decía que en siete siglos solo nueve personas han tenido el privilegio de visitar este lugar sin ser miembros de la orden. Por esa razón solo verás una pequeña parte de la biblioteca, la dedicada a los «visitantes», por así decirlo.

—Claro —dijo Charles—. ¿Adónde ha ido el gigante?

—Tiene cosas que hacer —respondió Ximena al tiempo que empujaba la puerta.

Ante sus ojos se extendía una auténtica ciudad excavada en el interior de la montaña. Justo en la entrada, la inscripción OMNES LIBRI daba la bienvenida a aquellos que pasaban a la biblioteca. Debajo, en letra más pequeña, podía leerse: oh, tiempo, tus pirámides.

Charles sonrió como hacía cada vez que Ximena le decía algo y dirigía su atención hacia un libro u otro mientras lo guiaba por las infinitas cámaras de la biblioteca. El recorrido por aquellas estancias idénticas duró poco menos de cuatro horas.

—La biblioteca en sí es aburrida porque su propósito no es resultar atractiva a nadie, sino almacenar y organizar todos los libros importantes de la humanidad —le dijo a Charles cuando este se cansó de subir escaleras—. Cuando se construyó esto, nuestros arquitectos consideraron que esta planta octogonal era la más adecuada. No me preguntes por qué. Y así construyeron la biblioteca, con estas interminables salas de lectura semejantes entre sí y con estas escaleras alrededor de escaleras de caracol con barandillas idénticas que conectan los pisos.

—La planta octogonal es la más eficiente. Por eso la construyeron así. Un octógono con un perímetro igual a la dimensión exterior de un cuadrado tiene una superficie un veinte por ciento mayor. En «La biblioteca de Babel», Borges describe precisamente esta biblioteca. Es increíble. Sócrates tenía razón. La biblioteca de Borges existe.

—Sí. —Ximena rio—. Muchos de los miembros de mayor rango de Omnes Libri han revelado cosas sobre nuestra orden de forma velada.

—Sí, pero con sumo detalle, incluidos los baños en cada sala de lectura, ese vestíbulo en el que Borges dice que una persona puede dormir de pie y los veinte estantes largos dispuestos de cinco en cinco en cada pared. ¿Lo revelaron todo en detalle, hasta las dos lámparas en forma de frutas esféricas en cada hexágono?

—Con algunas diferencias —dijo Ximena.

—¿Cuáles?

—La biblioteca no es infinita. No hay *ab aeterno*. Los libros no tienen cuatrocientas diez páginas cada uno. No sé si siquiera uno de ellos tiene ese número exacto de páginas. Y, por supuesto, esa biblioteca no contiene todos los libros.

—Y echo de menos los espejos. Ahora tengo claro que esa historia fue un ataque a este tipo de biblioteca —prosiguió Charles—. Borges la presenta como algo muerto e inútil.

—Esa es una interpretación.

—No estoy convencido. Según lo que he visto aquí, creo que el escritor argentino había entrado en conflicto con los grandes de esta biblioteca. ¿Existen tales personas? —Ximena no respondió, de modo que Charles continuó—: Creo que toda esa metáfora va dirigida en realidad a la gente de aquí que decidió enterrar los libros en esta montaña y no permitir a nadie la posibilidad de leerlos. De esa forma se vuelven inútiles. Bien podría tener cada uno cuatrocientas diez páginas o estar escritos en todas las combinaciones de letras posibles.

—Justo por eso pusimos en marcha ese programa de copiado. Cuando llegue el momento, empezaremos a sacarlos a la luz. Creo que tu madre, que es una leyenda dentro de la orden, quería que vinieras aquí para continuar con su obra. Fue la mayor promotora de la idea de abrir la biblioteca. Hasta que llegó ella, ni siquiera se había abordado el problema. Se consideraba demasiado peligroso al género humano, además de estúpido y destructivo como para recibir algo así. Cientos de generaciones se aseguraron de que todas estas joyas se guardaran y conservaran, no como harían un montón de millonarios, que comprarían y venderían estos libros para su propio uso y harían con ellos un auto de fe.

—¿Para quién los guardáis? —preguntó Charles—. Podríais donarlos a la biblioteca del Congreso o, con el evidente poder que tenéis, crear un consorcio internacional de bibliotecas sin fronteras, de forma gratuita. Los habéis guardado, pero creo que deberíais devolvérselos al mundo.

—Se guardan para cuando llegue el momento en que la gente sepa apreciar lo que se les ha entregado, pero es una vieja teoría.

—Eso es una contradicción. Los libros los escriben las personas. Si, como dices, consideráis que vale la pena salvarlos empleando este enorme esfuerzo durante dos mil años, ¿no creéis que otras personas, aquellas a las que iban dirigidos, podrían usarlos? Fuera de este frío ambiente que te produce escalofríos. Este archivo no es de nadie.

—Esa es justo la postura que tienes que sostener.

—¿Yo?

—Sí, tú. Tu madre quería esto para ti, pero para que puedas hacerlo, tienes que unirte a Omnes Libri y asumir la responsabilidad.

—¿Yo? ¿En este gélido lugar?

—No te quedarías aquí.

—No soy una persona que se una fácilmente a una organización. Los secretos, cuando no me parecen absurdos, me producen horror. A propósito, ¿cómo voy a salir de aquí? —preguntó Charles.

Ximena sintió su descontento. Charles estaba irritado e indignado a la vez. Sabía tan bien como todos los demás que sería muy difícil seducirle para que se uniera a la organización, pero tenían tiempo en abundancia para convencerle. No habían hecho más que empezar.

—Como has visto, ese camino por el que has llegado hasta aquí...

—¿Cuál? No hay ningún camino.

—Exacto. No se ha usado desde los años cincuenta. Ahora tenemos una pista de aterrizaje y los aviones entran por una puerta directamente a la montaña.

—¿Y nadie los ve? ¿No se les puede seguir por satélite?

—Pues claro que sí. Pero solo las idas y venidas, porque el hecho de tener encima todo un bosque tropical que cubre las montañas hace que sea imposible localizarlos.

—¿No os da miedo que con toda la tecnología que existe hoy en día llegue un momento en que alguien encuentre Ciudad

Blanca? Sé que cada vez hay más personas que financian este tipo de expediciones.

—Te voy a decir algo que te resultará difícil de asimilar, pero es la única explicación que puedo darte. ¿Recuerdas esa experiencia que tuviste cuando visitaste al enano y al gigante en la que retrocediste cincuenta años en el tiempo? Bueno, pues aquí ocurre algo parecido.

—¿Qué fue exactamente ese viaje? —preguntó Charles.

Ximena se encogió de hombros. Era evidente que no iba a poder sonsacarle nada. Así que Charles dijo que quería marcharse y preguntó si el avión que, según Ximena, estaba a su disposición podría llevarle directo a New Haven, al hospital en el que su amante se debatía entre la vida y la muerte. La respuesta fue que sí.

Se dirigieron a la pista de aterrizaje oculta en las entrañas de la montaña, sin intercambiar una sola palabra más. Era increíble: la pista salía de la montaña y se extendía la distancia necesaria para que el avión despegase. Cuando se construyó tuvo que suponer un extraordinario logro técnico. Pero todo aquello dejaba indiferente a Charles, igual que las dos estatuas idénticas que marcaban la entrada a la montaña. Grabadas en ambos lados estaban las palabras de la carta de su madre: «Soy Ramsés, rey de reyes. Quien desee saber cuán grande soy y dónde se me puede hallar, que supere alguna de mis obras». Al profesor de Princeton le importaban un bledo todas esas cosas. En esos momentos habría aceptado la pérdida de la biblioteca entera con todos sus misterios si eso hubiera servido para salvarle la vida a Rocío.

162

Tres meses después

El profesor Baker acababa de hacer las maletas, cuando oyó el nuevo timbre de la puerta. Estaba encantado de haberse deshecho de aquella sirena que podía oírse por toda la casa y que siempre le sobresaltaba. Se preguntó quién podría ser.

El avión que había salido de la pared rocosa le dejó en New Haven, donde los médicos acababan de decidir que debían despertar a Rocío del coma. Charles no se movió de su lado durante las tres semanas siguientes que tuvo que quedarse ella en el hospital. Reservó una habitación en el hotel más cercano y pasó mucho tiempo junto a Rocío. Le dieron permiso para quedarse gracias a algunas llamadas que Columbus Clay realizó a la administración, pero no para dormir allí, por lo que Charles se marchaba a altas horas de la noche y regresaba por la mañana. Se lo había contado todo a su amante, hasta el más mínimo detalle. Rocío lloró en sus brazos al enterarse de la generosidad de Sócrates. Charles se marchó la noche antes de que le dieran el alta, con la intención de volver a la mañana siguiente, pero cuando llegó, la habitación estaba vacía y Rocío había desaparecido. Le había dejado una carta sobre la almohada, explicándole las razones de su marcha. Afirmaba que a ambos les resultaría muy difícil olvidar todo lo malo que había ocurrido entre ellos. Estaba convencida de que cuando la pasión fuera a menos, a Charles se le encogería el corazón al recordar que su hermano había matado a su adjunto y que ambos habían querido utilizarle. Entre otras cosas, le decía que necesitaba tiempo para pensar y que, en caso de que decidiera regresar, se presentaría por sorpresa, igual que había hecho la primera vez.

Charles leyó la carta una y otra vez. Era lo único que le quedaba de ella. Se percató de que ni siquiera tenía una foto de Rocío y como en esas situaciones la tristeza atrae aún más tristeza, que a su vez se convierte en melancolía, y dado que esta es prima hermana de la nostalgia, Charles cedió al familiar sentimentalismo. Continuó mimando a Zorro, aunque ya no sabía si el pobre gato era una especie de muñeco con el que su amo podía hacer lo que le viniera en gana o era un ser con intenciones y voluntad propia. Pero, de todas formas, el profesor aún tenía la sensación de que le faltaba algo. Llamó a su padre varias veces, le invitó a que le visitara y le pidió que le trajera los álbumes de fotos que recordaba de su infancia, pero que no había vuelto a mirar desde entonces. El anciano fue a verle y se quedó un fin de semana. Después volvió a su casa.

Charles tuvo una sensación muy extraña al pasar las páginas del álbum. En una de las fotos aparecía su madre con un grupo de personas, todas vestidas con colores oscuros. El grupo de aquella foto, la forma en que iba vestida su madre, la expresión que el fotógrafo había captado en ella: todo le recordaba al grupo que había atravesado la casa del gigante, mientras la mujer cuya mirada le había seguido tanto tiempo se asemejaba mucho a la de su madre en esa fotografía. La mujer llevaba un velo negro y no había sido capaz de verle la cara. Sabía que se le acababa de ocurrir una idea absurda, pero aun así le invadió una sensación peculiar. Sacó la fotografía del álbum y leyó la anotación en el reverso: «Palmanova, 1965».

—Por supuesto —dijo Charles, y se golpeó la frente con la mano.

Encendió el ordenador y buscó la ciudad en Google. Estaba

claro. ¿Cómo no se le había ocurrido hasta ahora? La ciudad italiana de Friul-Venecia-Julia se presentaba como una ciudad perfecta. Era una copia de Sforzinda, con ligeras modificaciones. Colocó los planos de las ciudades uno al lado del otro.

La única diferencia entre ellas consistía en el número de puntas de la estrella. Comparada con las ocho puntas de la ciudad ideal, la forma en que se construyó la ciudad real contaba con una más, nueve. Charles se dijo que Omnes Libri estaba obsesionado con ese número: el ocho. En cualquier caso, la ciudad hermana de la biblioteca había sido construida por los venecianos en el siglo XVI. Recordó en ese momento que esa ciudad siempre le había parecido peculiar. Siempre le había resultado extraña la discreción que rodeaba esa obra maestra del urbanismo en una Italia que promocionaba hasta el pueblo más ruinoso y la tumbona más destartalada de cualquier fea playa. Y eso no era todo. Por supuesto, la ciudad era una obra maestra del urbanismo renacentista, y la explicación oficial de esa construcción era que tras la batalla de Lepanto, los venecianos decidieron levantar una ciudad que fuera una fortaleza perfecta. Aun así, seguía siendo extraño que nadie se hubiera mudado a Palmanova durante docenas y docenas de años después de su construcción. La explicación dada por la historia oficial era del todo insatisfactoria. Así que la hipótesis de que habían encargado ese lugar para la biblioteca hermana en Europa y que más tarde, por alguna razón desconocida, lo habían pensado mejor parecía más que plausible. Por eso había permanecido vacía durante casi cien años.

Charles llamó a su padre y le preguntó si a su madre le quedaba algún pariente en Palmanova. Sin extrañarse, le respondió que tenía algunos números de teléfono guardados en algún lugar desde hacía mucho tiempo. De modo que Charles llamó a los ocho números que su padre le había dado. ¡Otra vez ocho! Seis ya no estaban activos y otro no se lo cogieron. Por fin alguien respondió en el último. Charles descubrió que tenía un primo, que además había sido seguidor suyo durante toda su carrera. Ese hombre era muy hablador por teléfono. Su primo llegó a llamarle varios días seguidos y le dio la ocasión de hablar con todos los miembros de la familia, unos más amables que otros. Todos insistieron a coro en que fuera a visitarlos. Al final, cuando terminó el curso académico y entregó su último examen, Charles decidió aceptar esa acertada invitación.

Se le había agotado la paciencia, de modo que hizo las maletas para la noche siguiente.

Charles se dirigió a la puerta lleno de curiosidad.

—¡Qué sorpresa! —exclamó al ver a Columbus Clay.

El detective le miró con el ojo al que torturaba en un intento por conseguir que pareciera de cristal, en honor a su tocayo.

—He venido porque te debo una explicación, ya que entre caballeros me debo a mi palabra —dijo Clay—. ¿Vas a tenerme de pie en la puerta? —Charles comenzó a reír e invitó al detective a que pasara a la sala de estar. Una visita estimulante era justo lo que necesitaba—. ¿Vas a alguna parte? —preguntó Clay.

—Sí. Quiero alejarme de todo, por completo. Me voy unos días a Italia. Tantos como me sea posible, espero. —Dicho eso, tentó al detective con algo de beber. Era demasiado temprano para las bebidas alcohólicas, por lo que Clay aceptó una Coca-Cola—. Estabas diciendo que me habías prometido una explicación. No lo recuerdo. ¿A qué te refieres?

—En una de nuestras conversaciones previas prometí que te contaría por qué me he involucrado tanto en tu historia.

—Ah, sí, aparte de tu obsesión por resolver cualquier caso, sin importar su relevancia. Ya me acuerdo. Soy todo oídos.

—La historia es la siguiente —comenzó el policía después de adoptar un tono de voz adecuado—. El 14 de febrero de 1947, el barco de pasajeros *Campana* llegó al puerto de Buenos Aires. A bordo había oficialmente cuarenta y siete supervivientes del Holocausto. De hecho, había ocho más, para ser exactos. Ahí hay algo raro que no logro explicarme. ¿Por qué no estaba mi padre en la lista? Quizá porque era menor de edad. Pero eso no importa. Argentina estaba sumida en un período delirante.

Quería crear una especie de Estado cristiano nazi, con la bendición de la Iglesia católica, que estaba encantada ante tal perspectiva, y con el gran apoyo del papa Pío XII. Se trataba de una mezcla de nacionalismo extremo, admiración por cualquier tipo de dictadura (a ser posible militar), desprecio por cualquier forma de liberalismo y el odio de los jóvenes coroneles a la corrupción endémica. A eso hay que sumarle la admiración por la mitología nazi y un profundo antisemitismo. Como en casi todo el mundo, a los judíos se les consideraba los principales culpables de todas las desgracias, se les trataba como chivos expiatorios, se les demonizaba como inmigrantes, bla, bla, bla. Ya conoces la historia de sobra. En 1943, los coroneles tomaron el poder creado por esta Nueva Orden Cristiana. El catolicismo se llevó al extremo. Todos los principales cargos de la Iglesia dieron su bendición a esta conducta canallesca, haciendo propaganda del gobierno sin tapujos entre una población primitiva e inculta. Para que entiendas hasta dónde llegó la demencia he de decirte que ese mismo año se declaró a la Virgen María generala del ejército argentino. El nacionalismo católico intervino para prohibir la concesión de cualquier tipo de visado a los judíos. La ley databa de 1939, pero no se aplicaba de forma seria. Cualquier interdicción lleva a un aumento de la corrupción, así que los judíos siguieron llegando. Solo que el precio de los documentos falsos que los burócratas les entregaban subió por las nubes. No sé si lo sabes, pero a principios de los ochenta, el general Ramón Campos intentó demostrar la existencia de un complot judío contra los cristianos en Argentina. Por desgracia mi país no ha cambiado demasiado. —Hizo una pausa y se bebió de un trago casi toda la lata de Coca-Cola, así que Charles fue a traerle otra, igual de fría, sin que se lo pidiera—. Gracias —Clay asintió y continuó—: En 1947, el jefe de emigración era un famoso antisemita llamado Santiago Peralta, que se negó a dejar que esas cincuenta y cinco personas desembarcaran del *Campana*. El líder de la comunidad judía, Moisés Goldman, consiguió de algún modo convencer a Perón para que concediera visados a los supervivientes del Holocausto. Este aceptó, pero no creas ni por un instante que sus sentimientos hacia los judíos eran distintos a los de Peralta. Ni de lejos. Simplemente se dieron una afortunada serie de circunstancias. Mi padre, que tenía casi dieciocho años por entonces, llegó a Argentina en 1947; había conseguido escapar del campo de exterminio de Treblinka II durante la revuelta que se produjo en 1943. Justo cuatro días antes de la rebelión, habían enviado a toda su familia a la cámara de gas: sus padres, dos hermanos y cuatro hermanas. Con solo catorce años fue responsable de incendiar un depósito de combustible en esa revuelta, que duró menos de una hora. Fue uno de los pocos que escapó. No es necesario que te diga qué represalias se tomaron ni el hecho de que el campo continuó en parte con su actividad. A algunos de los detenidos los enviaron a Majdanek.

—¿Tu padre era un superviviente del Holocausto? —preguntó Charles—. Tienes toda mi admiración y mi compasión —apostilló el profesor, que era muy sensible a ese tema.

—Sí. Pero le asesinaron.

—¿Cómo? Me temo que no lo entiendo.

—Al final consiguió entrar en Argentina. Se cambió el nombre y en muy poco tiempo se casó y me tuvo a mí. En 1962, cuando yo tenía catorce años, mi padre llegó un día a casa blanco como la cal. No dijo una sola palabra en varios días, hasta que mi pobre madre montó un escándalo monumental y consiguió hacerle hablar de lo que le había ocurrido. Mi padre estaba convencido de que un día, cuando volvía del colegio en el que era profesor, se había topado con uno de los torturadores de Treblinka, más concretamente con el que había ordenado el exterminio de toda su familia. No sirvió de nada que mi madre y yo insistiéramos en que eso era poco probable y que debía de ser alguien que se le pareciera. Justo por aquella época yo había empezado a trabajar de aprendiz en una barbería de un barrio bien de Buenos Aires, conocido popularmente como «el distrito de las embajadas». A partir de aquel momento mi padre cambió por completo. Solía oírle pasearse por la cocina por las noches. No podía dormir y se fumaba cuatro paquetes de tabaco al día. Ya no tenía paz. Así que tenía que ayudarle a sacarse ese asunto de la cabeza y ponernos sobre la pista del hombre a quien creía haber reconocido.

Charles sentía un gran interés por oír el resto de la historia. Cogió un puro y le ofreció otro a Columbus Clay.

—Bueno, ¿y qué pasó? —preguntó con impaciencia.

—¿Has oído hablar alguna vez de ODESSA? —preguntó el policía.

—Es una ciudad, ¿no? ¿De Ucrania?

—Sí, pero no me refiero a eso. En 1946 se creó una organización cuyo único fin era salvar a criminales de guerra y traerlos a Argentina: la *Organisation der Ehemaligen SS-Angehörigen*, cuyo acrónimo es ODESSA. No te aburriré con los detalles. Una cosa es segura: con el apoyo fundamental del Vaticano, la red ayudó a algunos de los criminales nazis más atroces a escapar de los juicios. La red tenía varios jefes: desde Carlos Fuldner, antiguo capitán de la SS y mano derecha de Himmler, de origen argentino, que instaló oficinas de su organización en Buenos Aires, Génova y Berna, hasta Juan Carlos Goyeneche, agente de Perón en Berlín, pasando por el legionario rumano Radu Ghenea, destinado en Madrid, y Ludwig Freude, el millonario alemán que financió parte de la operación. Ellos formaban el sector laico, por así decirlo. El Vaticano participaba con su artillería pesada: el obispo Agustín Barrere; el cardenal argentino Antonio Caggiano; el jefe de la parroquia franciscana en Génova Eduardo Dömöter, de origen húngaro; el obispo austríaco Alois Hudal; Dominic Mandic, un franciscano croata de alto rango; monseñor Eugène Tisserant, el cardenal responsable de salvar a los criminales en territorio francés. Gracias a este último, Klaus Barbie, el Carnicero de Lyon y jefe de la Gestapo en Francia, consiguió huir. Y no hay que olvidar a Krunoslav Draganovic, sacerdote y criminal de guerra, que desempeñó uno de los papeles clave en este asunto: fue el principal artífice en nombre de la Iglesia, desde el templo romano de San Girolamo.

»De ahí pasamos a los criminales de guerra implicados en esta operación. Mencionaré solo a unos pocos; los hermanos eslovacos Jan y Ferdinand Ďurčanský, responsables de la matanza de decenas de miles de judíos; Ivo Heinrich, asesor financiero de Ante Pavelić, que orquestó el transporte del oro serbio a Argentina; René Lagrou, fundador y oficial de la SS flamenca. Voy a dejarlo aquí, pero la lista es interminable.

»En cualquier caso, esta organización fue responsable de salvar a cientos, puede que a miles, de crueles nazis. Nadie sabe con exactitud a cuántos, aunque seguramente debería mencionar al jefe de la policía suiza, el neutral Heinrich Rothmund, que prohibió entrar en su país a las víctimas del Holocausto, aunque sí permitió que los criminales de guerra lo cruzasen. La neutral Suiza, que albergaba las fortunas de cuatro millones de personas en las metálicas entrañas de sus voraces bancos, entre ellos dientes de oro sin fundir en sacos.

—¿Cómo has averiguado todo esto?

—Tú mismo lo descubrirás dentro de poco, ya que la CIA está a punto de desclasificar algunos documentos sobre el tema. En cualquier caso, la mayoría de estas personas fueron primero a Argentina. Allí donde los judíos tenían prohibida la entrada, se recibía con los brazos abiertos a sus torturadores y asesinos.

»En la época en que yo trabajaba de aprendiz en la barbería de Palermo Chico, el barrio más selecto de la capital argentina, que solía recibir el nombre de la París de Buenos Aires, Carlos Fuldner vivía en el edificio donde yo trabajaba, justo encima de la barbería. En la casa de enfrente residía Gino Monti de Valsassina, el criminal de guerra croata. Unos números más allá vivía Fritz Thyssen, el magnate que apoyó el nazismo pero que al final de su vida se arrepintió de haberlo hecho tras pelearse con Hitler. A este no llegué a verle porque falleció en 1951. En el apartamento enfrente del suyo vivía la que posiblemente haya sido la criatura más abominable que Dios, en su inmenso sarcasmo, ha permitido arrastrarse por la faz de la tierra: el doctor Mengele. A este tampoco le vi nunca. Por la misma época, Adolf Eichmann vivía a dos calles de allí mientras que Gerhard Bohne se alojaba en una suntuosa villa unas casas más allá. ¿Sabes quién era? —preguntó Clay de manera retórica.

El profesor no tenía ni idea, pero el policía tampoco esperó a que respondiera.

—Esta persona ideó y supervisó el exterminio de inválidos y enfermos mentales; de los ciudadanos no aptos que se encontraban en los hospitales. Fue uno de los principales exponentes del movimiento eugenésico. Enfrente de él vivía Erich Priebke junto con su numerosa familia. Fue el oficial de la SS encargado de expulsar a los judíos de Roma y enviarlos a Auschwitz, así como el responsable de la masacre de los partisanos italianos en las Fosas Ardeatinas. Hasta le corté el pelo varias veces sin saber quién demonios era. Al menos a los tres últimos los cogieron y juzgaron. Bueno, Thomas DeWolf, el Carnicero de Treblinka, encontró una bonita casa en medio de todos estos criminales de guerra. Cierto es que no tenía la misma relevancia que los anteriores, pero seguía las órdenes a rajatabla. Mi padre, que era un hombre honesto, pensaba que había una posibilidad entre un millón de confundirlo con el hombre de Buenos Aires, así que pensó que, antes de acudir a las autoridades o a la comunidad judía, debía plantar cara al supuesto DeWolf. O sea que le buscó y se enfrentó a él. El supuesto DeWolf fingió que no entendía alemán, pero su atroz acento le delataba a kilómetros de distancia. Mi padre le siguió a su casa para ver dónde vivía. A la mañana siguiente muy temprano fue a su casa. Yo le seguí desde lejos. Entró en la casa y nunca salió. Dos horas después de que entrara, el hijo de DeWolf, un individuo un poco mayor que yo, salió con una alfombra que cargó en la parte de atrás de un vehículo de trabajo, una camioneta con capota de lona. El mayor de los DeWolf apareció justo entonces. Le dijo algo al joven y se pusieron a pelearse en la calle y nada menos que en alemán. Entonces el hijo agarró a su padre del codo y lo metió en la casa. Yo me acerqué y me subí en la parte de atrás de la camioneta. El cuerpo de mi padre estaba envuelto en la alfombra —reveló, y a Charles se le erizó el vello a causa del espanto. No pudo articular una sola palabra—. La desesperación se apoderó de mí. Saqué mi navaja de barbero, que siempre llevaba en el bolsillo, y con ella en la mano entré en la casa a buscarlos. Lo único que recuerdo es que alguien me golpeó en la cabeza y me desplomé. Cuando volví en mí, la camioneta había desaparecido junto con los dos hombres. Se habían mudado a otro lugar. Acudí a la policía y se rieron de mí. Años más tarde, reconocí al joven que había matado a mi padre en un bar, pero él también supo quién era yo. Seguramente sabía que le andaba buscando. Se produjo una pelea o tal vez fue intencionada. En ella mataron a alguien y el hombre al que había estado siguiendo desapareció. Me arrestaron varios días después. Diversos testigos declararon que yo era el asesino del hombre del bar. El resto de la historia es probable que ya la conozcas. Lo que no sabes es que durante mucho tiempo busqué al hombre que mató a mi padre y me arruinó la vida. Le reconocí años más tarde, en una fotografía de un periódico. Se había convertido en una persona importante y ahora se llamaba Gun Flynn.

—¿El general?

—Sí. Cuando le vi en la foto aún no era general. Solo un oficial con ambiciones al que se le había concedido el mando de una importante división. Lo creas o no, aunque lo intenté por todos los medios, no conseguí dar con él. Siempre estaba en misiones encubiertas o en combate. Creo que la razón de que se tomara tantas molestias para evitar que le encontrara era que, en algún rincón de su trastornada mente, sabía que le seguía la pista. Pero en los últimos años empezó a ser descuidado, estaba demasiado seguro de sí mismo. Tuve ocasión de matarle varias veces, pero ¿qué habría solucionado con eso? Tenía que sufrir al menos tanto como yo. Al final averigüé que era uno de los jefes de una siniestra organización llamada la Cúpula, una panda de supremacistas blancos que dicen que quieren que América vuelva a ser grande, aunque no esté muy claro qué significa eso. Ya conoces la historia. Pues bien, él es responsable de la muerte de tu adjunto, de los tres intentos de acabar con tu vida y de herir a tu chica.

—¿Murió junto con los demás en Copán? —preguntó Charles.

—No —dijo Clay, con una mueca de desprecio en la cara—. Le tendí una trampa bastante sofisticada. Quería que él acudiera a mí, así que le atraje hasta un cementerio.

—¿El asunto ese de los esqueletos?

—Sí. —Clay rio—. ¿Lo conoces?

—Leí en la prensa que el sexto no apareció. ¿Sabes que se me pasó de manera fugaz por la cabeza que tú podrías tener algo que ver con eso? Pero no sabía muy bien por qué. Al final me olvidé de ello. ¿Y dónde está ahora?

—En un lugar del que jamás saldrá, en un sótano construido especialmente para él, donde se le alimentará y se le mantendrá con vida. Vivirá como una rata el tiempo que le quede, sin poder suicidarse y sin ver nada más que esas cuatro paredes y a mí, sin que nadie le hable. Y créeme que eso será lo peor que le puede pasar, más aún que la prisión. —Clay concluyó y se puso en pie—. Por desgracia, tengo que irme. He cumplido con mi deber. Pero, dime una cosa: ¿al final has descubierto dónde está el último libro? ¿Y ese secreto tan terrible que provocó esta serie de tragedias?

—Lamentablemente no —respondió Charles, al que le resultó muy difícil pasar de un asunto a otro—. He buscado por todo internet una biblioteca que utilice esa clase de número de catálogo, pero nada. Me temo que así termina la historia.

—Profesor, ni tú ni yo somos de los que dejamos un asunto sin resolver. ¿Es eso posible?

—Sí, por desgracia. No hay nada que hacer —repuso Charles, decepcionado.

—Hum —farfulló el policía, que se había vuelto y se dirigía a la puerta. Pero tras dar unos pasos, se medio giró hacia él—. ¿No tenía una librería el padre de tu adjunto?

—Sí, una librería de libros antiguos y de segunda mano —respondió—. ¿Y por qué...? —Entonces comprendió lo que Clay quería decir. Charles se dio un manotazo en la frente—. ¡Por supuesto! Espera un momento. —Desapareció en otro cuarto, desde donde siguió hablando—: Tengo un libro raro aquí que George me regaló por mi cumpleaños, una primera edición de *Gargantúa y Pantagruel*. —Clay le oyó subir unas escaleras—. ¡Lo he encontrado! —exclamó Charles y después no dijo nada más.

El policía se dio la vuelta del todo, entró en la biblioteca y miró al profesor, que estaba absorto mirando el lomo del libro. Se bajó de la escalera dando un salto desde tan arriba que Clay temió que se hiciera daño.

—Eres brillante —dijo Charles, enseñándole el lomo.

LT1428. LT, el número de catálogo que había encontrado después de resolver el complicado enigma que su adjunto le había preparado.

—Esto significa...

—Que tu George escondió el libro en la tienda de su padre.

—En Nueva Orleans. Voy para allá. —Charles se apresuró a acompañar a Clay a la puerta—. Me he fijado en que ya no te escondes de los espejos —dijo—. No lo has hecho al entrar ni tampoco ahora. ¿Qué ha pasado?

Columbus Clay le miró a los ojos durante un momento.

—No le he contado esto a nadie. Soy una copia idéntica de mi padre. Pasé una parte de mi vida como barbero y también lo fui en la cárcel. Cada vez que me veía en un espejo tenía la sensación de que en realidad era mi padre el que me miraba y siempre me avergonzaba.

—¿Porque no habías atrapado al criminal?

Clay asintió con la cabeza. Las lágrimas le anegaron los ojos. Charles le abrazó con fuerza.

163

Lo primero que hizo después de que el detective se marchara fue llamar a un conocido que tenía una pequeña flotilla de aviones de alquiler, con piloto incluido, para realizar viajes cortos urgentes. Charles había utilizado sus servicios en varias ocasiones. Le dijo al propietario que tenía que llegar a Nueva Orleans lo antes posible y en media hora estaba montado en un avión. En cuanto llegó a la ciudad fue directo a la librería de antigüedades del señor Marshall, pero estaba cerrada. Charles no se rindió entonces, sino que llamó al padre de su adjunto. Intercambiaron unas palabras sobre el dolor que los unía. El señor Marshall le explicó que no había vuelto a abrir la tienda desde la muerte de su hijo. Sin embargo, el anciano se dio cuenta de que Charles tenía algo urgente en el pensamiento y acompañó al mentor de su hijo a su librería. Al oír el número de catálogo en cuestión, el padre de George le explicó que había asignado esa serie a un grupo de libros que no había conseguido vender y que estaban guardados en el sótano. Cuando bajaron, dejó que Charles buscara entre los estantes, pues había colocado los libros de forma aleatoria. Al cabo de un rato, el profesor logró encontrar el libro correspondiente al número de catálogo LT3650. El ejemplar tenía unas gruesas cubiertas. En el lomo podía leerse: *Tratado completo de química orgánica*. Era evidente que no se trataba de ese libro. Siguió mirando y encontró los LT3651 y LT3652 por si acaso el número de días que George había pensado pudiera haber incluido los años bisiestos. No hubo suerte. Presa de la desesperación, Charles se sentó en el suelo. Al final cogió el libro de texto de química y sintió que era extrañamente ligero. Lo golpeó contra un estante y un cuaderno muy delgado de tapa dura cayó de él. El pequeño título escrito a mano apareció al abrirse el libro.

—*Memorias de Esteban, el bibliotecario* —leyó Charles en voz alta.

Veinte minutos más tarde, el profesor se acomodó en el avión, que le había costado una pequeña fortuna. Se dijo que disponía de cuatro horas para leer ese librito de principio a fin.

Tenía que abrir el volumen y hojearlo despacio. Estaba escrito a mano, en letra muy legible y clara; el inglés, aunque un tanto arcaico, era también muy hermoso. El texto parecía ser obra de una persona muy culta. Charles no sabía cómo abordar esa autobiografía de ese tal Esteban; ¿debía leerla entera u hojearla como un lector profesional habituado a encontrar lo esencial en un texto? Al echar un vistazo a las dos últimas páginas no hubo nada que le llamara la atención y que contestara a la pregunta que había desencadenado todo lo demás: ¿qué hizo que el presidente estadounidense Abraham Lincoln pasara de ser un individuo indiferente, en el mejor de los casos, al problema de la esclavitud, a convertirse en su más acérrimo enemigo? Esa había sido la cuestión desde el principio.

Charles sabía que una persona de color que había sido bibliotecario de la organización Omnes Libri en una isla desierta había acabado como esclavo en Farmington, la plantación en Louisville de la familia Speed. James Speed era el mejor amigo de Lincoln, tal vez el único que tenía, y le había invitado a pasar un mes con él y su familia en Farmington a fin de que se recuperara de una depresión. Allí Lincoln conoció al esclavo y, aquejado de insomnio, conversó de forma extensa con él durante las largas noches. El esclavo causó una honda impresión en el futuro presidente. Casi veinte años después, siendo ya presidente desde hacía varios meses, el esclavo llamó a Lincoln a su lecho de muerte. El antiguo bibliotecario pidió que le visitara nada más y nada menos que el presidente. Joshua Speed cumplió con su deber y mandó avisar a su amigo, convencido de que un hombre tan ocupado no haría el viaje hasta Louisville por semejante asunto. Para sorpresa de todos, el presidente hizo acto de presencia. El esclavo, Moses Abraham, le contó entonces un secreto tan terrible que cambió por completo su visión de la esclavitud. Esa era una versión de la historia. La segunda era que tuvo lugar una conversación entre los dos en la que el esclavo le dio o le reveló algo al presidente a cambio de la promesa de convertir la abolición de la esclavitud en el principal objetivo de su vida. El secreto era tan terrible que pudo cambiar por completo la percepción del presidente más importante de Estados Unidos. Charles suponía que eso era más o menos lo que George había descubierto en esas memorias y que las hubiera ocultado de ese modo solo reforzaba esa suposición.

Charles Baker decidió empezar por el principio:

Algunos hombres nacen libres; otros no. No hay posibilidad de elegir cómo se nace. Es Dios quien decide eso. Sin embargo, si naces esclavo, puedes seguir siéndolo de por vida o ganar tu libertad de algún modo. Yo nací esclavo, pero en el mejor lugar en el que una persona como yo pudo nacer, en la ilustre ciudad de Azemmour. Mi madre murió al dar a luz, así que no llegué a conocerla. Mi padre, que nació esclavo, fue vendido poco después de que me concibieran. Solo Dios, en su infinita sabiduría, conoce si mi padre llegó a saber que tenía un hijo. La hambruna asolaba mi ciudad igual que una plaga. La gente moría en las calles. Ni siquiera yo sé cómo me convertí en esclavo en España. Me regalaron a mi señora, Catalina de Aragón, hija de la célebre reina Isabel de Castilla y del aún más célebre rey Fernando de Aragón. Partí a Inglaterra con Catalina, donde mi nueva señora se había casado con el primogénito del rey Enrique VII. El príncipe abandonó este mundo después de solo seis meses de matrimonio. Enrique, duque de York, que se convertiría en Enrique VIII, se desposó con la viuda de su hermano. No había muchos como yo en la corte de Enrique, el rey loco. Esta peculiaridad mía de nacer diferente de los demás, y con esto me refiero al color ébano de mi piel—, creo que me convirtió en una atracción especial.

La historia resultaba interesante a Charles, pero carecía de paciencia para revisarla toda, palabra por palabra, de modo que empezó a leerla en diagonal. Las memorias seguían narrando la vida en la corte con todo lujo de detalles, con sus partes buenas y malas. Esteban demostraba ser un magnífico observador de la época en que vivía y, dotado de intuición sobre su relevancia, relataba con sumo cuidado y bastante habilidad los problemas que comenzaron a surgir en la corte, sobre todo los de carácter político. Charles pasó muy rápido ese trozo, tanto como la sabrosa parte posterior, en la que Esteban describía con minucioso detalle que el rey, harto de su reina, a la que odiaba con toda su alma, la trataba igual que a un perro. Después de eso describía los seis alumbramientos en los que parece que el esclavo asistió de un modo u otro. Los cinco hijos de la reina fallecieron poco después de nacer y el único que sobrevivió fue una hija que se hizo famosa con el apodo de María la Sanguinaria.

Charles leyó muy por encima algunas reflexiones de Esteban, en particular las relativas al conflicto entre el rey y el papa Clemente VII, que se negó a concederle el divorcio, lo que según los muy pertinentes comentarios del autor condujo a la creación de la Iglesia anglicana. Tras la descripción del repudio real de Catalina en vista del matrimonio de Enrique con Ana Bolena, el siguiente pasaje hizo que Charles volviera a leer con atención:

En su desesperación por casarse con Ana Bolena, el rey expulsó a la reina de la corte y la repudió. La dote de ella no le permitió mantener a todos sus sirvientes, por lo que en ese momento se me otorgó un documento que acreditaba que era un hombre libre, un documento que sigo conservando y que es el objeto más preciado que poseo, un recuerdo de mi reina. Tengo entendido que falleció unos años después. Nada más sé de ella, pues aquí, en esta isla, pasan meses sin que se reciban noticias. Sin embargo, dado que pasaba hambre tras ser liberado y que lo único que poseía era las ropas que vestía, tuve que abrirme paso y buscar algo que hacer. Durante un tiempo deambulé por el país en busca de trabajo, pero las gentes del lugar casi siempre tenían miedo de mí. Escaseaban las personas de mi mismo color, aunque nada más lejos de la realidad que fuera el único así nacido. Al cabo de un tiempo llegué a la fortaleza de Norfolk, donde un hombre se apiadó de mí. Me dio de comer y dejó que durmiera en un camastro de paja en su establo. El hombre no sabía leer y con gran incredulidad me preguntó si podía ayudarle a descifrar la carta que había recibido del alguacil de la ciudad. Entre mis numerosas obligaciones en la corte, una de las más preciadas para mí era la de leerle a la reina cada noche. De ahí que aprendiera bien la profesión de las letras a una tierna edad y con cierta destreza, diría yo.

Charles paró de nuevo. La historia era fantástica, pero no le llevaba a ninguna parte. En mitad de la lectura había empezado a sospechar que no había nada en ella que le resultara de utilidad.

De nuevo empezó a leer a toda velocidad. A continuación, Esteban relataba cómo se convirtió en ayudante de un herrero de Norfolk y en una especie de escribano particular. Leía montones de cartas para toda clase de personas y escribía todavía más por dinero, que el herrero, su presunto benefactor, le quitaba. A cambio le daba cuanto necesitaba: comida y un techo sobre su cabeza. La historia continuaba: Esteban se describía a sí mismo como un hombre muy fornido, por lo que todas las muchachas del lugar se volvían locas por él. Y en ese punto comenzaba una historia de amor, una aventura erótica del joven herrero con una de las damas influyentes de la corte, que había pasado por la herrería porque una de las ruedas de su carruaje se había roto. Era de noche y Esteban le ofreció cobijo. Entre unas cosas y otras, la mujer sedujo a Esteban. A partir de ese momento se vieron a diario. La amante de Esteban estaba casada y tenía hijos. Se llamaba Anna Ryse y era la esposa de un hombre mucho mayor que ella. Ocurrió lo inevitable: Anna se quedó encinta. Estaba claro que Esteban era el padre, ya que el marido de Anna llevaba un tiempo de viaje. Esteban relataba los momentos de terror que vivió. Solo pensar en que el marido encontrara a su esposa embarazaba a su regreso bastaba para hacer que se estremeciera. Si la verdad llegaba a saberse, le condenarían a muerte y lo ejecutarían en el acto. Pero si Anna conseguía engañar a su marido haciéndole creer que el hijo era suyo, podría salir a la luz otro problema aún mayor: ¿y si resultaba que el niño era tan negro como su padre? Esa última frase llamó la atención por su singularidad. Pese a todo, no alcanzaba a entender qué relación podría tener todo aquello con Lincoln. Por otra parte, el relato se acercaba peligrosamente a su fin y no había nada en él que pudiera haberle dado a George una pista relativa a la conversación entre Lincoln y el esclavo de la familia Speed. Fuera quien fuese Esteban, había vivido en el siglo XVI, trescientos años antes.

Decepcionado, Charles comenzó a hojear las páginas restantes y recorrió el texto con la mirada a gran velocidad.

En ese momento parecía que Esteban, presa del miedo, había decidido huir tan lejos como pudiera. Al final, con el dinero que Anna le había dado y, sin saber muy bien cómo, llegó a Bristol, al otro lado de la isla. Desde allí pretendía subirse a un barco y abandonar Inglaterra para siempre.

La voz del piloto por el altavoz le pedía que se abrochara el cinturón porque iban a iniciar el descenso. En veinte minutos a lo sumo tomarían tierra en Princeton.

Charles no tenía ganas de seguir leyendo, pues por muy fascinante que fuera el texto, le parecía inútil, de modo que se apresuró a terminar.

Esteban continuaba con su historia y decía que en el puerto había buscado un buque en el que embarcar. Se alojó en una posada, donde un hombre, que llevaba cofres enteros de libros, le pidió que los cargara en un velero. Esteban lo hizo y, a cambio, el hombre le invitó a comer. El barco se haría a la mar en unas pocas horas. Los dos hombres se enfrascaron en una conversación y Esteban le contó al viajero la historia de su vida. «Parece que le encantaba hacerlo», se dijo el profesor. En cualquier caso, Esteban notó que el hombre estaba impresionado por los conocimientos literarios que poseía el antiguo esclavo. No había sido poca cosa tener a su disposición la biblioteca real de Inglaterra y haber leído todo su contenido. Una cosa llevó a otra y, al saber que el joven estaba huyendo y no tenía adónde ir, el hombre abordó al fugitivo de forma directa. Al principio asustó a Esteban, que temía que aquello fuera una trampa. El viajero le habló de una biblioteca oculta en una isla misteriosa. El tesoro de libros que se hallaba allí era inimaginable y en ese lugar Esteban sería más que un hombre libre: sería el amo de todos los libros de la biblioteca. El antiguo esclavo dudó al principio, pero se enfrentaba a un hecho consumado, pues estaban llamando a la gente a embarcar en el puerto, así que aceptó la oferta. Solo pidió una cosa a cambio: estar informado del destino de su amante y del hijo que iba a nacer, ya fuera negro o no.

Mientras el avión aterrizaba, Charles pasó a la última página, en la que Esteban contaba que cuidó de la biblioteca durante treinta años, contento de que su vida tuviera un sentido. Charles se notó obligado a leer el último párrafo entero.

Ahora soy viejo y hace mucho frío aquí. Se avecina el invierno, que no es tan crudo como en el continente, pero hace bastante frío. Me duele el pulgar y mis ojos están casi desgastados de tanto leer. Espero que el próximo bibliotecario venga a sustituirme. No entiendo en absoluto el sentido de esta corta historia mía, pero estoy cumpliendo con la obligación que recae sobre cada bibliotecario de escribir sus memorias, de permanecer en la historia, como suele decirse. Doy gracias al Señor, a cuyo encuentro voy, porque el hombre del puerto, que me dio la oportunidad de descubrir todas estas maravillas, cumpliera su palabra. Al final Anna, mi Anna, a la que dejé de forma tan cobarde, dio a luz a un niño blanco, que se confundió entre todos los demás, sin que nadie sospechase nada. ¡Gracias a Dios que las cosas no salieran mal! Si me hubiera quedado allí, habría podido ver crecer a mi pequeña Rose sin tener de qué preocuparme. ¡Rose, qué nombre tan hermoso! Un nombre con tantos pétalos como los muchos significados posibles de la vida de cada persona. Recibí la noticia de que mi pequeña se casó por segunda vez, ya que su primer matrimonio no fue afortunado, con un caballero llamado Edward Gilman y que le dio nada menos que once hijos. Aún no sé cuántos siguen vivos. ¡Parece que sobrevivir es lo más difícil que puede hacer una persona en estos turbulentos y complicados tiempos!

Hacía rato que el avión había aterrizado y Charles, que estaba completamente decepcionado, no tenía ganas de bajarse. ¿Qué narices era eso? ¿Por qué había pasado por tanto por un texto tan miserable? Si no hubiera habido tantas víctimas, estaría seguro de que se trataba de una de las elaboradas farsas de su adjunto, pero ahora... Pensó que habría sido mejor haber dejado las cosas tal como estaban. A duras penas había aceptado la pérdida de George, y en especial la de Rocío, que esperaba que no fuera definitiva.

Pero a pesar de todo, mientras bajaba del avión, se preguntó si tal vez George había querido mandarle un mensaje, uno de aquellos tan complicados típicos de él, tan acordes con sus bromas, que le divertían sobremanera, pero que irritaban a todos los demás. ¿Quería su adjunto revisitar esa idea de los misterios, el rasgo de que cuanto más profundos eran, menos ocultaban, de modo que un misterio absoluto no esconde nada en realidad, y que lo importante no es el resultado, sino cómo se llega a él? Aunque era difícil de creer, Charles decidió que eso era justo lo que se decía ahí. Tenía que acostarse y consultarlo con la almohada. Por la mañana volaba para redescubrir a su familia en Europa, de cuya existencia ni siquiera sospechaba hacía varias semanas.

—Basta —se dijo mientras se montaba en su coche—. ¡Ya basta!

Charles cerró de golpe el Aston Martin, poniéndole con el portazo el signo de exclamación a aquellas palabras.

164

El hombre de la cara quemada había sido convocado a la sede del IIECH para una reunión con Eastwood, lo cual era un grandísimo honor. El jefe supremo del instituto había ofrecido apoyo pleno para la reconstrucción de la organización, salvo el respaldo económico. Le preguntó si antes de la hecatombe se había tomado alguna decisión con respecto al candidato a las elecciones presidenciales. El hombre de la cara quemada respondió que no.

—En ese caso me gustaría presentarle a alguien —dijo el director del instituto—. Es posible que podamos matar dos pájaros de un tiro: una parte de la financiación y puede que al candidato ideal. Pero no renuncie al dinero del Vaticano. Solo ellos tienen los recursos suficientes para pagar.

Werner, la única persona que podía ver el despacho de Eastwood desde la pequeña cámara que albergaba los archivos secretos del instituto y mirando a través de una minúscula ventana, oyó aquellas últimas palabras. Contempló con curiosidad a la persona propuesta por su jefe, pero ese individuo estaba sentado de espaldas a la ventana, recostado en una butaca de respaldo alto, por lo que Werner solo alcanzaba a ver el color del pelo del candidato propuesto, un naranja bastante raro para un hombre. Alcanzaba a verle las manos, que se afanaban en colocar trozos de papel, vasos de agua y bolígrafos sobre la mesa, como si estuviera nervioso o quisiera apartarlo todo para gozar, de forma simbólica, de mayor espacio en esa mesa.

Poco duró la alegría que embargó al Papa cuando el cardenal Monti le comunicó las noticias que acababa de darle su hijo, el director operativo de la AISI, de que el obispo de San Pedro Sula había fallecido y que a Gun Flynn parecía habérselo tragado la tierra, con lo que quedaba libre de su mayor preocupación. Una mañana encontró una carta dirigida a su persona y colocada justo sobre su escritorio.

Escrita con letra inclinada, la nota rezaba:

No se alegre tanto, Su Santidad. El trato de los seiscientos millones sigue vigente. Los actores pueden haber cambiado, pero el juego es el mismo, igual que el cambio de Papa. ¡La Iglesia de Pedro es eterna!

Dado que el anterior mayordomo del Papa había sido detenido, fue su sustituto quien encontró a su jefe con la nota en la mano, al borde de un ataque al corazón.

Habían internado a Mabuse en uno de los hospitales más bonitos de Estados Unidos, un sanatorio en el corazón de unos bosques montañosos. Lo primero que hizo fue empezar a hipnotizar a todos los pacientes de su pabellón. No les obligó a hacer nada difícil. Tenían que darle parte de su comida, frotarle la espalda, rascarle la cabeza, cortarle las uñas y dejarle ganar al póquer, al Monopoly o al billar. Como el procedimiento fue un éxito, el austríaco se puso a trabajar con los otros pacientes. Después, animado por ese logro, pasó con cautela a las enfermeras y a los médicos. En poco tiempo, todo el sanatorio estaba bajo el control de la maléfica y exhaustiva mente de Mabuse. Pudo haber huido o haberles hecho daño, pero fue generoso. De todas formas, el loco tenía todo el sanatorio a su disposición. Era como un hotel y él, su propietario absoluto. Elaboraba los horarios, decidía el menú, hasta sugería qué tratamientos aplicar a los pacientes. Se sentía como un zar ruso del siglo XVIII. El desafío final, en el que había empezado a trabajar, era hipnotizarse a sí mismo y así engañar de algún modo a esos doscientos setenta y cuatro monjes benedictinos para que abandonaran su cerebro para siempre o que al menos de vez en cuando se fueran antes que él a dormir.

165

Cuando regresó a casa, Charles arrojó las *Memorias de Esteban* sobre la mesa.

Después de darse una ducha y encender el televisor, encontró una película que parecía interesante, pero enseguida se quedó dormido.

Un ruido extraño le despertó.

Zorro estaba en la mesa, ocupado rascando el cuaderno que había encontrado en la librería de antigüedades del señor Marshall.

—¿También quieres leer esa historia? —preguntó Charles mientras se preparaba para coger a Zorro en brazos e irse a la cama con él—. Eso no es para gatitos.

Pero el felino salió pitando por delante de Charles, que estaba adormilado e hizo un intento a cámara lenta de ponerle las manos encima al felino antes de detenerse, clavando la vista en la mesa. De la esquina del cuaderno asomaba el borde de un papel blanco que Zorro había arrugado.

—¿Qué demonios es eso? —dijo Charles, tirando un poco del papel.

Lo abrió y reconoció en el acto la letra de George, encendió la luz y comenzó a leer de pie mientras se paseaba por la habitación:

Uniendo todas las confesiones he llegado a la conclusión de que todos los bibliotecarios estaban obligados a leer las de sus predecesores. Formaba parte de la tradición, pero también servía para averiguar lo diferentes que eran las personas que habían aprovechado semejante responsabilidad histórica. Así, Moses Abraham conoció muy bien las *Memorias de Esteban*.

Por otras fuentes llegué a la conclusión de que también Lincoln le contó al esclavo la historia de su vida. De un modo u otro, parece que se sintió obligado a decir que, al igual que Moses, provenía de una familia de inmigrantes. Su primer antepasado en América, Samuel Lincoln, llegó a ser una persona importante, aunque se encontró con todas las dificultades de una persona en un mundo totalmente nuevo. Por supuesto, era un hombre libre, aunque eso no quiere decir que un esclavo no pudiera tener una vida.

Parece que el nombre del antepasado de Lincoln y la fecha en que llegó a América, el año de nuestro Señor de 1637, trajeron algo a la memoria de Moses Abraham. Era un recuerdo relacionado con las *Memorias de Esteban*, al que siguieron enviando informes sobre su familia mucho después de su muerte. En este punto hablamos de los descendientes de Anna Ryse y Rosa Ryse, casada con Gilman. Esos informes se incorporaron al archivo sin ni siquiera ser abiertos, hasta la época de Moses como bibliotecario. La lista de abajo se explica por sí sola:

Anna Ryse
Fecha de nacimiento: 1504
Lugar de nacimiento: Walsham, Suffork, Intlaterra
Lugar y fecha de defunción: 1529, Caston, Norfolk, Inglaterra
Esposa de Thomas Ryse.
Madre de Rose Gilman; Robert Ryse; Elizabeth Ryse; Catherine
   Ryse; William Ryse y cuatro hijos más.

Rose Gilman (nacida Ryse)
Fecha de nacimiento: 1529
Lugar de nacimiento: Caston, Norfolk, Inglaterra
Lugar y fecha de defunción: 1 de octubre de 1613. Caston, Norfolk,
   Inglaterra
Hija de Thomas Ryse y Anna Ryse
Esposa de John Snell y Edward Gilman II

Madre de John Gilman; Kathryen Gyllman; Edward Gilman III; Robert Gilman; Margaret Gyllman y seis hijos más

Edward Gilman III
Alias: Edward Gyllman, Edward Gylman
Fecha de nacimiento: 2 de junio de 1555
Lugar de nacimiento: Hingham, Norfolk, Inglaterra
Lugar y fecha de defunción: 6 de marzo de 1631. Caston, Norfolk, Inglaterra
Hijo de Edward Gilman y Rose Gilman
Esposo de Mary Gilman
Padre de Bridget Gilman; Edward Gilman IV; Mary Jacob; Lawrence Gilman; Margaret Gilman y seis hijos más

Bridget Lincoln (nacida Gilman)
Fecha de nacimiento: 1582
Lugar de nacimiento: Hingham, Norfolk, Inglaterra
Lugar y fecha de defunción: 1665, Hingham, Norfolk, Inglaterra
Hija de Edward Gilman III y Mary Gilman
Esposa de Edward Lincoln
Madre de Richard Lincoln; Thomas Lincoln, el Tejedor; Edward Lincoln; Robert Lincoln; Daniel Lincoln; Samuel Lincoln y tres hijos más

Samuel Lincoln
Fecha de nacimiento: 24 de agosto de 1622
Lugar y fecha de defunción; 26 de mayo de 1690. Hingham, Suffolk (Plymouth), Massachusetts
Enterrado en: Hingham, Plymouth, Massachusetts, Estados Unidos
Hijo de Edward Lincoln y Bridget Lincoln
Esposo de Martha Lincoln
Padre de Samuel Lincoln II; Daniel Lincoln: Mordecai Lincoln; Thomas Lincoln; Mary Bates y seis hijos más

ABRAHAM LINCOLN

Charles sintió que la cabeza le daba vueltas. Se tiró en el sofá con la página en la mano. De modo que Lincoln descendía de forma directa de Rose Ryse, hija de Anna Ryse y de Esteban, un hombre de color.

¡Ese era el secreto!

Por las venas de Lincoln corría sangre negra. ¡Eso debió de ser lo que Moses Abraham le contó al presidente cuando le convocó en su lecho de muerte!

Si el gen negro hubiera acabado imponiéndose, Abraham Lincoln habría sido esclavo, al igual que el hombre que le llamó para que acudiera a su lecho de muerte.

¡Así fue como la Proclamación de Emancipación se convirtió para Moses Abraham en un modo simbólico de liberarse de las cadenas de la esclavitud!

Epílogo

Cuando el carruaje con dos pasajeros se detuvo delante de la casa, daba la impresión de que Noé tendría que volver y construir una nueva arca, pero esta vez en vano. Llevaba días lloviendo sin parar. Nadie recordaba una primavera así. No habían visto nada igual desde que Thomas Jefferson les entregó los planos de la casa. No era la primera vez que la Madre Naturaleza se volvía loca, pero nunca como ahora. Casi parecía que fuera de noche en pleno día. Aparte de breves instantes de tregua, hacía bastante que el sol no se dejaba ver. Había asomado su rostro, sonrojado por la vergüenza, y temeroso de que lo vieran, había corrido una cortina de nubes tras la que ocultarse. Llovía a cántaros y los esclavos, enterrados en barro hasta las rodillas, se apresuraron a desenganchar los caballos y a resguardarlos de la ira de la tormenta.

Calados hasta los huesos, los dos viajeros se apearon del carruaje. Un hombre grande y barbudo, que se cubría la cabeza con una capa, los invitó a entrar. Luego les dijo algo, pero sus palabras se perdieron en el viento que azotaba la casa desde los cimientos hasta el tejado. El carruaje se había hundido muchas veces en el barro y, en cada ocasión, los dos caballeros se habían visto obligados a ayudar a sacarlo codo con codo con el cochero.

Por fin llegaron al vestíbulo y se abrazaron. El más alto estrechó a su anfitrión contra el pecho en un abrazo casi con teatral efusividad.

—¿Cuánto tiempo lleva así? —inquirió el otro viajero mientras abrazaba a su hermano.

—Enfermó hace más de tres semanas. No te habría molestado —le dijo al otro hombre, que era grotescamente alto y que se había plantado con sus inmensas botas y su chorreante sombrero de copa en medio del vestíbulo—. Lleva agonizando desde entonces. Lo único que repite sin cesar de forma obsesiva es tu nombre. Dice que no puede morir sin verte.

—No pasa nada, James —repuso el invitado, pero no pudo dejar de hablar. No era una persona supersticiosa, pero nunca había visto nada parecido—. No puedo negarle su último deseo a un moribundo, aunque sea un negro —barbotó sin rastro de malicia. Eran palabras normales para la época.

—No creía que fueras a venir.

—¿Dónde está? —preguntó el invitado.

—En el cuarto del fondo. El rojo. En cama.

El invitado se puso en marcha sin más espera. Caminaba con paso rápido. Se veía a kilómetros de distancia que estaba familiarizado con el lugar. El anfitrión quiso seguirle, pero su hermano se lo impidió, asiéndole con una mano.

El hombre alto se detuvo un momento ante la puerta, como si vacilara. Había varias velas encendidas alrededor del lecho, en el que yacía un hombre de color, con el cabello completamente blanco. En la cabecera había una mujer que le enjugaba la frente con un paño. Había otra sentada en una silla, como una estatua liberiana. Parecía que ni siquiera respiraba. El hombre se acercó a la cama. El anciano moribundo oyó movimiento y abrió los ojos. Una sonrisa serena se dibujó en su rostro.

—¡Ha venido! —balbuceó en un susurro.

Mientras tanto, la mujer se había levantado de la silla y la había arrimado al lecho para ofrecérsela al invitado, que estaba alterado y no sabía qué hacer. Al final se sentó. Miró al anciano moribundo, un esclavo negro con dos nombres, uno de ellos el mismo que el suyo: Abraham, el primer patriarca de los hebreos; y el otro, Moses. Esa noche, sus nombres le eran más apropiados que nunca. Esa noche tenía intención de honrar sus nombres prestados, obtenidos en el barco que lo llevó a la esclavitud. Unos nombres que le habían otorgado en tono de mofa los dos traficantes de esclavos, pues su larga barba y su cabello blanco hacían que se pareciese a la imagen de una litografía. Uno de ellos se burló llamándole Moses, le agarró la barba con una mano para acercarlo adonde estaba y con la otra, en la que sujetaba un cuchillo, se la cortó de un tajo. El otro comerciante de esclavos le llamó Abraham. «¡Moses Abraham!», repitieron al unísono, prorrumpiendo en carcajadas.

Aquellos fueron sus nuevos nombres. Los conservó, de modo que todo el mundo le llamaba así. Su nombre africano jamás se había vuelto a pronunciar, porque después de pasarse cincuenta años en la isla, esa persona hacía mucho que había muerto. Pero esa noche honraría sus nombres. Ambos. Por eso Dios le había enviado a la tierra prometida y le había hecho abandonar su patria y a su gente: para encontrarlos de nuevo. Esa noche daría el primer paso del largo camino que liberaría a su pueblo de la esclavitud.

Las dos mujeres salieron del cuarto y cerraron la puerta a petición de los dos hombres que se quedaron afuera.

Antes de tomar asiento, Abraham Lincoln vio a los hermanos Speed en la puerta y solo les oyó decir: «Creo que tenemos que cerrar Farmington, James».

Los rayos restallaban con tanta fuerza que la noche se tornó en día durante unos segundos. Y entre los violentos truenos retumbaba una frase que parecía venir de todos lados: del cielo o de ninguna parte.

Ohe, iam satis est, ohe, libelle!*
Iam peruenimus usque ad umbilicus.

---

* «¡Oh, es suficiente, pequeño libro! Ahora llegamos al final.» (*N. de las T.*)

Hechos reales

Justo un año después del momento en que se desarrolla la acción de este libro, el papa Benedicto XVI renunció a su cargo. Fue el primer Papa en recurrir a tal acto en un período de casi seiscientos años. La explicación oficial fue que se debía a motivos de salud.

Cuatro años y medio después de la acción narrada en este libro, Donald Trump fue elegido presidente de Estados Unidos. Era un hombre ajeno al sistema, un empresario muy conocido, un *showman* que perdió el voto popular en las elecciones con una diferencia de 2,35 millones de votos, pero que ganó la mayoría de electores que eligen el presidente en un sistema de votación que hoy pone en serias dudas la legitimidad democrática de las elecciones presidenciales en Estados Unidos.

Las razones del cambio de actitud de Abraham Lincoln y la evolución de su pensamiento, que le llevó a la abolición de la esclavitud, continúan siendo objeto de debate.

La biblioteca de Alejandría es arena y viento, si es que aún no se ha convertido de alguna manera en una pirámide.